中国神话与民间传说

刘媛　编著

北京联合出版公司
Beijing United Publishing Co.,Ltd.

图书在版编目（CIP）数据

中国神话与民间传说 / 刘媛编著 . — 北京：北京联合出版公司，2015.9
（2021.6 重印）
ISBN 978-7-5502-6137-2

Ⅰ . ①中… Ⅱ .①刘… Ⅲ .①神话 – 作品集 – 中国 ②民间故事 – 作品集 – 中国
Ⅳ .①I277

中国版本图书馆 CIP 数据核字（2015）第 214357 号

中国神话与民间传说

编　　著：刘　媛
出 品 人：赵红仕
责任编辑：孙志文
封面设计：王明贵
内文排版：张　诚
插图绘制：陈福平

北京联合出版公司出版
（北京市西城区德外大街 83 号楼 9 层　100088）
北京市松源印刷有限公司印刷　新华书店经销
字数 600 千字　720 毫米 × 1020 毫米　1/16　28 印张
2015 年 9 月第 1 版　2021 年 6 月第 7 次印刷
ISBN 978-7-5502-6137-2
定价：29.80 元

神话和传说，是源自洪荒、出自民间的古老故事，也是万古常新的话题。

在漫长的史前年代，华夏先民就已经在用史诗、歌谣等口耳相传的方式讲述着天地开辟的奥秘、诸神造物的奇迹、祖先迁徙的传奇以及英雄历险的故事，讲述着人类与生俱来的爱的欢愉、生的欲望、死的恐惧，讲述着宇宙万象、日月运行、季节轮回、大地草木、林间群兽以及尘世间生老病死、爱恨情仇的来历，讲述着时间的开始和终止，讲述着大地的深邃和宽广，讲述着人类的诞生、灭亡和再生，讲述着那些游荡于荒远之域中的神仙和妖怪的故事……在狩猎时代的林间空地上，在农耕时代的丰收庆典上，在古代王公贵族的宫殿上，在乡间村社的树荫下、水井畔、篝火旁，世世代代的歌手们一边抚琴弹奏一边高歌低吟的就是这样一些口耳相传的故事，这些中华民族在口传时代流传下来的古老故事，蕴含了人类最深沉的智慧和情感，寄托了中华民族最古老的记忆。它们不是别的，它们就是神话传说。

在这些古老神话瑰奇恢诡、古彩斑斓的表象下面，所蕴含的是先民对那些宇宙、人生终极问题的追问和回答。这是我们人类、我们每一个男人和女人不得不面对、不得不解答的一些也许永远也不会有最终答案的问题，一些每一时代的人们都会不断重提、不断做出新的回答的问题。

宇宙是如何创生的？宇宙的创生在什么时候？终结又在什么时候？这个深不可测的星空究竟是亘古浑沌一团，还是自有其永恒的秩序和界限？是谁为宇宙制定了这些秩序、划定了如此的界限？人类是如何来到这个世界的？人类来到这个世界，是纯属偶然，还是造物的恩赐？世界上的第一个人是谁？人为什么会生？又为什么会死？人在死后是否还有灵魂？我们从哪里来？又到哪里去？人既然会死，那么这短促的人生还有什么意义？人为什么会分成男人和女人？为什么男人和女人天生就彼此渴慕又互相仇恨？为什么男女之爱会带给人如此巨大的狂喜却又让人陷入无尽的怨恨？

……

这是一些充满了孩子气但又莫测高深的问题。它们是神话，它们也是哲学：这些问题关乎宇宙最深的奥秘、至高的哲理，而古往今来的人们又只能凭愿望、想象和激情回答这些问题，所以对它们的回答往往变成神话。针对诸如此类各种根本性的问题，每个民族从其各自不同的处境和才情出发，作出了各自不同的回答，从而形成了各具千秋的神话体系和诸神谱系。

诸如此类关乎宇宙人生的终极性问题,是人类为了了解自己在这个世界上的位置、从而理解生命的意义所必定遭遇的问题,但是人类的生命相对于宇宙洪荒和悠长历史的有限性,又决定了我们永远无法回答这些问题,因为我们无法跳出自身短促的生命周期,站到生死轮回、劫波成毁之外,去审视和度量那浩瀚的宇宙和漫长的岁月,所以我们的所有回答,从盘古开天辟地,到女娲抟土造人,到大禹治水,直到爱因斯坦的广义相对论,其实都仅仅是些幼稚得让上帝发笑的浅薄猜测。

因为没有最后的答案,所以才不息地追问,所以那些古老的神话才历经岁月沧桑而世代流传,经久弥新。远古游吟诗人、巫祝祭司的吟唱早已随着岁月的流逝而成为绝响,但他们在史诗和歌谣中讲述的诸神故事、英雄传奇,却被后来的人们用文字铭记下来,印于泥版、刻于金石、著于竹帛而留诸永远。千百年来,那些古老的神话故事被一代又一代的人们用不同的方式一遍又一遍地讲述着、演绎着。也许随着时过境迁,故事的人物换了,故事的场景变了,但故事的情节骨架没变,构成这个骨架的一个个母题要素也没变,故事依然是那个故事,故事中的智慧和教诲依然是那些启迪了先民们的智慧和教诲,正义战胜邪恶,死亡击溃生命,诸神死而复生,英雄历险归来……

虚幻的神话,之所以能够超越历史而世代流传,正因为神话中蕴涵了人类最深沉的欲望和最瑰丽的想象。神话时代的古老幽灵,其实从来也没有离我们远去,它们一直潜伏在我们的肉身和心灵深处。

如何从历史的文化遗留中发掘中国神话的文化宝藏,如何在充分认识和尊重中国神话遗产的文化内涵和固有理路的基础上,结合当代文化传播和文化生产的需要,对原本散落、零碎的中国神话进行收集、盘点,整理出大致完整的神话故事和神谱体系,为文化传播开发、利用中国神话遗产打下坚实的基础,是当代人不可推卸的文化使命。

为此,我们按照不同内容划分,从各个时代的典籍中遴选了流传最广泛、影响最深远、最具代表性的经典神话传说故事,精心编写了这本《中国神话与民间传说》。本书以时间为经,以中华各民族、地域为纬,分为古代神话、民间传说、少数民族神话传说 3 篇,选取了百余幅表现故事情节的精美图片,在讲述每个动人故事的同时,也力图为读者展现一个栩栩如生的完整的中国神话谱系。

CONTENTS 目录

❖❖ 上篇　古代神话 ❖❖

❖ 中篇 民间传说 ❖

下篇　少数民族神话传说

上篇
古代神话

第一章
开天辟地

盘古开天辟地

最初的世界是混沌的，没有一丝光亮。这个世界上没有高山河流、没有花草树木、没有鸟兽鱼虫，更没有万物之灵的人类。整个宇宙都紧紧地团在一起，如果打一个形象的比喻，当时的宇宙就是一个很大很大的鸡蛋。

几亿年过去了，宇宙这个大鸡蛋里发生了变化，世界上第一个生命开始在里面孕育。又过了几亿年，那个生命长成了一个拥有双手双脚、具有思维的生物，外形和现在的人类十分相似，他的名字叫做盘古，一个巨大无比的巨人。盘古在宇宙大鸡蛋中沉睡了一万八千年。

这一天，盘古突然从睡梦中醒来。他睁了睁眼，发现周围漆黑一片，看不清任何东西。他在"鸡蛋"里面睡的时间太长了，身上的每个关节都在提醒他应该活动一下筋骨。于是，他伸了一下懒腰，可宇宙那坚硬的外壳又把他的手臂挡了回来。他想站起来走走，可是却连头都抬不起来。盘古心中气愤地想："这个可恶的'鸡蛋'，束缚我一万八千年了。如今，我想要动一动它都不允许。看来是该想办法除掉这个家伙了。"

想到这，盘古慢慢移动，使自己蹲在"鸡蛋"中的空间里。他抬起那双强壮有力的双手，托住了"鸡蛋"的上半部分，然后使出全身的力气，胳膊使劲往上抬，双腿使劲向下蹬。这很困难，真的，因为那个"鸡蛋"的外壳太坚硬了，但是盘古没有放弃，依然坚持不懈地

"挣扎"着，心中只有毁掉"笼子"这一个念头。

努力有了回报，盘古已经听见"鸡蛋"发出细微的破裂声，他知道离成功不远了。于是，在原来的基础上，他又加了把劲。突然间，宇宙中传来了一声惊天动地的巨响。随着巨响过后，那个束缚了盘古一万八千年的"大鸡蛋"也破裂了。

混沌和黑暗从"鸡蛋"里面跑了出来，它们在盘古身边晃来晃去，紧紧地缠绕着他。盘古愤怒了，不明白为什么这些可恶的东西不肯放过他，于是他决定反击。盘古抡起了铁一样的拳头、抬起了钢一样的腿脚，四处踢打着混沌和黑暗。

混沌和黑暗被盘古打得稀巴烂，慢慢地分离开来。其中，那些比较清而且分量也很轻的东西升了起来，变成了天；那些比较浊而且分量比较重的东西则沉了下去，变成了地。就这样，天和地分开了。

终于有了空间，盘古可以好好舒服一下了。他站了起来，伸了一个大大的懒腰。他太高兴了，因为再也不用受那个可恶的"笼子"的束缚了，讨厌的黑暗和混沌也不会再来打扰他了。可是，正当他高兴得时候，突然感觉到头被什么东西重重地砸了一下。盘古伸手一摸，心中暗叫不好。原来，本来升起来的天又再一次落了下来，也许它还想重新和大地结合。

这下可激怒了盘古，他想："现在我把天再撑起来肯定是没有问题的，可关键是它还会落下来。不行，我必须想一个万全之策。"于是他又一次把天撑了起来。为了不让天和地再一次结合，盘古决定由他来做"擎天柱"，一直到天不再下落为止。于是他手托着天，脚踏着地，威风凛凛地矗立在宇宙中，一顶就是一万八千年。

在这一万八千年里，盘古吃了数不尽的苦。他不能吃饭，因为他的双手要支撑着天，只有那飘进他嘴里的虚无缥缈的雾略略地减轻了他的饥饿感；他不能休息，因为只要他一动，天就会有掉下来的危险，他所能做的只能是偶尔换一换手。

在这一万八千年里，世界每一天都在发生变化。盘古的身子每天都会长长一丈，而天也就随之升高一丈。盘古的身体一天比一天长，天和地的距离也一天比一天长。终于，盘古长成了一个身高九万里的巨人，而天和地的距离也变成了九万里。

九万里的距离够远了，天和地再也不能结合在一起了。盘古看了一下四周，欣慰地笑了笑。他觉得这个世界因为他的努力而不再那么狭小，天和地也因为他的功劳而永远地分开，这是一件多么有意义的事啊！不过，他心中还有一丝遗憾。因为世界虽然产生了，可是没有光明、没有水、没有山、没有矿物、没有生物、没有……还有很多东西等着他创造。

盘古没有时间了，也没有能力了。他睁大双眼，呼出了最后一口气，脸上带着微笑，心中怀着遗憾，眼中含着泪水，发出一声巨吼，慢慢地倒下了。

盘古的最后心愿在他临死的时候实现了。天地间发生了神奇的变化，盘古临死前口中呼出的那口气变成了风和云；他的怒吼声变成了天上轰隆隆的雷声；他的左眼变成了金光灿烂的太阳；他的右眼变成了柔美皎洁的月亮；他的眼泪变成了大地上的江河；他的眼光变成了闪电。

盘古倒下了，再也不能站起来了。他的身躯变成了五方名山；他的四肢变成了大地的四极；他的肌肉变成了肥沃的土地；他的经脉变成无数的道路；他的血液变成茫茫的大海。这还没有结束，他的毛发变成了陆地上的各种植物，有花有草、有树有林；他的骨骼、牙齿还有骨髓，变成了大地里的珍宝，有金有银，有铜有铁，还有各种宝石、珍珠、玉石等。最后剩下的是盘古身上的汗滴，这些东西也没有浪费。它们慢慢地升上天空，然后再从天空中降落下来，这就是我们看到的雨露和甘霖。

世界变得丰富多彩了，有了阳光、有了高山、有了江河、也有了各种植物。盘古的精灵在世界上游荡，慢慢地它们在这个新的世界里变成了具有生命的各种动物，有鸟有兽，有鱼有虫。这些动物给世界带去了无限的生机，不过那时候还没有人类。

这就是盘古开天辟地的故事，关于一个具有大无畏精神的、受到人类无比崇拜的人类始祖的故事。

混沌开七窍

很久很久以前，天地一片混沌，清的和浊的大气混在一起，不断地变化着。其中自然也有很多怪异的生灵，这些怪异的生灵不仅习惯了混沌和黑暗，有许多还化为了神。

混沌就是这样一个神，也有叫它帝江的。混沌生活在距西部山系的头山崇吾山以西三百五十里的一个叫做天山的地方。

混沌的形体像黄囊，和大象的躯体一样庞大，但是比大象多两只腿；六只脚像熊掌，却不像熊掌那样坚实；皮色红，像丹火；背上还长了四个翅膀；有像狗一样的尾巴；浑然没有面部，更没有耳目口鼻，但他能欣赏歌舞，能听得懂混茫中的声音，能判断出从自己身边经过的是好人还是恶人；它行动起来如一团不透明的影子，缓慢而艰难。

也许混沌正在化生天地的精气，涵蓄宇宙世界诞生的能量。

有一天，生活在海里的两个时间神路过天山时看见了混沌，就来和他说话。混沌能听懂他们的话，也待他们很友好。两个神都深深地为混沌感到遗憾，因为混沌和他们不一样，没有眼耳口鼻，他们想不出混沌是怎么在天地中生存的。他们决定帮助混沌，用斧头、凿子等工具为混沌开七窍。

两位好友对混沌说："混沌呀，我们的好朋友，我们知道你是蕴涵了天地精华的神，靠亿万年和天地的亲密接触你也能听到和感知到事物，但是你知道吗，天地中的生物都是有眼耳口鼻的，眼睛能把世界看得清楚，耳朵能更好地听见世间万物的涌动，有了口可以尝到天地精华孕育的美味，鼻子能分辨百味……"

"真的吗？经你们这么一说，我还真的有点动心，虽然在天地的怀抱生活了这么多年，但天地到底是什么样子我还真不知道。"

"那就允许我们给你开凿出七窍好吗？"

"好吧，那我就能感受到七窍的神奇力量了！"

两个热心的朋友先用两天的时间在混沌前面两个翅膀和两条前腿之间的比较平的部位凿了两只眼睛，第三、四天他们又在眼睛的下部凿了两个鼻孔，第五天又在鼻子下面凿了一个嘴巴，第六、七天又在眼睛和左右下方分别凿了两只耳朵。

七天过去了，混沌神拥有了七窍，然而随着七窍的开凿，混沌体内蕴涵的天地精华也不断地向外飘散，又过了七天，混沌逐渐与天地化为了一体。

巨灵劈山

巨灵是阴阳二气化生的"元气"产生的一个神，传说他诞生在汾水源头一块隆起的怪石旁，能够造山川，引江河，后来，他负责治理黄河，成为黄河河神。

有一段日子，他一直在华山散心，无意中看见黄河水在华山的脚下泛起巨大的浪花，然后向南曲折而去。巨灵很纳闷。仔细查看后，他发现太华和少华这两座连在一起的大山阻挡住了黄河的去路。

怎么办呢？巨灵站在黄河中央查看面前的华山，忽然他发现太华山和少华山两座山上面是分开的，如果把这两座山劈开，黄河之水不就可以从两山之间痛快地流走了吗？巨灵下定决心要把华山劈开。

巨灵重又爬回华山顶端，养精蓄锐了三天，第四天，他抓住太华和少华两个山峰的山尖，大喊一声"开"，太华和少华两座山就被掰开了。黄河水马上向两座山峰汹涌而来。原来，两座山底端的山石还没有完全开，巨灵抬起巨大的脚向中间踏过去。两座山彻底分开了，黄河欢快地翻着巨浪从中间穿过。

太华和少华两座山被掰开后形成了一段峡谷，就像两个门框立在黄河的两岸，人们于是称这里为"龙门"。越过龙门之前的黄河水，被约束在高山峡谷之间，就像一头怪兽，因为找不到出口而咆哮着。横冲直撞中，这头"怪兽"来到龙门口。只见它一个急转弯，掀起的狂涛巨浪顷刻之间就撞在了峭壁上。它被迫掉过头来，撞向对岸的巨石。一次次碰壁后，这头"怪兽"只好退回去，可是随即又和矗立在河床中的一座巨大的礁石相遇。它似乎被激怒了，疯狂地冲向天空，在一阵喧嚣之后颤抖着从空中摔下来，落入谷底。黄河水总算跳出了龙门。

至今，巨灵因掰开山用力过猛而留下的手指印、手掌印以及脚印在华山上还能看见呢。

懒汉夫妇

天地分开之初，大地上的河流因为没有固定的河道而四散横流，经常泛滥成灾。地面上七股八道，沟沟汊汊全是水，天神于是派巨人朴夫和他的妻子去治理洪水，希望他们能兢兢业业，早日疏通洪水。

朴夫和他的妻子都是巨人，他们的身体有千里高，手臂长得能够搂住太行山，腰也有几千里粗。这样的身材，本来对治理洪水很有利，因为他们的身躯可以背负起大山，挡住洪水；他们拥有的力量可以将淤塞的河道挖开；他们的身躯可以拦住洪水，让洪水沿着河道流泻……只要他们用心，认真对待，肯定能治理好洪水。然而面对大地上像网一样杂乱的河流，他们没了耐心，感到好苦恼。他们好吃懒做，没有心思工作，整天只是潦草地应付差事，本来该深挖的地方，他们稍稍挖一条浅浅的小沟渠就放下了；有的河流却只疏通一个小小的出口，所以中途又淤塞了；用来阻挡洪水的堤坝却筑得不坚固，致使洪水又泛滥开来……很多年过去了，大地上依然洪水泛滥。

这对夫妻不仅好吃懒做，而且还痴心妄想。在治理河水的过程中，他们听说如果吃到

黄河里的一百颗水仙花的汁液就可以成仙，于是就东奔西跑寻找水仙花。他们一连找到了九十九颗，再找到一棵水仙花就可以成仙了！于是，他们又来到黄河边。在黄河里，他们终于找到了最后那一棵水仙花。后来，他们成仙了。

这让黄河的河伯很不服气，"这样懒惰懈怠的人都成了仙？"于是，河

伯就到天帝那里告状。天帝知道了这件事情，非常生气，就罢免了朴夫和他的妻子的职位，把他们放逐到东南的荒原里，让他们光着身子忍受寒冷和溽热，还不让他们喝水、吃饭，只可以用秋天的露水充饥。天帝说，什么时候大地上没有了水灾，他们才可以官复原职。

鬼母吞吃儿子

在南海的小虞山，居住着一个虎头龙爪，眉毛像巨蟒、眼睛像龙，形状奇特古怪的神，被称作"鬼母"，又叫"鬼姑神"。她本领很大，传说她创造了天地——上天风云涌动，入地生长万物。

她还能生产鬼，一次就能生产十个鬼。她的鬼儿子也都长得奇形怪状，生下来只吃飞虫，喝露水，长得也很快，一天之内就能长很高。鬼儿子们常在晚上出来嚎叫，鬼母听到这种声音很生气，所以早晨生下他们晚上就把他们吞吃下去。鬼儿子们在一天内吸收的天地精华，也会被鬼母吸收，鬼母的本领就越来越大。许多许多年以后，鬼母不仅能呼风唤雨，还能上天入地。

但是因为她的模样太吓人了，虎头龙爪都像被血涂过一样，天帝不允许她上天，就让她下到鬼域去治理鬼。鬼域里有各种各样的鬼，冤死的，打死的，孤魂野鬼……鬼母见到鬼蜮里竟然有这么多的鬼，就不再生产了，专心治理起鬼域来。她将各种鬼分别关押，经过不同的度化、惩罚，让它们知道善恶好坏。鬼域在她的治理下变好了。

钟山烛龙和阴阳二神

从前面几篇故事看，盘古应该是中国神话最正宗的开天辟地者，是中国神话中人类的始祖，而其他几位，比如说混沌、巨灵、那对懒汉夫妻还有鬼母，都是算不上造物主的，因为他们虽然具有非凡的神性，但是他们的身体还残留着太多动物的形象，所以还不能完全看作是天地人类的始祖。

不过，即便算不上造物主，他们的故事还是可以讲一讲的，毕竟有了他们，中国神话开天辟地这部分才会显得更加丰富多彩。

除了混沌、巨灵、那对懒汉夫妻还有鬼母，还有三位值得一说。

天地混沌不分的时候，深远广大，谁也不能知道它的终点在哪里。在这样的混沌中慢慢生出了阴阳两个神——阳神治理上天，阴神管理大地。在他们的治理下，天地逐渐分开，并形成了东、西、南、北、东北、东南、西北、西南八方；轻缓洁净的阳气逐渐向上成为天，浊重的阴气逐渐向下成为地；浑浊的气化为虫类，清轻的气则化为了一种精神的力量随天上升，再化为元气，然后产生了人类，于是虫类和人类便把天看作父亲，把大地看作母亲，把阴阳二气作为行动的依据，顺应由阴阳二气运转而形成的四季的变化。

另一位是钟山烛龙。在西北海之外，赤水的北面，有一座山叫做章尾山。这山上有一个神，它长着人的脸，蛇的身子；眼睛常眯成一条缝；全身都是彤红的，身子有千里长。它的本领很大，盘伏在山上，不吃不喝，不睡不休息，栉风沐雨。它闭上眼睛就是黑夜，睁开眼睛就是白天。它吹口气，便乌云密布，雨雪纷纷；吸口气又是烈日炎炎，骄阳似火；它一呼一吸就会大风万里。

因为西北方向的阴阳不足，所以这个神常常要衔着一支蜡烛照耀西北方的天门。那烛光加上它彤红色身体泛着的红光，照亮了一切幽暗阴深之处，包括九泉之下，于是，人们便称它为"烛龙神"，又称为"烛阴"。因为烛龙口里衔着的烛光能给大地带来温暖，所以，只要烛龙出现在天门，冬眠的动物就会出来活动。大地变暖，水汽涌动、上升，天上的雷公能够感受到，就会开始打雷。

女娲造人

女娲造六畜

盘古开天辟地后，天地间有了日月星辰、风雨雷电、山川河流、花草树木……

一天，伏羲的妻子女娲娘娘从天界来到了大地上。女娲是一位人首蛇身的女神，具有化育万物的神力。女娲看见天地之间这大好河山如此美丽，非常高兴，她尽情地游山玩水，享受阳光，欣赏明月，看雨落雪飞，看花开花落，草木生息荣枯。然而，时间久了，女娲也感到了寂寞，总觉得大地上缺少了点什么。

坐在河边休息时，她想：缺点什么呢？无意中她抓起河边半湿润的土，就随意地捏了起来。她先捏了一个牲畜，头较长，面宽，角向外上方弯曲，尖端稍向上，颈长中等，体躯长，呈圆筒状，肌肉丰满，前躯较后躯发育好，胸深，四肢结实，蹄子分两半，拖着一条长尾巴，鼻孔很大，眼睛也很大，充满了忠厚善良的光芒。女娲很喜欢，捏成后就轻轻地对它吹了一口仙气。没想到它竟从女娲的手掌上走到地上来。似乎是为了回报女娲为它创造生命，它"哞哞……"地叫着，用头蹭着女娲的胳膊。仁慈的女娲神欢喜得很，摸着它的头说："你是我创造的第一种牲畜，看你身体强健，敦厚淳朴，你就叫"牛"吧。你四肢结实，以后就多在田地走动吧，我会再帮你创造一些同伴陪伴你的。"说完，女娲让牛去了田地。

看着牛走向田地，女娲想："我何不多捏几种动物，让它们并存，这样它们就不会感到孤单了。"于是，女娲又捏了马、羊、鸡、狗和猪。

六畜就这样诞生了。女娲给它们明确分工：牛驾车耕田，马负重致远，羊供备祭器，鸡司晨报晓，狗守夜防患，猪宴飨速宾。六畜各有特点，也各有用处。

看着天地间多出的牲畜，女娲感到很满意。忙了这一段时间，女娲很有成就感，但是也觉得好累，就伴着河边青青的草香睡着了。

女娲抟土造人

女娲一觉醒来，人间已经过去很多年了。她造的六畜和各种动物混杂在森林里，草原上，也多了许多野性。女娲看着周围的一切，还是感到很孤独，大地上没有和自己一样，能直立行走，会说话思考，有感情，能和自己沟通的人，她觉得天地间再添点什么就会更有生气了。突然一个奇妙的想法从她的脑子里涌了出来。她决定马上把自己的想法付诸于行动。

女娲来到一条很长很宽的河流前蹲下了身子，清澈的河水映出了自己的面容。她在河边上挖出了一些黄色的泥土，然后用河里的清水把泥和好。接着，她又按照自己的样子把泥团捏好。她看了看泥团，总觉得有什么地方不对。哦！原来这个小泥团和自己一样，没有分开的双腿，只有一条和蛇一样的大尾巴。于是，女娲又沾了些水，把泥人的尾巴捏成了两条腿。

女娲把泥人捧在手里把玩了半天，然后对着泥人吹了一口带有生命气息的仙气。当她把泥人放在地上时，奇妙的景象出现了，这个小泥团活了，在女娲身边不停地跑着跳着。

看着这个和自己长得差不多，却比自己渺小的孩子，女娲高兴极了。她对小娃娃说："孩子，你是来源于黄土的，因而你有黄色的皮肤，黑色的眼睛，你的头发是黑色的，你虽然身体渺小，但是你会思考，会说话，有感情，能够吸收天地的精华，你和鸟兽不同，因你直立行走，你的名字就叫'人'吧。"

那小娃娃蹦蹦跳跳地说："妈妈，妈妈，您能创造更多的和我一样的'人'吗？"

"可以呀，这正是我想做的呢！"女娲答应道。

正所谓"一回生，二回熟"，有了第一次的经验，女娲后边的工作做起来就得心应手多了。只见她左手从河边挖泥，右手从河中取水，然后双手灵活地揉捏着，一会儿的功夫就造出一个新的人。就这样，女娲不停地挖泥、取水、揉捏，渐渐地她的周围布满了这些可爱的人，其中既有男人，也有女人。

看着这些聪明的生灵在大地上欢笑，女娲充满了信心，她要让人类的足迹布满大地，然而她工作得太久了，太累了，手都已经麻木了。怎么办呢？忽然她灵机一动。她从远处找来了一根绳子，先把河边的一些黄泥扔进河里，把河水搅浑，然后再将绳子抛进河中，使绳子沾上带有泥的河水。接着，女娲把绳子从河中取出来，在天空中一甩。这样，绳子上沾的泥点就降落到了地上，而每一个泥点则变成了一个新的人。女娲看见这个法子要比自己一个个揉捏省力得多，就让孩子们和自己一起用草绳蘸上泥浆创造人类。据说，今天中国的黄河就是当时女娲造人取水的那条河，这也是为什么中国人管黄河叫母亲河。

创造工作终于完成了，人类的数目已经足够遍及大地的每一个角落了。这时，女娲又想："因为人类是我创造出来的，所以他们和其他的鸟兽鱼虫是不一样的。人类应该是大地的主宰，一切动物都要听他们的指挥。"于是，女娲又赐福给这些人类。

看着大地上布满了人类，女娲觉得自己的任务完成了。她觉得很欣慰但也好累，必须要好好歇一歇了，于是她闭上眼睛睡着了。

女娲在睡梦中，梦见自己造的人类都消失了，大地上一片空茫。从梦中醒来的女娲想到了一个可怕的问题，那就是人类虽然是万物的首领，但是他们和其他动物一样，最终都会迎来死亡。如果人类死去一批，自己再来造一批的话，简直太麻烦了。怎么办呢？女娲看着大地上自己创造的男男女女内心愁云密布。

对呀！男人强壮，女人柔弱，让男人和女人结合起来自己去孕育后代，抚育后代，这样人类就可以绵延下去了。于是，女娲就为人类建立了婚姻制度，让男女互相结合，生儿育女，繁衍生息。

女娲发明笙簧乐器

经过女娲的一番努力之后，人间大地呈现出一派欣欣向荣的景象：六畜已经被人们驯服，和人类成为了朋友，心甘情愿地为人类服务；人们与自然和谐相处，努力地耕作，快乐地生活……女娲看到自己创造的孩子们安居乐业，心里感到非常高兴。但她还是不满足，她想让人类过得更快乐一些，于是，她又造了一些乐器，如笙簧。

女娲从昆仑山的脚下最温暖的溪水边取来竹子，用绳子或木框把一些发音不同的竹管编排在一起，还在竹管里面加了竹制簧片；选来上好的生长在黄河流淌最平缓的河段的葫芦，用葫芦制成笙斗；吹嘴由木头制成，木头是有名的楠木。十几根长短不等的竹管呈马蹄形状，排列在笙斗上面。笙的音色清凉甜美，高音清脆透明，中音柔和丰满，低音浑厚低沉，音量较大。

女娲把这种乐器当作礼物送给了她的孩子们。她说："孩子们，当你们不能用语言表达自己的喜悦的时候，可以用它吹曲调，那曲调就是你心情的表达。"人们感到好神奇，争先恐后地向女娲学习制作的方法，很快制作这种乐器的手艺就在人们中间传播开来。

在女娲的教导下，人们还发明了笙簧的其他许多种用法，比如说，用它表达快乐，庆祝丰收，男女之间的爱慕之情等等，只是曲调不同而已。

看着孩子们平安、欢乐地生活着，女娲觉得自己的工作完成了。至于其他的，她希望人类用自己的智慧去开拓，她相信人类会在以后的生活中不断地学习进步的。女娲感到很累了。

这时，一辆白螭带路、黄云簇拥、飞龙驾驭的雷车降落在地面上。天帝派人来接女娲回天庭了。

女娲不想离开自己的孩子们，也不想离开生机勃勃的大地，但是天帝还等着她汇报人间的情况呢。在白螭的催促下，女娲登上雷车，乘云驾龙而去。

大地上的人类为了感激女娲的恩德，表达对她的怀念，就将女娲奉为女娲娘娘，以隆重的形式祭祀她。

女娲斩康回

女娲哪里知道，她刚走就来了一个康回，专用水害人，使人类遭受洪水之灾。

人们没有办法只好向上天祷告。女娲正在天上闭目捻珠，忽然一个珠子不转了，她赶紧派一个女童到人间去查看出了什么事情。知道真相后，女娲气坏了，立刻来到人间与康回斗争。

康回是冀州地方的一个怪人，他生得铜头铁额，红发蛇身，是一位天降的魔君，专来和人类作对。他率领的人熟悉水性，与人打仗总用水攻。

女娲运用她的七十种变化，到康回那里打探了一番，回来后就叫众百姓预备大小各种石头两万块，并把石头分为五种，每种用青、黄、赤、黑、白的颜色作为记号；又吩咐预备长短木头一百根，另外再备最长的木头二十根，每根上面，女娲亲自动手，给它们雕出鳌鱼的形状；叫百姓一个月内备齐芦苇五十万担。

然后，女娲又挑选一千名精壮的百姓，指定一座高山，叫他们每日上下各跑两趟，越快越好；又挑选两千名伶俐的百姓，叫他们到水中进行游泳训练，每天四次，以能在水底潜伏半日最好。女娲又取些泥土，将它捏成人形，大大小小，一共捏了几千个。

刚刚准备完毕，康回就率部来攻，他故伎重演，洪水汹涌而来。女娲就叫百姓将五十万担芦苇先分一半，用火烧起来，化为灰烬，又叫百姓将烂泥挖起来和草灰拌匀，每人一担，向前方挑去，遇到有水的地方就填上，于是，康回灌过来的水都倒灌了回去。康回败了第一阵，就率领部属直接冲杀过来。他的部属本就凶猛，这次又吃了亏，变得更加的凶狠。这时女娲所做的几千个土偶个个长大起来，大的高五丈，小的也有三丈，手执兵器，迎向敌人。康回的部众几时见过这种阵势，一个个惊惶失措，败下阵去。

女娲知道康回会马上改变策略的，立即吩咐那两千个练习泅水的百姓："康回这回退去，必定拣险要的地方守起来，他一定在大陆泽，和他的老家昭余大泽一带躲起来，那里他筑有大堤，为防他决堤灌水，你们一遇到有堤防的湖泽，就用我为你们预备的木头在湖的四周先用四根长木一直打到地底，再用几根短木打在旁边，他就不能决堤，因为大海之中，鳌鱼最大，力也最大，善于负重，我已经到海中与海神商量好了，将这些鳌鱼的四足暂时借用一下，所以那木头上刻的，不但是鳌鱼的形状，它的精神也在里面。"这些人听了欣然前往。

女娲又带了一千个善于长跑的百姓，携了缩小的土偶、石头等物，一路赶去，在大陆泽和昭余大泽彻底击败了康回。康回逃跑时遇到那一千个久练长跑的人，康回跑不过他们，被生擒了。女娲历数了康回的罪行后，下令将其斩首。可是，只听"咔嚓"一刀下去，不见有血冒出来，却有一股黑气升到空中，原来康回也有些神通，化作一条黑龙蜿蜒逃走了。

共工和祝融的战争

女娲创造了人类，为人类建立了婚姻制度，很多年以来人类都平静地生活着。可是，突然有一年，不知道怎么回事，居住在赤水的水神共工和南方火神祝融打了起来，扰乱了人类的平静。

先说说这两位神：掌管着赤水的共工长着人脸，蛇身，满头都是红色的头发，他性情凶暴。

祝融居住在赤水南边，长的也是人面，却是兽身，常常乘两条龙飞行在天上。传说这个共工还是祝融的儿子，他们都是炎帝的后代（炎帝之妻、赤水氏的女儿听妖生炎居，炎居生节并，节并生戏器，戏器生祝融，祝融降处于江水，生共工）。

共工和祝融之争起源于共工一个手下的坏主意。共工的手下都是一些残暴贪婪的家伙，他最大的帮凶就是相柳。

相柳也是人面蛇身，但是浑身都是青色的，长着九个脑袋。相柳的九个脑袋里面都是坏主意，总是想尽办法讨共工的欢心。有一天，相柳看见人类忽然灵机一动，想出一个游戏人类的办法。共工听完哈哈大笑，说："好，就依你说的办！"随后，相柳就命令江河里的虾兵蟹将鼓动江河，掀起大波大浪，冲毁农田让人类在水灾中挣扎。共工感到这个游戏很好玩，就乐此不疲地玩起来了。

这一幕正好让驾着两条飞龙出来游玩的祝融看见。当他询问了缘由，知道是共工为了一己之乐而不顾天下苍生的性命时，他震怒了，立刻传下令来，将自己在南方的汉神调回来，共同发出炎炎的猛火，将共工的虾兵蟹将烧得片甲不留。

共工见兵将们退了回来，很是生气，于是重新布置兵阵。这一次不是冲着人类，而是针对祝融了。也许是因为水火不相容的缘故吧，这场争斗异常激烈，两位大神从天上打到地下，又从地下打到天上，整个世界都被这场争斗搅得不得安宁。最后，火神祝融技高一筹，打败了水神共工。

残暴的共工得到了惩罚，他的那个有九个脑袋的帮凶——相柳看到自己的馊主意引来了主人的巨大损失和羞辱，感到非常的不好意思，就躲到昆仑山里不敢出来了。

失败和愤怒冲昏了共工的头脑，他居然用头去撞支撑天地的不周山。不周山，在大地荒原的角落，山形如一枚缺坏的银币，有两只黄色的神兽守护着，山上泉水叫寒暑水，水的西面有湿山，东面有幕山，中间的叫做禹攻共工国山。共工一怒之下就是撞在中间这座最高的山上。天地动摇，吓得两只守山的神兽也不知所措，以前对于来山上的神仙它们都能应付一下，而这个震怒的共工他们怎么也阻挡不了了。于是它们拼尽全力分别扶住东西的湿山和幕山，以此来保护不周山，但不周山还是断了。

共工撞了不周山，晕过去后不久就苏醒过来，内心的怒气倒是发泄了出去，然而他这一撞却给世间带来了一场巨大的灾难。

女娲补天

原来，不周山是一根支撑天地的大柱子，震怒的共工一撞这柱子就断了。灾难降临到了大地上，半边天塌了下来，天上出现了一个巨大的窟窿，熊熊的大火在森林中燃烧，无尽的洪水从大地中涌出，人类对这场突如其来的灾难束手无措。更加可恨的是，很多毒蛇猛兽也趁火打劫，跑出来吞食人类。人类迎来了灭顶之灾，不但要躲开洪水，避开山林的大火，还要想办法对付各种鸟兽的侵袭……一时间，整个大地哀号遍野。

女娲看见自己创造的孩子们遭受这样惨烈的灾难，痛心疾首，她很想去找共工算账，让他承担后果，但是女神仔细考虑，共工那凶悍的性格，连自己的父亲都兵戎相见，让他承担后果恐怕很难。而且万一他乖戾的脾气上来，不知道又会惹出什么祸事来，若再继续制造灾祸，人类将难以生存了。还是想办法先拯救人类吧。看看洪水，又看看山林，女娲心想："这一切灾难的源泉，都是来自天上的那个大窟窿，只有把那个窟窿补起来，才能遏制灾难。不过，用什么东西来补天呢？"想来想去，她最后决定采用五色神石来做补天的材料。

她首先在昆仑山众水的源头拣选了许多五色的石子，它们的颜色分别是红、黄、灰、白、青。然后，到昆仑山的一块断崖下，架起一个半座山大的炉火，把五色石放进去。她焦急地等待着，因为她知道时间拖得越长，人类所受的灾害就越重。经过了七七四十九天的熔炼，五色石被炼成了七七四十九块巨大的五色石。这七七四十九块五色石已经不是普通的石头，它们不怕水火，而且还能够升腾。

石头炼好后，女娲就用双手托起石头，飞上天将它补在天塌陷的窟窿那里。每补一块，窟窿就缩小一块。七七四十九天下来，天上的窟窿被五色石补好了。

窟窿是补上了，可是那根折断的支撑天的柱子怎么办呢？女娲开始四处寻找。最后，她在茫茫的大海上发现了一只大龟。女娲走过去对它说："如今天上的窟窿也被补起来了，但是那根折断的天柱却没有了，所以我想请你帮个忙！"大龟问道："您说吧女娲娘娘，只要我能做到的一定帮忙！"女娲说："好！我想用你的四条腿做撑天的柱子可以吗？"为了整个世界的安宁，大龟答应了女娲的请求。于是，女娲就把大龟的四只脚砍了下来，当作四根柱子支起了倒塌的半边天。

天降的灾难是结束了，可是地上的灾难并没有停止，毒蛇猛兽们依然威胁着人类的生命。其中以一条居住在深海里的黑龙最为可恶。于是，女娲又来到人间，带领着她的子民们把那条凶残的黑龙杀死。正所谓"杀一儆百"，黑龙的死给了其他妖兽警告，它们再也不敢随便出来捣乱了。

接着，女娲又带领人们堵住四处漫流的洪水。

最终，人类在女娲娘娘的保佑下脱离了苦海。不过，这次灾难也给世界留下了"后遗症"。当初倒塌的那半边天是在西边，虽然有四只龟脚支撑着，但是高度却比东边要低一些。从那以后，太阳和月亮每天都是自东方升起，然后向西方落去。

海洋中的神仙世界

女娲修补好苍天，治理好大地后，天地之间恢复了平静，但由于大地倾斜，所以所有的河水都向东奔流，灌注到海里。

传说在渤海的东面几万里远的地方，有一个深不见底的被叫做"归墟"的大壑，不论是来自大地百川的河水还是通向天河的水都会流到这里，神奇的是，归墟里的水总是保持着平常状态，既不增加也不减少。

"归墟"里面有五座神山，就是"岱舆"、"员峤"、"方壶"、"瀛洲"、"蓬莱"，每座神山高三万里，山顶平坦之处有九千里，山与山之间的距离有七万里。山上的宫殿是用黄金打造的，宫殿的栏杆是用玉石雕刻的，神山上的所有飞禽走兽都是白色的，山上还有许多奇特的树，这些树结的果实是美玉和珍珠，味道非常鲜美，凡人吃了可以长生不老。许多神仙住在这里，他们都穿洁白的衣服，背上长有小小的翅膀。平时这些神仙们在大海上、碧空下，像鸟一样自由地飞翔，走亲访友过着逍遥自在的生活。

但在逍遥幸福的生活中，也有一个小小的烦恼。原来这五座神山都是漂浮在大海中的，下面并没有固定在海底，一遇有大风，便会漂流不定，风吹来的时候，山漂泊不定，有好多次神仙们按原路都找不到家了，这给神仙们来来往往造成不便。于是他们向天帝去诉苦。

天帝也害怕几座神山漂到天边去，诸神无家可归，于是，命令自己的孙儿海神"禺强"想办法让五座神山安定。

这个海神禺强，生活在最北面的海上，长得人面鸟身，两只耳朵上分别插着一条青蛇，爪子上缠绕着两条青蛇，他有两个大大的翅膀，翅膀鼓动起来能够产生猛烈的飓风，据说他飞起来，就会有大风从北面吹过来，海面上会掀起排天巨浪。就是这样一位本领高强的海神接受了天帝的命令。

为了让居住在神山上的神仙们安心，禺强决定派十五只活了上万年的大乌龟去把五座神山用背驮起来。每座神山分到三只大龟，一只大乌龟负责驮山，其余的两只负责在旁边守候，六万年轮流一次。神山稳定了，住在山上的神仙们又恢复了原来的生活。

可是，几十万年以后，神仙们平静的生活又出现了小小的波澜。原来，开始的时候乌龟们感觉这个工作很新鲜，也都做到了尽职尽责，可是时间长了，他们发现自己辛苦地在水下背负大山，而山上的神仙则饮酒下棋，吃茶修行，还能够各山走访，很是自在。听见神仙们自在的笑声，乌龟们不免感到寂寞，所以有时候他们几个也在水下玩玩游戏，当他们玩游戏的时候，背负的大山就会晃动。每当这时，神仙们就会心惊肉跳，但是山毕竟没有漂移，神仙们也就原谅了乌龟们。

龙伯国大人的玩笑

尽管乌龟们有时因为玩游戏，会给山上神仙们的生活带来一些不便，但毕竟山还是很稳定的，所以，山上神仙们的日子一直还算平静。

然而，这平静却被来自嗟丘北面的大人国的一个人打破了。从海外的东南角向东北角望去，大人国在嗟丘之北的大言山上。大人国的胎儿要在母腹中孕育三十六年才会被生下来，一生下来便是白头发，而且身材异常高大，且能乘云雨飞行，他们可能是龙的一类，所以人们把他们的国家称为"龙伯国"。龙伯国的大人，抬脚不过几步便可以走遍五座大山，而且他们善于驾船，所以他们常常在汹涌的波涛中驾舟到神山来玩。

有一次，龙伯国的一个大人，早上起来看着东面的太阳刚刚升起，想想今天自己也没有什么事情做，觉得好无聊，于是决定到东方的大洋里去钓鱼。他扛起一支大钓竿，带上足够的鱼饵，驾上船出发了。走了不远，他看见了晨雾中的五座神山，觉得那里有灵气，肯定有大鱼，便朝着神山进发。

龙伯国的大人乘风破浪，很快就到达了神山。下了船之后，他将五座神山周游了一遍，越看越觉得自己没有看错，于是，就坐到蓬莱山的山脚，开始垂钓。蓬莱山正对着岱舆山。他将巨大的钓竿甩出去，一甩就是五万里，钓竿上挂满了各种鱼肉，腥香很快就随着海水蔓延。背负岱舆山的大龟正饥肠辘辘，但是正好自己当班又不能抽身，所以它就呼喊两个同伴，让它们好好的闻一闻附近是不是有大的鱼群，是不是可以饱餐一顿了。两只大龟一听，欣喜得不得了，赶紧仔细闻了闻海水，然后欢呼雀跃，异口同声地说："没错没错，一定是大鱼呢！"

当班的大龟说："兄弟，你们俩赶快行动呀，不然一会被蓬莱山或者员峤山的同伴们闻到腥味，就没有咱们的份了。"两只大龟赶快奔着腥味游过去，果然有很多的鱼肉，而且是成串的。看见鱼肉，两只大龟也没有多想，只说了一句"我们先吃吧，吃完给那个家伙带回去一些"，就大口大口地吃起来。这时等在蓬莱山脚的大人感觉到了钓竿的震动，心里暗喜，鱼上钩了，不过，还得再等等，等它们再麻痹些。他耐心地等了一会，感到钓竿动得更厉害了，就用力一拉，两只正在享受美味的大龟被拉出了水面，这时候乌龟们才意识到自己受骗了，但是挣扎已经无济于事，因为它们已经咬住了钓钩。

龙伯大人一见是两只巨大的乌龟，高兴极了，第一次就有这么大的收获，后面自然是更加有信心了。随后，他将巨大的钓竿第二次甩了出去。

此时，等在岱舆山下当班的大龟心急如焚了，见自己的同伴一去不返，它想一定是鲜嫩的美味让它们乐不思蜀了。鱼腥的味道越来越浓，它的肠胃也叫得越来越厉害，他管不了那么多了，嘟囔了一句"神仙们，对不起了，我先去吃点吧，不然也没有力气值班了"，就抽身出来了。结果，这位当值的大乌龟命运和它的同伴的一样，也被大人钓上了岸。

龙伯大人见短短的时间自己就收获这么大，成就感被激发，于是继续垂钓。他如法炮制，员峤山的三只大龟也被他收入了囊中。不到中午龙伯国的这位大人就满载而归了。回去之后，他尽情地享用美味的龟肉，然后，还将六只大龟的壳剥开用来占卜了。

而没有大龟背负的两座大山——岱舆和员峤，则慢慢地向北漂流，最后沉没在海里了。山上的神仙在慌乱中搬到了其他三座山上。

这件事情被天帝知道后，天帝震怒，下令削减龙伯国人的土地，缩小他们的身材。这就是龙伯国大人的一个玩笑惹出的风波。

归墟里的神山沉没了两座，还剩下蓬莱、方壶和瀛洲三座，依然由大乌龟们背负着。有了那六只乌龟的教训，剩下的乌龟们更加恪尽职守，归墟的神山也因此而安静了很多。

伏羲的传说

伏羲诞生的传说

在遥远的远古时期，曾有一个叫做华胥氏国的极乐国度。那里远离尘世，外面的人很难到达。那里没有领导者，人们整日过着一种无欲无求的生活，因此都觉得很开心。也许是特殊的地理环境和脱俗的性格使然，那里的人们生来就有神通，火烧不化，水淹不死，每个人都可以活得很久。很多人将这个国度称为仙国，将这里的人们称为生活在大地上的神仙。

在华胥氏国，有一位叫做华胥化的美丽女子。一天，她到外面游玩，忽然看到泽地上有一个巨大的脚印。女子觉得脚印很有趣，就跳到脚印里去了。瞬间，她觉得自己的身体好像被蛇缠住了，但很快蛇又离开了她的身体。时间短暂得使她觉得那只是一种错觉，因此也没当回事。晚上回到家以后，她发现自己的身体出现了异常，她怀孕了。可十个月的分娩期到了，她却一点儿要分娩的迹象都没有。华胥化等啊盼啊，直到十二年后，她才生下了一个男婴。然而这个男婴也与一般的男婴有着明显的区别，他人首蛇身，看起来十分可怕。这个人首蛇身的孩子就是伏羲。伏羲诞生的故事与周朝祖先稷诞生的传说很相像。伏羲和稷是不是一个人就不得而知了。

伏羲生长得很快，几个月便长成了一个青年。他非常聪明，而且还有很多神通。他能够沿着天梯一直爬到天上去，故而能在天上人间自由来去。有人说他是雷公的孩子，一方面是他的长相与雷公很像，另一方面也是因为泽地中的脚印就是雷公留下的。不管伏羲是不是雷公的孩子，他的神通广大都是不容置疑的。也正因为他的与众不同，人们才特别尊敬他。在很多人看来，伏羲的母亲华胥化神奇受孕，而且用了十二年的时间才生下伏羲，这个孩子必定是与神灵相通的，故而人们都把他当神灵一样对待。而事实上，伏羲也确实为人类做了不少好事，为人类带来了很多生产和生活上的便利。后来，伏羲成为了天上的大神，被称为东方天帝。

句芒是伏羲的得力助手，被称为东方神、木神。句芒的长相也很特别，面部是人形，身子却是鸟样。人面蛇身的伏羲和人面鸟身的句芒在一起，倒也十分相配。句芒曾跟随在伏羲身边多年，与伏羲一起为人类造福。在伏羲被封为东方天帝以后，他也被封为东方神，与伏羲一起管理东方。句芒很能体察百姓的疾苦，在其成神之后，仍然为人间做了不少好事。比如在得知秦穆公的贤明之后，他就下凡为其加了十九年的阳寿，使其能够更多地为百姓造福。

雷公被囚和遇救

有传说认为伏羲是雷公的儿子，也有传说认为上古时候中国大地发了一场大洪水，并且这场大洪水的幸存者只有伏羲和他的妹妹，于是，伏羲和他的妹妹创造了后来的人类。这个传说也和雷公有关。

有一年，沿东海一带突然大旱，一年下来几乎颗粒无收。到了祭祀的时候人们没有谷物祭祀上天，就上香祷告，希望上天能降下甘霖。到了第二年依然是这个样子，人间便开始流传：一定是得罪了天上的雷公，他才不给人间降雨。祈求祷告已经不能打动上天的神明了，尤其是雷公，现在必须向雷公挑战。

大家都说雷公是雷泽的雷神，人面龙身，头上没有角，全身是苍白色，他鼓动腹部就会发出雷声；他力大如牛，能够腾云驾雾，腾云的时候身上会生出青色的肉翅膀；最可怕的是他手里有一把金刚神斧，一挥动就火星四射。

一听说雷公如此威武，很多人都望而却步了。

只有生活在山林里的一个男子想为人类讨回公道。他居住在山林里，屋顶铺的是他从树林里摘回的青苔和树皮。他有一对小儿女，都不过十多岁，天真烂漫，他很疼爱他们。

他决定挑战雷公。于是日夜在家里打造一个大大的铁笼子，一对小儿女在他身边嬉笑。父亲的工作这对小儿女都看在眼里，但是他们只知道这个笼子很大，很结实，却不知道是用来干什么的。

笼子打造好了，其他的一切也都准备好了，可是，怎么让雷公知道呢？

当地有这样一种说法，黄鱼和猪肉掺在一起吃下去，就会遭到雷击，于是，男子吃下了这两样东西。果然不久天上浓云滚滚，大风怒号，裹夹着雨点，轰隆的雷声越来越响，看来雷公真的发怒了。男子安顿好一双儿女，然后把早就准备好的铁笼子抬出来，放在檐下，打开笼门，自己手里拿着那把使用多年的打虎的叉子，站在门口等候。

一声霹雳，暴雷从天上直灌人间，紧接着又是一道骤亮的闪电闪过。伴随着一声山崩地裂的巨响，青脸雷公手拿神斧从天山飞落，背上的翅膀还在扇动，眼睛里喷着愤怒的火光。

男子将手中的铁叉挥舞起来，一叉叉在雷公的腹部，这样雷公就不能鼓动雷声了，这也是雷公致命的弱点。雷公就像一头被制服的黑熊一样被男子放进了铁笼。

男子将铁笼扛进屋，并对雷公说："人间已经快三年没有降雨了，你这雷公不顾人间苍生，这回被我捉住，让你不司本职。"雷公自知理亏无话可说。

男子让他的一双儿女看守雷公。天真的孩子们起初很害怕，雷公的脸虽说是人的样子，但是满脸都是连片的胡子，整个脸都是青色的。时间长了，孩子们见到雷公被关在笼子里，也便不是很害怕了。

第二天，男子想去和人们商量如何处置雷公，就嘱咐孩子要好好看管雷公，并告诉孩子千万不要给雷公水喝。

男子走了以后，老谋深算的雷公假装在笼子里呻吟："哎呀，渴死我了，孩子们请给我一碗水喝吧！"男孩对雷公说："休想，爸爸走的时候告诉我们了，不准给你水喝。"雷公见孩子可以对话，就又哀求到："孩子，我真的渴得不行了，一碗水不行就给我一杯吧。我真的渴得不行了。"男孩仍然拒绝他："不行不行，爸爸知道了要骂我们的。"

雷公见孩子只是怕爸爸骂他，并不知道水对自己的作用，便继续哀求："好孩子，我就要渴死了，你就给我哪怕一滴水也可以呀。"

"不行不行！"男孩仍然很坚决。

女孩看到雷公的哀求觉得很可怜，就对哥哥说："哥哥，你看他都快渴死了，要是渴死了爸爸回来是不是也会骂我们呀，那我们就给他一滴水吧。"男孩想了想，一滴水也没什么吧，总比他死了好呀，于是，兄妹俩就把刷把蘸了水，洒了两滴在雷公的嘴里。兄妹俩哪里知道，水是雷公的力量之源。雷公得了水后重获力量，赶紧向孩子们致谢。雷公又想，孩子的父亲也快回来了，一定要赶快逃走，于是，马上对孩子们说："孩子谢谢你们给我水滴，这两滴水挽救了我的生命。请你们离开这间屋子，我要出来了！"

两个孩子惊恐万分，刚刚跑出屋外，就听见惊天动地的一声巨响，雷公已经冲破铁笼从屋子里飞了出来。雷公从嘴里拔下一颗牙齿赠给兄妹俩，并对他们说："把这个拿去种到土里，如果遇到灾难，你们就藏到它所结的果实当中。"说完就乘着黑云飞上天去了。

两个孩子望着天空，不知所措。

伏羲和女娲兄妹

　　正在商议如何处置雷公的父亲，听到天崩地裂的一声巨响，知道一定发生了什么事情，就赶紧回来。回到家里，他发现雷公已经逃走，两个孩子也不见了踪影。父亲很着急，屋前屋后地呼唤两个孩子。

　　两个孩子拿着雷公给的牙齿，觉得很有意思。

　　"这是种子吗？"妹妹问哥哥。

　　"应该是种子吧，只有种子才能种到田地里。"哥哥回答。

　　"可是我看见他是从嘴里拔出来的呀？"

　　"妹妹，我们赶快把它种到地里吧，一会，爸爸回来看到那个怪物逃走了，走的时候又赠给我们礼物，一定会生气的。"

　　于是，他们跑到离家很远的田地里把牙齿埋上了。可是，刚刚埋上一会，两片碧绿的嫩芽就从泥土中钻了出来。兄妹俩觉得好奇怪。正在这个时候他们听见父亲的呼喊，就赶紧跑回来。

　　兄妹俩见了父亲，低着头把事情的经过说了一遍，父亲没有责怪他们，而是严肃地说："孩子们，一场大的灾难就要来临了，你们放走的不是怪物，而是天上的雷公，他会回来报复的。现在爸爸要打造一条大铁船，以应付灾难。"

　　两个孩子听到这些也胆战心惊的，就把雷公走的时候留下礼物的事情和父亲说了。父亲让他们带路去看那棵新苗，它已经开花结果了。父亲说："好吧，雷公这是在感谢你们呀！让它生长吧。你们俩就负责看管这株植物，我去打造铁船。"

　　第二天，兄妹俩再去看时，发现昨天结的果子已经长成了一个硕大无比的葫芦。那天傍晚，葫芦就成熟了，自己从蔓上掉下来了。兄妹俩把它拖回家，用刀锯锯开了葫芦的顶部，发现里面密密麻麻地长了很多像牙齿一样的东西，乍一看上去有点吓人。兄妹俩拔了一颗觉得没有事情，就把里面所有的牙齿状的东西都挖了出来，里面空空的，试着爬进去，正好能容下他们两个。他们把这个消息告诉了父亲。父亲告诉他们如果有风雨就躲进葫芦里。

　　第三天，父亲也卯完了铁船的最后一个钉。

　　突然，狂风大作，天上一瞬间就涌出许多又黑又重的云，似乎要把大地覆盖，大地像进入夜晚一样黑暗。风刚刚吹过，大雨便倾盆而下，地上每一个裂缝的地方都喷涌出洪水，越来越凶猛，很快大地变成了一片汪洋。

　　父亲赶紧喊两个孩子，让他们躲进葫芦里，并告诉他们："孩子们，这是雷公发洪水来报仇了，你们就躲在葫芦里，什么时候听见外面没有风雨声再出来。"然后给他们盖上盖子，自己则跳进了铁船，在浪涛之上漂流。

洪水越来越汹涌，已经淹没了高山，快要达到天宇了。父亲驾着船，和风雨洪水搏斗，不经意间竟到了天门。他就用船头撞击天门，"咚咚"的声音震动着云霄，他边撞击边大喊："天神，快开门，放我进去，我有事情禀告天帝。"早已被惊动了的天帝赶紧传唤守门的天神，问他外面发生了什么事情。天神禀告了大地上发生的事情。天帝很吃惊，赶紧下令召见这位勇士。那位父亲见到天帝就把雷公如何不降雨导致干旱，自己如何和雷公战斗，以及雷公逃走，然后回来寻仇的事情说了一遍。天帝大怒，马上下令退水。

水神遵令行事，顷刻间，风定水止，父亲的铁船也随着从高空跌落下来，因为铁船面积大，洪水又是瞬间消失，所以铁船碰击地面就碎落了。可怜的父亲也同铁船一样跌得粉身碎骨。

躲在葫芦里的兄妹俩也从高空中跌落，但是他们却没有事，因为葫芦是圆的，而且内里有一层柔软的东西。葫芦落到地上弹跳了几下就停止了。兄妹俩从葫芦里听不见任何的风雨声，就打开盖子爬了出来。

经过这场洪水，大地上所有的人类都被吞噬了，只有这两个孩子存活了下来。他们原本是没有名字的，因为借助葫芦才存活的，所以就起名为"伏羲"，也就是"瓠戏"的谐音。

后来为了区别男孩和女孩，就叫男孩"伏羲"，叫女孩"女娲"。这就是伏羲和女娲兄妹。

兄妹结婚

在空旷的大地上，那场灾难的幸存者伏羲和女娲兄妹俩，没有了家园，也没有了亲人。

两个孩子相依为命。哥哥带着妹妹到山林里寻找食物，遇到猛兽，哥哥就首先爬上树，然后把妹妹拉上去。天气暖和的季节他们就在北方生活，天气寒冷了他们就跋涉到南方。他们南北东西地走动，认识了很多的植物和动物，慢慢地从大自然中寻找可以食用的谷物，试着种植。他们记得父亲常常猎取的动物，如野兔、山鸡等，就用各种办法猎取到，当作食物。

一年又一年，在克服各种困难的过程中，两个孩子慢慢地长大了。

有一天，他们走到大地西部的昆仑山麓的南部。在这里，他们发现了一片树林，方圆达三百里。这便是南汜林。他们在这里游戏，相互追逐打闹，追着追着，两个人累了，就倚靠在一棵大树下睡着了。

他们睡着后，这棵树恢复了原貌。原来这是一棵通天的神树，它的样子像一头牛，它的皮像人帽上的缨穗，也像黄蛇皮，它的叶子像罗网，它的果实圆如弹丸，它的木质像刺榆。这是天帝派下来的使者，天帝让它带他们兄妹到天庭去。

伏羲兄妹俩醒来后，发现自己竟然在一个金碧辉煌的宫殿里，周围的人一个都不认识。这时，天帝开口了："伏羲、女娲，朕知道你们因为心地善良而释放了雷公，但却给人类带来了灭顶之灾，朕不惩罚你们，如今你们已经在人间的艰难困苦中捶打得很坚强了，此后你们就是人类的父母了。"说完，天帝一拂袖，兄妹俩觉得白光刺眼，只一眨眼的功夫两个人就又回到了树林里。刚才的事情他们都忘记了，只有"从此，你们就是人类的父母"这句话在他们的耳边回荡。

哥哥望着妹妹，妹妹望着哥哥，四目相遇，一种照彻心底的温暖，让他们好像不认识彼此了，但好像又似曾相识，却是一种说不出的感觉。他们异口同声地说："我们是人类的父母。"于是伏羲和女娲结了夫妇。

婚后，女娲生下了一个肉球。伏羲和女娲都觉得奇怪，他们把肉球切成细碎的小块，准备到昆仑山上寻找上天的天梯，把这奇怪的肉球交给天帝。可是，他们刚刚包好肉球，两个人就同时飞了起来，升到半空中的时候，空中刮来一阵大风，把纸包吹破了，肉球的碎块飞得满天都是，然后，他们慢慢地降落，慢慢就变成人形落在了地上。很快大地上就有了一群活泼的孩子。

伏羲和女娲看到孩子们在大地上快乐的样子，明白了天帝的话，他们想飞下去和孩子们一起享受天伦之乐，可是这时他们已经飞到了天门门口，已经有天神在迎接他们了。

伏羲画八卦

伏羲为人类作了很多贡献，但要说最大的贡献，还是其创建了八卦。在伏羲生活的年代，人们对大自然还一无所知，对于各种自然现象，如刮风下雨、电闪雷鸣等，人们既感到困惑，同时也很恐惧。伏羲决定改变这种状况，向人类解释各种自然现象。为此，他常常到卦台山上仰观天象，俯视地貌，就连飞禽走兽的脚印和身上的花纹也不放过。

伏羲对日月星辰、季节气候、草木兴衰等等，都做过深入的观察。他发现，天空渺远，高高在上需要仰视；大地广袤，承载万物，需要俯瞰；天尊而高，地卑而低；天的动和地的静有一定的规律……不过，这些观察并未为他理出所以然来。

一天，伏羲又到卦台山观察，忽然听到一声奇怪的吼叫声，接着从卦台山对面的山洞里跃出了一个奇怪的动物。这个动物长着龙的头和马的身子，我们就暂且叫它龙马吧！龙马纵身跃到了卦台山下渭水河中的一块大石头上，然后便停在了那里。伏羲发现龙马背着一块玉版，玉版上有黑色的小点和一些奇怪的图案。这块玉版就是河图。河图是由55个黑白点共同组成的，分为5组数字，是古人常年观察天象所得的天数和地数。其中白点为奇数，代表阳，又代表天，称为"天数"；黑点为偶数，代表阴，又代表地，称为"地数"。1～5又称为"生数"，6～10又称为"成数"，两者间有着相生相成的关系。图中都是奇偶为一组，表示世界上的万事万物都是由阴阳化合而成的。且万物有生数，当生之时方能生；万物有成数，能成之时方能成。所以，万物生存皆有其数。

河图上的图案深深地震撼了伏羲，他深切地感受到自身与自然之间出现了一种莫名其妙的和谐一致。他发现龙马身上的图案与自己一直观察万物自然的"意象"竟是那样的切合。就这样，伏羲通过河图的图案，与自己的观察，画出了"八卦"，为人类解开了自然之谜。这就是《山海经》中说那段：伏羲得河图，夏人因之，曰《连山》。

伏羲以"──"代表阳，以"━ ━"代表阴，分别象征天地、男女、阴阳、刚柔、动静、升降等一切相互对立、矛盾的事物和现象。他将三个这样的符号组合在一起，共组成八种不同的形式，即乾卦、坤卦、艮卦、兑卦、坎卦、离卦、巽卦和震卦，也就是八卦。八卦象征着宇宙间共有的八个大现象，即天、地、山、泽、水、火、风、雷。宇宙间的万事万物都是依这八种现象而变化的。

八卦学说的中心观点即是："太极生两仪，两仪生四象，四象生八卦。"远古时期，天地混沌，阴阳未分，宇宙就是从这个混沌的"太极"中产生出来；后来天地分离开来，有了阴和阳，也就是生出了两仪；两仪继续分化为太阴、太阳、少阴和少阳这四象，古人以这四象来象征一年的春夏秋冬四个季节；四象再继续分化，就形成了八卦。八卦也有着各自的五行属性，乾、兑属金；震、巽属木；坤、艮属土；离属火；坎属水。

八卦所代表的八个方位（这里指后天方位）还分别代表一位家庭成员。如东方的震卦代表家中的长子；东南方的巽卦代表家中的长女；南方的离卦代表家中的中女；西南方的坤卦代表母亲；西方的兑卦代表家中的幼女；西北方的乾卦代表父亲；北方的坎卦代表家中的中男；东北方的艮卦代表家中的幼子。在家中的不同方位摆放不同的物品，就会影响与这个方位相对应的家庭成员的健康和运气。

之后，伏羲又将八卦上下相对推演出六十四卦，以象征天地之间的各种自然现象和人事现象。八卦是伏羲留给人类的宝贵财富。

伏羲教人打渔

伏羲时代人类捕鱼的工具是叉──用拇指粗的分叉的树枝，把分叉的部分修剪成尖的，用它到河里叉鱼，常用于在河水清浅的河道里捕鱼，可是，叉到鱼的数量却很少。

一次，伏羲到黄河边的一个部落教人们识字。在教到"鱼"字的时候，有一个人说："鱼在水里，很难抓到，怎么样才能更容易呢？"

伏羲他想想说："拿绳子来。"

拿到绳子后，伏羲就学着用结绳记事的方法在绳子上打结，但不是在一根绳子上打结，而是把几条绳结到一起，然后又竖着结几条绳子，再两两打成结，这样竖的绳子就和横的绳子交叉起来就成为网状，两个人分别从两端拉就可以合拢了。伏羲说就叫它"网"吧。

伏羲把编制好的网递给问他问题的人说："你可以拿这个去试试，找水深的地方，将这个放进水里，然后等上个把时辰，把网拉起来，你看看里面有什么？"那个人欣喜地拉上一个伙伴走了，伏羲继续教人们识字。

大约过了三个时辰，伏羲听见远处人们的一阵喧哗声。他抬起头来，看见很多人正议论纷纷地朝他走过来。原来是那个打渔的人。

那个人拿着伏羲给他的网，找到一处河水深且平缓、水藻丰富的地方，把网放进去，两端用大石头固定在河岸上，然后，便和伙伴在河岸上等待。过了一个时辰，他忍不住和伙伴说："这个什么网能捕到鱼吗？那鱼会不会已经从那个网格中游走了呢？"

他的伙伴说："哎呀，你别急呀，伏羲是圣人，他那么聪明，都能教人们识字，他的办法肯定是最好的，你耐心等待吧。"

"是啊，伏羲是大圣人，他的智慧是上天赐予的，传说伏羲是天神和东方极乐国的女儿所生的儿子，他很有神性，他想的办法也一定是最好的。如果这个办法好用的话，总比我们用叉叉鱼容易？"

"伏羲不是说等上几个时辰一拉就有收获吗，等拉上来一看就知道了。"

……

他们一边七嘴八舌地说，一边耐心地等待着。

又过了两个时辰，他们迫不及待地来到岸边。两个人抓住网的两端，一起合拢了拉，"怎么感觉好重呢！"等他们把网拖出水面，他们被眼前的情景惊呆了，网上有十多条鱼在蹦跳，"好多鱼，好多鱼！"

田地里有很多人在收拾庄稼，听见他们的呼喊都放下手中的活，围拢过来看个究竟，见他们打了这么多鱼感到很神奇，便问他们是用了什么法子。两个人迫不及待地回答："是伏羲制作的网捕到的这些鱼，伏羲真的是太神奇了！""我们要把捕到的鱼拿给伏羲看。"

那个问问题的小伙子一见到伏羲就深深地鞠了一躬，说："伏羲，您太伟大了，您看这是我们用您交给我的网捕到的鱼，是我们用叉的十倍呀。"伏羲谦虚地笑了。

从此人们就用网捕鱼了。但是伏羲告诉大家不要把小鱼也捕上来，也不要在鱼产卵前捕鱼，要等到鱼长大了再捕，而且要休养生息。

伏羲教民

上古之时，人少而禽兽多，人类居住在地面上，经常遭受禽兽的攻击，每时每刻都存在着丧命的危险。在恶劣环境的逼迫下，一部分人开始往北迁徙。他们来到今山西和陕西一带，受鼠类动物的启发，在黄土高原的山坡上打洞，人居住在里面，用石头或树枝挡住洞口，这样就安全了许多。可是，因为顾及北方气候寒冷，许多人宁愿留在危险的南方，也不肯往北迁移，于是，找到安全的居所就成了生活在南方的人们的当务之急，也成了伏羲亟待解决的问题。

一天，伏羲路过一个古老的村落，在河边的大柳树旁歇息。他听见一阵鸟鸣，可是找遍四周也没有发现鸟的影子，他寻声找寻发现在柳树的枝丫上有一个大大的鸟窝。伏羲很好奇，就爬上去看，一看之后好不惊讶，这个鸟巢里有几只刚刚出生的小喜鹊正在叽叽喳喳地叫个不停。那鸟巢非常坚固，外面看上去是树枝，但是里面的一层却是用细泥抹起来的样子，平滑得如小碗。因为鸟巢是建在三个大树枝丫之间的，所以风过也不会将其吹落。

伏羲受鸟类在树上筑巢的启发，发明了"巢居"。他指导人们用树枝和藤条在高大的树干上建造房屋，房屋的四壁和屋顶都用树枝遮挡得严严实实，既能挡风避雨，又可防止禽兽的攻击。人们从此再也不用过那种担惊受怕的日子了。

居住条件改善了，伏羲就到人们中间教他们如何耕作。他教人们要等到河水解冻以后，给田地浇水，等到天气彻底暖和了再播种，然后在种子发芽、成长的过程中除草，到夏天快酷热的时候，在庄稼生长的间隙犁出沟以蓄水，这样犁出的土会培育庄稼让它们长得更好。人们在伏羲的帮助下种植庄稼，收成越来越好，日子也过得很红火。

此外，伏羲还教人们辨别方向。他担心人们记不住东西南北，就用具体的方法教人们："东面是太阳升起来的地方，那么那个地方就是金山，那个方向是东；西面属土，因为那个方向山高土厚，太阳都是落在那里的山后面，所以那个方向就是西；南面属火，因为越往南走天气越热，所以那个方向是火；北面属水，水的性质是凉的，因为寒冷的风都是从

27

北面吹过来，而且带有冰雪，那个方向就是北。"经伏羲这么一说，人们一下子就能够辨别东南西北了。

伏羲不仅教会了人们构筑房屋、耕地、播种、打渔，还教会人们认清方向。人们的日子过得越来越好。为了纪念伏羲的功德，人们就称伏羲为人祖爷，还修了庙院，给他铸造了金像，以表达崇敬之情。

芒耶取谷种

在远古时代，人间还没有谷种。当时有一位叫做芒耶的年轻人，很想为人们做点贡献，于是便自告奋勇前往西方世界寻找谷种。村里的人很高兴，但他们同时也为芒耶感到担心。临行前，村里的姑娘为芒耶献上了鲜花，村里的老人也给了芒耶最真挚的祝福，乡亲们还为芒耶送来了很多随身携带的食物。芒耶带上鲜花和食物，骑着马出发了。一路上，他遇到了很多困难，但他都凭借着自己的智慧和勇敢一一战胜了它们。可是他已经走得太久了，他的马已经累得倒下了，而且他随身带的食物也已经吃光了，如果再找不到食物，他真不知道自己还能撑多久。

在芒耶饥渴难耐的时候，忽然见到前方有一棵野桃树，树上结满了果子。芒耶高兴极了，爬到树上吃了个痛快。可能是他太累了，在树上吃着吃着便睡着了。梦中，他见到了一位白胡子老人，带着一匹马和一条狗向他走来。老人告诉他获得谷种的方法，并交给他一个锦囊，让他按照锦囊上的交代行事。之后，老人将马和狗交给他，让他务必带着它们上路。说完这些，老人就消失不见了。芒耶忽然醒了，他似乎想寻找老人，但又忽然意识到那只是个梦。可是在他的怀里，分明放着一个金光闪闪的锦囊，而且在树下，他也看到了梦中出现的马和狗。看来是有神灵相助，想到这儿，芒耶更有动力了。

　　芒耶跳下树，连忙打开了锦囊。顿时，他不再感到迷茫，他已经知道该怎么做了。他骑上马，带着狗，接着往前走。在一棵大白果树上的斑鸠窝里，他发现了一个斑鸠蛋。按照锦囊的指示，藏谷种的神洞的钥匙就在斑鸠蛋里。芒耶敲开了斑鸠蛋，果然在里面发现了一把金钥匙。在白果树下的树洞里，他又得到了一把宝剑。继续向前走，一条红河挡住了他的去路。在河边石牛的肚子里，芒耶找到了一把弓箭。依靠这把弓箭，他制服了红河里的蛟龙，渡过了红河。之后，他又遇到了一座火山。不过有锦囊的指示，他一点儿也没害怕。他在火山对面的红色岩缝里找到一把扇子，用扇子向火山一扇，火山便让出了一条通道。在锦囊的帮助下，芒耶顺利到达了藏谷种的山洞。

　　当芒耶正想走进洞门的时候，忽然有两个洞神跳出来拦住了他的去路。这两个洞神一个手拿大斧，一个手持大刀，看起来凶神恶煞。芒耶连忙谦恭地说明了自己的来意，希望两个洞神能行个方便。谁知这两个洞神却越听越生气，挥起刀斧就向芒耶砍来。芒耶急忙拔出宝剑，与两个洞神战在了一起。虽然有神器相助，但毕竟芒耶是长途跋涉，交战了一会儿就显得有些体力不支。在用力杀死一位洞神之后，他开始明显地处于下风。就在芒耶快要支持不住的时候，他带着的小狗跳上去咬住了洞神的脖子。趁洞神去抓小狗的时机，芒耶一剑刺向了洞神。

　　进了第一道洞门之后，芒耶很快就走到了第二个洞门。既然第一个洞门有两位洞神把守，想必第二个洞神也必然会有所设防。因此，芒耶丝毫不敢放松警惕。果然，一头白虎窜出来拦住了他的去路。好在这头白虎并不难对付，芒耶没费多大力气就将其斩杀了。接着，芒耶又来到了第三道洞门。把守第三道洞门的是一只巨大的神鸟，芒耶抓住机会，用弓箭射杀了神鸟。过了第三道洞门，芒耶前行的道路就畅通无阻了。前面应该就是藏谷种的地方，芒耶不觉加快了步伐，迅速向前走去。

　　走了一段路，一道石门出现在芒耶的眼前。芒耶心想，石门里面应该就是藏谷种的地方了。这里并没有机关设置，也没有人把守，只是厚重的石门紧紧地关闭着，芒耶费了好大的力气都没有把它推开。这可如何是好呢？就在芒耶不知所措的时候，小狗忽然冲着他的口袋叫了两声。这一叫提醒了芒耶，他忽然想起自己在斑鸠蛋里取出的金钥匙，那不正是洞门的钥匙吗？他用金钥匙打开了石门，出现在他眼前的是一堆堆金灿灿的谷粒。芒耶止不住自己的激动之情，竟流下了两行热泪。

　　芒耶连忙拿出随身携带的袋子，将谷粒装进袋子。他恨不得马上将谷粒带回去，播撒在家乡的土地上。装好谷粒，他就带着小狗出了山洞。在往回赶的路上，他的马累死了，芒耶只好徒步背着谷粒往回走。又走了很远，芒耶的体力也已经严重透支了。他知道自己可能回不到故乡了，但好不容易取回的种子绝不能就这样随他葬在他乡。他看了看趴在白己身边的小狗，做出了一个决定。他将谷粒袋缠绕在小狗的脖子上，并将临行前姑娘送给他的鲜花插在其间，然后把家乡的方向指给了小狗。小狗点了点头，就向着芒耶家乡的方向跑去了。

芒耶看着小狗远去，终于满意地闭上了眼睛。当家乡的人们看到背着谷粒和鲜花的小狗时，很快明白那是芒耶让它送来的。看到谷粒，人们非常高兴，可让人们不安的是，芒耶怎么没回来呢？莫非是遭遇什么不测了吗？是的，芒耶在几千里外的土地上已经永久地闭上了眼睛。他用自己的生命为人们取来了谷种，为了人类的幸福不惜牺牲自己的生命，这是多么可贵的精神！

燧人氏钻木取火

很久很久以前，那时天地虽已分开，人类也已经在大地上繁衍生息，但人们的生活却异常艰辛。相对其他动物来说，人类是地球上的新居民，再加上自身的攻击性较弱，因此常常受到各种猛兽的欺凌，被猛兽吃掉的人不计其数。此外，那时还没有火，人们无法吃到熟的食物，只能吃生的食物，所以疾病的发生率很高，人们的寿命都很短。每到黑夜，人们只能在一片黑暗中度过。寒冷和恐惧紧紧包围着他们，使他们很难入睡。半夜，他们也常常被猛兽的叫声惊醒。可他们没有办法，只能默默地忍受，期盼太阳早些升起，为他们带来光明。然而又有多少人，还没有见到第二天的第一缕阳光，就已经死去了。

看到人类过得如此艰难，伏羲很是不忍。他想改变人们的处境，帮助人们摆脱寒冷和黑暗。可是该如何帮呢？想来想去，他想到了火。猛兽之所以会在夜晚攻击人类，寒冷之所以会夺走人类的生命，人类之所以会常常生病，都是因为他们还不知道火的存在，不懂得利用火来取暖做饭、驱赶猛兽。只要有了火，很多问题就都可以解决了。所以，他决定将火赐给人类。他在树林中降下了一场雷雨，雷电劈得树木着起了大火。人们被吓坏了，在树林中到处逃窜。没过多久，雷雨就停了，只剩下大火还在燃烧着。

四处奔逃的人们聚到了一起，惊恐地望着那堆燃烧的树木。雨后的树林更加寒冷，人们紧紧地蜷缩到了一起，试图用体温来抵抗寒冷。不过此时人们惊喜地发现，以前让他们战栗的猛兽不叫了。此时的树林一片寂静，只有人们的喘息声。"难道猛兽是被这个发亮的东西吓走的吗？"一个年轻人忍不住说了出来。他想走上前去看个究竟，结果发现越靠近火堆，身体就越暖和。走到火边时，他已经一点儿都不觉得寒冷了。他连忙招呼大家过去取暖，人们又聚到了火边。

在火边，人们觉得不再寒冷，也没那么害怕了。火真是个好东西，既为他们带来了光明，又为他们带来了温暖。如果能把它永远留在身边就好了。这时，有人闻到了阵阵香味从不远处刚刚燃烧过的火堆中传来。人们走近一看，原来是被烧死的猛兽。人们忍不住将其分食，结果发现竟是难得的美味，比他们以前吃的东西好吃多了。这更让他们感觉到火的珍贵，于是决定将火保留起来，不断地向里面添加树枝，并轮流派人看守，以保证其永不熄灭。

然而，遗憾的是这堆火没能一直燃烧下去，一天晚上，看守的人睡着了，火堆熄灭了，人们再一次陷入了寒冷和恐惧之中。

伏羲意识到，仅仅送给人类火是不能解决根本问题的，只有让他们掌握取火的方法，才能让火一直留在人间。他在夜里托梦给那个最先走近火堆的年轻人，告诉他西方的燧明国有珍贵的火种，让他到那里将火种取回来。年轻人醒后，觉得自己做的梦异常真实，难道这是天神的指引吗？他来不及想太多，他已经见识到了火的好处，不管梦中的指引是否属实，他都要去试一试。告别了族人，年轻人就上路了。

经过长途跋涉，年轻人终于来到了燧明国。不过眼前的一切却让他非常失望，因为那里没有阳光，不分昼夜，整个国家全都笼罩在一片黑暗之中，连一丝火光都没有。他觉得自己被骗了，也开始懊悔自己的鲁莽行为。不过既然已经来了，那就休息一会儿再走吧！他已经很累了，需要休息一下恢复体力。于是，他在一棵大树下坐了下来，决定睡一觉再往回走。忽然，他看到眼前有一闪一闪的亮光。这让他困意顿消，立刻站了起来，寻找光亮所在。

原来，年轻人看到的光亮是几只大鸟发出来的，它们正在用喙啄树上的虫子。只要它们一啄，树干马上就会发出亮光。年轻人如同受到了什么启发，他马上找来一根小树枝去钻大树枝，果然发出了亮光。他非常高兴，找来了各种树枝进行试验，终于找到了钻木取火的方法。他为族人带回了火种，而且是永不熄灭的火种。

从此，人类再也不用生活在寒冷和恐惧中了，再也不用吃生食了。人们很钦佩这个年轻人的勇气和智慧，就推举他为部落首领，并将其称为"燧人氏"，也就是取火者的意思。

《尚书大传》云："遂人为遂皇，伏羲为戏皇，神农为农皇也。遂人以火纪，火，太阳也。阳尊，故托遂皇于天。"燧人氏是神话中以智慧、勇敢、毅力为人民造福的英雄。

第四章
炎帝的传说

农神，商神

相传炎帝本姓姜，是女登之子。当年女登在姜水边游览的时候，忽见一条神龙跃出水面，在其身上缠绕了一周，之后便匆匆离去。女登还来不及看清楚，神龙就已经不见了踪影，以致于女登一直怀疑自己是否真的看见了神龙。可是回到家中以后，女登就怀孕了。十月之后，女登产下了一子，这便是炎帝。因为炎帝在姜水边受孕、成长，故而有炎帝姓姜的说法。

据说炎帝生来就与一般的婴儿有着明显的不同。他有着人的身子，牛的头颅，且头上有角。人们都说他是一个牛首人身的怪物，但也正因为他的独特长相，才让人们将他与神灵联系在一起。炎帝非常聪明，出生后三天就能够说话，五天就能走路，三年便知晓稼穑之事。这让人们更加确信他就是天神的使者，因此有什么事都去请教炎帝。对于人们的求助，炎帝总是热心地帮助他们，并交给人们很多生存的技能和本领。

在众人的推举下，炎帝成为了部落的首领。在炎帝的领导下，氏族渐渐扩大，人口越来越多。那时，人们主要的食物来源就是捕来的猎物，这让炎帝隐隐有些担忧。他在想，随着人口的继续增多，猎物势必会有被猎尽的一天，到那时人类又该以何为食呢？如果能找到一种可以不断收获的食物，那该有多好啊！他听说天堂里有一种名为稻、果实叫谷的作物，可食用、可收藏、可种植。他很想将这种作物带到人间，可是他却不知道天堂在哪里，为此他愁眉不展，整日闷闷不乐。

炎帝身边有一条狮子狗，很有灵性。一天，炎帝发现狮子狗总是在他身边转来转去，像是有什么话要说的样子。他想狮子狗一定是发现了他的心事，就问狮子狗："你是不是知道了我想去天堂找谷种？"狮子狗叫了两声，点了点头。炎帝又问："那你知道天堂在哪吗？"狮子狗又叫了两声，点了点头。炎帝高兴极了，忙问："你能够帮我去天堂取回谷种吗？"狮子狗点了点头，随即就转身跑向了远方。

狮子狗一直向天堂跑去，没过多久就到了天堂。在天堂，它发现了一堆金灿灿的谷种，很是诱人。但谷种的周围有天兵天将把守着，使它不能轻易靠近。谷种的数量有限，估计公然索要是不会成功的。既然如此，那就只有盗取了。可是把守的天兵天将个个凶神恶煞，它又如何是他们的对手呢？忽然，狮子狗想到了一个好办法。它跳进河里洗了个澡，将全身的毛都弄湿。然后跑到谷种堆上打了个滚儿，这样一来，就有许多谷种粘在了狮子狗潮湿的绒毛上。

取到谷种后，狮子狗开始拼命地向回跑。天兵天将虽然已经发现了狮子狗的行踪，但无奈狮子狗跑得太快，他们根本就追不上。情急之下，他们施展法术在狮子狗的面前设下了一条河。这样一来，狮子狗就只能游过去了。看到浑身湿漉漉的狮子狗，炎帝又是高兴又是心疼，忙上前去抱住了狮子狗。接着，他开始在狮子狗的身上寻找谷种，可是谷种在狮子狗过河的时候早就被河水冲掉了，他哪里还找得到呢？找不到谷种，炎帝很是着急，狮子狗也急得直叫。终于，炎帝在狮子狗的尾巴里找到几粒谷种。原来，狮子狗在过河的时候，尾巴并没有进入河里，所以粘在尾巴里的谷种被保留了下来。

有了谷种，人们就再也不愁被饿死了。炎帝就用狮子狗带回来的几粒谷种，繁殖出了大量的谷物。几年过后，人间已经遍地都是谷物了。天神们看到炎帝确实是想为人类造福，就从天上降下了更多的谷种。这样一来，人间的谷物就更加丰富了。炎帝教导大家种植各种谷物，并告诉人们如何使用生产工具。在炎帝的指导下，人间年年都是大丰收，再没有发生过饥荒。为了感念炎帝的功德，人们都称炎帝为神农氏，尊他为农神。

衣食丰足后，人们的生活又出现了新的问题。每个人所拥有的物品是不一样的，邻居关系好的，可以彼此赠与，没有关系的就需要彼此交换才可以得到自己需要的物品，可是，那时候没有市场，没有统一的时间，人们不能将所有的时间都用在等待自己想交换的物品上——有的人等到自己需要的物品要好久，甚至有时候等到了物品自己已经不需要了。炎帝看到人们生活如此不方便，非常揪心，冥思苦想了一阵后，他忽然想到可以规定一个确定的时间来让大家交换。于是，他就拿自己管理的太阳作为标准，规定每天太阳在正中天的时候进行交换，过了这段时间大家就散去。这样大家有了统一行动的时间，交换起来就方便多了，人们也很快能够如愿以偿地得到自己需要的物品。从那以后，人们又给炎帝加了一个"商神"的称号。

神农尝百草

远古时期，五谷和杂草长在一起，药材与百花开在一处，哪些植物可以做粮食，哪些药草可以治病，谁也分不清。随着人口的繁衍，人们越来越需要充足的食物，也越来越需要能够治病的草药。那个时候，人们对满山遍野的植物不是十分了解，经常因为饥饿而误食有毒的植物，又因没有药来治疗而死掉。

有一天，炎帝正在整理器具，一个大臣来报，说河边有一个人突然腹痛，痛得没有人能够按得住他。炎帝赶紧放下手中的器具，赶到河边。他见那人痛得大汗淋漓，大喊着在地上翻滚，有老人用土方试图喂药给他，但是花费九牛二虎之力灌下，却不见任何的作用，待到傍晚那人便死去了。

伟大的神农氏看到了黎民百姓的疾苦，他下定决心要亲口尝一尝各种野生植物的滋味，以确定哪些植物可以吃，哪些植物不能吃，哪些植物好吃，哪些植物不好吃。虽然他心里非常清楚，他很有可能会吃到有毒的植物而死掉，但是为了百姓从此不再忍饥挨饿，为了人民以后不再吃到有毒的植物，他挺身而出。

为了尽快掌握各种植物的特性，他每天不停地工作。他背着一个竹制篓子，踏遍河川，不怕辛苦，有时候为了一味草药可能会遭到野兽和毒蛇的侵袭，但是炎帝没有退缩，因为在他心中百姓的疾苦更重要。

关于神农尝百草，民间流传下来许多美丽的传说。据说有一次，他把一棵草放在嘴里一尝，不一会就感觉到天旋地转，栽倒在地上。随从们慌忙把他扶起来，他心里知道自己中了毒，可是嘴巴却不能说话，于是他就用最后的一点力气，指了指身边一棵红亮亮的灵芝草，又指了指自己的嘴。随从就摘了灵芝放在嘴里嚼了之后，喂到他嘴里。神农吃了灵芝草，毒就解了，头不昏了，能够开口说话了。从此，人们都说灵芝草能够起死回生。

神农每天不停地尝百草，不可避免地要中毒，他一天之内最多曾中了70多次毒，所以他的身边也备有一种解毒的药草，叫做茶（"查"的谐音）。传说他的身体是完全透明的，可以清楚地看见五脏六腑。他一吃到有毒的植物，就马上服茶，让茶叶顺着肠胃一路检查下来，然后就可以把毒排出体外。

神农最后一次尝到的是一种蔓藤科植物葫蔓藤，叶似黄精而茎紫，当心抽花黄色，初生既极类黄精的植物，就是今天我们说的断肠草。据说这种植物只要和人体的唾液接触下咽，吃下后肠子会变黑粘连，人会腹痛不止而死。炎帝死的时候是120岁，应该还是很高寿的。

从炎帝的这些动人的传说中，我们可以体会到神农氏尝百草所经历的种种艰辛和危险。他用木杆搭架的方法，攀山越岭，尝遍百草。功夫不负苦心人！他尝出了稻、麦、黍、稷、豆能够充饥，这就是后来的"五谷"；他尝出了各种能吃的疏菜和水果，都一一记录；他也尝出了三百六十五种草药，写成了《神农本草》，为人民治病。

在尝百草的过程中，神农通过细心的观察发现，植物随季节变化而枯荣交替以及不同的植物喜欢不同的土壤，于是他决定利用天气的变化和不同类型的土地，指导人们对植物进行人工培植，这样就可以有计划地收集果实种籽作为食物。这就是我国农业的起源。

炎帝的子孙后代

炎帝用自己的全部生命为人类在农业、商业和医药业做出了巨大贡献。受他的影响他的子孙后代也为人类做了很多的贡献，流传下来很多的故事。

传说炎帝的妻子是赤水氏的女儿听妖。炎帝与听妖结合，生下了炎居，炎居的后代叫节并，节并生下了戏器，戏器又生了祝融。祝融被谪降到江水一带后生下了共工。共工的后代叫术器，术器的头顶是平的，仍旧在江水一带居住。共工还有一个儿子叫后土。后土又生下了噎鸣。噎鸣生了十二个儿子，均以一年中的十二个月而命名。这个噎鸣就是时间之神，他的十二个儿子代表并司管着一年的十二个月。

炎帝的后代中祝融是火神，共工是水神，后土是土神。

祝融很仁慈，他住在昆仑山上的光明宫中。远古时代，世上一片荒凉，只有许多森林，人们连毛带血地吞吃着打猎得来的禽兽。这时，祝融有同情心，看到人们生吃禽兽，就传下火种，教给人们用火的方法。人们从光明宫里取来火种，把打来的野兽放在火上烤熟了再吃，这样不仅好吃，而且也能不生病，所以，大家非常崇拜火神祝融。

共工和祝融的性格恰恰相反，共工住在东海里，性情很暴虐。他看到人们都很敬重火神，很生气，说："世人真可恶，水与火都是人生活需要的东西，为什么光敬火神不敬我水神呢？"他由气愤转为嫉妒，最后终于和火神打斗起来。

土神后土劝阻共工，可是共工什么也听不进去，毅然带领着水族，向祝融居住的光明宫进攻，把光明宫周围常年不熄的神火弄灭了，搞得大地上一片漆黑。这一下把火神祝融惹怒了，他驾着一条火龙出来迎战。那火龙全身发光、烈焰腾空，把大地照得通明，光明宫里的神火又复燃了。

水神共工见没有扑灭神火，便恼羞成怒，调来了四海的大水，漫到山上，直往祝融和他骑的火龙泼去。可是，水往低处流，大水一退，神火又燃烧起来。祝融骑着那条火龙，便烈焰腾腾直向共工扑去，长长的火舌，把共工烧得焦头烂额。共工抵挡不住，退到大海里。祝融骑着火龙直冲大海，共工慌忙又逃到天边，回头看看，祝融已追上来了，便一头撞在不周山上，只听轰隆隆一声巨响，不周山竟被他拦腰撞倒了。那不周山原是根顶天的柱子，山一倒，天塌了个窟窿，地也陷成一道道大裂纹，山林烧起了大火，洪水从地底下喷涌出来，龙蛇猛兽也出来吞食人民。人类面临着空前的大灾难。这才有了后来的女娲补天。

经过女娲补天大地才恢复平静，土神后土责备祝融和共工，祝融很自责不该和共工打斗，共工遭到失败暴烈的性格也改变了很多。从此人间就有了"水火不相容"的说法。当然，人们此后对火神、水神、土神都很敬仰了。

炎帝的孙子名叫灵恝，灵恝的后裔为互人，互人国的人都是人的脸，鱼的身子，有手无足，他们能乘云驾雾。传说灵恝死后马上又复活了，事情是这样的：风从北面吹来，把死去的灵恝吹到大水泉里，灵恝就和天上的大水泉里的鱼相结合，化成为偏枯的鱼，这鱼就是人脸鱼身，被称为鱼妇。虽然它原来不是凶猛的东西，不过没有饵食太久，也是会吃人的，若是遭人操纵的鱼妇，攻击力和危害性则更大。不拆散人和鱼的话，鱼妇是活着的生物，但若是拆散了，则两者都会回归死亡的状态。

炎帝还有一个孙子叫做伯陵，传说他和吴权的妻子阿女缘妇相爱，阿女缘妇怀孕三年，生下三个儿子，一个叫鼓、一个叫延、一个叫殳，从殳开始，制作箭靶；鼓、延开始制作钟、磬，制定作乐曲的章法。箭靶就是人间最早的作战武器；钟磬是声音比较洪亮的乐器，加上各种乐曲的章法，可演奏出各种不同的曲调，人间的音乐得到了进一步的发展。

追随赤松子的大女儿

炎帝的大女儿没有名字，却经常和炎帝到朝堂上来玩耍，所以对炎帝朝廷里的官员都很熟悉。炎帝有一个臣子叫赤松子，是掌管雨的官，他常常服用一种叫做"冰玉散"的水晶，锻炼身体，然后跳到大火里面燃烧，最终炼成一种很奇特的本领——跳进熊熊烈火中焚烧，身体能在烟雾中上下飞升，最后灵魂和肉体合二为一并生，便脱胎换骨，成了仙人。

他常常飞到昆仑山顶上，停在西王母的石室中，风雨来临时他的身子就随风雨上下往来。

人们都说昆仑山上西王母的石室周围生长很多的奇花异草，那里有甘华、璇瑰、甘、瑶碧、白木、白柳、视肉、琅、白丹、青丹。鸾凤自歌，凤鸟自舞。如果能喝到那里的露水，肯定就能成仙。赤松子服水晶，焚烧成仙人后就常常在西王母的石室里来去。

炎帝的大女儿羡慕赤松子成仙，而且能够到西王母的石室去，见到王母石室里的奇花异草，吃到长生不老的视肉，所以她也学着赤松子服水晶，锻炼自己的身体，然后到大火里焚烧。

开始时她不能适应，但是为了成仙，她就咬着牙坚持，直到能够在熊熊烈火中上下来去。经过了三七二十一年终于脱胎换骨，最后也和赤松子一样成了仙人，在风雨飘摇的日子飞到西王母的石室，在那里见到了赤松子，并跟随他一起到很远的地方去了。

人类后代也有服石成仙的说法，大概就是从炎帝的大女儿和赤松子开始的吧。

瑶姬的传说

炎帝有四个美丽可爱的女儿，其中尤以三女儿瑶姬最为美艳动人。女儿们一天天长大了，转眼就到了出嫁的年龄。大女儿无名女跟着赤松子私奔了，二女儿登入了仙界，四女儿虽未到出嫁的年龄但却性格豪放，整天跟着一群男人到处游荡。这样一来，炎帝身边就只剩下了三女儿瑶姬。瑶姬也是渴望爱情的，她常常会在梦中见到自己的王子。可是她还没有等到自己的王子，就已经香消玉殒了。

当大女儿与赤松子互生情愫时，炎帝曾强烈反对过他们的婚事，结果换来了永远失去女儿的结局。这件事让炎帝一直耿耿于怀，他告诉自己，绝不能在瑶姬的婚事上犯同样的错误。因此，瑶姬刚到婚嫁的年龄，炎帝就开始张罗她的婚事。当炎帝告诉瑶姬已经为她物色了一个理想的人选时，瑶姬却并不高兴。她不忍心离开年迈的父母，如今父母身边只剩下她一个人，如果她再离开，那么父母就没人照顾了。她不能这样，她必须留下来照顾父母，为此她宁愿终身不嫁。

看着懂事的女儿，炎帝心中很是安慰，但他绝不愿意看到女儿老死在自己身边，他必须为女儿的幸福着想。他与妻子一同劝说女儿，最终瑶姬含泪答应了父母为她安排的婚事。其实，炎帝为她挑选的人是不错的。他是少典氏巫师的孙子，同时也是炎帝的巫师。小伙子长得标致俊美，而且为人敦厚善良，充满了智慧却不含一丝奸诈。瑶姬如果真能嫁给他，应该也会获得幸福。不幸的是，这位美艳的佳人在即将成亲之时竟然一病不起，没过多久就香消玉殒了。

瑶姬的死给炎帝带来很大的打击，他很为自己这个命运多舛的女儿感到惋惜。他这个医药之神却对女儿的病无可奈何，这是最为让他懊恼的。也许真的是红颜薄命吧！炎帝整日处在对女儿的极度思念之中，衰老得更加迅速。天帝得知了一切，也很可怜这个美丽的女子。他不希望瑶姬死后变成孤魂野鬼，于是为她安排了一个理想的去处——巫山，而瑶姬因为整日眺望自己的父母，终于化为了那里的神女峰。她的侍女们也相继化为了附近的山峰，与神女峰一起形成了著名的巫山十二峰。

后来，在安葬瑶姬的姑山上，长满了奇花异草。其中，有一种瑶草，叶子双开，长起来重重叠叠，花色嫩黄，结的果实像菟丝。如果女子服食了这种果子，马上就会变得明艳照人，惹人喜爱。因此，人们都说这种瑶草是瑶姬的化身。

还有一种传说，说天帝哀怜炎帝的这个女儿这么早就夭折，又因她被葬在巫山，就封她为巫山的云雨之神。早晨在太阳刚刚升起的时候，她会化作一片美丽的彩云，环绕在山岭之间；到了黄昏太阳即将降落的时候，她会化作阵阵暮雨，让这云雨倾泻她内心的哀怨。朝云和暮雨便是巫山女神的哀怨幻化的美景。

精卫填海

炎帝的四个女儿个个美丽动人，但小女儿女娃却与她的三个姐姐不太一样。三个姐姐全都温柔似水，只有女娃性格豪放，像个男孩子一样。姐姐们平时很少出门，不是在花园中赏花，就是在闺房中刺绣。女娃却一点儿也受不了这种无聊的生活，总是吵着让炎帝带她出门。炎帝见女娃总是吵闹，心有不忍，也想带她出去开开眼界，可是炎帝太过繁忙，总是有忙不完的事，因此也一直没有机会带女娃出去。

女娃被憋坏了，她不能再继续等下去了。既然父亲没有时间带她出门，那她就自己出去。女娃生来就是一副天不怕地不怕的样子，从不畏惧什么危险。

这天，女娃在炎帝出门以后，就悄悄溜出了家门。女娃如重获自由的小鸟，她高兴地唱呀、跳呀，尽情地欣赏着大自然的美景。在她看来，外面的一切都是好的，哪怕只是一棵微不足道的小草，也要比家中的更娇嫩可爱。她高兴极了，好像她以前还从来没有这样高兴过。

尝到一次甜头的女娃开始上了瘾，每天都要往外跑。渐渐地，她在外面也结识了一些好朋友，这就让她更加留恋外面的花花世界。当女娃听说在东海泛舟其乐无穷的时候，就要前往东海。朋友们都劝她说东海多风浪，在那里泛舟很危险。可是女娃才不怕呢！只要是她想做的事情，就没有任何困难能够拦住她。

女娃孤身一人前往东海。眼下的东海风平浪静，哪有什么危险？朋友们真是太过胆小了。女娃心里暗自嘲笑着她的那群朋友，想着回去后一定要挖苦他们一番。她找来一叶扁舟，开始了她的东海之旅。微微的海风轻轻吹拂着女娃的面庞，轻轻的海浪柔柔地拍打着她的扁舟，女娃觉得惬意极了。

　　就在这时，原本平静的海面忽然起了狂风，海风顿时变得狂暴起来，海浪也马上变成了凶狠的恶魔，要把这个涉世未深的小女孩完全吞没。女娃拼命地划着桨，想要摆脱海浪的束缚，可是她终于还是没能斗过无情的大海。一个年轻的生命就这样被吞噬了，而大海似乎也得到了安慰，很快恢复了平静。

　　几天之后，从东海之中飞出了一只小鸟，而它破浪而出的地方就在女娃遇难的海域。是的，这只小鸟就是女娃的精魂所化，它的名字叫做精卫。精卫飞出东海后，在长满柘木林的发鸠山上安了家。每天，它都会衔着发鸠山上的柘木枝飞向东海，并将柘木枝投入东海之中。日复一日，年复一年，精卫不知疲倦地往返于发鸠山和东海之间，从来都没有停歇过。无论是狂风暴雨，还是雷鸣闪电，都阻挡不了精卫的行程。它只有一个信念，那就是一定要将那罪恶的东海填平。哪怕付出再大的代价，它也不会罢手。

　　就这样一直过了很多年，东海终于被精卫的行为惹怒了。这天，当精卫又将从发鸠山衔来的柘木枝投向它的怀抱时，东海愤怒地责问精卫："你究竟要干什么？你这只疯鸟！"精卫不屑地说："我要将你填平。"东海惊讶地说："将我填平？你为什么如此恨我？再说你也根本不可能将我填平，还是省省力气吧！"精卫坚定地说："你已经吞噬了我年轻的生命，我不能让你再害更多的人，所以我必须将你填平。哪怕是填上一千万年，一万万年，直到世界末日来临，我也要继续填下去。"东海被精卫说得目瞪口呆，口中念着："这只鸟真是疯了！"随后便转身离开了。

　　精卫仍然每天衔着柘木枝来填东海。一天，它的行为被海燕看到了。海燕对精卫的做法很是不解，就飞下来问精卫为何要这样做。在得知精卫填海的原因以后，海燕非常感动。不久，它便与精卫结成了夫妻，并生下了许多小精卫。小精卫们和她们的妈妈一起衔枝填海，直到今天，她们也仍然在做着这项伟大的工作。

第五章
黄帝的传说

黄帝的诞生

相传黄帝的母亲是附宝。有一天，附宝在祁郊野外向苍天祈祷，突然雷鸣闪电，附宝感到全身麻木，眼花缭乱，从此，她就怀孕了。巫婆们奔走相告："不久这里必有圣人降生！"可十个月后，她却丝毫没有一点儿要分娩的迹象。附宝等啊，盼啊，直到满二十四个月的时候，也就是二月二日那天，天空出现五彩祥云，百鸟朝凤，她才生下了一个男孩，这就是黄帝。从那时起就有了"二月二龙抬头"之说。

黄帝自出生时起，就显示出了他的与众不同——有四张脸，并且当其他婴儿还只知道啼哭的时候，他就已经开口说话了；当其他孩子咿呀学语的时候，他已经出口成章了；当其他孩子还不谙世事的时候，他已经无所不通了。黄帝的成长速度之快让人瞠目，所以人们都将其视为神灵。在黄帝十五岁的时候，就被推举为轩辕部落的酋长，后成为有熊国国君。他是一位很有作为的领导者，为百姓做了很多好事，让人们的生活水平得到了很大的提高。

黄帝时期，天地之间的东西南北中都各有一个神领管。

东方的首领太，东方属青色，称青帝。东方是大川深谷水流所注入的地方，也是太阳、月亮所升起的地方。东方之人体形尖，高鼻子，大嘴巴，肩膀像鸢一样，走路踮起脚后跟，人个子高大，成熟早，但不能长寿，那些地方适宜种麦子，多有虎豹出没。

南方的首领是炎帝，南方属火，称赤帝。南方是阳气所聚积的地方，酷热潮湿占据着这个地方。那里生活的人高个子，上部尖，大嘴巴，眼角有皱纹。人早成熟，死得快，那个地区适宜种植稻子，多独角犀牛和大象。

西方的首领是少昊，西方属金，称白帝。西方是高山大川产生的地方，也是日月落下的地方。那里的人脊背弯曲，长脖子，昂头走路。那里的人勇敢强悍而不讲仁慈。那个地方适宜种黍子，多产牦牛和犀牛。

北方的首领是颛顼，北方黑色，称黑帝。北方昏暗不见阳光，是被上天所封闭之处，也是冰雪常年不化，蛰伏动物长期隐蔽的地方。那里的人身体萎缩，短脖子，大肩膀，尻尾向下突出，他们愚笨，但是长寿，那个地方适宜种植豆类植物，多出产狗、马。

中央地方的首领就是黄帝，辅佐他的是土神后土，土的颜色是黄色的，所以被叫做"黄帝"。中央是四面通达，八风、云气、雨露所会合之处，那里的人大脸盘，短面颊，胡须很美，身体过肥胖。黄帝聪明仁慧而善于治理国家。那个地方适宜种谷物，多产牛羊及六畜。黄帝热爱人民、热爱和平，四方的黑白青赤四帝总是觉得中央之地土地肥沃，总想进攻黄帝。

黄帝不得已只好和四帝开战。由于黄帝仁慈，士兵上下团结，加上人民的支持，最终取得了胜利。

众神之山——昆仑山

西北方的昆仑山是黄帝在下方的帝都。昆仑山方圆八百里，高万仞。山顶上最高的地方生长着一株大稻子，这株大稻子高达四丈，粗有五围，在大稻子的南边是绛树生长的地方，除了有雕鸟、蝮蛇、六首蛟外还有一种奇特的生物——视肉，又称聚肉。那么它奇在哪里呢？原来，它是一块没有四肢骨骸的净肉，形状象牛肝，在肉团中间长着一对小眼睛。它的肉传说总是吃不完，吃了一块，马上又会长出一块，而且吃了它的肉可以补中、益精气、增智慧、治胸中结，久服轻身不老。它本身的生命力极其顽强，煮不死、晒不死、渴不死、饿不死、淹不死。这种总吃也不见少，而且能够延年益寿的生物，可能就是很多帝王将相寻找的"长生不老"的灵丹妙药吧。

昆仑山山顶四周环绕着雪白的玉石栏杆，山的每面都有九眼泉井、九扇门。进入门内就是帝都。帝都宫殿的正门面对东方，迎着朝阳，叫做"开明门"。门前有一只神兽，叫做开明兽。

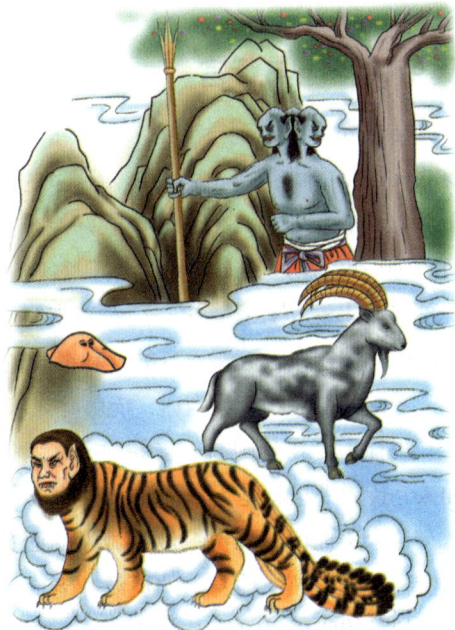

它威风凛凛地站在门前，面向东方，守护着这座"百神所在"的宫城。开明兽长着一副人的面孔，形体很像虎，长着老虎一样的爪子，九条尾巴。这个神兽主管着上天的九部及黄帝苑圃的时节。

帝都的西面生长着珠树、玉树、璇树，树上有凤凰和鸾鸟栖息。这些凤凰和鸾鸟据说非醴泉的水不喝，非练石不食，它们负责管理帝都里的用具。帝都的东面生长着沙棠树和琅树，琅树上的果实是像珍珠般的美玉，非常宝贵，黄帝特别派了一位长着三个脑袋，六只眼睛的天神离朱看守它。离朱住在琅树旁边的服常树上，三个脑袋轮流睡觉，八小时换一次，不分昼夜地看守，明察秋毫，就是有通天本领的人也休想偷得一颗果实。帝都的南边，生着绛树、雕鸟、蝮蛇等鸟兽。帝都的北面还有碧树、瑶树、文玉树等植物，它们都是生长美玉的树。还有一种不死树，据说吃了这树上的果实就可以长生不老。

昆仑山中有一种野兽，它的形体很像羊，却长着四只角。这野兽名叫土蝼，能吃人。山中还有一种鸟，它的形体长得很像蜜蜂，大小同鸳鸯相似，名叫钦原。这种鸟如果螫其他鸟兽一下，被螫的鸟兽就会死掉；如果螫的是树木，树木就会枯死。昆仑山中还有一种鸟，名叫鹑鸟，它管理黄帝的各种器具和服饰。

昆仑山上生长着一种树木，形状同棠树相似，开着黄色的花朵，结红色的果实，这种果实的味道与李子相似，但没有核，名叫沙棠，可以用来防御水灾，如果人吃了它，就不会被淹死。昆仑山中还生长着一种草，它的名字叫做宾草，它的形状很像葵，味道像葱味，人们吃了它可以解除疲劳。

昆仑山是许多大河的发源地，它们从这里出发向南流去，再流向东，注入无达。另外还有赤水、洋水、黑水也都发源于这里，但是它们的流向不同，最后注入的地方也不同：赤水向东南流去，注入天之水；洋水向西南流去，注入于丑涂之水；黑水向西流去，流入大。

黄帝的花园与行宫

传说黄帝常常到昆仑山上的赤水河畔游玩，陶醉在山水之中。有时候高兴了他还会从这里出发向东北散步，大约走四百里的地方就到了槐江之山。槐江之山被白云围绕，它的位置比昆仑山还高一倍，远望去好像悬挂在半天云中。它方圆几百里，长满奇花异草，还有各种鸟兽活动。丘时之水发源于这座山，然后向北流去，注入泑水，水中生长着很多嬴母。槐江之山上遍布着青雄黄，蕴藏着丰富的琅、黄金、美玉，山向阳的南坡遍布着丹粟，山背阴的北坡遍布着五颜六色的金和银。这里是黄帝在人间最大的一座花园，被称为"悬圃"。登上悬圃便能够和神灵沟通，能够呼风唤雨。

再往上走比悬圃高一倍的地方，就是与上天相联系的地方，登上那个地方便可以成为仙人，传说那里就是天帝的居室。

这个美丽的花园由一位长着人的面孔，马一样的身子，背上长着一对翅膀的神主管，这个神叫做英招，他身上的斑纹和老虎的斑纹很像，他常常飞行在空中，巡视四海，时而发出如騮的叫声，向悬圃中的鸟兽传递平安的信号。

站在悬圃俯瞰四周，西南方向可以看见昆仑山笼罩在银色的光辉里，可以看见从宫殿四周流出的水如四条美丽的飘带装饰着帝都；向西方望去，能看见一个水泽氤氲的大湖，湖面辽阔，河流众多，水草丰美，环境幽静。传说这里就是后稷神灵的居所，山中遍布着美玉，山背阴的北面，生长着奇形怪状的大树；向北望去，可以看到诸毗，一个叫做槐鬼离仑的

神仙住在这里，与他同住的还有许多鹰、鹯；向东望去，可以看到恒山，这里是穷鬼居住的地方，穷鬼们物以类聚，它们都聚集在恒山的四胁之下。恒山上有水流，叫做瑶水，河水很清。这座山中的天神形貌很像牛，但却有八只脚，两个头，长着马尾，发出的声音如吹号角一样的响亮。这种天神一出现，天下就会大动兵戈，发生灾乱。

在中原山脉的十里外有一座高山屹立，叫做青要山，这里实际上是黄帝秘密居住的地方之一。山中生活着很多驾鸟。在山峰的顶巅，可以南望渚，那里是大禹的父亲鲧化成熊的地方，生长着很多仆累、蒲卢。

青要山由武罗神管理。武罗神的形貌是人面，身体上有豹子一样的花纹，腰很细小，牙齿很白，以金银做耳环，它的叫声好像玉石的碰击声。畛水从山中流出，向北流去，注入黄河。山中有一种草，形状如同草，但茎叶是方的，开着黄色的花朵，结的是赤色的果实，它的根像蒿的根，它的名字叫做荀草，人们如果吃了这种草，能变得很漂亮。传说山中还有一种鸟，羽毛是青色的，眼睛是浅红色的，尾巴上的羽毛是红色的，形状像野鸭，吃了它可以生小孩。透过这些动植物可以判断出，它是一个适宜女神居住的地方。

这里居住着武罗神，她是一个很妖媚的女神。就像屈原《九歌·山鬼》中描述的：那女子居住在深山里，深山披着薜荔的衣裳，用菟丝的带子束着，她的眼睛明亮如两汪秋水脉脉含情，嫣然浅笑脸上有两个自然的酒窝，她性情温和慈爱，身体苗条，长着红色花纹的豹子是她的坐骑，聪敏的文狸追随着她，辛夷花木是她的车乘，桂芝缠绕在她的旌旗上，车上罩着石兰，杜蘅的流苏下垂，她折取香花送给她思念的人。

女神武罗生活在山中，当黄帝到这里居住的时候，她会从西北四百二十里叫做峚山的地方寻找玉膏献给黄帝。

山上生长着茂密的丹木，它长着圆形的叶子，红色的茎，开着黄色的花朵，结的是红色的果实，果实的味道是甜的，人们吃了它，就不会害怕饥饿。丹水发源于这座山，向西流去，注入稷泽，水中有很多白色玉石，流出的玉膏灌溉丹木，丹木生长五年以后便五色皆俱，

光艳美丽，五味俱全，发出诱人的馨香。相传黄帝就是吃了源头的白色玉膏觉得味道很好，便取山中的玉华，而投在钟山向阳的南坡，作为玉种。钟山上就生长出一种叫做瑾瑜的玉石，最为精美，玉理十分细腻、精密，润厚而放射着光泽。

从峚山到钟山，有四百六十里路，两山之间都是水湖，里面生长着许许多多的奇鸟、怪兽、奇鱼，它们都很服从武罗神的管理，所以这里呈现出一派生机勃勃、鸟语花香的景象。

此外武罗神还采摘山中的荀草送给黄帝，并驾车到昆仑山上去取祝肉让黄帝在这里享用。

黄帝见她把行宫打理得如此井然有序，就更加喜欢这里。据说，就因为黄帝的喜悦，青要山周围地区才变成了一个水清草美、盛产美人的地方。

失落的玄珠

黄帝经常到昆仑山上来游玩。有一年春天，他从峚山到昆仑山，在赤水边上停留了一会，看到水波荡漾，很多鱼儿跃出水面，黄帝满心欢喜，手舞足蹈，一个不留神将放在袖子中的最珍爱的一颗又黑又亮的珍珠掉在了赤水的边上。

回到帝都以后，黄帝才发现珠子不见了。这是一颗能给人带来吉祥，能帮人避免灾殃的宝珠，黄帝很着急。黄帝想，自己只在赤水边游乐来着，宝珠一定是掉在赤水里了，于是，就派一个聪明伶俐的天使知去为他寻找珠子。

知来到赤水边上把两岸仔细找了一遍，岩石中，沙滩中，都找了，却没有发现宝珠的踪影，他只得两手空空地回来禀告黄帝。黄帝也没有办法了，最聪明的天神都找不到还能怎么办呢？黄帝想起了离朱。他派知去替离朱到服常树上看守琅树，让离朱去寻找宝珠。因为离朱是长着三个脑袋，六只眼睛的天神。

离朱奉命前去寻找。他六只眼睛都很明亮，却也没发现宝珠。黄帝更加着急，难道宝珠被赤水中的精灵吞噬了？黄帝又派吃诟去寻找，吃诟能言善辩，他到赤水河边仔细寻找，辨别水里的动植物，但是结果还是很让黄帝失望。

最后，黄帝抱着试试看的态度，派了那个最粗心大意的象罔去寻找。象罔漫不经心地走在赤水河岸上，用他那恍惚漂移的眼睛随便向周遭看着，不经意间，他看到水边一丛蓬草中有光芒晃动。象罔走近一看，那个又黑又亮的宝珠正静静地躺在草丛里。象罔弯腰拾起珍珠，心里欢喜，不禁说："哎，真的是'踏破铁鞋无觅处，得来全不费工夫'，这珍珠，知、离朱、吃诟都来寻找却都没有找到，不知他们费了多少功夫呢，可是我没有费吹灰之力竟然找到了。"于是欣欣然地到黄帝那里交差了。

黄帝看见心爱的珍珠被这么个粗心大意的天神找到了，不禁惊叹："三面六目、能言善辩的人都不能找到，粗心大意的象罔却找到了，他一定是很能干，而且很会办事的人。"于是，黄帝就让象罔替自己保管这颗心爱的宝珠。

哪知道这个被黄帝称为"能干会办事"的象罔，把珍珠放在袖子里，依然是一副漫不经心的样子，东游西荡的。

珍珠的事情被昆仑山下震蒙氏的一个女儿知道了。她听说吃下这颗珍珠可以吉祥如意，避免灾殃，就想把它弄到手。她带了自制的青稞酒，爬到了昆仑山上，吹起箫来。她知道象罔正好要从这里经过。象罔听见箫声很沉迷，就停下来听，震蒙氏的女儿就趁机献上青稞酒。就这样，她吹箫，象罔边听边喝，边喝边听，慢慢就醉了，震蒙氏的女儿就从象罔身上偷走了珍珠。

黄帝听说了这件事，很懊悔把好不容易找到的珍珠交给象罔保管。当他知道是震蒙氏的女儿偷走了珍珠，就马上下令追捕震蒙氏的女儿。震蒙氏的女儿害怕被捉到，就把珍珠吞到了肚子里，然后跳进了赤水，变作了一个马头龙身的怪物——"奇相"。

传说在震蒙氏的女儿跳进赤水的地方，长出了一棵光明灿烂的树来，树的形状和柏树有点像，树叶都晶晶闪亮，在主干的两旁对称生出两枝树干，和主干并而为三，远远望去有点像彗星的尾巴，于是，这棵树就被叫做"三珠树"了。

公平的裁判

黄帝长着四张脸，东西南北发生的事情他都能发现。神仙世界里也有很多争斗，所以，黄帝时常会充当公平和正义的裁判者。

钟山的山神烛龙的孩子名叫鼓。鼓的形貌是一副人脸，但身子和龙一样，他和另一个叫做钦䲹的神，一起把葆江杀死在昆仑山的南边。黄帝知道此事后大怒，马上派人到下方去，将鼓和钦䲹一起杀死在钟山东边的瑶岸，还了葆江一个公平。可是这两个暴徒，戾气不散，钦䲹化为一个大鹗，全身是黑色的花纹，白色的头，红色的嘴，它的叫声像晨鹄啼叫，它如果出现，天下就要大动干戈，不得安宁；鼓也化成了鸟，叫做鸟，它的形貌很像鹞鹰，红色的足爪，直直的嘴巴，身上有黄色的花纹，头部是白色的羽毛，它的叫声同鹄的叫声相似，它出现在什么地方，什么地方便会大旱。

还有一次，长着人脸庞蛇身子的天神贰负的下臣危，挑拨主人和另一位人面蛇身的天神发生了矛盾。贰负没有什么主见，危便劝唆主人，两人合伙杀了那个天神。黄帝大怒，便把他俩捉到了疏属山中，捆住他俩的右脚，反绑他们的双手，然后，把他们系在山中的一棵树上，以惩罚他们的罪恶。

黄帝非常可怜那个被谋杀的天神，就派人把他运到昆仑山，命巫彭、巫抵、巫阳、巫履、巫凡、巫相等几个巫师，各人拿了自己配制的不死药去救治他。三七二十一天后，他果然活转过来了，但是却已经迷失了本性，跳到昆仑山脚下弱水的深渊里，变成了一个奇形怪状的吃人怪物。

据说，到了汉代宣帝时，有人在疏属山中石盖之下发现了两个人。这两个人被捆绑着，已经变得如同石头人一样了。这两个人被运往长安后，宣帝向群臣询问是怎么回事，刘向说："这是黄帝时候的贰负和危，他们犯了大逆不道的罪，黄帝不忍心杀他们，便把他们放逐到疏属山，后世圣明的君主会放他们出来。"宣帝不相信，说刘向这是妖言惑众，下令将他逮捕入狱。刘向的儿子刘歆对宣帝说，他的父亲告诉他如果用少女的乳汁喂那两个人，他们就可以活过来。宣帝于是派人用少女的乳汁喂他们，那两个人果然活了过来。他们对宣帝说自己真的如刘向所说是黄帝时代的人。

宣帝非常高兴，提升刘向为大中大夫，刘歆为宗正卿。

黄帝管理鬼蜮

伟大的黄帝不仅统治神的世界，也统治鬼国，他派他的两个兄弟神荼和郁垒管理那些游荡在人间的鬼。神荼和郁垒居住在东海的桃都山上，山上有一棵大桃树，枝叶繁茂，盘曲蜿蜒三千多里，树上站立着一只美丽的金鸡，每天太阳升起，它和扶桑树上的玉鸡就会一起鸣叫起来。

扶桑树上的玉鸡是叫人间的人们出来劳作的，而这只金鸡的鸣叫则是提醒神荼和郁垒两位神和游荡的鬼的。两位神一听到金鸡的鸣叫，马上到桃树东北的树枝间的鬼门把守，检查那些从人间游荡回来的鬼；那些游荡的鬼要在听到金鸡的鸣叫之前，返回鬼域，否则就会被阳光刺死。

两位大神认真检查从人间游荡回来的鬼，如果发现有在人间作恶的，妄自残害好人的，兄弟俩一定秉公执法，绝不姑息，立刻用芦苇绳子将他绑去喂桃都山上的老虎。

民间除夕夜里贴门神的习俗就是由这个传说而来的。最初，人们用桃木雕刻成两个神，放在门框的上方，还画一个大老虎，用来抵御邪魔鬼怪，后来就简化成把两个人的画像画在门上，以达到驱魔的作用。

除了这两位神，南方的荒野里的十六个神人也替黄帝管理鬼。这十六个神人每个都是窄窄的脸颊，红色的肩膀，手臂和手臂互相挽连起来。他们是在昆仑山下替黄帝守夜的，因为鬼都是在夜晚活动。他们红色的肩膀在夜晚就好像点着的灯火一样，鬼怪都很害怕，都不敢在晚上惹是生非了。

在民间，有老人会告诉孩子夜里走路不能回头，因为每个人肩上都有灯，回头的话灯就会被吹灭了，鬼怪就会来侵袭。这大概就源于这个十六个神人的传说吧。

黄帝手下有个叫后土的大臣，手执绳墨统治四季八方。绳墨作为法度，平直而不弯曲，修长而无尽头，长久而不破败，遥远而不会遗忘，与大自然的德泽相融合，与神灵的明察相一致。除了这一职责，后土还是幽冥世界的统治者，是幽都的守护者。

在北海内的一座幽都山上，黑水从那座山中发源，山上有黑色的玄鸟、玄蛇、玄豹、玄虎、还有叫玄狐蓬尾的大尾巴狐狸。和它毗邻的是大玄山，山上的人皮肤黝黑，所以被称做玄丘民。附近还有个大幽国，大幽国的人因膝下的双脚是红色的，所以叫赤胫民。大玄山和大幽国也属于幽都。

把守幽都城门的是巨人土伯。他长着虎头人身，头上有尖利明晃的角；有三只眼睛，像铜锣一样大；嘴巴似火山口，耳朵如蒲扇，鼻子像小桥，腿像大柱子；身躯庞大，顶天立地。他站在幽都门口，幽都变得更加恐怖。他有的时候会发脾气，会晃动着庞大的身躯，赤着脚，摇晃着尖利的角，张开满是血污的大手，追赶着幽都里那些可怜的鬼魂。每当这时，幽都就会哀号声一片，并且到处都是躲避的鬼影。每每土伯发神经都会引起幽都的一阵恐慌。

后土是很威严的神，他知道鬼域的动荡也会影响人间，于是每次他都会将犯神经的土伯押解到冰狱让他去冷静，直到彻底反省。土伯每次从冰狱出来，就乖乖地守着幽都的大门，不敢懈怠，鬼域的非正常骚乱就少了不少。

传说每次人间如果要发生大的战争或者太多的不公平竞争，这时候土伯就会莫名其妙地犯神经，引起后土的愤怒，也只有在这时候，游荡的冤魂才有机会见到后土，诉说自己在人间和鬼域的遭遇。后土会将情况报告给黄帝，使得人间和鬼域同时得到治理，治理过后，幽都鬼域里冤屈的鬼就少了，同时人间就太平很多，往往这时候人间就会出现太平盛世。

黄帝虽然把鬼的世界管理得井井有条，但是鬼的世界到底有多少鬼怪他心里却没有底，他一直想弄明白这个问题。说来也巧，有一次，黄帝到昆仑山东面的恒山去游玩，在海边遇到一个能说人话，非常聪明的神兽，名字叫做"白泽"。白泽知道天地鬼神的事情，尤其了解所谓"精气"变化而来的鬼怪，山精水怪、路劫鬼豺、魑魅魍魉，他张口就来。这让黄帝感到很惊讶，于是，便叫人把白泽神兽说的种种鬼怪化成图，并在图画旁边做了注解，一共有一万一千五百二十种。从那以后，黄帝就知道所要管理的鬼域的鬼的数量了，非常方便。

有了这张标有注解的图画，黄帝就按照这个召集天下所有的鬼神到幽都来开会，详细分配了各个鬼神的工作。从此鬼域和人间一样有了各种制度，也呈现出了太平的景象。

阪泉之战

传说在炎帝和黄帝大战的阪泉之野上有一座山，叫做具茨山，在具茨山上长着一种草，人们叫它"炎黄和睦草"，是黄帝和炎帝和好的象征。炎黄二帝是同父异母兄弟，他们的父亲是少典，父亲去世后，两兄弟失和，炎帝带着一些亲近部落离开有熊氏部落到南方居住。后来炎帝的孙子蚩尤一意孤行，想夺炎帝的位置，为此蚩尤联合他的八十一个兄弟，和炎帝开战，这样炎帝的部落就大乱了，炎帝没有办法向黄帝求助。黄帝立刻出兵援助，并且驱赶着虎、豹、黑等动物，冲破了蚩尤的雾阵、打败了风伯雨师，最后打败蚩尤。

战争结束后，黄帝看到四方的四帝有四种不同的图腾、不同的制度、不同的作法，这样下去有一天还会有战争的，于是，黄帝就规劝四帝归顺，天下一家。其他的青帝、黑帝和白帝在与蚩尤的大战中，看到黄帝的仁德和能力，就答应了，可是当黄帝把这个想法说给炎帝的时候，却遭到了炎帝的拒绝。炎帝觉得黄帝是在用帮助他打败蚩尤来要挟他，而且炎帝一直认为中原的涿鹿之野应该是自己的，是黄帝不顾父亲少典的吩咐占领了。于是黄帝为了天下为一家，炎帝为着自己心中的一口气，各自率领自己的子民展开大战。

黄帝和炎帝的大战，是最漫长也是最残酷的战争。当时炎帝居住的南方，由火神祝融辅佐，这个祝融长的牛头人身，驾两条赤龙，嘴里能够吞吐火焰。炎帝是一个仁德的人，但是受到祝融的蛊惑，他的子孙和部下都认为涿鹿地区是他们的领地。久而久之，炎帝也觉得涿鹿是自己的领地，而且子孙部下的呼声很高，于是炎帝就带领他们与黄帝开战了。

在阪泉之野，黄帝和炎帝的部队相遇了。炎帝对黄帝说："黄帝，我的兄弟，这涿鹿之野是我的子民在这里开拓的，这里留有他们的汗水。这里的繁茂是我们用辛劳滋养出来的，你为何带领你的子民盘踞在我的土地上。"黄帝说："炎帝，我的兄弟，江水是我和子民的母亲河，江水泛滥的时候我不得不率领人们迁徙，涿鹿也是我的子民生活的地方，也留有他们的汗水，你看我们两边的人们，虽然分属于两个阵营，但是他们都是女娲的孩子，就如你和我是同一个父亲一样，如果我们能放下武器，变成耕种的工具，那么这涿鹿的繁茂会延伸到大地的各个角落，会比我们这样的征战更有意义。"炎帝说："黄帝，我的兄长，我依然这样称呼你，你认为老虎的猎物能够给予别人吗？"黄帝长叹一声，说："炎帝，我的兄弟，难道每一次的融洽都是战争的序曲吗，那么好，来吧，战士们举起你们手中的武器，以生存的名义！"炎帝说："来吧，战士们，同样举起你们手中的武器，土地就是我们最好的理由！"

双方在阪泉之野展开了大战。两军势均力敌，征战了三天三夜，征战卷起的尘土遮蔽了日月。黄帝看到这种情况，在军帐里和自己的将士们说："最不该打的战争就是势均力敌的战争，看着那么多士兵死去，我心里很不是滋味，怎样才能快点结束这场战争呢。"他的一个将领说："黄帝，我听说在大海深处有一个白民国，那里有一种神兽叫做飞黄，如果我们能骑上飞黄，我们就能飞行在敌人的阵营里了。"于是黄帝就派这个将领去寻找飞黄了。

这个将领走了一天一夜才走到大海的边上。他看见这里一片祥和，海水湛蓝泛着浪花，海边有海鸥飞来飞去，可爱的女孩在海边嬉戏。将领有了心旷神怡之感。远远望去可以看见在海天相接的地方有一座山，泛着神异的银光，他想肯定是那个岛了。

将领摆渡到那里，刚刚踏上岸就遇见一个须眉皆白的老人。将领上前行礼，问："尊敬的长者，请问您知道哪里是白民国吗？我想寻找神兽飞黄。"老人家见这个年轻人很懂礼貌，就捻着胡须微笑着说："祝贺你疲劳的小伙子，你已经踏上你的目的地，但是飞黄生活在森林深处，可不好找呀。"将领拜别老人，就向森林走去，他沿着森林里的小路走了三天三夜也没有什么发现，他继续努力着。

这一天，他看见一只凶猛的大鸟抓了一只狐狸在头顶飞。他觉得狐狸好可怜，就拉弓射箭救下狐狸。谁知道这狐狸一落到地上背上就长出了两个又长又白的角。将领没看见这一切似的，仍然对狐狸说："可爱的狐狸，凶狠的大鸟可伤害到你金色的皮毛？"

"哈哈，狐狸？你可看见我背上的尖角，这是飞黄的标志，我刚才是想试试你是否好心，远来的人，战争又要打响了，快上来吧。"将领跨上神兽，抓住它背上的尖角。飞黄摆开它如九尾狐一样的尾巴，它的尖角发出光芒向它同伴发出信号，很快，在他们后面就跟上来一群飞黄。飞黄的队伍加入到黄帝的队伍中，黄帝的队伍很快取得了胜利，炎帝被生擒了。

黄帝取得了阪泉之战的胜利。当士兵押着炎帝走进黄帝大帐的时候，黄帝亲自给炎帝解开绑绳，对他说："炎帝，我的兄弟，我们都是女娲的子民，天下本是一家，都是手足，以后永不再起征战。你的子民需要你的管理。"

黄帝迎接炎帝回到有熊，在太乙氏的规劝下，兄弟二人登上具茨山，看到父亲少典之墓，不禁悲从中来，抱头痛哭，泪水滴湿了脚下的泥土。一只山雀衔来一粒种子丢在湿土里，第二年春天，种子发芽，长出了一株草。这草春天枝头开两朵并蒂花，花败后会结两根一尺长的棒角，像山羊的两个角，秋天长老了，棒角就自己拧在一起，掰也掰不开。人们说这是炎黄兄弟亲密、和睦的象征，所以就叫它"炎黄和睦草"。

蚩尤的传说

蚩尤是炎帝的孙子。据说，蚩尤生性残暴好战，他有八十一个兄弟，都是能说人话的野兽，一个个铜头铁额，用石头铁块当饭吃。蚩尤原来臣属于黄帝，黄帝召集鬼神开会的时候他还参加了。

当时黄帝坐在毕方鸟驾的宝车里，由大象挽着，六条蛟龙跟随在后面，蚩尤带着一群群虎狼等野兽在前面开路，紧跟在蚩尤队伍后面的是雨师和风伯，他们负责打扫道路上的尘埃，（雨师名叫"萍号"，他的身体长得很奇怪，像一只蚕子，但这小东西却不能小视，只要他一用法力，天空中就会乌云密布，顷刻间就会降下大雨来；而风伯名叫"飞廉"，头像燕雀，长着一对角，身体像鹿，长着豹子一样的斑纹，蛇的尾巴，他只要吹一口气就会狂风大作。）再后面就是各种鬼神们了，他们有的牛头人身，有的马面人身，有的人面鸟身，有的人面蛇身……奇形怪状，林林总总。另外，还有凤凰在空中飞舞。黄帝的队伍壮观威武。

走在前面的蚩尤看见黄帝在宝车上满意的笑容，不禁妒火中烧。他想："我有八十一个兄弟，而且各个能驱赶野兽，论能力我也不比这黄帝差，为什么我要给他做先锋？有一天我也一定要坐到他的位置上，号令众神。"这个自不量力的蚩尤，只看到自己所拥有的能力，却没有看到自己不具备而黄帝却拥有的仁爱、道德、公正等品质。

蚩尤时刻都在计划着夺取黄帝的位置。他知道单单凭自己的力量是不足以和黄帝抗衡的，于是，他就在每年秋季野兽肥美的时候，打了猎物去拜访风伯和雨师。风伯和雨师本来就是风风火火的人，根本没有什么心机，在蚩尤的蛊惑下很快就答应加入蚩尤的阵营。

不知道是不是上天有意帮助蚩尤，蚩尤在庐山脚下还发现了铜矿。他们用这些铜制成了剑、矛、戟、盾等兵器，可说是军威大振。

不过，蚩尤盘算，如果要夺得黄帝的宝座，首先就应该夺得炎帝的位置，于是，这个丧心病狂的家伙就召集他的八十一个兄弟，让他们驱赶着各自所统领的野兽，向炎帝发起进攻。一瞬间，森林的野兽都被他们驱赶出来，整个天空都被野兽奔跑扬起的尘土遮蔽。

炎帝当时有火神祝融相助。火神本领很大，可以蒸干大地上的水，让森林着火。祝融发动火攻，但是蚩尤蛊惑的野兽队伍太庞大了，已经无法阻挡。再加上炎帝不想看到生灵涂炭，就从南方退到了涿鹿。涿鹿在黄帝的管辖区内。炎帝想："我退到黄帝的领地，蚩尤畏惧黄帝的威力也就退兵了，等他退兵后我再去说服他，毕竟他是自己的孙子。"

然而，仁慈的炎帝想错了，他的这个孙子觊觎黄帝的地位很久了，打击炎帝只是他进攻黄帝的一个重要步骤而已。

自不量力的蚩尤见炎帝躲到黄帝的领地，以为炎帝真的怕了他，越发嚣张，索性就坐到炎帝的位置上，并且不断地扩充军队。他听说西南的苗族人，英勇善战，就又去鼓动他们，最终，这个英勇的民族被蚩尤利用了，和他结了盟。

避居在涿鹿的炎帝见蚩尤从南方杀来，就派祝融去和他讲和，让他为天下苍生考虑收起干戈，他可以把南方的领地都给他，只要他不再掀起战火。然而，蚩尤已经走火入魔，议和的事情对他来说就是天方夜谭。炎帝没有办法，只好组织兵力和蚩尤在涿鹿打了起来。炎帝毕竟兵力少，且蚩尤准备充分，几场战役下来，炎帝就抵挡不了了，没有办法之下只有请求黄帝支援。这样就引来了黄帝和蚩尤的大战。

黄帝战蚩尤

炎帝的不肖孙子燃起战火，这件事早就惊动了黄帝，只是他觉得这是炎帝的子孙，他自己能够处理好，所以就在昆仑山上没有下来。这一天，黄帝正在观看琅树上的玉石，有人向他禀告说炎帝派人向他求救。黄帝知道蚩尤已经打到涿鹿，已经不仅仅是炎帝子孙之间的问题了，这分明是"醉翁之意不在酒"啊，想到此，黄帝感到惊惶，同时也大发雷霆，他马上召集军队，立刻赶往涿鹿。

黄帝毕竟是仁慈的天神，虽然知道蚩尤的用心，但是他还是忍着震怒，首先和蚩尤讲和。黄帝说："蚩尤，你的祖父炎帝是一个好的君主，他管理的南方，百姓安乐，在那里不是很好吗？涿鹿是我的子民生活的地方，只要你退出涿鹿，我不会去打扰你在南方的生活，这样可以带给人们安宁！"蚩尤冷笑着说："黄帝老儿，不要在这里痴心妄想了，我来到这里是势在必得，我要的不是小小的南方，我要的是你的宝座。早在鬼神会盟的时候我就已经不满意你坐在那个位置上了。涿鹿，你的子民能够生存，我的野兽也可以在这里生活。"黄帝见他如此顽固，没有办法，只有迎战了。

蚩尤的八十一个兄弟都是能说人话的野兽，一个个铜头铁额，头上还有尖利的绿角，他们以沙子、石头、铁块为食物。他们不仅善于制造各种兵器，锋利的矛、尖利的戟、坚固的盾、巨大的斧头等，还善于驱赶野兽——他们会用鼻子发出一种奇怪的声音来吸引野兽；他们虽然说的是人的语言，但是野兽却能听懂他们的话。

蚩尤首先让他的弟兄驱赶野兽向黄帝的军队进攻。这些野兽都是经蚩尤的弟兄"训教"过的，异常凶猛。黄帝的军队遭到惨败。这时候黄帝的一个臣子说："在东海中有座流波山，山上有种神兽，样子非常像牛，身子是青灰色的，头上没有双角，只有一条腿；它自水中出入则必然带来风雨；它身上光彩夺目，眼睛明亮如日月一般；它的吼声如雷震天动地。这种神兽名叫夔。如果能够得到这个神兽，它的吼声肯定能震慑野兽和苗民。"

黄帝立刻派人去东海寻找。经过仔细观察，去的人发现，夔皮厚硬而粗糙；毛稀少，甚或大部分地方无毛；耳呈卵圆形，头大而长，颈短粗，长唇延长伸出；起源于真皮的角脱落后仍能复生；夔喜欢呆在水里，所以它的皮很光滑……看来即使抓它到陆地上让它吼叫也是很难的，倒不如好好利用一下它的皮。这个人把情况向黄帝详细报告后，得到黄帝的允许。这个人便把大网放到水中将夔捕获了，然后，把它的皮做成鼓，再用雷兽的骨做槌敲击鼓面，其响声可传到五百里之外的地方。两军再次开展，黄帝命令兵士敲鼓。鼓声在战场上回荡，野兽们都被吓坏了，在蚩尤的驱赶下虽然没有四散奔逃，但是已经不敢进攻了。黄帝暂时取得了胜利。

可是，第二天，蚩尤施展了一种魔法，从鼻孔中喷出弥天大雾，笼罩了黄帝和他的队伍。黄帝军队在作战中常常迷失方向，蚩尤趁机杀戮了黄帝的很多士兵。

黄帝十分着急，只好命令军队停止前进，原地不动。并马上召集大臣们商讨对策。应龙、常先、大鸿、力牧等大臣都到齐了，黄帝让他的臣子想办法。他自己也向天祈祷，这时九天玄女，驾着七彩云从天空中出现。九天玄女是人面鸟身的天神，住在九天以外的星云中。她听到了黄帝的祈祷就赶来了。她给了黄帝一个亮闪闪的小铜人，并对黄帝说："北斗星的斗柄永远都指向北，而这个铜人的胳膊总是指着相反方向。"黄帝谢拜九天玄女。然而全军只有这么一个铜人还是不能全部辨明方向。

黄帝依然很着急，他只好亲自去战场上去看士兵。当黄帝来到战场上时，只见他的臣子风后独自一人在战车上睡觉。黄帝生气地说："什么时候，你怎么在这里睡觉？"风后慢腾腾地坐起来说："我哪里是在睡觉，我是正在想办法。"原来这个风后正在琢磨小铜人胳膊永远指向南方的道理。他指着北斗星对黄帝说："九天玄女说北斗星的斗柄永远都是指向北的，那么也就是说只要我们仿照北斗星的斗柄，制作出和它一样无论发生什么情况都指向南的车，用它指明方向，我们就能辨别方向了。"于是他就向黄帝请求制作指南车。黄帝非常高兴，为他单独腾出一所大帐，并让人为他准备了足够的材料。风后利用差速齿轮原理，制成齿轮传动系统，根据车轮的转动，由车上木人指示方向——不论车子转向何方，木人的手始终指向南方。风后成功了。

接着，风后用最快的速度为每一个阵营都制作了两辆指南车。在指南车的帮助下，黄帝军队顺利冲出了蚩尤的魔法迷雾，最终战胜了蚩尤。

蚩尤见大雾不能让黄帝的士兵迷失方向，就跳到空中呼喊风伯雨师："风伯刮起你的狂风，雨师奏起你的暴雨吧。"刹那间，大雨倾盆。黄帝赶忙呼喊应龙。

应龙生活在大荒东北角上的凶犁土丘山上，它常住在山的最南端。应龙是一种长有两翼的龙，善于蓄水行雨。听到黄帝的喊声，应龙马上赶赴战场，蓄水行雨以抵挡蚩尤的魔法。可是，应龙的力量根本没法和风伯、雨师相比。

黄帝正在着急时，天空中飞来一团火一样的东西。火样的东西逐渐变大，落到黄帝面前时已经变成了一个全身红色的女娃。来人是黄帝的小女儿女魃。女魃生活在在大荒西北的系昆山上，据说她长得很娇小，并不漂亮，还有点秃顶，但是她的身体里却积聚着巨大的热量，所以，被封为旱神。

女魃高声说："尊敬的父亲，你可忘了系昆山上的女魃，你的女儿旱神魃来帮您退敌了。"说着从背上抽出锯形刀，然后高喊："狂风骤雨你快快停息，远远地离开这个战场，回到系昆山，那里才需要甘霖。"边说她边变换多个身形，整个天空像有很多火，她的锯形刀也在火中闪烁。风停了，雨消了，锯形刀将蚩尤斩首了。

战争终于平息了。

女魃对父亲说："父亲，虽然我很想念您，但是请原谅我不能久留，因为我在哪里停留时间长了哪里就会干旱，我必须和风伯雨师一起回到系昆山。"黄帝说："去吧去吧，好好和他们配合，给人间带来福祉。"

这里还有必要说一说应龙和女魃的结局。

在这场大战中，应龙因为蓄水太多而不能再上天了，天上没有它作雨故连年干旱。传说如果遇到这种情况，人们只要做成假的应龙，便能久旱逢大雨。

再说女魃。因为蚩尤调动的风雨太多，女魃动用了太多力量，而且杀死蚩尤的时候他的污血溅到了她的衣服，由于能量的缺失和邪魔的影响，女魃再也不能上天了。

然而，她停留的地方就会干旱，所以，人们都很痛恨旱神，总是想办法来驱赶她，可怜的女魃便到处流浪。后来，有一个好心的后稷国的人向黄帝禀报了女魃在人间不受欢迎的事情。黄帝便下令在赤水的北面为她修建宫殿，让她不要再随意走动。可是，女魃已经游荡惯了，虽然有了居住地，也常常东游西逛，并且经常遭到老百姓的驱赶。

不过，毕竟她有了定所，所以人们每次在驱赶旱神的时候，总是首先把水道开好，把沟渠挖通，然后对天祷告："女魃神啊，到赤水你的家去吧。"传说只要这样一祷告，女魃就会意识到自己的错误，就会立刻回到赤水河边。

女魃和应龙都在黄帝和蚩尤的大战中，帮助黄帝，而且都是因为这次战斗耗尽了自己的能量而不能再升天的，他们牺牲了自己换来了黄帝的胜利。

玄女传授黄帝兵法

黄帝和蚩尤大战，九战九不胜。黄帝退守到太山，三天三夜，大雾弥漫。黄帝一筹莫展，跪在大地上向上天祈祷。忽然，从天上飞来一位人首鸟身的神，她踏着七彩的云，降临的时候有七彩的光辉闪耀。黄帝跪拜叩头，女神说："仁慈的黄帝，我是九天玄女，你有什么事想要问我吗？"黄帝说："女神，我想知道怎样才能在战斗中连战连胜？怎样才能设下埋伏不被敌人发现？"于是玄女就传授黄帝作战的兵法。

玄女说："行兵贵在顺应天地，天地的规律各有表现，上天表现在六甲子，大地表现在六癸酉，如果你能顺应，那么就能万无一失。"之后她画了一张阴阳图给黄帝，继续说："作战的过程中，士兵一定要以一顶十，这样才能获得基本的保证，也就是人力；然后将士要身先士卒，这样才能驾驭六神，获得胜利。如果敌人攻上来，那么这支队伍一定是敌人经常取得胜利的那支队伍。那么攻破它就要注意，如果敌人是直阵，我们就以方阵攻击；如果敌人是方阵，那么我们就要以金字形的阵进攻。敌人为曲阵，我们以圆阵攻之。敌人为兑阵，我们以曲阵攻之。另外出军行将，驻扎和守阵并举，几次和敌人交锋，一定要注意用鼓来振作士兵的士气，而且要善于从敌人击鼓的声音中判断敌人的强弱。"

黄帝得到了玄女的传授，行军布阵，变化莫测。此外玄女还指引黄帝在昆吾山上找到了一种红铜，铸造成宝剑。这种宝剑铸好后是青色，寒光四射，水晶般的透明，锋利无比。

黄帝得了玄女的兵法指导，加上兵器得心应手，士兵们士气大涨。蚩尤虽然联合风伯雨师和苗民，但是谋略和智慧都不如黄帝，最终战败。

传说九天玄女给黄帝画的六甲阴阳图，被黄帝藏在会稽山下的一个深洞里，那个洞有千丈深，面积也有千丈，图被压在壁上两块突出的磐石中间，想得到这个图就要攀上这两块磐石，而这两块磐石是悬在千丈深的洞中的，所以很危险，很多人为此丧生。传说大禹治水的时候，他听说用水将洞灌满，然后让龙浮上来就可以得到六甲阴阳图，于是，他就决开江水，灌注到会稽山洞中。龙神借水看到阴阳图共十二卷，替大禹拿到。可是，大禹拿到后刚要打开，却有四卷飞上天去，四卷坠入水中，大禹只得到了中间的四卷。

黄帝杀蚩尤

前面故事说蚩尤是被女魃用锯形刀斩杀的。但是，也有传说蚩尤是先被黄帝生擒，然后杀掉的。

涿鹿之战结束后，蚩尤被黄帝军队生擒。对于这万恶的元凶，黄帝定然不能轻饶了他。蚩尤铜头铁额，凶猛无比，黄帝就命人制造枷拷将他捆绑好，拉到涿鹿的荒野杀掉。直到蚩尤完全被杀死，才撤去刑具。撤下的已经被蚩尤的血染红的刑具被被抛到宋山上，变化成一片枫树林，每片树叶都是红色的，就好像蚩尤的斑斑血迹。山中有一种红色的蛇叫育蛇，这育蛇负责看管枫树林。

蚩尤被杀的具体地点叫"解"，蚩尤血滴洒的地方就变成了一个池子，池子里面的水颜色也是殷红色的，好像蚩尤的鲜血，于是，人们叫这个地方为大盐池，也叫"蚩尤血"。

蚩尤被砍头后，头和身体被分开了，为了避免他死后作怪，就给他修建了两座坟墓。据说这两座坟分别在现在山东的阳谷县和巨野县。人们会在十月祭祀蚩尤，传说每每这个时候，坟上就会冒出一道道红色的云气，直冲霄汉，就好像一面绛红色的绸子悬挂在天地间，人们把它叫做"蚩尤旗"。有人说这是蚩尤不甘心自己的失败，灵魂还有怨愤。

黄帝为了用蚩尤警告那些野心勃勃、不顾苍生福祉的人，达到杀一儆百的效果，就命人把蚩尤的头像刻在了青铜鼎上。但是，工匠雕刻的时候，在蚩尤头像的基础上又结合生长在西南方荒野中的一种长毛人——羊身，猪头，有一个大嘴，眼睛在腋下，虎齿人爪，生性贪婪狠恶，喜欢攒钱但是舍不得花，自己不去劳动爱抢夺别人的劳动果实，十分贪吃，见到什么就吃什么，由于吃得太多，被撑死，最后就只剩下一个被砍下的头——这和蚩尤只剩下头很相像。再加上这种怪兽性情和蚩尤一样贪婪狠毒，所以工匠就在雕刻的时候将怪兽和蚩尤的样子糅合，夸张而形象地刻绘出了一个贪婪的怪兽形象。人们都认为怪兽是蚩尤，但是仔细观察在大鼎上的怪兽，脑袋上却不是透明的尖角而是两个肉翅，所以人们又把怪兽叫做"饕餮"。

刑天争夺帝位

蚩尤惨死的噩耗传到南方天庭，炎帝抑制不住淌下了两行凄清的泪。炎帝的眼泪本为蚩尤而流，无意中却激起了一位巨人的雄心。那巨人是炎帝的武臣刑天。刑天酷爱音乐，曾创作《扶犁曲》、《丰年词》，为炎帝祝寿。炎、黄大战，他在南方留守。

蚩尤举兵北伐，他跃跃欲试，但是被炎帝制止了。此刻，听到蚩尤的死讯，看到炎帝的老泪，他再也按捺不住那颗悲愤的心，冥冥中似有声音在回荡，召唤他去北方，去找黄帝决斗。

巨人左手持盾牌，右手提战斧，悄悄离开南方天庭，踏上了不归路。他知道，路途的尽头就是生命的尽头，但他义无反顾，他要用勇气和热血向天地间的一切证明，炎帝不可侮，炎帝的后裔和部属不可侮。

巨人孤身行千里，一路过关斩将，势如破竹，黄帝手下的武将没有一个是他的对手。巨人直杀到中央天庭的南天门外，指名道姓，要与黄帝单打独斗。

当巨人冲到王宫中站在黄帝的面前时，连黄帝也觉得很诧异，自己竟没有注意到炎帝手下还有这样一员猛将。黄帝毕竟是久经沙场的老将，即使内心有波动，也不会轻易表现出来，他拿起昆吾剑从容应战。黄帝当时心想：炎帝部下个个桀骜不驯，此人单骑闯关尤其大胆，若不立斩示威，恐南方臣服无日。

两个在云端剑斧交加，各显平生本事，剑起如闪电破空，天为之变色，斧落似流星坠毁，地为之动摇，从天庭杀到凡界，又一路杀至西方常羊山。常羊山是炎帝降生的地方，距黄帝的出生地也不远。两个人到了常羊山，都别有一番感触：巨人作为炎帝的手下，很为炎帝打抱不平。世界本应是炎帝的，可现在却被黄帝窃取了。他必须要夺回这原本就属于炎帝的一切，让炎帝重新回到故土；黄帝看着自己的臣民过上了越来越幸福的生活，也不希望被他人破坏。两个人越战越勇，都使出了浑身解数。可是激烈的争斗持续了几天，却始终没能分出胜负。黄帝有些着急，他想尽快结束战斗，便用了一计。

就在两个人打斗得不可开交的时候，黄帝忽然对着巨人的身后一喊："五虎将，还不快帮我拿下这个怪物！"巨人一惊，手中的战斧略松了一松。说时迟，那时快，黄帝的昆吾剑已削在他的脖子上。"轰"的一声巨响，巨人硕大的头颅落地，把坚硬的山地砸出了个大坑。

巨人毕竟是神人，失去了头颅也还不死。巨人一摸没了头颅，心中就慌张起来，急忙放下斧、盾，弯腰伸手，往地上乱摸寻找他的头颅。他摸到了大树，就将树枝折断；触到了岩石，就将岩石敲碎。地上被他弄得尘土飞扬，木石横飞。其实巨人的头颅就在他的脚下。

黄帝怕巨人摸着了头颅接上，赶紧手起剑落，将常羊山一劈为二，那头颅骨碌碌滚入山内，大山又合而为一。

听到周围"哗啦啦"的声音，巨人知道自己的头颅已经被黄帝掩埋了。这下巨人彻底被激怒了，他不再继续寻找头颅，而是重新拾起斧、盾，挺身直立，以两个乳头为眼，肚脐为口，站起来继续战斗。黄帝不敢上前，一个人先走了。

无头巨人在常羊山继续战斗着。也正因为如此，他才有了一个新的名字，叫做刑天。刑的意思是斩杀，天的意思是头颅。因为刑天不甘心，不服气，战斗不止，后来，他又被封为战神。传说刑天仍然不时出现在常羊山附近，手中挥舞着战斧，与看不见的敌人厮杀着。

黄帝访贤

黄帝战胜了蚩尤，在人们心目中的威望更高了，拥戴他的部落也更多了。

为了庆祝胜利，黄帝派人到东海的流波山上，请来长有一只脚的夔。夔变作了人形，做了国家的乐官，他仿效山川河谷、风啸雨零的声音，创作了一部辉煌的凯旋曲《鼓曲》。《鼓曲》共分十个乐章，包括《雷震惊》、《猛虎骇》、《灵夔吼》、《雕鹗争》等。有的曲子雄壮如电激雷崩，气吞山河；有的曲子柔美如清风朗月，河晏海清……黄帝请来炎帝、青帝、黑帝和白帝和他共同分享天下太平的喜悦。宴会开始，首先演奏的是第一乐章《雷震惊》。乐曲在一阵咚咚的鼓声中开始，战士们伴着乐曲的铿锵调子，在殿堂上作着种种象征杀敌制胜搏击的舞蹈。音乐的非凡气概让黄帝和四帝都很满意。

天下太平，四帝非常佩服黄帝，共同举杯祝贺黄帝。

炎帝说："黄帝，您是天下最圣明的主，我佩服你的胸怀和谋略，我愿意将我的子民交给你管理。"黄帝说："炎帝，我的兄弟，你的想法让我感觉到很突兀。"炎帝说："蚩尤是我的孙子，是我没有管理好他，所以才使天下生灵涂炭，我感到有罪过。为了给那些战死在战场上的士兵赎罪，我愿意从此到民间去，尽我的所能为人们做一点实际的事情。而且我相信你能治理好整个国家。"黄帝哈哈大笑说: "炎帝, 你的想法很好, 我相信等你归来一定是一位宽和仁德的君主。好吧, 我答应你!"

其他三帝看到炎帝如此的做法, 也知道天下只有统一, 征战才会减少, 人民才会幸福, 所以也纷纷表示愿意将子民交给黄帝。黄帝看到他们如此诚恳, 也就答应了他们实行天下一家。

黄帝让大家一起举杯, 说: "既然大家都把天下苍生的幸福放到第一位, 那么从此天下就是一家了, 把我们的各个部落的图腾统一起来, 称为龙, 从此我们就都是龙的传人!"

这时, 乐曲正好演奏到了《鼓曲》的最后一章《桐丝乐》。这支乐曲非常柔美, 让人听了心气平和。

……

多年之后, 炎帝在南方教人们种植庄稼、统一交易时间, 并且亲自遍尝百草为人们治病制药的佳话传到了黄帝的耳朵里, 黄帝想: "炎帝亲自实践了这么多的好方法, 如果把这些方法贯彻到整个国家, 那该是多么好的事情。"于是, 决定亲自去访问炎帝。可是听说炎帝现在到处走访大山, 寻找草药, 居无定所, 不容易找到他。他的臣子替他想到了"轩辕方"。"大王, 您可以用它替您辨别方向。"黄帝觉得这个主意不错, 就带上"轩辕方", 一座座大山地寻找, 有时候在大山里几天几夜都走不出来, 有时候能够看到有人采摘过草药的痕迹, 但是都没有碰到炎帝。但黄帝没有气馁, 他一直坚持, 而且在寻访炎帝的过程中, 他也更加了解人们的生活。

最后, 黄帝在衡山的山腰间找到了炎帝, 兄弟俩相拥而泣。黄帝说: "炎帝, 我的兄弟, 你受苦了!"炎帝说: "这对我是一种赎罪, 为了那些因为我的固执而牺牲的士兵, 我做了一些实际的事情, 心里很快乐。"炎帝愿意将自己实践的经验交给黄帝, 希望为更多的人造福。

黄帝劝炎帝和他一起回到涿鹿共同治理国家, 然而炎帝却说: "黄帝, 我的兄弟, 你的好意我知道, 可是我已经习惯在山间采药的生活, 我要继续我的事业。你回去以后把我的实践经验整理好, 希望能造福人民。"兄弟俩也约好, 每年父亲的祭日到具茨山相见。

可是, 有一年黄帝等了好久炎帝都没有来, 黄帝意识到问题很严重, 就又到民间寻访, 才知道炎帝在尝草药的时候不小心吃下了断肠草。悲痛欲绝的黄帝在炎帝故去的村落旁边修建了"炎帝庙"。

夸父逐日

很久很久以前, 在北方高大的群山之间, 生活着一支巨人族。他们有着高大的身材、强健的体魄和勇敢无畏的精神。这些巨人虽然个个力大无穷, 但他们却从不欺凌弱者, 更不会侵犯他族的领地。他们只是安安分分地在大山中过着他们自己的生活, 清苦乏味却也逍遥自在。

巨人的首领是一个名为夸父的巨人。在众巨人之中, 夸父是力量最大、勇气最佳的一个,且他又是幽冥之神"后土"的孙子，因此族人们都推举他为首领。也正是因为夸父的原因，这支巨人族又被称为夸父族。作为部族的首领，夸父有什么事都是抢在前面，遇到危险也总是冲在前面。他最大的心愿就是让他的族人过上幸福无忧的生活，为此，他不懈地努力着，哪怕是付出再大的代价，他也心甘情愿。

山林里的毒蛇猛兽很多，族人们常常受到它们的侵袭。夸父就带领族里的青年去擒获它们，如果捕到大的猎物，族人们还可以美餐一顿。山中有一种凶恶的黄蛇，总是趁人不备的时候袭击族人。夸父想到了一种好办法，捕获了大量的黄蛇，以致于黄蛇看见它都不敢上前了。他将捕到的黄蛇做成饰物，挂在自己的两只耳朵上。对于刚刚捕到的黄蛇，他也会拿在手上挥舞，向其他黄蛇示威。

北方的冬天异常寒冷，每年的冬天，都是巨人们最难熬的一段时间。这年的冬天比往年更加寒冷，有些族人支持不住，接连被冻死了。看着族人们因寒冷而死去，夸父非常难过。他整晚整晚地睡不着觉，他在想如何才能帮助大家对抗寒冷呢？后来，他想到了一个好办法，那就是把太阳永远留在北方。冬天之所以寒冷，是因为太阳到南方去了。如果让太阳一直留在北方，那么这里就会一直像夏天一样，他的族人就不会被冻死了。想到这儿，他产生了一个近乎疯狂的想法——追赶太阳。

夸父追日的设想在族中传开以后，族人们纷纷前来劝阻夸父。尽管族人们也已经厌倦了寒冷之苦，但他们更不愿意他们的首领去冒险。太阳那么遥远，夸父即使体力再好，又如何能追得上呢？再说太阳就像一个大火球，任何靠近它的东西都会被烤焦。就算夸父真能追上它，又怎么可能靠近它呢？面对族人诚恳的劝说，夸父显得非常平静。他追日的决心早已下定，绝不可能更改。为了族人的幸福，他必须要去。就算自己中途累死或者被太阳烤死，他也一定要去。

族人们见劝说无效，只得默默地为夸父准备行装和口粮。分别的那天，族人们都流下了伤心的眼泪，他们仿佛已经预料到他们的首领不会再回来了。与族人的沉默相比，夸父倒显得信心满满。他告别了族人，就踏上了他的追日征程。

为了早一天追到太阳，早一日让他的族人摆脱寒冷，他日夜不停地追赶。族人给他带的口粮很快就吃光了，于是他就就地取材，碰到有什么可吃的就吃什么，实在找不到吃的东西就饿着肚子赶路。

眼见着离太阳越来越近了，夸父也越来越有信心。可是离太阳越近，天气就越炎热，地里的作物就越少。饥饿的问题倒不是大问题，关键是口渴难耐。他跑到黄河边，一口气喝干了黄河水，可还是没有解渴。他又跑到渭河边，一口气喝干了渭河水，仍然没能止住干渴。他继续向北方的大泽跑去，跑着跑着，他忽然倒在了地上。这次倒下，夸父再也没能起来。他已经太过劳累了，如今又这样干渴，所以他支持不住了。

夸父没能追到太阳，但他却是族人的骄傲和榜样。在他临死的前一刻，他还想着自己的族人。他将手中的木杖扔了出去，木杖所落之处立即生出了一片葱郁的桃林。这片桃林终年繁盛，为所有路过之人解除饥渴。此后，再没有人在这里因饥渴而死了，这都是夸父的功劳。

夸父逐日有人认为是自不量力的表现，有的人认为是追求光明的表现。两种说法各有各的道理，但上古人敢于挑战自然的勇气和付诸实践的努力是值得我们学习的。

嫘祖养蚕

黄帝的妻子嫘祖也很能干，她教人民养蚕，总结出一套喂蚕、缫丝、织帛的经验。从此人们既会制衣，又会作冕，还能制鞋，从上到下都装束起来，彻底改变了上古时代穿树叶兽皮的原始习惯。

相传，嫘祖出生在5000年前的古西陵国。嫘祖是一个美丽端庄且心灵手巧的女孩，名为嫘祖。嫘祖自小就失去了母亲，是父亲将她一手带大的。后来，父亲又常年带兵出征，家中只剩下了嫘祖一人。嫘祖一个人闲来无事，就常常和村里的其他女孩外出游玩。但毕竟都是女孩子，不能走得太远，一来二去，附近的地方嫘祖都走遍了，就觉得无聊起来。

一天，嫘祖忽然想到村外的桑树林她们从没有去过，就约了几个姑娘一起去。在桑树林，她们看到了很多白色的小果子。姑娘们很高兴，每个人都采了很多回去。回到家中，嫘祖想尝尝果子的味道，就咬了一口。谁知这个果子不仅没有任何味道，而且还根本就咬不动。嫘祖心想，也许这种果子不是生吃的，要用水煮着吃。嫘祖连忙烧了一锅水，将白果子全部倒了进去。煮了一段时间，嫘祖捞出一个尝了尝，还是咬不动。难倒是煮的时间不够？嫘祖继续煮，又煮了很长时间。可捞出来一尝，还是一点儿也咬不动。

这下可把嫘祖惹生气了，她找来一根木棒，放到锅里使劲地搅。搅了一阵之后，嫘祖有些累了，她把木棒拿了出来，结果发现木棒上缠着很多细细的白丝。嫘祖从没见过这样的丝，她继续用木棒在锅里搅，渐渐地，锅中的小白果全都变成了细细的白丝。

嫘祖用手一摸，还挺结实，不像蜘蛛丝那样容易断，但是很乱，嫘祖想太乱了也没有什么用，就丢在了一边，然后，就进屋歇息去了。睡梦中，王母娘娘笑着来到她的面前，对她说："聪明的孩子，这茧抽出的丝虽然乱了，但是可以织锦呀！"说完就教她怎么样抽丝不乱，怎样织锦。

醒来后，嫘祖很好奇，重新来到桑林，观察了很多天。嫘祖发现桑虫吃了桑叶会越长越胖的，最后化成肚子里装满丝线的茧壳。她就在桑树上找到一些白白胖胖的小虫，摘了很多的桑叶，然后把它们带回家。起初，嫘祖把树上的小虫叫天虫，后来叫蚕，结成的小圆团叫茧。

回家以后，嫘祖先把桑叶放到一个大大的筐箩里厚厚地铺了一层，然后，把蚕虫放进去，等到蚕虫化成蚕壳后，她又把蚕壳按照不同颜色分开，倒进大锅里煮，煮一会又用小木棍挑，挑起一根丝就缠在上面边抽边缠，不几天就缠了很多闪光发亮的丝坨坨。

她又按照王母娘娘在梦中给她的织锦机的图样，请爹爹帮她做了一架织锦机，然后，她就按照王母娘娘教给的步骤织起锦来，五颜六色漂亮极了。她把细细的蚕丝织成布，代替树叶、兽皮穿在身上，又轻巧，又暖和，干活还方便。在嫘祖的倡导下，全村的女性都开始养蚕纺线，并用蚕丝做出了很多美丽的衣裳。为了纪念嫘祖的功绩，人们就将其称为蚕神或先蚕娘娘。

一个春天，嫘祖仍然像往常一样在家里的桑园中养蚕。这时，一个男人看到了身着美丽丝绸的嫘祖。男人从未见过这样美丽的衣裳，就问嫘祖这种衣裳是怎样制作的。嫘祖向男人介绍了栽桑养蚕、抽丝织绸的道理。男人想到他那里的人们还过着冬穿兽皮、夏遮树叶的原始生活，立即对这位女性产生了崇敬之意。他向嫘祖表明了自己的仰慕之情，并恳请嫘祖随他回去造福一方百姓。嫘祖答应了，并与那个男人结为了夫妻。那个男人就是黄帝。

嫘祖成为黄帝的正妃以后，将栽桑养蚕的技术也带到了黄帝的部落，并用她的勤劳和智慧做起了黄帝的后勤保障工作。她组织了一大批女子养蚕织锦，其中有一个女子异常的聪明，总是能解决各种难题。嫘祖觉得这位女子非常贤德，就暗中撮合她与黄帝。不过这位女子相貌丑陋，开始并没有引起黄帝的注意。后来，这位女子发明了纺轮和织机，黄帝才对其重视起来。再加上嫘祖的极力撮合，这位丑女最终成为了黄帝的次妃，后人都尊其为嫫母。

明火的发明

在河南省潮河西岸有个小寨叫火神寨，寨里有一座庙，供奉的是火神祝融的圣像，据说是汉代人为纪念祝融送火种而修建的。

相传自从燧人氏发明钻木取火以后，人类已经开始用火烧熟食物、取暖、驱赶毒虫猛兽等。但钻木取火很不容易，人们只好把火种保存起来，祝融就是负责管理火种的。

有一年夏天连降几天大雨，许多茅屋倒塌，火种浸灭，黄帝让祝融给百姓送火种，可是祝融的火种也被大雨浇灭了。祝融很着急，树木都是潮湿的怎么也钻不出火花，偶然中他发现击石能溅出火星，于是他就做好准备，用尖利的石头击打大的石块，用击出的火花点燃柴草，这样就发明了"击石取火"的办法。从此人们不再为保存火种发愁了，黄帝为此特封祝融为"火正"（官职名）。潮河两岸枣林里的人们不忘祝融的功德，敬祝融为火神。

黄帝统一华夏以后，各个部族的图腾都统一了。火神也一样，只敬奉祝融火神。

黄帝有一个妃子叫嫫母，她长得很丑，脸是黄色豆麻子般的皮肤，毛孔粗大，泛着油光，鼻子像蒜头，眼睛几乎被油腻的头发遮挡住了视线，嘴巴曾被人误以为吃香肠没吞下去，不时的一笑就会露出泛黄的牙齿。

嫫母虽然长得奇丑无比，但是她心地善良，贤惠能干，负责部落里烧火做饭、分配食物等事情，所有这些她总是安排得有条有理。

她知道火对部落的意义，所以，她非常虔诚，每一次在起火之前都会向火神祈祷，让火旺盛。一天，烧火时她无意中把一些松香木炭末拨到了火上，马上冒起很多火花，嫫母注意到这个现象，又试了几次，都是如此。

她又将硫磺与松香、木炭末掺起来撒到火上，结果爆起的火花更大，因为这种爆起的火花特别大且明亮，所以嫫母把这叫作"明火"。其实这明火也就是火药。

黄帝知道后认为明火爆出的火花可以吓跑敌人，就决定用明火来帮助打仗，命嫫母每天把松香、硫磺和木炭末均匀拌合，制作明火保存起来。在与蚩尤的大战中，黄帝就将嫫母制作的明火球发给将士们，让他们在交战中使用，确实这明火球抛起来，不仅在心理上让敌人害怕，而且那爆出的火花也会烧到敌人的衣服、皮肤甚至五官。这明火可帮了黄帝的大忙。

战争结束后，黄帝就用明火的道理，将松香、硫磺和木末按一定的比例，制作了更大的明火球，也就是后来作战用的"火链球"，而且他还让人将松香和硫磺化成水，涂在箭头上，带着松香和硫磺的箭在射出去飞行的过程中，与空气摩擦，就燃烧起来，到达敌人身边的时候就会引起大火。这就是最初的"火箭"。

看着嫘母的明火得到了更好的运用，火神祝融感到很欣慰。其实，嫘母发明明火得到了祝融的暗中帮助。看到嫘母对待自己那么虔诚，祝融为了表达谢意，就暗示了嫘母在不经意间使用松香和硫磺，引出火花，而且嫘母也真的聪明能干，没有让火神失望。

仓颉造字

在河南省洛阳的南边有座凤台寺，相传是古代仓颉造字的地方。传说仓颉长得方头大脸、龙颜善面，脸上长着四只眼睛，眼光像电光一样犀利明亮。

仓颉是黄帝手下一个非常能干的官员。黄帝将管理牲口和食物的事情都交给他，他总能做得井井有条。当时还没有文字，仓颉便想出了结绳记事的办法。他用不同颜色的绳子和不同的结来代表不同的牲口和食物，使所有人都能一目了然。

黄帝见仓颉如此能干，便将更多的事务交给他做。这样一来，要记录的事物越来越多，原来的结绳记事也就不再奏效了。后来，他又在绳子上画圈圈、挂贝壳，用以表示不同的事物。如此又用了很多年，但黄帝交给仓颉的事情每年都在增加，用不了多久，这种方法也会失去效用。怎么办呢？仓颉很想找到一种简洁明了且可用来记录复杂事物的方法，用来代替结绳记事。为此，他日思夜想，却始终没有更有效的方法。

一天，仓颉跟随黄帝外出狩猎。在走到一个十字路口的时候，黄帝手下的人忽然争吵起来。有些人说要往这边走，有些人说要往那边追赶，一时争论不下，队伍也就在此停了下来。仓颉不明白这些人为什么会出现意见分歧，就上前询问。原来，一伙人看到了老虎的脚印，就坚持追着老虎的脚印走；另一伙人看到了熊的脚印，就坚持追着熊的脚印走。听到这儿，仓颉已经无心再听他们争论了，因为他想到了更重要的事。既然动物的脚印可以用来识别动物，那么为什么我不能创建一种符号来代表我所掌管的事物呢？

仓颉在洧水河南岸的一个高台上造屋住下，专心造字。他将自己掌管的所有事物都摆在了眼前，整整看了一个晚上，终于找到了一种非常形象的符号来代替它们。从此，他开始用各种符号来表示事物。这样一来，记录事物就方便多了，再也用不着那些让人眼花缭乱的绳子和结圈了。他将自己最新的记录方法拿给黄帝看，黄帝大为赞赏。黄帝想，如果所有的事物都能用这种符号表示，那么以后人们的交流岂不是更方便了。于是，他命仓颉为所有的事物都找到一个替代符号，并让所有的人都熟悉这些符号，以便日后的交流与应用。

仓颉意识到这是一项伟大而艰

巨的任务，他四处观察、分析，创造出了很多符号。后来，他就将这种能够记录各种事物且用于人们交流的符号叫做字。经过长时间的观察，他已经能够用字表述很多事物。于是，他便在黄帝的支持下开始到各个部落推广，以便更多的人能够用文字进行记录和交流。有了文字，人们的交流确实更为畅通了，人们的生活也更加便利了。每到一个部落，仓颉都会受到当地人民的热烈欢迎，有些人甚至奉其为偶像。渐渐地，仓颉变得有些骄傲了，传授文字也不再像以前那样尽心尽力了。黄帝得知这种情况以后，就找来族里一位一百二十多岁的长者商量对策。长者让黄帝尽管放心，他自有办法让仓颉意识到自己的错误。

一天，仓颉正在一个部落中传授文字，这位长者也来到了他们中间。待仓颉讲完，所有的人都离去了，只有这位长者还坐在原地，迟迟不肯离去。仓颉不解其故，便上前去问长者为何还不离开。长者说："先生，你造的字已经家喻户晓，可我年事已高，理解力差，有几个字我至今也没弄明白，你能不能再为我解释解释呢？"仓颉见这样一位老者都来向自己请教，很是高兴，便让老者尽管说出他的疑问。

长者说："马、驴、骡、牛都是四条腿的动物，可为什么你造的马、驴、骡字都有四条腿，而牛字却只有一条尾巴呢？"仓颉的笑容一下子僵在了那里，他没想到长者竟会问出这样的问题，一把抓住了他的漏洞。事实上，他最初在造字的时候，牛本来是用"鱼"字表示的，而"牛"字则是用来表示鱼的。不过他在传授的时候一时大意，将两者说颠倒了，所以才会出现这种无法解释的现象。

见仓颉不说话，老者又问："你造的'重'字，你解释说是有千里之远，可为什么在教读音的时候你却说是重量的'重'呢？还有你造的'出'字，你解释说是两座山和在一起，那本应是重量的'重'字，可为什么在教读音的时候你却说是出远门的'出'呢？"仓颉再也忍不住了，在长者面前，他只觉得无地自容。那些都是他马虎大意才留下的疏漏，如今全部被人揪了出来，他这个文字发明者的面子往哪搁呢？他跪在长者面前忏悔，坦诚是自己的骄傲铸成了大错。

长者见仓颉已经知错，便劝仓颉说："仓颉啊！你造字的功劳是无人能够抹杀的，但你的任务还很艰巨，绝不能取得了一点儿成绩就骄傲，否则你的成就必将毁在你的骄傲之中。如今，那几个错字已经在各部落中传开了，你也无需再去纠正了，只要做好以后的造字、传播工作就行了。"仓颉连忙谢过老者。自那以后，仓颉再也不敢骄傲大意。在造任何一个字之前，他都要经过多次的查看和反复推敲。造出来之后，他也要找多个人进行评定。待大多数人都通过后，才将文字传播出去。

后人为纪念仓颉造字的功劳，把仓颉造字的高台叫"凤凰衔书台"，宋朝人又在这里建寺筑塔，称为"凤台寺"。

宁封子制陶

据说第一个制陶的人名叫宁封子，他是黄帝身边的一个能工巧匠。传说黄帝时期，人们虽已懂得用火烧熟食物吃，但却没有锅、盆、碗、罐等，只能把猎获的食物用明火烧熟后双手抓着吃，极不方便。

　　一次，宁封子从河里捕回很多尖尾鱼放在火堆上烤，结果全烧焦了，他一气之下，就把剩下的几条尖尾鱼用泥封住，放进火堆里。正在这时，黄帝派宁封子出外办事，且一走就是三天。回来后，宁封子突然想起他临走时放进火堆里的尖尾鱼，急忙跑到火堆去刨，谁知刨出来一看，鱼早已没有了，只剩下一个泥外壳。

　　宁封子把烧过的泥壳拿在手里看了看，然后把泥壳拿到河边，盛满水后，端详许久，发现装进泥壳里的水点滴不漏。宁封子想，倘若把泥封在其它东西上，用火烧后会是什么样子呢？他看到河滩上有些被砍过的树墩，灵机一动，就把河边的泥沙用手刨出来，糊在一个树墩上，然后架起大火一连烧了三天四夜。火熄后，他刨开火灰一看，那泥糊糊的半截树墩变成了一个土红色的硬泥筒。宁封子用兽皮袋把河里的水灌进硬泥筒里，直到灌满为止，也没有发现有漏水现象。

　　宁封子激动万分，他想把硬泥筒连水一起抱回去向大家报喜，可是，因为用力过猛，他把泥筒弄破了。宁封子也不气馁，他把自己的发现向黄帝作了汇报。黄帝听了非常高兴，认为这项发明很有价值，就任命宁封子为"陶正"（官员）。从那以后，宁封子就用树干裹上泥浆，放到一大堆木柴上烧，待到泥浆硬了以后成为了容器，再拿出来盛东西。

　　有一天，宁封子在回家的路上无意间与美女仙娥相撞，当时宁封子手里拿着陶器，而仙娥手中拿着一个泥捏的小船。宁封子对仙娥手里的小船很好奇，就一直盯着看。仙娥以为宁封子有歹意就赶紧逃跑。

　　酷爱制陶的宁封子紧随其后，到了仙娥的家里，发现仙娥的父亲是一个木匠，就和仙娥的父亲说明自己制陶的事情。仙娥的父亲建议他可以用青铜代替木质的东西，而且可以在青铜上刻出花纹，这样等泥土烧干了以后花纹就会留在陶器上，而且青铜比木质耐烧。仙娥的父亲还告诉宁封子不能单单放到柴堆上面烧，那样火苗直接煅烧泥浆陶器容易烧裂。他告诉宁封子可以用烘干的办法让泥浆中的水缓缓蒸发，这样陶器就会少一些裂开的危险。宁封子觉得这个建议非常好，决定回去试一试。这时，仙娥对宁封子的敌意也消除了。

　　宁封子回到家里，马上按照仙娥父亲的意见制作陶器，可是开始的时候由于泥浆混合的比例不好，泥浆很难附着在青铜上。宁封子就不断地调整泥浆中泥沙的比例，制作烧制陶器的土窑，忙得不可开交。仙娥见他那么忙，每天就给他送水送饭。

　　经过多次实验，宁封子终于焙烤出了带花纹的陶器。黄帝知道了更加高兴，从那以后就不再派给宁封子任何其他的事情，让他专心致志地制陶。

在一次烧制陶器的过程中，制陶的屋顶突然坍塌，巨大的火苗冲天而起，眼看着要发生重大的事故了。宁封子为抢救正在烧制的陶器，便毫不犹疑、奋不顾身地跳入窑中。他的恋人仙娥也奋不顾身地跳了进去，最终所有的陶器都保存了下来，宁封子和仙娥双双骑着火龙升上天去了。

双自河的传说

相传黄帝活到一百多岁，觉得自己年龄大了，不能治理国家了，就想选一个人来接替自己。黄帝有二十五个儿子，其中有名有姓的十四个。有大臣推荐说从这十四个孩子中选一个就可以了。但是黄帝没有同意，他说："治理国家需要的是有文才武德的人，这个人不一定就是我的儿子，但一定要具备文武才德，我要对天下苍生负责。"于是黄帝张榜选贤，最后在选拔中只剩下玄嚣和昌意两个人。玄嚣和昌意都是黄帝的儿子。黄帝居住在轩辕丘，娶西陵国之女嫘祖为正妃，嫘祖生下了两个儿子，一个叫玄嚣，一个叫昌意。玄嚣为青阳，居住在江水；昌意居若水。嫘祖对他们管教很严，他们不仅文武双全而且和父亲一样仁德。

黄帝看到自己的儿子很优秀，心中也很高心，但是两个人中只能选择一个，而他们又同样的优秀，选择哪一个呢？怎么办呢？

忽然黄帝想到了在帝都生长的两个宝葫芦，已经生长了一万八千年，他命人取来了，告诉两个儿子说："孩子们，这是我珍藏多年的宝贝，打开葫芦就能流出一股三丈宽、一人深的水，这水一直能流二百里。我现在想看看你们谁能让它流到三百里。"

玄嚣和昌意接过宝葫芦出去试，但是试了好多次都没有成功。两个人很苦恼，最后昌意想到了一个好主意：让两个葫芦一起放水。他们按照想法做了，流出的水果然远远超出了三百里。他们把结果禀告给黄帝，黄帝很高兴，对他们说："你们都很聪明，但是治理国家不是单凭个人的才智就行的。两个葫芦一起放水，水合在一起水量就大了，治理国家也一样，需要万众一心，国家才能强盛。"两兄弟获益匪浅。

最后，黄帝让昌意来接替自己，玄嚣辅佐帮助他。兄弟俩团结合作得很好，把国家也治理得井井有条，百姓安居乐业，黄帝看着心里很满意。

黄帝把玄嚣葫芦里流出的水叫溓水，把昌意葫芦里流出的水叫做洧水，两条河流汇合后称为"双自河"。至今，这两条河还奔流不息。

少昊的传说

少昊的诞生

传说，少昊是东夷族的首领，他是仙女皇娥和启明星的儿子。

聪明美丽的皇娥每天在天宫中用五颜六色的彩丝织布，常常到深夜也不知疲倦。有时为了轻松一下，她便乘着木筏，荡漾在浩瀚的银河中自娱自乐。

有一天，皇娥又乘木筏，沿着银河溯流而上，最后来到西海边的穷桑树下，把木筏停下。穷桑树高达万丈，根深叶茂，叶子是红的，果实是紫色的。据说，这棵树一万年才结一次果实，吃了这种果实，寿命比天还高。

皇娥正在穷桑树下浮想联翩的时候，忽然看见一位英俊的小伙子从天上徐徐而降。她好奇地打量着小伙子，见小伙子面如满月，眼如晨星，浑身上下隐隐发着光亮，十分潇洒，禁不住看得呆了。

小伙子潇洒地来到皇娥跟前，深施一礼，说："皇娥仙女你好！我是白帝的儿子，愿和你交个朋友。"

皇娥惊奇地道："啊，白帝的儿子不是启明星吗？你就是启明星？也叫金星？原来就是你呀！我常常坐在这里，仰望东方天空的启明星，心里说，这颗星多亮、多美、多勤快啊，每天都把白天带给人间。"她说到这里，耳热心跳，连忙收住话头，羞红了脸。

启明星的脸微微一红，动情地说："我也是这样！我升到天空时，常常第一眼就看到你，就觉得你太美丽了。我向别的星星一打听，才知道你就是心灵手巧的皇娥。你织的七彩锦和你自己一样美。我每天夜里都听到你的织布声，悦耳动听的声音使我夜不能寐。每日早上，我都盼你出现在银河边。"启明星一口气祖露了心扉，发觉自己太激动了，连忙收住了话头，红着脸不好意思地看着皇娥。

皇娥害羞地低下了头，双手拂弄着垂下的黑发，掩饰着心房的狂跳。

启明星微笑着，将手一伸，召来了一把银光闪闪的琴。他双手抱琴，依着穷桑树，弹奏起美妙的乐曲。皇娥立刻被这琴声给吸引住了，情不自禁地跟着启明星的乐曲轻轻地唱起了歌。启明星的琴声在切切地向皇娥倾吐着爱慕之意，皇娥的歌声也在绵绵地向启明星诉说着倾慕之情。

歌声、琴音婉转悠扬，吸引着鱼儿成群结队地浮游在水面上，激动得花儿竞相开放。凤凰飞来了，在空中翩翩起舞。百灵鸟飞来了，放开歌喉为皇娥和启明星伴唱。他们的心越贴越近，双双走上了木筏，并用桂树的树条做筏楫，用芳香的熏草拴在桂树树头上当做旌旗，还刻了一只叫玉鸠的鸟，摆放在楫顶，以辨别方向。

木筏在银河里飘荡。皇娥伴着悠扬缠绵的琴声，情不自禁地吟唱。美妙的琴声和优美的歌声融为一体。皇娥和启明星依偎在一起，沉浸在爱情的幸福中。鱼儿撒欢似的追逐在木筏旁边，凤凰在幸福情侣的欢笑中飞翔。皇娥和启明星就这样尽兴地漂游着，不久，他们的爱情结晶——少昊诞生了。

有趣的鸟国

传说，在少昊诞生的时候，天空有五只凤凰，颜色各异——红、黄、青、白、玄，飞落在少昊氏的院里，所以，少昊又被称为凤鸟氏。

少昊在父母精心培育下，从小就具有神奇的禀赋和超凡的本领。少昊天生就能听懂鸟的鸣叫，他的话鸟也能够听懂。

少昊开始以玄鸟，即燕子作为本部的图腾，后来少昊在穷桑登上大联盟首领位时，有

凤鸟飞来，少昊大喜，于是，改以凤鸟为族神，崇拜凤鸟图腾。

不久，少昊迁都曲阜，并将所辖部族以鸟命名，有凤鸟氏、玄鸟氏、青鸟氏等，共二十四个氏族，形成了一个庞大的以凤鸟为图腾的完整的氏族部落社会。

少昊后来又成为整个东夷部落的首领。他先在东海之滨建立一个国家，并且建立了一套奇异的制度：以各种各样的鸟儿作为文武百官，由凤凰总管百鸟，另

外五种鸟管理日常事务：孝顺的鹁鸪掌管教育，凶猛的鸷鸟掌管军事，公平的布谷掌管建筑，威严的雄鹰掌管法律，善辩的斑鸠掌管言论。

除此之外，少昊还安排九种扈鸟掌管农业的耕种收获，使人民不至于淫逸放荡：以玄鸟为司分，掌管春分和秋分；以伯劳为司至，管理夏至和冬至；以青鸟司启，管理立春和立夏；以丹鸟司闭，管理立秋和立冬；五种野鸡分别掌管木工、漆工、陶工、染工、皮工等五个工种。

一句话，各种各样的鸟儿都鸟尽其材，物尽其用，各司其职，协调活动。因此，一到开会的时间，百鸟齐鸣，莺歌燕语，嘈嘈杂杂。有轻盈灵巧的麻雀，有五彩斑斓的凤凰，有普普通通的喜鹊，也有引人注目的孔雀。

鸟儿们每天在空中林间查看国家的情况，因为它们各司其职，又没有各种各样的心机，所以办起事情来，都是干净利落，正直无私。

一国之君少昊则根据诸鸟的汇报，来论功行赏，一切都显得那么井井有条。百鸟们无不感激少昊的慈爱和德政，无不佩服少昊的智能和才华。

大海里的琴声

少昊见百鸟之国到处呈现出繁荣向上的景象，十分欣慰。他为了使百鸟之国更加兴旺发达，便请来年幼聪敏、很有才干的侄儿颛顼帮助料理朝政。颛顼不负众望，干得很出色，深得叔父的赏识。少昊见侄子常常累得嫩脸上挂着汗珠，于心不忍，就将父亲传下来的那张琴搬出来，手把手教颛顼弹奏，以给侄子提神和娱乐。

颛顼聪慧好学，很快就成为抚琴高手。他的精湛琴艺，赢得了百鸟的齐声喝彩，自然而然地超过了叔父少昊。颛顼的聪明好学让少昊更加疼爱他，所以闲暇时，少昊就经常带着颛顼领略大自然的壮美神奇，让他从中悟出了音乐的真谛。在大自然天籁的熏陶下，颛顼的琴声更加优美动听，犹如高山流水一样。

有一次，他们叔侄俩出去游玩，乘船到了汉阳江口，遇到风浪，就停下在一座小山上休息。晚上，风住浪静，云开月出，景色十分迷人。望着空中的一轮明月，颛顼拿出随身带来的琴，专心致志地弹了起来，他的叔叔少昊沉醉在优美的琴声之中。颛顼弹完，少昊对他说："侄儿刚才的琴声表达的是云开月出的清新和月光笼罩下高山的雄伟气势。"颛顼向叔叔微笑点头说："叔叔真的是高手，连侄儿用琴声表达的东西都一清二楚，真的是佩服呀。"

少昊对颛顼说："侄儿，这把瑶琴是伏羲所造，除了琴本身的构造以外，要弹出美妙的音乐还要靠自己心灵的感悟，能听懂你琴声的人，他懂得的不仅仅是你的琴声，更重要的是他懂你的心。你知道吗？""我知道！"

几年后，颛顼长大成人，要回自己的国家继承北方的天帝位了，少昊和颛顼洒泪分别。颛顼一离开，少昊便觉得空荡荡的，心里别提有多寂寞了，每每看到那琴，试着拨弄琴弦，琴声却只能给他增添思念和烦恼。他觉得物在人已去，离愁难消，于是，便把琴扔进了东海。

从此，每当更深夜静、月朗星稀的时候，那平静的海面便飘荡着婉转悠扬、凄凄切切的琴声，让人流连忘返，惊叹不已。相传那是海里的鱼精弹奏的。鱼精经常听少昊和颛顼弹琴，不仅被少昊对颛顼的感情所感动，而且也被他们对艺术的执着所感动，它知道少昊对颛顼异常地思念，所以当少昊将爱琴掷入大海的时候，鱼精就游过来接住了琴，在夜深人静的时候拨弄琴弦。

少昊和蓐收的神职

传说，少昊的父亲启明星和母亲皇娥曾经嬉戏过的扶桑树上悬挂着十个太阳，他们的脸都是红红的，散发着无穷的热量。他们每天轮流出来当班，每天只要扶桑树上的金鸡一叫，他们中该当班的那个就要起床开始工作，驾驶着金色的火鸟从东向西奔跑。每一时每一刻都不会错，因为他们一直都恪尽职守，所以他们被天帝封为了太阳神。

但是，随着日月的流逝，渐渐的他们对自己单调的工作也产生了厌倦。个别太阳在当班时，因为不耐烦孤独的一个人在天空中工作，就会催促金色火鸟用它的金色三足快速奔跑，好早一点回到扶桑树上和兄弟们饮酒作乐。有一段时间他们很不像话，有时候仅在人间停留三个时辰，就赶忙跑回来了。

人们都感到奇怪但是不知道是怎么回事。后来天帝知道了这件事情，非常生气，想罢免他们。但是有大臣劝阻说："他们已经工作了很多年，没有功劳也有苦劳，他们之所以这样就是因为一直没有可以直接领导监督他们的一个神，陛下不如派一个秉公执法的人来监督他们。"

天帝想来想去就想到了启明星和皇娥的儿子——少昊，他将鸟国治理得井井有条，而且他从小在扶桑树下长大，对那里的情况也熟悉。天帝就封少昊为员神。天帝还听说少昊的儿子金神蓐收和父亲关系密切，而且铁面无私，于是，将蓐收封为了金神，也叫红光，辅佐少昊。

父子俩担任起了监督太阳神的神圣工作。可是怎么判定太阳神是否认真工作呢？

少昊住在长留山，他就通过查看沉没西天的太阳，它反射到东边的光辉是不是正常，如果一切正常，那说明太阳神这一天奔跑是严格按照十二个时辰来走的；反之就不是。此外，少昊是治理鸟的能手，他可以和太阳神驾驶的金色火鸟沟通，当然，和金色火鸟沟通是不能让太阳神们知道的。少昊就以这样两种方法来判定太阳是不是认真工作。

蓐收长的人面，虎爪，全身白毛，手执大钺，他的左耳中伸出一条小蛇，乘两条龙而行。蓐收也随父亲住在长留山的山里，他效仿父亲的办法，但是他在太阳西沉的时候查看映天的霞光，霞光红映半天，说明太阳神认真工作了。

如果他们发现太阳神没有按照规定的时辰完成工作，少昊就会派他的儿子蓐收去惩罚太阳神。蓐收正直无私，每一次都能出色的完成父亲交给他的任务，用天庭的刑罚惩罚太阳神。太阳神渐渐地都能安于自己的工作了。

蓐收惩罚国王丑

金神蓐收不仅仅和父亲一起担负着管理太阳神的神圣的职责，还管理着上天的刑罚。他对上天和人间的政治都了如指掌，以秉公执法名闻天下。

传说古虢国是西周初期的重要诸侯封国。周武王灭商后，周文王的两个弟弟被封为古虢国国君，一个为雍地的西古虢，一个为制地（今河南荥阳）的东古虢，起着周王室东西两面屏障的作用。西古虢国东迁后，据守上阳的虢叔被称为南古虢，据守下阳（今山西平陆）的虢仲被称为北古虢。与此同时，西古虢支庶与羌人在西古虢故地又建立一个古虢国，时称小古虢。凭借着东周王室的恩宠和强大武力，古虢国在上阳夯土筑城，很快把领地扩大到今天的河南灵宝、卢氏、陕县、渑池及山西平陆，并在桑田（今灵宝市西阎乡稠桑村）打败了妄图继续东扩的犬戎大军。国家安定，出现了繁荣的景象，可是这之后，虢国的国君是丑，他骄奢淫逸，登基不久为显示自己的"政绩"，对内大兴土木，修建的宫殿规模宏大，殿宇众多，装饰华丽，极尽奢华享乐；对外不断用兵，导致国疲民怨，内部矛盾激化。

这时小古虢国的邻邦是虞国，晋国向虞国借道，虢国的三朝老臣嚣向国王丑献策，说："大王，虞国是我们的屏障，晋国是虎狼之国，如果虞国向晋国借道，那么晋国首先灭掉的就是我们虢国，然后回头再夺得虞国。"国王丑却说："你老眼昏花，能知道什么呀，晋国的国君已经送来了黄金和珠宝首饰，准备和我们结盟，我明天就答应他的使者。"老臣嚣只得叹气的离开，心中却有一个不祥的念头在闪现："虢国要灭亡了，虢国要灭亡了。"

然而，第二天一大早，老臣嚣就被国王丑召进宫来。老臣以为是国王想通了，心里很高兴。

哪里想到，国王丑正在室内不安地走动，满眼的惊恐。见老臣来到，丑赶紧拉住嚣的手说："嚣，你是三朝元老，是太史，经历的事情比我多，我昨晚做了一个奇怪的梦，我想请你解释一下。我梦见自己在宗庙的河边行走，忽然一道白光，河沿上出现一个威风凛凛的神人，'他的左耳中伸出一条小蛇，乘两条龙而行。长的人面，虎爪，全身白毛，手执大钺。'我一看见他就吓得魂飞魄散，转身就跑。没想到那神人却大喊说：'不要跑！天帝给了我一道命令，让晋国的军队开进你的京城。'我当时吓得不敢说话，赶紧向他打躬作揖，可是他好像根本就没有听。我醒来觉得这个梦很不好，所以就召太史来讲讲这个梦的吉凶。"

嚣闭上眼睛想了想，说："按照你的描述，你梦见的一定是金神蓐收了，他是掌管天上和人间刑罚的神，你梦见他可要小心。因为国君的吉凶祸福，都是掌握在他的手里的，他是一个正直又公私分明的人，他既然在梦里说出晋国的军队，这说明他已经知道大王你和晋国的事情，他在提醒你谨慎一些！"国王丑虽然觉得这个梦很可怕，但是他希望太史嚣能够把这个梦解为好的，对他说一些吉利的话，可没想到却听到这样一番直言。丑很生气，就命人把太史嚣关进了监牢，并且让百官都来恭贺他这个怪梦。他想只要大家都这样认为，那么我就可以化险为夷了。

虢国的一个叫做舟之乔的大夫，看见自己的国王这样的昏庸，便向他的家人说："我早就听见民间的谣言说虢国要灭亡了，我真的不相信，但是现在我知道了这谣言不是假的。做了怪梦不去警醒，却要大家都恭维他，真的是昏庸至极。"于是就带着家小远走高飞，到晋国去了。

六个月后，晋国从虞国借道成功，使晋国奇袭古虢国得手，一举攻取了古虢国的下阳。不久，晋国又攻占了古虢国都邑——上阳城，古虢国灭亡。班师凯旋的晋军顺路又消灭了虞国，为后世留下了"假虞灭虢""辅车相依，唇亡齿寒"的典故。

少昊的子孙后代

少昊有几个儿子，他们的外貌、性格、品德、才能等各方面都有很大的差异，其中一个名字叫重，他有着人的面孔，鸟的身体。重的脸是四四方方的，经常穿着白色的衣服，出行的时候，驾驭着两条飞龙。他才干非凡，受到东方天帝伏羲的器重和垂青，成为治理东方的木神，和伏羲共同掌管着春天，人们一般称之为句芒。

春天是万物复苏的季节，繁花似锦，莺歌燕舞，小草偷偷地探出头，树木也轻轻地伸着腰，鱼儿在水中游来游去，鸭子也在河水里嬉戏，整个世界都是一派生机盎然、生机勃勃、欣欣向荣的景象，到处是欢歌笑语，到处是歌舞升平。木神就拿着一个圆规一样的东西，掌管着此时的大地万物的生命。圆规是他权利的象征，人们叫他句芒，包含着弯弯曲曲的意思，和春天草木初生时刻弯曲柔软的样子很相近。句芒还兼任着生命之神，如果某人多行善事，对国家的发展做出了突出的贡献，句芒就会给他增加寿命。

少昊的另一个儿子叫该。该有着老虎的爪子，人的脸，浑身到处都是白毛。他是父亲少昊的部下，人们一般叫他蓐收，他就是传说中的金神，和父亲少昊一起共同掌管着西方一万二千里的地方。他们分工负责，少昊的工作是查看夕阳反射到东边的光辉是否正常，该的工作和父亲大同小异，就是查看太阳落山的时候，西边的霞光是否正常。除此之外，蓐收还掌管着天上的刑罚，如果有人做了坏事，危害了国家的利益，他就会对此人进行惩罚，轻则减少寿命，重则剥夺生命，和他的哥哥句芒的工作恰恰相反。

少昊还有一个儿子叫穷奇，长相有一点像老虎，肋下有一对翅膀，能够在天空自由的翱翔。而且他有一个奇异的本领，就是能够听懂天下各地的语言。他是个颠倒黑白、是非不分的家伙，喜欢恶作剧，比如，他看见两个人打架，就把正直有理的那个人吃掉，而让凶恶闹事的无赖逍遥法外。不过，他有时候也做好事，比如每年十二月初八，他和他的伙伴们就到处寻找吃人的害虫，把他们赶跑或吃掉。

少昊还有一个儿子般，他发明了弓和箭，使得人们战胜野兽的能力大大地提高了。少昊另外一个叫做倍伐的儿子，被贬到南方，作了缗渊的主神。

少昊的一个后代昧，担任水官，被称为玄冥师。昧的儿子台骀因为治水有功，被封在汾川。此外，帝尧时候帮助尧治理国家的皋陶，大禹时候帮助大禹治理洪水的伯益，都是少昊的子孙。少昊的后代中，有一个在遥远的北方的"一目国"，这里的人只有一只眼睛，长在脸的中间部位，十分的神奇。

总之，少昊的子孙有很多有能力的，他们在四面八方担任不同的神职，为天帝分忧，治理天上和人间。

大傩逐疫，穷奇食蛊

上文说了，少昊还有一个儿子穷奇。穷奇是个颠倒黑白、是非不分的家伙，还喜欢搞恶作剧，不过，有时候他也做好事，比如每年十二月初八，他和他的伙伴们就到处寻找吃人的害虫，把他们赶跑或吃掉。

传说古时候在腊月初八前的一天，宫廷里都要举行一个隆重的典礼叫做"大傩"，这个仪式是用来祛除妖魔鬼怪的，目的是驱疠逐疫。"疠"指的是厉鬼；"疫"指的是使人生病的疫鬼，也是厉鬼。对于瘟疫，辈辈相传的驱赶野兽的方法，就是拿着棍棒，擂起皮鼓，发出"傩傩"的吆喝声，使鬼魅惊吓而逃。

"大傩"的仪式，是要选出120个10至12岁的少年为逐鬼的童子，他们都头戴大红头巾，穿皂青衣，手摇着大拨浪鼓，为首一人带着铜面具扮演驱邪之神方相氏。仪式开始时，"方相氏"为主舞者，头戴面具，身披熊皮，手持戈矛盾牌，同时还有的装扮成十二神兽，他们都披着毛衣，有的头上还安着角，率领120名童子呼喊、舞蹈，击鼓而行，其声威气势着实令人心悸。村人并击细鼓，戴胡头，及作金刚力士以逐疫。宫里的侍卫人等唱着祭神的歌曲，灵童们伴唱。歌词大意是："妖魔鬼怪也妖魔鬼怪，你们不要猖狂得意，我们有十二神人，个个勇猛，一定把害人的家伙一气扫荡——抽你们的筋骨，斩碎你们的肉，你们若不快快逃离，我们会捉住你做粮食！"歌声中，方相氏与十二神兽跳起格斗厮杀和追逐的舞蹈。当举行有歌有舞的赶鬼仪式时，宫外守候着五营骑兵，等宫里发出仪式完毕的信号，立刻亮起火把，骑马继续追赶逃出宫来的疫鬼，一直追赶到洛河边。

在十二神兽中就有一个是穷奇。他的任务就是和一个叫腾根的神兽一起去吃那些毒害人类的蛊。这里所说的"蛊"，就是指那些猛烈的毒性很大的虫。据说颛顼有三个儿子都死于这种毒虫。将许多毒虫放到一个盒子里，让这些毒虫互相残杀，最后只剩下一个，也是最强大的一个，这最后剩下的一个就称为蛊。穷奇和腾根的任务就是把蛊害人类的这个蛊消灭。

第七章
颛顼的传说

颛顼的诞生

相传，颛顼是黄帝的曾孙，是九黎族的首领。颛顼的爷爷是昌意，他是黄帝与嫘祖的次子。昌意在天庭犯了过错，被贬到若水，就是现在的四川境内。此后不久他就有了儿子韩流，韩流长相非常奇特：长长的脖子，小小的耳朵，虽然长了人的脸，却是猪的嘴巴，麒麟的身子，他的两条腿骈生在一起，长了个猪的脚。他娶了阿女做妻子，婚后生了个儿子就是颛顼。

颛顼性格深沉而有谋略，十五岁时就辅佐少昊，治理九黎地区，封于高阳（今河南杞县东），故又称其为高阳氏。黄帝死后，颛顼因为有谋略和才干，还有治理国家的能力，就把他立为天帝，当时他才二十岁。

幼年的时候，颛顼曾到他叔父少昊在东方建立的鸟国游玩。到了那里，颛顼别提多高兴了，因为这个国家和其他的国家都不一样，百官是各种各样的鸟，也可说那里就是一个鸟的王国。颛顼本来是到这里看望叔父的，但是看到这好玩的景象就不想回去了。于是他就待在这里，一边帮助他的叔父治理国政，一边和鸟儿们玩耍。年纪小小的颛顼在这里崭露头角，他把叔父交给自己的政务处理得井井有条，体现出了他非凡的治理国家的才能。他还帮叔父出谋划策，使鸟国越来越繁荣。

颛顼的年纪毕竟还太小，仍然喜欢玩耍。少昊就做了琴和瑟给颛顼弹。颛顼很有音乐天赋，他弹奏的时候引来了很多鸟儿翩翩起舞，这些都很好地培养了他的音乐素养。

等到颛顼回到黄帝身边的时候，正好赶上蚩尤带领苗民捣乱。黄帝十分气愤，就派了他年轻的曾孙颛顼来协助自己处理这件事。黄帝对颛顼的才能早有耳闻，也正想考验考验他。除此之外，他想让年轻的后辈出去应战，一旦胜利了，可以告诫那些想要犯上作乱的人，不要轻举妄动。

颛顼果然不负厚望，颛顼与蚩尤征战数年后，最终帮黄帝平定了乱事。黄帝见曾孙颛顼既能干，又有谋略，是个不可多得的人才，就决定把中央天帝的宝座传给了他，让他代行神权。这样，颛顼就成为了神国的最高统治者。

颛顼和禹强

禹强是传说中的风神兼海神，据说他也是瘟神。禹强又叫"禹疆"、"禹京"，他是黄帝的孙子。当禹强以风神的姿态出现的时候，他就长着一张人的脸，鸟的身体，耳朵上挂着两条青蛇，脚下还踏着两条青蛇。禹强一扇动他那对大翅膀，就会形成了猛烈无比的飓风，这时候树叶会被呼呼地吹下来，有时甚至百年的大树也被禹强带来的大风吹倒。不仅如此，风里边还带着大量的细菌和病毒，人只要被这样的风吹到就会得病，有时甚至还会失去性命。

当禹强以海神的姿态出现的时候，他的样子就比较和蔼和善良。那时他的样子就和陵鱼差不多，呈现出鱼的身体，但是有手也有脚，他这时驾着的是两条青龙。禹强为什么是鱼的身体呢？因为他本来就是北方大海里的一条鱼，名叫"鲲"，实际上就是鲸鱼。他的身体都不能用巨大来形容——从他的头都看不到他的尾巴，足足有好几千里长。这条大鱼拥有无边的法力，他只要摇身一变，就能变成一只大鸟，这鸟的名字叫"鹏"，实际就是一只大凤。这个鸟的身体也非常的巨大，单单是他的背就有几千里宽，这个鸟要是落到人间，估计方圆几千里的范围都得变成废墟。禹强一愤怒，就会张开翅膀朝天上飞，这时候，他的两只翅膀就像垂在天边的乌云，人就是在它的影子下边走，一个月都走不到头。

每年冬天，当海潮运转的时候，禹强就从北海迁徙到南海。他在北海的时候是一条大鱼，到了南海就变成了一只大鸟，也从海神变成了风神。冬天呼呼怒吼、凛冽刺骨，夹杂着雪花肆无忌惮地吹过原野的西北风就是这位大鸟风神扇动着翅膀制造出来的。冬天的时候容易感冒，就是因为风里边有禹强给扇出来的细菌和病毒。

禹强起飞的时候，他的翅膀能

掀起三千里的巨浪，排山倒海。他扇动着翅膀，乘着大风，能直上九万里的云霄。他这么一飞就飞了整整半年，从北海一直飞到了南海，到达目的地才停下来休息。难道风神在飞行的过程中不用吃东西么？不得而知。有可能是在飞的过程中，饿了就抓几只鸟来充充饥吧，反正这个海神兼风神的禺强能耐还是很大的。

刚开始的时候，禺强是黄帝的大臣，就住在北海。但是，他好像并没有得到黄帝的重用，因为黄帝身边的能人实在太多了，很多时候黄帝根本就想不起禺强来。有一次，黄帝派给禺强一个任务就是给神仙们找一个居住场所。虽然不是什么大事，但是他终于有事做了，这让禺强很高兴，他尽心尽力地完成了这件事，黄帝也很满意。禺强心想看来我终于要被黄帝重用了。哪知，黄帝很快又忘记了他还有一个神通广大的孙子禺强。

为此禺强很伤心，他决定四处游荡一下。无意之间他就到了少昊的鸟国。禺强变身成一只大鸟，在鸟群中他是那么特别，就连一根羽毛都比那里最大的鸟还要大。马上就有鸟官把这件事告诉了少昊，颛顼正巧也在鸟国，就吵着要去看看。他跑到那里一眼就看到了禺强，他曾听说过自己有一个神通广大的叔叔，可以变成一只大鸟。颛顼怯怯地问了一句："你是禺强吗？"禺强感到很奇怪，难道自己很有名吗，怎么连小孩都认识自己，他高兴地点点头，回答："是啊。""我是颛顼。"小孩自我介绍说。此时，禺强才知道，遇到了侄儿。他对这个乖巧伶俐的侄儿很是喜欢，经常让他骑到自己背上带他飞到天上玩。他还和颛顼一起在鸟国处理事务，两个人配合得很默契，工作起来也是得心应手。

颛顼回到北方自己的国家时，禺强也和他一起回去了。他和年少的颛顼一起治理着北方积雪覆盖的荒野，大概一万两千里的地方。禺强虽然有很大的本领，但是在遇到颛顼以前，他却是默默无闻，英雄无用武之地。

现在，他终于有机会把自己的才能发挥出来了，虽然是颛顼的叔叔，但是他心甘情愿地做了颛顼的部下，帮他治理国家，来报答他的知遇之恩。

在颛顼统治期间，西北方的黄河水怪作乱人间，搅得附近的百姓不得安宁。颛顼听说这件事后，就派人前去降服水怪，可是不知道是黄河水怪本领太高还是颛顼派去的人不中用，几年过去了，黄河水怪仍然在黄河兴风作浪。百姓们苦不堪言，纷纷请求颛顼帮助他们除掉水怪。颛顼本没把这件事放在心上，可如今他也不能坐视不管了。他决定亲自到黄河去会会这个水怪，看看它究竟有多大的本事。

在黄河边，颛顼遇到了黄河水怪。水怪似乎看透了颛顼的来意，眼睛放射出凶光。颛顼与黄河水怪便扭打在了一起。让颛顼没有想到的是，黄河水怪神通广大，他拼劲了全力与其激战了九九八十一天仍然不分胜负。颛顼知道他不能再这样打下去了，否则只会两败俱伤。他借机逃到了天上，找到女娲帮忙。女娲将天王宝剑交给他，并将使用方法传授给了他。有了天王宝剑，颛顼很快便制服了黄河水怪，并杀死了他。人们都很感激颛顼，从而更加尊敬他了。

重、黎隔断天地通路

一直以来，天和地都是有道路相通的。大神们可以随意下凡，人们也可以随时到天上去。

也就是说，无论是神还是人，都可以自由往返于天地之间。起初，人类较少，他们上天对天神的影响很小。后来，人类逐渐增多，他们动不动就跑到天上去游玩一圈，且对天神也不再像以往那样敬畏，这就给管理者制造了很大的麻烦。为了解决这个问题，让人们重新对天神敬畏起来，颛顼决定将天和地隔绝开来，使人们无法再到天上来。

当然，颛顼决定将天和地隔绝开来，主要还是因为他亲身经历了一件天上恶神到人间作恶的事。这个恶神就是蚩尤。蚩尤偷偷潜到人间，煽动南方的苗民和他一起造反。起初，这些善良的苗民没有听他教唆，没有人肯跟随他，但是，蚩尤不罢休，他设计出各种酷刑，叫手下人使用这些酷刑来逼迫和残害人们。时间一长，人们自然都受不了这些刑罚，再加上他们亲眼见到行善积德的人们受罚，而作恶多端的人却春风得意，渐渐地，大家善良的天性消失了，都跟随恶神蚩尤作起乱来。蚩尤的目的达到了，善良的人们变得愈加凶残起来，比最初跟随蚩尤的人还要凶残很多，他们还野心勃勃地想要帮助蚩尤夺得天帝的神座。

结果，许多善良的百姓都遭到了迫害，失去了他们宝贵的生命。这些遭迫害死去的人的鬼魂，就跑到黄帝面前去申诉他们的冤情。黄帝知道这件事以后，马上派人到人间去核实，结果令他十分气愤，居然还有人敢打自己的主意，他岂能坐视不理。黄帝立马召集天兵天将，到下方去平定叛乱。为首的将领就是颛顼。双方苦战数年以后，蚩尤最终被杀死了，作乱的苗民也被剿灭了，剩余的少数叛民再也不能兴风作浪了。

颛顼做了天帝以后，为了结束现在的这种混居生活，决定把人和神分开，以避免出现像蚩尤之类的恶神，再次煽动人们起来造反。经过深思熟虑之后，颛顼就让他的孙子重和黎去把天和地的通路阻断。

他将重和黎叫到身边，将自己的想法告诉了他们。重和离当即表示支持，并非常愿意承担此项任务。两人分好了工，便开始行动起来。重负责用力向上托天，黎负责用力向下按地。在两个大力士的努力下，天和地的距离越来越远。直到天与地的高度已经足够阻断天上人间的往来，重和黎才收了手。自重、黎割断天上人间的往来以后，他们自己也不能再在天地间自由来去了。因此，负责托天的重就专门管理天，负责按地的黎则专门管理地。黎到了地上以后，还生了一个儿子叫"噎"。这孩子长着一张人脸，但是却没有手臂，两只脚长在头上，样子很奇怪。他住在大荒西极一座"日月山"的天门那里，这门是太阳和月亮进去的地方，叫"中"，他在这里帮助自己的父亲管理日月星辰的行次，是一位时间之神。

不久之后，颛顼就看到了天地通路阻断之后的好处：神和人分开了，阴阳有序了，天上诸神过得逍遥自在，地上的人们也活得幸福快乐。人是上不了天了，但是神还是能偶尔私下凡间，还有可能发生一段神、人相恋的佳话。即使是这样，大多数时间，神还是高高在上，无忧无虑地享受着人们的崇敬、供奉和祭祀。

奇禽怪兽

天和地的通路阻断以后，神和人之间自然就有了距离。没过几代，人间等级的分化就很明显了，一小部分人往高处爬，成为高高在上的统治者，而大部分人则成为了被统治者，受人压迫剥削。人间的这些统治者俨然就是地上的神，要风得风，要雨得雨。

这种分化出现以后，人间便有了种种不幸。那些能给人类带来灾难的神鸟怪兽一天天增加，在山林水泽中，添加了无数有势力的神灵。人们生活在水深火热之中，忧患和恐惧也时时陪伴着大家。

水泽中有一种蛇，名字叫"肥遗"，这个蛇和咱们平时见到的可是大不一样。它不但长着六只脚，居然还长着四只翅膀，能够在天上飞。这样的蛇，听起来都让人害怕，更何况是看到呢。据说，有一次当它在天上飞的时候，被一个人看到了。看到它的人当时就吓坏了，因为他从来没看见这样的怪物。这个人回家以后就一病不起，没过多久就去世了。这个肥遗，吓坏了人不但不内疚，反而变本加厉起来。它让大地上发生了可怕的旱灾，连续好几个月一滴雨也没下，庄稼干死了，牲畜也奄奄一息，人们没有水喝，没有饭吃，只好背井离乡去外边讨饭。后来大家都不敢轻易再往天上看了，万一看到肥遗不但自己倒霉，父老乡亲也要跟着遭殃，实在不值得。

有一种怪兽，形状像头牛，身上却长着老虎的斑纹。一天，一个猎户在森林里捕猎，看到一只体型硕大，却长着老虎斑纹的牛，猎户十分诧异，就追着它跑了一段。这个野兽，虽然体型庞大，但是动作十分敏捷。猎户追了半天，就是追不上。他感到体力不支，就停下来靠着一棵树，歇息片刻。就一眨眼的功夫，这个怪兽就出现在了猎户面前，居然还会说话。它大笑了一声，说道："追不上吧，你是个人，怎么能追得上我呢，我就是你们说的怪兽。告诉你，我每次出现，人间都会发生大洪水，你们好自为之吧。"怪兽说完，没等猎户反应过来就消失了。果然，第二天，狂风大作，电闪雷鸣，瓢泼大雨顷刻而至，这么大的雨一连下了好几天。地面上洪水泛滥，淹没了农田和村庄。以后这个怪兽在人间每出现一次，人类就倒霉一次，发一次大洪水，但是却拿它没办法。

还有一种怪兽，形状也像牛，但是脑袋是白色的，脸上只长着一只眼睛，尾巴像条蛇，名字是"蜚"，它也在人间出现过。一个老农在稻田里插秧，忽见前方出现一大片乌云，正当他看的时候，一只白脑袋的大牛从天而降。说时迟那时快，这只怪兽着地以后就奔跑起来。它经过稻田，稻田里的水就立马干涸了；经过草地，绿油油的青草马上就枯萎了……凡是它路过的地方，身后都是枯黄的一片，再有生机的土地也变得萧条了。只是这样也就罢了，更可恶的是，它出现以后，人间就要发生大瘟疫。那时候的卫生条件很差，瘟疫传染得很快，一天之内就会死很多人。这个怪兽的出现，也给人类带来了很大的痛苦。

有一种叫"毕方"的鸟，体型像鹤，青色的身体，红色的斑纹，嘴是白的，只有一只脚。它飞过森林，森林就变成一片火海；飞过田野，绿油油的庄稼瞬间自燃，化为灰烬；飞过村庄，人们就在火海中挣扎。它所到之处立刻就会发生火灾。

还有一种鸟，叫"酸与"。它的形状像蛇，四只翅膀，六只眼睛，三只脚。它到过的地方，平静的人们就会莫名的惶恐不安起来。小孩子不吃饭，不睡觉，不玩耍，无缘无故就哭；大人们则坐立不安，不思茶饭，每天都很惊恐。这样的情况得持续很长时间，给人们的身体和精神带来了巨大的伤害。

还有一种长得像狐狸的怪兽，白尾巴，长耳朵，名叫"狼"。狐狸这种动物最多就是狐假虎威，干些偷鸡摸狗的勾当。可是这个怪兽可比狐狸坏得多了，它把个太平世界搞得乌烟瘴气，兵戎四起。但凡它出现的地方，免不了要发生战争。

有一种五色鸟，长着人的脸，披着长长的头发，样子很吓人。它们每到一个国家，也不知道什么原因，这个国家就灭亡了。很多国王知道这件事后，都命令在全国各地布下天罗地网，来抓捕这种鸟，他们希望这种鸟不要飞到自己的国家。虽然，人们都严阵以待来抓捕它，可就是拿它无可奈何，还是有不少国家都灭亡了。

这些长相奇怪的奇禽怪兽，不断在人间出没，给人们带来了各种灾难和痛苦，使人们陷入了水深火热之中。天帝颛顼却对这些事情不闻不问，任由它们祸害人间。除了这些害人的奇禽怪兽，也有一些长相奇特，但是对人类无害，能够和人类和平相处的生物。

如南方洵山上的一种的野兽，形状像羊，但是没有嘴巴，更奇怪的是无论用什么方法都杀不死它。南海之外也生长着一种怪兽，它的身体是由三只青兽连在一起构成的，名字叫"双双"。北方天地之山上，有一种名叫"飞兔"的小兽，长着老鼠的脑袋，兔子的身体，它能够把背上的毛当成翅膀，随意地在天上飞行。它们也经常出没在人间，但是却没有做任何伤害人类的事，相反有时候还会帮助一下人们。

药用的动物和植物

并不是所有的生物都对人类有害，一些生物不但对人类无害，而且有很大的益处。它们大部分都可以入药，挽救重病的人们。

有一种叫"嚣"的鸟，长着四只翅膀，一只眼睛，还有一条狗尾巴。别看它长得有点奇怪和难看，但是它能治肚子痛。一次，有一个孩子，不知道什么原因肚子一直疼。家里人找遍了周围的郎中，却没有一个人能找到病因。孩子就这样疼了好几天，家人都很害怕，以为他得了什么重病。一天，一个邻居找到他们，说道："我听说林子里有一种鸟，吃了它能治肚子痛，不知道是真是假？"孩子的父亲听罢，决定试试看，就叫上了那个人和他一起去了树林。将近傍晚的时候，孩子的父亲提着一只大鸟回来了。大家起初看到这个鸟都感觉有点害怕，但是为了救孩子，还是把它杀了。果然，小孩吃了这只鸟以后，肚子就不疼了，而且身体比以前更好。

有一种鱼，身体的形状类似于鲤鱼，却长着一对鸡爪子。据说吃了它，可以消散肿瘤。有个老妇年近六十，本来身体很好，但是有一段时间却肚子痛。她请来大夫看病，大夫告诉她身体里有个肿瘤，这可吓坏了老妇。那时候医疗条件很差，还治不了这种病，老妇心想只能等死了，每天郁郁寡欢的。后来，她儿子听说有种鱼能治老妇的病，就跑到河里抓鱼，等了好多天，费了九牛二虎之力终于抓到了一条。他们将信将疑地把鱼炖了给老妇吃，果然老妇吃了之后马上就感觉没有那么难受了，又过了几天，先前的症状全都消失了。他们又找来大夫察看，大夫万分吃惊地发现肿瘤消失了。从此以后，人们就用这种鱼来治疗肿瘤。据说这种鱼不但能治病，常吃还能延年益寿。

有一种鸟，形状像野鸡，它把脸上的须髯当做翅膀，用来飞行，这种鸟叫"当扈"。曾经有个猎人在打猎的时候看到过这种鸟，他以为是野鸡就把它打了下来。这个猎人回到家以后，就把这只鸟炖给他母亲吃。母亲吃完以后，眼前一亮，困扰她多年的老花眼好了，她后来看什么东西都清清楚楚。这可把母子俩高兴坏了，老母亲又能给猎人缝补衣服了。

还有一种怪兽，形状像羊，有九条尾巴，四只眼睛，它的眼睛都长在背上。这种动物的皮很特别，把它剖下来佩带在身上，可以使胆小的人胆子变大。从前，有个财主家的孩子，从懂事开始就胆小如鼠，平时不敢见生人，整日里躲在房间里不敢出去。白天还好点，到了晚上，这个孩子就吓得浑身发抖。财主四处找医生医治，却丝毫不见效果，最后什么偏方都试了，都没任何作用。一天，一个道士路过这里，给了财主一块毛皮，财主把这块皮每天都佩戴在孩子身上。果然，过了不久，这个孩子的胆子就越来越大，活蹦乱跳地和其他孩子没有任何差别。据说这块皮就是从这个怪兽身上弄下来的。

其他还有一些可以做药材的怪兽，例如旋鱼可以用来治疗足茧，让人吃了可以不怕打雷的飞鱼，可以叫人跑得快的，还有一种怪兽可以让人不做噩梦等。这些可以作为药材的怪兽虽然种类比较多，但是却不容易找到。

世间的植物，大多数都是对人类有益处的。少室山上有一种叫"帝休"的树，这种树长着五条枝干，都向外边伸展开来。它的树叶和杨树叶子的形状差不多，开黄色的花朵，结黑色的果实。如果把它的花和果实摘下来熬汤喝，可以使人心平气和，不会轻易动怒。

中曲山上也长着一种树，这种树的形状像棠梨，长着圆形的叶子，结红彤彤的果实，果实有木瓜那么大。人若是吃了它的果实，力气就会变得非常大，人也变得很强壮，能够拔起一棵树，也能推到一堵墙。

有一种草，生长在少陉山上。它长着红的杆，开白色的花，叶子像向日葵，果实犹如山葡萄般晶莹剔透。人要是吃了它的果实，即使很愚笨，也能变得非常聪明。小孩子吃了就会变成神童，就是这么奇妙。

还有一种草，名叫"菔毒草"，状如蓍草，浑身长着毛，开青色的花，结白色的果实。如果把这种草拿来熬汤喝，病入膏肓的人也能生龙活虎起来，它可以使人延年益寿，不再担心短命。除此之外，它还能用来治疗肠胃病。

还有一些其他的药草，例如生长在丰山的羊桃可以用来消肿；敏山的蓟柏，哪怕是在寒冷的冬天吃了它也不会怕冷；还有一种芒草，可以用来毒鱼，但是人吃了却没有毒。这类植物多得数不清，各有各的作用，但就是很难被找到。

熊穴、九钟和鸟余、鼠突

湖北省西部边陲的神农架，是古代帝王的圣地，这位帝王，就是炎帝神农氏。神农架最早的名称为"熊山"。《山海经·中次九经》中记载：熊山上有一个很大的熊穴，有一些奇怪的神人经常从里边进进出出。神农架发现的熊不仅数量特别多，而且种类也多，不愧是"熊的王国"。其中的"神人"，是屈原《山鬼》诗中的"山鬼"，即现在轰动世界的神农架高大的"野人"。炎热的夏天一到，这个熊穴就自然打开了；而到了严寒的冬天，它又关闭了。如果冬天的时候熊穴还不关闭，那么世上就会发生比较大的战争。

耕父神住在丰山，山上有九口钟。这钟的特别之处就在于，每年一到霜降的时候，就会自然地响起来，声音清脆悦耳。据说，帝喾一行人南行时，越过了一座大山，晚上在客栈中留宿的时候，远远地听见一种声音摇荡上下，断续不绝，仿佛和钟声一般。帝喾便问左右："何处撞钟？"左右答道："在前面山林之内。"帝喾又问："前面是什么山？"左右道："听说是丰山。"帝喾恍然道："朕知道了。这个钟声不是因人撞而响的，是自己会响的。听说这座丰山上有九口钟，遇到霜降，则能自鸣。现在隆冬夜半，外边必定有霜了，所以它就一齐响了起来，这个和磁针一样，是物类自然的感应，是一种不可解的道理。"左右人细听了一下，这个声音果然没有高低轻重之分，不像是人撞的，都感觉很奇怪。帝喾又说道："这座山里还有一个神人呢，名叫耕父，他常到山下一个清泠的湖里游玩，走进走出，浑身是光，仿佛一个火人，难道不奇怪吗？还有一种兽，长得像猿，红色的眼睛，红色的嘴，全身是黄的，名叫雍和之兽，难道不是一个奇兽吗？"左右人说道："明天我们去看看，也可以长长见识。"帝喾摇了摇头："这个是不能见，也不可以见的。雍和奇兽出现了，国家必定会有大恐慌发生；耕父神出现了，国家必然会有祸败的事情发生。耕父神是个旱神，不可能轻易出现，就连九口钟，外人也不可能轻易看见。"左右就奇怪了，问道："既然不能见，怎么知道有这么一个奇兽呢？何以知道有这么一个神人呢？更何以知道响的是钟，并且知道是九口呢？"帝喾道："当然有人见过的，而且不止一次。奇兽、神人每出现一次，国家就一定会发生恐慌，发生祸乱，所以后人才敢写到书上，世人才能知道。那九口钟是个神物，不知道什么时候会出现，也不知道什么时候就藏起来了，前人要是没见过，能乱说吗？"左右听了，都点头无语。

　　鸟鼠同穴山上有一种鸟，叫"鸟余"。它长得像沙鸡，但是比沙鸡稍微小一点，羽毛黄中带黑；有一种鼠，叫"鼠突"，形状和家中的老鼠差不多，但是尾巴要短很多。关于"鸟鼠同穴"还有一个传说：鸟和鼠原本是一对恩爱的夫妻，妻子很勤劳，丈夫很懒惰，他们居住在渭水源头，生活过得清苦，但为人忠厚善良。有一天早起，妻子去担水，发现泉边有两条蛇在厮咬，一条白蛇被一条麻蛇死死咬住，眼看就要被咬死了。妻子发了善心，急忙从树上折了一根树枝把麻蛇赶跑了，白蛇得救后，钻到泉边的河里去了。当天晚上，妻子做了一个梦：梦见家里来了一个人，自称是渭河龙王的家里人。对妻子说：你今天做了善事，救了我们家主人，我家主人要报答你，请你在鸡叫头遍的时候到渭河边上来。妻子醒来，原是一个梦，她将信将疑，但是还是约丈夫一同前去。

第二天一大早，勤劳的妻子早早起身，穿戴整齐，出门的时候，懒惰的丈夫才从炕上爬起来。妻子到了河边，丈夫才到山腰。渭河龙王的家人早已在河边等待，并告诉妻子说：此番前去，龙王爷要好好地报答你，给金子，你别要，给银子，你也别要。你就要桌上放的两把花扇子和两颗玉石，你就终身享用不尽。妻子点点头，记在心里了。来人让妻子闭上眼睛，背着妻子下了河。妻子睁开眼睛的时候，已经来到了渭河龙王的水晶宫。一个受伤的老爷爷非常热情地接待了她，一连办了三天的酒席。临行时，老爷爷让下人给妻子端上来一盘"黄的"来，妻子一看是金子，没要。又让端来一盘"白的"来，妻子一看是银子，也没要。就要了桌上的两把花扇子和两颗玉石。龙王派下人把妻子送上河岸的时候，丈夫还在河边等候。妻子见到丈夫很高兴，就让丈夫看两样宝贝。丈夫不喜欢花扇子，就接过两颗玉石。他正看得起劲的时候，妻子打开了两把扇子，她一下子飞到空中去了。丈夫一看急了，想拉住妻子，情急之下，就把两颗玉石含到了嘴里，他一下子变出了一对尖利的牙齿。从此以后，这对恩爱夫妻便成了异类，妻子变成了鸟，丈夫变成了鼠。可是他俩总也忘不了过去的恩爱，就干脆同住一穴，这就成了"鸟鼠同穴"。他们在山上打三四尺的洞，鸟在外边觅食，鼠在洞里管理家务，他们还生出了可爱的孩子，幸福地生活着。

山林水泽的鬼神

山林水泽的鬼神好多都是凶恶的，他们大多外表长得十分丑陋，叫人一见就很害怕，善良的比较少。朝阳之谷的水神天吴，长着老虎的身体，青里带黄的毛，他粗壮的脖子上有八个脑袋，每个脑袋还长着人脸，除此之外，他有八只脚，十条尾巴。如果这样一个怪兽站在一个成年人面前，也会把人吓死，何况是个孩子。有一群淘气的孩子由于好奇，就跑到了朝阳之谷里边玩耍。他们进去以后，被里边秀美的风光吸引了，又玩又闹，非常快乐。

可能是由于他们的吵闹声太大，惊醒了正在午睡的天吴，他拖着笨重的身体，沿着笑声一路寻找过去。孩子们还在快乐地玩耍着，突然有个孩子听到了笨重的脚步声和尾巴敲打树木的声音。他立即告诉了其他的孩子，孩子们停下来仔细听了一下，果然听到了这些声音。他们害怕极了，靠在一起瑟瑟发抖，他们不知道这个怪兽从何方而来，也不知道从哪个方向逃走。只听见沉重的脚步声和喘息声越来越大，随着一声大吼，一只可怕的怪物从树丛中出来了。见到他，孩子们不由得大哭起来，四散着跑开了。这些孩子回家以后大都吓坏了，有的病了好久，还有一两个一病不起。从此，再也没有人敢擅自跑进这个山谷了，即使里边景色非常优美。

骄山上的山神，形象像人，长着羊角、老虎的爪子。他喜欢在睢水和漳水的深渊中游玩。其实这个山神去的地方人迹罕至，他似乎不喜欢和人类有任何交流，甚至不喜欢让人看到他。他每次出现的时候，身上就会发出闪闪的光辉，让人睁不开眼睛，还烤得人难受。所以遇到他的人类都得迅速地离开，以免把他给惹怒了。

住在光山的计蒙神，是一个长着人的身体和龙头的怪物。这个怪物很喜欢在有水的地方出现，也经常去漳水的深渊中游玩。他和大多数水泽中的怪物一样，非常喜欢人类，因此他出行的时候总是伴着狂风暴雨。附近的人们每次看到这种突如其来的狂风暴雨就知道计蒙神又出现了，大家就迅速地躲起来。如果有人胆敢无视他的出现，仍然我行我素，那么这种狂风暴雨会持续很长时间，即使那个人最终躲起来了，计蒙神还是要惩罚他。所以，人们只要知道他出现了，都不敢在外边多逗留，更不敢和他有任何交往。

平逢山的骄虫神长着人的身体，一个脖子上长着两颗丑陋的脑袋，他还有个很厉害的头衔——一切螫虫的首领。听到这里，大家肯定毛骨悚然了，只他自己已经很恐怖了，还和所有的螫虫扯上了，还有谁敢惹他。他甘愿把自己的两个脑袋贡献出来，给蜜蜂们做蜂巢，让蜜蜂们在里边酿蜜。有人曾经遇到过他，远远地就能听到蜂群嗡嗡的叫声，抬头一看，只见远处一个身体上两个黑乎乎的球慢慢移动过来，所到之处的蜜蜂还成群结队地加入进去。慢慢地，这个队伍就越来越壮大了。人们哪敢挡他的路，看到他就远远地走开了。

住在瑶水的无名天神，长着和牛一样的身体，有两个脑袋、八只脚和一条马的尾巴。他是一个灾祸之星，他出现的地方，就是再和平的国家都会发生战乱。人们想方设法地阻止他出现，可是收效甚微，因为那时的人力还不足以阻止这样的怪兽，人们只能眼睁睁地看着幸福的生活被他给毁了。

前边提到过的住在丰山上的耕父神，他喜欢去清泠之渊游玩。他是干旱之神，凡是他出现的地方就会发生旱灾，不仅如此，他所到的那个国家还会灭亡。可怜的人们只能流离失所，背井离乡。

这些可恶的怪兽，不但不能给人类带来幸福和快乐的生活，还使生活在幸福中的人们陷入痛苦之中。人们对他们只有惧怕，不敢轻易地触犯他们。

天帝帝台和吉神泰逢

在这些凶恶的鬼神中，也有个别是善良的。例如吉神泰逢和小小的天帝帝台，他们的存在，给了人们些许安慰和鼓舞。

帝台活动的地方比较小，只是在中原一带的几座小山上，大概就是在现在的河南省境内，他和吉神泰逢居住的地方比较接近。在他的活动范围内有一座休与山，上面长着一种五色斑斓的美丽石子，这些石子圆溜溜、光亮亮的，就像是鹌鹑蛋，被叫做帝台之棋。相传，这些石子曾被帝台用来祷祀过各方的神灵，因而这些石子身上就沾上了灵气。这些石子如果被人类找到，并用它们熬汤喝，就能免受妖魔鬼怪的蛊惑。在那个鬼怪横行的时代，人类难免会受到他们的骚扰，有一部分人就被蛊惑了。在这种情况下看大夫，抓药吃的效果都不明显，即使找来道士设坛施法也没有什么效果，人们只能饱受痛苦的煎熬。帝台知道这种情况以后，决心挽救处于痛苦中的人们。于是，他就用这些美丽的石子祷祀了各方的神灵，希望神灵们能保佑善良的人类，不要让鬼怪横行霸道。祷祀之后，这些石子就有了灵性。帝台把这些小石子送给被蛊惑的人，他们喝了用石子熬的汤，病就好了，帝台也把它们送给正常人用来驱除鬼怪。帝台之棋的出现，帮人类减轻了痛苦。

距离休与山不远的地方，还有一座鼓钟山。善良的帝台曾经在这里敲钟击鼓，召集各方的神灵们在这里聚会，商讨如何保护人类，使他们免受妖魔鬼怪之苦。神灵们有这样的想法：鬼怪们不但数量很多，而且都有自己的护身之法，神灵们的数量又少，怎么保护得了人类呢。帝台听后，就劝大家，如果神灵们都没有方法来保护人类，那人类自己的力量更加弱小，他们又怎么能保护得了自己呢。帝台大宴宾客三天，众神灵们也热烈地商议着。最终他们达成了协议，各自保护自己辖区里的人类，如果有需要就联合起来驱除鬼怪。

在距离这两座山稍微远一点的地方，还有一座山叫高前山。从山上会流下一股寒冷而清亮的泉水，这个泉水叫做帝台之浆。在那个混乱的年代,时常会有失去亲人的痛苦。前一刻，儿子还和母亲在一起闲话家常，下一刻，儿子离家砍柴买米，这样的分离就可能是生离死别。凶恶的鬼怪太多，没有人能保证自己出门不会碰到，一旦遭遇不测，亲人们就会伤心得痛不欲生。据说，喝了帝台之浆可以使人不再心痛。

帝台是一个管辖一方的小小天帝，仁慈、温和，他总是在尽自己最大的努力让人们生活得更好。

每个人都喜欢吉祥如意，所以吉神泰逢，就成了人们都愿意见到的天神，传说人们遇到他就会有喜事降临。吉神泰逢是和山的主神，那里盛产美玉。他的形状与人相似，但身后长着一条老虎的尾巴。泰逢往往居住在和山向阳的南坡，每当进出这座山时，他的周围都有彩色的光环闪耀。谁要是遇到吉神泰逢，他就把福音带给谁。泰逢喜欢喝酒，而且酒量很大。当酒喝多的时候就喜欢和人们开玩笑。吉神泰逢，具有变化莫测的法力，可以移动天地之气。

吉神泰逢的脾气一般情况下都很温和，但是如若遇到了他十分不喜欢的人，也会让他吃点小小的苦头。夏朝的昏君孔甲，不理朝政，每天只知道喝酒打猎、沉迷女色，而且为人残暴。有一天，孔甲来到东守阳山狩猎，吉神泰逢非常讨厌这个只知道玩乐的人，他就运用自己的神力感动了天地，求来了一场暴风雨，使孔甲迷了路，以此来惩罚这个昏君。

相传春秋时期，晋平公和著名音乐家师旷一起坐车出游的时候，在路上看到一个人坐着八匹马拉的车子向他们驶来。到了近前，那个人便从自己的车上跳了下来，跟在晋平公的车子后边。晋平公回头一看，觉得很奇怪，这个人的身后怎么会有一条老虎的尾巴。这可把他吓坏了，他就让师旷看这是什么怪物。师旷看了看，笑着说道："大王不用害怕，这个人可能是吉神泰逢，你看他的脸红红的，一定是到霍太山的山神那里喝酒回来了。如今你遇到了他，恭喜你，要有喜事降临了。"晋平公将信将疑，但是不久以后他不得不相信师旷的话。因为，不久之后晋平公果然遇到了几件大喜事，他的军队连连打胜仗，疆土不断扩大，大臣们都说这是吉神泰逢给大王带来的福气。

虽然吉神泰逢总会给人们带来喜事，但是，如果得罪了他，他也会给你点颜色看看。吉神泰逢对善良的人们总会给予关照，总是把令人欣喜的事情带给他们。

颛顼与共工之间的战争

水神共工是中国上古传说中的人物。相传，共工姓姜，是炎帝的后代。共工是神农氏以后，又一个为农业生产发展做出过重要贡献的人。共工氏是个治水世家，共工和他的儿子后土对农业都很精通，他们专注于研究农业生产中的水利方面。在考察了部落的土地情况后，共工发现有的地方地势太高，田地浇水很费力；有的地方地势太低，容易被淹。为了改变这种不利于农业生产的状况，共工发明了筑堤蓄水的方法。具体做法是：把高处的土运到低地上。他认为洼地填平可以扩大耕种面积，高地去平，有利于水利灌溉，对发展农业生产大有好处。

水神共工是炎帝的后裔，颛顼是黄帝的曾孙，两人矛盾重重。由于农业方面的不同观点，引发了颛顼与共工的帝位之争，也可算作是炎黄之战的继续。

颛顼不赞成共工在农业方面的做法。颛顼认为，他是部族中至高无上的权威，整个部族应当听从他一个人的号令，即使是共工也不能自作主张。他以按照共工的方法实施筑堤蓄水，会惹怒上天为由，反对共工实行他的计划。于是，颛顼与共工氏之间发生了一场十分激烈的斗争，表面上是对治土、治水的争论，实际上是对部族领导权的争夺。

颛顼成为天帝，接掌宇宙统治权以后，对下方百姓的疾苦毫不关心，同时他还用强权压制其他派系的天神，以至于天上人间，怨声沸腾。心存不甘的共工看到这样的情况，非常高兴。于是就召集心怀不满的天神们，决定一起来推翻天帝颛顼的统治，夺取领导权。反叛的诸神们推选共工为盟主，组建了一支军队，突袭天国京都。

颛顼听闻这次兵变，也不惊惶，他一面叫人点燃了烽火台，召集四方诸侯急速前来支援；一面调集京城的兵马，亲自挂帅，前去迎战。一场酷烈的战斗开始了，两股人马从天上厮杀到凡界，再从凡界厮杀到天上，几个来回过去，天帝颛顼的部众越来越多，人形虎尾的泰逢驾万道祥光由和山赶来，龙头人身的计蒙挟疾风骤雨由光山赶来，长着两个蜂窝脑袋的骄虫带领毒蜂毒蝎由平逢山赶来。共工的部众越来越少，七零八落地留下一地尸体。

前面曾讲过共工与祝融的一场战争，在那场战争中，共工落败，一怒之下撞断了不周山。在这场颛顼和共工的战争神话传说中，不知是不是想不出什么好结尾了，就也弄了个公共怒撞不周山。神话毕竟是神话，是不好找到依据的，因此，共工到底是什么时候撞断不周山也就不得而知了。所以，我们就权当作一个神的两种传说吧，其实，在中国神话中，这样的现象也不少见。

共工辗转杀到西北方的不周山下，身边仅剩十几个人。他举目望去，不周山奇崛突兀，顶天立地，挡住了去路。这不周山其实是一根撑天的巨柱，是天帝颛顼维持宇宙统治的主要工具之一。身后，喊杀声、劝降声接连传来，天罗地网已经形成，就等着共工自投罗网了。共工在绝望中发出了愤怒的呐喊，他义无反顾地朝不周山拼命撞去，只听得轰隆隆一阵巨响，那撑天拄地的不周山竟被他拦腰撞断，横塌下来。

天柱被折断以后，整个宇宙便随之发生了大的变动：西北的天穹失去支撑而向下倾斜，使拴系在北方天顶的太阳、月亮和星星在原来位置上再也站不住脚，身不由己地挣脱束缚，朝低斜的西天滑去，形成了我们今天所看见的日月星辰的运行线路，解除了当时人们所遭受的白昼永是白昼，黑夜永是黑夜的困苦。另一方面，悬吊大地东南角的巨绳被剧烈的震动崩断了，东南大地塌陷下去，形成了我们今天所看见的西北高、东南低的地势，促使江河东流、百川归海。

虽然共工氏没有得到民众的理解和支持，但他依然坚信自己的观点是正确的，坚决不肯妥协。他不惜牺牲自己，用生命去守护自己的事业。虽然这次的战争是天帝颛顼胜利了，但是共工氏的行为最后也得到了人们的尊敬。在共工氏死后，人们奉他为水师。他的儿子后土也被人们奉为社神。

荒唐的颛顼和颛顼之死

颛顼继位之初，首先进行了一次重要的宗教改革。当时被黄帝征服的九黎族不敬奉上天，而是一心从事巫蛊活动，颛顼便下令禁绝巫教，要求九黎族人必须遵从黄帝族的教化，从而为自己树立了威信。

颛顼曾被封于北方，对北方有一种特别的感情，继位之后仍然念念不忘自己的北方。因此，他下令将日月星辰全部固定在北方的上空，使它们永远照耀着北方的人民。可这样一来，就给东方、南方和西方诸国的百姓带来了极大的不便。人们整日生活在黑暗之中，内心十分压抑。可颛顼管不了那么多，只要北方一片光明，他就可以心安理得地坐享中宫。

当然，这一近乎荒唐的做法后来被废止了，日月星辰又回到了原来的运行轨道，照耀着各方人民。

颛顼对人民缺少应有的顾念，但是却是一位讲究礼法的天帝。据《淮南子·齐俗篇》记载，颛顼在人类社会第一次定下了"男尊女卑"的法律。这条法律是这样规定的：妇女们在路上如果遇到了男子，必须得赶快让路，如果有女人不这样做的话，就会立马被拉到十字路口，然后让巫师们敲钟击声，做一场法事，来祛除出她身上的妖气。

颛顼的这条法律是很不公平的。可怜的女人们看到其他女人因不遵守法律而受到捉弄就都提高了警惕，在路上遇到男人就像遇到瘟疫一样掉头就跑。她们当时的速度，现在的百米世界冠军也未必能赶上。男人们自然是相当高兴，个个洋洋得意，认为自己的地位和权力真的要比女人高很多，从而更加肆无忌惮地欺负可怜的女人们了。

颛顼更加喜不自禁，他骨子里认为女人就应该受男人的压制，所以，认为自己订立的这条法律真是太成功了。真不知道颛顼讲究礼法对人民是好事还是坏事，不过，单从压制女人这个角度看，他的立法就够荒唐的了。

当时，有一对兄妹，因两人彼此深爱就结成了夫妻。颛顼知道此事后相当气愤，认为他们的行为是乱伦败德，影响了人间秩序，就把他们流放到崆峒山的深山里。崆峒山怪石嶙峋、奇峰林立，兄妹俩根本无暇顾及秀美的景色，因为时值寒冬，他们没有食物，没有御寒的衣物，饥寒交迫的两个人只能紧紧相拥，用彼此的体温来给自己一点温暖。最终，他们还是死了，可能是因为寒冷，也可能是因为饥饿。但是，两颗相爱的心却没有分开。

不知过了多久，有一天，崆峒山偶然飞来了一只巨大的神鸟——据说是禹强。看见相爱的两个人死得如此可怜，禹强不觉心生怜悯之情，决定救活这对恋人。思考片刻以后，他拍了拍翅膀飞走了。不久以后他又衔着不死神草飞回来了。他把这棵草覆盖在两个人身上后就又离开了。

大概又过了七个年头，那对兄妹俩复活了。复活后的他们，身子早就连在了一起，成为了两个头、四只手和四只脚的怪物。即便如此，两个人还是很高兴，因为这样他们就能永远在一起了，再也没有人可以把他们分开了。

从那时起，他们就在一起过着幸福的生活，他们生下的孩子和以后的子孙，都是这般模样。后来，他们形成了一个部落——"双蒙氏"。

……

再说说颛顼之死。俗话说，人死不能复活。但是，据说天帝死去以后，会发生一些变化，他们还能死而复生，只是不是本来的样子而已。在颛顼身上也发生过这样的事情。

当凛冽的大风从北方吹来的时候，由于风吹得比较强烈，地下的泉水会涌出地面。每当这时候，蛇就会变成鱼。这个现象被一个渔夫看到了，他觉得很吃惊，世界上居然有这样的事情。令他更加吃惊的是，渔夫看到一个死人趁着蛇化成鱼的机会，附在了鱼的身上，这个人就死而复活了。这个人就是颛顼，复活以后的他身体上边是人，下半边是鱼。虽没了往日的威严和风光，复活以后的颛顼还是很傲慢。他和渔夫说道："我就是天帝颛顼，死而复活以后就是现在这个样子，我现在叫'鱼妇'……"说罢，这个鱼妇就消失了。

颛顼复活以后之所以叫鱼妇，可能是因为鱼做了他的妻子，救活了他的性命吧。现在所说的美人鱼大概就和颛顼复活以后的样子差不多，只是我们很难亲眼见到罢了。后来，这个渔夫再回到原处，想见一见鱼妇，但是再也没见到，没有人知道这个鱼妇去了哪里。

还有一段这样的记载：据说周民族的祖宗后稷也发生过类似的变化。他在自己的坟墓里死而复活了，半边身子也是鱼的躯体，和鱼妇的外形十分相似。至于他是如何变化成这个样子的？他为什么要变化成这个样子？已经无从考证了，只是在史书上还能看到相关的记载。

猪婆龙演奏音乐

　　虽然作为一个天帝颛顼不太称职，但是他对音乐却极有天赋。他爱好音乐，对音乐具有很高的鉴赏力，也是一个不可多得的"乐迷"。他很小的时候，在东方海外的叔父少昊那里作客。年少的他，没事便一个人跑到树林里边去玩。一次，玩累的颛顼坐在一棵大树下歇息。突然，他听见鸟儿委婉悠扬的歌声，不知不觉陶醉在这美妙的歌声之中。以后，每次出去玩，他都会留意周围，去发掘各种美妙的声音。这些声音使颛顼心情愉悦，也使他渐渐喜欢上了音乐。作为叔父的少昊还是很细心的，他见颛顼每日都兴高采烈地哼着小曲，就仔细观察了颛顼的行为。他发现侄儿十分喜爱音乐，也很有天赋，就派人找来琴和瑟供他抚玩弹奏。颛顼见到琴瑟以后爱不释手，经常弹奏练习，这也增加了颛顼对音乐的爱好。

　　即使是在颛顼成为天帝以后，他仍然热爱着音乐，在忙完政务的闲暇时间，他也会独自体会一下各种自然之声构成的美妙音乐。一天，或许是偶然，或许是因为颛顼心情好，在闭目养神的时候，颛顼突然听到一段无比美妙的声音，是他以前从来没有听过的，这是一种熙熙凄凄锵锵的声音，好像是用什么乐器弹奏出来的音乐，十分动听。他忙睁开眼睛，却什么乐器也没发现。连续几日，颛顼都会细细品味这种声音，实在太美妙了，每一次都会让他心驰神往。最后，他终于发现，这其实就是天风吹过所发出的声音。可能对别人来说，这实在是太平常不过的声音，但是对于善于发现美妙乐声的颛顼来说，却有着不同的感受。他迷恋上了风演奏出来的歌曲，于是，他就叫来天上的飞龙，要求他仿照风的歌声，作出八方风的乐曲来。这个飞龙还真是不负圣望，没过几天，他就作了好几首曲子，他把这些曲子演奏给颛顼听。颛顼听后十分高兴，感觉这些曲子要比自然形成的风声更加美妙。高兴之中，他就把这些歌曲命名为"承云之歌"。孝顺的颛顼除了自己欣赏这些歌曲外，也没忘记叫人演奏给老天帝黄帝听。

　　从这以后，颛顼更加喜欢创作歌曲。一次，当他灵感大发的时候，就叫来一只猪婆龙，想让它来当音乐的倡导者。猪婆龙是中华国宝扬子鳄在古代文学作品中的称谓，它被描述成形状像短嘴巴的鳄鱼，身体大约一尺长，长着四只脚，背上和尾巴上都披有坚厚的鳞甲，性情懒惰，喜欢睡觉，常常闭目养神的动物。但是谁要是惹了它，它也绝对不会视而不见，立马和你不客气了。这猪婆龙一向对音乐没什么兴趣，也没什么特长。可是，当它听到天帝的命令以后，精神抖擞，决定投颛顼所好，结束这种默默无闻的生活。它翻过自己笨重的身体，仰卧在殿堂之上，也没有丝毫的不好意思。它用自己的尾巴来敲打它那凸出来的雪白肚皮：咚咚——咚咚！咚咚——咚咚！这声音美妙得连猪婆龙自己都不敢相信。颛顼听了以后更加高兴，觉得自己真是慧眼识英才的明君，要不是因为他，猪婆龙可能一辈子都不知道自己还有这样的才能。就这样，颛顼下令，让猪婆龙做了天上的乐师。

这本来也没什么特别的，可是这件事传到人间以后，人们都知道猪婆龙的皮可以用来做成乐器。可怜它的种族和子孙后代都遭了殃，人们开始到处捕捉它们，残忍地剥下它们的皮用来蒙鼓。用这种皮做成的鼓敲起来声音非常响亮，所以无论是在战争中，还是祭祀的时候，或者娱乐庆祝的时候，这种鼓都是不可或缺的。一部分人为了经济利益不断地捕杀猪婆龙，可怜的猪婆龙，数量就这样一天比一天稀少了，人们以后能用到这种鼓的机会也越来越少了。

颛顼的鬼儿子们

天帝颛顼自己作威作福，还生出了许多鬼儿子危害人类，传说中他的不肖儿子要比其他的天帝多。他有三个儿子，生下来不久之后就死掉了，死后又都变成了恶鬼，危害人间。

一个变为疟鬼潜伏在江水，在人间散布疟疾病菌，人一染上这种病菌就会发寒热、打摆子，十分痛苦，而且性命堪忧；另一个变为魍魉隐匿在若水，魍魉的外形就像三岁的小孩子，他长着红眼睛、长耳朵、身体黑中透红、头发乌黑油亮。虽然长相不错，但是这个魍魉经常在夜间施展迷惑人的鬼蜮伎俩，引诱行人失足坠河；还有一个变成了小儿鬼，躲藏在人家的屋角，暗中惊吓小孩，使之惊恐、哭号。他还专门叫人生疮害病。

这三个鬼都是害人的东西，在人间经常被驱逐。

除了这三个鬼儿子，颛顼还有一个儿子骨瘦如柴，生来爱穿破衣烂衫，喜吃稀粥剩饭。这个儿子在正月三十的晚上死于陋巷，成了穷鬼。人们最怕穷鬼上门，说的应该就是他，所以，人们总会想方设法地送走他。古时候送穷鬼的日子在农历正月廿九，最常见的方式就是打扫屋子院落。人们把清扫出来的垃圾当作穷鬼，或扔进流水中，或者倒到街头，有的人甚至还在垃圾堆上插注香，放三个花炮，俗称"崩穷鬼"。唐朝文人韩愈可能也是穷怕了，他曾作《送穷文》："三揖穷鬼而告之曰：'闻子行有日矣。'"

有一匹名叫梼杌的怪兽，也是天帝颛顼的儿子。它还有两个名字，分别是傲狠和难训，从这几个名字中就能看出他的为人。梼杌有人的面孔，老虎的身躯和利爪，野猪的嘴巴和獠牙；它披着三尺多长的狗毛，连头带尾足有一丈八尺长。梼杌生活在西方的荒野里，他横行霸道，无恶不作，什么坏事都干。人们一提起梼杌来，都会惊怖失色，仓惶离开。

帝颛顼和他的鬼儿子、兽儿子们，再加上一大批兴妖作祟、招灾引祸的山精水怪，把黄帝留下来的太平盛世搅得乱七八糟。

彭祖长寿之谜

彭祖是颛顼的玄孙，陆终的第三个儿子。传说他的父亲陆终娶了鬼方国的女为妻，女只有一乳，怀孕三年，但是孩子总是生不下来。在没有办法的情况下，只好在女的左腋下剖开一道口子，从中取出了三个儿子，又剖开右腋下取出三个儿子。其中第三个儿子铿就是彭祖，他被封于大彭国——彭城。

据说彭祖从尧舜时代开始，活了八百多岁，一直活到了周朝初年。这个八百多岁的老爷爷，临死的时候，还觉得自己正当壮年，有种英年早逝的遗憾。彭祖为什么能活这么大岁数呢？难道因为他是天帝的子孙，这或许是其中的原因之一。可是天帝的子孙那么多，不见得每一个都能活这么多年，能够如此长寿吧。彭祖能活上八百岁，肯定有其他的一些缘由。

相传，殷朝末年的的时候，彭祖已经活了七百六十七岁了，然而他的容貌看上去并不显得衰老，耳不聋、眼不花、背不弯、腰腿不疼，而且看起来还相当的年轻。彭祖自幼喜好恬静，不追求名誉，不汲汲于世事，终日以养生修身为事。殷王请他作大夫，他虽极不情愿，但是又推托不了，只好应诺。彭祖不想参与政事，就常常以生病为由，不上朝。彭祖还精通补导之术，常常服用水桂、云母粉、麋角散等。他平日沉默寡言，从不夸耀自己有道。

彭祖还常常周游四处，只是他从不乘车马。即使要外出周游数十天，有时甚至上百天，他也不带干粮。令人惊讶的是，回来之后，他的衣着、身体和精神面貌与平常也没什么两样。彭祖也善于导引行气，经常从早到晚闭气内息，之后，揉擦眼睛，按摩身体，然后才站起来活动。彭祖也有身体疲乏不适的时候，那时他就导引闭气，使身体各处的气流通畅，这样身体又能恢复到以前的状态，舒服、自如。殷王听说以后，也想长命百岁。于是就亲自到彭祖府上，向他求仙问道，但彭祖却闭口不语。殷王又想了个办法，想用金钱让他开口。就派人给他送去了数十万两黄金，彭祖如数收下，把黄金全都分给了贫穷的百姓，仍是闭口不语。

当时，有一个叫采女的女子，也是个得道之人，也懂得一些养生的方法，虽然她有二百六七十岁，但外貌仍然象四五十岁的样子。殷王派采女询问彭祖长寿的秘诀，彭祖回答："长寿的秘诀可能真的会有吧，只是我见闻浅薄，对这件事知之甚少，实在说不出个所以然来。以我自己为例来说吧，我还没有出生的时候，父亲就去世了，我的母亲抚养我到三岁，她也死了。剩下我这个可怜的孤儿，又遭遇犬戎的捣乱，只能流亡到西域去，在那个条件艰苦的地方度过了一百多年的时光。从年轻的时候到现在，我已经死去了四十九个妻子，五十四个儿子。我经历了这么多令人悲伤的生离死别，精神大受摧残。由于我从小身体就不好，长大的过程中又没有得到好的调养，看我现在的身体情况，如此的瘦弱，恐怕不久于人世了，哪里还有长寿的秘诀啊。"

说完，彭祖叹息了口气，悄然离开，不知所踪。又过了七十年，据说有人在西部边境的流沙国看到了彭祖，他当时骑着一匹骆驼，慢慢地走着。表情怡然自得，精神矍铄。彭祖不肯说出他延年益寿的方法，大家就纷纷地猜想起来。有人说，他之所以如此的长寿，是因为经常服用一些药物；还有人说，他如此长寿，可能是修炼了什么奇功。其实事实并不像大家说的这样。

彭祖擅长烹调一种野鸡汤，他能把这种汤做得既美味可口，又新颖独特。他把汤献给了天帝，天帝品尝以后，大为赞赏，因为实在没吃过如此美味的野鸡汤。于是，天帝一高兴，就赐给了彭祖八百年的寿命。就是因为这样，彭祖才能如此长寿，活了八百多年。但是心高的彭祖，直到他临死的时候，还觉得没有活够，认为他自己是英年早逝矣。虽然是个传说，但是其实彭祖的长寿，应该与他的善于保养有一定关系，只是他不肯向外人说罢了。

尧的故事

尧帝的诞生

　　帝喾的妻子庆都生了一个儿子，名叫放勋，也就是尧。说起这个尧的出生，那可真是一件奇事，别说在当时引起轰动，现在说来大家也会感到惊讶。

　　庆都是陈丰氏的女儿，她和帝喾成婚以后，仍留在娘家住。这年春天，陈丰氏老两口带着庆都，坐上小船在黄河上游览观光。这天阳光分外明媚，轻柔的微风缓缓吹来，几个人看见沿岸的柳树绿了，小草也发芽了，鸟儿快乐地在林间嬉戏，好不惬意。小船就这样顺流而下，他们一路看着笑着，玩得很开心。

刚刚正午的时候，忽然迎面刮起一阵狂风，天上还卷来了一朵红云，在小船上形成了龙卷风，仿佛这旋风里有一条赤龙在飞舞。老两口惊恐万状，怕小船翻在河里，他们看了一眼庆都，她似乎一点都不害怕，还若无其事地冲着那条赤龙笑呢。老两口十分奇怪，就问庆都在笑什么，庆都仍是笑而不语。傍晚的时候，风停了，云也散了，赤龙也消失了。他们才放了心，上岸后，他们急忙找个地方住下休息。老两口似乎被吓到了，都早早地睡下了，只有庆都似乎还沉浸在幸福当中，一直傻傻地笑着。

第二天，他们又上了小船准备回去。船行到昨天出现赤龙的位置，又刮起了大风，卷来的那片红云之中又出现了赤龙，不过这次它的形体小了些，也就一丈来长。因为它并没有加害于人，老两口也就不像昨天怎么害怕了。庆都看到这条龙再次出现以后，明显比刚才兴奋很多，她脸颊绯红的看着那条龙，那条龙似乎对庆都也很感兴趣，在她上方久久徘徊不肯离去。老两口看得诧异，却又不知其中原因。只得催促划船之人快点前行，躲开这条赤龙。可是赤龙就这么一路跟着他们，直到天色将晚，它才驾云离去。赤龙走后，庆都明显有些许失落，快快地跟着父母回到家中。

晚上，老两口由于近日比较劳累，早早地就睡了，可庆都却睡不着。她闭着双眼还不由得抿上嘴，笑出声来。朦胧中她听见外边风声大作，也许是因为累了，她渐渐地睡着了。那天夜里，她做了一个梦，梦到了白天出现的那条赤龙。那条龙好像还和她说了什么话，只是她都不记得了。

第二天一早，等到庆都醒来，看到枕头边上放着一张画儿，上面画着一个红色的人像，脸形上锐下丰，八采眉，长头发，而且画上还写着几个字：亦受天佑。她将这幅画藏了起来，此后不久，庆都就发现自己怀孕了。她住在丹陵，过了十四个月，生下来一个儿子。庆都拿出赤龙留下的图一看，儿子生得和图上画的人一模一样。

帝喾得知庆都为他生了儿子，非常高兴，本来准备要将他们母子接回身边。但是，他的母亲恰巧在这个时候去世了。帝喾是个孝子，为母亲的去世哭成了个泪人儿，哪里还有高兴的心情呢？他为母亲一连服孝三年，也顾不下庆都和儿子的事。庆都带着儿子仍然住在娘家，直到把儿子抚养到十岁，才让他回到父亲的身边。这个孩子就是后来的帝尧。

帝尧在帝喾身边慢慢地长大了，帝喾发现尧很善良，为人也极好，而且这个孩子相当有才干，是其他孩子不能及的。等到帝喾年老的时候，他将自己的位子传给了儿子挚。帝挚按照父亲的旨意做了皇帝，可是他发现尧的治国才能要比自己好很多，就有意将位子禅让给尧。帝挚做了十几年的皇帝，治国平平，虽没出现什么大的事情，但国家也没有什么大的发展。思忖再三，他就把皇位让给了尧，就这样，尧就做了皇帝。

尧帝的治国奇迹

帝尧是一位治国有方、节俭、朴素，为百姓着想的好皇帝。他的节俭程度，说出来可能都不会有人相信。据说，他住在用茅草盖的房子里，房梁就是直接从山上拿下来的粗糙木头架上的，这木头甚至都没有进行刨光。他平时吃的是糙米饭，喝的是野菜粥，穿的是粗布麻衣，天气冷的时候，他再在外边加一件鹿皮披衫来挡风。这位皇帝平时使用的器皿就是一些土碗，土钵子，屋内也没有一件像样的家具。当人们得知帝尧生活这样朴素后，都不由得感叹道："恐怕就连守门的小官，过的生活都比尧好上很多吧！"可是尧一点都没有因为物质生活的匮乏而停止追求的脚步。他兢兢业业，把国家治理得井井有条，人们安居乐业，生活富足。

尧顾念人们的程度也是其他皇帝不能及的，很少有人能做到他这种程度。在尧的国家曾经有个人因为没饭吃，饿肚子了，帝尧知道以后，惭愧地说："是我没有好治理好国家呀，居然还有人没饭吃饿肚子！"如果有人因为贫穷没有衣服穿而受冻了，帝尧肯定会说："是我的过错，使他穿不上衣服的。"在帝尧的国家中，如果有人犯了错误，他必定会说："是我没有感化好他，才使他陷入了罪恶的泥坑。"帝尧对待罪犯，从来不使用各种刑具，对他们进行身体上的摧残，他总是用自己的善良来感化他们，所以犯罪率越来越低，人们也越来越善良。尧就是这样，把所有的责任都担在自己的肩上。在他做国君的一百年中，即使人们遇到了旱灾没饭吃，即使旱灾之后又发生了水灾，冲毁了人们的房子，大家也毫无怨言，因为他们知道尧会带领大家克服困难，走出困境，重新过上好生活。对这样的一位好国君，大家只会衷心的爱戴他，又怎么会有怨言呢。

一天，在尧的宫殿里，其实就是那简陋的茅草房中，发生了一些吉祥的征兆，例如喂马的草料变成了稻子，凤凰飞到了天井中……可能是尧的行为感动了上帝，才发生了这种事吧。有两件事，使帝尧受益匪浅。

在帝尧的茅草房前面，有几级台阶，台阶的缝隙里长着一种草，叫"历荚"。这种草非常奇特，每个月的初一，就开始长出第一个豆荚，以后每一天都会长一个，直到生长到第十五个。从第十六个开始，每天就落下一个豆荚，到月末就全落完了。假如月小只有二十九天的话，最后一个豆荚就会焦枯地挂在上边，不落下来。这个历荚按着月历，每个月都会重新表演这么一番。人们看到豆荚的生与落，就知道了这天具体是哪天。这个奇妙的豆荚，就成了尧的日历，给他的工作带来了极大的便利。

还有一种生活在碗橱中的草，叫"蒲"，这个草也相当奇妙。它的叶子形状像一把把扇子，能够自然地摇动，一摇动就有习习的凉风吹过来。它就利用吹出来的风驱逐苍蝇和虫子，还可以使夏天碗柜里存放的食物不会因为天气的炎热而变得酸臭。这个草的作用，类似于现在用的冰箱，这也给尧带来了极大的便利。

这些事情的发生，可能是因为尧太节俭了吧，他从不关心自己，而是把所有的精力都献给了国家和百姓。为了鼓励他的行为，上帝就给了他这些有用的物品，使他工作起来能更加方便。

尧封防风国

尧刚开始治理国家的时候，天下太平，人们的生活还算不错。但不知道什么原因，地上瞬间发起了大洪水，大水很快吞噬了人们的田地，还呼啸着向村庄冲去。

人们的生命受到了这么大的威胁，这可急坏了尧，爱民如子的他怎么能看着自己的人民遭受这样的痛苦呢。当时有个大臣叫鲧，他是黄帝的孙子，也算是名门之后了，他是被贬到人间的。有几个大臣就向尧推荐鲧去治水，尧虽然觉得他担此重任有些不合适，但是又没有更合适的人选，就只好任命鲧为治水大臣。

鲧在下界的时候，还偷了天帝的一件宝贝，这件宝贝的名字叫息壤，据说是一种可以自己生长的神土，鲧就是利用这个宝贝来治理洪水的。鲧治理洪水几乎就要成功了，只是在这个关键的时候，天帝发现了鲧的行为，大为震怒，派了火神祝融下界将鲧杀死在羽山。又收回了息壤，就这样鲧的治水失败了。

洪水泛滥的时候，地面上不知从何处来了一只玄龟，它在水中游来游去的时候，遇到了同样不知从何而来的防风。就这样，玄龟和防风就成了好朋友，防风去到哪里，玄龟就跟去哪里。这个防风长得真是高大，他的头差点就碰着天了。他看看脚底下白茫茫的洪水，又看看地上青色的稀泥，觉得很奇怪，就伸出手来摸了摸。只见"啪啪"地掉了几块小灰尘，可别小看这几块灰尘，它们一落到地面上就成了一座座高大的山。帝尧知道这件事以后，别提多高兴了，他觉得终于可以找到能制服洪水的人了。他把地面上长出来的那座大山命名为"封山"，并把它给了防风。

就这样，防风带着玄龟开始了他的治水之路。他一块一块地把天上的青泥弄下来，但是他发现青泥弄下来以后都在地面上差不多同一个地方长成了小山，这样并不能很好地疏导洪水。这可愁坏了防风，仅凭人力怎么可能移动得了这么大的山呢，但是不把这些山移到它们该去的地方，又怎么能治得了洪水呢。就为这事，防风每天都愁眉不展，寝食难安，治水一时又陷入了困境。

玄龟看出了防风的心事。一日它走进了防风的房间，看到他比前几日似乎瘦了不少，玄龟自然很是心疼，就对防风说道："你不要发愁了，据我这几日观察，这些山似乎都不是太大，现在它们的根基还不是很牢固，咱们只要把它们搬到其他的地方，洪水自然可以退去。"防风苦笑了一下说："帝尧那么信任我，把这么重要的事交给我，可我真的很难制服这么大的水。谁能搬得动这么大的山呢？""我能！"玄龟说。"你不要和我开玩笑了，你怎么行？""真的能。"说完玄龟带着防风来到了外边。

玄龟叫防风把小山放到它的背上，然后它驮着小山向远处游去了，它把小山放到低洼的地方又回来继续驮其他的山。就这样，防风一边把青泥弄下来，一边把小山放到玄龟的背上，它们配合得很默契。玄龟驮啊驮，驮了八十一座山，填平了不少低洼之地。可是它的腹部也裂开了，背也碎了，实在驮不动了。防风就叫它到天上休息去了，自己则开始疏导河道，他不知道埋头苦干了多久，终于把洪水引到了大海里。防风不但治理了洪水，还使地面上多了不少名山大川，使人间的景色更加美丽。

洪水消退了，帝尧自然非常高兴，他见防风治水有功，就将封山周围方圆几百里的地方封给他成立了防风国。

尧王访贤

帝尧有十个儿子，长子丹珠为人骄横，欺压百姓，非常不成器。当洪水肆虐的时候，他没想帮尧治理洪水，而是每天乘船出游，好不快乐，从没有想过要去关心人们的疾苦。洪水退去以后，丹珠每天还是坐船出游，美其名曰"陆地行舟"。拉船的人累得汗流浃背，气喘吁吁，他不但不让大家停下来休息，还催促他们快点拉。人们恨他恨得牙根都痒痒，但是却拿他没有任何办法。他还时常欺负自己的弟弟们，所以他的弟弟们也很讨厌他。

尧把这些事情看在眼里，只是无奈，这个丹珠太难管教了。随着尧的年纪越来越大，他必须考虑让谁来继承他的位子。丹珠显然不行，国家要是交给他，很快就会民怨沸腾，人们也不会过上好日子。其他的儿子还小，难当重任，大臣中也没有合适的人选。经过仔细思考，尧决定自己出去寻找继承人。

尧访贤到了垣曲的皋落，

酋长向尧推荐舜，还讲了许多关于舜孝敬父母，疼爱弟妹，忍辱负重，助人为乐的故事，这些事深深打动了尧王的心。然后，尧王又来到垣曲的乐尧，大族长们也都推荐舜，说舜既贤孝又有才干。尧听完后，心中已有几分欢喜，觉得舜可能就是自己要找的贤能之人，他决定亲自去见见舜。

  这一天，尧来到了历山，就是舜居住的地方。在那里，他看见一个年轻人正驾着一头黄牛和一头黑牛在犁地。这个人手中没有拿鞭子，而且每只牛的屁股上都绑着一个簸箕，这让尧感到很奇怪。当时，有一个头发花白的老人担着一担柴从远处走来了。小伙子看到以后，急忙放下手中的农活，跑过去接了老人的担子，一直帮老人挑到山下。等老人走到尧面前时，他拱手问道："老人家，这个小伙子是你儿子吗？"老人说："不是，他是我们的小首领舜，我是他的百姓。"尧又问："那既是首领，还帮你担柴？"老人笑着说："这你就不了解他了，我们的小首领和别的首领可不一样，他见谁有困难就帮助谁，还不用别人替他干活，你没见他正在犁地吗？"

  尧听了老人的话，点了点头，回过头去，对舜说："看来大家说的真是没错，我早听说你是一个尊老爱幼，孝敬父母的好人，今日一见，果不其然。"舜笑笑说："老伯过奖了，这些都是我应该做的，其实也都不是什么大事。"尧看到小伙子这么谦虚，被他感动了。突然又想起牛屁股上的簸箕，尧又问舜其中的原因，舜说："牛虽然是牲畜，但它为我耕地已经很辛苦了，我怎么能用鞭子打它呢。再说，我要是打了黄牛，黄牛痛，猛地向前拉，而黑牛还按部就班的话，不但耕地乱了套，牛也得受苦，没什么好处。在它们屁股上绑上簸箕，打黄牛，黑牛也听见了，打黑牛，黄牛也听见了，都拉快了，谁也不受挨打的苦。"

尧王听了，觉得舜真是个仁慈、细心的人，就称赞道："有道理，有道理。"尧要舜带他随便看看，舜很爽快地答应了。他带尧转过历山，展现在他们眼前的是万亩良田。庄稼长得十分茂盛，黑乌乌绿油油的，非常喜人。尧王看到眼前的景象，喜出望外，对舜有了更深刻的了解。

在和舜交流的这段时间里，尧感觉舜真的就是他要找的人。于是，他就向舜说出了自己的身份，舜得知面前的这个人就是帝尧以后，又惊又喜，慌忙给尧跪了下来，说道："陛下乃是贤明君主，今日得见真是三生有幸。"尧笑着将舜扶了起来，并向舜说明了自己的来意，舜连连推辞，谦虚地认为自己不能胜任。但是尧却执意要带他回去，舜最终还是答应了。

舜跟着尧来到了都城，他果然不负厚望，在群臣面前对答如流，他回答的问题涉及治国的各个方面，上至天文，下至地理，舜都对答如流。大臣们无不被他的才华折服，这样的人才打着灯笼都难找。于是舜就继承了尧的帝位，成为了舜王。

丹朱化鸟

在黄河北沿的范县濮城东五十里，有个地势较高的村子叫丹珠堆。尧的大儿子丹珠的坟墓就在这里。尧的大儿子因为瞎了一只眼睛，人们都叫他"单珠"，后来人们就叫他"丹珠"，也叫"丹朱"。

尧有十个儿子，这十个儿子脾性各不相同，尤以大儿子丹朱与尧的差异最大，也是最不让尧省心的一个。尧是有名的贤德君主，将国家治理得井井有条，可是他的大儿子丹朱却与尧完全不同，不仅丝毫不体察百姓的疾苦，而且还骄横暴虐，任性妄为。对于这个儿子，尧也是异常苦恼。虽然对其多次教化，但却毫无用处。丹朱仍然我行我素，想干什么就干什么。把他逼急了，他就甩手走人，甚至还用言语顶撞过尧。

丹朱喜欢和朋友们四处游玩。尽管父亲不让他到处乱走，但他还是有办法悄悄溜出来。尧忙于政事，总不能天天看着他，也只好由他去了。每次出门，丹朱都要带上大量的随从供他驱使。他的脾气很差，只要有一点儿不顺心的地方就迁怒于人，虐待随从们。随从们受尽了屈辱，但却敢怒而不敢言。即使在家里的时候，丹朱对随从们也是想打就打，想骂就骂，有时他还会想出一些歪点子来折腾随从们。

看到丹朱如此任性妄为，弟弟们都对他很不满。每当弟弟们对他提出异议，他总要以自己的身份来压制他们。可是弟弟们对这个哥哥早就已经没有丝毫的尊敬，因此全都不服他的管教。为此，兄弟之间常常出现纷争，彼此的关系颇为紧张。尧看在眼里，急在心里。他希望找到一种可以改变丹朱性情的方法，后来，他发明了围棋。开始的时候，丹朱确实被这个新鲜的玩意儿吸引住了，可没过多久，他就失去了兴趣。他觉得还是和朋友们一起四处游荡最开心，所以又出了家门。

尧对丹朱已经彻底失去了信心，他认为自己已经管教不了这个儿子了，所以也就放任不管了。作为尧的长子，丹朱是王位理所当然的继承者。可是他又怎么能担当如此的重任呢？

尧已经暗下决心，待其退位之后，便将王位传给贤能的舜。但他也知道，丹朱必然会不服气。为了防止他寻衅滋事，他将丹朱放逐到了南方的丹水去做诸侯。对于这样的安排，丹朱当然很不痛快。但此时以他的能力，还不足以与他的父亲对抗，所以也只能收拾行李去往南方。

在途经中原的时候，丹朱在一个叫做三苗的部族停留了数日。这个部族的首领与丹朱的关系很好，他们很为丹朱打抱不平，于是决定发动政变，替丹朱争回王位。得知三苗叛乱的消息后，尧并没有慌张，更没想过要放弃自己的政治主张。他亲自率领军队平定了三苗的叛乱，取得了绝对性的胜利。三苗的部众打了败仗，再也无法在中原立足，就跟随丹朱一同到南方的丹水定居下来。

在丹水养精蓄锐多日，丹朱与三苗首领决定卷土重来。于是，一支以丹朱为首的军队成立了，他们决定择日进攻中原，推翻尧的统治。没想到事情败露，消息走漏，传到了尧的耳朵里。尧再次带领大军出征，以平定南方的叛乱。尧的到来有些突然，当时丹朱和三苗的军队还没有做好准备。不过丹朱的军队长期生活在水边，善于水战，而尧的军队则要逊色一些。因此，在起初的交战中，尧的军队不仅没有占据上风，而且还损兵折将打了败仗。

尧命令大军退后稍作休整，以便他思考退敌之策。既然他的水军不占优势，那就先从陆上进攻吧！三苗的军队都是陆军，他们是抵不过尧所率领的军队的。如果能率先攻下三苗的军队，那么三苗与丹朱的联盟就会破裂，这样再去攻打丹朱就容易多了。在与三苗的对抗大获全胜以后，尧又设计击败了丹朱的水军。叛乱再一次被平定了，尧满意地带着军队回到了中原。虽然他没能擒获丹朱，但这也未尝不是一个好结果。他也不希望亲手斩下儿子的头颅，就算再不成器，也毕竟是自己的儿子，做父亲的还是心有不忍。

丹朱大败以后，带着剩余的部众逃到了南海。此时的他已经无颜再活在人世，便跳到南海中自杀了。死后，他的灵魂变成了一只鸟。这种鸟有着猫头鹰的外形和好似人手的脚爪，后人为它取名为朱。据说朱鸟停留的地方，必有人要遭到放逐。至于他的子孙后代，则在南海附近聚集成了一个国家，名为罐头国。罐头国的人长相怪异，他们虽有着人类的脸庞，却长着一张鸟嘴。他们的背上长有一对翅膀，但却只是摆设，不能用来飞翔。不远处，是三苗族后裔聚集的三苗国。三苗国的人也生有一对翅膀，只是长在腋下，且非常小，也不能用来飞行。

皋陶断案

皋陶，又写做皋繇，出生于公元前 21 世纪，他活跃在"三皇五帝"时期，是父系氏族社会晚期的政治家，后世史学界和司法界公认他是中国司法的鼻祖。他辅佐大禹理政、治水和发展生产，在华夏族和东夷各民族的融合中发挥了重要作用，为中华民族的形成做出了重要贡献。以他的思想体系为核心的"皋陶文化"是上古中国进入文明社会的重要标志之一。

皋陶出生在"少昊之墟"，大约在今天的山东曲阜一带，相传为东夷部落的首领。皋陶的相貌非常奇特，青绿色的脸，就像一只削了皮的瓜，他的嘴巴长长地伸了出来，像马嘴，据说这是至诚的象征。他学识渊博，能洞察人情，舜就举用他为掌管刑法的官，称大理（以后的大理寺就延此而来）。

皋陶当法官可谓精明能干，铁面无私，无论多么复杂的案子到了他手里，都能迎刃而解，是非黑白他都能辨得清清楚楚。皋陶使用一种叫解豸的怪兽来断案。解豸类似麒麟，全身长着浓密黝黑的毛，双目明亮有神，额头上长有一角，俗称独角兽。虽然这独角兽长得难看了点，但是它却拥有很高的智慧，懂人言知人性，它怒目一睁，就能辨是非曲直，识善恶忠奸。它如果发现奸邪的官员，就用锐利的犄角把他触倒在地，然后吃下肚子；当人们发生冲突或纠纷的时候，解豸就用角指向无理的一方，甚至会将罪该万死的人用角抵死，令犯法者不寒而栗。

所以皋陶为大理时，天下能够无虐刑，无冤狱，那些卑鄙的小人，或做了坏事的人都非常害怕他。皋陶铁面无私，执法如山。他经常带着解豸到民间走动，为老百姓审案断案，深受人民的爱戴。

有一次，他又带着解豸来到集市上巡视。从远处，就能听见喧嚣吵闹的声音。他很好奇，就加快了脚步，赶上前来。只见一位妇女头发散乱，躺在狼藉的地上，旁边一个无赖口吐狂言，漫骂不止。皋陶见此情景，一声怒喝，无赖吓得立马无语，眼睛都直了。他早就听说这个相貌奇特的大理官和他的神兽非常厉害，没想到今天让自己碰上了。他就一下子跪在了地上，喊道："大人，是我错了，我再也不敢了。"皋陶走上前去，扶起躺在地上的妇女，轻声地安慰了几句，又怒目投向那个无赖。只见无赖仍旧跪在地上磕头，口中还不停地说道："大人，饶了我吧，我再也不欺行霸市了，我再也不敢了！"皋陶满脸威严，义正辞严地说："你若保证以后再也不做恶事，不欺负百姓，我便饶你一次。"说着，拍了拍旁边同样怒目圆睁的解豸："该如何惩罚他？"只见解豸用蹄子在地上踏出一个圆圈。皋陶朗声笑道："好，你就在这圆圈内跪上三天三夜吧，这就是你的监狱。"这个无赖只得照着皋陶说的做了，真的在那个圈里跪了三天三夜。从那以后，这个坏蛋也洗心革面重新做人了，他再也没干过一点坏事，相反还经常帮助别人。

从此，"皋陶造狱，画地为牢"就成为了一段司法佳话，被流传下来，皋陶也被尊称为狱神。

一脚夔的音乐创作

在我国音乐史上，有不计其数的优秀音乐家。其中夔称得上是我国历史上有记载的最早的音乐家。夔具有非凡的音乐才能，他受到尧的赏识，尧就提拔他为乐官，主理音乐舞蹈之事。

夔不但掌管音乐舞蹈，他还亲自教导年轻人，使他们在音乐方面的才能也能得到发挥。夔敲起石磬，顿时乐声悠扬，周围的年轻人都有跳舞的冲动。于是，夔就让大家扮成百兽边歌边舞，一时间舞姿翩翩，景象好不热闹。

一次，夔到山间游玩，那里树木葱翠，百花齐放，他从没见过如此美丽的景色，就在山间徘徊游玩，流连忘返。正当夔玩得高兴的时候，他突然听到前边的溪水发出清脆的响声，就快走到前方去。等到他到了以后，发现眼前又是另一番景色，有泉水从山间"叮叮咚咚"地流下，在山下汇集成一条小溪，向远方流去。溪水在流的时候和周围的岩石撞击，发出清脆的响声。夔忍不住被这声音迷住了，这声音沁人心脾，他又怎么能放过呢。

回去以后，他受山川溪谷流水声的启发，就作了一首乐曲，名叫《大乐章》。每当他演奏的时候，人们都会聚精会神地听，完全沉醉在他的音乐之中。人们还说，听了夔的曲子，他们自然而然就能心平气和，再苦恼的事情都能烟消云散，还能减少无谓的争端。一时间，这首乐曲流传得相当广泛。

夔还有一种本领，就是他敲打石块和石片的时候，也能创作出乐曲来，这个乐曲不是给人听的，而是给飞禽走兽们听的。每当这时，它们就从远方赶到夔的面前来，忘情地跳起舞。而且百兽们竟然还能和着夔的节拍，或急或缓，丝毫不乱，这真的令人难以置信。

夔不但是乐舞的组织者和指挥者，而且有高超的音乐演奏才能，编导了具有当时最高水平的乐舞《箫韶》。相传这部乐舞一直流传到一千多年以后春秋战国时期的齐国，孔子听后赞叹曰"韶尽美矣，又尽善也"。由此可见，夔的音乐才华非比寻常。

重明鸟驱妖除怪

重明鸟是中国古代神话传说中的神鸟。它的形状像鸡，鸣叫的声音像凤凰，这只鸟的两个眼睛中都有两个眼珠，所以叫作重明鸟，也叫重睛鸟。它的力气很大，能够搏逐猛兽、辟除猛兽妖物等灾害。旧时新年风俗，画只鸡贴于门窗之上，其实就是重明鸟驱妖逐怪之意。

尧晚年的时候，一日，羲仲来奏，说祇支国派遣使者前来进贡了，帝尧忙安排召见。祇支国这次进贡的是一只怪鸟，形状和鸡差不多，两只翅膀上的羽毛几乎全部脱落了，只剩了两只肉翅，形状相当难看。帝尧心想他从远道前来进贡，必有特异之处，便问那使者道："此鸟叫什么名字？有什么特异的功能吗？"那使者道："这只鸟的两只眼睛中都有两个眼珠，所以叫作重明鸟。它的力气很大，能够搏逐猛兽。它叫起来的声音和凤凰差不多，只要听到它的叫声或看到它，一切妖魔鬼怪都会远远地躲开了，再不能来害人了，它其实是一只神鸟。所以国君特意派臣前来贡献，希望您能收下。"帝尧又好奇地问道："它的羽毛还没长全呢，竟然还能捕逐猛兽？"

使者正准备回答的时候，这重明鸟似乎听懂了尧的话，有点生气，顿时引吭长鸣，声音果然像凤凰；它突然又将两只没长全羽毛的肉翅膀，腾举空中，绕殿飞了一圈，又飞出了皇宫，一边飞，一边叫。凤凰和鸾鸟听了它的鸣叫声，也一齐飞了起来，发出鸣叫声，与重明鸟唱和，声音和谐，非常悦耳。这时叔均在殿上，看见重明鸟从大殿飞了出去，不禁叫道："这只鸟逃走了吧！"那使者笑着说道："不会不会，它一会儿就回来了。"过了一会儿，重明鸟果然又飞了回来。此时，在殿前的侍卫，忽然看见空中有无数鸟群向北面飞去，非常迅速。他们感到很奇怪，经过打听，才知道都是枭鸱之类的恶鸟，这些恶鸟因为听见了重明鸟的叫声才逃到荒漠去的。从此，重明鸟所在的数百里之内，再也没有了恶鸟，真是奇怪之事。

帝尧知道这种情形以后，知道重明鸟果然是神鸟，便问使者道："它的羽毛终年如此吗？"使者道："不是。它的羽毛有时长，又有时落，此时正是它解翮之时，所以才这样。"帝尧道："那么它吃什么？"使者道："通常它在外面，不知道吃什么。如果是人来喂它，需要给它吃玉膏。"于是，帝尧君臣就开始商量留养重明鸟的方法。帝尧道："它是神鸟，和鸾凤一样，不可以把它关到笼子里，委屈了它，还是把它放在外边，让它来去自由吧。况且还要用玉膏来饲养它，有点奢侈，让它自己觅食岂不更好？"

群臣听了，觉得很有道理，于是就将重明鸟安放在树林之中，让其自由生长。那重明鸟从此飞来飞去，但是总是在都城附近几百里的范围内。这里的所有猛兽，如豺狼虎豹之类，都被它搏击殆尽，百姓们来来往往，既安全，又便利了。百姓家里偶尔有妖异或不祥事情发生的时候，只要重明鸟一到，马上就好了，不祥之事，也烟消云散了。如果山林水泽中有猛兽为患时，只要听见重明鸟的叫声，猛兽无不遁逃，因此人们就将重明鸟奉若神明，没有一家不洒扫门户，期待着它能飞过来。

那重明鸟在帝都住了一段时间，忽然飞走了，回到原来的国家去了。此后，一年之中它总会来一次，再到后来几年之中才来一次。它没有来的时候，聪明的人们就想了个方法，用木头雕出一个重明鸟的木像，或画出重明鸟的样子，把这些雕像或者门画安放在门和窗户之上。

令大家没有想到的是，这个方法果然很灵验，一切妖魔鬼怪都不敢靠近了，都远远地躲开了。

仙人

仙人是经常在槐山上采药的一个老人。他浑身上下长着浓密的长毛，足足有七寸厚。他的两只眼睛也变成了方形。可以朝不同的方向看。十分喜欢吃松籽，还常年吃草药，所以他的身体非常好，脚步轻盈，奔走如飞，就连马都跑不过他。

仙人是个善良的老人，他看到尧每天为百姓操劳，身体也日渐消瘦了，十分心痛。他就想到槐山上去采一种松籽献给尧，据说吃了这种松籽可以延年益寿。于是，就独自到山中去寻找。他看到峭壁上有一棵老松树，心想吃了它的松子肯定不错。他眼前又浮现出尧忧国忧民的样子，他紧皱眉头，消瘦的脸庞，……决定冒一次险，采下那些松籽。于是，他费了很大的劲爬到那棵树上，采松籽，一颗一颗仔细地收集着。

等采完以后，天都快黑了，于是他就先回到家中休息。第二天一早，起床以后他就带上这些松籽去找尧。门口的守卫刚开始不让他进去，等他说明来意，守卫们都被感动了，想想辛苦的尧，就让他进去了。进去以后，看到尧还在操劳国事，头发似乎比以前更白了。他献上自己采来的松籽，并告诉尧要按时吃，它能够延年益寿，保持身体健康。尧被老人的一片诚心打动了，收下了这些松籽，并答应一定会吃下。

送走以后，尧继续忙他的政务，很快就把松籽的事情忘记了。送的这些松籽不是一般的松籽，那都是超过三百年的老松树结出来的果实，吃了真的能延年益寿，而且那还是冒着生命危险采下来的。结果尧忙得忘了吃，时间一长他就更不记得了。一次，下人打扫的时候看到了这些松籽，就问尧还吃么，尧想都没想就和下人说，你要想吃就拿去吃吧。下人听了特别高兴，千恩万谢地拿着松籽走开了。

后来，那个下人因为吃了送来的松籽，身体特别好，据说他活了三百岁。而可怜的尧，他整日为国事操劳，又没有很好地补充营养，活了一百多岁就离开了人间。一片好心，也没能让尧多活几年啊。

击壤老汉的议论

尧在位期间，真是日理万机，整天都在为国事操劳，也给百姓们创造了很好的生活环境，百姓们都很爱戴他。但是说来也很奇怪，也有并不感激他的怪人。

传说，有这么一个老汉，他已经八十多岁了，身体依然还很健康。这个老人童心未泯，总喜欢在大路上玩丢木块的游戏，每次一玩就是半天，而且腰不疼，腿不酸的，大家都很羡慕他。在当时，这种游戏被人们叫做"击壤"。游戏是这么玩的：先把把两个木块削成上尖下阔的形状，大概和鞋子的形状差不多。一块放在地上，一块拿在手里，站在三四十步远的地方，把手里拿的木块掷向地上放的木块，打中地上的就算赢了。在当时，小孩子们最喜欢玩这种游戏了，街头巷尾，到处都是玩游戏的孩子们。

可这老汉偏也喜欢混在孩子群里玩游戏，每次玩得还很高兴，孩子们也都乐于和他玩。一次，老头又在路上玩得起劲时，一个在一旁看热闹的路人非常感慨地说道："咱们的皇帝尧，真是个少有的好皇帝呀，看这太平盛世，人人安居乐业，生活多么幸福啊。看这老头子玩得多开心，你看他还像个孩子般的天真烂漫。"大家纷纷点头，认为这个人说得很正确。可这老头在一旁听了，非常不高兴，停下来就跟这个路人理论："我不知道你说这话是什么意思，我和尧可没什么关系。我每天日出而作，日落而息，自己种菜种粮，我有饭吃那也是我自己种出来的。就连我喝的水，也是自己挖的井。现在我倒想问问你，我生活得很快乐，这和尧有什么关系吗？即使没有尧，我还依然这样生活。"那个人想了想，觉得老头说得也有道理，他在一旁竟无言以对了。

其实老头说的并不是完全正确的，要不是尧治国有方，天下太平，老头怎么能有这么惬意的生活呢？他不知道感恩，还如此振振有词，实在是不应该啊。

许由和巢父

尧的儿子丹珠凶狠残暴，因此尧不打算把帝位传给自己的儿子，他准备寻找一个德才兼备的贤人来作国君。在没找到舜之前，尧听说许由很有才干，是治理国家难得的人才。尧就决定亲自去拜访许由，他一个人辗转了很久才找到了许由的住处。尧看到许由的时候，认为自己真是找到贤人了。这个许由不仅长得一表人才，英俊潇洒，而且为人行事也甚是得体，这更坚定了尧让位给他的决心。

尧向许由说明了他要禅让帝位的意图。许由是个孤傲清高的人，他连忙摆手，说道："我许由何德何能担此重任，您还是另找高明吧。"尧走后，许由趁着天黑连夜跑到了箕山。这箕山脚下有个颖水，景色秀丽，许由就在这个地方住下来了。

尧见许由不肯接受帝位，还躲了起来，知道自己再去也不太合适，就派了身边两个大臣去找许由。许由见尧又派人来找他，很不高兴，但是又不能赶他们走，只得勉强接待。来人对许由说："尧知道你不肯接受帝位，但是他想让你去作九州的州长。"清高的许由听到后极其厌恶，连忙跑到了颖水边上掬水来洗自己的耳朵。

此时，他的朋友巢父正好牵着一头小牛到颖水边上饮水，他看到许由这个怪异的行为感到很奇怪，就问他其中的原因。许由说："前段时间尧找到我，要把帝位传给我，我不答应，就跑到了颖水躲了起来。但是，今天他又派人来找我，让我去作九州的州长，我讨厌他们老是来烦我，说这些我不爱听还惹人恼的话。所以，我就到颖水边上来洗洗耳朵。"巢父听了他的话很不以为然，从鼻孔里小声地哼了一下，说道："得了吧，老兄，你要是一直居住在深山穷谷，存心不想让人们知道的话，那怎么还会有人来烦你呢？你整天在外边东游西荡，就怕别人不知道你，有了好的名声，别人找你做官，你却跑到这里洗耳朵，别装清高了，把水污染了，可千万别脏了我小牛的嘴巴！"

说完，巢父就径自牵着小牛到上游喝水去了。许由听了巢父的话，一气之下，干脆就隐居到了箕山之上，从此再也没有出来过，他死后也葬在了箕山之上。现在，箕山上还有许由的墓，山下也有个牵牛墟，颖水旁边还有一个泉叫犊泉，这泉边的石头上还有小牛的足迹，那就是巢父从前牵牛饮水的地方。

第九章
后羿和嫦娥

十个太阳的恶作剧

女娲补天之后，人类过了很长一段时间的幸福生活。后来，黄帝出现了，打败了蚩尤，统一了华夏民族。又过了一段时间，华夏民族出现了一位非常贤明的领袖，叫做尧。在尧统治初期，人们的生活十分幸福。

突然有一天，天上一下子出来了十个太阳，而且不分昼夜地照射着大地。人类又一次面临着巨大的灾难。江河湖海干枯了，土地庄稼烤焦了，人们一个个被太阳烤得喘不过气来，很多人因为炎热而死。这时，那些曾经被女娲娘娘制服的毒蛇猛兽们，又趁机作乱。它们从森林和江湖的老窝中跑出来，四处寻找自己的食物。由于人们失去了抵抗能力，所以只能眼巴巴地看着自己的亲友被妖兽吃掉。人们生活苦不堪言。

到底是怎么回事呢？天上怎么一下子出来那么多太阳呢？

原来，是帝俊和羲和的十个太阳儿子在搞恶作剧。

这十个太阳生活在东方海外的阳谷，也就是汤谷。那里边的水每天都沸腾着。羲和每天都在这里给十个太阳儿子洗澡，把他们洗得干干净净，好在天上发出灿烂的光芒，照耀大地。

汤谷的海水中生长着一棵十分特别的树，名叫"扶桑"。它是十个太阳的家，要住下这么多的太阳，这棵树确实很大，有几千丈高，一千多围粗。这十个太阳曾经商量好了，每一天都是九个太阳住在下边的枝条上，另一个则住在树的顶端。十个太阳就这样轮流地出现在天空中，一个太阳回来了，另一个才乘着母亲羲和驾的车子去值班。平时，人们看到天上只有一个太阳，就是因为帝俊和羲和给儿子们安排好了值班的秩序。

大家都知道太阳升起来的瞬间是无比美丽的，但是肯定不知道太阳升起来的过程吧。据说，有一只玉鸡每天都站在扶桑树的树梢上，它每天早上负责叫醒天下所有的雄鸡。当黑夜即将结束，黎明就要到来的时候，这只玉鸡就从睡梦中醒来，张开它的两只翅膀，伸长了脖子，喔喔地叫了起来，这叫声在寂静的早晨是如此的响亮和悦耳。听到玉鸡的叫声后，住在桃都山大桃树上的金鸡也跟着叫了起来。金鸡这么一叫，惊醒了生活在各处名山大川上的石鸡，它们也纷纷叫了起来，石鸡一叫，天下所有普通的鸡就都醒了，一齐喔喔地叫了起来。此时，在千万只鸡的叫声中，海水也不甘寂寞，轰轰地响了起来，一时间世间的万物都被这声音惊醒了，一轮鲜红的太阳就在澎湃的海水和漫天灿烂的霞光中缓缓升起。这应该就是雄鸡一唱天下白的情景吧。

太阳升起来了，新的一天也就开始了。每天的这个时候，勤劳的羲和都会早早地起来，替她的儿子驾着六条龙拉的车子在天上驰骋。太阳在开始一天的工作之前，都会在咸池里洗个热水澡，然后就从扶桑树的下边飞快地升到树的顶端，这个时刻就是"晨明"。到了树的顶端以后，羲和就驾着车子来接她的儿子了，每天都那么准时，不会差一分钟，这个时候就叫"明"。他们母子继续向前进发，到了曲阿这个地方，此时就叫"旦明"。以后太阳每经过轨迹的一个重要地方，都有一个代表时间的特殊名称。等他们到了一个叫"县车"或"悬车"的地方，羲和就停下车，剩下的路程就让小太阳自己走完。但是，大多数时候羲和是不放心儿子自己行走的，她总是要坐在车上看着儿子走向虞渊，进入蒙谷。当太阳把最后几缕灿烂的金光洒在蒙谷水滨的桑树和榆树上的时候，羲和才安心地驾着车在凉爽的夜风中，穿过云层回到东方的阳谷。回去以后，羲和并不闲着，仍然准备着第二天送另一个儿子去值班，因为新一天的行程马上就要开始了。

羲和每天都监督自己的儿子们去工作，使他们每天严格地按照规定的时间、路线和程序，轮流地去值班。在小太阳们很小的的时候，大家都觉得每天由妈妈陪着完成这么有意义的事情，很温暖也很自豪。但是随着孩子们慢慢地长大，想着每天还要这样轮流地去值班几十年、几百年、上千年，他们突然觉得实在太没有意思了，地上的人们甚至都不知道他们其实是十个太阳兄弟，而不是仅仅就一个太阳。

于是，在一个月明星稀的晚上，这十个太阳聚集在扶桑树的枝条上开了一个会。大家七嘴八舌地发表自己的意见，都觉得以前的工作太乏味了，一个人在天上，连个说话的人都没有，这种一成不变的生活他们打算改变一下。那天晚上，他们就做了一个决定：第二天的早上，要一起出现在天空中，一起玩耍，一起打闹嬉戏。

他们还真是说到做到。从第二天开始，他们不等妈妈羲和驾着车子过来，就一窝蜂地跑了出去。天地间一下子就亮了。羲和这时正好驾着车子来接儿子，看到孩子们的表现，急坏了，她站在车子上大声地呼唤着，希望九个儿子快点回来，可是，这些顽皮又好玩的儿子们此时又怎么会听她的话呢，他们就像从笼子里逃出来的鸟儿，又像脱了缰绳的马匹一样，无忧无虑，自由自在地玩着。

女巫和凶恶的太阳

从那以后，十个太阳每天都齐刷刷地出现在天空中，而且乐此不疲，他们一定以为地上的人们每天都很希望见到他们。但是他们哪里知道，这光明灿烂的阳光一起照射到地面上是多么的炎热，植物被烤焦了，河水被烤干了，人们又热又渴又饿，地上的生物对十个太阳的憎恨达到了极点。

人们只能每天都躲在阴凉的地方，但是这样长久下去也不是办法，食物快吃光了，水也快没了。但是天空中这十个面目狰狞的太阳却没有丝毫离去的意思，他们就这样一直炙烤着大地。人们终于忍受不了了，在无计可施的情况下，只好按照当地的风俗习惯把一个女巫抬到附近的小山顶上去暴晒，据说这样就可以下雨了。

这个女巫叫女丑，是当时最有本领，也最神通广大的一个女巫，人们都很崇敬她。女丑还有两只神兽来帮助她，一只是龙鱼，一只是大螃蟹。这只龙鱼的名字叫鳖鱼，长着四条腿，形状有点像娃娃鱼，但是却比娃娃鱼大得多也凶猛得多。这个鳖鱼就像它的主人一样，也有神通。它既能生活在海洋里，也能生活在陆地上，其实就是咱们说的水陆两栖生物。这种鱼真的很大，大到一口气能吞下一艘船。它的武器就是脊背和肚子上长的三角形的尖刺。据说只要它一出现在海面上，就有大风大浪。女丑平时就骑着这种怪鱼，腾云驾雾，在天空中飞行。此外，她还有一只大螃蟹，这只大螃蟹生长在北海，长着千里宽的背，它也随时听候女丑的差遣。

还是说说人们让女丑去求雨的事情吧。当时人间的情况十分危急，人们就自发地组成了一个小组织，想用自己的办法来解决这个危机。选出一个领导人之后，他们就开始了自己的计划。他们先去找了神通的女丑，希望她能主动出来求雨。但是，女丑似乎也没有很大的把握，犹豫不决，一下也拿不定主意。后来，人们实在没办法了，就强行把女丑带出来，让她求雨，奇怪的是女丑也没反抗。

在郊外的路上，一大群人抬着一顶彩轿，里边坐着的就是女丑。人们按照当地的风俗，把她送到郊外的山顶上举行求雨仪式。女丑则打扮成旱魃的样子，一路上嘴里都念念有词，但是她的眼睛里似乎也流露出一丝恐惧和不安。转眼间，人群就到了小山坡上。就在几天前，这里还充满了了希望的绿色，可是此刻这里所有的植物都枯死了，连一片绿色的草叶也看不到。人们围成一个圈，跳着、嚷着、敲打着钟磬，做着一些法事。同时，还有几个人把打扮成旱魃的女丑放到了光秃秃的山顶上，人们早就在那里给她准备了一张草席，让她独自在山顶上求雨。人们四散开去，躲到附近的山洞和树穴里，一边监视着女丑的行动，一边他们还满怀希望地等待着奇迹的发生，他们是多么期盼一场久违的甘霖啊。

时间一分一秒地过去了，天上的十个太阳依然火辣辣地照着大地，他们的旁边居然连一丝云彩都没有，更别说能够下雨的乌云了。坐在草席上的女巫，她平时神通广大的本领现在不知道哪里去了，她已经狼狈到了极点。脸上、身上不停地流着汗，衣服也湿透了。刚开始的时候，她还在那里喃喃地祈祷着什么，可是一段时间以后，人们看到她伸长脖子，张着嘴巴，喘着粗气，她把两只胳膊举起来，用两个大袖子来遮蔽毒辣的阳光。又过了一会，等人们再注意女丑的时候，看见她的身子左右摆动了几下，突然一头栽到地上，抽搐了几下，就昏死过去了。大家看到这种状况，急忙上前去看，女巫已经没了呼吸，她居然被这十个凶恶的太阳晒死了。

女丑这么一死，人们连最后一丝希望都没有了，一时间都陷入了绝望的境地。天上的十个太阳依然火热、毒辣地炙烤着大地，但是人们却没有任何办法对付他们，只能眼看着他们作威作福。除了这十个太阳给人们带来的干旱和灾难以外，一些可怕的怪兽，如九英、大风、修蛇等，也纷纷从火焰般的森林里、沸腾的江河中跑了出来，危害人间。它们出现在各个地方，肆无忌惮地残害着处于痛苦中的人们，使本来就活不下去的人们的生活雪上加霜。

帝喾派遣羿为民除害

十个太阳每天依然一起东升西落，这样的日子对太阳们来说是幸福的。但是人间的灾难却依然继续着，人们每时每刻都活在痛苦和绝望中。已经有好几个月滴雨未下了，住在简陋茅屋里的尧，每天寝食难安。尧所遭受的痛苦，比普通的百姓还要大，因为这痛苦不仅仅是身体上的，还有精神上的。众所周知，尧是一个爱民如子的好皇帝，他怎么可能眼睁睁地看着人们生活在苦难之中呢？但是，他的力量毕竟是有限的，他只是一个平凡人，也没有能力和天上的太阳较量。尧每天都在想办法解决当前的困境，可是又有什么办法呢？本来尧也寄希望于女巫，希望她能求雨成功，但是令他没想到的是，女巫竟然被晒死在太阳底下。现在，他每天只能虔诚地向天帝祷告，希望能结束这种局面。

帝喾虽然在天上，但是他对人间的情况还是很了解的，他派人特地观察尧在人间的情况。此外，尧的祷告他也能听见，这些情况让天帝惶恐不安。帝喾曾经警告过这些顽皮的儿子们，甚至还恐吓过他们，但是他们似乎并不怕帝喾。在他们看来自己毕竟是天帝的亲生儿子，除了父亲别人根本拿他们没什么办法，也就没有什么好怕的了。帝喾真的像孩子们想的那样，他不舍得处罚他们，就只能放纵他们了。帝喾的放纵，对孩子们来说是仁慈，但是对地上的人们来说则是残酷的。帝喾每天都希望孩子们厌倦这种生活，然后还能遵守他和羲和为他们制定的秩序。但是，他总是不能如愿，地面上人们的祈祷总会时不时地传到帝喾那里，这让他很烦心，但是又不知道该怎么办。

地上的人不好过，天上的神也好不到哪里去。终于，神仙们不肯袖手旁观了，他们都认为这十个太阳的行为实在太过分了，不但给人间带来了痛苦，现在也给他们的正常生活带来了麻烦，他们就一个接着一个地去找帝喾告状。刚开始，帝喾还可以装作对这事不太了解，敷衍一下就过去了，但是架不住这么多神仙都找他告状，帝喾觉得不能再纵容孩子们胡闹下去了。否则，不但孩子们会受到惩罚，甚至有可能还会危及到自己的宝座。于是，帝喾就在神国中找了一个擅长射箭的天神到人间去，想让这些孩子们吃点苦头，让他们不再任意妄为。此外，帝喾还希望他能帮尧解决一下人间面临的困境。

帝喾派下去的这个天神叫羿。关于羿大家肯定都不会陌生，这是一个箭法高明的天神。他是当时所有神和人中射箭最厉害的人，即使是一只小小的蚊子从他面前飞过，他都能准确无误地把它射落。羿的箭法出神入化，他要想射中一只蚊子就绝不会射中一只苍蝇；他要想射中一个苹果，就绝对不会射中一个梨。羿是天生的神箭手，因为他的左臂生下来就比右臂长，这对于弯弓是有极大方便的。

临行前，羿跟天帝提了两个条件。"天帝，我有两个小小的条件。第一，请您把您那把具有神奇力量的红色大弓赐给我，同时还要赐给我十只白色的神箭。因为我要用这些东西把那十个可恶的太阳射下来。"天帝点了点头说："好！这是应该的，我答应你的条件。那么第二个条件是什么呢？"

羿接着说："第二，请您允许我带着我的妻子嫦娥一起前往人间。因为如果把她独自留在天上，她会非常寂寞的。"天帝又答应了他的请求。就这样，羿背着红色的大弓，拿着十只白色的神箭，带着妻子来到了大地上。

羿射九日

羿带着自己的娇妻嫦娥驾着祥云来到了人间。

他们径直来到了尧的茅草屋前。刚到的时候，羿还以为自己找错了地方，这么简陋的地方怎么可能是尧的住所，这和天上帝喾的宫殿差距也太大了吧，虽然人类的力量有限，但是也不至于穷到这种程度吧。于是，他就找了一个凡人问了下，还真是大吃一惊，因为这里的的确确是尧的"宫殿"。羿心想这是一个什么样的王呢，我得见识一下。他敲了敲虚掩着的破木门，一个孱弱的声音说道："请进。"他和嫦娥一进门就看到一个愁容不展的老人坐在书桌面前思考着什么。由于长时间的操劳他眼睛里布满了血丝，面露倦容，双眉紧锁，这个人就是尧。当他得知来的人就是帝喾派下来的天神以后，立马来了精神，大喜过望，他知道自己的国家就要得救了。

尧就带着羿和嫦娥一起到外边去看看人们艰难生活的情景。那个场面真是惨不忍睹啊！可怜的人们，在十个太阳恶毒地炙烤下有的昏死过去，有的躺在地上奄奄一息，大家现在都瘦得皮包骨头了。除了这些可怜的人们外，现在甚至看不到一只小鸟或兔子之类的小动物了，可能他们也找地方藏了起来了，也或许已经热死了吧。当人们得知这个魁梧强壮的人是天帝派下来拯救他们的天神的时候，大家瞬间都有了精神，重新找到了活下去的希望。远近的人们不顾太阳的毒热，都赶到了王城所在的地方，聚集到了广场上，大声地欢呼呐喊着，这喊声震耳欲聋，他们要求羿早点把他们从这种苦难中解救出来。

羿现在才真正体会到人们的痛苦，每天在烈日的煎熬下，不知道自己下一秒是生还是死，要不是自己来到人间，他们连活下去的希望都没有了。站在广场上，听着人们的呐喊声和欢呼声，羿热血沸腾，有一刻他甚至有拔出弓箭的冲动。但是帝喾的声音在羿的耳边响起。临行前，帝喾有点为难地看着羿，虽然难以启齿，但还是向他道出了心声，他希望羿到人间只是吓唬一下自己胡闹的儿子们就好，他还嘱咐羿对待这些孩子们要手下留情，实在要动手，也不要全力以赴，千万不要弄伤了他的宝贝儿子们……

羿在思考，也在纠结，他看着这么多受苦的人们，终于下定决心采取行动。羿走向广场中间的时候，脚步是坚定和沉稳的，就像他的决心一样。聚集在广场上的人们，瞬间都安静了下来，他们充满希望地注视着羿，眼里充满了虔诚的期待。

羿抬起头，看着天上的太阳高呼道："天上的十个太阳，你们听好了！我是天帝派来的使者羿。你们知道吗？因为你们的原因，地上的人类遭受了莫大的灾难。如果你们知趣的话，赶紧走吧！"

本来这十个太阳应该见好就收，可是事实上它们却根本没把羿放在眼里。只听它们在天空中叫喊："你在这里吓唬谁啊？我们就是不走你能把我们怎么样？你拿着弓箭干什么？你以为你能射到我们？你站的山确实挺高的，不过离九万里的距离还差得远呢？你的弓箭只能用来打猎！哈哈！"

羿听完以后，气得火冒三丈，心想："既然你们如此不听劝告，那就不要怪我无情了。"

羿从肩上取下了那张红色的弓，这张弓在炎炎烈日之下发出耀眼的光。他又取出了一枝白色的箭，搭上箭，拉满弓，对准天上红得耀眼的太阳，只听嗖的一声，箭就离了弦，向其中一个太阳冲了过去。过了一小会儿只见天上布满了火球，无数金色的羽毛也漫天飘了下来，原来是一个太阳爆炸了。突然，"砰"的一声巨响，一个火球掉在了地上。大家跑过去一看，是一只被箭射中了的巨大的乌鸦，它浑身金黄色，还长着三只脚，就是金乌了，它是太阳的化身。

大家抬起头一看，果然天上只剩下九个太阳了，大家都齐声笑了起来，别提多高兴了，人们发出巨大的欢呼声和喝彩声。

羿已经射下来一个太阳，就不在乎再多射几个了。人们的欢呼声再次让他热血沸腾，他又搭上箭，拉开了弓，向天空中另一个正在瑟瑟发抖的太阳射了过去，一枝枝白色的箭像一道道闪电窜入空中。只见，天上的火球一个接着一个地爆裂了，火星四射，数不清的金色羽毛飘了下来，金乌也一只只地掉到地上，天上太阳的数量越来越少，地面上的温度越来越低，越来越凉爽，人们的热情也达到了空前的程度，欢呼声响彻云霄。

正当他准备射第十支神箭时，站在旁边的尧突然说话了："羿！且慢动手，我觉得我们应该留下一个太阳。如果没有了太阳，那么我们也就不能生存了！"羿点了点头，说："这十个太阳固然可恶，可是大地也需要阳光的照耀啊！嗯！还是留下他吧！"于是，羿对最后一个太阳说："我可以留下你，不过你要答应我，以后必须按时升起，按时降落。如果再有什么差错，我一定会把你射下来的。"第十个太阳哪里还敢讨价还价，连忙点头称是。从那以后，世界上就只有一个太阳了。

羿替人们消除了灾难，成了人们心目中的英雄，各家各户都争相拿出礼品送给他，并表示会永远永远地崇拜他。羿为人实在，也没过多的考虑就答应了人们的请求。

羿捕杀六大怪兽

羿把太阳射下来以后，人间最大的灾难已经过去了。但世间并不太平，还有各种的怪兽在祸害人间，羿现在要做的就是替人们除去这些怪兽。

在当时，中原一带最凶狠的怪兽形状像一只牛，身子是红色的，还长着一张人的脸，马的蹄子。它嚎叫的声音很奇怪，就像是婴儿啼哭，它要是饿了就抓人来充饥。人们只要一提起它都胆战心惊的，如果有人倒霉遇到了它，那就必死无疑了。刚出现的时候，总是躲在草丛里或者是树林里嚎叫，因为它的叫声像婴儿的哭声，所以善良的人们就以为是谁家的孩子遗失了，忙赶过去看看，怕孩子晒坏了。但是令他们没想到的是，这样一去就再也回不来了。用这种把戏骗了很多人，它残害的人已经不计其数了，但是没有一个人能制服得了它。曾经有许多年轻人结伴去捕杀它，但是却再也没回来。

这个本来也是天上的神仙，不知道是什么原因，他被负贰神和另一个人谋杀了。但是他死后，却被昆仑山上的一个巫师救活了，复活之后他就跳到了弱水里，变成现在这副怪模样。它虽然样子丑，但是本领还在。只是现在它遇到了羿，看来是凶多吉少了。事实也是如此，在威猛的羿面前，一切邪恶的怪兽都不会有好结果，也不例外，它死在了羿的箭下。

接着，羿的工作就是到南方一个叫畴华的水泽去杀一个叫凿齿的怪物。凿齿是个兽头人身的怪物，它的嘴里时常吐出一条长约五六尺的舌头，还长着形状像凿子一样的牙齿，这些都是它最锋利的武器。这个凿齿很嚣张，仗着没有人能制服它，就在畴华这一带残杀人民。正当它最嚣张的时刻，羿带着他的弓箭来到了这里。凿齿看到羿时，以为又有一个自不量力的人主动来送死了。它哪里知道面前的这个人是帝喾派下来，射落太阳的天神。凿齿拿了一把戈去攻击羿，只见羿不慌不忙地射出一枝箭，正好射到了凿齿拿戈的那条胳膊。这畜生见情况不妙，立即拿起了一面盾牌，想慢慢靠近羿使然后用它的舌头和牙齿来攻击。但是，羿绝对不是等闲之辈，一眼就识破了它的伎俩，他使出全力射出一箭，只见这枝箭不但穿透了盾，还穿透了凿齿的身体。轰的一声，凿齿倒在了水泽之中。羿靠他的勇敢和所向无敌的箭，杀死了凿齿这个怪物，又为人间除了一害。

北方的凶水有一个叫九婴的怪物。这个九婴是长着九个脑袋的水火之怪，它不但能够喷水，还能吐火，人们在他的蹂躏下吃了不少苦头。羿知道后，就带着他的弓和箭来到了这里，准备和它激战一场。九婴果然很凶悍，它看到羿的时候，就用它的九张嘴往外喷水，想用这种方法来淹死羿，可是它的想法太简单了，羿是这么好对付的吗。此时的九婴就像一个喷水的莲蓬头，样子很滑稽，只见羿举起了红色的弓，立刻形成一个无形的屏障，把水都给挡了回去，反而把九婴自己给淹了。恼羞成怒的九婴见喷水对付不了羿，就开始吐火，顿时火光四起，都向羿冲了过去。说时迟，那时快，羿瞬间射出了一枝羽箭，穿过重重烈焰射中了九婴的心脏。九婴就这样死在了波涛汹涌的凶水之上，而羿却毫发未损。

在凶水的附近有座奚禄山，当羿就要从它面前经过的时候，它却轰然崩塌了，山石中间有一个东西在太阳底下闪闪发光，羿感到很好奇，还以为是什么怪物施的妖法呢，他就走过去看了看，原来闪光的是一个精美的玉扳指。羿如获至宝，连忙把这扳指套在了右手的大拇指上，大小还出奇的合适，这让羿很高兴。扳指对射手来说非常的重要，那是用来钩弦的。羿以前用的扳指是象骨做的，因为象骨即坚固又耐磨，使用的时间比较长。现在羿在奚禄山得到的这个玉扳指，是天然形成的一块不加雕琢的美玉，自然要比象骨雕成的扳指名贵不知道多少倍。这块美玉在山中不知道等了多少年，终于等来了自己心仪的主人，然后破山而出。羿得到这个扳指可谓如虎添翼，他更加地神勇了。

羿在回来的路上经过东方的青丘之泽时，正好遇到一只叫"大风"的鸷鸟在那里危害人间。这个大风，就是一只大孔雀。那时候，在青丘之泽这一带经常有孔雀出现。但是不是所有的孔雀都是温和和友善的，在它们的种群中，有一种孔雀长得特别大，性情非常凶猛，经常伤害人和牲畜。它的翅膀也非常大，无论它掠过哪里都会有大风相伴，所以大家就叫它"大风"。其实这是一种出于对它的厌恶才取的名字，它带来的大风经常能毁坏人们的茅草屋，还会吹倒大树，吹坏人们的庄稼。有时它还会主动袭击赤手空拳的人，不但会啄伤人，还会用它的大翅膀打人，往往会使人伤痕累累。大家都对它讨厌到了极点。

羿一看便知道这只鸟不但力气大，而且擅长飞翔，恐怕一箭不能把它射死，这样下去恐怕会很麻烦。羿就想了一个办法，他在箭的尾部系上了一根非常坚固的绳子，然后他就在大风经常出没的区域里找到一个地方藏起来，等大风从他附近飞来的时候，就一箭射中它。果然，羿将箭射进了大风的胸部，趁势他使劲地拽着绳子，把大风拽了下来，羿拿出一把锋利的宝剑，把大风砍成了好几段。就这样，羿杀死了大风，又为民除了一害。

羿又听说在南方的洞庭湖中有一条巨蟒在祸害周边的渔民。这种蛇到处都有，它们一般有百丈长，有碗口那么粗，凶猛无比。洞庭湖中的这条大蛇叫"巴蛇"，长着黑色的身子、青色的脑袋，据说它曾经把一只毫无防备的大象给吞到肚子里。这条大蛇整整消化了三年，才把大象的骨头吐了出来。因此它凭着自己的本领，在洞庭湖里兴风作浪，不知道弄翻了多少艘船，也不知道吞噬了多少人的生命。

羿也觉得遇到这种对手令他很头疼，但他还是一往无前，英勇无畏。羿就独自驾了一艘小船，在洞庭湖里找寻那条大蛇的踪迹。他找啊找啊，在湖上找了半天，终于发现前边有一个巨大的蛇头伸出了水面。这条蛇正漂浮在湖面上，昂着头，吐出火焰般的舌头，等待着食物的来临。在它的旁边，掀起了一排又一排的浪花，蛇似乎觉察到了羿，就向着羿的小船慢慢地游了过来。羿看到眼前的情景，连忙向着它射了好几箭，虽然箭箭都射中了要害，但怎奈这条蛇实在太大了，一时也死不了。它拼命地向羿游了过来，一直来到了羿的船边上。羿急忙拔出宝剑，和这条凶猛的大蛇展开激烈的战斗。几个回合下来，羿就将这条大蛇斩成了几段，整个洞庭湖的水都被这条蛇给染红了。等候在湖边的人们，看到羿杀死了这条大蛇都发出了热烈的欢呼声，迎接羿的胜利归来。后来，人们从湖中把蛇的骨头打捞了起来，在岸边堆成了一座小山，这条蛇真是大啊，难怪能吞得下一只大象。

还剩下最后一只很厉害的怪兽，就是桑林里的大野猪。这个野猪不但长着长长的牙，还长着锋利的爪子，它的力气比牛还要大。这头野猪时常跑到地里去毁坏庄稼，不仅这样，它还经常吃人和家畜，附近的居民深受其害，没有不痛恨他的。羿来到桑林以后，人们都非常高兴，期待着羿能把这头野兽给制服了。羿来到这头野猪经常出没的地方，果然看到这只野猪又在糟蹋地里的庄稼，在它的脚下一大片一大片的庄稼都倒下了。这只野猪看到羿的时候显然很兴奋，它以为又有自动送上门的美味了。它把前蹄在地上来回地擦了两下，准备向羿猛冲过去。羿拉开他的弓，连发了几箭，都射在了野猪的腿上。这头又蠢又笨的野兽，哪里能经得住这几箭，立刻就倒在了地上。大家连忙上前，找来绳子，将这只野猪生擒活捉了。人们兴奋地呼喊着，感谢羿帮他们除了这一大害。

羿射下了九个太阳，又除掉了这些危害人间的怪兽，人们对他满怀着崇敬和敬仰的心情。无论是在街头还是巷尾，对羿的赞美都不绝于耳，人们聚集在一起回想着他的英勇行为，把他当成天上最厉害的神仙，世间最大的英雄。尧对羿的感激之情也不用说了，要不是羿，尧的国家现在还不知道怎么样呢。羿也觉得自己没有辜负帝喾的信任，也没有令尧和百姓们失望，他获得了很大的成就感。他想在回去的时候给帝喾带点礼物，想来想去，觉得前几天在桑林捕获的野猪不错，帝喾应该会喜欢吃猪肉的吧。想到这里，他就把野猪宰杀了，做成了鲜美的肉膏。做好以后，大家都认为味道确实不错。羿找来了精细的瓷盘，把肉膏小心地放在上边。然后，就高高兴兴地拿着肉膏出发了。

帝喾见到羿时，沉着脸，看起来很不高兴。羿把用野猪肉做成的肉膏端出来的时候，帝喾冷冷地说了一句："我不喜欢吃猪肉，端下去吧。"羿的心顿时就凉了。虽然他没有辜负帝喾的命令，出色地完成了任务，但是羿似乎忽视了帝喾临行前的嘱咐，不能伤害他的儿子们。羿毫不留情地杀了九个太阳，帝喾怎么会高兴呢，他心里的悲痛，现在大概已经化成了对羿的憎恨吧。就这样，可怜的羿，伟大的英雄再也不能在天上做神仙了。

羿和嫦娥失和

羿自从见了帝喾以后，就失去了继续在天上做天神的权利，他和嫦娥被天帝革除了神籍，贬到了人间，成为凡人。从此以后，不但羿很伤心，嫦娥更是整天阴着脸，觉得是羿连累了她，使她不能在天上继续做神仙，还得在人间受苦。

尧知道羿被贬到人间以后，心里觉得很愧疚，感觉羿是因为帮他和百姓才到了现在连天神都做不成的境地。因此，他派了当时一些比较擅长搞建筑的人，在一个景色比较好的地方给羿盖了一所住房。那是一个两面环水，一面环山的好地方，那里终年景色优美，鸟语花香。他想让羿和嫦娥在这种环境中开开心心，他还想让羿到朝廷里当官，继续为百姓做事。但是，羿婉言谢绝了让他当官的提议，打算在人间过点逍遥自在的生活。

这天，尧命令他手下一个姓王的人带领羿和嫦娥到新的住所去。虽然周边环境还不错，但是房子建得很寒酸，就是几个土坯加上一些茅草。嫦娥见了这个房子很是失望，这怎么能跟她在天上的住所相比呢。那里金碧辉煌，虽说不是天上最漂亮最气派的，但是地上的茅草房是不能与其相提并论的。羿倒是对这些不太在意，他现在只追求一种逍遥自在的生活，希望在这里能过得稍微舒心一点。

羿自己虽然没有丫鬟整日地服侍他，但是他却给嫦娥准备了几个机灵可爱的小丫鬟。对于这些，嫦娥还是比较满意的，但只要她一想到自己由天上的女神变成了地上的村妇，就气不打一处来。现在，她一看到羿就非常讨厌，要是当年不嫁给羿，现在也不用在这里受苦了。嫦娥已经习惯了每天高高在上地俯瞰人间，她总是站在云端看着地上众生忙碌的样子，感到很好笑。但是此刻，估计天上有不少神仙都在看她和羿的笑话吧。

人和神的差距多大啊，神仙降落到人间，从此就不再是神，这么大的遗憾要如何填补呢。嫦娥虽然以前是神，但是她的心胸却和常人一样狭隘。她不但每天自己折磨自己，还时常在羿面前唠叨，和以前那个温柔贤惠的嫦娥仙子判若两人。有时，羿实在受不了这样的唠叨，就独自一人跑到外边去欣赏景色。说是欣赏景色，他哪能看得进去呢，满脑子都是嫦娥的唠叨，往事一幕幕地出现在面前。羿想到自己出生入死地为帝喾效命，除妖战魔，把人们从水深火热中解救出来，但是仅仅因为杀了帝喾的几个作恶的儿子，到最后居然落到这般田地，自然很不甘心。曾经和自己同甘的妻子，现在却不愿意和自己共苦了，越想羿越觉得委屈。

一日，羿从外面散心回来，本来心情很好，想和嫦娥一起好好吃顿饭。自从被贬到人间之后，他们见面的时间就少了，更没有推心置腹地深入交流了。羿让丫鬟们摆了一桌酒席，就亲自去找嫦娥了。他来到嫦娥的窗前，看到她正在里边坐着发呆。他轻轻地来到嫦娥身边，叫了她一声。嫦娥看到面前的羿，本来平静的脸庞马上阴了下来，这让羿有一种不安的感觉。还没等羿开口，嫦娥就先发了话，把她那些曾经在羿面前说了很多遍的话语，又一次说了出来。羿的好心情此刻也烟消云散了，他转身就离开了。

羿和嫦娥曾经的恩爱已经不复存在了，羿虽然想尽力去挽留这份感情，但是他发现，嫦娥的心和他的已经不在一起了，渐行渐远的不只是他们肉体，还有他们的心。他们再也不能像以前那样幸福地生活了。

羿遇宓妃

羿的遭遇，以及他和嫦娥感情的变故，使他的内心遭受了巨大的打击。他曾经冒着生命危险给人们除害，他所立下的功劳之大，很难有人能够超越。但是他却被天帝疏远和冷落，在家中不但得不到一丝安慰，还得每天听妻子的冷嘲热讽。现在唯一使他能够找到快乐的方法就是四处漫游。

每天一大早，他就集合家丁，赶上马车，扬起鞭子，出外漫游了。他们每天要做的事情很简单，就是四处游荡。他们驰骋在绿色的原野上，听耳边呼呼的风声仿佛像演奏的乐曲，十分美妙。他们有时也躺在草地上，羿给这些家丁讲天上的事情，讲得他们对那个神圣的地方充满了向往。每当这个时候羿就有很大的成就感，他觉得自己和这些凡人还是有着本质区别的，怎么说他也曾经是神，曾经风光无限。看着天上的朵朵白云，想想白云背后自己在天上的宫殿，羿就有些心酸了。但是每当他看到天上无忧无虑的小鸟的时候，他还是很开心，如果不是自己射下了太阳，鸟儿们恐怕现在都被烤死了吧。大多数时候，他就在这温暖的阳光下睡着了，睡得很香，很熟。

有时候，他也会带着家丁到山林中打猎，这也是他最放松的一种生活方式。在茂密的树林中，他所有的情绪都能得到释放，他可以旁若无人地大声呐喊，他可以捕杀野兽，展示他高明的箭法，只要一进入这里，羿的情绪就高涨了起来。最有意思的是羿在这里遇到了一个野兽，长着人的脸，老虎的身体，它擅长奔跑却从不伤人。一次，羿在打猎的时候，看到了一只老虎，这令他很兴奋。他一路追寻着老虎的身影，说来也奇怪，如果羿那时射上一箭，这只老虎恐怕就只能躺在一边呻吟了吧。但是羿没有射箭，这次他想生擒了这只猛兽。老虎似乎没有发现羿的追踪，还在自顾自地找寻着什么。

羿一个箭步冲到了老虎面前，挡住了它的去路。此时，羿定睛一看，原来是一个怪兽啊，不是什么老虎，羿的斗志瞬间被激发了起来，他又能除害了。

羿站在一棵高大的树下边，树上有个鸟窝，几只饿坏的鸟正在唧唧喳喳地叫个不停。突然，有个小家伙不慎从窝里掉了下来，羿面前的这个怪兽纵身一跃，将这只没长毛的鸟叼在了嘴里，又顺着树干像猫一样爬了上去，把小鸟放回了窝里。羿被这个场景感动了，他想这个动物虽然长得有点怪，但是本性不坏啊。怪兽从树上下来以后，又来到了羿的面前，竟然还开口说话了。原来，它以前也是天上一个不知名的小神，因为犯了错误被贬下凡间，于是就在这个林子里边安了家。它早就听说了羿的遭遇，现在能在这里相遇也是一种缘分吧，他俩越聊越开心，有点相见恨晚的意思。

以后，羿再出来漫游的时候，都会来这个林子，因为这里有他同命相连的兄弟啊。他就这样一天天地漫游下去，也不做什么正经事，在大家的眼里，羿已经开始堕落了。

一次的偶然的机会，羿在漫游的过程中到了洛水，遇到了那里美丽的女神宓妃。宓妃本是伏羲的女儿，因不幸在洛水被淹死，死后便做了洛水的女神。宓妃是世间少有的美人儿，她的美丽引得无数文人的赞美。曹植就曾在《洛神赋》中写道："她的体态轻盈，如惊飞的鸿雁，又像是乘云升天的天骄游龙。远远望去，光耀得如同天空艳丽的朝霞；近看之，则又像是绽放在碧波间的白莲。她的身材肥瘦适中，长短合宜，肩膀像是用玉斧削成，腰肢像束着光滑的白绢，颀长的脖颈，白腻的肌肤不再需脂粉的妆扮，自然美丽无匹。乌黑高耸的发髻，细长弯曲的双眉，红红的嘴唇十分鲜艳，白皙的牙齿闪耀着光彩，明亮的双眼顾盼生辉，脸颊边还有两个小酒窝儿动人魂魄……"

伟大的诗人屈原也不吝惜自己的笔墨，曾经在《离骚》中这样赞美宓妃：

我叫云师丰隆驾上他的云车，

去寻找宓妃这位旷世美人；

解下我的佩带表达我对她的爱慕，

我请伏羲的贤臣蹇修来做我的媒人。

可是她芳心忐忑，主意没有拿定，

忽然拒绝了我的恳请。

晚上她回到西方的穷石，

昆仑山脚下的弱水发源于那里；

早晨她在洧盘河边洗她美丽的长发，

灿烂的朝阳唤醒了沉睡的崦嵫山。

骄傲的女郎啊隐遁在山林，

空怀着绝世的艳态飘然不群；

唉，她未免太无情又无礼了吧，

我只得离开她到别处去追寻。

从这些赞美的是诗文中，我们可以看出宓妃确实是一个美丽而且不寻常的女子，羿和她的相遇就注定了一段故事的开始。

风流的水神，忧伤的宓妃

羿遇见宓妃的时候，她正和一群女子在洛水的水滨嬉戏，这些女子个个都美丽脱俗。她们正在碧波荡漾的水面上翩然跳舞，这些女子脚步轻盈，可以在水面上自由地来去。羿看到江心的游鱼似乎也因为这些女子的到来而腾跃出水面。水鸟们也在贴着水面飞翔着，它们有时还飞到女子们身旁，和她们一起玩耍。

秋日的午后，凉风习习，看到这样的情景是多么令人心神愉悦啊。这些女子个个都那么天真、活泼、快乐、迷人，羿突然看到只有宓妃有些不高兴，她独自站在岩石上，观赏其他女子玩耍。羿注视着宓妃的脸，她的脸上似乎有一点不悦，有一丝忧伤。她黯然的眼神，凄凉的微笑，使羿的心中掠过一丝疼痛。他想，宓妃这样美丽的女神，应该得到大家的保护和关爱，可她为什么会如此忧伤，落落寡欢呢。

宓妃那天的神情，让羿感到很困惑，因此他决定找出其中的原因。经过多方打听他才知道，原来宓妃是水神河伯的妻子。河伯，名叫冯夷，也是渡河的时候淹死才在这里做了水神。他是一个风流、潇洒、英俊的美男子，长着白白的面孔，修长的身躯，是一个文雅的公子。但是在他身体的下半段长着一条鱼的尾巴，样子和颛顼死后变成的鱼妇差不多。河伯喜欢乘坐用荷叶作篷的水车，在水面上和女子们玩耍嬉戏，他真是一个风流而没任何作为的神仙啊。屈原在《离骚》中曾这样描写了河伯风流的生活：

    鱼鳞的屋顶啊龙纹的厅堂，

    紫贝的门楼啊珍珠的殿房，

    河伯的家啊住在水乡。

    他乘着白鼋啊跟着文鱼，

    和女郎们啊同游共欢娱，

    潺潺河水啊向下奔驰。

在河伯和宓妃之间还有一段鲜为人知的故事。当年，在风和日丽的午后，漂亮温柔的宓妃拿着她的琴来到河边，抚琴弹奏了一曲，曲子和着清风和流水格外地悦耳悠扬，连河中的鱼儿听到都从水里探出头来。这曲子也传到了正在河上游玩的河伯耳朵里，他也为这琴音所陶醉，就循着声音一路找来。他看到河边这个美丽的女子时，感到抚琴人比曲更迷人，这河伯天生就很风流，又怎么能放过年轻貌美的宓妃呢。但是，等河伯来到的时候，宓妃也差不多玩够了，就收拾好东西回家去了。

此后的几天河伯一直在见到宓妃的水边等候，希望她能再次出现。河伯一边等着，一边还在想用什么办法能把宓妃留在自己身边呢，终于有一日，他想到了一个办法。正巧宓妃也带着琴来到了河边，又演奏了起来。看到美丽的宓妃，听到悠扬的曲子，这更坚定了河伯要留下宓妃的决心。他挥动衣袖，顿时河里大浪迭起，一个浪头起来足有好几米。宓妃被吓坏了，她扔了琴准备逃走，河伯怕宓妃逃走，衣袖一挥，一个大浪就将可怜的宓妃卷进了河里。然后，风停了，浪没了，一切都归于平静。河伯连忙沉到水里，救起了被淹死的宓妃，把她带到自己的宫殿里。

宓妃昏迷了几个时辰后醒来了，一睁眼就看到了陪在身边的英俊的河伯，显然，她被感动了，对河伯千恩万谢之后就想回家。可是，宓妃发现自己好像变了，现在走起来轻飘飘的，居然还能飞起来，而且在水下也没有窒息的感觉，要知道她是不会游泳的。宓妃吓得哭了起来，河伯拿出了宓妃的琴，把它递给了宓妃，然后说道："我救起你的时候，你已经淹死了。我是这条河里的水神河伯，也是淹死以后才在这里做水神的，你现在也是洛水的女神了。"宓妃虽然不想当什么洛水的女神，可她也没办法，只能住在水下的宫殿里，每天弹弹琴，发发呆。河伯不停地恳求宓妃，希望她能嫁给自己，起初宓妃不同意，还想回家，但是日子久了，她发现如果不嫁给河伯自己就没有自由，甚至都不能走出这个宫殿。无奈之下她就答应了河伯的请求。

嫁给河伯以后，宓妃自由了很多，还可以到水面河水边上玩。但是，她发现河伯其实不是自己以为的那样，这个水神相当的风流。传说，每年他都要娶辖区内的一名姑娘为妻。每年一到这个时候，女巫会把当地的姑娘集合起来，挑选出最漂亮的一位给河伯当妻子。他们给这个可怜的姑娘穿上漂亮的新嫁衣，然后把她放在河边搭建的斋宫里，供上半个月。到了河伯娶亲的那天，人们就把这个可怜的姑娘用一个竹席包起来，由几个大汉扛着，丢到河里。这个姑娘就慢慢地沉下去，最后消失在河流中。岸边喜庆的新婚音乐和河中姑娘的哀号声交相呼应，听起来是如此的无情和残忍。可怜的姑娘，从此以后就成为洛水的鬼魂，再也不能回家了。附近有女儿的人家都偷偷搬走了，要是送来的姑娘不合河伯的心意，他还要发大水淹死人们。村民们对于河伯的这种行径非常痛恨，但是又拿他没有办法。

宓妃后来才知道自己也是被河伯这样淹死的，心里自然很不痛快，要不是河伯，她现在还在无忧无虑地生活着。眼见河伯还如此残害附近的人民，自己又无能为力，只能默默地悲伤。美丽善良的宓妃，每天都生活在河伯的谎言中，从来没有真正地快乐过。羿和宓妃的相遇，使这两个孤独的心灵彼此中到了慰藉，两个人的感情也就越来越好了。

羿射中河伯的左眼

羿和宓妃的感情越来越好，两个人总是在偷偷地相会。但是世界上没有不透风的墙，河伯和嫦娥很快知道了他们的暧昧关系，这就使两个家庭内部的矛盾更加激化。河伯作为一个水神，妻子和别人好了，自然脸上无光，他责怪宓妃背叛他和羿产生感情，让她停止这种荒唐的关系。河伯责怪宓妃的时候，可能不会想到自己的风流也给宓妃带来了很大的伤害，有谁能容忍自己的丈夫花心、风流呢。而嫦娥也不甘示弱，每天在家里哭哭啼啼，让回到家的羿一刻也不安宁，她想这样或许能够让羿认识到自己的错误，早日回心转意。但是事实上她的这种做法让羿更加反感，于是对宓妃的感情也就更深了。

作为水神，河伯的消息很灵通，他总是让手下的暗探去给他打听消息。他手下的虾兵蟹将不计其数，其中有几种比较特别的暗探：猪婆龙、团鱼和乌贼。他们都是河伯的亲信，时常跑到水面上来给河伯打探消息，也包括羿和宓妃的事情。这些暗探们每次出来的时候，一般会变化成人的样子，穿上华丽的衣服，仪表堂堂，风度翩翩地骑着骏马，身后还跟着由虾兵蟹将变化成的十几个骑着马的家丁。他们这一群人就在水面上疾驰，打探这各种消息。有时他们还会跑到岸上，他们的马蹄到了哪里，哪里就会大雨滂沱，如果没有雨，这些水生物变成的家丁很快就干死了吧。他们所到之处，大水都会淹没村庄和农田。他们每出来一次，附近的人们便会遭受惨重的损失。他们打探出来的消息也不少，河伯也不管他们，乐得让他们出来。最起码，他可以知道自己的妻子宓妃和射日的英雄羿的感情动向。

每次，河伯都听到了他不愿意听的消息，这些消息让他既气恼又伤心，他实在沉不住气，决定亲自出去侦察一下。他思来想去，决定还是不以本来面目示人，因为万一遇到羿就麻烦了。于是他就化作了一条白龙，在河面上游来游去。河伯一露面，河水就泛滥起来，淹没了两岸的村庄和农田，害死了不少无辜的村民。羿此时正好要到洛水找宓妃，看到眼前这般情景还以为是有妖怪作乱，就快步前去查看。羿发现兴风作浪的不是别人，而是河伯，这让他很气愤，心想作为一方神灵，河伯不造福一方也就罢了，怎么能随意伤害人的性命呢。于是，羿拉开弓，朝着白龙就射了一箭，正好射中了白龙的左眼，疼得河伯立马变回了原形，他用手捂着流血的左眼，仓皇而逃。

这次出行对河伯来说打击太大了，"赔了夫人又折眼"，他怎么能咽得下这口恶气呢，就打算到天帝面前去告羿一状。帝喾见到狼狈的河伯真是又好气又好笑，下边发生的这些事情其实他早知道了，只是没料到这个作恶多端的河伯居然还敢到天上来告状。帝喾没给这个可恶的水神河伯留任何情面，而是非常严厉地批评了他，不但没有惩罚羿，还把河伯给赶了下去。

碰了一鼻子灰的河伯回到了自己的家，看到宓妃又在弹琴，就开始冷嘲热讽起来，什么你不去找你的羿在这里干嘛，你们想合谋杀了我之类的话。宓妃看到他瞎了一只眼，自己也感觉有点对不起丈夫，就没和他争吵，自顾自地离开了。从那以后，瞎了眼的河伯再也没给过宓妃一次好脸色。善良的宓妃虽然很爱羿，但是为了两个家庭的和睦，只能终止了和羿的关系，以后只能把对羿的思念深埋在心底，默默忍受河伯的不良行径。

羿得长生不老药

英雄的命运是孤寂的，羿被永远地留在了人间。虽然他是奉了天帝的旨意下凡的，虽然他是为了人类才射死那九个太阳的，虽然从一开始他就没有想过要出风头，但是结果却事与愿违，他在人间的威望太高，没有给别人留下上进的余地。因此，必须接受惩罚。

人间虽然也有很多欢乐，但是终究比不上天庭。羿如今已经是一个凡人了，一个彻彻底底的凡人。他必须每天为生计而奔波，尽管他是英雄；他也会面对"死亡"这个可怕的结局。失落的羿每天的事情就是出去打猎，因为只有这样才能养活自己和妻子嫦娥。

嫦娥的外表是无可挑剔，但她有一个很大的缺点，那就是爱慕虚荣，贪图享乐。不管在人间的日子多么幸福，终究是比不上天界的生活，更何况还要面对死亡呢？最初，嫦娥还能忍受这种"悲惨"的生活，可是时间一长，她越来越怀念天上的生活。她没有欢笑，终日以泪洗面；她每天都抱怨，因为她害怕自己有一天会死去。对于嫦娥的做法，凡人羿只能说一些抱歉的话，因为他现在也无能为力了。

羿是个称职的好丈夫，他时刻都在琢磨着如何替自己的妻子排忧解难。这一天，羿终于想到了一个两全其美的办法。他不远万里，历经千辛万苦来到了自己昔日的故交——昆仑山西王母的住处。

西王母对羿的到来感到十分惊讶，她听说了羿的英雄壮举。西王母问羿："听说你奉了天帝的旨意去射死天上的十个太阳，是不是真的？如果是那样的话，此时你应该在天界啊？而且你的待遇应该比以前更加的丰厚，怎么却落得如此下场呢？"

羿已经对这件事麻木了，只是无奈地说："有什么办法？有谁会记得你以前做过的事情呢？天帝听人说，我在人间的地位太高了，甚至有取代他的可能。你想想这会是事实吗？我一直很敬重天帝，从来没有想过要去谋夺他的位置。"

西王母点了点头，带着几分同情地说："是啊！你一向忠心耿耿，怎么会有那样的想法呢？"

羿笑了一下，他的笑容显得那么无奈。羿接着说："我们是不能左右他的想法的，因为他是天帝！我能做的只是服从他的决定。现在我变成了一个凡人，每天都要出门打猎，日子过得很清苦，而且迟早会离开这人间，因为我早晚会死。"

西王母似乎明白了什么，追问道："你来这里是不是有什么要求啊？需要什么尽管说，我尽量帮忙。"

羿回答说："还不是因为我的妻子嫦娥，她过不惯人间的生活，一心想着返回天界。可那是不可能的。最重要的是，她十分惧怕死亡。我今天来就是想请你帮这个忙。"

西王母犹豫了一下，最终还是决定帮助羿，说："我这里倒是有给凡人服用的长生不老仙药，你现在就可以把它拿去。"说完，西王母就把长生不老药给了羿。

羿接过药后，看了看，问道："怎么？就这么点？这只够一个人的啊？"

西王母无奈地说："没办法，只有这么点！"

嫦娥奔月

在回家的路上，羿的内心作了几次斗争。他也十分想吃长生不老药，可是，这药就只够一个人吃的，如果自己吃了，那么嫦娥就要留在人间，那样的话她将会多么的寂寞和孤独啊？"到底该怎么办？"，羿一直不停地问自己。还没等他想出解决的办法，就已经回到了自己的家中。

嫦娥见羿回来，马上迎了过去，兴奋地问道："怎么样？有结果了吗？"

羿对妻子的表现早有预料，因为他走之前告诉过她自己这次出行的原因。由于没有想好解决的办法，羿只能凭着不高明的技术撒起谎来："啊？哦！没有结果，我去过昆仑山了，但是没有见到西王母。听人说她去别的地方游玩了，这件事以后再说吧！"

嫦娥对丈夫的回答感到很失望，快乐的心情早已经烟消云散了。她哭泣着说："怎么会这样呢？我不相信，我真的不想死啊！你告诉我这不是真的。"

在想出办法之前，这个谎还要撒下去。羿劝他的妻子说："好了，不要哭了！也许……"说到这羿顿了一下，"也许过一阵子西王母就回来了。你放心，我一定会拿回那药的。你先出去吧，我想洗个澡，休息一下。"

丈夫的举动引起了嫦娥的怀疑，她隐约感觉到了什么。不过，她并没有挑明，而是遵照丈夫的吩咐走出了房间。嫦娥偷偷地趴在窗户上，想要看看丈夫究竟有什么事瞒着自己？是不是和自己想的一样？果然，羿的"秘密"被嫦娥发现了，她看见丈夫把自己梦寐以求的长生不老药放了一个小盒子里。嫦娥心中酸溜溜的，她觉得自己的丈夫太自私了。

第二天清晨，羿像往常一样，和妻子道过别后，出门打猎去了。嫦娥此时的心情矛盾极了，虽然她爱慕虚荣，但她还爱着自己的丈夫。她犹豫、恐慌、害怕、焦虑，不知道自己是不是应该打开那个小盒子？是不是应该独吞了那些长生不老药？最后，感性战胜了理性，长生不老的诱惑战胜了自己对丈夫的爱。嫦娥打开了那个盒子，拿起了迷人的长生不老药，然后把它全部吃了下去。

西王母是不会骗人的，长生不老药起作用了。嫦娥感觉自己的身体越来越轻，然后缓缓地向空中飘去。最后，嫦娥落到了月亮上，在那里住了下来，还建了一座广寒宫。开始，嫦娥为自己能够重新过上神仙的生活而感到兴奋，时间一长，她就开始思念自己的丈夫了。因为月亮上只有一只小小的兔子。虽然丈夫答应不会用神箭伤害她，可是她却难以忍受孤独的折磨。在以后的日子里，嫦娥每天都独自一人，闷闷不乐地生活在月亮上。

逢蒙杀羿

逢蒙是羿的徒弟，曾跟随羿学习射术。逢蒙很聪明，因此射术学得很快。没用多长时间，他就可以和师傅一较高下了。羿对自己的这位高徒很是满意，因为自己的射术终于后继有人了。然而羿万万没有想到的是，自己竟会丧命于自己得意弟子的手中。

话说被羿射杀的九个太阳并没有死去，而是化为了九位仙女，等待着时机找羿报仇。当他们得知逢蒙是羿的徒弟之后，觉得可以利用逢蒙来杀羿。逢蒙虽天性聪颖，与羿又有师徒之情，但此人却不是善类。如果在他身上动点儿心思，让他与羿反目就绝非难事。

逢蒙喜欢游山玩水。一天，他出门闲逛，恰好碰到了九位仙女。九位仙女见是逢蒙，喜不自胜。她们对逢蒙百般谄媚，极尽讨好之能事。逢蒙本就是好色之徒，哪扛得住这样的诱惑。意乱情迷之中，他提出了要娶九位仙女的大胆想法。九位仙女没有拒绝，但也没有马上答应，她们对逢蒙说："我们也很想嫁给你，但我们曾经立下重誓，一定要嫁给一位堪称天下第一的大英雄。"逢蒙不解地问："我的射术在如此短暂的时间内已经可以与师傅羿相媲美了，难倒我还称不上天下第一的大英雄吗？"九位仙女摇摇头，说："你的射术虽然与你的师傅不相上下，可是你师傅杀妖魔、射九日，屡建奇功，你却毫无建树，所以你师傅才是天下第一的大英雄。"

听到九位仙女这样说，逢蒙很是懊恼，好胜心驱使他做出了一个歹毒的决定。他面无表情地对九位仙女说："你们等着，我一定会成为天下第一的，到时你们若是不肯嫁给我，我绝饶不了你们！"九位仙女见逢蒙已然中计，心中暗喜，忙说："只要你成为天下第一，我们就一定会嫁给你！"

其实，逢蒙早就对世人对自己的忽视有所不满。为什么自己与师傅技艺相当，但人们却只敬羿而不敬他逢蒙呢？再想到今天九位仙女的话，逢蒙越想越不服气，越想越为自己不平。他必须改变这种局面，除掉天下第一，那么他这个天下第二就可以荣升为天下第一了。当然，他也知道，杀死师傅绝非易事。两个人旗鼓相当，真刀真枪的较量很难分出胜负。所以，为了达到目的，他必须采取一些非常手段。

逢蒙找人打磨了十支箭，并将箭头浸泡在毒液之中，他希望一箭就让羿毙命。在逢蒙准备这些的时候，天上的雷神洞察了一切。他找到羿，将自己打造的十支箭交给羿，说："逢蒙这个人心肠歹毒，你必须对他有所防范。我这儿有十支箭交给你，以备防身之用。"羿不以为然地说："你别胡乱猜忌了，逢蒙是我的徒弟，一直对我恭恭敬敬，又怎么会害我呢？至于这十支箭，我只留下九支就足够了，当年我射日就用了九支箭，现在防身有九支也足矣。"雷神还想再说些什么，可羿已经转身去忙别的事了。

一天，羿正在森林中行走，忽然听到有弓弦响动。他忙拿出弓箭，向着发出响动的方位射出了一箭。原来，弓弦的响动正是逢蒙发出来的。他想趁羿不备，偷偷地射杀他。两支箭在半路针尖对麦芒，全部折断了。接着，逢蒙又发出了第二支箭，羿又还回了第二支箭。就这样你来我往，羿接连挡住了逢蒙发出的九支毒箭。可九箭射完，羿已经无箭可射，而逢蒙还有最后一支箭。当逢蒙向羿射出第十支箭的时候，羿应声倒地。

逢蒙正为自己的奸计得逞而暗自高兴，可当他上前去拔箭的时候，却发现那支箭并没有射中羿，而是被羿咬住了。逢蒙顿时吓得面如土色，向羿连连求饶。羿见逢蒙那可怜的样子，又动了恻隐之心，饶恕了逢蒙。但逢蒙并没有悔改，一计未成，他又心生一计。他偷偷削了一根桃木棍，趁羿不注意，一棍打死了羿。这次，羿没能逃脱，他真的死了，而且是死在自己最心爱的徒弟手中。

吴刚伐桂

嫦娥奔月以后，玉皇大帝便将广寒宫赏给了她。偌大的广寒宫只有嫦娥一个人，显得格外冷清。然而嫦娥是耐得住寂寞的，除了玉帝和王母娘娘召见，她平常很少出门，因此天上的神仙也难得见上这位美丽的仙女一面。尽管如此，嫦娥的美丽还是在天界传开了，众神常常在私底下议论这位美丽而清高的仙女。有些未曾见过嫦娥的神仙，更是满心期盼能见上嫦娥一面。

在天宫之中，负责把守南天门的是天将吴刚。一次，嫦娥拜见过王母娘娘后从南天门经过，恰好被正在执勤的吴刚看到了。吴刚早就听说了嫦娥的美丽，可百闻不如一见，这一见，就彻底俘虏了他的心，他已经完全被嫦娥迷住了。他很想上前去跟嫦娥打个招呼，可是嫦娥连看都没看他一眼，就匆匆离开了。吴刚的心里一阵失落，要怎样做才能引起嫦娥的注意呢？

见过嫦娥的吴刚就像丢了魂儿一样，整日魂不守舍。他希望嫦娥能注意自己，可是这实在是太难了。别说自己只是一个守门的，不可能建立什么丰功伟绩，即使自己真的做出什么壮举，嫦娥整日将自己锁在广寒宫里，也是不会知道的。想来想去，他只好采取最笨的办法，亲自到广寒宫对嫦娥一吐相思之情。这样的举动当然是非常冒险的，嫦娥会不会接受他暂且不论，光是他妄动私情的行为就足以让他接受惩罚了。不过此时的吴刚已经顾不上那么多了，他的心里已经完全被嫦娥占据了。

这天，吴刚只身一人来到了广寒宫外。广寒宫大门紧锁，透着一股寒气。吴刚在外面徘徊了半天，却始终没有勇气敲开大门。他害怕嫦娥将自己拒之门外，更害怕嫦娥一气之下将自己告到玉帝那里。就这样，他在广寒宫守了一天的门，什么也没做就回来了。回来后吴刚就后悔了，自己为何会如此胆小，竟然连敲门的勇气都没有。他下定决心，明天一定要见到嫦娥。

第二天，吴刚又来了。这次，他敲开了广寒宫的宫门。嫦娥见是一个不认识的天将，以为玉帝或王母娘娘有什么旨意，就客气地询问其来由。吴刚鼓足了勇气，向嫦娥表露了自己的爱慕之情。嫦娥听后气愤地说："将军快回去吧！以后不要说这些话了。"说完，嫦娥便关上了宫门，只留下愣在原地的吴刚。虽然吴刚早有心理准备，他知道嫦娥是不会轻易接受自己的，可是被拒绝的滋味实在是不好受。想他吴刚也是风度翩翩的美男子，爱慕他的仙女也不在少数，可为什么嫦娥会对自己如此冷淡呢？

吴刚垂头丧气地回到了自己的住所，脑中浮现着嫦娥美丽而冷漠的脸庞。吴刚心想，像嫦娥这样的绝美女子，是不可能不清高的，也许她只是故意拒绝自己，但心里并不讨厌自己。想到这儿，吴刚坚定了信念，那就是无论如何也要得到嫦娥。他相信只要让嫦娥感受到自己的真诚，她就一定会接受自己。此后，吴刚没事就往广寒宫跑。开始，嫦娥还打开宫门劝他离开，后来干脆连门都不开了。吴刚实在有些捉摸不透嫦娥的心思了，如果这是对自己的考验，那么也该考验够了吧！可为什么她现在连门都不开了呢？

吴刚还在广寒宫外揣摩着嫦娥的心思，那边玉帝却找上了门。原来，吴刚整日想着如何讨嫦娥欢心，常常在广寒宫外一坐就是一天，结果疏于职守，触怒了玉帝。当玉帝听说吴刚不在南天门把守的原因就是为了讨嫦娥欢心时，更加震怒，马上下令到广寒宫抓来了吴刚。吴刚知道自己犯了错误，他情愿接受玉帝的任何惩罚。玉帝说："既然你那么喜欢广寒宫，那么我就罚你到广寒宫去做苦力。"说着，玉帝带吴刚来到了广寒宫，指着后院的一棵桂树对吴刚说："你将这棵桂树砍倒之时，就是你重获自由之日。"吴刚想这有何难，自己两下就可以将其砍倒。他拿起斧头对着桂树狠狠地砍下去，桂树裂开了巨大的缝隙，可很快就恢复了原状。吴刚接着砍，桂树接着长。很快，吴刚已经累得满头大汗，可桂树仍然好好地立在那里。吴刚这才知道，自己是永无出头之日了。他开始懊悔自己的莽撞行为，可一切都已经太晚了。

从那以后，广寒宫里就又多了一位住客，这位住客就是吴刚。吴刚终于如愿以偿了，他是如此地接近嫦娥，只可惜他连看嫦娥一眼的时间都没有。他只能在后院不停地砍伐着桂树，日复一日，年复一年。每到月圆之夜，人们都可以看到月亮里有一个身影在不停地挥动着斧头，那个身影就是吴刚。当吴刚在月宫中渐渐醒悟的时候，玉帝也慢慢原谅了他。可是桂树不倒，他还是要继续砍下去。后来，玉帝特赦他可以偶尔出来走动走动，包括到人间游览。

吴刚希望为人间造福，他看到人间还没有桂树，就希望把天上的桂树带到人间。杭州有个人称仙酒娘子的寡妇，心地善良，乐于助人，而且她酿造的酒甘醇可口，大家都喜欢喝。一天，仙酒娘子在门前发现了一个衣衫褴褛的乞丐，歪歪斜斜地倒在家门口。她见乞丐可怜，就把乞丐带回了家。乞丐说自己患了病，请求仙酒娘子照顾自己一段时日。仙酒娘子答应了。可是寡妇门前是非多，渐渐地，传言四起，人们都不再登仙酒娘子的门，她的生意渐渐冷清，就快要支撑不下去了。见此情景，乞丐悄悄地离开了。

仙酒娘子不见了乞丐，忙四处寻找。在寻找乞丐的过程中，她见到一位白发苍苍的老汉。老汉渴得快不行了，他请求仙酒娘子给他点水喝。可是荒郊野外，哪来的水啊！情急之下，仙酒娘子割破自己的手指，用自己的鲜血为老人止了渴。老人满意地点了点头，交给她大量的桂树种子，并告诉她如何用桂花酿酒，之后便消失不见了。仙酒娘子知道自己遇到了神仙，高高兴兴地回家撒下了种子。很快，桂树长了起来，桂花香飘万里，附近的人又都来找仙酒娘子讨要桂树种子。不过只有善良的人种下的种子才能生根发芽，正因为如此，很多邪恶之人都走上了正路。其实，那个乞丐和老人都是吴刚变化的，他就是要找一个善良的人去播撒桂树的种子，以此来教导人们从善弃恶。

舜的传说

瞽叟的怪梦

尧帝时，在历山下住着一户人家。这户人家的男主人是个瞎老头，所以邻居们都叫他瞽叟。瞽叟夫妇结婚多年，可就是没有孩子，因此夫妇二人整天愁眉苦脸。瞽叟的妻子更是经常以泪洗面。

有一天晚上，瞽叟早早躺下，不久就进入了梦乡。他做了个梦，梦见了一只长着两个瞳仁的鸟。这只鸟长得和鸡的大小差不多，可叫声却像凤凰一样清脆。它飞到瞽叟的面前，将嘴里含着的果实送给他，并且对瞽叟说："我知道您无儿无女，我愿意当您的儿子，可以么？"瞽叟听后特别高兴，他伸出手想要抱住这个鸟。但就在这时，梦醒了。

醒来后瞽叟越想越奇怪，于是就把这个梦原原本本地说给妻子听。妻子听完后也觉得不可思议，于是夫妻二人就去请教村里最有文化的族长。族长说："你梦见的这只鸟叫做重明鸟，因其每个眼窝里长着两个瞳仁而得名。此鸟驱鬼避害，无论是妖魔鬼怪还是豺狼虎豹，只要听到它的叫声，都会吓得不敢露面。这种鸟不是很常见，因此，人们或者用土捏，或者用木刻，做出这只鸟的样子，放在屋顶上，用来吓唬妖魔鬼怪。这只鸟如此的不寻常，瞽叟你能梦见此鸟，可以说是祥瑞的象征。"瞽叟夫妇听了族长的话后很高兴，放心地回家去了。

说来也神奇，瞽叟梦见重明鸟后没有几个月，瞽叟妻子的肚子就渐渐隆起来了。在他妻子分娩的那天，天空飞来一只重明鸟，落在瞽叟家的窗户上，咕咕咕地叫了好一会儿。等到屋里的小孩子呱呱坠地时，窗户上的重明鸟就不见了。众人再一看刚生下来的小男孩，眼窝里长了两个瞳仁，和刚才那只重明鸟的眼睛一样。大家都说，这个小男孩是重明鸟转世。

瞽叟给这个聪明伶俐的小男孩起名为舜。长大后的舜，是个身材魁梧，仪表堂堂的男子汉，不仅勇敢，还足智多谋，是个远近闻名的好青年。他经常独自一人带着弓箭到深山中去打猎，无论多么凶猛的野兽，都不是他的对手。在与野兽厮杀的过程中，即使衣服被撕破，身体被抓伤，他都毫不在乎。

那时候，经常有野兽出来害人，许多人都成了野兽的美食。百姓叫苦不迭，每天都提心吊胆地生活，后来，听说舜是个好猎手，都找他帮忙。就这样，舜为许多地方的百姓除了害，让他们过上了安稳的生活。舜也因此得到了许多人的爱戴。

舜不仅聪明勇敢，还特别孝顺父母。瞽叟因行动不便，家里的脏活重活，都落在了舜的身上，他砍柴挑水，一句怨言也没有。过了几年，舜的母亲病重卧床，舜不仅要打理家里的事情还要照顾母亲。附近的村民知道了舜的事情后，都来帮助他。每当舜出去打猎或者为别的地方的百姓除害时，村民们都自发地帮助他照顾家里。但不幸的是，舜的母亲病越来越重，最后还是去世了。

舜很伤心，经常一个人躲在角落里，思念自己的母亲。但他很快就从悲伤中解脱出来了，因为还有许多地方的人等着他去消灭野兽。

继母的虐待

舜的母亲去世后，他的父亲瞽叟又为他娶了个继母。这个继母为舜的父亲生了个男孩，取名为象。瞽叟本来对舜疼爱有加，可是舜的继母是个心肠不好的女人，她把舜当成眼中钉，百般刁难，经常不给他饭吃，还在瞽叟的面前说舜的坏话，不是说舜欺负了象，就是说舜不干活。瞽叟刚开始不相信这些话，但是时间长了，瞽叟对舜就不如以前那样好了。

舜的弟弟象，和他的母亲一样刻薄，不仅陷害舜，还常常跑到瞽叟面前说舜欺负他。每当这时，瞽叟就会用手里的拐杖教训舜。舜怎么分辩也没有用，只能默默承受。

有一次，舜的继母出去办事，把象交给舜看管。舜非常头痛，因为他知道象是个专横、不讲道理的小孩，只要一不听象的话，自己的祸事就要到了，因此舜小心翼翼地带着象。

舜正好要去放牛，让象好好呆在家里等他回来，可是象说什么也要和舜一起去放牛，舜说不过象，就带他一起去了。在放牛的路上，舜骑在牛背上，赶着牛往前走，很是悠闲。象在下面走，看到舜如此的舒服，心里非常生气。他大声地对舜说："哥哥，也让我骑下牛吧。"舜说："你还小，等你长大了再骑。"象一听不让他骑，马上就撒起泼来，躺在地上打滚，怎么叫也不起来。舜实在没有办法，就把象扶到了牛背上。骑了一会，舜看象还算听话，就把手松开了，到旁边去赶别的牛。

象看舜离开了，就不再像刚才那样乖了，对这头牛又踢又打。这头牛受不了虐待，就狂奔了起来。象大声喊起来："哥哥，哥哥，快来救我。"舜马上跑过去追牛，可是已经太晚了，象从牛背上摔了下来，脸、衣服全都摔破了，鲜血顺着脸淌了下来。象大叫起来："都赖你，我要回去告诉母亲。"说完就往家里跑。舜心里明白，今天又少不了一顿毒打。

象跑回家里，正好他的母亲从外面回来，看见自己儿子这般模样，顿时暴跳如雷，拉着象就来到了瞽叟跟前。她在瞽叟面前大喊大叫，大哭大闹，象也在旁边呜呜地哭。瞽叟实在听不下去了，拄着拐棍来到院中等舜。

这时，舜从外面赶着牛回来，看见瞽叟站在院中，赶忙跪在爹爹面前。瞽叟问舜是不是他把象弄成这个样子的。舜只得承认说是自己不小心让弟弟受伤了。瞽叟一听火冒三丈，举起手中的拐棍就向舜打去。舜跪在地上一动不动，任凭父亲责罚。舜的继母和象站在旁边偷偷地笑。

隔壁的邻居正好从舜家门口过，看见瞽叟正在打舜，忙上前阻挡，瞽叟这才停下了手中的拐杖。这时，舜的继母走过来对舜说："今天晚上罚你不准吃饭，还要把家里的活都干完才能睡觉。"

晚上躺在床上，舜遥望着窗外，想着自己的母亲，眼泪只能往肚子里咽。

虽然继母心肠歹毒，但是舜还是对她很孝敬。他总是想尽办法照顾弟弟，以博得继母的欢心。然而，舜的努力却丝毫感动不了他的继母，最后舜实在在家里呆不下去了，就一个人搬到外面去住。在妫水附近，舜开垦了一块荒地，搭了两间茅草屋。

舜发明箫

在妫水附近定居下来后，舜发现这里的人们很不团结，经常会为了一点小事争吵。舜想了许多方法感化他们都没有效果。

这天，舜到山上去打柴，干活累了，就在路旁的竹林里休息。坐在茂密的竹林里，听着风吹过竹叶发出的沙沙声，舜感到非常的舒畅。他想既然竹叶能发出这么好听的声音，那竹子的枝干是不是也会发出悦耳的声音呢？于是，他用刀砍下了一节竹子，将其修整成一寸大小。然后，放到嘴边去吹。呜……呜……呜，竹筒发出声音了，尽管不太好听，但舜却很高兴。

休息了一会，舜又继续砍柴。快到傍晚的时候，他背起柴火，拿着竹筒下山去了。走着走着，舜觉得很闷，就把竹筒拿出来吹。这时，竹筒发出来的声音没有刚才单调了，好像还出现了别的音符。舜很纳闷，仔细检查了一下竹筒。原来，不知道什么时候，竹筒上被虫子钻出了一个小洞。舜想既然竹筒上有洞，就可以发出其他的音符，要是多打几个洞，不就会发出更多的音符么，想到这，舜拿起刀在竹筒上又钻出了几个小洞，竹筒的声音更加优美了。

从此，舜有了一个排忧解闷的好伙伴。累了的时候，他就吹响竹筒；想家的时候，他也吹响竹筒；在田间干活的时候，他还会吹竹筒给其他人听。听着优美的乐声，人们不自觉地就会忘了疲劳。所以，每当干完一天的活，大家都会围在舜的身边听他吹竹筒。

有一天，舜正在田间干活。张家和李家为了土地分界线的事情吵了起来。张家说李家越界了，李家说张家偷偷挪了界石，越吵越凶，最后围了很多人。舜赶忙去劝解，可是怎么说都不管用，两家人谁也不让步。舜听着吵架声心里非常难过，他不明白人们为什么就不能好好地相处。

舜没办法了，就坐在旁边的土堆上，拿出竹筒吹了起来。曲调悠扬，人们不禁侧耳倾听。渐渐地，吵架的声音小了，大家都聚在舜的身边，听他吹竹筒。舜吹完了，大家还沉浸在其中。这时，张家的人突然说："都是我们不好，没看清界线。"李家的人说："我们也有错。"舜说："大家都谦让一下就没事了。"一场争吵就这么化解了。

舜回到村子里，看见两户渔民正在吵架。这家说那家占了自己的鱼塘，那家说这家抢了自己的鱼，吵得不可开交。刚才吵架的张家和李家正好也回到村子里，他们就对舜说："舜，赶快吹你的竹筒，只要你一吹，他们就不会吵架了。我们就是被你的音乐声感化的。"舜赶紧拿出竹筒吹了起来。果然，渔民听到音乐就真的不吵了，还互相承认错误。

从那以后，只要有人家吵架，舜都会过去吹竹筒。

村里人都知道舜有一个让人不吵架的宝贝，就来找舜学习吹竹筒。舜趁着这个机会，给村里人讲人与人相处的道理。渐渐地，这个村子里的人都和谐相处了，民风也变得淳朴了。

有人问舜这个神奇的竹筒叫什么啊？舜说："这个叫箫。因为它是用竹子做的，并且能消除人们的怒火，所以把它称之为箫是再合适不过了。"

箫真的有这么大的威力么，我们不得而知。不过，西汉时期的张良就是用箫吹散了项羽的八千子弟兵。

尧王嫁女

尧王是上古时期部落联盟的首领，他爱民如子，英明果断，很受当时人民的爱戴。他有两个貌美如花的女儿，大女儿叫做娥皇，是尧王的养女；小女儿叫做女英，是尧王的亲生女儿。

娥皇聪明伶俐、心灵手巧；女英善良美丽，开朗活泼。这两个女儿是尧帝的掌上明珠，含在嘴里怕化了，捧在手里怕碎了。两个人虽然从小生在帝王家，可是没有一点小姐脾气，对周围的人都非常的友善。转眼间，娥皇和女英都到了该嫁人的年龄。

为了确保两个女儿的幸福，尧王要亲自为女儿们挑选女婿，于是，派大臣四处寻访优秀的人才。最后，舜成了尧王心目中的人选，他决定将女儿们嫁给舜。舜非常高兴，从此以后他就可以不再孤单了。可是又出现了新的问题，尧的两个女儿谁当正房，谁当偏房呢。娥皇和女英两个人都非常善良贤惠，她们都不在乎是当正房还是侧房。

尧的妻子却不这样想，她想让自己的亲生女儿做舜的正夫人，让养女去做偏房。尧王听了以后并不同意，但终究还是说不过妻子，最后只好用比赛来分胜负，胜出的人做正房。尧和群臣商量以后，出了三道考题。

第一道考题：煮豆子。尧王给两个女儿每人一斤豆子和五斤稻草，谁先把豆子煮熟谁就获胜。

娥皇虽然是尧王的女儿，一点也不娇生惯养，经常亲自下厨做些父母爱吃的饭菜，所以这道考题一点也难不住她。她在锅里倒了一些水，将豆子放了进去，没过多久豆子就煮熟了。相反，女英对做饭一窍不通，她拿到豆子以后，在锅里放了许多水，等到稻草烧尽了，豆子还没有煮熟。这一回合的比试，当然是娥皇胜了。

第二道考题：纳鞋底。尧王分别分给两个女儿一双鞋底和纳鞋用的绳子，并规定谁先纳完鞋底谁就取得胜利。

娥皇是做鞋的高手，经常纳鞋底，手艺非常熟练。她先将纳鞋用的绳子分成小节，然后，才开始纳鞋底。这时，女英已经纳了一圈鞋底了。女英心想这回一定是自己领先了。没想到的是娥皇虽然动手慢，但是速度很快，不一会娥皇已经纳了多半只鞋底了。女英一见姐姐超过了自己，非常着急。俗话说忙中出乱，她越急就越纳不好，越急就越拽绳子，结果绳子打结，反而拽不动了。最后，娥皇赢得了这场比赛，她纳出来的鞋底平平展展，又好看又结实。再看妹妹女英纳的鞋底，凹凸不平。

尧王的妻子看自己的女儿输掉了两场比赛，就说尧王偏心。尧王也不与之理论。很快，姐妹俩出嫁的日子来到了，大家都准备好了送新娘子的车马。在动身之前，尧王出了第三道考题：比谁快。姐妹俩谁先到达舜的住处，谁就获胜。

这时候尧王的妻子说话了："娥皇是姐姐，应该坐马车，女英是妹妹，应该骑骡子。"尧王知道妻子偏心，但碍于情面，又不好说什么，就同意了妻子的建议。

女英一个人骑着骡子，在路上飞快地奔跑，很快就把姐姐落在了后面。娥皇坐着马车，带着嫁妆在后面慢慢地前进。让人想不到的是，女英走到半路，骡子突然下崽了，这可真是天下奇闻。女英无法骑骡子了，只好徒步向舜家走去。这个时候，娥皇的马车恰好赶到。娥皇见妹妹徒步走在路上，很是心疼，急忙把妹妹拉上了马车。这样两人就一起乘坐马车开开心心地来到了舜的住处。

舜与娥皇、女英成亲之后，他对这两个妻子一视同仁，没有长幼偏正之分。姐妹两人齐心协力帮助舜料理家务，照顾老人，一时传为美谈。

恶徒们的阴谋

尧王把娥皇和女英两个女儿嫁给舜以后，还把葛布衣和一把琴赐给了舜，同时又派人修缮了舜的茅屋，给他盖了谷仓，送给他一群牛羊。舜成了天子的女婿以后，瞽叟一家人见他一下子平步青云，不仅娶了两个貌美的妻子，还有丰厚的家产，非常嫉妒。

舜成家以后，带着自己的妻子回家去看望父母和兄弟。舜带了好多礼物送给他们，还和从前一样，一点都不骄傲。瞽叟他们深受感动，主动和舜和好。这样，舜带着妻子又搬回家里住了。娥皇和女英一点没有贵族小姐的架子，主动承担起家务，对待公婆十分友好。

虽然这样，舜的弟弟象在心底还是不服气，总是想着要把舜弄死，好把两个嫂子夺过来。按当时的风俗，哥哥死了，嫂子就要下嫁给弟弟。舜的后母当然清楚自己亲生儿子的想法，为了帮助儿子达成心愿，她早就想干掉舜了。瞽叟是个糊涂人，一切都听妻子的，加上对舜的财产的觊觎，也同意干掉舜。这样，几个人不谋而合，每天趁舜出去干活的时候在一起商量阴谋诡计。最后，几个人终于定好了一条毒计。

一天，象来到舜的门口，说："哥哥，我们家的谷仓漏了，爹叫你过去修一修。"舜听了爽快地说："知道了，你告诉爹，明天一早我就过去修理。"

象走了以后，舜回到屋子里告诉妻子们明天要去帮父亲修谷仓。娥皇和女英一听，赶忙说："明天你不能去，他们想烧死你。"舜听后很吃惊，说："爹怎么能烧死我呢，再说，爹叫我做的事情，我怎么可以不做呢。"

娥皇和女英知道舜十分孝顺，就对舜说："明天你可以去，但得穿上我们给你做的新衣服，穿上这件衣服，你就能化险为夷了。"娥皇和女英不仅能未卜先知，还有神奇的法术。这天晚上，两姐妹一晚上没有睡觉，给舜做了一件绘有鸟形的衣服。第二天，她们让舜穿上这件衣服，去给父亲修谷仓。

恶徒们看见舜来了，心底里暗自高兴，但看见舜穿了一件花衣服很是奇怪。他们表面上对舜很亲热，又是端水，又是帮着舜拿梯子。舜看见他们这样心里很感动，还暗自埋怨妻子多疑。舜来到一座高高的谷仓前，顺着梯子爬到了仓顶。这座谷仓年久失修，顶部都已经腐烂了。舜看到这，马上专心致志地干起活来。恶徒们看见舜埋头干活，根本没注意他们，马上把梯子撤掉，在谷仓下点起火来。

舜看见谷仓下燃起熊熊大火，大喊道："父亲，你们这是干什么啊？"舜的后母露出狰狞的面目，狂笑着说："送你上天堂啊，傻孩子。"瞽叟在一旁帮腔："是啊，是啊。"象更是乐得手舞足蹈。

眼看谷仓的火快要烧到顶了，舜在上面无计可施。他心一横，决定从上面跳下来。当他张开双臂的时候，穿在身上的鸟衣突然舒展开来，舜像长出了两支翅膀一样，从谷仓上飞了下来，平平稳稳地落在了地上。恶徒们一个个惊得目瞪口呆。

舜从火海中逃了出来，恶徒们的阴谋落空了。

井底遁逃

舜的父亲、后妈还有狠毒的兄弟，一心想要治他于死地。眼看着舜从火海逃了出来，恶徒们不甘心，决定再想个办法害舜。

经过了几天的商量，恶徒们又想出了一条毒计。

这回，瞽叟亲自来到舜的家门口，坐在舜家的台阶上，边哭边说："儿子啊，上回我们那么做是一时糊涂，你就原谅我们吧，呜呜呜……"瞽叟就这样坐在舜的家门口，痛哭流涕。哭着哭着，又厚着脸皮说："儿子啊，我们家的井坏了，打不上来水，麻烦你明天帮爹修修。呜呜……爹就你这么一个好儿子。"

舜对瞽叟说："爹，你放心吧，明天我一定去。"

瞽叟走后，舜把这件事情告诉了娥皇和女英。妻子们说："这次也是凶多吉少，不过你放心吧，我们自有办法。"娥皇和女英回到屋子里，从娘家陪嫁带过来的一个大木箱子里拿出一块布料，要给舜做一件衣服。忙了一晚上，二人赶做了一件画着龙纹的衣服。第二天，她们叫舜把这件衣服穿在里面，到了危机时刻再脱去外衣。

舜穿着龙纹衣来到瞽叟家。恶徒们见舜这一次没有穿什么奇装异服，暗自高兴，这回一定能够成功了。他们还像上一次那样，对舜十分殷勤。

舜拿着工具，来到井边。他让象在上面拿着绳子，自己则吊在绳子上，下到深井里。他刚到深井的底下，上面的绳子就被割断了。舜赶紧大喊，叮是怎么喊都没有人回答自己。

紧接着，从上面丢下来大大小小的石块。舜因为有过上次的经历，马上把旧衣服脱掉，露出龙纹衣。舜立刻变成一条金光闪闪的游龙，顺着井底的水道钻了进去，然后从别人家的井口钻了出来。

恶徒们以为这次舜一定死定了，因为井口被填得死死的，舜就是有天大的本事也飞不出来。他们又跳又叫，以为大功告成了，嚷着要去舜家分财产。

娥皇和女英这时候也听到了凶信。两个人不知道真假，在屋子里大声痛哭了起来。这时候，瞽叟、恶母、象得意忘形地走进了舜的家里。

象张开他那丑陋的嘴说："这个主意是我出的，所以舜的财产给谁也应该由我做主。财产我一份也不要，我只要那两个美人，剩下的你们自己分吧。"说完，就走进里屋。象看着两个美人，乐得嘴都合不上，正好看见墙上挂着一把琴，就取了下来，厚颜无耻地说："两位美人不要啼哭，我给你们弹奏一曲。"说完铮铮地弹了起来。娥皇和女英听到琴声哭得更加厉害了。

瞽叟和妻子在外屋就遗产如何分配吵得不可开交。瞽叟说："舜是我的儿子，他的家产都应该是我的。"恶妻说："我也养过他几天，怎么说也有我一份，你可不能独占。"两个人正吵得火热，舜从外面若无其事地走了进来。瞽叟和恶妻都惊得发不出声音来。

象在里屋觉得情况不对，抱着琴走了出来。他看见舜，吓得把琴都掉在了地上。这些恶徒都以为是舜的鬼魂来找他们算账了。

娥皇和女英看见丈夫回来了，高兴地飞奔过去。恶徒们这才反应过来，舜并没有死，一个个吓得不知道说什么好。

"哥，我们以为你死了，正在劝嫂子节哀顺变，处理家产呢，没想到你回来了，正好，我们也不用忙了。"象说完就带着瞽叟和自己的亲娘灰溜溜地逃走了。

舜天生宅心仁厚，虽然父母和兄弟几次三番谋害自己，但他还是像从前那样对待他们。邻里们听说了这些事情都夸舜品德端正。

又一个阴谋

虽然两次谋害舜都没有成功，但恶徒们一点悔改的意思都没有。他们还在寻找机会，好致舜于死地。这一天，他们又想到了一条毒计，就是假意请舜喝酒，然后趁其醉酒，杀他。

这回谁去请舜过来呢？恶徒们商量了一下，决定一起去请舜。

恶徒们来到舜的家门口，假装痛哭流涕，请求舜的原谅。舜看见父母和兄弟哭得这么伤心，心里十分难过，忙把他们让到屋子里。娥皇和女英听说瞽叟他们来了，赶紧从里屋出来。瞽叟拉着舜的手，泪流满面地说："以前是我们不对，这回我和你母亲特地准备了酒菜，向你赔罪，明天你一定要来啊。"

他们走了之后，娥皇和女英犯起愁来，不知道这次又会有什么阴谋诡计。舜心里不想去，可是考虑到都是自己的亲人，又不好不去。舜拿不定注意，只好向妻子们询问："明天去还是不去呢？你们都知道我不胜酒力啊。"娥皇和女英笑着对舜说："你放心吧，我们姐妹俩自然有妙法。"

她们说完，回到屋子里，从一个大箱子里拿出一包粉末，对舜说："你把这个药和黑狗屎和在一起，涂抹在身上，然后用清水洗净，明天你喝酒的时候就不会醉了。洗澡水我们已经帮你烧好了，现在就可以去洗。"舜接过这包粉末，马上照办。

瞽叟他们回到家以后也没有闲着。象把家里的刀具都找了出来，重新用磨刀石磨了一遍，然后把锋利的刀藏到了门后，就等着舜明天到来。

第二天一早，舜穿上干净的衣服，告别了妻子，来到瞽叟家。恶徒们看见舜真的来了，非常高兴。他们殷勤招待，不一会酒宴就摆好了。

象端起了酒杯说："哥哥，以前都是我不对，请哥哥一定原谅我。这杯酒是我的赔罪酒，哥哥一定要喝。"舜接过酒杯一饮而尽。喝了一杯又一杯，象看舜一点没有醉的迹象，就说："今天是赔罪酒，我们应该换大碗喝。"说完，把舜手里的小酒杯换成了大碗，舜接过来一饮而尽，丝毫不在乎。就这样，一碗又一碗，劝酒的人已经舌头打结，左右直晃了，舜还是那样清醒，好像刚才喝的都是白水一样。

最后，酒坛子里的酒全部喝光了，菜也全部吃完了。恶徒们你看我，我看你，不知道还能用什么来招待舜。舜站起身来，向父母鞠躬告辞。这时，象突然站了起来，借着酒劲，拉着舜不让他走。他边打着酒嗝边说："哥哥，酒虽然喝完了，可是还有助兴节目呢。"说完，他从门后拿出一把刀，舞了起来。他一边舞一边用眼睛瞄着舜，想找个时机下手。舜多聪明，明白象的意图，坐在那里看着，只要看见象的刀向自己挥来，就马上躲到后母的身后。一连几次，象看无法下手，只得作罢。

舜接受尧的考试

尧王年事已高，决定将王位传给一个可靠的人，在他心中，舜是一个不错的人选，可尧王还是有点不放心，决定考察一下舜的才能。

首先考察的是舜的政治才能。他把舜安排在朝堂上当官，先让他从最低级的官员做起，如果他做得好就可以升迁，直到把所有的官职都做过一遍。舜虚心向其他官员学习，有不懂的地方及时请教，没过多久，就对每个职位了如指掌。他在自己的岗位上，任劳任怨，勤勤恳恳，没有一个大臣不夸奖舜的。没过几年，舜就把所有的官职都做了一遍。

在任职期间，舜不但将政事处理得井井有条，而且在用人方面也有独到的见解。舜启用了早有贤名的"八元"、"八恺"，舜命"八元"管土地，让"八恺"管教化；在处理"四凶族"（帝鸿氏的不才子浑敦、少皞氏的不才子穷奇、颛顼氏的不才子梼杌、缙云氏才子的不才子饕餮）的问题上，他并没有将这些人斩杀，而是将"四凶族"流放到边远的荒蛮之地。通过这些事情，舜展示了他治理国家的方略和政治才干。

其次考察的是舜的胆量和勇气。尧王对舜的政治才能十分满意，但不知舜是否有承担起天下的胆量和勇气，所以决定测试一下。

在尧王统治的区域内，有一片茂密的森林。这座森林常年笼罩在雾气当中，人一到里面就会迷路，并且虎豹豺狼很多，没有一个人可以从这片森林里活着走出来。尧王决定让舜到这个森林里走一遭，并且还要活着出来。娥皇和女英听说了这件事情后非常担心，但又不能用法术帮助舜。舜对她们说："你们放心吧，我以前经常在深山老林中打猎，十分熟悉森林的情况，那些猛兽都不是我的对手。"

在一个雷雨天，舜从容地走进了森林里。天空中雷电交加，森林里雾气缠绕，伸手不见五指，可舜一点也不害怕，径直地向前走去。这时，一条毒蛇从草丛中窜了出来，看见是舜，主动为他让路。虎豹豺狼看见了他，也躲得远远的。不一会儿，倾盆大雨从天而将，雨水打在舜的身上，把他全身都淋湿了。舜一点都不在乎，他停了下来，揉了揉眼睛，仔细辨认了一下方向，只看见周围的树像怪物一样，长着血盆大口。要是别人，一定会被这些景象吓得昏过去，可是勇敢的舜凭借自己的经验，在森林里走着，丝毫没有被周围的环境干扰，最后穿过了这片森林。在林子外等候的人们看见舜出来，都欢呼雀跃起来。娥皇和女英赶快跑到舜的身边，查看舜有没有受伤。

舜通过了尧王的两次考试，还剩下最后一道考题了。尧王把自己的九个儿子送到舜住的地方，让舜教导他们。尧王的这九个儿子十分顽劣，可以说是无恶不做。怎样才能将这九个人教化过来，舜真是下了一番苦心。他让这九个人和他一起到田间劳动，帮助他们改掉好吃懒做的坏习惯；在闲暇时间，舜会教这九个人弹琴、吹箫，用音乐净化他们的心灵；舜自己也不忘身体力行，虽然父亲、后母及兄弟象几次想害死舜，舜还是对父母十分孝顺，对兄弟关爱有加……尧的九个儿子被舜的德行感化，全都改邪归正了。

通过这几项考试以后，尧王决定将天子的位子禅让给舜。

舜继尧位

舜掌管政权以后，开展了一系列重大的政治活动。他重新修订了历法，对几项重要的祭祀活动做了明文规定，如每年都要祭祀上帝，祭祀天地四时，祭祀山川群神。为了表明新君主对各诸侯的认同，舜把诸侯的信圭收集起来，择定吉日，在国都召见了各地的诸侯，举行了一次隆重的授权典礼，重新颁发信圭给各封地的诸侯。

在舜即位的头一年，他亲自到各地巡狩，祭祀名山，召见诸侯，考察民情。同时还规定以后每五年都要巡狩一次，考察诸侯的政绩，用于赏罚。

舜还规范了国家的刑罚，即"象以典刑，流宥五刑"，就是在器物上画出五种刑罚的形状，起警戒作用；用流放的办法代替肉刑，以示宽大；虽然取代了肉刑，并不意味着刑罚不严，对不肯悔改的罪犯，舜又设立了鞭刑、扑刑、赎刑。

舜把共工流放到幽州，把欢兜流放到崇山，把三苗驱逐到三危，把治水无功的鲧流放到羽山，应该受到处罚的人都得到了应有的惩罚，天下人对舜更加敬仰和诚服。

舜即位 28 年后，尧才去世。三年服丧期满之后，舜便将王位传给了尧的儿子丹朱，自己隐居到南河。但是，天下诸侯还是将舜当成君主，每年都去朝见舜，从不把丹朱放在眼里。老百姓打官司，也都到舜那里去告状。民间的百姓编了许多歌谣赞颂舜。丹朱见到了人心所向，决定将王位还给舜。

舜从丹朱手中接过政权以后，在政治上又进行了大刀阔斧的改革。禹、伯夷、夔、龙、垂、皋陶、契、弃、益等人都是舜手下的得力干将，但是他们的分工一直都不是很明确，这回，舜按照这些人各自的特点，明确了他们的职能。他任命禹担任司空，治理水土；任命弃担任后稷，掌管农业；任命契担任司徒，推行教化；任命皋陶担任士，执掌刑法；任命垂担任共工，掌管百工；任命益担任虞，掌管山林；任命伯夷担任秩宗，主持礼仪；任命夔为乐官，掌管音乐和教育；任命龙担任纳言，负责发布命令，收集意见。职责明确了，这些人办起事情来更方便了。这些人中成就最大的就是禹。当时，天下洪灾泛滥，舜帝派禹去治理水患。禹为了治理洪水，身先士卒，三过家门而不入。十三年过去了，禹终于平息了洪水，使天下的百姓过上了安定、幸福的生活。

舜还规定，三年考察一次各地官员的政绩，然后将这三次考察的成绩汇总，以决定提升或罢免。通过这样的改革，官员们以身作则，为老百姓解决了许多难题。国家各个方面都呈现出了新的面貌。

舜年老以后，认为自己的儿子商不具有担任君主的才能，于是向尧王学习，选了威望最高的禹为继任者。

舜帝审案

九疑山上有一个宝洞，里面全是金灿灿的黄金。周边的老百姓耕种之余，还会进洞里挖些黄金制作成器物，或者打造成首饰，日子过得很快活。可是，没多久九疑山有宝洞的消息却不胫而走，被两个大臣知晓了。这两个人，一个是娥皇、女英的哥哥，也就是国舅，叫做汤新；另一个是舜帝的侄儿，叫做吴礼。汤新又矮又胖，吴礼又瘦又高。两个人站在一起非常的滑稽。

这天，汤新来到吴礼的住处。汤新笑眯眯地说："老兄，想不想发财啊？"吴礼回道："当然想了。不知道有什么好办法啊？"汤新接着说："听说九疑山附近有个宝洞，里面全是黄金。如果我们能到那里去做官的话，金子不就都归我们了嘛。"

吴礼皱着眉头说："可是到哪里做官，都要听从舜帝的安排。不是我们想去哪里就能去哪里的。"汤新说："这还不容易。我们两个人一起去求舜帝，说想尽自己的微薄之力，

为天下的百姓做点好事。九疑山地处偏远，正是发挥聪明才干的好地方。舜帝一心爱民，听到我们的请求，一定会答应的。"

第二天，汤新和吴礼来到舜帝的身边，请求治理九疑山这个地方。舜帝答应了他们的要求。

这两个人一到九疑山，就迫不及待地颁布告示，宣称九疑山宝洞的黄金归

公。汤新坐镇九疑山下，防止百姓私自开采。吴礼则在山上组织人力开采。这里的老百姓看见国家派人治理金洞，非常高兴，都愿意为国家献出一份力。

可是，老百姓哪里想到这两个皇亲国戚竟都是财迷，自从他们来到了九疑山，老百姓每天天没亮，就被逼着上山开采黄金，耕地全都荒废了，到处都是荒凉的景象。就这样，汤新和吴礼还嫌干得慢，连老弱病残都被赶到了山上，和那些精壮的劳动力一起干。老百姓忍气吞声，敢怒不敢言。

最后，金洞的黄金被开采光了。这两个财迷把开采出来的黄金都装进了自己的口袋里。汤新用黄金打造了一个一百多斤的金元宝，吴礼用黄金打造了一个二百多斤的大印。九疑山的老百姓还以为开采黄金是为了造福全天下的人，没想到都落入了贪官的腰包。老百姓忍无可忍，决定向舜帝告发这两个大贪官。

他们联名写了一份状子，状词大意是：汤新和吴礼两位官员来到九疑山后，强迫人民开采黄金，并把黄金私吞，老百姓怨声载道，恳请舜帝做主。

南巡的舜帝接到状子后大怒，赶忙来到九疑山，把汤新和吴礼两个人找来问话。舜帝怒气冲冲地说："你们跟我说要为九疑山的百姓造福，现在怎么却成了祸害百姓了呢？"

汤新和吴礼赶忙抵赖。舜帝见他们不承认，从袖子里拿出状子来，两个人哑口无言。他们以为自己是皇亲国戚，舜帝不会拿他们怎么样，所以一点都不害怕。汤新说："看在我妹妹娥皇和女英的面子上就饶了我吧。"吴礼也说："请叔父宽恕。"

舜帝看他们到现在还没有认识到错误，便勃然大怒："王子犯法与庶民同罪。"说完，让手下砍了汤新和吴礼的脑袋。

九疑山的老百姓见舜帝如此公正，都欢呼起来，称舜帝是有道明君。

舜弹五弦琴

舜十分热爱音乐，他不仅发明了箫，改良了瑟，还用五弦琴创作出《南风歌》教化人民。

尧王把两个女儿嫁给舜的时候，赐给他一把五弦琴。舜不舍得用，就把它挂在了屋里的墙壁上，只有重要的节日，他才会拿下来弹奏一曲。别看舜不经常弹五弦琴，可是一旦拨弄起琴弦来，周围的人都会被他美妙的音乐吸引，不约而同地聚集在他的身边。

有一回正好是尧王的寿辰，舜和妻子们决定回家祝寿。没有寿礼怎么能行呢？舜决定送给尧王一份特别的礼物，那就是为尧王弹奏五弦琴。舜将自己的想法告诉给了妻子们，她们都说这是个好主意。

尧王看见自己的女儿和女婿来给自己祝寿，高兴得合不拢嘴，赶忙让他们坐到自己的身边。大臣们一一奉上了寿礼，轮到舜的时候，他从座位上站了起来，说："父王，我准备弹奏一首曲子，作为寿礼。"说完，舜把五弦琴放在桌子上演奏起来。弹到高亢的地方，如激流从山间倾泻而下。弹到低回的地方，又如小溪潺潺流过。一曲过后，大家沉浸其中，好半天才回过神来。尧王更是被舜精湛的琴艺折服。

舜成为天子以后，他叫乐师延把父亲瞽叟制造的十五弦瑟再添上八弦，这样就成为了二十三弦的瑟。这种瑟弹起来，音调更加丰富。同时，他命令乐师质整理帝喾时代乐师所作的《九招》、《六英》、《刘列》几首乐曲。《九招》又叫《九韶》，是用箫和笙等乐器一起演奏的一种音乐，因此又叫做《箫韶》。

某天，舜帝无事，听乐官们演奏《九招》。听着听着，舜帝兴致大起，决定代替吹箫的乐工演奏。舜帝拿起箫吹了起来。在其他乐器的配合下，箫声清扬婉转，好像天上百鸟的鸣叫。乐声直入云霄，天宫中的凤凰听到了箫声，以为是百鸟来朝拜自己，赶忙飞了出来。哪里有什么百鸟啊。凤凰顺着音乐声，飞到了舜的跟前，才知道是箫的声音。凤凰非常高兴，在天空中盘旋了几圈，才离去。百姓们听说了这件事情，都说因为舜是英明的君主，才会天降祥瑞。

舜喜欢自己一个人在院子里弹五弦琴。有一天，他正在院子里乘凉，习习微风吹过，触动了舜的思绪。他拿出五弦琴，放在桌子上，屏气凝神，感受着风的清凉，慢慢地挥动手指。伴随着音乐声，即兴演唱了一首自己写作的《南风》。

"南方吹来的清凉的风啊，"

"可以清除人民的烦愁啊！"

"南方吹来的及时的风啊，"

"可以增长人民的财富啊！"

娥皇和女英在宫殿内听到了这首歌，来到了舜的身边说："听了天子唱的这首歌，臣妾们的内心深受感动。如果百姓们都能体会到你的苦心，怎愁天下不治啊！"舜听了两位妃子的话，感慨万千。

有个乐工偷偷地记录下了这首歌，将其传到了民间。老百姓听到了这首歌之后，都自觉遵守法度，人人和睦相处，成了太平盛世。

《史记·乐书》有这样的记载："故舜弹五弦之琴，歌《南风》之诗而天下治"，意思是因为舜演唱了《南风》歌，天下得到了治理。可见，礼乐教化在中国古代的重要性。

斑竹岩

舜晚年的时候，九疑山上来了九条恶龙，它们兴风作浪，害得百姓终日不得安宁，叫苦不迭。舜帝知道了这件事情，非常同情人民的苦难，决定去九疑山除害。

舜的两个妃子娥皇和女英听说了这件事情，非常担心，毕竟恶龙不是好铲除的，但她们都知道舜帝爱民如子，如今百姓受到这么严重的灾难，他一定不会袖手旁观。娥皇和女英二人帮助舜整理好行囊，洒泪送别了舜。

娥皇和女英两个人在家里等啊等，盼啊盼，几年过去了，舜还没有回来。这天晚上，娥皇做了一个梦，梦见自己的丈夫舜离她远去，自己怎么喊，他也不回头。第二天，娥皇把这个梦和女英说了一遍。女英听完后说："姐姐，是不是我们的丈夫在外出了什么事情，不然，怎么这么多年都没有回家，这次还托梦给我们。"姐妹俩非常担心，决定亲自去九疑山看看。

娥皇和女英走到半路时，听到舜死亡的噩耗，她们哭得死去活来。可她们不甘心，一定要看到舜的尸体才会相信。

她们边哭边走，这天来到了湘水边。她们坐船过河，可是行至河中间，来了一个大浪，把她们的船掀翻了，幸好来了七十二只青螺把她们从水中托起，才免于一死。上了岸后，她们太伤心了，抱着岸边的竹子就哭了起来，泪痕洒在竹叶和竹干上留下斑斑泪迹。

翻过了无数大山，趟过了无数河流，她们终于来到了九疑山。可是九疑山太大了，娥皇和女英互相搀扶着沿着大紫荆河爬到了山顶，又沿着小紫荆河爬了下来，找遍了九疑山的每个村落，踏遍了九疑山的每条路，始终没有找到舜的坟墓。她们俩坐在山脚下抱头痛哭。

这一天，她们来到了一个叫做三峰石的地方。这里耸立着三块大石头，四周环绕着翠竹，中间有一座用珍珠垒成的高大的坟墓。她们感到非常惊奇，这是谁的坟墓竟如此的气派？娥皇和女英赶忙向附近的乡亲询问："请问这是谁的坟墓如此壮观美丽？"

乡亲们含着热泪告诉她们："这里是舜帝的坟墓。舜帝不辞辛劳从遥远的北方来到这里，帮助我们杀掉了九条恶龙，人民才过上了安定的生活。可是，他为了我们鞠躬尽瘁，流干了汗水，耗尽了心血，最后病倒在这里，虽然请了最好的大夫来医治，还是没能救回舜帝的命。"舜帝病逝以后，湘江的父老乡亲们为了感激舜帝的恩德，特地为他修造了这座坟墓。九疑山上的一群仙鹤也被舜帝的行为所感动，它们每天不停地从南海衔来一颗颗光彩夺目的珍珠，撒在舜帝的坟墓上。渐渐地，这座土坟便成了珍珠坟墓。三块巨石是舜帝消灭恶龙时用的三齿耙，消灭恶龙以后，舜帝把它插在地上就变成了三块巨石。

娥皇和女英听到舜帝的事难过极了，她们伏在舜坟墓旁的竹子上痛哭起来，泪水挥洒在竹子上形成斑点，有圆的，有方的，也有长方形的。她们悲痛万分，一直哭了九天九夜，最后眼泪哭干了，滴出血来，落在竹干上，就形成红色的斑点。这些竹子被后世称为"斑竹"，舜埋葬的这个地方就称为"斑竹岩"。

悲伤欲绝的娥皇和女英在回去的途中纷纷投入湘水。天帝同情她们的遭遇，就封两个人做了湘水女神。

当她们心情好的时候，就会在江上行走。人们远远地就可以看见她们曼妙的身姿和令人惆怅的双眸。如果她们心情不好，想起了伤心往事，江上就会狂风大作，暴雨如柱。在风雨中，会出现许多怪物，它们手里握着蛇，在波涛上跳跃。

安葬九疑山

舜死后，人们把他的尸体用瓦棺装好，埋在了九疑山下。这九疑山有九条溪流，每条都很相似，到山上的人都会被这样的地形迷惑住。据说，这就是那九条恶龙死后变成的。

在这座山上，有许多珍奇的怪兽，其中一种叫"委蛇"的动物最奇特。

委蛇是一种长着两颗脑袋的怪蛇。据说平常的人见到这种怪蛇就会死。春秋时期楚国的孙叔敖就见过这种怪蛇。那时他还是一个小孩子，在路边遇到了这种蛇。他听别人说起过看见这种两头蛇的人就会死。孙叔敖想：我死了以后，这种蛇还会再出来害人，不如把它砸死。勇敢的少年拿起石头，朝蛇的脑袋砸去，结果蛇被打死了。少年挖了个坑，把蛇埋起来，以免别人看到。奇怪的是，这个少年并没有死，反而做了楚国的宰相。

这种双头蛇有时还以头戴红帽、身穿紫袍的形象出现。如果国王见到它，就会称雄天下。

相传，齐桓公打猎的时候，就见过这种红帽紫袍的怪蛇。当齐桓公的车从蛇的旁边经过时，那蛇扬起两个脑袋直勾勾地看着齐桓公。桓公看到这一景象，吓得魂飞魄散。回到宫里，越想越怕，整天打不起精神，病快快的。后来，齐国有一个贤士来见桓公，向他讲起了"委蛇"这种动物。桓公听着听着，觉得和自己看到的那条蛇很相似，就赶忙问委蛇的具体形状。

贤士把两头蛇的形状仔细地说了一遍。最后说："凡是国王看到这种蛇，都会雄霸天下。"桓公一听，不禁露出了笑容，病也不知不觉地好了。这种能给人带来祸福的两头蛇，就生在舜埋葬的九疑山下。

舜死了以后，他那改邪归正的弟弟象也从封地有鼻赶过来给他祭扫。象走了以后，人们就在舜坟墓的旁边造了一座亭子，叫做鼻亭，里面供奉着象的雕像。

中篇

民间传说

第一章
神怪趣闻

龙之九子

传说龙王有九个儿子，他们不但相貌长得不一样，而且脾气秉性也有很大的差异。龙王觉得儿子们长大了，不能再整天游手好闲地逛荡了，就想根据他们各自的性情能力，给它们安排一个合适的职位。于是，他就装成一个普通的老人，到九个儿子家探访。

龙王先来到了长子家，长子名叫赑屃。龙王一进院子，就看见赑屃正顶着一块大石头在练力气。龙王想，这孩子从小就负重耐劳，应该给他安排一个和这有关的差事。

龙王又来到老二家，老二名叫螭吻。龙王刚走到他家门口，就看见螭吻站在屋顶上，正在东张西望，很高兴的样子。龙王知道这孩子从小就喜欢登高望远，还能够吞火。心里一想，也就知道该给他安排到哪儿去了。

龙王离开螭吻家，向老三蒲牢家走去。哪知刚走到半路，就听见一个洪亮的吼声。龙王一听，这不正是蒲牢的声音吗？心想这孩子平生好鸣好吼，得给他安排一个合适的差事才好。

于是龙王转过身，又来到了老四家。老四名叫狴犴。还没进门，龙王就听见狴犴在屋子里高谈阔论，跟人辩驳着什么。龙王想这孩子天生相貌威武，又喜欢议论辩讼，应该把他安排到一个和这些有关的地方去。

龙王又去看老五。

老五名叫饕餮。一进门，就发现饕餮坐在屋里，张开大嘴，不停地吃啊吃。龙王心想这孩子还真是贪吃，将来可得安排一个和吃有关的差事给他。

龙王走着走着，来到了河边。一抬头，看见了自己的六儿子蚣蝮。蚣蝮正在河里玩水，一会儿喷水、一会儿游泳，玩得十分高兴。龙王知道这个儿子最喜欢水，心里也作好了打算。

龙王又掉头去看老七。老七名叫睚眦。离他家还有十里地，龙王就见旁边一户人家也没有，从这里走过的行人，也都神色慌张、脚步匆匆的。龙王拉住了一个人，问是怎么回事，那人说："这位老先生，前面就是龙王七王子的住处了，他平生好斗喜杀，十分危险，我劝你还是不要往前走了！"龙王听了，心想，自己这个七儿子确实是好斗了一点，应该把他安排到和争斗有关的地方去。

龙王又来到老八家。老八名叫狻猊，平生喜静不喜动，又喜欢烟火。龙王进门一看，狻猊果然在家里焚香默坐呢。

最后，龙王又去看自己最小的儿子椒图。椒图平常就经常紧闭着口，什么话都不愿意多说。龙王来到他家门前，只见四面围墙高筑，不许闲人走近。龙王想了想，也知道该让椒图去做什么了。

考察完毕，龙王回了龙宫。第二天，他召九个儿子前来，对他们说："孩子们，你们都已经长大了，今天，我就将你们的职位分派好：老大性格沉稳，负重耐劳，今后就负责驮天下的石碑；老二螭吻喜欢登高望远，又会吞火，今后就站在宫殿和庙堂的屋脊两头，负责看守；老三蒲牢吼声洪亮，就做大钟上的钟钮；老四狴犴喜欢辩论，就担当监狱门上的装饰；老五饕餮天生好吃，就做钟鼎彝器上的装饰，随时都能吃到好东西；老六蚣蝮喜欢玩水，以后就在桥头上驻守；老七睚眦好斗喜杀，就趴在刀剑上，威慑敌人；老八狻猊性情和顺，又喜烟火，就专门看守香炉和佛座吧；老九椒图天生爱闭口，不喜欢闲人，就把守宫殿、庙宇和人们的家门吧。"

龙王的九个儿子领了旨，从此就担任着各自的任务，一直到了现在。

龙王夺海

"东海里，浪滔滔，一只小船摇呀摇。"在我们的印象里，东海一向是辽阔无边、碧波荡漾的一片水域。站在海边向海面上望去，映入眼帘的是一片无边无际的碧海蓝天，非常美丽。但是你知道吗？在很久很久以前，东海并不像我们今天所见到的这样大、这样美，它只是很小很小的一片水域。我们今天所见到的东海，是东海龙王用诡计夺来的。

那还是在很久以前，玉帝将敖广封为东海龙王，命令他掌管东海。东海边上有一个城，名叫东京，由妙庄王来统治管理。敖广和妙庄王一开始关系很好，各自守着自己所管辖的地方，互不侵扰。

但不久以后，水族的数量越来越多，海里变得十分拥挤。小小的一片东海，已经快容纳不下这么多的水族了。敖广看到这样的情况，十分发愁。他想要扩大东海的面积，好让水族们都有居住的地方，不再拥挤。但他四周的土地和水域都有人管理，如果他私自占领，玉帝一定会责罚他的。

　　忽然，龙王想起一件事来：几年以前，不知是因为什么事，他曾经刮起大风大浪，淹没了旁边东京的一大片土地，但事后妙庄王并没有来责问他，也没有向玉帝报告。敖广想了一想，心中开始有了一个计划。

　　第二天，他装作十分殷勤的样子，拿着礼物去拜访妙庄王，跟他说了许多恭维的话。还说自己与他相邻而居，应当互相友好之类。妙庄王不知道是怎么回事，但收到了这么多礼物，心中还是十分高兴。后来敖广还邀请妙庄王去东海龙宫，准备了不少的美味珍馐来招待他，还让虾弹奏起优美的乐曲，穿着漂亮丝绸衣服的鱼美人们，随着乐声翩翩起舞。妙庄王哪里见过这样奇异美丽的景象，没多一会儿，就沉醉在这美景当中了。

　　后来，龙王就经常请妙庄王来做客，甚至到最后，还将自己的女儿，长得非常漂亮的龙公主，嫁给他做妃子。妙庄王在龙王的计划当中，抵挡不住诱惑，一步步地沦陷下去。他开始不理朝政，不务政事，每天尽情享乐。不久，东京城里就变得一片混乱。龙王看到这种情况，心中暗喜，他连忙跑到天庭去，向玉帝报告，说："妙庄王不理政事，弄得老百姓怨声载道，东京城一片混乱，已经找不到一个好人了，这样的城市，还留着有什么用，请玉帝下令，把东京城淹掉吧！"

　　玉帝听到妙庄王的所作所为，十分生气，刚要答应敖广的请求，忽然听到廷下有人反对，抬头一看，原来是八仙之一的吕洞宾。他向玉帝躬身揖了一揖，然后说："如果您下令水淹东京，会淹死多少无辜的人哪，我就不信，东京城里一个好人都找不到了！"

　　玉帝想了想，说："那这样吧，吕洞宾，朕派你下界查探，以三年为限，如果三年之内一个好人都找不到，朕就下令水淹东京。"吕洞宾领了旨，便下凡去了。

　　吕洞宾到了东京城，在最热闹的地方开了一家油铺，不论卖油时卖出多少，每次都只要三枚铜钱。人们一听有这样的好事，都拿了很大的容器来买油，有的拿盆，有的拿瓶，甚至有的还拿缸来盛。见此情景，吕洞宾不禁叹了口气。

　　终于有一天，一个姑娘来到油铺，说自己是来还油的。姑娘名叫葛虹，她说自己拿着买到的油回家，被母亲责骂了一顿，告诉她不应该占别人的便宜，她自己也觉得很羞愧，就来还油了。吕洞宾一听，非常高兴，他终于找到一个好人了。他拿出一个水瓢，递给葛虹，并告诉她："在东京城的城门口，有一只石狮子，如果有一天你发现石狮子头上出血了，就赶快拿出这个水瓢，它会救你一命。"那石狮子其实是守护着东京城的神兽，玉帝要水淹东京，一定会用血腥味将它召回天庭。所以吕洞宾告诉葛虹，一旦见到石狮子头上出血，就要马上逃跑。

　　这时，暗中注意吕洞宾一举一动的东海龙王看到他找到了好人，心里非常着急。于是他趁着夜色，将一盆猪血倒在了石狮子的头上。第二天，葛虹一见，知道大事不好，便连忙向家跑去，但已经来不及了，石狮子大吼一声，凌空飞起，转瞬之间，大水已经吞噬了东京城的大门。葛虹好不容易才跑到家，拿出水瓢，水瓢慢慢变大，成了一只小船，葛虹和母亲坐了上去，才发现东京城已经变成了一片汪洋。

　　吕洞宾将葛虹母女救上岸，将她们安置在一小块陆地上，那原本是一座高山的山顶，现在只剩下一个尖了。葛虹母女所在的这个地方，无论敖广怎么兴风作浪，都无法淹没。她们就这样凭着自己的善良幸存了下来。

　　而东京城早已变成了一片汪洋，敖广的计划成功了，东海扩大了好几倍，变得无边无涯、辽阔无比。而那位昏庸的妙庄王，则被玉帝发配到了一个名叫崇明的小岛上，再也做不了东京城的帝王了。

弥勒佛与新年

　　"大肚能容，容天下难容之事；开口便笑，笑世间可笑之人。"无论天南还是海北，我们去到寺院的时候，常常能看到一尊长得胖乎乎、露着大肚皮、手携布袋席地而坐的胖菩萨，他张着大口，喜笑颜开，非常高兴的样子。这就是著名的弥勒佛。也有人称他布袋和尚。不过布袋和尚和弥勒佛并不是一个人，布袋和尚应该是弥勒佛的化身。但因为他们的样子很像，又有着这么深的渊源，所以后世也常常将他们作为一个人了。

　　传说弥勒佛的身体很胖，有着宽宽的大肚子，走起路来摇摇晃晃的。饿了就吃东西，困了随便找一个地方就睡着了。他常常用一根杖子挑着一个大布袋，在集市里走来走去，人们把吃的东西送给他，他就放进布袋里，但是从没有人见他把东西从布袋里倒出来过，一倒过来，那布袋又是空的。也有的人向弥勒佛请教佛法，他就把布袋子从肩头放下，如果那人不明白他的意思，还继续问，他就把布袋子提起来，头也不回地离开，一边走还一边捧腹大笑。

有个国家有一个暴君，在他的统治下，老百姓的日子过得非常痛苦。富的人越来越富，成了财主，穷的人越来越穷，成了长工。财主总是欺压长工，经常打骂他们。等到祭灶王爷的那一天，长工们就偷偷地来到灶王爷的画像前面，向灶王爷诉说他们生活的艰难和痛苦。灶王爷听了，十分可怜他们，就向玉帝报告说："现在人间的老百姓生活十分痛苦，时常没有饭吃，生病了也没有钱治病，请玉帝速派一位大神前去治理。"

玉帝听了，不禁大吃一惊，连忙颁下一道旨意，要派一个神仙去管理人间的衣食住行，让人们都过上幸福的日子。旨意虽然下来了，但是众神仙你看看我，我看看你，都不敢领这个旨意。这时，有一个浑厚的声音响了起来："既然你们没有人去，那就让我去管理吧！"

大家一看，原来是胖乎乎、总是笑着的弥勒佛。玉帝见弥勒佛愿意去，就派他下凡去了。

弥勒佛到了人间，第一件事就是让人们过一个快快乐乐的年。他运用法力，变出了许多许多好东西，让人们吃好的、穿好的，不用干活。人们也就遵照他的吩咐，高高兴兴地放下手中的活计，开始办年货、赶大集，为过年准备起来。二十四，扫房子；二十五，磨豆腐；二十六，蒸馒头；二十七，杀年鸡；二十八，把面发；二十九，打黄酒；三十，吃扁食……等等等等。同时，还要请来各路神仙，准备好香箔纸锞，用来招待他们。到了大年初一，人人都穿上新衣服，戴上喜庆的配饰，放起鞭炮，互相祝贺，尽情地吃喝玩乐，共同庆祝新年的到来。

这样欢乐的日子持续了半个月，玉帝的棋都已经下完了。他见弥勒佛还没有回来，心里有些着急，便亲自下到人间察看。到了人间，他看到每个人都穿着崭新的衣服，吃着好吃的东西，却什么活也不做，这样下去可怎么得了啊。玉帝十分生气，就把弥勒佛找来，责问道："我派你到人间是让你掌管人间的事务的，谁叫你只让人们享福不干活？"弥勒佛还是那副笑呵呵的样子，说："陛下，你叫我掌管人们的衣食住行，可并没叫我让他们干活呀！"玉帝哑口无言。他后来想了想，觉得弥勒佛说的话也有些道理，便不再责怪他了。但是，这样的日子一年只能有一次，春节过了，就要继续下地干活。从此，春节就成了一年一度人们可以不用干活、尽情欢乐的日子。人们感念弥勒佛的好心，在寺院里立起他的塑像，年年都用香火来奉养他。

哪吒闹海

商朝的时候，陈唐关总兵李靖的夫人怀胎四年零八个月后，生下一个肉团。李靖非常生气，认为这是一个妖孽，便抽下宝剑一刀劈开。肉团裂开后，里面蹦出一个白白净净的小男孩，还高兴地抱着李靖的腿叫唤着："爸爸，爸爸。"

可李靖很不喜欢这个怪异的儿子，正在闷闷不乐的时候，一位叫太乙真人的仙人赶来贺喜，还要求收他为徒。太乙真人送给小男孩两件宝物，一件是名为乾坤圈的手镯，另一件是名为混天绫的红色肚兜，并给他取名为"哪吒"。

哪吒七岁那年，东海龙王一滴雨也没有下，田里的农作物都枯死了。有一天，天气炎热，哪吒和几个朋友去海边洗澡、戏水。这时，东海龙王的三太子敖丙带着一群虾兵蟹将来到海边上，正想抓一些健康的、细皮嫩肉的小孩去"孝敬"龙王，没想到一上岸就遇到一群小孩，心里非常高兴。为了向太子邀功请赏，夜叉迫不及待地举起叉子向孩子们叉去。哪吒见了，连忙把乾坤圈扔过去，夜叉一命呜呼。太子见一个小孩胆敢杀掉自己的得力大将，又恼又气，举起长剑向他刺去，可是没有刺中，哪吒每次都灵巧地躲过去了。三太子还是紧追不放，情急之下，哪吒取下混天绫向他抛过去。那混天绫变成一块很大的布，将三太子和那些虾兵蟹将包得严严实实。哪吒用乾坤圈一打，他们全部现出原形，死了。哪吒想到爸爸正缺少一根腰带，于是把三太子的龙身拿回了家。

龙王知道自己最心爱的儿子被打死后，非常悲痛，变成一个读书人进入李靖府中，找他算账。李靖不相信龙王的话，说："不可能的，他只是一个小孩子，怎么可能杀死三太子和夜叉呢？"龙王说："不信，你自己去问他。"李靖在后花园里找到了哪吒，见他正在抽取龙身上的筋，知道闯了大祸，就问龙王想怎么处置。龙王说要杀掉哪吒。李靖觉得事情本来是三太子挑起的，况且哪吒只是一个七岁的小孩子，这种惩罚不公道，就拒绝了。龙王恨恨地说："那好，你不肯杀掉他，我现在就去天宫告状。"

哪知，哪吒抢先一步赶到南天门，挡住龙王的去路。龙王一见哪吒就气得眼珠直冒火，举起大斧子气势汹汹地朝他砍去。可他哪里是哪吒的对手，不但没有伤着哪吒，反而被哪吒打得半死。哪吒见老龙王的鳞片特别大，又去揭他身上的鳞片，想带几片回去给小朋友们玩。龙王疼得连忙求饶。最后，龙王变成一条蚯蚓，钻到哪吒的小肚兜里，由哪吒带到东海里，并保证再也不去天宫告状了。

龙王回宫后，连夜纠集了北海、南海、西海三个龙王，发起了特大洪水，还把李靖绑起来。哪吒对龙王说："一人做事一人当，打死三太子的是我，打伤你的也是我，这跟我爸爸没有任何关系，你快把我爸爸放了。"龙王说："好，要我放了你爸爸也行，那你必须得死。"哪吒说："只要你答应我不伤害我的父母和其他人，我马上就死。"说着，就拔出宝剑，自杀。龙王总算解了心头之恨，把李靖放了。

哪吒死后，太乙真人赶过来，用莲花和鲜藕做成人的身躯，把哪吒的灵魂找来："哪吒，哪吒，快过来，快复活。"那莲花和鲜藕做成的人果然变成了哪吒，还奇迹般地活过来了。

复活后的哪吒脚踏风火轮，手持尖火枪，比以前更加勇敢、英武了。他踏着风火轮再次来到龙宫，舞动着尖火枪，搅得海水如同沸水一样剧烈翻腾。哪吒如猛虎般径直冲入龙宫，谁也不敢阻拦。龙王哪里是哪吒的对手，斗不过几个回合，就被杀死了。

龙王死后，大害终于被除掉了，从此风调雨顺，人们又过上了太平日子。

八仙过海

相传在遥远的蓬莱仙岛上，曾经居住着一位名叫白云仙长的仙人，他是这蓬莱仙岛的守护人。有一天，蓬莱仙岛上的牡丹花盛开了，每一朵都娇艳欲滴，开得十分漂亮。白云仙长看到这美丽的景象，决定请八位仙人一起来赏花。这八位仙人是谁呢？他们是铁拐李、汉钟离、吕洞宾、韩湘子、曹国舅、张果老、蓝采和以及何仙姑。他们原本都是凡人，因为都怀有一颗拯救世人的心，又经过修炼，才得道成为仙人的。至于他们是如何得道成仙的故事，我们以后再讲，今天我们先来讲一讲这八仙过海的故事。

且说八仙参加完白云仙长的牡丹盛会，在回程的时候，来到了辽阔的东海边上。要越过东海，才能回到中原。这时，吕洞宾呵呵一笑，提议说："既然我们都是仙人，这次就不妨试一试我们各人的法力，用自己的神通渡过这大海，怎么样？"说完，就将自己的长剑向海里一扔，自己纵身一跳，跳到了长剑上。长剑所过之处，海浪纷纷向两边分开去。剩下的七位仙人一见，也都纷纷显出自己的神通。

铁拐李拿出装酒的葫芦，向海里一扔，葫芦瞬间变大，铁拐李向上轻轻一跳，正好坐在葫芦中间，晃晃悠悠就过了海；

曹国舅脚踏玉板，在浪涛间稳稳前行；

汉钟离打开蒲扇，迎风而飞；

蓝采和扔出花篮，喊了一声"大、大、大"，花篮瞬间变大，蓝采和跳上去，如同乘上了一条漂亮的花船；

韩湘子拿出玉箫，投进海中，玉箫迎风而长，劈风破浪，韩湘子站在上面，衣袂飘摆，俊逸非凡；

何仙姑默念咒语，将自己手中的莲花扔向海里，莲花变大，载着何仙姑稳稳前进；

张果老更是神通广大，他拍一拍自己的坐骑小银驴，驴儿就跳上海面，踏浪前进。

　　一时间，长剑、葫芦、玉板、蒲扇、花篮、玉箫、莲花、银驴，都漂浮在海面上，八仙站在各自的宝物上面，相视而笑，迎风前进，好不惬意。

　　但八仙在海面上这么一比不要紧，海面下的龙宫可乱了套。八仙在海面上纷纷使出神通渡海的时候，掀起了巨大的波浪，水下的龙宫也随之摇摇晃晃，几乎快要倒了。龙王连忙下令，让自己的三太子去看看发生了什么事情。

　　龙王三太子到海面上一看，八仙正坐着自己的宝物过海，弄得海面上波澜起伏、水下也摇摇晃晃。他气极了，对手下的虾兵蟹将一声令下，就要去抢八仙的宝物。八仙哪里肯让他们欺负，也都摆开了阵势准备迎战。

　　铁拐李将自己的拐杖往海里一插，口念咒语，微微一吹，海面上顿时燃起了熊熊大火，海水随之沸腾起来，整个东海都快要煮开了。水下面的龙宫里，虾兵蟹将被烧死了不少，龙王也被烫得伸着舌头、不停吐气，他连忙派人去找三太子回来，拉着他出了东海，径直到天宫报告玉帝去了。

　　玉帝听了东海龙王和龙王三太子的诉说，便派托塔李天王带着天兵天将下凡去，要捉拿八仙。在半路上，他们碰到了观世音菩萨。菩萨听说了事情的经过，就来到东海，对八仙说："你们用宝物渡海，弄得水下的龙宫晃动不宁，水族无法生活，龙王三太子虽也有不对，但你们也不应该火烧东海，让生灵涂炭啊。"八仙听了观世音菩萨的话，也觉得自己做得有些过分，就拜谢了观世音菩萨，将东海的大火熄灭了。龙王和三太子也回到了龙宫。

事情平息了，八仙拿出宝物，飘飘荡荡，继续在风平浪静的大海上迎风而行，最终渡过了辽阔的东海。这就是八仙过海，各显神通的故事。

李玄借尸还魂

我们前面说到要讲一讲八仙的故事。八仙里面，资历最老、成仙时间最早的，就要算是铁拐李了。

传说铁拐李原名李玄，本来是一个长得眉清目秀、身材高大的读书人。他每天都认真读书，希望能考得一个好功名。但谁知考场腐败，考官收了别人的贿赂，故意不让他考中。李玄十分灰心，便看破红尘，学道求仙去了。

李玄找到了一个幽静偏僻的山洞，住了下来，每天潜心修炼，静坐沉思。但是好几年过去了，却仍然没有什么变化。他觉得自己无法得道的原因，是因为没有老师的指点。于是，他决定到华山去拜访太上老君李耳。

李玄一路跋山涉水，历尽千辛万苦，终于到了华山。他站在山顶上，向四面望去，没找到老子居住的地方，正在失望之际，忽然看到有两个道童子向他走来。两个童子走到他面前问道："你是李玄吗？"

李玄说："是啊，二位怎么会知道我的名字？"道童说："我家师父早就知道你会到华山来找他，便命我二人来接你。"

"不知你家师父是哪一位？"

"正是你要拜访的太上老君。"

李玄听了，非常惊喜，便随两个童子来到了太上老君隐居的地方。

到了堂上，李玄看到一位道骨仙风的长髯老者坐在正中，知道他就是太上老君，便上前叩拜。老君听他讲完了来意，对他说道："学道是要靠自己修炼和领悟的，需要耐心和恒心，老师的指点是起不了太大用处的。你只管专心致志地去修炼，总会有成功的一天的。"

李玄受到教诲，拜谢了太上老君，回到自己原来的岩洞，继续潜心修炼。他常常凝神静思，还常到高山之巅吸风饮露，吐故纳新。渐渐地，他的境界有了很大的提升，可以使精神脱离身体，飘到很远的地方去。

一天，李玄正在山上修炼，忽然听得耳边仙乐飘飘，抬头一看，天上飞着一只仙鹤，仙鹤上坐着太上老君和宛丘两位仙人。老君对李玄说："我听闻你的道术大有长进，今日一见，果然如此。我和宛丘要到各地出游，想命你同去，十天以后，你神驰我处，切莫失约。"说完，就驾着仙鹤离开了。

十天过去了，李玄要赴老君之约，临走之前，他叮嘱一个叫做杨子的徒弟说："为师去赴老君之约，神魂离去，肉身留在这里，你要好好看护。如果过了七天，我的神魂还没有回来，你再将我的肉身焚化。"说完，李玄席地而坐，默念咒语，转眼之间，神魂就已经离开肉体，飘然而去。

杨子遵从老师的教诲，精心看护着老师的肉身，一步也不敢离开。就这样过了六天。可第六天，杨子的哥哥忽然来了，告诉他母亲病重，要他赶快回去。杨子又伤心又着急，指着师父的肉身，对哥哥说："师父的神魂离开肉身出游去了，我必须在这里小心看护，不能离开。"杨子的哥哥说："有谁死了六天还能活过来的，你还是快将你师父的肉身焚化，和我一起走吧。"说完，就叫杨子一起搬来柴草，把李玄的肉身焚化了。

李玄神游回来，辞别太上老君。临走时，老君对他说："辟谷不辟麦，车轻路亦熟。欲得旧形骸，正逢新面目。"李玄没明白其中的奥妙，便告辞离去了。回到岩洞中一看，不见自己的肉身，不禁大吃一惊，又在山坡上看到火烧的痕迹，才明白自己的肉身已经被焚化了。正在担心自己的神魂无处安身之际，他忽然发现前面不远处有一具乞丐的尸体，便顾不得细看，将自己的灵魂附在了上面。站起来一走，才发现原来这乞丐是个跛子。又到水边一照，只见自己衣衫褴褛，蓬头垢面，黑脸卷须，长得十分难看。正在垂头丧气的时候，忽然听见空中传来笑声。李玄回头一看，原来是太上老君。老君对他说："还记得我送你的那几句偈语吗？真正的道应该是在表象之外求得的，不可只看相貌。只要你功德圆满，便是得道真仙。"李玄顿时大彻大悟。老君又送他一只金箍、一根铁拐，自此，李玄功德圆满，得道成仙。因为老君送他的那根铁拐，所以人们又都叫他"铁拐李"。

费长房拜师

话说铁拐李得到太上老君的点化，成为仙人以后，便经常手拄拐杖、背着药葫芦，在人间四处游历，为人们消灾解难。有一天，他来到了一个名叫汝南的地方，在熙熙攘攘的集市中，他远远地望见有一个人，身材挺拔，长相俊朗，正在集市上为人们排解纠纷。铁拐李一见这个人，便知道他有慧根，是可以点化的可造之材，于是，他便变成了一个白胡子老头儿的样子，手携药葫芦，在集市附近找了一个地方，开设医馆，为人们解除病痛。因为他的医术十分高明，不管什么样的疑难杂症，到了他这儿，都能药到病除。渐渐地，他的名声就传开了，来找他治病的人越来越多。人们都说，汝南来了一个好神医。但是，每天只要一散市，老神医便没了下落。很多人想找，可是都找不到他。

老神医的名声越来越大，后来终于有一天传到了掌管集市的官员费长房那里。这个费长房，就是当初铁拐李在集市上望见的那个人。费长房一听，就知道这位白胡子神医不是凡人。他便来到医馆附近，租了一间小楼，每天仔细观察老神医。后来他终于发现了其中的奥秘，原来老神医将一个药壶挂在房檐下面，等到人们离开以后，便会跳进这壶里面。因为他速度太快，所以常人都注意不到，只有费长房能够看到。他便走上前去，恭恭敬敬地向老神医行礼。老神医微微一笑，带着费长房一同进入了壶里。只见里面高堂广舍，奇花异草，犹如仙境一般。铁拐李拿出美酒佳肴来招待费长房，并对他说："其实我是仙人，来到这里是为了治病救人的，如今事情已经处理得差不多了，我要走了，你愿意跟着我吗？"费长房愿意跟随铁拐李学道，但是心里放不下家里的亲人父母，铁拐李看到他为难的样子，知道他心中所想，就随手折了一根青竹，递给费长房，让他回家以后挂在自己的房屋后面。

回到家以后，费长房按照铁拐李所说的做了。他家里的人看见费长房挂在屋后，以为他自杀死了，非常伤心，哭着将他埋葬了。而真正的费长房就站在院子当中，但是没有人看得见他。

从此，费长房便跟着铁拐李进入了深山密林之中，学道求仙。铁拐李问费长房说："你想要跟我学习什么道术呢？"费长房说："我希望能够看尽世界。"于是铁拐李便送给他一根缩地鞭，有了这根鞭子，想去哪里，只要将身体一缩，就可以立刻到达。学成以后，费长房便向铁拐李告辞回家。临行之前，铁拐李送他一根竹杖，并对他说："你骑上这根竹杖，很快就可以回到家。等你到了以后，把它扔进湖里，就可以了。"

费长房骑上竹杖，果然转眼之间就到了家里。他还以为自己才离开家十几天，谁知已经是十几年了。他把竹杖扔进湖里，竹杖入水以后，化作一条蛟龙，蜿蜒游走了。回到家里，他的家人都大吃一惊，认为他已经死了很久了。费长房对他们说："你们埋葬的不过是一枝竹杖而已。"家人打开棺木一看，果然如此。

费长房从此就留在家乡，为人们治病排难，据说他还能赶走鬼怪，法力很高。

汉钟离成仙的故事

八仙之中，名气排在铁拐李之后的就是汉钟离了。传说他是汉代人，复姓钟离，所以人们都叫他作汉钟离。其实他的原名叫钟离权，父亲和哥哥都是汉朝时有名的大将。汉钟离生下来的时候，他的母亲梦见一个巨人走进自己的房间，弯下腰来，对她说："我是上古时候的黄神氏，要托生在这里了。"说完，就转身离去了。这时，只见一道奇异的光芒，如同烈火一般掠过天空，现出五颜六色的异彩。而也就在这个时刻，汉钟离出世了。他一生下来，就像三岁的孩子一般大，长着宽宽的额头、厚厚的耳朵，脸颊像苹果一样红润，非常精神。他生下来的前六天，不吃不喝，也不哭不闹，什么声音也不出。到了第七天，他忽然开口说话了，而且这句话一说出来，就吓了他父母一跳。原来他说，自己曾经"身游紫府、名书玉京"，原本是天上玉皇大帝仙班中的一员。他的父亲知晓自己的这个儿子并非凡人，便给他取名为"权"，就是因为他一生下来就具有知识，知道权衡轻重。

汉钟离长大以后，做了朝廷的大将军。有一次，他领着兵去打仗，但是因为奸臣陷害，只给了他两万老弱残兵。刚一交战，他就吃了败仗。汉钟离带着剩下的队伍，逃到了一个山谷当中，不久就迷了路。后来，他遇到了一个身穿草衣的僧人，那僧人带着他走了好几里地，到了一个村庄里面，并让他在一个小院里歇息。过了一会儿，忽然有一位身穿白鹿裘、手扶青藜杖的老人，来到他面前，问道："你莫非就是大将军钟离权吗？"钟离权十分吃惊，连忙答道："是。请问老先生如何知道？"老人向他讲述了自己的来历，原来这位老人就是东华真人，名叫王玄甫，是位得道仙人。此时汉钟离已有求仙之志，便拜老人为师，向他学习成仙之法。东华仙人便送他一部长生真诀、一颗金丹，以及一把青龙宝剑，又教他青龙剑法，引他学道求仙。此后，汉钟离便找了一处隐蔽的岩洞，潜心修炼。不久，他又遇到了一位华阳真人，教给他玉匣秘诀，汉钟离从此成为了真仙。

成仙以后的汉钟离，头发梳成了丫髻，袒胸露腹，手里摇着一把蒲扇，整日笑呵呵的，似乎没什么本领，但实际上却是法力高强。此后，他有时当官，有时隐居，经历了魏、晋两个朝代。他在晋朝当大将军的时候，见皇帝昏庸无道，便辞官归去了。一直到唐末的时候，他才再度出现，度化了吕洞宾。

张果老的传说

"修成金骨炼归真，洞锁遗踪不计春，野草漫随青岭秀，闲花长对白云新。风摇翠筱敲寒玉，水激丹砂走素鳞。自是神仙多变异，肯教踪迹掩红尘。"在《全唐诗》里面，有这样一首名字叫做《题登真洞》的诗，传说这首诗的作者，就是八仙之一的张果老。

张果老据说是唐代玄宗时候的人，他姓张，名果，因为年纪很大，白须飘飘，所以人们又敬称他一个"老"字，就叫做"张果老"了。张果老经常骑着一头白色的小驴，来往于襄阳的名山秀水之间。这头小白驴十分奇异，它可以日行千里，比千里马跑得还要快。张果老不骑它的时候，就把它叠起来，大概只有纸片那么薄，放在巾箱里，随身携带；等到需要骑的时候，就把它再拿出来，含一口水，往上一喷，小驴就又恢复原状了。

张果老也是很有善心的人，经常帮助老百姓排忧解难。他经常在距离邢州西北三十里左右的一座山上游玩，看见其中有清澈的泉水涓涓流出。他又看到云梦山下面的老百姓因为缺水生活得十分困苦，就用手一指，原先干涸的井里，立刻就涌出了甘甜的泉水，至今那里的老百姓都感念着他的恩德。

后来他有一次到赵州桥去，过桥之前，他问当地的人："这个桥我能过去吗？"众人都大笑起来，说："这桥坚固得很，车辆马匹，甚至犀牛大象从这里走，都好像什么都没有一样，更何况一头小小的驴儿呢？"张果老于是就骑着小驴，走到桥上，刚一上去，桥就开始摇晃起来，再走两步，桥动得更厉害了，就像马上要塌了一样。人们这才知道张果老是位仙人。

后来唐玄宗听说了张果老的故事，就派一个叫裴晤的官员去迎接张果老，请他进宫。张果老不愿意到宫里去，就在半路上倒地气绝，假装死去。裴晤连忙焚香祝祷，张果老这才苏醒过来，但仍然不愿意进宫去。后来唐玄宗又派了一个叫做徐峤的官员去请他，张果老感到玄宗的诚意，这才随着官员一同来到皇宫里面。

到了宫里，玄宗对张果老十分敬重，礼遇有加。有一次，玄宗问他道："先生，你是得道之人，为什么头发这么白、牙齿也快要掉光了呢？"张果老回答道："我得道的时候，就是这个样子，今天陛下这样问，那我倒不如把牙齿和头发都拔去了更好。"说完，就拔掉了自己的白头发和牙齿。玄宗一看，连忙说："先生为什么要这样做呢？快去歇息一下吧。"过了一会儿，张果老从歇息的地方走了出来，玄宗一看，吓了一跳，原来张果老的头发和牙齿不但又重新长了出来，而且头发变得很黑，牙齿也变得很整齐，好像返老还童了一般。

唐玄宗非常佩服张果老的仙术，就赐予了他"银青光禄大夫"和"通玄先生"的名号，还想把自己的女儿玉真公主嫁给他，但是却被张果老婉言拒绝了。他唱道："娶妇得公主，十地升公府。人以为可喜，我以为可畏。"唱完，便从箱子里掏出小纸驴，骑上驴儿，驾着云气飞走了。

后来，张果老云游四方，便经常手拿渔鼓、铜板，一边走一边唱，点化世间的人们，为他们排忧除难。

何仙姑成仙的故事

何仙姑是八仙之中唯一的女子，她在八仙之中，就好像万绿丛中的一点红，十分引人注目。据说何仙姑原本叫做何秀姑，是湖南零陵人。传说她出生的时候，曾经有一团淡淡的紫气，笼罩在她家的上空，一群仙鹤在紫气之中上下飞舞。不一会儿，有一只矫健的梅花鹿驮着一个身穿红肚兜、头扎小辫的小女孩飞入何家，何仙姑就在这个时候诞生了。

何仙姑的父亲开了一家豆腐坊，何仙姑从小便帮父亲打理生意。十四岁那年，何仙姑跑到野外游玩，来到了一条清澈透亮的小溪边上。何仙姑正在溪边玩耍，忽然听见有人在叫她，她抬起头来一看，站在面前的是三个很奇怪的人：一个手里拿着一根铁拐杖，头上戴着一个金发箍；另一个是一位白胡子老爷爷，倒骑在一头白色的小驴背上；还有一个人，身穿布袍，腰挂长剑，风神俊逸，道骨仙风。三个人问了她附近的一些路怎么走，还有关于当地山水的一些问题，何仙姑都十分伶俐地一一回答，三个人都很满意。临走的时候，挂着铁拐杖的人送给她一只鲜嫩水灵的桃子，骑着小驴的老爷爷送她一颗朱红色的大枣，腰挂长剑的人从旁边的溪水里一捡，取出了一片闪耀着五彩光泽的云母片，送给了她，让她吃了下去。

说来也怪，自从吃下了这三样东西以后，何仙姑就再也不会感到饿了，而且精神还比以前更好了。后来，这三位仙人还带她到她家附近的一座云母山上去，教她采撷和服食云母片的方法。此后，她就经常一个人到山上去，采食云母，调理气息。渐渐地，她觉得自己的身体变得越来越轻，可以在陡峭的山路上行走如飞。何仙姑还学会了采集药草、为人治病；此外，她还能预测一些人事的祸福。后来，人们渐渐地忘记了她的本名何秀姑，都称她为何仙姑了。那三位仙人，原来就是八仙之中的铁拐李、张果老和吕洞宾，听说她心地灵慧，特地来点化她的。

何仙姑的名声越来越大，后来传到了当时的女皇武则天那里。武则天原本就对佛道仙术很感兴趣，听说了何仙姑的神异，便派官员到零陵去请她。何仙姑随着官员，来到了当时的东都洛阳。在等待渡洛水的时候，忽然不见了她的踪影。官员们十分着急，连忙四处寻找，但是怎么也找不到。到了薄暮时分，众人正坐在河边发愁，忽然何仙姑从空中翩然而降，并告诉他们："我已经到过皇宫，见过女皇，你们可以回朝复命了。"说完，就飘然离去了。

使臣们回到皇宫一问，果然如此。何仙姑不但在那天下午来见过武后，还与她相谈了半日的时间。何仙姑劝武后要清心寡欲、努力修炼，还要多做善事，积累功德。何仙姑的这一番劝告，说得入情入理，令武后深受启发。

后来有一天，何仙姑忽然看到遥远的天空中，铁拐李正站在一朵五色祥云之中，挥舞着他的拐杖，仿佛是在召唤着她。她心里一动，身体忽然变得很轻，渐渐地飞了起来，升入了天空。这时，她的一只珠鞋掉到了地上。第二天，珠鞋掉落的地方便多了一口水井，里面的水十分清澈甘甜。

据说很多年以后，已经成仙的何仙姑有一次到广东的一个荔枝园里游玩，偶然将自己的绿色衣带挂在了其中一棵荔枝树上。从此以后，这棵树上所结出的果实，都异常鲜美可口。因为这种荔枝从顶部到根蒂处，都带有一条淡淡的绿色线痕，又生长在广东的增城，所以得名"增城挂绿"，是荔枝中的名品。人们都说，这是因为感染了何仙姑的"仙气"的结果。至今，在零陵和增城等地，都有供奉着何仙姑的庙宇，人们都十分感念她的恩德。

蓝采和的传说

在八仙之中，有一位神仙，无论长到多少岁，外貌都是小孩子的样子，这就是蓝采和。

据说蓝采和也是唐朝时候的人。他从小跟着爷爷学习医术，十八岁便成了一位医生。蓝采和心地善良，常常免费为穷人诊治疾病。他还经常手提竹篮，去山上采药。

有一天，他像往常一样，去山上采集药草，经过荷花塘的时候，他看到有一位老人，正卧在池塘的边上。他的肚子上，长了一个很大的毒疮，一边已经破了，黑黑的脓血从里面流了出来。蓝采和一看这种情况，连忙跑到老人身边，开始诊治。他用手挤疮，想要把脓血挤出来，但他挤了半天，脓血还是出不来。蓝采和非常着急，最后他一狠心，索性用口把脓血吸了出来。吸完了脓血，他便用自制的一张药膏贴在了老人的伤口上。都处理完了，他刚松了一口气，没想到老人的伤口上却又流出血来。蓝采和不禁愣住了，这种药膏，是他自己研制出来的，可以说是百试百灵，很有效果，怎么这次会不管用呢？

蓝采和正想着，老人却忽然睁开了眼睛，冲着他喊道："傻瓜，伤口流血了，还不赶快去河边，用篮子给我提点水来洗洗啊！"

蓝采和吓了一跳，连忙拿上自己的竹篮，跑到河边，刚想要打水，却忽然反应过来：竹篮子又怎么可能打上水来呢？他把篮子放进河里，提上来，用最快的速度跑回老人的身边，却还是没有剩下几滴。

老人见状，又对他喊道："用水塘里的泥糊在篮子上，不就行了吗？真是笨蛋！"蓝采和无奈，只得照老人说的，又去提了一回，这回水倒是提上来了，但是水跟泥一混，变得十分浑浊，没办法洗了。

老人一看，十分生气，说："笨蛋！还不赶快把它倒掉，换一篮子清水来！"蓝采和心里窝火，却又十分可怜老人，不忍心抛下他就这样离开。正在发愁的时候，他听见一个清脆甜美的声音说："蓝大夫，为什么不试试用荷叶呢？"蓝采和回头一看，是一位非常端庄秀美的女子，正朝着他微笑。蓝采和恍然大悟，连忙按照女子所说的方法，摘下了几张宽大碧绿的荷叶，垫在篮子里面，提了一篮清澈的水来。他让老人躺在地上，把水轻轻地泼在他的伤口上，老人的大疮立刻就不见了，皮肤平整光洁、完好如新。蓝采和非常惊讶，瞪大了眼睛，张着嘴，望着老人。老人微笑了，指着荷花塘中的水说："喝一口吧，看看是什么？"蓝采和迟疑了一下，就站起身来，走到荷塘边，用手掬起一捧水喝了下去。顿时，一股奇异的清香，沁入了他的五脏六腑。蓝采和觉得身体变得轻飘飘的，似乎能随着云气上下飘动。这时候，他再一看那老人，已变成了一位身材高大、手拿蒲扇的仙人，刚才的那位女子，手里拿着一朵荷花，站在他的旁边。他们二人正站在半空当中，脚下是奇异的五色祥云。蓝采和这才明白过来，原来这是两位仙人，特意来试验他的。只见那老者随手一拉，蓝采和和他的竹篮就离开了地面，三人登上五色祥云，一同飞升而去了。

这二位仙人，就是八仙中的汉钟离和何仙姑，他们是特地来度化蓝采和成仙的。从此，蓝采和也便成了八仙中的一员。

黄粱一梦

八仙里面，吕洞宾可以说是名声最大的一位了。提起他来，几乎没有谁不知道的。关于他也有很多的传说故事。传说吕洞宾原本叫做吕岩，"洞宾"是他的字。他是唐朝时候京兆府这个地方的人。据说他母亲生他的时候，屋子里忽然异香扑鼻，空中传来了悠扬的仙乐声，一只白鹤随着乐声从天上飞来，一直飞入了吕母的帐中。吕洞宾生下来，果然超凡脱俗，他从小就聪明过人，读书识字，过目不忘，出口成章。长大以后，就更是气度非凡。他原本就身材高大，又喜欢穿黄色的道衫，戴华阳巾，更显得他风神俊朗、仪度超然。

吕洞宾到了二十岁，母亲开始着急了。人家的孩子，十八九岁就已经成家立业了。但吕洞宾二十岁了，却还没有丝毫想要娶亲的意思。吕洞宾的母亲十分着急，但吕洞宾自己却一点儿都不将这件事放在心上。他每天除了读书练剑之外，还常常跑到附近的山上去游玩，探幽寻奇，不愿与世俗为伍。

有一次吕洞宾去庐山游玩，遇上了一位仙风道骨的老人，老人见他颇有灵性，就传授了他一套剑法，名叫天遁剑法。这套剑法非常厉害，吕洞宾每日练习，不但剑法精进，还觉得身体也日益轻健。后来他才知道，原来那位老人是一位得道的仙人，名叫火龙真人。经过火龙真人的指点之后，吕洞宾对仙术道学越来越感兴趣，后来他索性远离了家乡，云游四方。有一年，他在长安漫游。在一间酒家喝酒的时候，碰到了一位隐士，这位隐士身穿青衣白袍，正在墙壁上题诗。吕洞宾见他所题写的诗飘逸优美，不禁喊了一声："好诗！"

那隐士转过头来，吕洞宾见他样貌不凡，便询问他的姓名。隐士见吕洞宾灵心慧性，又有意学道，便说："我叫做云房先生，住在终南山的鹤岭，你愿意和我一同回去吗？"

吕洞宾迟疑了一下，他心想：人间还有那么多有意思的东西，还有那么多我没有达到的目标，何苦非要去深山修炼呢？想到这里，他就没有答应云房先生的建议。

云房先生见吕洞宾不愿与自己同去，知道他凡心未了，也没有多说什么，还是继续和吕洞宾喝酒聊天，一直到了晚上，两人一同在酒肆里留宿。吕洞宾感到有些饿，正想去找些东西吃，云房先生拦住了他，说："我正好也饿了，这样吧，我去蒸一点饭，你就在房间里休息一下吧。"吕洞宾见状，也便没有推辞，回到房间里面，忽然觉得眼皮十分沉重，不一会儿，就睡着了。

醒了以后，他忽然发现自己身穿红袍，帽插宫花，正骑在一匹高头大马上。旁边还有很多随从，正吹吹打打地跟着他前行。他叫过来一个人，问道："这是要去什么地方？"随从说："老爷，您刚刚中了状元，又被丞相招为女婿，正要去相府成婚啊！"吕洞宾听了，有些纳闷，但也没有多问。后来，他娶了如花似玉的丞相千金，又成为了朝廷里举足轻重的大臣，仕途得意，子孙满堂，享尽了荣华富贵。但与此同时，因为他的耿直和正义，也招来了朝廷里不少奸佞小人的嫉妒和怨恨。忽然有一天，皇帝颁下旨意，说他犯了大罪，家产全被没收，妻子儿女也要和他一同被斩首。吕洞宾惊出了一身冷汗，突然梦醒，他才知道刚才的一切，原来只是自己的一场梦而已。他觉得自己已经经过了生老病死，很长的时间，但其实云房先生的饭还没有蒸熟。这个时候，云房先生端着黄粱米饭走了进来，微笑着吟道："黄粱犹未熟，一梦到华胥。"吕洞宾吃了一惊，说："先生怎么知道我刚才做的梦？"云房先生摇摇头："升沉百态，荣辱万端，五十年浑如一梦。得到并非欢喜，失去亦无所伤悲。人生原本如梦幻一场，又何苦苦心追逐？"吕洞宾顿时大彻大悟，领悟到人世间的一切荣华富贵、喜怒悲欢，原本都是空幻一场，便向云房先生深深一拜，说道："请先生收我为徒，准我跟随先生学道！"云房先生呵呵一笑，吕洞宾再起身时，见到站在自己面前的乃是一位头梳丫髻、手摇蒲扇的仙人，原来云房先生就是汉钟离所化。汉钟离伸手将吕洞宾搀扶起来，笑着说："总算为师没有看错人！"从此，吕洞宾就正式成为了汉钟离的徒弟，跟随他学习道术。

汉钟离十试吕洞宾

却说汉钟离收下吕洞宾作为徒弟以后，担心他心念不够专一，无法学习道术，便想用一些办法来考验考验他。一天，吕洞宾去外面办事，回到家里的时候，发现全家人都突然间病逝了。一般的人，见到这种情况，一定会非常悲伤，痛哭不止。但吕洞宾因为已经看破尘世，所以并不悲伤，只是买来棺木，准备埋葬他们。就在这个时候，家人们又一下子都活了过来。原来这是汉钟离对他的第一次考验。

第二次，汉钟离让吕洞宾去集市上卖东西，一个人走过来，与他刚刚谈好了价钱，却又突然反悔，只愿意支付一半的钱。吕洞宾丝毫没有计较，索性分文不取，将东西白送给对方，自己转身离去。汉钟离在一边看到，不禁微笑点头，十分满意。

到了大年初一的时候，有一个乞丐，坐在吕洞宾家的大门口，向他讨钱，吕洞宾稍微拿得慢了一些，那乞丐便破口大骂起来。吕洞宾没有生气，反而好言相劝，那乞丐才站起身来，笑着走了。这是第三次考验。

后来汉钟离又让吕洞宾去山里放羊，吕洞宾放着放着，忽然跑出来一只大老虎，要吃掉羊。吕洞宾心中不忍，便挡在羊群前面，对老虎说："如果你一定要吃，那就吃我吧。"老虎叫了一声，便转头走了。这是汉钟离对他的第四次考验。

第五次，吕洞宾一个人在山中的茅草屋里读书，突然有一个年轻漂亮的女子敲门，自称在山里迷了路，想要借宿一晚。吕洞宾让她进屋休息，自己则在外面读书。半夜里，女子不安分起来，百般勾引吕洞宾，但吕洞宾丝毫不为所动，直至天明。

第六次，吕洞宾在山里采药，在一片地上挖出了好几十块金子。他不但不拿走，还连忙用土把它重新埋好。

第七次，吕洞宾在集市上买了几件铜器，拿回家一看，却变成了金子做的。他连忙找到那家店，将金器退了回去。

第八次，汉钟离装成一个疯道士，在集市上卖药，说，吃了我卖的药，会马上死去，然后下一世能得道成仙。旁人都不敢买。但吕洞宾却深信不疑，买了药然后吃下去，不但没有死，精神反而更好了。

又有一次，吕洞宾划着一叶小舟渡江，到江心的时候，忽然狂风大作，江上波涛汹涌，小舟仿佛马上就要被淹没在江水之中。吕洞宾毫无惧色，独立舟中，一会儿风平浪静，吕洞宾平安地渡过了大江，没有丝毫损伤。这是第九次考验。

一天夜里，吕洞宾独自在家中静修，忽然见无数鬼神跑来，手拿刀枪棍棒，想要杀他，吕洞宾端坐于堂中，毫不理睬，不一会儿，只见鬼神们如烟雾一般，瞬间消失了踪影。又过了一会儿，只见几个鬼差押着一个囚犯，站在他的面前，那囚犯喊道："我是上一世被你杀害的人，快点偿我命来！"吕洞宾笑道："杀人偿命，不过是这一条性命罢了，且还你来！"说完，就抽出长剑，刚要刎颈自杀，只听一声大笑，鬼差、囚犯早已不见，汉钟离自空中飞下，对吕洞宾说："好徒弟！如今十次考验你都已经通过了，日后你只要认真修炼，一定能够得道成仙。"从此以后，吕洞宾就跟随着汉钟离学习仙法，终于成为了一位法力高强的仙人。

苟杳与吕洞宾

吕洞宾没有成仙之前，曾有一个同乡好友，叫做苟杳。苟杳从小父母双亡，家境十分贫寒。但他本人为人诚恳，读书勤奋，是一个忠厚可亲的人。吕洞宾见他聪明刻苦，很赏识他，便请他到自己的家中居住，希望他能成才。

苟杳感念吕洞宾的恩德，更加刻苦读书，渐渐有所小成。有一天，有一位姓林的客人到吕家做客，见苟杳刻苦用功，为人又忠厚老实，便向吕洞宾提议，想把自己的妹妹嫁给他。吕洞宾听了，便同意了。他对苟杳说了这件事。苟杳一听，喜出望外，没想到吕洞宾却接着说："不过贤弟啊，我有一个条件，等你成亲了以后，新娘子要先陪我三宿。"

苟杳听了，大吃一惊，心想，自己的大哥虽然平时风流放诞，不拘礼法，但他不是这种伤害别人的人啊，为什么会提出这种要求呢？他本不愿同意，但无奈自己寄住在人家家中，人在屋檐下，怎能不低头？思虑再三，他还是答应了。

成亲这天晚上，吕洞宾送走宾客，便径直走进了新房。新娘子正坐在床上。吕洞宾见状，笑了笑，也不说话，拿出一本书，坐在灯下，就埋头读了起来。林小姐左等右等，也不见丈夫来掀自己的盖头，只好自己睡下了。等到天明醒来，吕洞宾早已出去了。一连三天都是如此，林小姐十分伤心，却也没有办法。

等到第四天晚上，苟杳刚一走进新房，就看到新娘正在低头落泪，边哭边说："郎君为什么一连三夜都不上床同眠，只顾低头读书？"苟杳听了，十分惊讶，这才反应过来，原来吕洞宾是怕他贪恋欢愉，忘了读书，所以才用这个办法来激励他啊。

苟杳每日都用功读书，几年以后，他考中了进士，要去外地为官，便告别了吕家。一晃过了好几年。这一年夏天，吕洞宾家不慎失火，房屋、家产都被烧得所剩无几。吕洞宾便去找苟杳，想请他帮帮忙。

苟杳一见吕洞宾来了，非常高兴，欢迎备至。每天都用美酒佳肴来招待他，但就是绝口不提帮忙的事。见到这样的状况，吕洞宾心中明白，真是人间冷暖，世态炎凉，昨天还是朋友的人，转眼之间就不记从前的恩德。他一气之下，便不辞而别，离开了苟杳家。

等他回到家乡，老远就看见原先自己家的地方重新立起了好几间青砖碧瓦的新房子，他十分诧异，便连忙走过去，想要看个究竟。可他走到门前，就更吓了一跳：大门两旁贴了白纸，屋子里各处都挂着白色的灯笼，自己的妻子披麻戴孝，正在嚎啕痛哭。吕洞宾走上前去，叫了她一声。吕洞宾的妻子转头一看，吓得浑身颤抖，问："你是人还是鬼？"吕洞宾说："我当然是人了，不信你摸摸看。"他的妻子伸手摸了摸他，果然是人，才定下神来。吕洞宾非常奇怪，便问她到底发生了什么事情。

原来吕洞宾刚离开家，就来了一帮人，帮吕家重新盖起了房子，说是有人派他们来的。妻子原本十分高兴，可没想到前两天又来了一群人，抬来了一口棺材，说是吕洞宾在苟杳家生了急病，已经死了。吕洞宾的妻子一听，顿时哭得死去活来。今天原本正要下葬，没想到吕洞宾竟回来了。

吕洞宾一听，便明白了，这都是苟杳干的。他拿起一柄斧头，狠狠地劈开了苟杳派人送来的那口棺材，只听咔嚓一声，棺材裂开了，里面全是金银财宝，还有一封信。吕洞宾打开信，只见信上写道："苟杳不是负心郎，路送金银家盖房。你让我妻守空房，我让你妻哭断肠。"吕洞宾读罢，又气又笑，说道："真不愧是我的好贤弟啊！"

从此以后，吕苟两家的关系更好了。通过这个故事，人们还编成了一句俗语，就是"苟杳吕洞宾，不识好人心"。但因为"苟杳"和"狗咬"读音相同，所以传来传去，就成了"狗咬吕洞宾，不识好人心"了。

吕洞宾与白牡丹

吕洞宾成仙以后，就时常骑着一只黄鹤，在人间四处遨游。有一天，他听说东都洛阳花开正好，便腾云驾雾，来到了洛阳。看花的人很多，摩肩接踵。就在这熙熙攘攘的人流中间，吕洞宾偶然回首一望，忽然看到了一个清秀脱俗的女子。她身穿一身雪白的长裙，眉如新月，口点朱砂，一双动人的大眼睛，如同秋日深潭中的潭水一样清澈透亮。吕洞宾看到她时，那女子也碰巧看到了他，她发现吕洞宾一直望着他，只是笑了笑，便走开了。吕洞宾心想，我样貌非凡，别的女子看到我，都是十分爱慕的，但唯独这个女子，却不理不睬。他觉得很有意思，便略施法术，便将那女子头上的一朵珠花摘到自己手中，走上前去问道："小姐，这珠花是你掉的吗？"女子一笑，从吕洞宾手中接过珠花。吕洞宾又问："不知小姐姓甚名谁？"女子答道："小女子名叫白牡丹。"

吕洞宾自从见过白牡丹之后，便对她十分思念。后来经过一番打听，他才知道白牡丹原来是这城中最有名的歌舞伎。这一天，他便来到白牡丹栖身的歌楼，邀她出来相见。吕洞宾文采风流，长得又俊逸潇洒，调笑一番之后，白牡丹很快就被他吸引了。两人一个吹笛，一个弹琴，彼此应和，情意融融。吕洞宾便在白牡丹处留宿了几晚。

后来汉钟离听说了这件事，便利用下棋的机会问吕洞宾："听说你与一个叫白牡丹的女子在一起，可有此事吗？"

吕洞宾见自己的师父已经知道了，也不得不承认，便说："是。"

汉钟离叹了口气，说："你本是天上的东华上仙，因犯了天条，才被罚下人间，贬为凡人，如今眼看你修道已渐有所成，切不可因为贪恋美色而坏了道行啊！"

吕洞宾听了，十分惭愧，便下定决心，不再见白牡丹，骑上黄鹤，到丰都山专心修道去了。

转眼好几年过去了，有一天，吕洞宾再次经过洛阳，正看到一个恶霸想要强抢一个女子。他看到那女子，觉得十分眼熟，定睛一看，原来是白牡丹。他三下两下打退了恶霸，将白牡丹救了下来。原来那个恶霸见白牡丹美貌，便逼她嫁给自己，白牡丹不从，那恶霸就想强行把她带回府，幸亏在半路上遇到了吕洞宾。白牡丹原本就非常想念吕洞宾，这次又被他所救，更是死心塌地，希望能够与吕洞宾一直在一起。

吕洞宾此时早已心静如水，不再贪恋情欲。他将白牡丹搀扶起来，对她说明了自己的真实身份，并劝她放下儿女情长，修习道术。白牡丹虽然还眷恋着吕洞宾，但也明白他此时已经看破尘世，便答应下来，从此在峨眉山专心修炼。

一晃又过去了很多很多年，这一天，吕洞宾骑着黄鹤，又一次来到了东都洛阳。奇怪的是，虽然是寒冷的冬天，花园里的百花却都开了，争奇斗艳，显得十分美丽。但在这百花之中，却找不到牡丹花的影子。吕洞宾仔细一看，原来牡丹花都被从土里拔了出来，扔得遍地都是，十分可怜。

吕洞宾非常惋惜，他四处寻找，好不容易才在一个角落里找到了一棵虽然奄奄一息、但还活着的牡丹花，小心翼翼地放进自己的怀里，驾起祥云，向附近的山林飞去。

到了山里，他挖了一个土坑，把牡丹花从自己的怀里拿出来，种了下去，还捧来泉水，轻轻地浇在它上面。过了好一会儿，那株牡丹花才缓了过来。忽然，牡丹花四周升起一阵烟雾，渐渐地幻化成了一个女子的身形。她来到吕洞宾面前，深施一礼，说道："谢真人又搭救了我一次。"

吕洞宾听了，十分奇怪，便问："姑娘何出此言？"

女子抬头，已是泪眼盈盈，她哽咽着答道："吕真人，我是白牡丹啊！"

吕洞宾闻言，吃了一惊，他定睛一看，果真是当年曾与他有过一段情缘的白牡丹。他连忙把她扶起来，问道："这是怎么回事？"

白牡丹坐下来，对吕洞宾诉说了自己的经历。原来自从在峨眉山二人分别之后，白牡丹便一直认真修炼，终于得道成仙，奉命掌管牡丹花。这一年，女皇武则天要游上苑，就命令百花连夜开放，以供她明日观赏。百花虽然害怕寒冷，但又不敢违抗她的旨意，只得纷纷开放。惟有牡丹花天生一副傲骨，不愿向权势低头，便没有按时开放。武则天一怒之下，命令将洛阳城里的牡丹全部拔出，不许再种。这才有了吕洞宾所看到的那一幕。

吕洞宾听了以后，一面叹息，一面也为牡丹的傲骨所感动。他将白牡丹带回了天庭，将她安置在王母娘娘的御花园里。从此，白牡丹也成了天上的仙子了。吕、白二人情缘已了，从此各自修炼，后来都成为了法力高深的仙人。

龙七公主赠洞箫

八仙里面有一位俊朗文雅、书生打扮的神仙，他就是韩湘子。传说他是唐代大文学家韩愈的侄孙子，自幼失去父母，由韩愈将他养大成人。韩愈本希望他能够努力攻读儒学，将来取得功名，为国效力。但韩湘子生性放荡不羁，对儒家学问没有兴趣，相反倒是十分喜欢读道家的书籍，向往自然。也正是由于这个原因，他与自小抚养自己长大成人的叔祖父韩愈之间不是十分愉快。

在二十多岁的时候，韩湘子便拜别了韩愈，一个人去游历名山大川。后来在旅行的途中，他遇到了已经成仙的吕洞宾。经过吕洞宾的点化，韩湘子很快得道。

有一年，韩湘子来到了东海之滨。他望着月光下波光粼粼的大海，心中有所感动，便拿出了随身携带的洞箫，轻轻地吹奏了起来。他的箫声深沉忧郁，悠扬的曲调，在静谧的夜空之中飘扬。大海仿佛都陶醉在了这优美的乐声中，静悄悄的，只能听到海浪拍打的声音。

韩湘子忘情地吹奏着，不知过了多长时间，他才缓缓地睁开眼睛，重新凝望眼前的大海。这时，他发现有一条小鳗鱼，正伏在他脚下的岩石旁边，它浑身是银色的，在柔和的月光之下，显得更加闪亮。它的眼睛里，还闪烁着盈盈的泪光，仿佛还陶醉在韩湘子的箫声之中。

韩湘子见状，便俯下身来，笑着说："小鳗鱼，难道连你也能听懂我的箫声吗？"

出乎他意料的是，那条小鳗鱼居然直起身来，轻轻地点了点头。

韩湘子十分惊异，犹豫了一下，他又重新拿起了洞箫，放在嘴边，吹了起来。没想到，小银鳗随着他的箫声，跳起舞来。姿态优美，世间罕见。韩湘子不停地吹，它也就不停地跳。在银色的月光下，构成了一幅奇异美丽的图画。

这样的情况一连发生了三个晚上。韩湘子每天晚上都会到东海边来吹箫，小鳗鱼也每天都伴着他的箫声起舞。第四天的晚上，韩湘子照例来到海边，等来等去，却不见小鳗鱼的影子。他心中有些失望，正想回去的时候，忽然听到后面有人在喊他，他回头一看，原来是一位老婆婆。他赶忙迎上前去，问道："老婆婆，有什么事吗？"

老婆婆向他行了一礼，说道："仙人，我是东海龙宫中龙王七公主的仆从。实不相瞒，前几天来听您箫声的小鳗鱼，就是七公主变成的。她被您的箫声所吸引，所以来伴您歌舞。但这件事被龙王发现了，把她关了起来，不许她再来见您。公主感念您的箫声，今日特命我来，送上南海普陀神竹一枝，以供仙人制箫之用。希望您能用公主送您的这枝竹，吹出更加动听的乐曲来。"

说完，老婆婆便向海中纵身一跳，不见了。

后来，韩湘子将这枝神竹做成了洞箫，命名为紫金箫。这支箫的神奇之处在于，不论什么样的妖魔鬼怪，只要听到韩湘子吹起的箫声，便都乖乖降伏。这支箫也就成了韩湘子的法器，替他斩妖除魔，维护正义。

韩愈与韩湘子

等到韩湘子四处游历、遍览名山大川之后再回到长安，见到自己的叔祖父韩愈，已是二十多年之后了。韩湘子从小聪明灵慧，韩愈见他回来，仍希望他继续攻读儒学，但韩湘子此时潜心修道，对尘世的功名富贵，早已不关心了。经过吕洞宾的点化，他每日清心静修，阅读道术书籍。他也曾多次希望能够点化自己的叔祖父，但无奈韩愈一心想为国为民做出一番事业来，始终不悟。韩湘子也没有办法。只能陪伴在韩愈身边，保护他不受到小人的陷害。

有一年，韩愈的寿诞到了。他邀请了很多的宾客。韩湘子从外面回来，也向韩愈祝寿。韩愈见他又去外面了，心中不是十分高兴，便说道："韩湘，你天天在外面游荡，不务正业，你看看，就连外边的小贩也有一技之长，你天天如此胡闹，以后能做什么呢？"

韩湘子听了，笑了笑，便朗声回答道："叔祖，其实我也有一技之长，只是您不知道罢了。"

韩愈问："那你能做什么？"

韩湘子说："我不需要任何的材料，就能够酿出醇厚的美酒；我不需要等到春天，种下一粒种子，便能让它立刻开花。"

韩愈听了，立刻斥责他道："你也太狂妄了，这怎么可能呢？"

韩湘子微微一笑，并不反驳什么，他搬来一个大空酒坛，放在桌子上，在上面蒙上一块布。接着，他口中念念有词，念毕，用手一指酒坛，只听里面真的渐渐有了水声。人们打开一看，原本的空酒坛竟然装满了美酒。人们争着把酒倒进杯里，喝进嘴里。只感到一股奇香沁人心脾，美酒醇厚甘洌的香味瞬间充满了整个口腔。人们都说："真是好酒！"

韩湘子又拿来一个花盆，在花盆里面播下了一粒种子，念动咒语。没过多一会儿，只见两片嫩芽就破土而出了，转眼之间，嫩芽迅速长大、结苞，最后开出了一朵硕大的牡丹花。花瓣娇艳欲滴，十分美丽。

人们都惊讶极了，纷纷凑上前去看。韩愈也走上前去，仔细端详起来。这时，他看到在牡丹花的一朵花瓣上还写着两行小字："云横秦岭家何在？雪拥蓝关马不前。"他十分奇怪，便问韩湘子："这是什么意思？"

韩湘子笑笑，只说："叔祖，您以后会知道的。"说罢，就离开了。

很多年以后，韩愈因为劝谏皇帝不要崇信佛教，惹恼了皇帝，一些小人趁机落井下石，韩愈便遭到斥责，被贬到边远的潮州做官。走到一个叫做蓝关的地方时，天上下起了大雪，道路湿滑泥泞，马儿纷纷停住了脚步，不肯前行。韩愈这时才忽然想起了韩湘子留给自己的那两句诗，说的不正是今日的情况吗？想到这里，韩愈不禁思念起自己的侄孙来。他虽然没有听从自己的话，考取功名，但平日里却对自己十分关心，保护自己不受小人的陷害。如今自己身处困境，他又在哪里呢？这样想着，他不由得仰天长叹："侄孙，你如今在何处啊！"

正在这时，只听得身后传来清脆的马蹄声，有人骑马追了上来。来到韩愈身前，他飞身下马，上前躬身行礼，道："叔祖，湘子来迟了。"

韩愈一看，正是自己的侄孙韩湘子。他又惊又喜，连忙将他搀了起来，问道："你怎么知道我在这里？"韩湘子说："我听说了叔祖您被贬到潮州，就赶紧骑马追来了。叔祖，您还记得我留给您的那两句诗吧？"见韩愈低头不语，韩湘子又接着说："叔祖，我早已对您说过，当今的朝廷里是容不下您这样的正直之士的，您还是和我一起离开这里吧。"

韩愈沉默了一会儿，最终还是摇了摇头，对他说："虽然如此，但百姓终究是无辜的，我还是希望能够用自己的力量，让他们的生活过得更好一些。"

虽然韩愈没有答应自己的请求，但韩湘子还是为自己叔祖的这种仁爱之心所感动。两人在驿站中彻夜长谈，第二天清晨，韩湘子便拜别韩愈而去了。临走前，他对韩愈说："叔祖，您不必担心，过不了多久，您就可以回到朝中。"

果然，不久，韩愈就被皇帝召回了京城。而韩湘子也得道成仙，云游四方去了。

曹国舅的传说

八仙之中，唯一一个曾经做过官的，就是曹国舅了。据说曹国舅原本名叫曹景休，是宋朝一位皇后的大弟弟，所以别人都尊称他为国舅。曹国舅本人谦和有礼，待人亲切，不贪图功名富贵，平日里爱读道家书籍，喜欢清心幽静。老百姓也都十分爱戴他。但曹国舅有一个弟弟，被称为二国舅的，却飞扬跋扈，凶恶狠毒。他仗着自己是皇帝的亲戚，平日里横行霸道，为非作歹。有一次，曹国舅出门办事，刚刚走到门口，就遇到了几个哭得很伤心的老百姓。他一问之下，才知道是自己的弟弟强占了人家的田产，不但不给他们钱，还派了打手打了他们一顿。这几个老百姓实在没有办法，便来找曹国舅申诉冤情。

曹国舅一听，非常气愤。他派人带着几个老百姓去治伤，自己回到府里，找到了弟弟，责问他是不是有这么回事。没想到弟弟不但不承认错误，还说没什么大不了的。曹国舅非常生气，却也没有办法。

曹国舅的弟弟总是这样仗势欺人、为非作歹，曹国舅屡次规劝他，他不但不听，最后反倒还把曹国舅视为仇人。到了最后，为了谋夺家财，曹国舅的弟弟甚至设了计谋，想要杀死自己的哥哥。曹国舅眼见如此，失望至极，不禁长叹一声，说道："天下之理，积善者昌，积恶者亡。今日你为非作歹，他日必遭惩罚。到了那时，哪怕你只想牵着一条黄狗，自由自在地在东门外遨游，也是不可能的了。你好自为之吧。"

从此，曹国舅散尽家财，周济穷苦之人，辞别了家人和朋友，身着道服，云游四方。多年以后的一天，他正在深山之中静心修炼，忽然有两个人来到了他的面前。其中　个人问道："你在修炼什么？"曹国舅回答："修炼道。"那人微微一笑，又问道："道在哪里？"曹国舅没有回答，只是用手指了指天。那人又问："那天又在哪里？"国舅指了指自己的心。二人相互看了一眼，笑道："道即天，天即心，看来你已经明白道的真义了。"这两个人其实就是汉钟离和吕洞宾。他们见曹国舅已有所领悟，便送给他一本《还真秘旨》，让他好好修炼。没过多久，曹国舅便得道成仙，成为了八仙之一。

很多年以后，成仙之后的曹国舅再度回到自己的家乡，才知道自己的弟弟由于作恶多端，已经被投入监牢、按律处死了。他叹了口气，说道："早知今日，又何必当初呢？"说完，便转身离去了。

曹国舅虽然成为了仙人，但他所穿的，仍然还是那一身官服。腰系玉带，手持玉板，为百姓们伸张正义、消灾解难。

太岁头上动土

相传在大禹治水之前，天上一下暴雨地上就会有水灾。而当时人们的房子都是用茅草盖的，所以经受不住洪水的侵袭。洪水退后，人们就会流离失所，到处找山洞暂住。那时有个小伙子叫做晋安，他见房屋倒塌，人们居无定所，于是就到兜率宫找太上老君商量对策。

这一天，晋安找到太上老君。他走进兜率宫，见太上老君正在一心一意地炼丹，而对人间洪水泛滥的情况却不闻不问，于是难以抑制住心中的不满，上前一步道："太上老君，如今人间发了洪水，百姓死的死，逃的逃，你还有心情在这里炼丹吗？"哪知太上老君却说："你找错人了，这事哪里归我管呢！"晋安见太上老君并不上心，于是恳切地说道："这平原上住了千百万百姓，他们现在流离失所，没地方居住。都说你菩萨心肠，神通广大，请你给想个办法吧！"太上老君觉得他说得在理，于是放下手里的活计，沉思了良久说道："水火相克，如果用火烧土砌成砖墙来盖房子，水就难以冲毁它了。"晋安大喜，又接着问道："该怎么烧砖呢？还请您老赐教。"太上老君答道："制成土坯烧上七昼夜。烧的方法就如我炼丹一样，要能将热气聚集起来。"晋安很聪明，他听后立刻明白了太上老君的话，下到凡间去了。

晋安回去以后，立刻仿照炼丹炉制成了一个大土窑。他将制好的土坯有规则地放进窑里，然后将窑顶用土封了起来，经过七天七夜，土坯果然烧成了砖。晋安非常高兴，但是他立刻想到，有了砖还不够，怎样才能将房子盖起来呢？总不能用泥巴将它们固定在一起吧，这样大水一来，房子还是会倒啊。于是他又到天上找太上老君去了。

太上老君见晋安又来了，于是问道："砖没烧成吗？"晋安便说明了来意。太上老君听了哈哈大笑，说："这地上有种石头叫做石灰，火烧后会成为白色石块或石粉。之后再用水浸泡上两天，就是砌墙的绝好材料。"晋安听了忙给太上老君叩头，然后高高兴兴地下凡去了。这之后，晋安将这个主意告诉了天下的百姓，他们挖土制砖盖房子，忙得不亦乐乎。

有个管理凡间土地的神仙叫做太岁，他喜欢到处游玩。这天，他游玩归来，见百姓都在动土，顿时大怒，于是派手下查明事情来由。手下回来报告说："有个叫晋安的人，是他在带领大家盖房子。"太岁很生气，说道："这小子真是吃了熊心豹子胆，敢在我太岁头上动土。快将他拿下，我要亲自问问他！"手下于是将晋安带到太岁面前，只听太岁大吼道："大胆晋安，是谁指使你随便动土的！"晋安知道太岁正在气头上，于是恭恭敬敬地回答道："太岁您别生气。洪水冲毁了百姓的房屋，百姓没地方居住，我只好挖土烧砖，带领百姓重建家园。由于此事紧急，没有及时通知您，还请您见谅。"谁知太岁是个暴脾气，他才不管那许多，只说："你没经过我的同意就动了我的土，就要受到惩罚。"说着就叫来手下将晋安拖出去，先打上四十大板再说。晋安一看不好，说："慢着，这事是经过太上老君允许的，我们去找他评评理。"太岁一听这事牵扯到太上老君，也不好妄下结论，于是勉强答应了。

太上老君闻讯就来到了凡间，太岁见了忙上前问道："听说这小子动土是经过您的指点，如今您倒是给评评理，也不跟我打声招呼，该当何罪！"太上老君听后，故意大声呵斥晋安道："这就是你的不对了，快回去准备些酒菜，给太岁赔罪。"之后他叫上太岁，来到晋安的砖窑，说："我们进去看看吧。"太岁也没在意，就跟着太上老君进去了。之后他们坐在一个烟洞房里谈话。烟洞房里的温度极高，烟雾也很浓，太岁坐了一会儿就坐不住了，要往外走。太上老君却死死地拉住他，故意说："太岁别走啊，晋安还没有来赔罪，你别说走就走呢？"此时的太岁被烟熏得眼泪都流出来了，他连打喷嚏，再也受不了了，于是松口道："罢了罢了，他动土也是为了百姓嘛，就算了吧。"说罢他甩开了太上老君的手，赶紧跑出了烟洞房。

之后，晋安带领百姓造了很多砖房，这房子不怕洪水冲袭，百姓都过上了幸福的生活。

黄大仙的传说

在浙江金华的赤松山，有一座宏伟壮丽的二仙殿，它背靠巍巍青山，面对悠悠碧水，景色非常美丽。这里，就是传说中赤松道人黄大仙得道成仙的地方。

黄大仙本名叫黄初平，因为在赤松山修炼成仙，所以又号赤松子。传说他本来是天上的施雨神，一次，玉帝命他降下大雨，三日三夜，不得停歇。黄大仙不忍见到人间洪水泛滥、暴雨成灾，于是私自停雨，被玉帝知道了，将他贬为凡人。

被贬下凡间的黄大仙，降生在一个贫民家庭，被起名为黄初平。因为家里十分贫穷，八岁的时候，黄初平就开始牧羊了。他每天赶着羊群上山，一边放羊，一边欣赏着山中的朝晖夕阴，风云变幻。久而久之，他便对山中的气候变化了如指掌。他也熟悉星辰的起落、草木的特性和鸟兽来往的踪迹。优美宁静的大自然也造就了他温和灵敏的性格，使他为人谦和，安雅从容。

十五岁那一年，黄初平牧羊的时候，在山上遇到了一个老人。老人对他说："我的腿受伤了，你能帮帮我吗？"初平立刻找了一些可以疗伤去毒的草药，研出汁液，给老人敷上。老人站起身来，走了两步，腿上的伤已经差不多好了。老人很高兴，便向初平道谢，初平连忙躬身答礼，说："这是我应该做的，您不用客气。"

老人呵呵一笑，初平只觉面前金光一闪，再抬头的时候，哪里还有什么受伤的老人，只见一位鹤发童颜、仙风道骨的真人站在自己面前。老人将初平搀扶起来，对他说："我乃是天上的真人广成子，见你聪明善良，特来点化你的。"初平又惊又喜，连忙跪地拜谢。从此，初平便跟随着广成子，在金华的赤松山石洞中学道。初平这一走，就是很多年，家中的亲人不知道他去了哪里，都非常着急。他有一个哥哥，名叫黄初起，在家中苦等弟弟回来，等了很多年，却都不见他的踪影。于是，黄初起下定决心，外出游历，寻找弟弟。

很多年以后，他在集市中遇到了一个道士。初起向道士问起弟弟的下落，道士为他卜了一卦，告诉他在金华的赤松山，有一个牧羊儿和他要找的人很相似。初起听了，十分高兴，连忙拜谢道士。道士说道："不用道谢，你且把眼睛闭上，随着我来。"初起心中疑惑，却还是按道士的话做了。忽然，他听得耳边风声大作，等他再睁开眼的时候，已经站在一个石洞前面了。

初起环顾四周，不知是什么地方，正想找一个人问问时，却见从石洞中走出来一位道士，不是别人，正是他失踪多年的弟弟初平。他连忙走上前去，喊住了弟弟。初平见是哥哥，也非常激动。兄弟相见，彼此都热泪盈眶。

初平问起初起，是如何找到这里来的，初起对他讲述了自己的经历。初平听了，便说："哥哥，那位道士可能就是点化我的仙人广成子，不忍你我兄弟离别，特意带你到这里来的。"初起听了，十分惊异。初平又对他讲述了自己得广成子点化，遂在此地潜心修道的经历，并引导、启发哥哥，劝他抛却凡尘，一心向道。在初平的启发下，初起也有所领悟，于是便留了下来，和弟弟一起修炼。不久，他们就双双得道成仙了。

黄初平成仙以后，不但在家乡造福黎民百姓，还云游四方，劝善助人，除暴安良。他擅长炼丹和医术，曾经救过很多人的性命。他法力高强，惩治了很多强占一方、欺压良民的贪官恶霸。他心地宽厚仁慈、有求必应，被百姓们尊为财神和吉祥之神，崇敬非常。至今在全国各地，还有很多很多的黄大仙祠，香火鼎盛。

张天师的传说

张天师指的是东汉时期五斗米道的创立者张陵，因其自称是受太上老君之命为天师，所以被人们称为张天师。传说他神通广大，能用符咒破除"五毒"，消灾避祸，用雷霆驱散"五鬼"，镇妖驱邪。他常常身着道袍，身边环侍一龙一虎，作为护法，非常威武。

传说张陵的祖父名叫张刚，原本是乡下一个卖油的农夫。当地有一个大财主，因为要埋葬先人，请了一位风水先生来挑选合适的位置。风水先生在附近察看了一番，选定了一处绝好的地方，并告诉财主："这里是天门穴，如果将先人埋葬在这里，后代之中一定会出现神人。"财主非常高兴，给了风水先生很多钱，并准备好挑一个合适的日子埋葬先人。

这一天，张老汉卖油回来，路过风水先生为财主家选定的那块地方，突然狂风大作、暴雨如注，张老汉在倾盆大雨之中，看不清道路，不慎跌入财主家刚刚挖好的坟坑中。大雨又将泥土冲入了坟坑，张老汉就这样被埋葬在这块地之中了。天晴以后，财主家再想埋葬先人，可是却已经找不到原来的地方了。于是他们只好另选了一块地方以埋葬先人。

说也奇怪，正如那位风水先生所说，张家的子孙，到了张老汉孙子这一辈，果然出了一位神人，这就是张陵。传说他长得高大魁梧，额头宽厚，眉骨突出，望之令人肃然起敬。他从小聪明好学，天文地理、诸子百家，无所不知，无所不晓。

长大以后，张陵做了一阵子朝廷的官员。但不久，他就辞去官职，退隐北邙山中，修炼神仙之术。后来因为喜爱蜀中深邃灵秀的山林溪谷，他又去了蜀中，在鹤鸣山中继续修炼丹药、符咒之术。他有两个徒弟，一个叫做王长，一个叫做赵升，他们协助张陵一起，炼成了一种名叫龙虎大丹的丹药，吃了这种丹药，便可以返老还童。

一天，张陵在嵩山遇到了一位衣着锦绣的使者，使者告诉他说：“在嵩山中峰的石室里，藏着《三皇密典》和《黄帝九鼎丹书》两本非常珍贵的道书，如果你能找到它们，勤加修炼，就可以得道升仙。”张陵后来进入了石室，果然找到了那两本珍贵的经书，于是他便来到龙虎山，潜心修炼，渐渐地学会了法术，能将自己的形影分离开来。

后来有一次，张陵在梦中见到太上老君驾临，对他说：“近来蜀中有六大魔王作威作福，残害百姓，你如果能够将他们降伏，则是功德无量，必能成仙。”太上老君还赐给他斩邪雌雄剑、平顶冠、八封衣、印绶等等宝物。张陵醒了以后，就带领弟子，立即赶往了蜀中的青城山，鸣钟叩磬，布下了龙虎神兵，施展法力，降伏了六大魔王。因杀戮过多，太上老君命他再继续清心修炼三千六百日。

十余年之后，一天，张陵见山中悬崖之下桃子成熟，便命弟子投身取之，遂得道。不久，他便与两个弟子在云台山飞升而去，得道成仙。后世景仰张陵，于是称他为张天师，把他看作正义威武的化身。

许逊斩龙

许真君在历史上也真有其人。他的名字叫做许逊，是晋朝时候江西地方的人。一天，许真君的母亲梦见天空中飞来一只金凤，在她头上盘旋了几圈之后，不偏不倚地正好落入了她的怀中。没过多久，许逊就出生了。许逊天生灵慧聪颖，他少年时，最喜欢跟随大人们一起去打猎。弓马骑射，他样样精通，每次都能打到不少的猎物。有一次，他射中了一只母鹿，正在高兴的时候，他却忽然发现母鹿腹中还没有出生的小鹿掉在了地上，母鹿不顾自己的箭伤，回过头来，伤心地舔着自己的孩子。没过多久，就死去了。许逊看到这样的情景，心中非常难过，他忽然领悟到了一些事情。从此以后，他便收起了弓箭，一心一意地读书为学。很快，他就读遍了经史典籍，并且上知天文，下晓地理。而在这么多的书籍知识当中，他又尤其喜好道家的书籍，非常向往那种自然、纯净的生活。

四十二岁那年，许逊被推举为孝廉，不久，又成为了旌阳令。他为官勤勉，廉洁奉公，对百姓也十分仁慈宽厚。时人感念他的恩德，立起生祠供奉他，称他为“许旌阳”。后来，许逊见晋朝统治昏庸，天下即将大乱，便弃官归隐，游历江湖，寻求至道。

传说有一次他在江南地方游历的时候，看到当地洪水泛滥，民不聊生，便问当地人其中的缘由。当地人告诉他说，此地水中有一条蛟龙，经常兴起水患，淹没农田、房屋，弄得百姓无法生存。因为它曾受过火龙魔法的驯化，具有灵性，诡计多端，变化莫测，很多道人都无法降伏。许逊听了，决定降伏这条妖龙，为民除害。他来到江边，抽出宝剑，想要引蛟龙出水，再加以降伏。可这条蛟龙曾经受过妖法点化，它一会儿变成少年，一会儿变成僧人，有时还化为粟米、鸟兽，屡屡躲过许真君的追杀。但许真君不急不躁，他施展出从道士吴猛和仙人谌母那里学来的高超法术，一下打中了蛟龙的要害，终于降伏了它。之后，许真君用八条铁锁链，将蛟龙锁在水底，使它不能再度为害百姓。

许真君的清正廉明、仁爱慈厚给人们留下了深刻的印象。东晋宁康二年，许逊经过多年的潜心修炼，终于得道成仙，举家从江西豫章的西山上飞升而去。据说连他家的鸡和狗都跟随着一起飞上了天。"一人得道，鸡犬升天"这个成语，也就是从这里来的。

葛洪成仙

葛仙翁本名葛洪，是我国古代一位著名的道教学者、炼丹家和医药学家。他生活在东晋时期，是丹阳郡这个地方的人。据说他是三国时期著名方士葛玄的侄孙，世称小仙翁。

葛洪年轻的时候，家里非常穷，请不起仆人，就连家门外面的篱笆墙坏得不像样，也没有钱修理。他家中还着了好几次火，弄得家里原来收藏的典籍也都被烧毁了。葛洪于是背起书篓，步行千里，到别人家中借书，借回来以后，便一点一点地抄下来。买不起纸，他就每天上山打柴，用卖得的钱买纸；点不起油灯，他就借着微弱的火光，阅读书籍。就这样日复一日，年复一年，葛洪终于成为了一个大学者。

葛洪为人宽厚，近于木讷，他不追求富贵荣利，也没有什么特别的爱好，唯一喜欢的，就是神仙导养之法。他曾经跟随自己叔祖葛玄的徒弟郑隐学习炼丹术。司马睿做丞相的时候，葛洪曾做过他的属官，后来因为争战有功，被封为关内侯。南海太守鲍方很看重他，把自己的女儿嫁给他，还把自己的学问也传授给了他。

葛洪后来就辞官归隐，遍游名山。在山中修炼的同时，他也开始潜心研究炼丹之术。

他曾经写过一本书，名叫《抱朴子》，这也是他最有名的著作。在《抱朴子·内篇》中，他曾具体地描写了自己炼丹时的感受及经验，其中不少都和现代化学知识十分相似。例如他说"丹砂烧之成水银，积变又还成丹砂"，指的就是丹砂经过加热，可以变成水银，而水银加入硫磺，又可以还原成丹砂。这些都包含了化学知识在其中。因此葛洪也被称为我国最早的化学家。

　　葛洪对于炼丹术的喜爱，远远超过了其他东西。有一次，皇帝想要奖励他，便说出许多大官职，问他想做哪一个。葛洪想了想，说："请陛下让我去句漏这个地方当县令吧。"皇上听了，十分奇怪，说："那是一个很小的地方，和你的功绩不相配，还是换一个吧。"葛洪说："陛下，那个地方虽然很小，但是却出产很好的丹砂，对炼丹很有益处，请陛下答应我的请求吧。"皇上听了，便答应了他的请求。葛洪就带着自己的子孙、随从，一起到句漏这个地方去了。

　　但在半路上，他们却被广州刺史邓岳留住了。邓岳知道葛洪是个非常有学问的人，便想劝他留下，为国家出力。但葛洪对功名富贵没有什么兴趣，看到自己无法离开，他就到广州的罗浮山里面，一心一意地著书炼丹去了。

　　葛洪在罗浮山中住了很多年，一天，他给刺史邓岳写信说："我要去远方寻找师祖，很快就走。"邓岳收到信，连忙赶到罗浮山，想要与葛洪告别。但当他赶到的时候，葛洪已经去世了。人们埋葬他时，发现他的尸体非常轻，就像只有衣服的重量一样。人们都说，葛洪已经成为了仙人，升到天空中了。葛洪的神奇故事流传下来，后世的人们就都称他做葛仙翁了。

关圣帝君

　　"精忠冲日月，义气贯乾坤，面赤心尤赤，须长义更长。"提起大英雄关羽，相信大家都不会陌生。他是三国时代蜀汉的五虎上将之一。年轻的时候，和刘备、张飞在桃园结为兄弟，后来刘备起兵抗曹，关羽即帮助他四处征战，平定西蜀，督师荆州，过五关斩六将，他的忠节大义，在历史上流传不朽。

　　相传关羽生于东汉延熹三年农历六月初四。他身材非常高大，面庞如大枣一般红润。一双丹凤眼，英挺俊逸；两条卧蚕眉，乌黑浓重，长得非常英俊，是三国时期著名的美男子之一。他是山西运城人，之前一直在家乡做小生意。二十九岁那年，因为当地盐商欺压百姓，关羽看不过去，便挺身而出，不慎将盐商杀死，之后他便出逃到河北涿州。结识了张飞、刘备，三人意气相投，不久就结为了异姓兄弟。这就是历史上著名的"桃园三结义"。从此，关羽就追随刘备，为匡复汉室南征北战。四十岁的时候，关羽被封为寿亭侯，四十九岁时又被封为襄阳太守、荡寇将军。五十九岁时去世。

关圣帝君生平以义气著称。《三国演义》中记载着很多关于他的故事和传说。比如温酒斩华雄、千里走单骑、华阳捉放曹、水淹七军、单刀赴会等等。

三国时期，刘备带着自己的两位义弟关羽、张飞，镇守在徐州、下邳一带。后来曹操率领二十万大军攻打徐州，刘备无计可施，听了张飞的话，连夜去曹营劫寨，不料中了曹操的埋伏，刘备和张飞各自逃走，在路上失散了。刘备一个人骑着马投奔了袁绍，而张飞则逃到了芒砀山暂住。

这时，关羽保护着义兄刘备的妻儿家小，正在下邳一带。曹操攻下了徐州，便又来攻打下邳。关羽等人被曹操的兵马围困在一座山头上。曹操十分敬佩关羽，同时也爱惜人才，就派张辽到山上去劝降。关羽思考再三，答应投降，但有三个条件：一、只降汉朝，不降曹操；二、用刘备的俸禄供养二位大嫂；三、一旦知道了刘备的下落，就去寻找他。曹操答应了关羽的这三个条件，于是关羽就保护着刘备的两位夫人，跟着曹操去了许都。

在路上，曹操故意让关羽和两位嫂子同住一室，关羽就一手拿着烛火，一手拿着刀，通宵在屋外站着，令曹操非常敬佩。

到了许都以后，曹操对关羽三日一小宴、五日一大宴，又送给他许多金银财宝和美女。关羽让美女服侍两位大嫂，又把财物都交给她们。后来，曹操又把吕布的赤兔马送给了关羽，关羽再三拜谢。曹操十分奇怪，便问关羽，为什么以前得到赏赐从不感激，今天却再三拜谢呢？关羽说，有了这千里马，一旦得知刘备下落，就可以早一天到他身边了。曹操听了之后，更加敬佩关羽。

后来，袁绍起兵攻打曹操，关羽为报答曹操的照顾，便杀了袁绍的两位大将颜良和文丑，帮助曹操取得了大胜。这时，刘备也给关羽写了一封书信，告诉他自己现在在袁绍处。关羽接到书信以后，便向曹操告辞。曹操不愿让关羽离开，就故意避着不见他。关羽于是就将曹操过去送他的财物和美女全都留下，又将自己的汉寿亭侯大印挂在营中，留给曹操一封书信，单人匹马护送着二位嫂嫂，找刘备去了。

在五关中，他分别受到了孔秀、韩福、孟坦、卞喜、王植、秦琪的阻拦，关羽被逼无奈，过五关斩六将，直走了一千多里地，最后在古城，关羽终于找到了刘备，兄弟相见，抱头痛哭。这就是有名的"千里走单骑"的故事。

关羽的忠义千古以来都为人们所传诵。他去世以后，老百姓们在各地为他立庙供奉，历代朝廷也都对他予以褒封。他被奉为"关圣帝君"、"武圣"，与"文圣"的孔子齐名，千年以来，都被人们敬仰、尊崇。

灵官马元帅

灵官马元帅又称三眼灵光、华光大帝、华光天王等，和关圣帝君一样，他也是道教的护法四圣之一。相传他姓马，名叫灵耀，因为长了三只眼，所以又被称为"马王爷三只眼"。

传说马灵官前世原本是如来佛祖座前的一盏油灯，因日日听佛祖讲经念诵，不经意之间，竟具有了灵性，可以识得人语、化成人形。虽然如此，它也仍然留在佛祖跟前，不舍离去。

一次，因与如来佛祖之间有矛盾，一个叫做独火鬼的魔神找上门来，站在如来佛祖的殿外，想要火烧大殿。但它的法力并不能伤到如来佛祖，佛祖原本只想把它赶走而已，不想伤它性命。这时，油灯化作人形，来到大殿之外，向独火鬼挑战。独火鬼使尽全身法力，想要将它烧死，但烧了半天，它却毫发未伤。独火鬼正在奇怪的时候，只听它哈哈笑了一声，说："我乃是佛祖跟前的一盏油灯，每天都要与火为伴，你那点火，如何能伤得了我！"说完，便忽然使出法力，喷出火焰，火苗一下子就向独火鬼烧去。如来佛祖正想阻止，但可惜为时已晚，独火鬼已经被烧死了。油灯因犯下了杀生之罪，被佛祖贬下凡间，令它投胎为人，重修功德，有朝一日，方可重返天界。

油灯下界以后，投胎于一户姓马的人家，从此名为马灵耀。他一出生，便具有神异的功能，不但不怕火，还能使用金砖、火丹之类。后来有一天，马灵官的母亲因为犯下了过错，被玉皇大帝打入地狱，关进丰都鬼城。马灵官十分伤心，收拾好行装，准备去丰都救回母亲。路上，因为遇到东海龙王的阻挡，灵官无法过去，一怒之下，他便仰天而呼，念动咒语，施展法力，刹那间召来五百只火鸦。那火鸦身体四周都燃烧着熊熊火焰，却能上下飞舞，速度极快，转眼之间，整个东海便燃起了大火，海水几乎都要被煮开了。后来，他又闯进了地狱，大闹地府，终于救出了母亲。玉皇大帝看他是位将才，便封他为真武大帝的部将，成为天界的护法。

马灵官天生善用火，他身上不但藏有金砖、火丹之类的引火工具，还能随时召来天火，降妖伏魔。他所用的火，可不是一般的火，而是三味真火。这种火，用普通的水是浇不灭的，除非用天上最纯净的水来浇，才能扑灭。所以民间把马灵官又视为"火神"，每年农历的九月二十八，人们都会举行隆重的祭祀仪式，拜祭华光大帝马灵官，祈求马元帅保佑，消灾避祸，免除火灾。

据说在赵州桥刚刚修好的时候，张果老和柴王爷曾经到桥上去走。鲁班因为不认识他们，便说："我造的这桥十分坚固，什么东西都压不垮。"张果老和柴王爷听了这话，笑了笑，张果老便骑着小驴上了桥，柴王爷呢，推着一辆车，也走了上去。桥立刻就晃了起来。原来柴王爷的车里，装着东南西北各大名山，非常沉。鲁班见状，才明白他们都是神人，便长叹一声："我真是有眼不识泰山！"说完，就把自己的一只眼睛挖了出来，眼睛掉在地上，成了一颗晶莹剔透的夜明珠。马灵官恰好来到这里，连忙捡了起来，因为害怕同行的牛王爷来抢，就把珠子往自己的头上一按，结果珠子变成了眼睛，马灵官就变成了三只眼睛了。所以民间有一首歌谣："一称元帅二华光，眉生三眼照天堂。头戴攒顶帽，五金砖在神儿藏。"说的就是马元帅。

恶城隍改邪归正

进入道教的宫观时，看到的第一座殿往往是灵官殿。殿里面供奉着一位红脸膛、长胡子、身穿金甲红袍的威武神仙，他左手拿着风火轮，右手举着一条钢鞭，怒目圆睁，看上去令人十分畏惧。他就是道教传说中的护法神将王灵官，他的职责就是守护道观，因而常常镇守在山门之内。

相传王灵官原名王恶，原本是江苏淮阴一个城隍庙的城隍。他平日里时常为恶欺善，除了让老百姓用香火祭品供养他以外，甚至还要他们用童男童女来活祭自己。当地的百姓都是敢怒不敢言。有一天，一位名叫萨真人的道士路过此地，见三五个壮汉抬着一对童男童女，正向城隍庙走去。萨真人十分奇怪，便停下脚步，问道："你们抬着这两个孩子，是要去哪里呀？"为首的一个大汉就告诉他："真人，我们都是这地方的村民，只因城隍庙的城隍要我们用童男童女来祭祀他，这才不得已要把这两个孩子送去啊！"

萨真人一听，不禁大怒，说道："这样邪恶的神仙，应该烧了他的庙！"说完，抽出符咒，用宝剑在上面一点，默念咒语，刹那间一道雷电劈过天空，只听喀拉拉一声，城隍庙燃起了大火，无论什么样的水，都无法把它浇灭。没过多一会儿，整座庙就被烧成了灰烬。

这件事结束以后，萨真人继续云游四方，救济百姓。十多年以后的一天，他走到一条江边，见江水清澈透亮，便俯下身来，正在洗手的时候，忽然从水里冒出一个人来。他长着方方的脸膛，身穿着明黄色的袍子、金色的盔甲，左手拿火轮，右手握钢鞭，显得十分威武雄壮。萨真人被吓了一跳，他站起身来，问道："你是何人？"

那神将躬身向萨真人行了一礼，说道："真人，我原来是天上的大将，原本一直在天上，护卫凌霄殿。后来奉玉帝之命，做了淮阴地方的城隍，本是为了守护一方安定，惩恶扬善，但我一时糊涂，竟让百姓用童男童女来祭祀我。真人来到淮阴，烧了我的庙宇。我非常气愤，于是便回到天庭，奏告了玉帝。原是希望玉帝能够惩罚真人，以泄我心头之恨。玉帝赐给我一双慧眼，又给了我一只金鞭，让我在暗地里时刻跟随着您，如果您有一点错误或者过失，我就可以直接报仇。但这十二年来，我时刻跟随着您，竟没有发现您有任何的过错。我佩服您的道行功德，现在您已经功德圆满，将要升入天庭为官，我愿意做您的部将，奉行您的法令，请您收我为徒吧。"

萨真人听了，说："人谁无错？知错能改，说明你还是一个可造之材。我就收你为徒，从今以后，要听从我的号令，斩妖除魔，造福人间。"说完，就将他搀扶了起来。萨真人还给他改名为"王善"，并且上奏天庭，封他为灵官。自此，王灵官就守护在萨真人左右，保卫着他和其他道教仙人的安全，同时也降妖伏魔，造福百姓。萨真人最善使用雷火，他将这种法术传授给了王善，使他可以用雷电天火来降伏妖魔，因而王灵官也被百姓们尊称为"火车灵官王元帅"。

地府的四大判官

在金庸先生的武侠小说里，曾经写到过一种兵器，叫做判官笔。拿着这支笔的侠客，武功高强，他往往根据一个人所做的恶行，来判断对他施以什么样的惩罚。"判官笔"的名称，就来源于我国古代神话传说中的冥府判官。判官是在地府中执掌生死轮回事务的官员。他们往往长得都是凶神恶煞、十分可怕，但实际上绝大部分都心地善良、正直清廉。他们的职责是判定人的轮回生死，惩罚坏人，奖励好人。他们平常就待在丰都鬼城的天子殿中，审判一个又一个来到地府的灵魂。

阎王身边最著名的四大判官，叫做赏善司、罚恶司、查察司和崔判官。赏善司穿着一身深绿色的袍子，总是一副笑容可掬的样子。因为他所负责审判的，都是生前积德行善的人。他们死后来到地府，都由赏善司进行安排。根据每个人生前行善程度的大小、多少，赏善司会分别予以奖赏。有的能够升入天庭，从此无忧无愁；有的可以重新投胎，再度享受人间烟火。

与赏善司不同，罚恶司判官则经常是一副怒目圆睁的样子。他身穿一袭紫袍，双唇紧闭，表情十分可怕。

凡是到地府里来报到的鬼魂，都要先照一面镜子，这面镜子名叫孽镜台，只要在它面前一照，生前做过的所有事，无论善事恶行，都会映照出来。照过之后，生前作过恶的鬼魂就要走到罚恶司面前，接受他的审判。罚恶司会根据阎王的"四不四无"原则来决定对他们每一个人的惩罚。"四不"指的就是不忠、不孝、不悌、不信，"四无"则是指无礼、无义、无廉、无耻。根据这个原则，轻罪轻罚，重罪重罚。罚恶司判官审判完之后，灵魂就由阴差押送到罚恶刑台上，施过刑法之后，送往十八层地狱，刑满以后，再交给轮回殿，重返阳间。但这些作恶的灵魂，有的变成牛马，有的化作草木，就不能再转生成人了。

查察司双目像电光一般炯炯有神，他刚直不阿，能看清世间一切的善恶因缘。他的职责是让善者得到善报，恶者受到惩处，并为有冤屈的人平冤昭雪。

四大判官之中，最有名的就要数崔判官了。相传崔判官姓崔名钰，原本是唐太宗李世民时候的大臣。他生前为官非常清正，而且善于断案。据说他能日审阳间，夜审阴间，裁断是非，明察秋毫。曾经在他管理的地方，出了一件案子。一个樵夫上山砍柴，碰到了一只猛虎，被虎咬死并吃掉了。樵夫的母亲非常伤心，便来到衙门喊冤。崔钰听了她的讲述，马上命令衙差上山，去把猛虎拘传而来。众人都十分奇怪，老虎不懂人言，又怎么会乖乖地跟着衙差回来呢？衙差里面也没有人敢去。

崔钰笑了笑，叫来一个名叫孟宪的衙役，交给他一道符，让他在山神庙前读完，然后放在神案上。孟宪照崔钰的话做了，果然他刚刚念完，一只猛虎就从庙后面窜了出来，跟着他回到了县衙。回去以后，崔钰立即升堂审讯，堂上，他历数了猛虎的伤人罪行，猛虎连连点头。最后，崔钰判定猛虎吃人，罪在不赦，猛虎便一头撞向堂下的石阶而死。人们非常惊奇，纷纷叹服崔钰的神奇。

崔钰去世以后，阎王听闻他的名声，便任命他当了自己身边最亲信的判官，主管查案司。每当遇到疑难的时候，崔判官就会出面察看审理，判明是非，赏善罚恶。他通常身穿一袭红袍，左手拿生死簿，右手握勾魂笔，只需一勾一点，生死便立即判定，只在须臾之间，拥有很大的权力。

钟馗赶考

相传唐朝德宗年间，在终南山有一个出身贫寒的书生，名叫钟馗。钟馗自幼饱读诗书，才华出众，既能文，又会武。但他的相貌却长得奇丑无比，一点也没有读书人那种风流倜傥的气质。

这一年秋天，皇帝开科取士，钟馗便来到京城赶考。他在街上游逛的时候，看到旁边有一个测字算卦的卦摊。他便停了下来，坐到卦摊前面，对测字先生说："先生，我是来赶考的，你能给我算算前程如何吗？"测字先生拿出纸笔，说："好吧，你在上面随便写一个字吧。"钟馗想了想，提起笔来，写了自己名字里面的"馗"字。测字先生拿过来一看，沉吟片刻，摇了摇头。钟馗一见，忙问道："怎么，先生，难道我无法高中吗？"测字先生望了望他，停顿了一下，然后说道："不是的。相公此次考试，必能金榜题名、独占鳌头，但可惜你时运不济，你看，现在是九月，你来考试，必能摘得头名。但这个'首'字被抛在了一边，恐怕旬日之内会有大祸临头，希望相公谨慎才是。"

钟馗听了，心中有些疑惑。但他转念一想：自己是来考试的，又不是要做什么违法乱纪的事情，怎么会大祸临头呢？这样一想，他也就不再担心了。

转眼几天过去了，到了考试的日子。钟馗进了考场，看完考题，一气呵成地写完了文章，交了上去。主考官和副主考一看钟馗的卷子，有理有据，文采飞扬，不禁同声赞叹道："真是好文章！"立刻就将钟馗点为第一名，上报给了皇上。

德宗皇帝听说新科状元才华出众，非常高兴，便下了旨意，召钟馗上殿面君。

钟馗来到金殿上，叩谢皇恩。德宗一看他长得如此丑陋，不由得皱起眉头来，心想：这人相貌如此丑陋，我若点他为状元，不是显得我大唐没有像样的人才了吗？这时，德宗身边有一个奸臣，看出了他心中所想，便说："万岁，我朝人才众多，如此丑陋之人，如果点为状元，恐怕世人会笑我朝中无人啊！"

主考官听了，连忙反驳道："皇上，人才的优劣，不在他的相貌。晏婴虽然身高不满三尺，却身为齐国的宰相；周昌虽然口吃，却能够辅助大汉取得天下。希望皇上三思，切莫以貌取人。"

奸臣听了，便说道："新科状元应该内外兼修，如今考生人数众多，何不另选一个呢？"钟馗听了，不禁怒发冲冠，指着他大骂道："你这个昏官！有你这样的官在朝廷，岂不误国！"说罢，就挥拳向他打去。

德宗一见，非常生气，说道："大胆举子，竟敢在金殿之上放肆！如此之人，不要也罢！"说完，御笔一挥，便削去了钟馗的状元。钟馗见了，又伤心又气愤，一怒之下，他顺手拔出了旁边护卫腰间的宝剑，大喊一声："失意猫儿难学虎，败翎鹦鹉不如鸡。"说罢，将宝剑一横，自刎而死。

德宗见钟馗竟自杀而死，心中不免也有些后悔难过。于是他颁下旨意，封钟馗为驱魔大帝，降妖除魔，掌管鬼神。

钟馗与望乡台

钟馗虽然长相丑陋，但是却博学多才，自从一怒之下刎颈自杀、被皇帝封为驱魔大神之后，他便拿起宝剑，开始履行自己的责任。遇到有做坏事的小鬼，他就会把它们抓起来，不让它们为害人间。

这天，钟馗巡视到丰都鬼城，隔得老远，就听见一阵一阵的哭声，哀伤凄厉，令人听了十分恐惧。钟馗十分奇怪，便来到了阎罗殿，找到阎王，问道："阎王，为什么附近传来这么大的哭声，难道是地府没有好好审判，弄得冤魂太多的缘故吗？"

阎王一听，连忙说道："大神有所不知，那哭声传来的地方叫做名山，就在离丰都不远的地方。有很多鬼魂，也不知是因为什么，老是在那里哭个不停。"

钟馗听了，便说："那你们怎么不派人去管一管呢？"

崔判官在旁边，听到他们的对话，便说："卑职曾经多次派鬼差去捉拿过这些鬼魂，但因为人数实在太多，根本就抓不完。"

钟馗一听，不由得皱起了眉头，他想了一想，然后对阎王说："阎王，既然如此，那就请让我去看一看吧。"

阎王说："那就有劳大神了。"

钟馗一路腾云驾雾，很快就来到了名山。到了山顶，哭声更是铺天盖地，震耳欲聋。

钟馗随手拉住一个正在哭泣的鬼魂，问道："你为什么要哭呢？"

鬼魂行了一礼，哭着对钟馗说："我本来是一个樵夫，靠每天上山打柴维持生活、奉养母亲。可谁知有一天我去山上打柴的时候，迎面碰上一只吊睛猛虎，不由分说就将我吃掉了。如今我身在地府，不知我的母亲怎么生活。她身体不好，只有我这一个儿子，又经受到这样的打击，真不知道她一个人怎么活下去啊！"说完，鬼魂便呜呜地痛哭起来。

钟馗听了，心中不禁一阵酸楚。他一转身，见旁边站着一个老头，也正抹着眼泪。钟馗见了，便问道："老人家，你有什么伤心事吗？"

老人回过头来，对钟馗说："我很担心我的女儿，不知道她现在怎么样了？"

钟馗听了，问道："你的女儿出了什么事吗？"

老鬼魂说："大神，你不知道，我的女儿被缠绵鬼纠缠住了，把她从我身边抢走，还把她锁在山洞里，不让她回家。我为了救她，有一天，就偷偷地进到山洞里，让女儿藏起来，自己扮成了女儿的模样，结果被缠绵鬼发现了，就把我杀死了。不知道现在我的女儿她怎么样了啊！"话还没说完，老鬼魂就又哭了起来。

钟馗一听，非常气愤，说："居然还有这样的事情！老人家，你不要哭，你告诉我，那个缠绵鬼把你的女儿关在什么地方？"

老鬼魂忙把缠绵鬼住的山洞告诉了钟馗。钟馗赶到了山洞，杀死了缠绵鬼，把老人的女儿救了出来。

钟馗回到阎罗殿，阎王一见，十分高兴，便问他道："大神，你已经把那些哭鬼们都抓回来了吗？"

钟馗低头想了一会儿，然后说："阎王，这次你交给我的任务，我怕是没有办法完成了。"

阎王忙问："这是怎么回事？"

钟馗说："阎王，那些鬼魂并不是故意在那里哭泣吵嚷的，他们实在是因为思念亲人，心中悲伤无法抑制，才每天都在那里远望人间，希望能看到一些人间的情况。我们可以每天都见到自己的亲人，鬼魂们却和亲人永远地分开，再也无法相见，这实在是太可怜了，我实在不忍心再去捉他们。"

阎王听了，也十分同情，便说："那大神有什么好办法解决这个问题吗？"

钟馗说："不如修建一座望乡台，让鬼魂们可以看到自己生前的家乡和亲人，他们不就不会再哭了。"

阎王说："嗯，这真是个好办法，就按你说的办吧！"

从此，阎罗殿的旁边就多了一座"望乡台"，鬼魂在这里，可以看到自己的亲人，也就不再像从前那样伤心地哭泣了。

黑白无常的来历

在丰都鬼城的名山上，有两个经常出现的小神，一个叫黑无常，一个叫白无常，他们是做什么的呢？

传说白无常原本名叫谢必安，黑无常名叫范无救，他们住在一个村子里面，年纪又差不多，一来二去，就成了好朋友。因为脾气相投，他们后来还结为了异性兄弟，彼此情同手足。有一天，谢、范两人约好一块出去办事，走到南台桥下的时候，他们看了看天空。只见阴云密布、狂风大作，好像马上就要下起大雨来了。两人看到这种情况，十分担心。谢必安就对范无救说："贤弟，你看这天马上就要下雨了，我回去拿两把伞来，你就在这里等着我吧。"

范无救说："大哥，咱们出来已经有一会儿了，来回需要走很远的路，还是你在这里等，我回去拿吧。"

谢必安笑笑，说："没关系的，你就在这里等着吧，我一会儿就回来了。"

范无救说："那好吧，大哥，那我就在这儿等你，哪也不去。"

谢必安走了以后，范无救就一直在桥边等着。过了一会儿，果然下起了瓢泼大雨，雨水倾盆而下，没多久，桥下的河水就开始暴涨起来。眼看河水一点一点地上涨着，范无救有些害怕。他焦急地等待着谢必安，可是却怎么也不见他的踪影。不一会儿，水便没了他的脚踝，渐渐地，又没过了他的膝盖、双腿，但范无救不愿意失约，他仍然一直守在桥边，怎么也不肯离开。

等谢必安取了伞赶回来，早已不见了范无救的踪影，他已经被大水给淹没了。谢必安痛不欲生，他扑通一声跪倒在地，大喊一声："贤弟，是我害了你啊！"说完，他就拿出一根绳子，吊在桥柱上，自缢而死了。

等到谢必安再次醒过来的时候，已经是到了丰都鬼城的阎罗殿。范无救见他也来了，非常伤心，说："大哥，你这又是何苦呢！"谢必安说："贤弟，你因为等我拿伞回来，一直不肯离开桥边，才被水淹死的。你如此重情重义，我又怎么能苟且偷生呢？"兄弟俩相互握紧着手，彼此都落下泪来。

阎罗王见他们二人又说又哭，便命鬼差把他们带上前来，问道："你们是什么人，居然敢在阎罗殿吵吵嚷嚷？"

谢必安和范无救忙说："阎王，我们不是故意要吵嚷的，只因一时激动，才声音高了些，还请阎王恕罪。"

阎王又问道："你们因何事激动啊？"

谢、范二人就对阎王讲述了事情的经过。阎王听了，十分感动，为了嘉奖他们的重情重义，阎王封他们二人为黑白无常，专门负责捉拿恶鬼。从那以后，黑白无常便经常拿着镣铐，在各地明察暗访，捉拿为害人间的恶鬼。人们为了感谢他们，还特意在城隍庙中塑了他们的神像，用来供奉他们。还有人说，谢必安，就是酬谢神明则必安；范无救，就是犯法的人无救，所以白无常经常捉拿的是那些不守职分的小鬼，而黑无常抓的则多是那些恶鬼。

白水素女

很久很久以前，有一个小伙子，名叫谢端。他从小父母双亡，又没有其他的亲戚，是周围的邻居们把他养大的。谢端长到十七八岁的时候，已经是一表人才，相貌堂堂。他勤劳善良，平日里恭谨守信，不做一点儿违法的事情。但因为家里穷，没有姑娘肯嫁给他。谢端每天都是一个人呆着，十分孤单。

谢端每天都很早就起来，然后去地里干活，耕田浇水，十分勤恳。有一天，他干完活计，扛着锄头回家的时候，看到路边的水洼里躺着一只大田螺。这只田螺的体型特别大，就像一个大水壶一样。谢端觉得它十分奇异，便把它捡了起来，带回家里，找了一个大水盆，倒上清水，把大田螺放进去，养了起来。

第二天，谢端照例去田里干活，回来的时候，发现自家的烟筒里有炊烟冒出来。进门一看，桌子上摆满了热腾腾、香喷喷的饭菜，炉子上还有刚烧开的热水。谢端以为是哪个好心的邻居帮他做的，也没多想，就坐下来吃了饭。

可让谢端没想到的是，第二天他回家的时候，桌子上又摆满了做好的饭菜，水缸里的水也打满了。第三天、第四天、第五天……都是这样，谢端心中非常感激，便到邻居家去登门道谢。谁知一连问了好几家，邻居们都说没有帮他做过饭。谢端觉得非常奇怪，便说："不是你们，那又会是谁呢？"有的邻居就笑话他，说他娶了个媳妇藏在家里，偷偷地给他洗衣烧饭，还说是邻居们帮他做的。

谢端听了，十分纳闷，决心探个究竟。第二天，他像往常一样，早晨鸡叫的时候，就扛着锄头出了门。但他只是在外面转了一圈，太阳一出来，他就回到了家，结果还是晚了一步，饭已经烧好了，热水也已经烧开了，唯独烧水煮饭的人却不见了踪影。

谢端心中越发奇怪，他下定决心，一定要看个究竟。这一天，他仍旧在鸡鸣的时候出了家门，转了一圈，天还没亮，他就赶回了家。他躲在自家的篱笆墙里，扒开了一条缝隙，仔细地注意着自己家中的一举一动。忽然，他看见一个美丽的少女，从他养田螺的那个大水盆里走了出来，轻移莲步，走到了灶旁，开始点火做饭。

谢端见此情景，连忙从屋外冲了进去，他跑到水盆边一看，自己捡回来的大田螺只剩下了一个空壳。他拿起田螺壳，转向女子，问道："姑娘，你是谁？为什么要来帮我做饭？"

女子见他回来，吓了一跳，连忙走到水盆旁边，但谢端拿着田螺壳，她没办法回去。也只得转过身来，回答道："我本是天河里的仙子，名叫白水素女。天帝见你自幼失去双亲，孤苦伶仃，却勤劳善良，便命我下凡来，化作一只田螺，替你烧水煮饭。使你在十年之内，能够凭着自己的勤劳富裕起来，娶一个好妻子，到那时，我再回到天上去。但是如今你识破了我的面目，知道了我的来历，我就不能再在这里待下去了。但你放心，只要你辛勤劳作，打渔种田，一定会富裕起来的。这个田螺壳，我就留给你，你用它来贮藏粮食，永远也不会变空。"

谢端听了，非常感激，他再三请求白水素女留下来，但是她都没有答应。忽然之间，天上降下一阵大风大雨，在飘渺的雨雾当中，白水素女一挥衣袖，就飞入天空中不见了。自此以后，谢端家中真的再也没有缺过粮食，他勤劳耕作，不久就富裕起来了。虽然不是非常富有，但生活宽裕，不愁吃穿。不久，村里的一个人就将自己的女儿嫁给了他。谢端为了感谢素女的恩德，还特意建了一座素女祠，用来供奉她。

第二章
俗神的由来

福神的传说

在民间传说的诸神之中,福神的起源很早。每当过年的时候,老百姓都要贴上"天官赐福"的年画。年画中的天官身上穿着一品大员的红官服,手拿如意,长须飘飘,面貌安详和蔼,给人一种雍容华贵的印象。在有的年画上,天官还携带着五个小童子,这些小童子手中捧着仙桃、鲤鱼灯、石榴、春梅和佛手。在新年的时候,人们贴上这样的年画是为了祈求天官赐福。

福神,本名叫阳城,字亢宗,定州北平人,是唐德宗时期的进士。他因为学识渊博,道德高尚,颇有盛名,因此受到唐德宗的重用,官升至谏议大夫。贞元十一年,陆贽等人因为边关军需困难的事情上书,结果受到裴延龄的诬陷。唐德宗大怒,要杀陆贽等人。朝廷中没有一个人敢上谏,只有阳城以死上书,力陈裴延龄的奸佞和过错,这才使得陆贽等人免于一死。后来,唐德宗想让裴延龄做宰相,阳城听说了此事又上书反对,列举裴延龄的种种罪行。唐德宗认为阳城诬蔑,不但不理会他的忠言,还将其贬为国子司业,后来又贬为道州刺史。

阳城在做道州刺史期间,为当地百姓做了不少好事,因此受到道州百姓的爱戴,将其功迹千载传诵。其中,最值得称道的就是其不畏权势,不进贡侏儒的故事。

唐德宗荒淫无道,

喜好侏儒，于是就下令让各地向朝廷进贡侏儒。贡阳县就是后来的道州，向上进贡了一名叫王义的侏儒。王义从小就长不高，即使成年以后，也是身高不足三尺。王义虽然不高，但头脑灵活，口齿伶俐，还会唱小调，逗人取乐，深得唐德宗的喜爱，于是，唐德宗就下令贡阳县每年都要向朝廷进贡侏儒一名。这样，贡阳县进贡侏儒就成为了一项制度延续下来。后来贡阳县改为道州，但进贡侏儒的制度没有变。

　　道州并不产侏儒，只是当地男子的个子都很矮罢了。历任道州官员为了讨好皇上，同时也迫于上级的压力，就想尽一切办法到处搜索侏儒。毕竟侏儒是有限的，官员们就人造侏儒。他们把从贫苦百姓家中抢来的，或者以很低的价格买来的幼童，放到窄小的陶罐中，只将脑袋留在外面，用这种方法抑制孩子的生长，制造出了一个又一个的侏儒，进贡朝廷。这种丧尽天良的做法，给当地百姓平静的生活笼罩上了一层阴影。

　　阳城被贬到道州以后，听说了这骇人听闻的做法，决心铲除这个恶习，每当上级要求道州进献侏儒时，阳城就是不进贡。唐德宗多次下令责问他，阳城每次都据理力争，并上疏说："国家法典有规定，进贡本地有的东西，不能强迫进贡没有的东西。道州这个地方不产侏儒，只有极少数的矮人，所以不应该进贡。"最后，朝廷理亏词穷，也不得不下诏废除进贡侏儒的这项制度。

　　道州的老百姓知道了这件事情以后，欢呼雀跃，为了感激阳城的解厄赐福、为民伸冤，道州百姓建立寺庙供奉他，尊其为福神。后来，其他地方的百姓也纷纷效仿。

　　据说阳城的生日是在上元灯节，也就是元宵节，因此在这一天，各地的老百姓都为其庆祝生日——有各种各样的赏灯活动，游园盛会，祈福道场，每户添丁的家庭还要在祭祖的时候举行"点灯"活动。

禄神的传说

　　禄是指官职禄位。禄神是掌管文运、官运、功名利禄的神灵。在我国古代，做官是要通过科举考试来实现的，科举考试成功与否又与文人读书写文章的好坏直接相关，所以禄神不但受到官场人士的敬奉，也受到崇尚文化的老百姓的喜爱，成为民间的吉祥神。

　　禄神被人神化之前，专指天上的禄星。禄星位于文昌宫的第六星，专掌司禄。后来，人们对禄星的崇拜，渐渐将其人格化，成为和福星、寿星并列的神仙。福禄寿三神仙常常出现在传统风俗年画中，其中禄神抱着或者牵着一个小孩，所以有人把他叫做"送子张仙"。在戏曲中也有"禄星抱子下凡尘"的唱词。可见，禄神在民间受欢迎的程度。

　　有关禄神张仙的故事很多，其中最有名的就是为唐朝宰相娄师德消灾的故事。

　　娄师德年轻的时候体弱多病，看了好多名医，吃了许多补品也没有用。一天，有一个算卦的先生来到他家给他算了一卦，说他印堂发黑，三日必死。娄师德听后并不以为然，因为从小体弱多病，早就做好了死的准备。

　　在这三天中，娄师德将家中的仆人都召集了起来，跟他们说："你们不用再伺候我了。我已经把路费准备好，你们都回家去吧。"仆人们一头雾水，不知道主人出了什么事情，只好听从主人的安排。

处理好这些事情以后，他什么事情也不做，专门等待死亡的到来。等到第三天，娄师德看自己还活着，非常惊奇，心想可能是那个算卦的说得不准。

第三天晚上，娄师德躺在床上睡觉，睡梦中感觉有人从屋外走了进来。他睁眼一看是个紫衣人。娄师德想自己反正也要死掉了，管他是谁呢。只见那个紫衣人从怀里掏出一个弹弓，对着娄师德的脑袋就是一下。娄师德以为自己必死无疑，紧闭着双眼。等了好一会，娄师德只觉得神清气爽，病痛好像都好了。他睁开双眼，向四周看了看，那个紫衣人正站在他的面前。

娄师德赶忙下床，问到："请问是何方神圣，救了我娄师德一命，请受我一拜。"

紫衣人说："我是禄神张仙。你本应该高官厚禄，可是灾星盖顶，我特来救助你。"娄师德半信半疑地看着紫衣人。紫衣人说："你不相信的话，可以给你看看我的官禄簿。"说完，紫衣人就带着娄师德来到了一个小屋子里。在这个屋子里放着一本官禄簿，娄师德拿起来翻开查看。

只见自己的姓名、年龄、籍贯、进士及第、当宰相的时间及八十五岁的寿命都记录在上面，心中大喜。这时，他看见自己堂兄弟的名字也在上面，就想看看到底写了些什么。他刚要翻开看，一个怪兽拿着叉子闯进屋里，大喊道："大胆娄师德，竟敢乱翻官禄簿，泄露天机。"

说完，怪兽就用叉子刺向了娄师德。娄师德吓得惊醒，才知道原来是一场梦。后来，娄师德果然做了宰相，高官厚禄，验证了梦中的事情。

禄神在民间很受欢迎，老百姓认为禄神可以带来官职禄位。有了官位，就有了权力，也就有了金钱。因此人们喜欢在屋内张贴禄神的年画。传统的年画中，禄神有时候是一身华贵的打扮，左手张弓，右手拿弹，作仰面直射状。有时候禄神怀抱或者牵着一个小孩。又因为"鹿"与"禄"谐音，在中国的年画、风俗画和吉祥画中一般用"鹿"来象征"禄"。如"福禄寿三星图"中便是一个老寿星骑在一只鹿上，上空飞着蝙蝠。再如"加官进禄"画中，就是一个官员抚摸着一头鹿。

送子张仙

张仙是一位传说颇多的神仙，有人将其称为禄神，又有人将其称为"送子张仙"。

《历代神仙通鉴》记载，这位张仙是五代时期的一位道士，叫做张远霄。在巴蜀道教名山青城山修道成仙。他有一门最堪称道的绝技，就是擅长弹弓射击，百发百中，而射击的目标正是那些作乱人间的妖魔鬼怪。五代至北宋时期，他在巴蜀地区已经小有名气。那么这位张道士后来又是怎样成为送子张仙的呢？

宋朝开国皇帝赵匡胤举兵伐蜀，大获全胜。后蜀灭亡以后，孟昶的爱妃花蕊夫人被送给了新皇帝宋太祖赵匡胤。花蕊夫人不忘旧情，时时刻刻想念着前夫孟昶。于是就请工匠画了一张孟昶打猎的画像，挂在寝室的墙壁上。

一次花蕊夫人独自面对画像默默流泪，正好被赵匡胤看到。赵匡胤看见花蕊夫人对着画像哭泣，非常奇怪，就问："爱妃，怎么独自对着画像哭泣呢？难道画中是你的亲人吗？"花蕊夫人赶忙止住悲声，回答道："这画中人乃是送子的神仙。我嫁与皇帝多年，可是一直没有子嗣，非常地伤心，就命画师按照老家的风俗画出送子张仙。希望可以保佑我早生贵子。"赵匡胤听完，非常高兴。从此再也不问画中人是谁了。

后来这件事在宫中流传开来，那些想要子嗣的嫔妃都在自己宫中悬挂起送子张仙的画像。只是画中的张道士被褪去道袍，换上一身戏装，并拥有了孟昶英俊潇洒的美男子扮相，从此以送子的张仙闻名于世。后来这件事情传到民间，人们为了求子就供奉起张仙来。

这个故事不见于正史，真伪难辨。但北宋之初张仙送子的说法已风行于世，成为不争的事实。北宋文人笔记中记载了一则张仙送子显灵的故事。

苏东坡和苏辙两兄弟参加同一年的科举考试，并且兄弟两人同时高中进士，这个消息一时轰动朝野。其实早在两兄弟出生以前，他们的父亲苏洵就梦见过张仙弯弓向天射击，连发两弹。

据说，有一天，苏洵正在睡午觉，在梦中看见一人站在自己面前。苏洵赶忙上前施礼，说："请问你是谁啊？"这个人笑着说："我是送子张仙。"苏洵忙问："不知神仙有何事情啊？"只见张仙拿着弯弓向天空中连射了两弹。

苏洵不解其义，赶忙恭敬询问，张仙也不作答，隐身而去。后来，苏轼和苏辙两兄弟出生，一直到兄弟两人双双高中，苏洵才恍然大悟，原来张仙早就托梦给自己。为此苏洵还写过一篇名为《张仙赞》的长诗，以表示谢意。

另外，张仙射天狗的故事也十分有名。

据说宋仁宗赵祯年已五十多岁，尚无一子。宋仁宗非常苦恼，经常向上天祷告，希望赐予自己一个儿子。一天晚上，他在睡梦中忽然看见一个男子。这个男子衣着十分华丽，脸上好像敷了一层粉，五缕长髯在胸前飘洒。

仁宗看来人仙风道骨，赶忙施礼，说道："不知是哪位神仙驾临，有什么事情吗？"这男子挟着弓弹，来到宋仁宗面前，说："我是送子张仙。陛下因为天狗守垣，不得子嗣。今天我特地来为你用弓弹驱逐天狗。"

宋仁宗听后很惊讶，忙向这位美男子询问是怎么回事。这男子说："这只天狗在天上掩盖住了日和月，让天上的神仙看不到人世间发生了什么事情。然后跑到世间作恶，专门吃小儿，但是这只天狗最怕我的弹弓，只要一看到我就会逃跑。"宋仁宗听了以后非常高兴。梦醒来后，仁宗立刻命人按他梦中所见的张仙形象描绘了一张图，贴在宫中祈子。所以民间就有了"张仙射天狗"的说法。

张仙既能送子，也能护子。以前过年祭神的时候，家家都要请一张张仙神像贴在烟囱旁边。因为据传天狗会从烟筒里钻进屋来，吓唬小孩，吃小孩，或者传染天花给小孩。只要将张仙像贴在烟囱旁，天狗就进不来了。张仙神像旁还常贴上对联："打出天狗去，保护膝下儿"，横联是"子孙绳绳"。或"打出天狗去，引进子孙来"，横联是"子孙万代"。

麻姑献寿

人们为老人祝寿时，是有男女之分的。女寿星图中画的是麻姑。画中的麻姑腾云驾雾，一手拿着自制的寿酒，一手拿着王母娘娘赠送的仙桃。酒和桃成了麻姑图中不可缺少的两样东西。因此，酒和桃在人们心中也成为了长寿的象征。

麻姑是我国南北朝时期北方一位少数民族的姑娘。她长得十分俊俏，一条乌黑的大辫子垂到腰间。她不仅长得漂亮，还心地善良。麻姑的父亲叫做麻秋，性情十分暴虐，专横跋扈，经常欺压贫苦百姓。即使这样，麻姑对他的父亲还是很孝顺。

一天，麻姑到山上去采摘野果，好不容易找到了一个大桃子。麻姑舍不得吃，就把桃子揣在怀里，打算拿回家给父亲吃。

麻姑在回去的路上，看见路边围了一群人，就好奇地过去看个究竟。原来是一个穿着黄色衣衫的老婆婆病倒在路旁，不省人事。有几个人七嘴八舌的说："这个老婆婆一定是饿晕了，要是能有点吃的，还能活过来。"围观的人只是这么说，却没有一个人给老婆婆拿吃的。那时，兵荒马乱，田地荒芜，粮食十分珍贵。麻姑听完这些人的谈话后，想也没想，就把怀中的桃子拿了出来，蹲下来，去喂老婆婆。这个桃子又甜又多汁，老婆婆吃了以后，很快就醒了过来。旁边的人都称赞麻姑心肠好，将来一定会得到好报。

老婆婆醒了以后，还是很虚弱，开口对麻姑说："好孩子，谢谢你了，能不能再给我煮些粥喝呀？"麻姑听后，爽快地答应了。她让老婆婆坐在树下等她，自己快速地跑回家中。

麻姑回到家后，开始煮粥。这时麻姑的父亲回来了，麻姑就把刚才街上发生的事情告诉了父亲。麻秋听说女儿不仅把桃子送给了老太婆，还要给老太婆煮粥，非常恼火。于是他把麻姑关了起来，不准她出去。

可是麻姑放心不下那位老婆婆，等到半夜父亲睡着的时候，偷偷跑了出去。当她来到白天老婆婆等她的地方的时候，老婆婆已经不见踪影，只留下一颗桃核。麻姑只好把这颗桃核捡起来回到了家。躺在床上，麻姑在睡梦中好像看见了白天的那个黄衫老婆婆。老婆婆笑眯眯地看着她，对她说："好孩子，谢谢你的桃子了，我们有机会还会见面的。"说完就飘然而去。麻姑在梦中惊醒，觉得这个老婆婆一定不是寻常人。

早上起来以后，麻姑把那颗桃核种在院中。几个月以后，就长成了一棵又高又茂盛的桃树。奇怪的是，这颗桃树每年三月就结出又大又红的桃子。这时，就会有很多人来看热闹。麻姑就用结出来的桃子救济贫苦的老人。这些老人吃了麻姑的桃子，精神抖擞，身上的小毛病都不见了。麻姑这才明白当初的那个老婆婆是神仙下凡。

后来，国家打仗急需军事人才，麻姑的父亲应招入伍。麻秋因为骁勇善战，屡立战功，被封为征东将军。战事平息以后，皇上下令让麻秋负责修建宫殿，为了讨好皇上，麻秋抓来好多贫苦的农民，让他们没日没夜地干活。

麻姑非常同情这些人，就去劝说父亲。可麻秋怎么听得进去。麻姑就趁父亲不注意的时候，从将军府拿药、拿吃的给这些工人们。麻姑得知鸡叫的时候这些工人们才能休息。她就躲在鸡窝里，学鸡叫，好让工人们早些休息。可是这件事情很快就被麻秋知道了。麻秋十分恼火，叫人把麻姑关了起来。

麻姑运用聪明才智逃了出来。麻秋听说后十分恼火，决定要狠狠地痛打麻姑。就在这危急时刻，王母娘娘正好驾车经过此处，她早就听说了麻姑的善行，于是就把麻姑解救出来，收为徒弟。

有一年农历三月三日王母娘娘寿辰，天庭举行蟠桃大会，各路神仙都来祝寿。百花、牡丹、芍药、海棠四位仙子特来邀请麻姑一同去祝寿。四位仙子为王母娘娘送上了仙花。麻姑只拿了一个小土坛。其他各路神仙都掩嘴而笑，觉得麻姑的礼物太寒酸。

王母娘娘知道麻姑的礼物一定不一般，就说："麻姑，你送的是什么好东西啊？快让我看看。"神仙们听王母娘娘这么说，都不敢小看麻姑。

麻姑对王母娘娘说："今日娘娘大寿，小仙特酿了一坛寿酒，请娘娘品尝。"打开坛盖后，一股清香飘满瑶池。神仙们都凑到了酒坛跟前，交口称赞。连天宫中专管酿酒的神仙也都赞不绝口。原来，麻姑用山上的泉水，配上各种名贵的草药，放了七七四十九天，才酝酿出这坛美酒。王母娘娘大喜，封麻姑为虚寂冲应真人。

麻姑成仙以后，还经常回到家乡显灵，为穷困百姓消灾免祸。

王母娘娘蟠桃会

王母娘娘，也称瑶池金母、西王母，又叫瑶琼。传说中她是玉帝的妻子。在天上掌管宴请各路神仙之职，在人间掌管婚姻和生儿育女之事。王母娘娘住在瑶池，园里种有蟠桃，食之可长生不老。每年三月三日她诞辰之日，都要在瑶池中开蟠桃盛会，以蟠桃来宴请各路神仙。

王母娘娘种的蟠桃很神奇，小桃树三千年一熟，人吃了体健身轻，成仙得道；一般的桃树六千年一熟，人吃了白日飞升，长生不老；最好的九千年一熟，人吃了与天地日月同寿。因此，各路神仙都争先恐后地来参加蟠桃会。

参加蟠桃会最有名的，也最为我们熟知的几位神仙，就是孙悟空、沙和尚和猪八戒。沙和尚以前是天上的卷帘大将，因为在蟠桃会上打破了王母娘娘喜爱的琉璃盏，被罚贬入人间。猪八戒是掌管天河的天蓬元帅，在蟠桃会上酒后调戏了月宫仙子嫦娥，被罚转世误投胎为猪身。其中，孙悟空大闹蟠桃会的故事最为有名。

东胜神州傲来国有一座花果山，山顶耸立着一块仙石，受日月精华，产下了一个石猴。石猴身手不凡，异常勇敢，被推为水帘洞洞主。后来，石猴四海拜师求艺，在西牛贺州得到菩提祖师的真传。

菩提祖师给他取名为孙悟空，教他七十二般变化。这天，菩提祖师把悟空叫到了身旁说："你技艺已经学成，可以回去了。"悟空恋恋不舍地离开了师傅，一个筋斗云就翻回了花果山。

　　猴子们正在山上嬉戏玩耍，忽然看见自己的大王从天而降，高兴得欢呼起来。孙悟空给他们讲了自己学艺的经过，还演示了不同的法术。猴子们看得眼花缭乱，直拍手称好。这时，一个老一点的猴子说："大王，你这么大的本事，没有应有的工具也发挥不出来呀。"猴子们一听，都说：是啊，是啊。

　　孙悟空一听，也觉得有道理，就问："上哪里去找应手的工具呢？"老猴子说："听说东海龙王有件宝物，叫做定海神针。大王可以借过来。"

　　悟空非常高兴，马上去龙宫借定海神针。龙王说："你要是能拿得动，就送给你。"悟空在神针下面往上看，只见上面写着几个大字"如意金箍棒"。悟空心想；要是能小一些就好了。没想到，神针真的变小了。悟空将神针托在手里，对龙王说："现在这个宝物归我了。"龙王没有办法只好放他走。

　　悟空拿着金箍棒来到了阴曹地府。他找到生死簿，将上面跟猴有关的名字全部划掉。这一举动惹怒了阎王。他命令手下的牛头马面去捉拿孙悟空。这些人怎么是悟空的对手，一个个被打得鼻青脸肿。

　　龙王和阎王联合去天庭告状。玉帝想要派兵去捉拿。太白金星建议，把孙悟空召入上界，让他做个弼马温，在御马监管马。

　　孙悟空不知道弼马温是个什么官职，以为是和玉帝一样大的官，就高高兴兴地答应了。来到天庭，他才知道自己只是个养马的小官，气得拿起金箍棒打出了南天门。回到花果山以后，自立为王，号"齐天大圣"。

　　玉帝听说这个放马的猴子竟然自称齐天，气得胡子撅起老高。他命托塔李天王率天兵天将捉拿孙悟空，美猴王连败二郎神、哪吒二将。太白金星二次到花果山，请孙悟空上天做齐天圣，管理蟠桃园。

　　孙悟空听说吃了蟠桃园的桃子可以长生不老，就答应了。这天，悟空正在蟠桃园里睡觉，忽然一阵嬉笑声传到了他的耳朵里。原来今天是王母娘娘的寿辰，七仙女奉命来摘仙桃。

　　经过询问，孙悟空得知王母娘娘设蟠桃宴，各路神仙都请了，惟独没有请他。孙悟空火冒三丈，先是大闹蟠桃宴，自个儿开怀痛饮，还将所有仙酒仙菜席卷一空，装进乾坤袋，准备带回花果山。哪知酒喝多了，撞进了太上老君的宫殿，将专供玉帝服用的金丹吃了个干净，这才返回花果山，与众猴孙大开仙酒会。

玉帝和王母娘娘听说了此事后，气得咬牙切齿，立刻命李天王带领十万天兵天将，兴师问罪。孙悟空与二郎神斗了几百回合，不分胜负。最后，中了太上老君的计，不幸被擒。斧砍、火烧、箭射，都损伤不了孙悟空一根毫毛。玉帝大怒，将孙悟空打入太上老君的炼丹炉中炼烧。没想到孙悟空并没有被烧死，他跳出丹炉，打上了凌霄宝殿。一路上，天兵天将，望风披靡，玉帝狼狈奔逃。猴王大获全胜，回到了花果山，重新树立起齐天大圣的旗号，与猴孙们过着快乐的生活。

玉帝束手无策，求助西天如来。孙悟空终究敌不过佛法无边的如来，一路筋斗云翻不出如来的手掌。如来将孙悟空压在五行山下，饥吃铁丸，渴饮铜汁，苦度了500年。

和合二仙

我国民间有供奉财神的习惯，大多数供奉的是关羽。不过，中国的财神有文财神比干和范蠡，武财神赵公明和关羽，女财神和合。在我国财神体系中，女财神占有很重要的位置。她们总是面带微笑，手持荷花和宝盆，给人们带来财富的同时，还能带来美满的姻缘。

古时候，有一对双胞胎姐妹，姐姐叫做和，妹妹叫做合。这对姐妹长得胖胖乎乎，天生福相。他们长大后，因为长相富贵，谁家有娶媳妇、嫁姑娘这样的事情，都会请这姐妹俩。只要有这两姐妹参与的婚事，都会婚姻美满。

有一回，一个媒婆为村子里王家的儿子和李家的女儿说亲，结果一看双方的八字，王家的儿子是火命，李家的女儿是水命，自古以来水火不相容，因此王家不同意这门婚事，李家也要把女儿嫁给别的人家。其实，王家儿子和李家女儿早就好上了，两个人说什么也要在一起。

王家儿子和李家女儿看家人如此反对，决定一起殉情。两个人来到了河边，望着流淌的河水，不禁抱头痛哭起来。和合姐妹俩正好路过这里，看见两个人在河边哭，就走过去问发生了什么事情。

二人一看是和合姐妹，就止住了哭声。王家儿子说："我俩真心相爱，可是就因为我们的八字不合，双方家长不让我们在一起。"李家女儿哭着说："我们就是死也要在一起，所以才跑到河边来的。"

和合两姐妹听完他们的哭诉，非常同情两个人，决定帮助他们。和合姐妹暗地里找来媒婆，给了一些钱，让媒婆改变说辞。媒婆重新来到了王家，说以前弄错了，李家的女儿不是水命，是木命，木生火，两个人是天生的一对。这样，就撮合了两家的婚事。后来王李两家日子红火，人丁兴旺，他们都非常感谢和合两姐妹。从此和合两姐妹撮合姻缘的好名声就传开了。

和合姐妹的父母早亡，她们靠着自己的勤奋，日子过得十分富足。可是，当地不怀好意的人，总是来纠缠这两姐妹，想要谋求她们的财产。姐妹两人商量怎么才能摆脱这些纠缠，姐姐说："他们这些人都是因为看上了我们的财产，要是我们做了亏本的买卖，他们也就不会来了。"

做什么生意才能亏本呢？姐妹俩想破了头，也没什么好办法。最后她们决定花大价钱买一堆没用的青稻子。说干就干，她们到乡下收购了几百斤的青稻子。她们想这些青稻子也没有什么用，到时候时间一长就腐烂了，这笔生意一定亏本。

人们看见和合姐妹俩买了一堆青稻子，认为姐妹俩一定是疯了。可是姐妹俩非常高兴，心想：这回就可以摆脱那些恶人们的骚扰了。

谁知道，这一年爆发了马瘟病。一匹匹马可怜地死去，人们都束手无策。这时，一个经验丰富的老兽医说："要治马瘟病，只能用堆黄了的青稻子。"可上哪里去找堆黄了的青稻子呢？这时候人们想起和合姐妹俩买的那堆青稻子。人们纷纷来到她们这抢购。很快稻子卖完了，姐妹俩一算，没赔反而赚了不少。

姐妹俩没有想到，本来是赔本的买卖，竟然还能挣到钱。第二年，姐妹俩又商量做亏本的生意。姐姐说："妹妹，我们一定要吸取去年失败的经验。今年一定要做成亏本的生意。"妹妹说："姐姐，你说我们今年买些什么好呢？"

她们研究了一下，决定买一大批木材。她们把买来的木材堆在空地上，谁也不知道她们想干什么。这时，和合姐妹俩拿起燃着的火把，丢到了木材堆上。原来，她们想把新买的木材烧掉。

和合姐妹俩望着熊熊火焰，露出了笑脸，心想这次亏本的生意算是做成了。谁想，天上突降大雨，把大火扑灭。这些木材被雨水浇成了木炭。这年的冬天，非常的寒冷，北风呼号。人们都躲在家里不敢出门，可还是冻得直哆嗦。于是大家都到和合姐妹那去买炭来取暖。一堆炭很快就卖光了。和合姐妹俩又挣了一大笔钱。

通过这两件事后，姐妹俩决定再也不去做亏本生意了。因为她们不论做什么都不会亏本的。后来，和合姐妹俩被文武财神接到了天上，玉皇大帝封姐妹两个人为女财神，地位与文武财神并列。

泗州大圣

泗州大圣，又称泗州佛。传说他是一位西域僧人，人们称他为"僧伽大师"，是观音的化身。唐高宗时，僧伽大师曾来到长安、洛阳一带化缘，后来又去了吴楚等地。他手执杨树枝，到处说法。有人问他："大师姓什么呢？"他就答道说："我姓何。"又有人问："大师是哪里人氏？"他就答道："我是何国人。""何国"据说在西域碎叶国以北。

后来，他游历到泗州，就在这定居了。有一天，他在一户人家留宿，突然对主人说："这里本来是一座寺庙。"主人闻听后格外惊奇，忙让仆人在院内掘地，果然发现了一块古碑，碑上题名为"香积寺"，又刨出了一个金像，人们看过之后都说是"燃灯古佛"，而大师却说是"普光王佛"。

景龙二年，唐中宗派特使迎接大师来京城，皇上远接高迎，百官行礼，颇为隆重。皇上还亲笔题写了"普光王寺"的匾额。景龙四年三月三日大师圆寂，归葬泗州，并漆身起塔。传说唐中宗曾问过僧伽大师："僧伽大师何人？"僧伽大师回答说："观音化身。"从此，泗州僧伽大师的圣名广为传扬。

宋朝太平兴国七年，宋太宗下令翻建泗州僧伽大师塔。雍熙元年，太宗又加封僧伽大师"大圣"谥号。从此"泗州大圣"更是四海名扬。

在福建、台湾、广东等一些地方，泗州大圣的职能正逐渐发生变化，产生了另外一个传说版本。泗州大圣被称之为"泗州佛"，其职能主要是掌管爱情婚姻。各地情侣们都祈拜他，并修了许多凉亭供奉他。泗州大圣就成为了爱情之神。

那么泗州大圣是如何成为爱情之神的呢？其中还有一段有意思的故事。

相传宋朝时候，在福建惠安和晋江两县交界处有条洛阳江。这条江的水流十分迅急，万分险要。这天，蔡襄的母亲正怀着蔡襄要过洛阳江。由于水流湍急，蔡襄的母亲在过江的时候，在船上受到了惊吓，上岸后她就对腹中的胎儿说："我的儿子诞生后，要是能做官，一定要在这条险峻的河上修造一座桥。"

后来，蔡襄果然当上了泉州太守，他

按母亲的意思来江边造桥。可江水湍急，连投放江中的石头都被冲跑了，更不用说在上面架起一座桥了。蔡襄束手无策，一愁莫展。

有一天，有个老翁与一名绝色女子划船来到江心。老翁宣布有谁以钱掷中姑娘，就把姑娘嫁给谁。于是前来投钱的人不计其数，可是钱都落在江里，没有一个人可以砸中姑娘。这样过了几个月，江底积满了钱，成为了架桥的奠基石。实际上，这位老翁是土地爷变的，姑娘是观音菩萨变的，他们这么做的目的就是为了帮助蔡襄架桥。

可是，就在大功快要告成之时，一个聪明的泗州人想了个巧妙的方法，用钱掷中了姑娘。老翁便叫他到凉亭中去商议婚事。这位泗州人到凉亭里一坐，就再也没有起来。原来他的灵魂被观世音菩萨度化到西天成佛去了，但肉体却留在了凉亭之中。这座肉身就成为了民间膜拜的泗州大圣。

人们传说，泗州大圣十分理解与同情那些追求美满婚姻的痴男怨女，所以只要在泗州大圣佛像的后脑勺处挖下一点泥巴，偷偷地撒在对方身上，对方就永远不会变心，这样爱情、婚姻就会得到幸福的结局。但是这一来，这座佛像的后脑勺处就只好一修再修了。

月老的故事

"愿天下有情人，都成眷属；缘分注定事，莫错好姻缘。"这是人们的美好愿望。月老，又叫月下老人，正是掌管人间姻缘的婚姻之神。据说，月老手中有一根红线，将一男一女的脚脖子拴在一起。所以，两个人即使是在天南海北，也能走到一起。

唐代杜陵有一个叫韦固的人，从小是个孤儿，本想早点娶妻生子，可是总是求婚不成，一次他外出游学，住在宋城的一家旅店里。在宋城这个地方，韦固遇见了自己的一位老乡。两个人就找个地方攀谈了起来。

当这个老乡知道韦固尚未娶妻的时候，就说自己可以帮助他介绍一户人家的女子。韦固非常高兴，相约明天早上在这里见面。晚上，韦固躺在床上睡不着，一心等着天亮。最后，韦固等不及了，穿好衣服，决定先去约会的地点等着。

他走在夜深人静的街道，看着天空中的明月，感慨颇多。自己从小孤苦伶仃，好不容易长大成人，有了些成就，可是就是找不到中意的媳妇，不知道这次能不能成功。他正胡思乱想着，忽然看见前面有一个人好像在月下看书。

他紧走了两步来到一座寺庙的门前，看见一个老人背着一个布袋子，正坐在台阶上翻书。

韦固心想：这个老头好奇怪啊，竟然在这种地方看书。韦固忍不住探头去看这个老人看的是什么书。

韦固凑上前一看，竟是一本无字的书。韦固暗想这老人家看的书怎么没有字呢？他向老人家拱了拱手，问到："老人家，您看的是什么书啊？"老人笑着回答道："这是天下人的婚书。"

韦固觉得奇怪，心里想，我怎么没听说过天下有这么一本书啊。又问："老人家，您袋子里装的是什么啊？"老人说："装的是红线，是用来系住夫妻二人的脚。两个人如果被我的红线系上，就算是仇深似海，就算是贫富悬殊，就算是相隔天涯海角，都会在一起，想逃都逃不掉。即使两个人再相爱，我的红线没系，两个人也是不能到一块的。这就叫千里姻缘一线牵。"

韦固听了老人的话，很是好奇，就询问自己的姻缘："老人家，那我的妻子是谁啊？"月老翻了下书，笑着说："你的妻子现在刚刚三岁，是店北头卖菜的瞎老太婆的女儿。"韦固一听，心里暗自思量，想想自己的满腔抱负，怎么会娶一个卖菜人家的女儿。

于是，他对老人家说："我的同乡给我介绍了一户人家的女子，约我早上见面。没准这个女子就会成为我的妻子。"老人笑呵呵地说："这姻缘都是天注定的，怎么强求得来呢？"韦固告别老人，赶往约会的地点。他在那里等了一上午，也没见到自己的同乡，只好沮丧地回去了。

回到店房以后，韦固越想越生气，就喊来随行的仆人，命他暗中去刺死这个小女孩。第二天，仆人来到了菜市场，找到了那个小女孩，上去就是一刀，然后慌忙逃走。仆人因为做贼心虚，没有刺中小女孩的心脏，反而刺中了眉心。仆人回来以后将经过讲给韦固听，两人仓皇逃出了宋城。

十几年后，韦固驰骋沙场，骁勇善战，立下显赫战功。有一次，刺史王泰犒赏士兵，看见韦固英雄少年，十分喜爱，就将自己的女儿嫁给了他。

刺史的女儿十几岁，长得很漂亮，是个知书达理的人。韦固十分满意。可就是妻子眉心处总贴着一朵花，什么时候都不拿下来。韦固问她，她才说明原因："我的父母原是城里卖菜的，自幼贫寒，三岁时，父亲过世。有一天母亲抱着我去市场，不知道从哪里来了一个狂徒，想要杀死我。不过，我命大，只刺中了眉心。后来，我的母亲报告了官府。刺史大人负责调查此事，可始终不明因果。刺史见我可怜，就收我为义女，对待我如同亲生女儿一样。我觉得有这样一个疤痕不好看，就贴了一朵花在上面。现在才告诉夫君，请多包涵。"

　　韦固问："你的母亲是个盲人么？"

　　妻子回答道："是啊，你怎么知道的？"

　　韦固心想真是天意不可违，就把十几年前在宋城遇见月下老人的事情讲给妻子听。从此夫妻二人更加相敬如宾。后来他们生了一个男孩叫韦鲲，官至雁门太守。

　　由于这个故事的流传，后人将其改编成戏剧搬上舞台。并且月老也成为了媒人的代名词。

刘海戏金蟾

　　在民间版画中，刘海戏金蟾的吉祥画十分流行。画中是一个永远长不大的胖小子，穿着红肚兜，笑眯眯的，两手各拿一串金钱，旁边配上三足金蟾、荷花、梅花等，呈现出一派喜庆的气氛。在针业，奉刘海为祖师爷，大概是取其"线过金钱眼"的动作。在地方戏曲中，有《刘海戏蟾》、《刘海砍樵》等剧目。

　　刘海，历史上确有其人。原为五代时人，本名刘操，字昭远，又字宗成、玄（或元）英，居燕山一带，先为辽国进士，后出家修道，号海蟾子。刘海十六岁的时候中进士。后来，刘守光被后梁太祖封为燕王，刘海就当上了燕王的丞相。刘海特别喜好谈玄论道，与道士交往密切。有一天，一个道士来访，刘海以礼相待，讯问道士的姓名。这个道士听而不答，只是在刘海面前拿出十个鸡蛋，十文金钱，每一文钱间隔一个鸡蛋，将钱和蛋层层垒叠，最后蛋和钱垒成了一个塔状，却没有坠下来。刘海惊叹道："这太危险了！"道士告诉他说："你身家性命面临的危险，比这个更严重。"刘海问道："怎么样才能摆脱这种危险呢？"道士并没有回答，拿起鸡蛋、金钱，掷之地上，然后长笑离去。

　　原来，这个道士是说刘海现在身居高位，这高位就像垒起来的鸡蛋一样，随时有可能坠毁，要摆脱危险，免去杀身之祸，就要抛弃荣华富贵，就像道士将鸡蛋、金钱掷于地上一样，弃荣华富贵如敝履。刘海很聪明，马上就明白了道士的用意，当晚摆了一桌丰盛的酒席，美美吃了一餐，然后砸碎所有的宝器。第二天，解下相印，穿上道士的服装，假装发疯，出了燕国，远游去了。

　　在路上他又遇到那位道士，道士授给他服丹成仙的口诀。刘海这才知道他就是钟离权。两年以后，燕王刘守光僭称大燕皇帝，不久就被朝廷剿灭，刘守光遭诛灭九族之祸。而此时，刘海正云游天下访道。后来遇上了吕洞宾，授之以秘法，乃得道成为真仙。

从此，刘海以钟离权、吕洞宾二位仙人为师，追随他们遁迹于终南、太华之间，不知所终。

元朝元世祖封刘海为"海蟾明悟弘道真君"，武宗皇帝加封为"海蟾明悟弘道纯佑帝君"。刘海出家后，取道号"海蟾子"，称为刘金蟾。后来，由这名字又附会上了刘海戏金蟾的传说，刘海就成为能给人间带来钱财、子嗣的吉祥神。

关于刘海戏金蟾又有不同的说法。一种说法是刘海以金蟾为食物。金蟾是民间信仰中的灵物，刘海以之为食，说明他神奇非凡。一种说法是刘海捉金蟾是令金蟾吐金，施济天下穷人。

在民间中，最流行的还是刘海捉三足金蟾的故事。

康熙年间，苏州有一个乐善好施的大善人叫贝宏文。有一天，一个自称为阿保的小伙子主动找上门来做佣人，贝善人便收留了他。阿保一天到晚忙个不停，干活很卖力。而且他干活从不要工钱，还常常不吃饭，有时一连几天不吃饭都不饿。

贝家的人都很奇怪，问他为什么不吃饭。阿保只是笑，不回答。更令人吃惊的是，他可以把陶瓷做的尿壶像翻羊肚子似的翻过来，洗刷里面，然后再复回去，洗外面，陶瓷的尿壶在他手里竟然像柔软的面皮。

有一回元宵节，阿保抱着小主人去看灯，很晚未归，贝善人十分着急，派出家人四处寻找，哪里都找不到。快到三更的时候，阿保才抱着小主人回来。贝善人埋怨他回来得太晚，让一家人提心吊胆。阿保说："杭州的灯不热闹，我带着小主人去了一趟福建的省城，那里的灯好看。"贝家的人都不相信他说的话。不料，小主人从怀中掏出了一把新鲜的荔枝，这是杭州没有而福建才有的水果。贝家人这才相信了阿保说的话，在心中暗暗揣测阿保一定来历不凡。

这天，阿保到井里打水，打上来一个大蟾蜍。奇怪的是，这个大蟾蜍不仅形体巨大，而且只有三条腿。三条腿的蛤蟆是传说中的灵物。阿保对贝家人说："这个蟾蜍逃走已经好几年了，今天总算把它捉住了！"左邻右舍的人都跑来看热闹，并竞相传说这阿保就是戏蟾的刘海。阿保见自己的身份已经暴露，便谢过主人，升空而去。

顺天圣母

顺天圣母，又被称为注生娘娘、陈夫人、临水夫人。在我国福建地区，她是人们普遍信仰的顺产女神，其主要职能就是救助那些难产的妇女。

各种典籍都有关于顺天圣母的传说。但有关她的家世，却说法不一。

说法一：据《三教源流搜神大全》载，陈靖姑是唐朝人，祖居福州府罗源县，其父在朝廷官拜户部郎中，母亲葛氏，陈靖姑有个兄长叫陈二相。

有一年，村里来了个蛇妖，危害百姓。村里人没有办法只好立庙奉祀，每年重阳节的时候都要用童男童女献祭给大蛇，当地的百姓苦不堪言。正好观世音菩萨赴群仙会后回南海，在途中路过福州的时候，见此地妖气冲天，知道有妖孽为害百姓，决定派人前去除害。她剪下一块指甲，化作一道金光，直达葛氏肚腹之中。葛氏从此受孕。

葛氏在唐大历年间正月十五这一天生下了陈靖姑。陈靖姑生下来的时候，"瑞气祥光罩体，异香绕闼，金鼓声若有群仙护送而进者，因讳进姑"。十七岁的时候，陈靖姑拿着宝剑斩杀了为害一方的蛇妖，为当地百姓除了害。这件事情传到了朝廷，唐惠宗封她为"顺懿夫人"。

后来，皇后难产，生命垂危。陈靖姑知道了这件事，就进入宫中，帮助皇后娘娘生产。她来到皇后的身边，看见皇后脸色发青，马上就要支持不住了。她马上运用法术帮助皇后顺利地产下婴儿。

皇上听了宫娥的上奏后非常高兴，召见了陈靖姑。皇上说："要是没有你，皇后的性命就保不住了。你立了这么大的功劳，朕都不知道怎么感谢你才好。"陈靖姑回答道："救助皇后是我应该做的事情，不要封赏。"皇上拗不过她，只好敕封陈靖姑为都天镇国显应崇福顺意大奶夫人，并在古田建庙祭祀陈靖姑。在民间，人们都相信陈靖姑法力无边，专门保护童男童女，催生助产。

说法二：陈靖姑是福州人陈昌的女儿。当时，古田临水乡附近的山洞中，有一条白蛇吐气为疫疠之害。一天，乡里人看见一个身穿朱衣的人用剑斩杀了白蛇，为民除害。乡人赶忙上前打探来历，朱衣人对大家说："我是江南下渡陈昌的女儿。"说完就消失了。

人们按照这个地址去寻找朱衣人，可是找遍了整个下渡也不见这名女子。

人们为了纪念朱衣人，就在她斩白蛇的洞旁修建了一座庙。从此以后，人们一有什么难事都去庙里祈求朱衣人，有求必应。从此朱衣人名声大噪。南宋时封其为崇福昭惠慈济夫人，所赐扁额上题为"顺懿"。后来又加封她为天仙圣母青灵普化碧霞元君。

浦城有个叫徐清叟的，他的儿媳妇难产，有生命危险。陈靖姑知道了这件事情就幻化身形，来到徐家。徐家人正不知道怎么办才好，听说有人能够救助自己的儿媳，赶忙将陈靖姑请进家中。陈靖姑帮助产妇顺利生下了孩子。徐家给予厚谢，陈靖姑坚辞不受。徐家人问起她的姓名和住处。她只是说："古田人，姓陈。"说完就离去了。

后来，徐清叟到福州做官，就派人到古田去查访陈靖姑。来人见到庙中神像，酷似那个帮助分娩的女子，就回去报告，徐清叟也来庙中看那神像，方才恍然大悟，原来到他家去助产的是陈靖姑的化身。于是，上奏朝廷，请求为陈靖姑加封。福建地区的人都很崇拜陈靖姑，妇人分娩，必然挂她的神像在房中，以祈得顺利分娩。到婴儿生下三天后举行洗儿诞生礼时，才将神像取下烧掉。

说法三：陈靖姑是福建古田县临水乡人。她与同乡的刘杞成婚，感情甚好。婚后不久就怀孕了。可正赶上大旱。她为了消除旱情，帮助乡亲，不惜用堕胎的方法来祈雨。最后雨是祈求来了，她自己却因为堕胎失去了生命，死的时候只有二十四岁。她临终前发下宏愿说："我死后必成神，专门帮助产妇分娩。"后来，在妇女分娩的时候，都要挂陈靖姑神像，才能够顺产。

关于陈靖姑的身世虽然有不同的说法，但有一点却是相同的，那就是都与助产、分娩有关。人们根据接生婆或分娩死亡妇女的故事编造出了陈靖姑这位神灵，使她成为产妇的吉祥神。

妈祖的传说

在中国东南沿海地区，妈祖是一位重要的神，尤其是在台湾，有妈祖庙74座。每年三月二十三日是妈祖诞生日，要举行祭祀和妈祖像巡街活动。妈祖的信徒人数众多，香火旺盛，至今不衰。在东南亚、日本、朝鲜等国家，也有妈祖的信徒。

妈祖确有其人，姓林名默，居住在福建莆田湄州屿。在林默被人们尊为妈祖之前，有着许多传奇的经历。

五代时期，在福建湄州住着一户姓林的人家，林家世代海上经商。林家老爷去世以后，由其儿子林愿接管了家业，但林愿每次出海都不顺利。原来，做生意没有官府的保护是不行的。于是，林愿花钱买了一个巡检史的官。从此，他不仅可以收过往船只的税，而且自己家还可以不征税。林家海上的生意很快地红火起来。

林愿的妻子华氏为其生了四个儿子，可这四个儿子看上去体弱多病，一点都不出众。林愿就与夫人一起来到普陀山进香，祈求观世音菩萨再赐一子。

观世音菩萨和龙女去参加王母娘娘的蟠桃会，在经过福建莆田的时候，看见有黑气从海面上升起来。龙女赶忙往下观看，只见海中有一妖怪作孽，经常掀翻船只，把落水者当点心吃掉。龙女想要下去收伏这个海妖，观世音菩萨没有同意。等开完蟠桃会，回到了普陀山，正好碰到林愿与夫人求子。

观世音菩萨知道林家人心地善良，乐善好施，听到祈求之后，就对身边的龙女说："龙女呀，林家世代与人为善，今日来求子，师父不得不应允，你就投胎到林家去吧，到时还可以收伏海上的妖孽。"龙女听完后说："林家求的是儿子啊？"观世音菩萨说："天机不可泄露。"

林愿夫妻上完香回来，不几天华氏就怀上了身孕。三月二十三日这天，林府周围被一道红光笼罩住，一声巨响，华氏产下一个女婴。这个女婴一生下来，就不哭不闹，直到满月也不会哭笑。林愿以为这个小女儿是个哑巴，就将其取名为林默。

林愿找来许多名医为小女儿看病，可是没有一个人能够让林默开口说话。这天，林府外面来了一个和尚，说可以治疗林默的病。林愿赶忙请他进来，说："大师，如果能让我的小女开口说话，一定不会忘了大师的恩情。"和尚笑着说："施主严重了。还是让我先看看你女儿吧。"

林愿赶忙派人把女儿找了出来。说来也奇怪，林默一看到这个和尚就张开小嘴笑了起来。和尚走到林默的身边，俯下身去，在她的耳边说了几句。只见，林默点了一下头，又笑了起来。和尚走到林愿面前说："明天她就会说话了。"说完就飘然而去了。

第二天，林默果然张口说话了。林家人非常高兴，想要感谢那个和尚，可是怎么找也找不到。原来，那个和尚是龙女的师兄善财变化的，受观音菩萨之命前来点化龙女。要不然，林默见到和尚怎么会开心地笑起来呢。

林默长大以后，经常来到海边为父亲和哥哥祈求平安，也为出海的其他百姓祈福。一天，林愿和大儿子出海办事。在家中睡觉的林默突然手脚紧紧地抓住被子，并不停地在床上翻滚。华氏正好路过林默的床边，看见女儿这样，以为她在做噩梦，就赶忙叫醒她。

林默从梦中醒来，哭着对母亲说："不好了，父亲和大哥掉到海里去了。"林母听得一头雾水，以为女儿在说胡话，赶紧摸了摸林默的头。林默看着母亲，悲伤地说："父亲他们刚才在海上遇到了很强的风暴。我双手各拉着一条船。左手拉着父亲的那只，右手拉着大哥的那只。本来父亲和大哥可以平安无事的。你把我叫醒，我匆忙之中，松了右手，大哥的性命是保不住了。"华氏听后很吃惊。等到林愿从海上回来以后，大儿子果然遭遇了海难，印证了林默的话。此事传开以后，大家都说林默是神人。

林默一生没有嫁人，她经常驾船出海，凭着自己的好水性救助那些遇难的人们。林默死后，当地人修了庙宇祭祀她，并称她为神女、龙女、妈祖。她的神灵不时出现在海上救助人们。

宋徽宗时期，给事中路允迪奉旨出使高丽国。他率领的船队行驶到渤海海域时，忽遇大风，船队一下子刮翻了七八只。路允迪十分惊恐，跪在船板上祈求神女保佑。这时，路允迪觉得船平稳了。他睁开眼睛一看，一个红衣女子站在船头。靠着神女的保佑，路允迪的船队摆脱了风浪，安全地驶向高丽国。回朝以后，路允迪将此事报告给了宋徽宗。徽宗听后，为林默的庙宇题了一块名为"顺济"的匾额。

自宋以后，历代帝王都嘉奖过神女的灵迹，对林默的册封多达四十次。

文财神的故事

在民间，比干和范蠡被称为文财神。

比干是中国历史上著名的忠臣。他是商朝的宰相，也是纣王的叔父。比干小的时候就聪明，勤奋。20岁就开始辅佐帝乙，后又辅佐纣王。在他当宰相的这几十年，主张减轻赋税，发展农牧业，富国强兵。可是纣王荒淫无道。比干多次直言劝谏，纣王都不听。

妲己看比干不顺眼，就对纣王说："大王，我有个心口疼的病，吃什么药都治不好。我听说只有用圣人的心做药引，才能够治好这个病。"纣王非常着急，关心地问："上哪里去找圣人的心啊？"妲己说："听说比干就是圣人，他的心一定能治好我的病。"

纣王听信了妲己的谗言，把比干叫进皇宫，对他说："我听说圣人心有七窍，今天我要把你的心挖出来看看是不是真有七个窍。"结果比干被剖心而死，终年63岁。

还有一种说法，比干被纣王挖心以后，并没有死。一位仙人送给了他一粒仙丹，保住了他的性命。比干因为没有心，所以他能够做到不偏不倚，公正无私。后来，人们把这位受人尊敬的君子奉为文财神。

另一位文财神就是范蠡。他是春秋时期楚国人，后来和好朋友文种一起去越国。很快就得到了越王勾践的充分信任。

越国被吴国打败以后，越王勾践做了吴国的奴隶。范蠡也随勾践一起入吴，为吴王夫差驾车。在吴国忍辱偷生的两年里，范蠡鼓励勾践养精蓄锐，为了日后的复仇做准备。后来，吴王放勾践回国。勾践回国以后，卧薪尝胆，准备攻打吴国。为了振兴越国，勾践拜范蠡为宰相。范蠡采取了一系列措施富国强兵。为了麻痹吴王夫差，他把自己最心爱的女人西施送给了吴王。

吴王刚开始对西施充满了戒备之心。慢慢地，吴王还是没有抵住美女的诱惑，中了美人计。他对西施非常宠爱，为了博美人一笑，为她修建了豪华的宫殿。可是，西施一点也不高兴，整天对吴王冷冰冰的。别的妃子巴结吴王都来不及，哪敢这样对吴王使脸色。可是，吴王的占有欲非常强，越是得不到的，越想拥有。

吴王每天都围着西施转，想着怎样才能逗美人开心。渐渐地，吴王不理朝政。大臣们看不过去，都来劝谏吴王。其中一个大臣说："大王，你可不能沉溺于美色之中了。越国正在养精蓄锐，准备随时消灭我们吴国。"吴王哈哈大笑，说："你们想太多了。那个勾践是个懦夫，他恭维我还来不及，怎么敢反抗我呢？你们想得太多了。"

西施不辱使命，迷惑了吴王夫差，令他沉迷于女色，不理朝政。在西施的温柔乡里，夫差把称霸各国的豪情壮志全都抛到了脑后。

勾践在范蠡和文种的辅佐下，越国渐渐强盛了起来，报仇的时机也成熟了，越国对吴国发起了进攻。越军在范蠡的带领下，把吴王夫差围困在了姑苏山上。最后，夫差自杀身亡。

范蠡帮助越王消灭了吴国，洗刷了当年的耻辱。之后，范蠡又辅佐越王称霸诸侯，被越王奉为上将军。灭了吴国以后，越王还是面无喜色，范蠡观察到这个现象以后，思考到一定是自己功高震主，才惹得越王不高兴。于是，他就上书给越王，说："当年大王在会稽受辱，我所以不死，就是为了报仇雪耻。现在大仇已报，臣请赐死。"越王读了范蠡的信以后，对范蠡说："我还打算把国家分一半给你呢。"范蠡知道越王并不是真心对自己，早晚会加害自己。于是就带着西施逃到了齐国。

在齐国，范蠡隐姓埋名，治理产业，很快成为当地的富户。尽管范蠡有万贯家财，但他把金钱视为粪土，将挣来的钱都分给了穷苦的朋友和亲戚。

齐国的国君听说范蠡隐居在自己的国家，想请他出来做官。于是，带着文武大臣来到了范蠡的住处。范蠡听完齐国国君的来意后，委婉地说："大王，我的前半生一直在沙场征战。现在终于有了休息的时候，我想就这样终老，不想再卷入政治当中去了。"

齐君不死心，时常来看望范蠡。范蠡没有办法，只好带着家产偷偷地逃出齐国。

后来，范蠡带着钱财在陶地住了下来，自称陶朱公。范蠡既精通理财，又不惜散财，所以被人们尊为文财神。

武财神的故事

民间公认的武财神，一个是关羽，另一个就是赵公明。

关羽被人们称为关圣帝君、伏魔大帝、关公等，在道教被奉为护法神。

关羽字云长，三国时期河东人。幼年熟读兵书，一身好武艺，好打抱不平。因此，父母怕他在外面闯祸，就把他关在屋子里。有一天，关羽偷偷溜了出来，没走出多远，看见一个老妇人在路边哭。关羽就上去问出了什么事情。原来老妇人的女儿被县令的小舅子抢去了。关羽一听，火冒三丈，马上提着宝剑闯进县衙，杀死了县令的小舅子。然后，关羽逃到涿郡，正赶上刘备招兵买马，就投到了刘备的麾下，从此跟随刘备出生入死。

建安五年，曹操派兵东征，刘备惨败，关羽被俘。曹操十分赏识关羽，封他为偏将军。可关羽始终不忘与刘备的兄弟情谊，在帮助曹操立下战功以后离开去寻找刘备。

赤壁之战后，刘备收复荆州，封关羽为襄阳太守、荡寇将军。刘备平定益州以后，即位为汉中王，封关羽为前将军。随后，关羽率军进攻樊城，降于禁，斩庞德，一时间威震华夏。不久由于荆州失守，关羽被擒，誓死不投降，被杀害。

关羽被人们看做是忠义的化身。历代帝王也对关羽推崇备至。宋哲宗封他为"显灵王"，宋徽宗封他为"义勇武安王"。明神宗封他为"三届伏魔大帝神威远镇天尊关圣帝君"，顺治皇帝封他为"忠义神武灵佑仁勇威显护国保民精诚绥靖赞宣德关圣大帝"。

民间传说关羽能够保佑商人招财进宝，所以尊他为武财神。

另一位武财神赵公明，是陕西终南山人。他原来是天上十个太阳之一，后来被后羿射了九个太阳下来，赵公明就在其中。这九个太阳被射落后，坠落在山中，成为了鬼王。赵公明决定改过自新，不再危害百姓，就托生到一个姓赵的人家。

赵公明成年以后，一直隐居在深山之中，不问世间的是是非非，一心虔诚修道。一天，他云游到天师张陵炼仙丹的地方。赵公明见这个地方十分幽静，适合修炼，决定在这多呆几天。没想到，张天师下山采药看见了赵公明。张天师觉得赵公明慧根很深，是个修道的苗子，就收他为徒，传授他法术。还赐给他一只黑虎和一条护法鞭。

后来，张天师炼成了两颗仙丹，其中一颗给了赵公明。赵公明吃了以后，面目全非，竟变得和张天师的外形容貌一样，而且连说话都很像。赵公明也具有张天师一样超凡的法力。

后来，张天师派他镇守玄坛。可是他听信了申公豹的挑唆，助纣为虐，最后被姜子牙降服。赵公明死后，被封为龙虎玄坛真君之神，管理人间钱财。

据说，赵公明的身边本来有一位财神娘娘，但是后来却被他休了。关于赵公明休妻，还有一段很有意思的传说。

有一个叫花子，好几天都没有讨到吃的，快要饿死了，就跑到一间庙宇里去求财神赵公明。他来到财神赵公明的塑像前，一个劲地磕头，祈求财神给他钱财。

这时，财神正在睡觉，没有听到叫花子的请求。这个叫花子哪里知道财神正在睡觉，还是在下面不停地磕头，嘴里念念有词道："财神爷，请赏我些钱花吧。我已经好几天没有饭吃了。如果今天我还没有东西吃，就会饿死的。"

在一旁的财神娘娘不忍心，就想把身边的财神爷叫醒。财神睡得正香，怎么叫也不起来。钱财都在财神爷的兜里揣着，财神娘娘拿不出来。可是，如果不给这个叫花子钱，他就会饿死。

怎么办呢？财神娘娘挠了挠头，忽然碰到了自己戴着的耳环。她就把自己的一只金耳环给了这个叫花子。这个叫花子看见神坛上丢下来一个金耳环，很是高兴，知道是自己的真诚感动了神灵。

可是，当财神赵公明醒来以后，看见财神娘娘少了一只金耳环，就问怎么回事。财神娘娘就把刚才的事情说了一遍。赵公明一听，财神娘娘竟敢背着他把当年的定情之物送给一个叫花子，顿时大发雷霆。将财神娘娘休了。所以，财神像的旁边再也没有财神娘娘了。

每年的农历正月初五，是财神赵公明的诞辰。这一天，商家都会用三牲来祭祀他，将香烛、水果供奉在桌案上，迎接财神。历代如此。

门神的故事

每当过年的时候，各地都有贴门神的习惯。最初的门神是用桃木刻成人形，挂在门的两边，后来是将人像画在纸上张贴在门上。传说中的门神最初是神荼、郁垒兄弟二人。唐代以后，猛将秦琼、尉迟敬德二人成为了门神。此外还有将关羽、张飞、钟馗的画像当做门神的。门神像通常是在门的左右各贴一张，后代常把门神画成一文一武。

神荼、郁垒两兄弟是如何成为门神的呢？相传上古时代，沧海中有一座叫度朔的大山，山上有一棵大桃树，树的支干长达3000里，在支干的东北方向有一道门，叫做鬼门。这道门是众鬼出入的地方。有两个专门管鬼的神人驻守在这里，他们一个叫神荼，另一个叫郁垒。每天早上，他们都要在这棵桃树下检阅百鬼。如果发现有恶鬼为害人间，便将其绑起来喂老虎。

后来，人们在桃木板上画出神荼、郁垒的画像，挂在门的两边用来驱鬼避邪。南朝时期梁代的宗懔在《荆楚岁时记》中有这样的记载："正月一日，'造桃板着户，谓之仙木，绘二神贴户左右，左神荼，右郁垒，俗谓门神。'"从此以后，神荼、郁垒就成了门神。

到了唐代，秦琼与尉迟恭成为了新的门神。这里面还有一段很有趣的故事呢。

泾河龙王为了一件小事和凡间的一个算命先生打赌，结果触犯了天条，罪该问斩。玉皇大帝任命魏征为监斩官。泾河龙王为了保全性命，就跑到唐太宗这儿求情。龙王见到唐太宗哭着说："皇上，一定要帮帮小仙。"唐太宗不知道出了什么事情，问道："龙王，出了什么事，需要我帮忙啊？"龙王回答道："我因和凡人打赌，触犯了天条。玉帝命魏征为监斩官。我想求皇上帮我留住魏征。只要过了午时三刻，我就可以活命了。"

太宗皇帝答应了龙王的请求。快到了行刑的时候，便下诏宣魏征进宫与其下棋。魏征正准备上天行刑，可是黄帝召见又不好推脱，只好硬着头皮来了。太宗拉着魏征下了一盘又一盘棋，就是不放魏征走。

这时，太宗问魏征："过了午时三刻了吗？"魏征一听，就明白一定是龙王来找太宗帮忙。魏征说："快到了。"太宗这才放下心来，只要再坚持一会，龙王就得救了。没想到魏征下着下着就睡着了，只打了一个盹儿，魂灵就来到了天宫，将龙王斩了。

龙王抱怨唐太宗言而无信，日夜都在宫外呼号怒骂，要向唐太宗讨命。唐太宗每夜都睡不着，弄得精神疲惫，连上朝的心思都没有了。最后实在没有办法就找来群臣商议对策。大将秦叔宝说："臣愿意为陛下分忧解难，我和尉迟敬德将军身穿戎装立在宫门外，就是再凶的鬼怪也不敢来捣乱。"

唐太宗听从了秦叔宝的建议。晚上，秦叔宝和尉迟敬德两位将军，身穿戎装，手拿利器，微风凛凛地站在门外。龙王的魂魄晚上又来捣乱，看见两位将军站在门口，非常害怕，就悄悄地溜走了。

这天晚上，唐太宗没有听到龙王的呼号声。就这样，秦叔宝和尉迟恭两位大将每天晚上都为太宗守夜。太宗不忍心二位将军如此辛苦，就命令巧手丹青，将二位将军的真容画下来，贴在门上。龙王晚上来的时候，远远地就看见两位将军把守在门口，以为是真人，就不敢再来向太宗讨命了。

后来这件事传到了民间，百姓们也将这两员大将的画像贴在门上，保佑家宅平安。他们二位遂成了千家万户的守门神。

明清以来关于门神的传说更是五花八门，据说河南人张贴的门神是三国的赵云和马超。陕西人将孙膑和庞涓当做门神，甚至小说中的金镖黄三太和盗九龙杯的杨香武也成为了门神。河北冀中一带的门神是薛仁贵和盖苏文，也有贴西羌猛将马超、马岱兄弟二人的。清朝乾隆年间，出现了以"门童"代替门神的现象。所谓"门童"，实际上是杨柳青印制的年画。北京人贴门神，大多沿用唐太宗时流传下来的秦叔宝和尉迟恭，俗称"白脸儿"、"黑脸儿"。

现代关于门神的分类大致如下：捉鬼门神，神荼和郁垒。祈福门神，赐福天官、刘海戏金蟾或招财童子。道界门神，青龙孟章神君，白虎监兵神君。武将门神，唐代名将秦琼与尉迟恭。

灶王的故事

在我国民间，祭灶是一项影响深远、流传极广的习俗。旧时，几乎家家都在灶间设有"灶王爷"的神位。人们称灶王为灶君、灶王爷、东厨司命。传说玉皇大帝亲封他为"九天东厨司命灶王府君"，负责管理各家的灶火。灶王龛大都设置在灶房的北面或东面，中间供上灶王爷的神像。没有设灶王龛的人家，将神像直接贴在墙壁上。

有人说灶王是钻木取火的"燧人氏"，或者是神农氏的"火官"。也有人说灶王姓张，名单，字子郭。虽然说法不一，但是在民间却流传着一个颇为有趣的故事。

有个叫张生的人，家境贫寒，后来娶了名叫郭丁香的媳妇。丁香十分贤惠，嫁给张生后，早起晚睡，辛勤持家，没过几年家业就兴旺起来。左邻右舍的人都说，张生娶了个好媳妇。

这个丁香，不但勤俭持家，还有一手好厨艺。她最拿手的菜就是肉汤。每当她做肉汤的时候整条巷子都飘满了香味。邻居们看在眼里都非常羡慕张生，而他却不以为然。

张生成了富户以后，十分骄横，看着渐渐变老的丁香，竟产生了喜新厌旧的念头。他整天不干活，一门心思想休掉丁香，好再找个年轻漂亮的媳妇。

一天，张生在院子里晒太阳。他看到仆人在晒谷子，就把丁香叫到身边。张生说："你把家里的黄豆拿出来晒晒"。丁香听后把一筐黄豆拿了出来。张生接过黄豆，就倒进了谷子堆里。然后对丁香说："把这些黄豆从谷子里捡出来，弄好了才能吃饭。"丁香知道丈夫这是在为难自己，但也没有办法，只好把黄豆一颗一颗地挑了出来。天黑了，丁香还在挑黄豆。张生只知道自己吃好喝好，不管丁香是否饿了、累了。邻居们知道了这件事都说张生是个负心汉。

张生整天故意找茬刁难丁香，丁香却逆来顺受，毫无怨言。张生见自己这样都难不倒丁香，干脆就写了休书，把丁香赶出家门。随后娶了个财主的女儿李海棠。

李海棠是财主的女儿，从小娇生惯养，好吃懒做，根本不懂得操持家务。二人整日花天酒地。李海棠想吃什么，不论多贵，多难买，张生都满足她的要求。一转眼几年工夫，张生挥霍无度，整个家产都败了个精光。张生又成了一个穷光蛋。这时李海棠嫌贫爱富，不愿意再和张生过日子，半夜里趁张生熟睡的时候，偷了剩下的钱财回家去了。

张生成了穷光蛋，孤苦伶仃，身无分文，只好讨饭。他想想当初要不是郭丁香为他操持家业，哪里会有万贯家财。自己过了几天好日子，竟休掉了丁香，现在想想真是后悔莫及。

话说这年腊月的一天，张生讨饭讨了一整天也没人施舍，从早到晚没吃过东西，饿得头昏眼花，不小心晕倒在一户人家门口。天快黑的时候，这户人家的看门人看到了他，连忙回去禀报主人。这家主人是个热心肠的人，就说："给他盛一碗肉汤吧。"一碗肉汤喝下去张生这才缓过气来，说没有吃饱，能不能再给一碗。主人吩咐看门人又盛了一碗给张生。张生喝完后，觉得身上有了力气，正要离开，看门人说："我家主人慈悲，看天色不早，叫你在厨房留宿。"张生听后感动得痛哭流涕，连忙磕头感谢。

看门人把张生领到厨房里住下。张生看到厨房里正煮着一锅肉汤，散发出诱人的香气。忽然觉得这肉汤的香味很熟悉。于是就说自己还很饿，能否再喝碗肉汤。看门人又给他盛了一碗。张生喝完说："你家主人是个大好人，请你帮我回报一声，我想见见他。"家人说："我家主人现在就来了。"刚说完，一位中年妇女走进了厨房。张生看着这个女人的脸很面熟，再仔细一看，原来是被自己休了的丁香。

张生追悔莫及，同时又无地自容，用双手遮住了脸。丁香一看是张生，就关切地问："你怎么落到了这步田地？"张生无言以对，羞愧难当。他心想，我还有什么脸活下去，不如死了算了。正好看见丁香家大锅底下的火烧得正旺，趁人不注意，一头钻到锅底下烧死了。

正好这件事被巡游的天神看见，就回禀了玉帝。玉帝觉得张生虽然有错，但他知道廉耻，勇于承认错误，说明他不是真的坏透了，还能回心转意；郭丁香勤俭持家、以德报怨，也是难能可贵。为了警示世人不要再像张生以前那样忘恩负义，玉帝要把张生的故事昭示天下，既然他是死在锅底下，就封他为灶王。

张天师奉命传下旨意：封张生为灶王，记录人世间的过错，每年腊月二十三骑马上天，汇报人间是非，直到腊月三十那天再回来，在天上过七天。

张生被封了灶王之后，为了赎回自己的过错，对待人世间的事非常认真公正。谁家的儿媳不孝敬公婆，谁家的婆婆虐待媳妇，他都清清楚楚地记下来，等到腊月二十三日那天上天汇报。

这样一来，人们就不敢做忘恩负义，违背道德的事情，个个助人为乐，以德报怨。这样，人间的善恶是非都得到了应有的结果。

从此，每年在送灶的时候，都要在灶头上烧香点烛，供着慈姑、馄饨和用饴糖做的滥斩糖，又叫廿四糖，捏成元宝，祭祀灶王，然后在家门口，放上豆萁、稻柴，把供在灶上神龛里的灶王神像"请"下来，把他的嘴上涂上滥斩糖，再把神像粘在用稻草扎成的"神马"上，或者放进用彩纸糊成的"轿子"里，供上柴堆、丢上一些慈姑，连同锡箔折的元宝，点上一把火，烧个精光，算是送灶王上天了。等到来年正月再"请"回一张灶王神像，放在灶上的神龛里进行祭祀，算是把灶王又请了回来。

灶王奶奶

"小孩儿小孩儿你别馋，过了腊八就是年；腊八粥，喝几天，哩哩啦啦二十三；二十三，糖瓜粘；二十四扫房子；二十五，冻豆腐；二十六，去买肉；二十七，宰公鸡；二十八，把面发；二十九，蒸馒头；三十晚上熬一宿；初一、初二满街走。"这则歌谣说的就是关于灶王奶奶的故事。

传说，玉皇大帝的小女儿非常善良，十分同情天底下的穷苦人。她经常偷偷下到凡间，帮助那些有困难的人。一天，她路过一户人家，看见一个给人烧火帮灶的穷小伙子十分勤快。她就偷偷地暗中观察他，觉得他是一个靠得住的好人，便爱上了他，并在凡间与这个烧火的穷小伙子结了婚。婚后两个人过得虽然清贫，但很快乐。

玉皇大帝知道了这件事情以后十分恼怒，就下令把小女儿打下凡间，跟那个穷小子去受罪。王母娘娘十分疼爱自己的这个小女儿，在玉帝面前帮着说好话，玉帝这才勉强答应给这个穷小子封了个灶王的职位。从此人人就称这个"穷烧火的"为灶王爷，玉皇大帝的小女儿自然就成为了灶王奶奶。

灶王奶奶在民间生活，

221

深知老百姓的疾苦，于是就常常以回娘家探亲为理由，从天上带回来些好吃的、好喝的分给穷苦百姓。玉帝大帝本来就对自己的穷女婿不满意，察觉到此事后，更是火冒三丈，下令只准小女儿每年年底回天宫一次。

第二年，马上就要过年了。可是穷苦的百姓什么吃的也没有，有的连锅都揭不开。灶王奶奶看在眼里，急在心里。腊月二十三这天，她决定回趟天宫，给老百姓拿些吃的回来。但自己家里连点干粮也没有了，路程那么远自己吃什么呢？老百姓知道这件事以后，便把各自家中剩下的唯一的一点粮食拿了出来，好不容易烙了些面饼，送给灶王奶奶，让她路上吃。

灶王奶奶回到天庭，看见自己的父亲，向他述说了人世间的疾苦。玉帝听后不但不同情，反而嫌女儿回来什么礼物也没带，只带回来一身穷灰，要她当晚就回去。灶王奶奶气得说不出话来，转身就要走。可转念一想，自己两手空空，回去后怎么向穷苦的乡亲们交代呢？再说也不能就这样向父亲认输了。王母娘娘在一旁心疼女儿，过来说情。

灶王奶奶马上顺势说："父皇，我今晚不走了，明天我要扎把扫帚带回去扫穷灰。"

二十四这一天，灶王奶奶正在屋里扎扫帚，玉皇大帝又来催她，让她明天就回去。她说："父皇，你别催啊，这就要过年了，家里还没有豆腐呢，明日我要做些豆腐。"

二十五这一天，灶王奶奶正在院子里磨豆腐，玉皇大帝来催她，让她明天回去。她说："父皇，不急，我家里没肉吃，明天我去割些肉回来。"

二十六这天，灶王奶奶刚刚从天庭的御膳房割了些肉回来，玉皇大帝又来催她明天回去。她说："父皇，这肉是有了，可家里穷得连只鸡也养不起，明天我要在天庭杀只鸡带回去。"

二十七这一天，灶王奶奶正准备杀鸡，玉皇大帝又来催她明天回去。她说："父皇，不要着急啊，我在回去的路上要带点干粮，明天我准备发面蒸馍。"

二十八这一天，灶王奶奶在厨房里发面、蒸馍，忙得不可开交。玉皇大帝又来催她明天回去。她说："父皇，过年都要喝点酒的，我家买不起酒，明天我去母后那灌些酒带回去。"

二十九这一天，灶王奶奶刚灌完酒回到住处，玉皇大帝又来催她明天回去。她说："父皇，咱们一家人好不容易聚到一起，应该在一起吃顿饺子，也算是团圆饭。明天我要些包饺子。"

三十这一天，灶王奶奶正在包饺子，玉皇大帝实在是忍无可忍，大动肝火，要小女儿今天必须回去。灶王奶奶看东西已经准备得差不多了，就说："父皇，让我再陪陪母亲吧，晚上我就走。"她陪着王母娘娘一直待到晚上才恋恋不舍地离开天庭。

人们得知这天夜里灶王奶奶要来，家家户户都不肯睡觉，围坐在火炉旁等候灶王奶奶。当他们看见灶王奶奶回来了，纷纷点起香烛，放鞭炮迎接她。此时已经是初一了。

后来，人们为了纪念灶王奶奶的恩德，年年腊月二十三都要烙灶干，二十四扫房子，二十五做豆腐，二十六割肉，二十七杀鸡，二十八发面，二十九去灌酒，三十捏饼，夜里不睡觉"熬岁"，来迎接贤慧善良的灶王奶奶。

厕神的故事

紫姑，又名厕神，北方多称厕姑、坑三姑。我国的西南方，尤其是湘西地区，又称为子姑、茅姑、坑姑、坑三姑娘等。我国古代民间有正月十五迎厕神紫姑的习俗，进行祭祀，占卜蚕桑。

紫姑的命运十分凄恻。她姓何名媚，字丽卿，是唐朝东莱人。紫姑自幼聪明伶俐，长大后貌若天仙，嫁给了一位唱戏的伶人。女皇武则天当政之时，山西寿阳刺史李景迷恋她的美色，想方设法害死了她的男人，霸占其做了自己的小妾。

紫姑虽然很得李景的宠爱，但她从不恃宠而骄。对待李景的大老婆十分恭敬，丝毫不敢怠慢。嫁给李景没几年，紫姑就身怀有孕。李景的大老婆十分害怕，怕紫姑生个男孩，自己的地位就保不住了。

于是，她偷偷找来郎中，开了一副堕胎的药。她拿着熬好的药，来到紫姑的房间，看见紫姑躺在床上，赶忙说："妹妹身体可好。我特意给你熬了一副安胎药，趁热喝了吧。"紫姑心地善良，那里想到别人会害自己。她接过碗，说："大姐，谢谢你了，还亲自给我熬药。"

紫姑把药刚喝到肚子里，只觉得肚腹剧痛，流出血来。侍女们看见紫姑这样，赶忙找来大夫。经过一阵抢救，紫姑终于苏醒过来。可是，孩子已经没有了。紫姑哭得死去活来。

李景回到府中，听说了这件事，赶忙询问是怎么回事。侍女们支支吾吾不敢说。最后，李景才弄清楚，原来是自己的大老婆在搞鬼。可是，自己拿这个老婆没有办法，只好咽下了这口气。

李景的大老婆看奸计得逞，非常得意。可是，这丝毫动摇不了李景对紫姑的喜爱。这个狠毒的女人又心生毒计。在正月十五元宵夜这天，趁紫姑上茅房的时候，将其杀死在茅房之中。

紫姑死得冤枉，所以怨魂不散，经常在厕所周围游荡。每当李景入厕方便时，她就在旁啼哭。后来这件事情传到武则天女皇的耳朵里，她非常同情紫姑的遭遇，于是下诏封其为厕神，专门管理茅房。

后来，人们照着紫姑的样子，扎成纸人或刻成木头人，放在茅厕之中，每逢正月十五元宵节的晚上，一方面祭祀，一方面迎接厕神紫姑。

另一个传说中，紫姑身份是汉高祖刘邦的妃子，即戚夫人。《月令广义·正月令》载："唐俗元宵请戚姑之神，盖汉之戚夫人死于厕，故凡请者诣厕请之。"

吕后因为册封太子的事情，与刘邦的妃子戚夫人结下了仇恨。等到刘邦死了以后，吕后开始实施自己的报复计划。她先把戚夫人贬为奴仆，再削光她的头发，熏聋她的双耳，然后逼她喝下致哑的毒药，最后极其残忍地挖掉戚夫人的双眼。因为刘邦生前最喜欢的就是戚夫人的那双眼睛。吕后命人将戚夫人扔到茅厕里慢慢地折磨。她还给戚夫人起了个名字叫"人彘"。在戚夫人苟延残喘于茅厕的时候，吕后还让自己的儿子汉惠帝带着大臣们去观赏"人彘"死前的惨状。后世十分同情戚夫人的悲惨遭遇，于是就将紫姑改称为戚姑。

因"戚"与"七"同音，所以有的地方又称厕神为"七姑"。还有的地方称其为"三姑"，"坑三姑娘"。紫姑在演变中一分为三，成了三仙岛上云霄、琼霄和碧霄三位仙姑，统称"三霄娘娘"。

她们的师兄就是在峨嵋山浮洞学道的赵公明。在周武王伐纣之时，赵公明受到申公豹的挑唆，听信谗言，助纣为虐，最后被周朝大将杀死。云霄三姐妹听说师兄被害的噩耗后，拿着自己的法宝，来到两军阵前为师兄报仇。云霄用混元金斗，碧霄用金蛟剪出战，屡战屡胜。后来，元始天尊和老子前来助阵，施法术将三位仙姑的法器夺走。老子作法招来黄巾力士压死云霄，又命白鹤童子用玉如意杀死琼霄，自己则从衣袖中取出神盒，将碧霄收入盒中，化为血水。

姜子牙封神的时候，将云霄、琼碧、碧霄封为"坑三姑娘"之神，执掌混元金斗。不论是仙凡人圣、诸侯天子，还是贵贱贤愚，落地前必先以金斗转劫，不得超越。

清人《都城琐记》中，有这样一首诗："敝帚挂红裳，齐歌马粪香，一年祝如愿，先拜紫姑忙。"可见，古人对厕神娘娘的尊敬和喜爱。

药王的故事

古人对名医十分景仰，并将其神化供奉在庙宇当中，赋予其主掌医药的职能，称之为药王。但药王究竟是谁，众说纷纭。有人认为神农氏是药王，因为《辞海》中说"首创医药，世称药王，后遂以药王称为颂神医之称。"也有的人认为药王是佛经中所说的药王菩萨。关于药王的故事不尽相同，但主要有三种说法。

说法一是扁鹊。扁鹊姓秦，名越人。渤海郡郑州人。战国时期的医学家，技艺高超，尤善诊脉。传说因为他饮用了长桑君的上池之水，并尽得其禁方，所以能够看见人五脏病症之所在，遂闻名于当世。他遍游各地悬壶济世，在齐地被称为卢医，在赵地则被称为扁鹊。扁鹊是一个全科医生，后因遭到秦太医令李醯的妒忌，惨遭杀害，后世尊称其为脉学的祖师。《汉书·艺文志》中说扁鹊著有《扁鹊内经》和《扁鹊外经》两本书，已佚。现存《黄帝八十一难经》七卷，是后人托名扁鹊的伪作。清代高士奇《扈从目录》中记载："沧州城在(东)北有药王庄，为扁鹊故里，药王庙专祀扁鹊。"

说法二是韦讯。《中国医学大辞典》中有记载："药王，韦讯道之别名。"韦讯道其实是韦讯道人，也就是韦讯。他是唐代京兆人，自幼家贫，后来出家，道号为慈藏。武则天时期被封为御医，官至光禄卿。有趣的是韦讯在施药救人的时候身边常常带着一条黑狗。

后来，唐玄宗继位想重用他。他拒绝了唐玄宗的请求，无心于仕途，受到后人的敬佩，被尊为药王。

说法三是孙思邈。孙思邈，京兆华原人，约生于隋开皇元年，卒于唐永淳元年，活了一百零二岁。人们尊称他为"药王"。

孙思邈从小勤奋好学，七岁开始读书，每天可以背诵一千字，被称为"圣童"。到了二十岁的时候，精通诸子百家学说，学问十分渊博。隋唐两代皇帝都想请他做官，他都一一辞谢了。原来他立志要学医。孙思邈有这样的理想是源于他切身的感受。他小的时候，体弱多病，经常请医生来看病。看病需要花许多钱，他的家庭可以负担起这沉重的医药费。可是还有许多贫苦的百姓，因为没有钱，有病的时候只能硬挺着，有的竟悲惨地死去。这沉重的现实使他感到"人命至重，有贵千金。一方济之，德逾于此"（《千金要方》自序）。因此，他十八岁开始就立志学医，并下了很大的苦功。经过长期刻苦的努力和钻研，他有了很深的医学造诣，成为隋唐时期医药界的佼佼者。

一次，孙思邈在路上看到一群送葬的人抬着一口棺材，从棺材里渗出几滴鲜血，滴在了路边。这时，走在旁边的老婆婆抹着眼泪说道："我可怜的儿呀，你怎么死得这么惨。腹中的婴儿还没出生，你怎么就死了呢？"

老婆婆说的话引起了他的注意。他上前问道："老婆婆到底是发生了什么事情，你哭得如此悲伤？"老婆婆说自己的独生女刚刚难产死了。孙思邈听完老婆婆的哭诉说道："你的女儿并没有死，我还能把她救活。"老婆婆一听，赶忙握住了孙思邈的手，求他救救自己的女儿。

孙思邈让人把棺材打开，将里面的产妇抱出来。他将产妇放在平坦的地上，只见产妇脸色蜡黄，没有一丝血色，跟死人一模一样，但还有微许的脉搏。孙思邈找好穴位，扎了一针。不一会，产妇就苏醒过来，胎儿也顺利地生了出来。母子得救了，大家十分都感激孙思邈。

全国各地供奉扁鹊、孙思邈的地方多，奉祀韦讯的很少。河北、河南等地多供奉扁鹊，陕西、山西等地多祭祀孙思邈。

兔爷的故事

兔爷大约起源于明末。明人纪坤在《花王阁剩稿》中说："京中秋节多以泥抟兔形，衣冠踞坐如人状，儿女祀而拜之。"由于小孩子经常在母亲祭祀的时候模仿，兔爷就逐渐让小孩子来祭祀了，再后来就演变成孩子的玩具，并产生了好多新的形象。

到了清代，兔爷的制作日趋精致，有的扮成武将头戴盔甲、身披戢袍，也有的背插纸旗或纸伞、或坐或立。还有的则坐有麒麟虎豹等等。还有扮成兔首人身的商贩，他们不是剃头师父、就是缝鞋的，还有卖馄饨、茶汤的，各行各业无不包罗。清末徐柯在《清稗类钞·时令类》中说："中秋日，京师以泥塑兔神，兔面人身，面贴金泥，身施彩绘，巨者高三四尺，值近万钱。贵家巨室多购归，以香花饼果供养之，禁中亦然。"可见兔爷在民间占有重要的地位。至今故宫博物院还珍藏着各种各样的兔爷。

关于兔爷的传说是这样的。

当时北京城瘟疫流行，老百姓吃什么药也无济于事，死了好多人。老百姓叫苦不迭，祈求上天保佑。嫦娥在月宫中看见了人们的疾苦，决定派玉兔下凡间治病。嫦娥把玉兔抱在怀中，轻声地说："现在人间百姓受苦，我派你去救助他们。"玉兔听懂了嫦娥的话，马上来到了人间。

玉兔变化成妙龄女子，走到一户人家前面。她轻轻地叩门，只见里面出来一个老者。玉兔说："老人家，我是天上的玉兔，专门来治瘟疫的。"老人狐疑地看了一眼玉兔，摇了摇头说："你还是走吧。"玉兔非常奇怪，忙问："我是来帮你们治病的，为什么撵我走啊？"老人说因为她穿了一身白衣服，觉得是不祥的象征。

没有办法，玉兔只好去找衣服换。这时，她正好路过一座庙宇，看见里面的神像穿着一副铠甲。玉兔走了进去，向神像鞠了个躬，说："我想借衣服一用，用完一定归还。"说完，玉兔将神像上的盔甲穿在了身上。

她打扮成男子的模样，看起病来非常方便。玉兔挨家挨户地治病，医好了好多人。人们都要感谢她。她不要百姓的谢礼，只是借穿百姓的衣服。百姓们非常奇怪，但也都把自己的衣服借给了玉兔。

这样，下凡的玉兔就仿佛有千万个化身，以不同的形象出现在不同的人面前。时而男装、时而女装，时而农民、时而商贩。她有时还会骑上各种坐骑，骡马虎豹，足迹遍布整个北京城。

北京城中的人们都知道有个治瘟疫的神医，不过每个人见到的形象都不一样。他们有的说是个漂亮的女子，有的说是个威武的少年，还有的说是个年迈苍苍的老者。最后，有个老人说："她应该是嫦娥的玉兔。"原来他就是玉兔下凡后，到过第一户人家时遇见的老者。

为百姓消除灾难后，玉兔返回到月宫之中。但她美好、善良的形象永远留在了民间。老北京人为了纪念玉兔，用泥塑造出了她的形象，千姿百态，十分可爱。每到中秋节的时候，每户人家都要供奉玉兔，在桌子上摆出瓜果菜豆，酬谢她给百姓带来了吉祥和幸福。人们还亲切地称她为"兔儿爷"、"兔奶奶"。

实际上民间艺人凭借着高超的本领，不仅塑造出千姿百态的兔儿爷，还将其变成活动的玩具，俗称"叭哒嘴"。这种兔爷肘关节和下颌能够活动。

现在，兔爷已经很少见了。在厂甸、后海，以及少数商场的工艺店里还能偶尔遇见。东岳庙北京民俗博物馆中保存了一些各种造型的兔爷玩具。虽然这种民间工艺品的名气不如从前。不过还有一些年轻人、外国游客对这种民间味道很浓的兔爷感兴趣。

虫王的故事

虫王是驱除虫害，保护庄稼的神，因此也被称为虫神。关于虫王的传说，大致分为两种：鸟说和人说。

说法一：鸟说。在我国古代有一种叫做鹙的水鸟。这种鸟头和颈部都没有长毛。有一年，天下大旱，蝗灾横行。老百姓叫苦连天，眼看着蝗虫啃噬着庄稼，却无能为力。

这时，有人说用火烧死这些害虫。老百姓赶忙找来火把，将庄稼点燃。蝗虫被烧得吱吱作响，从庄稼上掉了下来。这个方法只能暂时缓解蝗灾，不是长久之计。再说，庄稼都烧光了，吃什么呢？

正在大家愁眉不展的时候，飞来了一群水鸟，成千上万。它们飞到庄稼上面啄食蝗虫。不到一天，就将蝗虫吃掉了一半。十天过去了，蝗虫全部消灭。老百姓欢呼跳跃，从心里感谢这些鸟儿。

这件事情被朝廷知道了，为了嘉奖这些鸟儿保护庄稼有功，就封水鸟为护国大将军。从此以后，水鸟就成为了虫王。

说法二：人说。虫王是指刘猛将军。刘猛指的是一位姓刘的猛将。关于这位猛将是谁，历史上有五种说法：刘合、刘锜、刘锐、刘宰、刘承忠。民间一般公认刘锜为虫王。

刘锜是南宋抗金名将。他曾经率领军队打败过金兀术的人马，取得了赫赫战功。可是，南宋朝廷由奸相秦桧把持朝政，他主张求和，所以刘锜就遭到了排挤，到地方上做了一个小官。

刘锜到任后，为老百姓做了许多好事，得到大家的拥戴。

这天，农夫们正在田里耕种，忽然听见头顶上传来嗡嗡的响声，抬头望天空中一看，只见一团黑雾正向田间飞来。这团黑雾来势凶猛，直扑田间。在田地里耕作的人们还没有反应过来是怎么一回事，庄稼就被吃掉了一半。

原来，这团黑雾是蝗虫。不知道从哪里来了这么多蝗虫，看见庄稼就咬，眼看就要收获的稻谷，反而成为了虫子的食物。老百姓赶忙跑到刘锜的府衙，通知这件事情。刘锜此时正坐在屋内，想着如何组织农民收割粮食的事情。

听见外面乱哄哄的，他赶忙走出了屋子。只见院子里站满了老百姓，正用期盼的目光望着刘锜。他赶忙问身边的衙役出了什么事情。其中一个人回答道："不知道那里来的蝗虫，把庄稼全都吃掉了。"

刘锜一听着急了起来，这粮食是农民的命根子，如果没有粮食吃，百姓岂不是要挨饿了。于是，他带着身边的衙役上田间观察。只见漫天飞舞着蝗虫，农作物上落着蝗虫，它们正不停地啃噬庄稼。

刘锜知道如果不早点除掉这些害虫，粮食就会被全部吃光。他回到县衙，把全城的老百姓都召集了起来说："现在蝗灾泛滥，我们只有团结起来，才能消灭蝗虫。现在唯一的办法就是把粮食从这些害虫的嘴里抢回来。你们带上防护的工具，和我到田间去抓蝗虫。"

说完，刘锜带着全城的百姓到田间去捉蝗虫。可是，蝗虫越捉越多，好像永远捉不完似的。刘锜犯起愁来，可怎么办啊？这时，一个手下人说："大人，昆虫都怕火。我们可以用火烧死这些害虫。"

刘锜一听是个好主意，马上让人准备火把。他举着火把来到田间，用烟去熏这些害虫。蝗虫被滚烫的火苗烧得啪啪直响，不一会，就烧死了一大片。刘锜看这个方法可用，就让老百姓们拿着火把烧蝗虫。

没过多久，蝗虫就被烧死了一大片。可人是需要休息的，不能总是举着火把。刘锜就命人在田间支起几口大油锅，将锅里的油点燃，顿时火光冲天，把天空中飞着的蝗虫都烤了下来。

就这样，刘锜带领着百姓消灭了蝗虫。刘锜因为驱蝗有功，被宋理宗封为扬威侯暨天曹猛将之神。这里的猛将，就是猛将军的意思。

相传农历正月十三是刘猛将军的诞辰。这一天，官府要正式祭祀，百姓要举行迎神大会。人们通过这个节日，表达了对丰收的期望。

梅葛二圣

梅葛二圣是染织业的祖师爷。旧时的染织店在祭祀的时候，常常焚烧一种"纸马"。这"纸马"由五色纸或黄纸扎成，上面印有梅葛二圣的神像。

关于梅葛二圣的传说，大致分为两类：

传说一：梅葛二圣发明了颜料。古时候人们的衣服都是用棉布、麻布缝制的，衣服只有灰白色，没有其他色彩，非常单调。人们非常羡慕野兽的皮毛和鸟类的羽毛，因为它们有各种各样的色彩，漂亮好看。有一次，一个姓梅的小伙子不小心摔进了泥塘里，白衣衫叫泥水弄得很脏。他想也不能穿着脏衣服回家啊。于是就来到溪水边洗衣服，结果衣服上的黑泥怎么也洗不干净。等把衣服晾干了以后，白色的衣服变成了黄衣服。没有办法，小伙子只好穿着黄衣服回家了。没想到，村里人都说这个颜色好看。这个姓梅的小伙子把这个秘密告诉给了自己的好朋友，一个姓葛的小伙子。从此黄泥可以染布的消息传开了。人们从此以后可以穿上黄颜色的衣服了。

梅、葛二人受到鼓舞，决心寻找其他的颜色来染衣服，试了很多回，还是没有找到染衣服的方法。有一天，他们俩把染好的黄衣服挂在树枝上晾干。忽然刮起了一阵风，把衣服吹落在草地上。等到他俩来收衣服的时候，把掉在地上的黄衣服捡起来一看，竟成了一件"花"衣服，青一块，蓝一块。他俩很吃惊地蹲在草地上研究起来，到底如何能染出这青蓝色呢？两个人想是不是因为沾上了青草的颜色了呢？他们为了验证自己的想法，割了一筐青草带回家。回家后，两人就忙了起来，他们先把青草捣烂，然后放到水缸里，最后将白布放进去浸泡。不一会儿，白布变成了蓝布。后来这种染布的方法流传到了民间，人们不但知道了用"蓼蓝草"可以将衣服染成蓝色，而且还从蓼蓝中提取出了一种叫"靛青"的染料。

还有一回，梅葛二人在一起喝酒，两人边喝边谈，很是高兴。由于笑得太厉害，一不小心把嘴里的酒都喷到了染缸里，没想到"因祸得福"，染缸里的蓝布竟然变得更加鲜艳，十分漂亮。从此梅葛二人在染蓝布的时候，就改用一种酒糟发酵，用蓼蓝沉淀物还原的方法染蓝布。这种方法染出来的布颜色纯正，久不褪色。

工匠们为了纪念梅葛二人开创染布业、发明染料的伟大功绩，将他们尊称为染布业的祖师爷，就是后来的"梅葛二圣"。

传说二：梅葛二圣是一鸟一果。以前古人的衣服颜色很单调，只有白色。不仅贫民百姓穿白色的衣服，皇帝也不例外。有个皇帝看见天地万物都有自己的色彩，而自己作为一国之君，连一件带颜色的衣服都没有，很是生气。于是下令，让自己手下的工匠为他制作出一件鲜红的袍子，就像太阳那般艳丽。皇宫里的工匠们一筹莫展，研究了好些天，也不知道如何染制大红袍。皇帝非常生气，把这些工匠都杀了。宫里没了工匠，谁还会做红袍呢？

于是皇帝贴出皇榜，在各地选聘手艺高强的工匠。皇榜贴出去了好长时间，没有一个工匠敢揭。工匠们都知道只要揭了皇榜，那就是死路一条。一天，一位老人揭了皇榜。他被带进宫见皇上。皇上问："你能制作出红袍么？"他说："我能制红袍，但希望陛下给我一些时日。"其实老人也制作不出红袍，他这么说只是用的是缓兵计。

一天，老人边走边思考怎样给皇上制做红袍，不知不觉走到了一片山林里。他找了一棵大树，坐在下面沉思默想。在这棵树上落着一只葛鸟，它正在啄吃梅果，吃得很甜。可能梅果太好吃了，这只葛鸟一边吃，一边啼叫。老人被鸟的叫声吸引，忍不住抬头望树上看。没想到梅汁从葛鸟的嘴里滴落下来，正好掉到老人的白衫上，留下一个个的小红点。老人受此启发，马上采摘了许多梅果。回到宫里，他把这些梅果捣碎，将白布浸泡其中。不久白布就染成了红布，他马上为皇上赶制了一件红袍。皇帝穿上红袍，非常高兴，赏赐给老人很多东西。工匠们十分感激老人的救命之恩，要给他立庙奉祀。老人说什么也不同意。老人说："要谢就谢葛鸟、梅果两位神仙吧，不是他们下凡成就了此事，我怎么能把大家从刀口下救出来呢？"于是，人们就按照老人的模样塑造出了梅葛二圣的塑像，建庙供奉。

民间传奇

仙童的错误

据说在远古时期，人、牛、蛇都是一样老死，并不像现在这样，人是渐渐老去、然后死亡，牛却是被杀死的，而蛇则要脱皮。

有一天，创造万物的天神忽然心血来潮，他觉得这世上应该善有善报、恶有恶报，不能一概而论。于是，他想了想，拿起笔来，写了一份天书，交给自己的仙童，让他拿着这张纸，到人间去传布。纸上写的是什么呢？原来是几句咒语："牛老死，人脱壳，蛇该杀。"天神觉得牛每天都很辛勤地耕地拉车，很不容易，所以让它享受一定的寿命，然后老死；而人作为万物之灵，可以让他们长生不老，但是他们也经常做下坏事，所以要让他们经受脱壳的痛苦；而蛇经常偷吃鸟蛋，有时还咬伤其它的动物，所以该杀。于是天神就在纸上写下了这几句咒语，让仙童传布到人间去。

仙童接过天书，就变成了一只仙鹤，飞到了人间。人间实在是太热闹、太好玩了，仙童玩了好几天，才想起自己的任务来。但这时他才发现，自己竟把天书给弄丢了。他想了好几天，才想起三句差不多的咒语来。可是他把咒语给记错了，每到一个地方，他就喊：

"人老死，蛇脱壳，牛该杀！"

人、牛、蛇听了，觉得非常奇怪，但这是天神下达的旨意，他们也只好遵守了。天神在天上一看，知道是自己的仙童传错咒语了，却也没有办法。从此，全世界就都是这样了。

人龙本为友

很久很久以前，人类和禽兽的语言是相通的。人和动物之间可以彼此对话，可以互相帮助，甚至能够彼此通婚、结成亲友。

在各种动物中，人和龙的关系是最好的。人类有什么好吃的东西，都会分一半给龙吃；龙感激人类，也经常替人类看护庄稼和房屋。后来，人和龙的关系越来越好，不但成了亲家，还搬到一起住，成了一家人。

那个时候，龙的寿命大概只有百年，而人是可以长生不老的。但人每年都要脱皮，脱皮的时候，不但会发起高烧，还要忍受着全身上下的剧烈疼痛。少则七七四十九天，多则九九八十一天，脱皮才能完成。经过这样痛苦的过程，才能够获得重生。

渐渐地，人觉得龙不用忍受脱皮的痛苦，虽然只能享百年之福，却也是值得的；而龙却非常羡慕人的长生不老。于是后来人和龙商量，打个对调，龙经过脱皮长生不老，而人享百年之福。

可是这件事后来让一个多嘴的神仙知道了，就跑去告诉了玉皇大帝。玉皇大帝一听，非常生气，说："脱皮是我赐给人类的苦果，人要享受长生不老的生命，就必须要经受这样的过程，怎么能随便调换？"而这个时候，人和龙已经在家中调换过来了。玉帝听了，更加恼怒，下令让雷公电母去灭绝龙和人。众位仙人一听，连忙跪下，向玉帝求情。有的说："人和龙虽然有错，但错不至死，请玉帝开恩，饶了他们的性命吧！"也有的说："是啊，人也是忍受不了脱皮的痛苦，才想出了这样的方法，请玉帝饶了他们吧！"

玉帝见状，也只好开恩，说道："好吧，那朕就饶了他们的性命。但是死罪可恕，活罪难饶。从今以后，把人类变得愚蠢三分，使他们不能再与禽兽通语言，常有疾病和灾难！至于龙，就把它们打成蛇，赶到大海里面去！"

雷公电母领了旨意，下到人间，只听雷声隆隆、电光阵阵，龙就被赶到大海里去了。人和龙就此分离，不再是一家人了。人在百年之内死去，不必再忍受脱皮的痛苦，但要辛劳一生，而且常常会遇到疾病灾难。而龙变成了蛇，虽然年年要脱皮，但却有千年的寿命。

后来，为了纪念和龙之间的友谊，人就常常用"龙"给自己的孩子取名字。

望帝化为杜鹃

相传在远古时代的蜀国，曾经有一位帝王，名叫杜宇。他勤政爱民、仁厚慈祥，深受人们的爱戴。百姓们尊敬他，都称他为"望帝"，"帝"就是国王的意思。

望帝当国王的时候，十分关心老百姓的生活，他亲自带领蜀国人民开垦荒地、种植庄稼，叮嘱人们要遵循农时，及时播种、收割。经过很多年的努力，蜀国终于成了一个富饶的国家。

但那个时候，蜀国经常发水灾。每次一发大水，人们辛勤种植的庄稼就全都遭了殃。望帝看在眼里，十分着急，一直想找到一个好办法，解决这个问题。但因为找不到合适的人才，也就搁置下来了。

有一年，在蜀国的一条河里，人们忽然发现了一具尸体。奇怪的是，别的东西在河流里，都是顺流而下，而这具尸体，却是逆流而上的。人们又惊奇又害怕，谁也不敢动它。有胆子大的人将它从河里打捞了上来，放在岸上。没想到，过了一会儿，尸体居然复活了。他说自己是楚国人，名叫鳖灵，因为失足落水，才从家乡一直漂到了这里。

人们将信将疑，有好事的人，便跑去把这个消息告诉了望帝。望帝听了，觉得此人必有异能，就召他来见自己。其实鳖灵原本是一只具有灵性的大龟，经过多年的修炼，才变成了人。鳖灵朝见望帝，便对望帝说，自己有治水的本领。望帝一听，非常高兴，便封鳖灵做了宰相。

鳖灵到来后不久，蜀国就发生了一场大洪水。水从河里溢出来，几乎席卷了半个蜀国。巨浪不但席卷了庄稼田地，还淹没了人们居住的地方。老百姓死的死，逃的逃，伤亡惨重。鳖灵受望帝的委任，担起了治理洪水的重任。他先是带领着兵马和工匠，沿着河流，一直走到了巫山。他一看，发现这里堆积了很多泥沙和巨石，堵住了河水，才造成蜀国发生了这么严重的水患。如果能够打通巫山，水流就会从蜀国一直流到长江。这样，水患就解除了。于是，鳖灵带领着工匠，疏通泥沙、搬开巨石，经过了很长时间的辛勤努力，才将巫山疏通开了。蜀国的水灾平息了，老百姓们重新过上了平安富饶的生活。

鳖灵为蜀国立下了大功，望帝十分感谢他，他觉得自己身为一国之君，才能却并不及鳖灵，于是便将自己的王位禅让给了鳖灵，自己到蜀国边境的西山隐居去了。

鳖灵登上了王位，号称丛帝。一开始的时候，他还十分勤劳，种植粮食，兴修水利，使老百姓们过上了富庶的生活。但时间一长，他便开始懒惰下来。不愿意处理朝政，只知道享乐。他甚至还加重了税赋，让老百姓上交很多的钱物。渐渐地，百姓们的日子变得愈发辛苦，越来越无法忍受。

住在西山的望帝听说了这个消息，心中十分着急，他想要回到王宫，要回自己的王位，使鳖灵不能再任意胡为。但无奈此时的鳖灵已经大权在握，望帝根本就对付不了他。望帝没有办法，只能再次回到了西山。他眼见百姓受苦，却又无可奈何，只有每天悲愤、哭泣而已。后来望帝死了以后，便变成了一只能飞能叫的杜鹃鸟。它每天都在蜀国的土地上飞翔，一边飞，一边叫着："不如归去、不如归去！"向人们诉说着自己失去国家的哀伤。啼得多了、累了，甚至有时候还会啼出血来。人们哀怜它，都不去伤害它。一直到现在，在每年桃花盛开的时节，还能听到它的声声啼叫呢。

李冰杀蛟龙

李冰是我国古代的治水名家。两千五百多年前，他作为秦国的蜀郡太守，带领着自己的儿子和老百姓，在四川的灌口疏通河道、建立堤防，修造出了举世闻名的都江堰，终于消除了水患，使老百姓过上了安居乐业的太平生活，至今人们都一直传颂着他的伟大功绩。

传说水患治理好之后的一天，李冰在家中小睡，忽然梦见一个身穿蓝布袍、头戴竹斗笠的老汉哭着跪在他面前。李冰连忙把他扶起来，问道："老人家，您这是干什么，出什么事了？您站起来慢慢说。"老人擦了擦眼泪，站了起来，说道："太守，我乃是这附近高景关的土地公，前不久，高景关旁边忽然冒出一座龙神庙来。庙里的龙神每天要吃掉九头牲畜，每隔十天，还要百姓们给它献上一对童男童女。这些日子，百姓们实在是没有东西再献给它了，它就四处兴风作浪，发起大水，淹没了无数房屋田地，弄得百姓们流离失所、无法生存下去。小神实在是没有办法，听说太守善治水患，特来求救，求您救救沿河两岸的百姓们吧！"

李冰听了，想了想，说："老人家，您不要着急，我决不会让恶龙再次兴风作浪，危害父老。您放心，我这就去您说的地方看一看！"说完，李冰叫人牵来一匹马，请土地公上马带路，自己也骑上马，带着官员军士，直奔高景关而去。

到了高景关，李冰一看，山下果然已经是一片汪洋，原本绿油油的千顷良田，都被大水所淹没，只能看到零星的麦苗尖，从水中冒出来。旁边的一座悬崖上，矗立着一座庙宇，匾额上书三个大字——"龙神庙"。走进大殿，只见一个面目狰狞、金盔金甲的龙神坐在正中，背后卧着一条正张着血盆大口的恶龙。

李冰一看，这不正是西海龙王敖顺的九太子吗？以前治水的时候就曾经遇到过它，没想到现在它又跑到这儿来了。

龙王九太子一看李冰来了，吓了一跳，连忙摇身一变，变成了慈眉善目、白发飘举的慈航真人的模样，对李冰说："李太守，你治理洪水功德无量，我今天特来度你成仙！"

李冰一看，龙神像背后的恶龙消失得无影无踪，而面前这位慈航真人的身上，正飘着和刚才那条恶龙身上一样的血腥味儿，立刻就明白了。他冷笑一声，抽出腰间的斩龙剑，大喝一声："大胆孽龙！竟敢变成普度众生的慈航真人，还不快快伏法！"说完，举起斩龙剑，就向恶龙刺去。

恶龙一见诡计没有成功，立刻就化作了一股青烟，冲上天空，现出自己九头龙的真身，掉转龙头，直冲李冰扑去。李冰举起斩龙剑，念动咒语，召唤出风神、火神，附在剑上。斩龙剑立即变成了无数把飞剑，向龙王九太子刺去。风神吹出的狂风，让恶龙睁不开双眼；而火神喷出的火焰，又烫得恶龙不敢近前。李冰与恶龙苦战了三天三夜，终于，李冰使出全身的力气，一剑刺中了恶龙，把它降服了。高景关一带又恢复了安宁和太平，洪水退去了，土地也比以前更加肥沃了。

据说李冰六十七岁时的一天，正站在高景关旁边的一块巨石之上，抚须佩剑，放眼四望。看着自己辛苦治理了这么多年的蜀郡，已是良田万顷，河道井然，心中升起无限感慨。忽然，他听见天空中传来一阵悦耳的乐声，抬头一看，只见羽衣使者从天而降，对他说道："李太守，你治理洪水多年，名闻天府，如今已经是功德圆满，随我升仙去吧！"

李冰抬起双脚，只觉得浑身轻如白云，他走上彩云，和羽衣使者一同飞去了。

后来，人们在高景关附近建起了大王庙，以纪念李冰的功绩。李冰杀蛟龙的传说，也一直流传到了今天。

牛郎织女

相传在很早的时候，曾经有一个忠厚老实的小伙子，他的名字叫做牛郎。牛郎很小的时候父母就去世了，他便跟着哥哥和嫂子一起生活。牛郎的嫂子是个心肠十分狠毒的人，她每天让牛郎干这干那，却还经常不给他饭吃。牛郎每天天不亮就要起来，拉着家里的一头老黄牛到山上去吃草。回来了以后，还要砍柴挑水、烧火洗衣。就是这样，他的哥哥嫂子仍然觉得他是个累赘，每天都在想怎么才能把他赶走。

这一天，牛郎的嫂子就对他说："你也老大不小的了，不能再让你的哥哥养着你了，我们还是分家吧。"

牛郎听了，也只好答应。分家的时候，哥哥和嫂子几乎拿走了家里所有的东西，只给他剩下了一头老黄牛和一辆破车。从此以后，牛郎便与老黄牛相依为命。他找了一块荒地，每天和老黄牛一起，辛勤耕种，还盖起了一间茅草屋，和老黄牛一起居住在屋里。

一天，老黄牛突然开口对牛郎说话了，它说："牛郎，今晚在碧莲池那里，会有几个仙女来洗澡，你提前到那里去，藏在旁边的草丛里，等她们都进了水池以后，你就到她们放衣服的地方去，找到一件粉红色的衣裙，偷偷地把它藏起来。记住，千万别让她们发现你。"

牛郎见老黄牛居然能开口说话，不禁吓了一跳，他连忙问："老牛，你居然能说话？"

老黄牛点了点头，说道："我本是天上的金牛星，因为偷了天上的五谷种子，撒到人间，惹恼了玉皇大帝，被罚下了人间。我见你勤劳朴实、忠厚善良，不忍心看你受苦，你按照我说的做，就能娶到一个仙女做妻子。"

牛郎听了，点了点头，说："好。"

到了晚上的时候，牛郎便提前到了碧莲池，躲在池边的芦苇丛里，过了一会儿，只见天上飘来一片五色彩云，闪耀着奇异的光彩，缓缓地降落在池边。从彩云里走出来七八个仙女，个个都长得清秀端庄、美丽极了。牛郎不禁看傻了眼。仙女们四下张望了一下，见没有人，便纷纷脱下轻罗衣衫，跳进碧莲池里。清凉的池水洗去了她们的疲乏，没一会儿，仙女们就互相嬉闹起来。

趁着这个时候，牛郎连忙从芦苇丛中蹑手蹑脚地走出来，来到仙女们放衣服的大石头旁边，他凑近一瞧，果然有一件粉红色的丝裙，混在衣服里面。牛郎连忙将它拿了起来，悄悄地藏在自己怀里。

然后他站到池水边上，轻轻地咳嗽了一声。仙女们一见有人来了，吓了一大跳，慌忙从水里出来，穿上自己的衣服，驾着祥云飞走了。牛郎转头一看，碧莲池里只剩下了一位仙女，她找不到自己的衣服，只得躲在池水中央，把自己的身体缩在水里。她的容貌比刚才牛郎所见的其他仙女还要美丽，秋水一般的双眸，樱桃一样的朱唇，乌黑的长发上还闪着水光，楚楚动人，漂亮极了。

牛郎一见，知道这就是老牛让他带回来的仙女。他便从怀中拿出那件粉红色的衣衫，对仙女说，只有她答应做他的妻子，他才会把衣服还给她。仙女没有办法，便含羞答应了牛郎，跟着他一起回家去了。

回到家以后，牛郎才知道仙女名叫织女，是玉皇大帝最疼爱的小女儿。织女和牛郎成亲以后，男耕女织，相亲相爱，日子过得非常幸福。不久以后，织女又给牛郎生下了一儿一女，一家四口在一起，生活得非常快乐。

但快乐的日子并没有持续多久，不久，王母娘娘知道了这件事情，非常生气，令天兵天将立刻到人间，把织女抓回来。

织女正在房里织布，忽听门外风声大作，隐隐有战鼓的声音传了过来。她出门一看，天兵天将已经到了屋前，他们不由分说，抓了织女，就要返回天庭。从地里赶回来的牛郎一见，连忙拉住了织女的手，两个孩子也揪住了母亲的衣襟，一家人哭得声嘶力竭，但最终，天兵天将还是硬生生地将他们分开，把织女带回了天庭，关了起来。

牛郎和孩子们在下面，哭得死去活来。到了晚上，牛郎一个人坐在屋子里面发呆，老黄牛忽然开口，对他说："牛郎，我马上就要死了。我死了以后，你把我的皮剥下来，披上它，就可以飞上天空，找到织女了。"

牛郎一惊，连忙说道："老牛，不要胡说，你怎么会死呢？"

老黄牛说道："不要伤心，我死了以后，魂魄会回到天上，重新变成金牛星。你快披上我的皮，到天上去找回织女吧！"说完，老黄牛就倒在地上，死去了。

牛郎含着眼泪埋葬了老牛。他下定决心，要到天上去，找回织女。他找来一对箩筐，挑起两个孩子，披上老牛的牛皮，刹那间就飞上了天空。到了天庭外面，两个孩子声嘶力竭地呼喊着自己的母亲。织女听见，不禁痛哭失声。她不顾一切地冲了出来，眼看她就要与牛郎和自己的孩子们团聚的时候，王母娘娘赶来了，她拔下自己头上的一只金簪，往他们中间一划，霎时间，一条波涛滚滚的天河就横在了他们之间。

织女站在岸边，望着对面的牛郎和孩子们，哭得撕心裂肺。牛郎和孩子们也同样哭得死去活来。旁边的仙女们看了，都非常难过，到最后，就连王母娘娘也有些感动了。于是，她便同意了让牛郎和孩子们留在天上，但是织女却要回到天庭当中。一年中只有七月七日这一天，才允许他们见上一面。每到这一天，天空中就会飞来许多喜鹊，用自己的身体为他们搭起一座桥，牛郎和织女就在这条鹊桥上相会。

从此，牛郎和他的一双儿女就住在了天上，隔着一条天河，和织女遥遥相望。至今，在明朗的秋天的夜空中，只要你仔细观察，还能看到银河的两边，各有一颗晶莹闪烁着的星星，那就是牛郎星和织女星；而在牛郎星的边上，还有两颗眨着眼的小星星，那便是他们的两个孩子。

天仙配

玉皇大帝和王母娘娘有七个聪明美丽的女儿，但只有小女儿最受父母的宠爱。七仙女不仅生得花容月貌，而且还心地善良，天上的神仙都很喜欢她。不过她也是最淘气的，每日呆在天庭里让她十分厌烦，她很想到人间去走一走。可是她央求了父母很多次，都被拒绝了。这天，她趁着王母娘娘的生日又向母亲提起此事，王母娘娘心情大好，就允许她们姐妹七人到凡间走一趟，但务必尽快返回天庭。七仙女高兴地答应了，于是，小仙女与六位姐姐一同来到了人间。

在人间，一个名为董永的青年正在卖身葬父。董永自幼家境贫寒，母亲早早地离开了人世，后来父亲又病倒了，使得一家人的生活更为拮据。为了给父亲治病，董永几乎变卖了家里所有值钱的东西。可即使如此，他也没能阻止父亲离去的脚步。当父亲死去时，董永已经穷得揭不开锅了。他虽然不能为父亲举行一场隆重的葬礼，但还是希望让父亲尽快入土为安。可是他实在想不到其他筹钱的办法了，所以就只能在大街上卖身葬父。只要有人愿意出钱帮他把父亲安葬，他就愿意为其做三年的免费苦力。后来，一个姓王的财主出钱埋葬了董永的父亲，而董永也就理所当然地成为了他的家奴。

董永卖身葬父的一幕恰好被刚到凡间的七仙女看到了，她被董永的至孝至诚感动了，决定留在人间帮帮这个孝子。七仙女漫步到河边，忽然发现一棵老槐树很是特别。她一眼就认出了这棵树并非普通的槐树，而是经过千年修炼的槐树精。七仙女向槐树精说明了自己的心思，并请槐树精为她与董永说媒。槐树精知道对方是天上的七仙女，有些害怕，他好不容易才修炼的道行，要是让玉帝知道他给七仙女和凡人说媒，岂不是要降罪于他？可是看到七仙女一片赤诚，再说他也确实想帮帮董永，所以就冒险答应了此事。

董永感激王财主出钱帮助自己葬父，因此到了王财主家后，就开始拼命地干活。每天天不亮，他就赶着老牛到地里干活，等到天黑才拖着疲惫的身子回来。然而董永的苦干并没能换来王财主的同情，反倒是换来了更为繁重的劳动。这个王财主本来就并非善人，他之所以出钱帮助董永葬父，完全是因为董永的勤劳能干，而且只出很少的钱就可以换来三年的免费苦力，这种便宜事恐怕并不多见。如今见董永比他想象的还要能干，他自然要多安排一些活儿让董永干。

董永没日没夜地干活，辛苦疲惫自不必说，其内心的苦楚才是最折磨人的。他常常在想，自己要何时才能结束这种生活、恢复自由之身呢？三年虽说不长，但如此干下去，他真不知道自己是不是还能等到三年期满的那一天。这天，他又到地里干活，中途实在太累了，就到老槐树下乘凉。他实在太苦了，又没有任何倾诉之处，所以就忍不住向老槐树倾诉起来。董永并不知道，这棵老槐树早已成精，能够听懂他所说的一切。

在董永发泄完打算离开的时候，老槐树忽然开口说话了，"董永啊，我知道你是一个诚实善良的好人，你应该有好的命运。我虽然帮不上太大的忙，但是我可以为你促成一段姻缘。今天晚上你就在槐树下等待，到时自会有一位女子前来与你相会，那位女子将会成为你的妻子，她会帮助你渡过难关的。"董永简直不敢相信自己的耳朵。他穷得连自己的家都没了，怎么还敢奢望一段好的姻缘呢？又有哪个女子愿意嫁给他这个连自由都没有的穷光蛋呢？虽然有一些不敢相信，但年轻人都是渴望爱情的，他还是很期待晚上的相会。

当天晚上，董永早早地来到了老槐树下，等待着那位即将成为自己妻子的女子出现。七仙女在得到槐树精的通知以后，也来到了老槐树下。槐树下的董永虽然衣衫褴褛，但其俊朗的外表还是掩盖不住的。七仙女无悔自己的选择，她慢慢走到槐树下，站在了董永面前。董永抬起头来看到七仙女，马上被七仙女的美丽惊呆了。他没想到这位有如天仙的女子竟会走进自己的生活，成为自己的妻子。董永被七仙女迷住了，可是理智还是让他毫无隐瞒地将自己的情况都告诉了七仙女。七仙女再一次被董永的诚实所感动，她笑着对董永说："没关系，我愿意和你一起还债，直到三年期满的那一天。"

董永和七仙女结为了夫妻，他们并没有举行盛大的婚礼，甚至连酒席都没有摆，只是两个人简单地行了仪式，便生活在了一起。董永将七仙女带回了王财主家，与自己挤在一间茅草屋下。看着美丽的妻子要跟自己受苦，董永很不忍心，因此干起活来更加有劲儿了。他必须尽快重获自由，给妻子一个属于他们自己的家，让妻子过上幸福的生活。而在七仙女看来，即使与董永寄人篱下，住在茅草屋中，她也已经很幸福了。董永对她的呵护备至让她感受到了爱情的温暖，这是她从未感受过的。

七仙女的到来给了董永很大的动力，但没过多久，王财主便发现了七仙女的存在。王财主是个好色之徒，见到美丽的七仙女，就想要将其据为己有。他想董永是自己的家奴，又穷得一干二净，只要他向董永开出个优厚的条件，就一定可以得到七仙女。这天，他叫来董永，和颜悦色地说："董永啊！看你每日那么辛苦，我实在是心有不忍。如今我有一个让你重获自由的方法，不知道你愿不愿意尝试。只要你答应我一个条件，你欠我的债就一笔勾销，从此后你就自由了。"

听到可以马上获得自由，董永非常高兴，忙问王财主是什么条件。可当王财主提出要霸占他的妻子时，董永气得脸都变了颜色。他愤然拒绝了王财主的无理要求，并警告王财主不要再打七仙女的主意。没有如愿的王财主也很生气，对董永更加苛刻起来。他决心报复董永，让董永知道他的厉害。他让董永每天磨一百斤豆腐给他，如磨不完就要接受惩罚。于是，董永开始没日没夜地磨豆腐，根本就没有休息的时间。一连三天三夜，他连眼都没合过。

七仙女看到丈夫这样没日没夜地磨豆腐很是心疼。她来到豆腐坊，对董永说："你已经三天三夜没合眼了，快去睡一会儿吧！我来帮你磨。"可董永说什么都不肯。让妻子跟自己受苦他已经很不忍心了，又怎么能让柔顺的妻子来做这种粗活呢？七仙女拗不过他，就坚持要在豆腐坊陪他。董永答应了。七仙女假称要给董永解闷，就念书给他听。董永听着听着就入了神，不觉放慢了脚步，可磨盘却加快了转速。没用多久，一百斤豆腐就磨好了。

自打七仙女陪着董永磨豆腐以来，董永只需要很短的时间就可以将豆腐磨好，这样他就有多余的时间休息了。王财主见董永每天都能按时交出一百斤豆腐，很是纳闷，心想这个董永果然能干。为了难为董永，他要求董永一天磨出二百斤豆腐来。这下董永可犯了难，一百斤豆腐尚且吃力，那二百斤豆腐根本就是不可能完成的。七仙女让董永不必担心，她自有办法。七仙女用法力磨出了两百斤豆腐，准时交给了王财主。这下王财主彻底惊呆了，他怎么也想不明白，董永是怎么完成这不可能完成的任务的。他觉得其中肯定有诈，便叫人偷偷窥视豆腐坊的情况。

王财主家的下人来到董永磨豆腐的房间外，他捅破窗户纸向里一看，差点儿惊叫出来。只见董永正趴在桌上睡觉，七仙女坐在他的身边，而磨盘却在飞快地转着。下人将自己看到的一切如实告诉了王财主，王财主有些不信，非要自己去看看。在被自己的眼睛证实以后，王财主确定七仙女有某种非凡的法力。可他还想再试一试七仙女的本事，于是便提出要求，只要七仙女能在三天之内织出三十匹财帛，就可以为董永赎身。

七仙女答应了。晚上，她叫来自己的六位姐姐，与自己一起织帛。三天过后，七仙女果然交出了三十匹财帛。王财主虽然有些后悔，但也不能耍赖，只好放了董永。

七仙女和董永离开了王财主家，在一个山清水秀的地方建起了他们的新家，从此过上了男耕女织的幸福生活。然而好景不长，王母娘娘得知七仙女与凡人婚配后非常生气，命令天兵天将抓她回来。七仙女被天兵天将带走了，只剩下董永一个人孤苦无依地生活在世上。他每天都到老槐树下等待七仙女回来，可直到他闭上眼睛，也没能等到七仙女。

天狗食日

在很久以前，有一个叫做目连的年轻人，生就一副慈悲心肠，对神灵也十分虔敬。可是他的母亲却与其大相径庭，总是做一些道德败坏的事情。目连多次劝说母亲，让母亲多行善事，可母亲就是不听。这让目连很是苦恼。虽然他坚决不赞成母亲的做法，但他是个孝子，不敢忤逆母亲，所以就总是跟在母亲后面收拾烂摊子，希望能减少给其他人带来的伤害。当然，他做的这些事情，母亲都是不知道的。

一天，目连的母亲突发奇思妙想，她想要整治整治寺院里的和尚。所有人都知道和尚是吃斋念佛的，不吃荤腥。目连的母亲就想让和尚们开一次荤，她让目连准备了三百六十个狗肉馒头，然后谎称是素馒头到寺庙里施斋。目连当然知道母亲这样做的严重后果，可是他又不敢阻止母亲。不得已，他只好提前通知寺庙里的方丈，让和尚们早做准备。方丈让每个人都准备一个素馒头藏在衣袖里，用来替换目连母亲送来的狗肉馒头。

目连母亲并不知道目连已经告诉了方丈，她带着三百六十个狗肉馒头来到了寺庙，向方丈施了一礼，接着表明了自己的来意。方丈也没有当场拆穿她，也假意谢过她的好意，说是等午饭时将馒头发给僧人们。目连的母亲不让了，说是无论如何也要看到和尚们吃下了馒头才肯离开。方丈暗自庆幸，如果不是早有准备，今天就真的要开斋了。他让目连的母亲留下来与他们共进午餐，到时候就可以亲自看到和尚们进餐了。

到了中午，和尚们纷纷来到饭堂。目连母亲将狗肉馒头亲手发到每个和尚手中，然后便催促和尚们快吃，方丈说道：“按照我们寺庙的规矩，在吃斋之前，必须要先诵经。”目连母亲不耐烦地说：“那就快念吧！”在诵经的时候，和尚们偷偷地把早就藏在衣袖里的素馒头与摆在桌上的狗肉馒头掉了包。待诵经完毕，和尚们便拿起桌上的素馒头吃了起来。目连母亲大笑着说："今天所有的和尚都开斋了！"说完，便得意地离开了。待其走后，方丈命人将狗肉馒头埋在了后院中。

目连母亲的荒唐行为没能让和尚开斋，但却惹恼了玉帝。玉帝下令将目连的母亲打入十八层地狱，使其化为一只恶狗，永世不得超生。目连虽然知道母亲是罪有应得，但他是个孝子，又怎么忍心看着母亲在地狱里受苦呢？为了将母亲从地狱中解救出来，他日夜苦修，终于成为了地下的地藏菩萨。到了地狱之后，他打开地狱之门，在放出母亲的同时，也放出了很多恶鬼。这些恶鬼投胎到人间作乱，搅得人间不得安宁。玉帝气得大发雷霆，他让目连亲自到凡间解决这个问题。目连到凡间投胎为黄巢，杀了八百万人，使这些人全部返回地府。

至于目连的母亲，则到处寻找玉帝。她对玉帝早已恨之入骨，恨不得将其碎尸万段。于是，她冲到天上四处寻找玉帝，可玉帝哪是那么容易找到的呢？因为找不到玉帝，发疯的目连母亲就吞下了太阳和月亮，使得人间变成一片黑暗。不过她很怕锣鼓和爆竹的响声，因此一听到锣鼓声和爆竹声，就又吓得将太阳和月亮吐出来，人间就又恢复了光明。就这样，人间便有了日蚀和月蚀，天狗食日的说法即是由此而来。

孟姜女哭长城

相传在秦朝的时候，有一户姓孟的人家。孟家只有一位老公公和一位老婆婆，他们没有孩子，每天的生活过得都很寂寞。有一天，孟公公在院子里种下了一棵葫芦，葫芦藤长啊长啊，伸到了隔壁姜家的院子里，结了一个大葫芦。葫芦一半在孟家，一半在姜家。两家一商量，决定把葫芦剖开，一家一半。可没想到，剖开大葫芦一看，里面竟然坐着一个白白胖胖的小姑娘，长得聪明可爱，漂亮极了。孟公公和孟婆婆一看，非常高兴，就认她做了女儿，给她起名叫做孟姜女。

孟姜女渐渐地长大了，出落成一个清秀美丽的姑娘。她心地善良，能歌善画，十里八乡的乡亲们都很喜欢她。孟公公和孟婆婆更是把她当成掌上明珠。

这一天，孟姜女在自家的花园里游玩，忽然一阵大风刮来，把她的手帕刮到了河里。孟姜女看了看，四下无人，便捋起半截手臂，伸到河里，去捡手帕。刚捡起来，孟姜女忽然发现旁边的大树后面躲着一个人。她吓了一跳，连忙问："你是谁？为什么躲在那儿偷看我？"

树后面的人没有办法，只得走了出来。孟姜女一看，原来是一个长得十分英俊的青年公子。他向孟姜女行了一礼，说道："小姐不要惊慌，我姓范，名叫范喜良。秦始皇修筑万里长城，四处抓民夫，我因为怕被抓到，才从家里跑出来的。我跑到这里，刚想歇口气，却忽然听见一阵人喊马叫的声音，原来这里也在抓人。我一着急，就翻过了旁边的一堵墙，进了这个花园，藏了起来。不是故意躲藏起来偷看小姐的。"

孟姜女听他说得合情合理，不像是临时编的谎话，便说道："范公子，现在你已经看到了我的肌肤，我就不能再嫁给别人，只能嫁给你了。你可愿意？"

范喜良见孟姜女美丽大方，便也同意了这门亲事。他们一块回到屋中，向孟公公和孟婆婆说了这件事。老两口见范喜良举止大方，一表人才，也十分高兴，就选了一个良辰吉日，让范喜良和孟姜女成亲了。

到了晚上，范喜良走进新房，刚刚掀开孟姜女的红盖头，一小队秦兵就闯了进来，把范喜良抓走了。

范喜良自打走了以后，音讯全无。孟姜女整天哭啊、盼啊，可是盼了一年，仍然一点消息也没有。转眼到了冬天，天气开始变得寒冷，孟姜女做好了寒衣，要亲自去长城，给范喜良送去。老两口怎么劝也劝不住，只好让她去了。

孟姜女知道长城在遥远的北方，她就一直往正北走，不知翻过了多少座山，越过了多少条河，却还是看不到长城的影子。她走啊走啊，走得鞋都破了、脚底下流出了鲜血，也不肯停下。就这样日赶夜赶，终于有一天，孟姜女到了长城脚下。她放眼一望，成千上万的民夫，被逼迫着搬运石头、修筑长城，哭泣声、哀号声和监工的责骂声，响成一片。

孟姜女非常着急，她挨个找过去，却始终没找到自己丈夫的身影。她向修筑长城的民夫打听：您知道范喜良在哪里吗？问一个，人家摇摇头，又问一个，人家说不知道。不知问了多少人，她总算打听到一个邻村也被拉来修长城的民夫，她连忙问："您见到范喜良了吗？"

民夫低下头，过了半天，才哽咽着说道："范喜良上个月，就已经累死了！"

孟姜女听了，脑袋里嗡的一声，顿时觉得天旋地转，晕了过去。她醒来以后，放声痛哭，哭声响彻云霄。她一连哭了三天三夜，只听轰的一声，长城倒塌了一大段，里面露出斑斑白骨。孟姜女一下子就发现了丈夫的尸首，她扑了过去，抱着他哭得死去活来。

秦始皇听说长城被一个女子哭塌了一大段，非常生气，他带着大队人马，来到长城脚下，要亲自处置孟姜女。

可他一眼看到孟姜女长得这么漂亮，立刻就改变了主意，逼着孟姜女嫁给自己。孟姜女哪肯答应，她恨不得一头撞死在这个暴君面前。但她转念一想，自己还要为丈夫报仇雪恨，不能白白地死去。于是，她强忍住悲痛，对秦始皇说："要我答应嫁给你也行，但你要答应我三个条件。"

秦始皇一听，喜出望外，说："你说吧，我什么都答应你！"

孟姜女说："好！这第一件，我要你给我丈夫立碑、修坟，用檀木棺椁装殓下葬。"秦始皇说："好，应你！"

"这第二件，我要你为我丈夫披麻戴孝，带着文武百官，给我丈夫送葬！"秦始皇说："我堂堂一个皇帝，怎么能给一个小民披麻戴孝啊，这不行。"孟姜女说："如果你不做，我立时三刻，便撞死在你面前！"秦始皇忙说："好好，我依你，依你就是了。"

"这第三件，我要去海边游览。"秦始皇说："这个容易，我依你了！"

几天以后，范喜良的墓修好了，秦始皇披麻戴孝，亲自为他送葬。送完葬后，秦始皇和孟姜女来到了大海边上，孟姜女在海边走着，趁秦始皇一个不注意，她纵身一跃，就跳进了大海。

秦始皇急了，他连忙派人打捞孟姜女，但哪里还找得到孟姜女的影子呢？孟姜女就这样被海水冲走了。也有人说，孟姜女被仙人救起来，接到天宫里去了。

化　蝶

从前有一位姓祝的员外，他有一个女儿，名叫祝英台。祝英台从小就生得美丽灵秀、聪明可爱。祝员外夫妇十分疼爱这个女儿。英台自幼就十分喜欢读诗书，十七岁那年，她想去外地求学，可是在那个年代，女孩子是不能进学堂的，英台好不容易才说服了父母，女扮男装，去杭州求学。

有一天在路上，忽然下起了大雨，英台到旁边的一个亭子里避雨，遇到了一个书生。一问之下，她才知道书生名叫梁山伯，也是去杭州求学的。两人越聊越投机，后来索性义结金兰，成了异姓兄弟。他们结伴赶路，一起到了书院。

到了书院以后，梁山伯和祝英台又恰巧被分在了同一个学堂里求学。在书院读书的日子里，他们白天用一个书桌，晚上住一个房间，相互照应，感情越来越深厚。

英台每天都小心翼翼，不让别人发现自己女孩子的身份。有一天，梁山伯与祝英台正在一起读书，山伯一抬头，忽然发现英台的两只耳朵上，各自有一个小洞，山伯十分奇怪，便问道："贤弟，你的耳朵上怎么会有耳洞呀？"

英台连忙笑着答道："梁兄，是这样的，我自小身体不好，小的时候，父母拿我当女儿养着，所以在耳朵上扎了耳洞，还戴过耳环呢！"

山伯也笑了，说："噢，原来是这样啊。"

转眼三年过去了，有一天，英台接到了父亲的一封信，信里父亲催她赶快回家。英台将这个消息对梁山伯说了，两人即将分别，彼此都十分难过。

英台收拾好行李，梁山伯心中难过，非要送送英台。英台点点头，答应了。山伯和英台一面走，一面聊，想起了很多以前的事情。两人一会欢笑，一会沉默，彼此心里都很舍不得对方。英台很想告诉山伯自己是女孩子的事，但又不好意思直接说出来。正在这时，她看到旁边的河里游来两只大白鹅，便指着它们，对梁山伯说："梁兄，你看，前面那两只大白鹅，公鹅正在前面游，母鹅在后面叫着哥哥。"

山伯看了看，忍不住笑了出来，说："贤弟，鹅又不会说话，你怎么知道它在叫哥哥呢？"

英台在心里气得直跺脚，说："我怎么看不出来，你看那白鹅正向你微微笑，它笑你梁兄真像个呆头鹅！"

梁山伯听了，莫名其妙，便也装出生气的样子来，说："既然我是呆头鹅，那从今以后，你莫叫我梁哥哥。"

英台一听，连忙拉住梁山伯的衣角，说："梁兄……小弟说错了。"山伯说："以后不许这样了。"英台答："嗯，不这样了。"

他们说说笑笑，又往前走，面前是一座独木桥。英台迟疑着有些不太敢走，梁山伯见状，便说："贤弟，不要害怕，来，我扶你过去。"英台红着脸，握住了山伯伸过来的手。一边走，英台一边问："梁兄，你看我们这样，像不像牛郎织女度鹊桥？"

山伯听了，以为英台在开玩笑，便说："你呀！"英台也掩着嘴，偷偷地笑了。

二人不知不觉地已经走了很远，祝英台眼见已经走了这么远了，有些过意不去，便说："梁兄，你已经送了我这么远了，有道是送君千里终须一别，不如我们就在这里分别吧。"

山伯望着祝英台，心中升起一种莫名的伤感，他说："贤弟，我们相处三年，情深意重，就让愚兄再送你一程，送你到当初我们结拜的长亭吧！"

英台十分感动，两人谁也没有说话，默默地向前又走了一段，走到了长亭。临别的时候，英台迟疑了一下，问道："梁兄，我还有一句话，想要问问你，不知梁兄是否已经成婚了？"

"贤弟，你早就知道愚兄尚未娶亲，何以今日又问呢？"

"梁兄，既然如此，小弟想给你做个媒。"

"贤弟愿意替我做媒当然好，但不知是哪家的小姐？"

"我有一个妹妹，排行第九，大家都叫她九妹，不知梁兄可否愿意啊？"

"九妹长得可像贤弟啊？"

英台答道："九妹的长相，就和我英台一模一样。"

山伯听了，便说："既然这样，那就多谢贤弟替我玉成此事了。"祝英台含着眼泪，说道："那梁兄，你可要尽早来我家提亲啊。你记住，我约你，七月初七这一天，到我家来。"说完，英台就告别了梁山伯，转身踏上了回家的路。

却说祝英台回到家以后才发现，原来父亲催她回家，是要把她嫁给一个叫马文才的人。马文才的父亲，是一个大官，但马文才这个人却不学无术，成天只知道吃喝玩乐，是个不务正业的浪荡子。祝英台当然不愿意嫁给他。祝员外便把她关了起来，锁在屋里，不让她出门。

而梁山伯回到书院以后，看着一切都依然如故，只是没有了祝英台的身影，忽然觉得心里空落落的，像少了点什么东西似的。夜里，他辗转反侧，怎么也睡不着，白天也吃不下饭去。他的师母见他这个样子，便对他说："山伯，其实英台是个女孩子，你这个样子，是喜欢上她了。"梁山伯这才恍然大悟，他又想起英台临走时对他说的那些话，顿时明白了，他立刻赶回家中，告诉母亲，准备去英台家提亲。

可是等他到了祝家之后，才发现祝员外早已将英台许配给马文才了。祝员外嫌梁山伯家庭贫穷，不肯把女儿嫁给他。英台得知梁山伯来了，不顾阻拦，冲了出来，与山伯相见。梁山伯看见了身穿女装、美若天仙的祝英台，又惊又喜，但祝员外马上就让人把英台抓回了房里，还派人把梁山伯打了一顿，赶了出去。

梁山伯回到家中，又伤心、又气愤，生了一场重病，没有几天，就去世了。祝英台听说了这个消息，哭得死去活来，晕过去了好几次。醒来以后，祝员外说："现在梁山伯已经死了，你还是听我的话，嫁给马公子吧。"

英台止住了眼泪，说道："好，我听您的，但我有个要求，成亲那天，花轿要从梁山伯的墓前经过，我要下轿亲自拜祭他。"

祝员外听了，也只得答应了女儿的要求。

成亲那天，祝英台穿起红嫁衣，告别了父母，上了花轿。吹鼓手们吹吹打打，喜气洋洋。花轿在路上稳稳地走着，不一会儿，就到了梁山伯的墓前。祝英台从花轿中走出来，跪在梁山伯的墓碑前，放声痛哭，直哭得天昏地暗。忽然之间，地上刮起了大风，天色变得昏暗一片，砂石四散飞扬，打得旁边的轿夫和吹鼓手们全都睁不开眼睛。就在这个时候，天上下起了暴雨，只听劈啪一声巨响，梁山伯的墓被雷电劈中，裂开了一个大口子。祝英台仿佛看到躺在棺里的梁山伯站了起来，正微笑着张开双臂迎接她。英台一下子扯下了身上的红嫁衣，露出了里面雪白的衣裙，奋不顾身地扑进了墓里。墓又缓缓地合上了。天空重新放晴。梁山伯的墓旁，长出了无数鲜花。鲜花丛中，一对彩蝶扑扇着翅膀，轻轻地飞向了不知名的远方。

人们都说，那对美丽的蝴蝶，就是梁山伯和祝英台化成的。他们从此相亲相爱，再也不会分离了。

白蛇传

很久很久以前，有一位白蛇娘娘，名字叫做白素贞。她原本是一条白蛇，因为天生具有灵性，又经过了千年的修炼，便具有了法力，可以化成人形。她还有一个干妹妹，叫做小青，是一条小青蛇化成的。姐妹俩常常变化成人形，到四处去游玩。

这一天，白娘子和小青去西湖边游玩。西湖岸上桃红柳绿，风景如画。白娘子和小青这边走走，那边看看，欣赏着这美丽的景色，高兴极了。可是没一会儿，天空中忽然阴云密布，转眼之间，就下起了大雨来。白娘子和小青无处藏身，被大雨淋得透湿。正在发愁的时候，忽然，头顶的雨好像停了。白娘子回头一看，原来不是雨停了，而是一位清秀儒雅的年轻书生正撑着伞为她们遮雨，自己却被大雨淋湿了。青布衣袍上洒满了深色的水渍。

白娘子与书生望着对方，都不由得失了神。小青见状，忙把伞接了过来，说道："谢谢！"白娘子也深施一礼，说道："真是谢谢这位相公。"书生连忙还礼，说："二位不用客气。"白娘子又问道："请问相公高姓大名，家住何处，改天好将伞还给相公，登门道谢。"书生说道："小生姓许，名叫许仙，就住在这西湖边上。"

白娘子和小青道了谢，便撑着伞离开了。

几天以后，白娘子和小青果然到许仙的家里来还伞。此后一来二去，许仙与白娘子之间互生爱慕，不久就成亲了。

成婚以后，许仙和白娘子带着小青，开了一间名叫"保和堂"的药店。由于许仙医术高超，又心地善良，治好了很多疑难杂症，遇到穷苦的百姓，有的时候还赠医赠药，不收分文。一传十，十传百，很快就成了当地老百姓交口称赞的好大夫。白娘子经常到山里去，采摘草药，帮助丈夫。两人彼此恩爱，生活幸福极了。

但好景不长，保和堂的生意红火，却惹恼了一个人，就是附近金山寺的法海和尚。法海和尚会一些法术，平常靠着给老百姓发一些符咒、丹药，收取一些钱物。老百姓以前有了病，也都去金山寺找他。但许仙和白娘子的保和堂一开，就没有人再去找他了。法海十分生气，有一天，他就来到了保和堂，想看一看究竟是什么人在和他抢生意。

法海和尚装成一个云游僧人，走到保和堂门前，正好看到白娘子在大堂里给人看病。法海定睛一看，呀，发现白娘子竟然是一条蛇妖。他心思一转，有了主意。

一天，趁白娘子不在，法海和尚敲着木鱼，来到了许仙家门前，对许仙说："先生，你的脸上有股妖气！"许仙吓了一跳，连忙问："你这是什么意思？"法海和尚在屋子里走了一圈，说道："你的娘子是白蛇变的，你要赶快离开她，才能保住一命！"

许仙一听，非常生气，说："你胡说什么，我的娘子善良美丽，怎么可能是蛇妖呢！"

法海便说："你要是不信的话，可以在端午节那天，拿一些雄黄酒给你娘子，看她敢不敢喝下去。"

许仙虽然十分生气，但心中也不免有些起疑。到了端午节这一天，他果然拿了一些雄黄酒，让白娘子喝下去。白娘子知道许仙怀疑自己，没有办法，便只得喝了一口。没想到一口喝下去，白娘子立刻就头昏眼花，她勉强支撑着身体，来到床边，一下子就昏睡了过去。

过了一会儿，许仙轻手轻脚地来到了白娘子的床边，他撩起帘子一看，床上躺着的居然是一条大白蛇。许仙吓得一下子就昏死了过去。

白娘子醒来，见许仙已经没了气息，禁不住痛哭起来。小青在旁边，说："姐姐，哭有什么用呢？还是赶快想办法吧。"白娘子这才想起来，在昆仑山上有一种灵芝仙草，吃了它，人就可以回过魂来。她连忙赶去了昆仑山，找到了灵芝草。她偷偷地摘下一棵，刚想飞走，却被南极仙翁抓到了。白娘子向南极仙翁诉说了自己的事情，仙翁十分同情她，便破例准许她带走一棵灵芝仙草。白娘子谢过了南极仙翁，赶紧飞回到家中，用灵芝草熬好汤药，把许仙救了过来。

法海和尚见自己的计策没有成功，便把许仙骗到金山寺里，把他关了起来。白娘子见丈夫一连几天没有回来，心急如焚。她四处打听，终于打听到许仙被关在了金山寺。白娘子带着小青，划着小船，来到了金山寺门前，苦苦哀求，请法海放了许仙。可法海不但不放人，还骂白娘子是"蛇妖"，举起手中的青龙杖，就向她打去。白娘子这时已经怀了身孕，打不过法海。一阵打斗之后，白娘子有些支撑不住了。于是她拔下头上的金钗，迎风一挥，海面上立刻就掀起了滔滔巨浪，直逼金山寺。法海一见，连忙脱下自己的袈裟，向空中扔去。袈裟变成了一道长堤，挡在金山寺门外。大浪长一尺，长堤就高一尺，怎么也淹不了金山寺。没办法，她只能暂且逃回了杭州。

后来，被关在寺里的许仙趁法海不注意，逃跑了。他回到家里一看，家中已经人去楼空了。他非常伤心，从此就把自己关在家里面，每天以泪洗面。第二年的春天，又是一个阴雨天，许仙想起了自己与白娘子初次相识时候的情景，便又来到了西湖的断桥边。正当他伤心之际，忽然听到有人在喊他，他转身一看，竟然是白娘子。夫妻相见，禁不住抱头痛哭。

许仙与白娘子回家之后，没过多久，白娘子就生下了一个白白胖胖的男孩。许仙非常高兴。转眼到了孩子满月的这一天，许仙家门前来了一个卖东西的小贩，许仙见他那里有一个非常漂亮的金凤冠，便买了下来，送给了白娘子。白娘子也十分喜欢，坐到镜子前面，把金凤冠戴在了头上。可谁知白娘子刚一戴上，金凤冠立刻就变小了，它紧紧地箍住了白娘子的头，疼得白娘子昏了过去。

这时那个小贩跑了进来，原来他是法海变成的。他朝着金凤冠一吹气，凤冠马上就变成了一个金钵，白娘子被金钵收了进去。从此以后，白娘子就被压在了雷峰塔底下。

小青见姐姐被抓，忙上去与法海争斗起来。但她实在打不过法海，没办法，只得化作了一缕青烟，逃回了深山。许仙抱着儿子，泪流满面，他苦苦哀求法海，但法海都不答应。后来，许仙将儿子托付给亲戚抚养，自己出了家，在雷峰塔旁边搭了一间小茅屋，每天守着白娘子。

小青自从跑回深山以后，每天都在努力修炼，希望有朝一日能够打败法海，救回自己的姐姐。不知修炼了多少年，小青觉得自己的法力已经很高了，她便离开了深山，来到金山寺，找法海复仇。

法海一见小青来了，知道她是来复仇的。便拿起了青龙拐杖，和小青打了起来。小青原以为自己经过了这么多年的修炼，法力已经变得很强了。但法海这些年也没有放松修炼，法力同样也比以前高了。小青手持宝剑，法海手握青龙拐杖，叮叮当当地一连打了三天三夜，都没有分出胜负。最后，法海渐渐地支撑不住了。他的青龙杖被小青一下打飞。情急之下，他拿出金钵，想像当年收白娘子那样制服小青。小青一见金钵，想起了姐姐的遭遇，不由一股怒火，直冲心头。她提起宝剑，一下子刺穿了金钵。法海一见自己的两件法器都被小青破掉了，吓得连忙跑回了金山寺。

小青见法海逃跑了，也不去追，她站在寺门外，念动咒语，聚集起自己这么多年修炼得到的法力，呼地从口中喷出一股神火，火苗刹那间包围了整个金山寺。法海一见没有地方跑了，便连忙躲进了螃蟹肚脐下边的一道缝儿里，再也不出来了。

小青虽然打败了法海，但她没有办法推倒雷峰塔。只能望着塔伤心。多年以后，许仙和白娘子的儿子长大了，还中了状元。小青对他讲述了白娘子的遭遇，白娘子的儿子听了以后，忍不住泪流满面。他来到雷峰塔下，大喊一声"娘！"，随即跪倒，磕了三个响头。只听轰隆一声，雷峰塔倒掉了。白娘子从塔底走了出来，紧紧地抱住了自己的儿子，母子俩抱头痛哭。这时，许仙也从塔边的草屋里走了出来，一家三口终于团聚了。

而法海自从钻进了螃蟹壳里，就再也没有出来。原先螃蟹也都是直着走路的，但自从钻进了一个横行霸道的法海，就变成横着走了。

宝莲灯

相传很久很久以前，在华山上有一座神庙，名叫西岳庙。庙里住着一位清秀漂亮的仙女，叫做杨莲。因为她是玉皇大帝的三外甥女、二郎神杨戬的亲妹妹，所以人们也称她三圣母或三娘娘。三圣母美丽善良，但自从被王母娘娘派遣到华山以后，就一直过着孤单寂寞的生活。四下无人的时候，她就会从神台上跳下来，轻轻地唱一唱歌、跳一跳舞。

这一天，三圣母正自己在庙里唱歌、跳舞，消磨时光。忽然，有一个书生走了进来。三圣母吓了一跳，她连忙登上自己的莲花宝座，盘膝坐了下来，重新化作了一尊雕像。

书生名叫刘彦昌，是一位上京赶考的举子，他路过华山，听说山上有一座西岳庙，便登上山来，进了西岳庙，想要游赏一番。不知不觉地，就走到了雪映宫。刘彦昌走进殿里，一眼就看到了三圣母的塑像。他被她美丽、温柔的面容深深地吸引了，不由得心想，要是能娶到这样的女子做妻子，该有多幸福啊！但可惜，这只不过是一尊塑像罢了。想到这里，刘彦昌心中不免有些惆怅，他取出笔墨，随手在雪映宫的墙上题了一首诗，抒写了自己对三圣母的爱慕之情与求而不得的惆怅。

刘彦昌离开以后，三圣母从宝座上下来，走到墙边，看到刘彦昌留下的诗，体味到其中深深的爱慕之情，不由得也被感动了。她轻轻地抚弄着墙上的字迹。刘彦昌不仅诗作得好，书法也十分飘逸流畅。三圣母不禁对这个俊秀的书生产生了一些好奇。她掐指一算，知道刘彦昌已经离开了华山，走到了一个村子附近。于是，她就连忙驾着云雾赶到了他的前面，变作了一个民间女子，等着刘彦昌走来。

刘彦昌走到半路，又渴又累，这时，他看见前面有一间小茅屋，旁边有一位农家女子正在干活。他连忙走了过去，作了一揖，恭恭敬敬地说道："这位姑娘，我是去京城赶考的举子，走到这里，十分口渴，不知姑娘可否给我一碗水喝？"三圣母变成的姑娘对他一笑，说："好，请相公稍等。"说完，就进去拿水了。正在这时，天上忽然下起了倾盆大雨，刘彦昌来不及躲闪，被淋了个湿透，不久，还发起了高烧。三圣母连忙扶着他进了屋子，为他端水熬药，尽心尽力地照顾他。一来二去，两个人互生情愫，彼此都难分难舍，后来他们便结为了夫妻。转眼赶考的时间快要到了，刘彦昌要去京城，此时三圣母已经有孕在身。临别的时候，刘彦昌赠给三圣母一块祖传的沉香，对她说，以后孩子出生了，就起名叫做"沉香"吧。三圣母送刘彦昌，一直走了很远很远。

刘彦昌走了以后，三圣母就一个人在农家小院中居住。但是不久，三圣母私嫁凡人的消息被她的哥哥二郎神知道了。二郎神勃然大怒，他来到凡间，找到三圣母，要带她回天庭受审。三圣母怎么解释，二郎神也不听。实在没有办法的三圣母只得拿出了自己的宝物——一盏宝莲灯。这盏灯是当初王母娘娘送给她做镇山之宝用的，无论什么样的妖魔鬼怪、神仙高人，只要点起宝莲灯，让它放出光芒，都会被震慑降伏。二郎神一见妹妹拿出了宝莲灯，知道自己敌不过，便只得逃走了。

回到天上的二郎神越想越气，他想了半天，想出了一个办法。他让自己的哮天犬偷偷下界，趁着三圣母休息的时候，把宝莲灯偷了出来。二郎神重新下界，打败了三圣母，将她压在了华山山下的黑云洞里。

三圣母在暗无天日的黑云洞里生下了自己和刘彦昌的儿子沉香，她写下了一封血书，放进孩子的怀里，又偷偷托付土地神，把孩子送到刘彦昌身边。

此时的刘彦昌已经是金榜高中，被封为了扬州巡抚。他回到家乡，却不见三圣母的身影。他心中一沉，连忙跑到华山的圣母殿，在那里发现了一个正在呱呱啼哭的婴儿，凭着那封血书，他才知道这就是自己的儿子沉香，也知道了三圣母的遭遇。但无奈自己只是一个凡人，刘彦昌用尽了办法，也没能把三圣母救出来。

一转眼十多年过去了，沉香长大了，也懂事了。他常常问父亲，自己的母亲在哪里。刘彦昌每次听了，只是低头叹气，不告诉他实情。终于有一天，沉香在柜子里发现了三圣母留下的那封血书，才知道自己的母亲被压在华山底下受苦。沉香又惊讶又心痛，决心到华山去，救出母亲。他把想法对父亲说了，刘彦昌说："孩子，我们区区凡人，又如何跟神仙争斗啊？"沉香不信自己救不出母亲，于是他带上血书，自己一个人去了华山。

沉香历尽千辛万苦，好不容易到了华山，可是华山地方这么大，母亲到底在哪里呢？沉香找来找去，找不到母亲的踪影，忍不住放声大哭了起来。哭声惊动了路过的霹雳仙人。他走到沉香身边，问他："孩子，出了什么事？你为什么哭得这么伤心啊？"沉香就将事情的经过告诉了霹雳仙人。霹雳仙人听了以后，深深地被沉香的孝心感动了。他说："孩子，你别着急，你的母亲确实是被压在这华山底下，但凭你现在的力量，还不能把她救出来。你要想救母亲，就要从现在开始，努力练功。"霹雳仙人将沉香带回了自己居住的地方，教他武艺。沉香在仙人的指点下，刻苦练功，渐渐学会了十八般武艺和七十三变。十六岁生日那天，沉香收拾好行装，拜别了师父，要去华山营救母亲。临走的时候，霹雳仙人送给了他一柄神斧，告诉他关键时刻必有大用。

沉香一路腾云驾雾，来到了华山黑云洞前，大声呼唤母亲。三圣母听到了儿子的喊声，激动得泪流满面。但她也深知二郎神神通广大，凭自己儿子的法力，还打败不了他。于是，她就让沉香去向舅舅求情，还教给了他使用宝莲灯的方法。沉香来到二郎神庙，向他苦苦哀求。但铁石心肠的二郎神不但不肯放出三圣母，还拿起三尖两刃刀，和沉香打了起来。沉香抢起神斧，与二郎神打在一起。沉香越战越勇，二郎神渐渐有些抵挡不住了。关键时刻，他拿出宝莲灯，想要降伏沉香。但没想到因为不熟悉它的用法，反倒被沉香一下子抢了过去。沉香按照母亲教给他的方法，转动宝莲灯，宝莲灯射出万丈光芒，打败了二郎神。

沉香拿着宝莲灯，回到华山，他举起神斧，用尽全身的力气，冲着山劈了下去。只听轰的一声巨响，华山被劈开了。三圣母终于被解救了出来。母子俩紧紧地抱在一起，泪流满面。二郎神见此场景，不由得也有些感动。他决定放过妹妹一家，不再惩罚他们了。三圣母、刘彦昌、沉香一家团聚，从此过上了幸福的生活。

麒麟送子

麒麟是我国古代传说中的一种神兽。雄的叫"麒"，雌的叫"麟"，合起来就称为"麒麟"了。据说它形状像马，长着龙头、牛尾、马蹄，浑身还长着鱼一样的鳞片。它口能喷火，吼声如雷，但性情却十分温和，从来不伤害人畜，连花草也不随便践踏。因此人们又称它为"仁兽"，把它作为吉祥的象征。

相传春秋时候，在山东曲阜有一条阙里街。街上有一户姓孔的人家。这家的男主人叫做叔梁纥，女主人叫做颜徵在。叔梁纥六十六岁了，他有很多女儿，但儿子却只有一个，叫做孔孟皮。而孔孟皮的脚还天生有些残疾，不能担当家业。夫妻俩十分忧虑，常常一起到附近的尼山上去祈祷，希望上天能够再赐给他们一个儿子。

也许是叔梁纥和颜徵在的祈祷感动了上天，不久以后，颜徵在真的怀孕了。一天夜里，忽然有一头麒麟踏着祥云，来到了阙里。它浑身的鳞片金光闪闪的，非常漂亮。麒麟举止优雅，它走到孔纥家附近，不慌不忙地从嘴里吐出一块方帛来，上面还写着文字："水精之子孙，衰周而素王，徵在贤明。"第二天，麒麟不见了，从叔梁纥家中传出一阵响亮的婴儿啼哭声，一个小男孩降生了。邻居们都说，这是麒麟送来的孩子，那块方帛上写着的字，意思就是说这孩子将来长大以后会具有帝王一样的德行，却不居帝王之位，所以叫"素王"，是一位难得的大贤之士。

叔梁纥听了，非常高兴。他想了想，觉得这个孩子是自己和妻子经常去尼山祈祷，感动了上天，所以才得到的，所以给孩子起名为"丘"，字仲尼。这个孩子长大了以后，果然具有大贤大德，被尊称为"素王"、"万世师表"，古往今来，为无数读书人所敬仰。他就是我国历史上著名的圣人——孔子。而麒麟送子的故事，也由此流传开来了。

葫芦娃

从前，在一个小村子里，住着一个老阿妈，她还有一个女儿，名叫春姐。春姐心灵手巧，她织的布，能引来天上的百灵鸟和林间的花蝴蝶。

一天，春姐正在院子里织布，忽然听见草丛里传来的声音。春姐拨开草丛一看，原来是一只受了伤的燕子，正挣扎着想飞起来。春姐发现燕子的腿摔断了，就连忙找来草药，给它敷在了腿上。燕子休息了几天，腿伤好了，就飞走了。

过了两天，燕子飞回了春姐家中。它绕着春姐飞了好几圈，最后停在了她的手上，张开小嘴，把一颗金黄色的种子放到了春姐手中，然后就飞走了。

春姐将种子种在了自己家的院子里。没过几天，播下种子的地方就长出了一棵绿油油的小苗。春姐过去一看，发现原来是一棵葫芦苗。又过了几天，葫芦苗长大了，葫芦藤上还结了一个小葫芦，看上去十分可爱。春姐忍不住伸手摸了摸它。她的手刚一碰到，葫芦就啪的一声裂开了，一个粉脸粉腮的小娃娃落在了她的手中。他小极了，站起来，还没有春姐的手指那么高。但他却长得十分漂亮，一双眼睛闪着亮亮的光，精神极了。春姐和阿妈给他起了个名字，叫做"葫芦娃"。

从此，葫芦娃就在春姐家住下了，老阿妈和春姐对他都很好。葫芦娃也经常帮助老阿妈和春姐纺纱、织布。

有一天，春姐像往常一样，在院子里织布。忽然，从西北方刮来了一阵狂风。风过去以后，春姐不见了。老阿妈急得没有办法。这时，葫芦娃跳到她面前，对她说："老阿妈，你别着急，我去把春姐姐找回来。"

葫芦娃跑到了小溪边，找到了见多识广的花蝴蝶，问它道："花蝴蝶，你每天飞来飞去，一定知道春姐姐被风刮到什么地方去了。"

花蝴蝶说："在很远很远的西北方，有一座高高的大山，名叫聚宝山。聚宝山上住着一个绿脸妖，专门抢手巧的姑娘给他织布。春姐一定是被他抢走了。"

葫芦娃说："谢谢你！我这就去那儿，把春姐姐救回来！"

花蝴蝶赶紧对他说："葫芦娃，那太危险了。听说那个绿脸妖神通广大，他喊一声，山峰都会摇三摇，他吹口气，河水都能结成冰！你去了，肯定回不来了！"

葫芦娃摇摇头，说："我一定要把春姐姐救回来！"说完，他拿上干粮，就向西北方出发了。

半路上，葫芦娃遇到了金翅鸟，金翅鸟问他："葫芦娃，你要去干什么呀？"葫芦娃说："我要去救春姐姐，你愿意带我去吗？"金翅鸟点了点头，飞到了他的身边。于是葫芦娃骑到了金翅鸟的背上，向西北方飞去了。

不知飞了多远的距离，金翅鸟停了下来，对葫芦娃说："葫芦娃，我听见了青蛇在地上爬行的声音，看到了怪虫在旁边飞舞的轨迹，这地方太可怕了，我们还是回家吧！"

葫芦娃说："不行，还没有找到春姐姐，我不能回去！"金翅鸟见说不动葫芦娃，就拍拍翅膀，自己掉头飞回去了。

葫芦娃一个人继续往前走。走啊走啊，直磨得鞋破了，脚掌都流出血来，他也没有放弃。渴了就喝山泉，饿了就吃野果，走了整整七天，他放眼一望，忽然发现前面有一座高极了的大山，天空中的云彩，才到半山腰。这就是聚宝山。

葫芦娃费尽了力气，爬上了聚宝山的山顶。山顶上有一座宫殿，葫芦娃隔着宫殿的水晶墙偷偷往里一看，绿脸妖坐在宫殿里，好像睡着了。

葫芦娃刚想走过去，没想到绿脸妖忽然醒了，他大喊一声："有生人的味道！"然后向旁边的岩石吹了一口气，山顶上的岩石和冰块立刻就把葫芦娃冲走了。冰水寒冷刺骨，把他冻得昏了过去。

等葫芦娃醒过来的时候，发现自己落在了一棵大松树上，捡回了一条命。但这棵大松树长在悬崖上。只要一个不小心，就会掉进万丈峡谷里。葫芦娃十分着急，忽然，旁边飞来了一只大雕。葫芦娃灵机一动，等雕飞到自己身边的时候，纵身一跳，跳到了大雕的背上，对它说："大雕啊大雕，我来找我的春姐姐，你知道她在哪里吗？"

大雕说："在宫殿后面有几间石头屋，有一个被绿脸妖抓来的姑娘，被关在那里面。"

葫芦娃听了，说："大雕，你能带我到那里去吗？"

大雕点了点头，带着葫芦娃飞到了山顶上水晶宫殿的后面。葫芦娃说："谢谢你，大雕！"然后向下一跳，刚好落在了一堆稻草上面。

葫芦娃一看，果然有三间石头砌成的屋子，屋子里有一个姑娘，正在一边织布一边流泪，正是春姐。他连忙从窗户的缝隙里跳了进去，喊道："春姐姐，我可找到你了！"

春姐一看葫芦娃，又惊又喜，高兴得流下眼泪来。葫芦娃说："春姐姐，你别着急，我一定救你出去。"他看了看四周，大门是用大石头做成的，窗户上也都插上了坚硬的铁条。葫芦娃问春姐："妖怪把钥匙放在了什么地方？"

春姐说："钥匙在他的手腕上，一刻也不摘下来。"

葫芦娃说："春姐姐，你等着我，我一会儿就回来。"说完，就从窗缝里又跳了出去。

葫芦娃来到大殿，见绿脸妖躺在床上，睡得正香。葫芦娃蹑手蹑脚地走了过去，把钥匙从他的手腕上拿了下来。因为葫芦娃太小了，钥匙居然比他还要大。葫芦娃只能把钥匙扛在肩上，一点一点地挪。走到门口的时候，钥匙不小心碰到了门框上，发出了叮的一声。绿脸妖一下子醒了过来，他刚要抓葫芦娃，葫芦娃就躲到了墙缝里。绿脸妖想用手把他抓出来，却怎么也伸不进去，气得坐在一边呼呼直喘。

葫芦娃趁这个机会跑了出来，站到支撑大殿的石柱子旁边，大声喊着："绿脸妖，我在这儿呢！来抓我呀！"绿脸妖气得张开大嘴，一下子咬过去，没抓到葫芦娃，却把大柱子咬断了。葫芦娃又跳到另一根柱子底下，绿脸妖又咬断了这一根。不一会儿，大殿里的柱子就全被他咬断了。只听轰隆隆一声，大殿塌了下来，绿脸妖被砸死了。

葫芦娃扛着钥匙，跑到小石屋，拿起钥匙，打开了门锁，救出了春姐。

下山的时候，葫芦娃觉得十分口渴，就跑到一个山泉旁边，拼命地喝了起来。忽然，春姐惊讶地喊道："葫芦娃，你长高啦！"

葫芦娃低头一看自己在泉水里的倒影，果然长得很高很高，又壮实、又英俊。

春姐和葫芦娃手拉着手，高高兴兴地回家去了。

长发妹

很久很久以前，在一个小村庄里，住着一位美丽的姑娘，她的头发很长很长，久而久之，人们忘记了她的本名，都叫她作长发妹。

有一年，一连好几个月天空都没有下雨，村庄里发生了严重的干旱。平日绿油油的田地，都旱得裂开了一条条大口子，村里的人们没有办法，只能每天去距离村子好几里地以外的小河中去挑水，一来一回，十分辛苦。

有一天，长发妹去山上割猪草，她爬呀爬呀，不知不觉，就爬到了山顶。她割完了猪草，刚要下山，忽然发现在一个悬崖的石缝里，长着一棵嫩绿嫩绿的萝卜缨。长发妹又惊又喜，想要把它拔下来，带回去给母亲吃。于是，她探出身子，抓住萝卜缨，用力往外拔。但拔了好几次，都没有把它拔出来。

长发妹十分奇怪，便紧握住萝卜缨，用尽全力，一下子把它拔了出来。这时候，奇异的事情发生了：萝卜缨拔出来的地方，留下了一个石洞。清澈透亮的泉水，正汩汩地从石洞里冒出来。长发妹忙把嘴凑到泉边，喝了起来。泉水又清又甜，简直像天上的琼浆玉液一般。一口喝下去，让人觉得几个月的干渴都解了。长发妹高兴极了，她心想，有了这眼泉水，乡亲们就不用再去那么远的地方打水了，这是多么大的一个好消息呀！她真想立刻跑下山去，告诉乡亲们这个好消息。

可就在这时，只听忽的一声，长发妹刚刚拔出来的萝卜缨忽然一下子从她的手里飞了出去，飞回到刚刚那个石洞中，堵住了泉水。一阵大风，把长发妹吹了起来，等她再睁开眼睛的时候，已经到了一个山洞里。

山洞里坐着一个巨人，长得十分可怕，他对长发妹说："我是山神，泉水是我的，你要是敢把这个消息告诉别人，我就杀了你。"说完，又刮起一阵大风，把长发妹送回了山下。

长发妹十分害怕，她只得把这个消息隐瞒了起来。日子一天一天过去，天上仍旧没有下雨。干旱越来越厉害。老百姓每天挑水，肩头都被勒出了一道深深的印痕。长发妹看在眼里，心里非常难受。她多想把山上有泉水的事情告诉大家呀，但一想起巨人的话，她又只得把话咽了下去。长发妹愁啊愁啊，渐渐地，头发都变成了雪白雪白的。

有一天，长发妹去河里挑水，回来的时候，看到一个老大爷挑着一担水，走着走着，不小心被一块石头绊倒了，头磕在地上，鲜血直流。长发妹连忙跑过去扶起他，老人顾不得自己的伤，只是一个劲地念叨着："水、水啊……"

长发妹顺着老人的手指看过去，原来他刚刚挑的两桶水已经倒在地上，都洒了出来。长发妹心里一阵酸楚，再也忍不住了，她脱口而出："老爷爷，山上有一个萝卜缨，只要拔掉它，泉水就能流出来！"

长发妹跑回村子里，一边跑，一边大声喊："乡亲们，山上有泉水，快跟我来！"百姓们都跟在长发妹后面。到了山顶，长发妹一把拔下萝卜缨，扔在石头上，让大家把它赶紧砍碎，防止它再飞回去。清泉马上就流出来了，大家都欣喜若狂，长发妹又让大家把泉眼凿开，凿得像小水井一般大。巨人再也堵不上了。泉水哗哗地向山下流去，百姓们高兴得一边喊着一边追着它跑去。只有长发妹还留在山顶上。一阵狂风刮来，她又被带到了巨人的山洞里。巨人生气地朝她大喊："你居然敢告诉别人，我要杀了你！"

长发妹这时反倒不害怕了，她说："为了乡亲们，我不怕死！"

巨人一见，便又说道："那好，我要把你放在悬崖底下，让泉水每天都从你的身上冲过！你永远也别想出来！"

长发妹说："随你怎么处罚我，但是请你让我最后回家一趟，见我母亲最后一面。"

巨人同意了，他说："好吧，但是如果你敢不回来，我就把村子里的人都杀死！"

长发妹回到家，跪在母亲跟前，拼命忍住眼泪，对母亲说："娘，我有点事情，要出一趟远门，我已经请邻居大妈照顾您了，以后我不在，您要好好照顾自己。"长发妹的母亲点了点头，笑着答应了。

一切都安排好了以后，长发妹拖着一头长长的白发，毅然决然地向山顶走去。走到一棵大榕树底下的时候，她再也忍不住了，抱住大榕树，呜呜地痛哭了起来。不知哭了多长时间，长发妹再睁开眼睛的时候，忽然发现面前站着一位身穿绿衣服的老人。

老人问："孩子，你怎么哭得这么伤心啊？出什么事了？"

长发妹就对老人诉说了事情的经过。老人听了，呵呵一笑，说："孩子，别担心，我有办法。我凿了一个石头人，让它替你躺在悬崖下面。你现在只要把你的头发剪下来，缠在它的头上，巨人就认不出来啦。"

长发妹绕到大榕树后面一看，果然有一个石头人，模样和自己很像很像。长发妹将自己的头发剪下来，缠在了石头人头上。老人扛起石头人，把它放在了悬崖下，泉水哗哗地从山顶飞下，冲到石头人的身上，就好像是长发妹自己站在那里一样。

长发妹靠在大榕树上，见问题已经解决了，不禁开心地笑了。她忽然觉得头上有些痒，伸手一摸，哎呀，原来她又重新长出了一头乌黑油亮的长发！大榕树干里传来老人的声音："长发妹，巨人不会再找你了，回家去吧！"

长发妹向榕树老人道了谢，高高兴兴地回家去了。

柳毅传书

唐代仪凤年间，有一个名叫柳毅的书生，他到当时的京城长安去参加科举考试，可是没有被录取。回家的路上，他想起自己有一个朋友住在泾阳，就去他那里辞行。他骑着马走着走着，忽然看到道旁有一个女子正在放羊。她长得很漂亮，但是穿着十分破旧。她双眉微皱，面带愁容，好像刚刚哭过的样子。柳毅忍不住下马问道："姑娘，出什么事了？你怎么这么痛苦啊？"

女子向柳毅行了一礼，说道："这位相公，我是洞庭龙王的小女儿，父母把我嫁给了泾川龙王的二儿子。但他天生放荡不端，每天吃喝玩乐，我劝他，他不但不理我，还骂我、打我，公公和婆婆也偏向他。他们把我赶了出来，让我在这里挨饿受冻。我想要告诉家里人，让他们来救我，可是洞庭湖离这里好远好远，我怎么才能让他们知道呢？我心里难过极了，所以才在这里哭泣。我听说今天会有一个去南方的相公经过这里，想请您帮我带一封书信回去，但不知道您可以答应吗？"

柳毅说："姑娘，我听了你的故事，心里也十分难过，不要说是洞庭湖，就是刀山火海，我也要帮你把信送去。但我毕竟只是个凡人啊，洞庭湖水那么深，我怎么才能到龙宫呢？"

龙女说："这点您不用担心。在洞庭湖的南岸，有一棵大橘树，您到了那里以后，就解下腰带，绑在树上，再在树干上敲三下，就会有人出来问您。您就跟着他走，就能到达龙宫了。希望您将我的痛苦都告诉我的家里人。"说完，龙女从衣襟里拿出信来，交给柳毅，并且向他拜了又拜。

柳毅说："你放心，我一定替你把信送到。"

柳毅一路快马加鞭，来到了洞庭湖。到了南岸，他一看，果然有一棵大橘树。他连忙换下自己的腰带，绑在树上，敲了三下。一会儿，只见湖上忽然浪花翻涌，滚滚的白浪托着一位武士打扮的人，出现在柳毅的面前。武士向柳毅行了礼，问道："贵客从哪里来？"柳毅说："我受人之托，特来拜见大王。"武士说："既然如此，请跟我来。"柳毅看了看深深的湖水，露出了为难的表情。武士笑了，说："贵客不用担心，尽管跟着我就是。"说完，他向洞庭湖一挥手，湖水立刻就向两边分开了，中间出现了一条道路。武士让柳毅闭上眼睛，自己带着他前进。

等柳毅再睁开眼睛的时候，已经到了龙宫。过了一会儿，龙王从里面走了出来。他身穿紫袍，头戴龙冠，手执青玉。洞庭龙王打量着柳毅，问道："先生从何处来？所为何事呢？"柳毅就将自己在泾阳遇到龙女的事情说了一遍，并将龙女的信交给了龙王。龙王读完了信，伤心极了，忍不住哭了起来，对柳毅说："身为父亲，女儿在远方受难我都不知道。如果不是您仗义相救，为小女传递消息，我们到现在也不知道她过着这样的日子啊。您的大恩大德，真是粉身碎骨也难以报答啊！"说完，又哀叹了好久。旁边的侍从们，也都忍不住呜咽起来。

忽然，龙王好像想起了什么似的，说道："赶快止住哭声，千万不要让钱塘君听见了。"柳毅忍不住问："钱塘君是谁啊？"洞庭龙王说："钱塘君是我的弟弟，以前做过钱塘那一带的龙王，但是因为脾气太暴躁，早先在唐尧时代，曾经闹过九年的洪水，就是他发怒的缘故。如果这件事让他知道了，不知道又会闹出什么事情来。"

正说着，只听一声天崩地裂似的巨响，宫殿被震得摇摇晃晃。一条身长有千余尺的巨龙，闪电似的目光，血红的舌头，浑身披着金色的鳞甲，一下子从宫殿当中飞出去了。柳毅吓得扑倒在地上，洞庭龙王忙把他扶起来，说："不用害怕，这就是我的弟弟钱塘君，他一定是听见了我们刚刚的说话，去救小女去了。"

果然，过了一会儿，忽然有仙乐声响了起来，海中出现了朵朵彩云。一个身着华丽丝裙的女子，在侍女的簇拥下，缓缓地来到了柳毅面前。柳毅一看，正是托他传信的那个龙女。龙女走到柳毅面前，含着泪行了礼，说道："多谢相公，替我传书，我才得以被解救出来。"说完，就走到自己的父亲面前，随着龙王进去了。

过了一会儿，洞庭龙王和龙女重新出来，摆下了丰盛的宴席，请柳毅吃。又见有一个人，同样身披紫袍，手持青玉，站在龙王的身后。洞庭君向柳毅介绍说："这就是钱塘君。"柳毅起身上前，向钱塘君行礼。钱塘君也很有礼貌地还了礼，对柳毅说："我的侄女不幸，嫁了一个那么坏的小子，多亏您仗义传书，才将她解救出来。您的恩德，真是难以用言辞感谢。"柳毅谦让地作了一揖，表示不敢当。

龙王一家很热情地招待了柳毅，临走的时候，还送给他很多珍宝。柳毅回到地面上，努力读书，终于中了举。不久，父母为他娶了一门亲。晚上，柳毅掀开新娘子的红盖头一看，居然是他曾经救过的龙女。龙女说："相公将我从苦难之中解救出来，我感谢您的恩德，没有什么能够报答，请让我做您的妻子，照顾您吧。"柳毅高兴极了，从此，他们就幸福地生活在了一起。

河伯娶妻

西门豹奉命治理邺县。当他到达邺县的时候，发现这里人烟稀少，贫穷落后，百姓的生活十分困苦。他不明白邺县为何会如此荒凉，就找来县里的几位老人了解情况。老人们据实相告，向新县令大倒苦水。

原来，邺县附近有一条漳河，近些年来河水常常泛滥，使邺县的百姓饱受洪灾之苦。为了治理水患，人们想了很多办法，但却没有一点儿效果。后来，一个巫婆说漳河水泛滥是因为邺县的百姓触怒了下面的河伯，只有每年送给河伯一个年轻美丽的女子为妻，才能让河伯消气。自那以后，邺县开始每年为河伯选妻。这些被选中的女子在盛装打扮后，就会被投入漳河水中，说是到河里与河伯成亲。如今，已经有无数人家的女儿做了河伯的妻子。邺县人民每提到此事，都感到十分痛心，可他们又无可奈何。很多家中有女儿的人家，都搬离了邺县，以免他们的女儿被选中。

西门豹听了老人们的诉说，当即决定去会一会这个巫婆。如此骇人听闻之说，他还是第一次听说。如果不能破除妖言、为百姓除害，那他还有什么资格做邺县的父母官。他对几位老人说："河伯娶妻之事纯属子虚乌有，我会证明给你们看的。你们先回去吧！等到今年河伯娶妻的时候，我和你们一起去，我要当场揭开那个巫婆的真实面目，并让她得到应有的惩罚。"老人们将信将疑，各自回了家。

到了河伯娶妻那天，西门豹和众人一同来到了河边。不一会儿，几个人抬着轿子向河边走来了。走在最前面的是一个七十岁左右的老太婆，一边走嘴里还在一边念念有词地说着什么。后面跟着的花轿中坐着一位年轻美丽的女子，女子虽然做了精心的打扮，但却难掩其黯然的神色。她坐立不安地东张西望着，眼神中流露出凄凉和绝望。待轿子停在岸边，巫婆就开始做法。一阵故弄玄虚之后，她就下令将女子投入河中。后面的随从举起女子就要往河里头投，女子一边哭一边大喊："放开我，放开我，我不去！"可是她的哭喊是没有用的，随从们已经将她架起来了。

就在随从们欲将女子投入河中的紧急关头，西门豹及时制止了他们。巫婆见有人来捣乱，很是生气，但得知对方是本县新上任的县令后，也不好发作，只是请求县令不要误了吉时，以免惹怒河伯。西门豹笑着说："不急，不急，先让本县看看这个女子的容貌如何，我们可不能怠慢了河伯。"巫婆一听，知道县令不是来和自己作对的，忙高兴地说："大人请看，这是我精心挑选的，保管您看了满意。"西门豹揭开女子的盖头，故作生气地说："这样丑陋的女子也能去侍候河伯吗？不行，还是过两天再选一个更好的送去吧！"巫婆忙说："可是如果错过了今天的日子，我怕河伯会不高兴呀！"西门豹说："那就烦请您亲自去跟河伯说一说吧！"说着，便让人将巫婆投入了河中。

众人还来不及反应，巫婆就已经入了水。他们还不知道这位县令大人究竟要做什么，但看着巫婆被投入河中，大家都觉得很解气。尤其是刚刚被救下的女子，更是对西门豹充满了感激之情。在众人议论纷纷之际，西门豹却显得异常平静。他只是静静地注视着水面，彷佛在等待着什么。过了一会儿，西门豹回过头来对巫婆的随从说："她已经去了这么久，为什么还不回来呢？你去催一催吧！"说着，又命人将一名随从投进了河中。其余的随从已经被吓傻了，他们当然知道巫婆是不会上来的，如果这位县令大人高兴，那他们岂不是都要被丢到河里去？

又过了一会儿，西门豹又回过头来对剩下的随从说："我想一定是她们与河伯的谈判出了什么问题，那就烦请你们去帮忙跟河伯说说情吧！"随从们连忙跪倒在地，请求西门豹放过他们。西门豹冷冷地说："放不放过你们不是我说了算，那要问乡亲们肯不肯放过你们！"这时，乡亲们已经摸清了状况。他们早就对这些人恨之入骨，哪肯放过他们呢？西门豹假装无奈地说："看来是你们坏事做得太多了，乡亲们都不肯放过你们，那我也只好按照大家的意思办了。"说着，就让人将剩下的随从全都扔进了河里。

惩治过巫婆和她的随从们，西门豹又对所有在场的百姓说："这些人都是罪有应得，是他们的报应。你们都看到了，那个所谓的巫婆根本没有任何神通，她被投入河中也一样不会上来，所以她根本不是什么河伯的使者，至于河伯娶妻，那就更是无中生有的事了。这些年让大家受苦了，以后我会带领大家摆脱这种状况，让大家重新过上好日子！"人群中早已有人带头鼓起了掌，漳河边一片欢呼之声。

后来，西门豹带领人们兴修水利，挖渠引水，终于摆脱了洪水的侵袭。人们又过上了好日子，而那个所谓的河伯，也再没闹过事。

十不全和尚

在一些大的寺院里，通常供奉着很多罗汉像。这些罗汉大多被塑造得高大威武、相貌堂堂，或是慈眉善目，一脸祥和。但惟独有一个和尚，和别人都不一样。他长着癞痢头、头上长着歪嘴、歪鼻头、斗鸡眼和招风耳朵，他还驼背、鸡胸、跷脚、抓手、斜肩，长得十分奇怪。因为他有这十样毛病，所以叫做"十不全和尚"。第一次看到十不全和尚的样子的人，常常会觉得很有意思，还有一点可怕。但其实十不全和尚是个很有正义感的僧人。

传说十不全和尚原本是南宋时候的一个读书人，他文章写得很好，但是因为看不惯当时宋朝朝廷苟且偷安、任由金人欺负的态度，所以总是在文章里面冷嘲热讽、批评时事。他考了好几次科举，但都因为这个毛病，而被考官排斥。后来，十不全和尚看破了世道，就出家去庙里，当了一个烧饭的和尚，一天到晚疯疯癫癫的，常常胡言乱语，后来大家索性就叫他疯和尚。

那时候，秦桧和他的老婆王氏刚刚设下毒计，害死了抵抗金兵进攻的大英雄岳飞。老百姓们对秦桧都恨得咬牙切齿，但秦桧在当时手握大权，百姓们都是敢怒不敢言。

那年的大年初一，秦桧带着他的老婆王氏，去庙里烧香。他们一进门，就看见有一个穿得破破烂烂的和尚，正在院子里挖一棵桧树。那桧树青翠挺拔，看上去十分健康，不像是有病的样子。好端端的一棵树，这和尚干吗非要把它砍掉不可呀？秦桧十分奇怪，便走上前去问道："和尚，大年初一的，应该讨个吉利，干吗要把这棵好端端的树砍掉呀？"

和尚直起身来，冷冷地看了秦桧一眼，说："这树里生了黑心虫，要是不把它砍掉，就会危害到旁边的松树、柏树上了！"

秦桧没听出来和尚的话外音，又说道："那把它锯掉就好了，何必花这么大的力气把它挖出来呢？"

和尚听秦桧这么说，不禁又冷笑了一声，说道："大人，你这就有所不知了。俗话说得好：打蛇打七寸，砍树先砍根。你看这桧树，叶子像柏树，树干像松树，外表忠贞，里面却坏透了，这样不三不四的东西，留它何用啊？"

　　秦桧一听，心里明白了，原来这和尚是在指桑骂槐，听着好像是在说桧树，实际上却是在骂自己。他心里非常生气，但大年初一还没烧香，就抓人打人，又不好。正在犹豫的时候，他老婆王氏一看势头有点不对，便连忙拽了拽他的衣服，对他说："赶快去烧香吧。"

　　秦桧啐了一口唾沫，领着老婆，大摇大摆地走上了佛殿。两人在佛祖面前点了红烛、烧了檀香，恭恭敬敬地跪在蒲团上，拜佛祝愿。烧完了香，秦桧和老婆起身要走。走到庙门口的时候，秦桧忽然看到墙上贴着一张大黄纸，上面歪歪斜斜地写了一首诗：

　　伏虎容易纵虎难，

　　东窗密计胜连环，

　　可恨彼妇施长舌，

　　痛煞老僧心胆寒。

　　秦桧一看，当时就呆住了。他以为东窗密谋、陷害岳飞的事，没有几个人知道，却没想到这写诗的人竟一清二楚！王氏见秦桧呆立着不动，便顺着他的目光看去，看到那首诗，也吓得呆在那里。夫妻俩你看看我、我看看你，不由得直冒冷汗。秦桧半晌说不出话来，最后，才喃喃地说："反了！真是反了！"他叫来寺里的当家和尚，喝问道："这诗是谁写的？赶快给我查明！"

　　当家和尚吓得索索发抖，连声说："贫僧这就去查，这就去查。"一会儿，当家和尚领着一个僧人回来了。秦桧一看，正是那个挖桧树、吃狗肉的疯和尚。秦桧一见，勃然大怒，指着他骂道："我以为是谁写的，原来是你这个蓬头垢面的脏和尚！"

　　和尚冷笑一声，说："我还以为是谁在叫唤，原来是个专门吃里扒外的。"

　　秦桧气得暴跳如雷，他一眼看见了和尚的扫帚，便大声喝道："你扫帚这么新，不是个懒和尚是什么？"

　　疯和尚也顿时厉声喝道："你说我懒吗？告诉你，铁扫帚可不是扫地用的，是要扫尽天下一切卖国贼用的！"说完，就抢起扫帚，向秦桧扫去。秦桧连忙闪到一边，转过身来，一把拽住了疯和尚的腰带。这一拽不要紧，那腰带顿时变成了一条长蛇，张开血盆大口，向秦桧咬去。秦桧和王氏吓得魂不附体，当场就昏了过去。等他们醒过来的时候，那疯和尚早已不知去向了。

　　这件事后来被人们称为"疯僧扫秦"。百姓们敬仰疯和尚的气节和胆识，就把他奉为菩萨，塑了像，供在罗汉堂里，千秋万代让世人瞻仰。

父子斗鳄妖

很久以前，景星湖一带原本是一个富饶的鱼米之乡，百姓们耕地打渔，过着十分幸福的日子，但不知从什么时候开始，湖里来了一条修炼了五百年的鳄鱼精，四处兴风作浪、吃人吃兽，百姓们吓得谁也不敢接近湖边，也不敢去种地，渐渐地，很多人都搬走了。

一天，一位道人下山化缘，来到了景星湖畔，他见此地风光秀美、物产丰饶，人烟却十分稀少，觉得十分奇怪，就走到了一个铁匠铺，与铁匠夫妇攀谈起来。

铁匠姓雷，身体十分健壮，臂力过人，二三百斤的大铁锤，在他手里，就像玩具一般，转动自如。他的妻子聪明贤惠，他们还有一个儿子，名叫畴儿。听到道人问起这附近为何少人居住的事，他不由得长叹一声，将鳄鱼精作怪的事情告诉了道人，并问道人有没有办法把它除掉。

道人沉吟了一会儿，说道："办法倒也不是没有。鳄鱼精浑身都长着硬甲，刀枪不入，要想杀它，只有练成百步穿杨的功夫，用箭射中它的咽喉，才能将它杀死。"

雷铁匠说："既然如此，我愿意跟您学习射箭，为大家除害！"

道人说："那好，明天日出之前，你到庐山的仙人洞来找贫道，贫道自会教你。"说完，就化成一阵清风走了。

从此，雷铁匠每天日出之前就赶到庐山，向道人学习射箭的功夫，日出之后就下山。日复一日，铁匠射箭的本事已经有了很大的成就，百步以外柳树上挂着的小铜钱，他都能够一箭射中。铁匠觉得自己的功夫已经到家了，可以对付鳄鱼精了，就不再到庐山上找道人学艺了。

道人见铁匠好几天都不来，知道他已经骄傲自满，不愿意再来学艺了，就让仙鹤给他送去了一张纸条，上面写着"百步穿扬，水滴石穿"八个字。

铁匠的妻子看了纸条，问道："道长纸上所写的'百步穿扬'四个字，为什么把"杨"写成了"扬"啊？你想没想过，这是什么意思吗？"

铁匠哈哈大笑，说："能有什么意思？无非是道长写错字了呗！"

这一年的夏天，连续下了好几天的大雨，江湖泛滥，鳄鱼精又要来作祟了。铁匠每天都去江边，选择位置，考虑杀死鳄鱼精的办法。终于到了事先选定好的日子，铁匠的妻子帮他摆好弓、磨好箭，带着儿子畴儿，陪着他一起到了湖边。村民们听说了这个消息，也都从四面八方赶来了，为他鼓劲助威。

到了中午时分，天色突然变暗了，乌云阵阵、狂风怒号，鳄鱼精挥舞着利爪，出现在湖面上。雷铁匠连忙搭好弓箭，趁着鳄鱼精露出湖面的时候，刷的一箭，直冲鳄鱼精的咽喉射去。但鳄鱼精早有准备，它翻身一滚，躲过了利箭。箭头从它的咽喉旁边划过，射在了它的右脚上。鳄鱼精受伤，疼得大吼一声，张开血盆大口，一下子将雷铁匠咬成了重伤。雷铁匠的妻子和儿子赶忙跑到雷铁匠身边，但这时的雷铁匠早已奄奄一息，他拉着儿子的手，拼尽最后一点力气，对他说道："要记住……穿扬……石穿……报仇，为民……除害……"说完，就去世了。

雷铁匠的儿子畴儿聪明勇敢，他长大以后，决心继承父亲的遗志，消灭妖鳄，为民除害。他每天都努力地练习弓箭，终于也达到了能够百步穿杨的地步。他也想早一天去除掉妖鳄，但是母亲却不同意。畴儿十分奇怪，便问母亲是为什么。

雷铁匠的妻子拿出了当年道士送给铁匠的纸条，对儿子说："畴儿，当年你父亲临死的时候，要你记住'扬'、'石'这两个字，是有理由的。当年道长留给你父亲的纸条上，将'杨'写成了'扬'，我一直觉得奇怪。这些年，为娘想了又想，终于想明白了，道长之所以将'百步穿杨'的'杨'写成这个'扬'，是要告诉我们，不是要射静止不动的杨柳，而是要射飘扬摆动的柳枝。你爹当年没有明白这个意思，没练成这个功夫，所以才没能杀了鳄鱼精。"

畴儿听了母亲的话，迟疑了一下，说道："母亲，想要射中在风中飘扬的柳枝，可实在是太难了。"

母亲摇摇头，说："水滴石穿，只要有信心、肯努力，没有什么做不到的事！"

畴儿听从母亲的话，又苦练了十几年，终于能在任何恶劣的天气里，都能射中百步以外飘扬的柳枝了。一天，他看到家门口的一块大青石，被屋檐的水滴滴穿了。畴儿知道时候到了，于是准备好弓箭，来到当年他父亲射鳄的岩石上。妖鳄正在水中张牙舞爪、兴风作浪，一见畴儿，立刻张开血盆大口，扑了上去。畴儿不慌不忙，缓缓拉开弓箭，全神贯注地注视着鳄鱼精，乘妖鳄向他扑来的一刹那，他猛地拉开弓箭，用尽全身的力气，对准鳄鱼精的咽喉，把箭射了出去。鳄鱼精的咽喉被射穿了。只听它一声惨叫，摔进了湖里。湖水一片殷红，鳄鱼精在湖里挣扎了好一会儿，终于死去了。岸边的百姓们欢呼着，把畴儿抬了起来。

景星湖又恢复了曾经的美好与宁静，百姓们过上了幸福的生活。

瓷匠的女儿

景德镇是我国最有名的制瓷之地，景德镇的师傅们烧出来的瓷器，不但外形漂亮，还非常实用。很早以前，它就被定为给皇家烧制瓷器的御用窑厂。

有一年，紫禁城里的皇帝下了一道圣旨，要景德镇的制瓷师傅们给他烧一张龙凤花纹的瓷床，睡上去要冬暖夏凉，限期一年。如果到了一年还烧不出来，就要把景德镇上的人全都杀死。

景德镇的人个个都急得不行，几乎每一家窑厂都在试着烧瓷床。但每次做好的坯子，放到窑里一烧，就开裂了。烧一个，裂一个。日子一天一天地过去，转眼一年的期限已经过去了十个月，却还是没有人能烧出龙凤瓷床来。大家急得流出了眼泪。

忽然，一个年纪稍大的制瓷师傅想起了什么，他站起身来，对大家说，镇子里还有一位年岁很大的老师傅，是烧制瓷器的名家。据说他烧出来的瓷鸟会唱歌，烧出来的花朵会吐出芳香。我们去找一找他吧！

大家一听，又看到了一线希望。他们连忙跟着制瓷师傅，一起来到了老师傅的家里恳求他。老师傅默不作声地听大家讲完，转身把手一招，示意大家跟着他走。大家跟着老师傅走进后院，一看，后院满是龙凤瓷床的坯子和烧坏了的碎片。大家这才知道，原来老师傅也一直在烧制龙凤瓷床，可是也没有成功。大家看了看老师傅满是愁容的脸，也就没有再说什么，都走了。

夜里，老师傅一个人坐在院子里的台阶上，愣愣地望着龙凤瓷床的坯子和烧坏了的碎片，心里发愁极了。他整天茶不思饭不想，久而久之，身体变得越来越瘦。

老师傅有一个长得很漂亮的女儿，她见父亲每天都在发愁龙凤瓷床的事，心情也变得十分沉重。这天夜里，老师傅的女儿做了一个奇怪的梦，她正坐在窑边，一个白须白发的老人拍了拍她的肩膀，问她道："孩子，你想帮你爹把瓷床烧好吗？"

女孩子说："当然想！"

老人又说："我有办法，可以烧成龙凤瓷床，但你愿意牺牲自己吗？"

女孩子迟疑了一下，然后用力地点了点头，说道："没关系，只要能帮爹爹烧好瓷床，大家不被砍头，什么我都能牺牲！"

老人赞许地点了点头，把烧成龙凤瓷床的方法告诉了女孩。

第二天晚上，老师傅的女儿换上了一身崭新的衣服，打扮得漂漂亮亮的，走到老师傅面前，说："爹爹，您不用再发愁了，我有办法，能烧好龙凤瓷床！"

老师傅看了看女儿，说："孩子，你能有什么办法？快回房去吧。"

女孩说："爹爹，我真的有办法，您就相信我吧！您帮我把龙凤瓷床的坯子装进窑里去好吗？"

老师傅拗不过女儿，只好按她说的，把龙凤瓷床的坯子装进了窑。女孩问："爹，瓷床装进去了吗？"

老师傅说："装进去了，你看，窑里的火也烧起来了。"

女孩走到窑门口，仔细地看了看，回过身来，含着眼泪喊了一声："爹！"然后纵身一跳，投进了瓷窑的熊熊火焰里。

老师傅大惊失色，他立刻扑到窑门口，可女儿早已不见了。老师傅望着红红的窑火，哭得声嘶力竭。

老师傅的女儿用自己的生命烧成了龙凤瓷床。瓷床烧好了，床上雕的龙凤花纹，就像真的一样，漂亮极了。可老师傅望着瓷床，想起了自己的女儿，止不住地流下了眼泪。

景德镇上的人们感激女孩儿，就照着她的样子，在每家的窑门上都塑上了她的像，用来纪念她的善良。

月亮里的媳妇

很久很久以前，有一个媳妇，她不但长得漂亮，还非常能干。挑水、砍柴、打鱼、做饭，她都能做得很好。她的丈夫非常爱她，公公也经常夸赞她，但婆婆却很讨厌她，经常挑媳妇的毛病，斥责、打骂她。

有一次，儿子和他的父亲去海边打鱼，要过好几天才能回来。婆婆心想，这回我可要好好教训一下媳妇。她把媳妇叫来，对她说："屋子外面有十斤鱼，你给我晒十斤鱼干出来。"

媳妇看着鱼，犯了难。十斤鱼，最多只能晒出五斤鱼干来，十斤鱼干，怎么可能晒得出来呢？实在没办法，媳妇只好拿着渔网，自己去海里又打了几斤鱼，才算把这十斤鱼干凑齐。婆婆一看难不住媳妇，气坏了，对媳妇说："这次我给你一百斤鱼，你要晒出一百斤鱼干来！"这下，媳妇再也办不到了。于是婆婆就拿这个当借口，不给她饭吃，还打她骂她，媳妇心里难过极了。

一天下午，她提着水桶去江边打水，到了江边，她望着江水中自己的倒影，是那么瘦削、那么憔悴。想起自己以前还是姑娘的时候，脸庞圆圆的，就像红苹果一样，一双大眼睛，水灵极了。而现在呢，不但脸孔瘦削了，眼睛也凹陷了。她想着想着，再也忍不住了，就趴在江边，大声地哭了起来。眼泪落在江面上，连圆圆的月亮的影子也被打破了。

媳妇想，如果我能跑到月亮上去，该多好啊，至少在那里，不会有人打我、骂我。她这样想着，忍不住对着月亮，大声地喊道："月亮啊月亮，快来救救我吧，我实在是忍受不了了！"

这时候，她忽然看见江面上远远地飘过来一块布，停在了离她不远的地方。她有些好奇，就弯下腰去，把它捡了起来，随手搭在了肩上。她在江边又坐了一会儿，心想这样坐下去也不是办法，于是站起身来，提起水桶，准备往回走。没想到刚一站起来，肩头上的那块布就滑了下去，正好落在她的脚下。媳妇没留神，一下子踩在了上面。说时迟那时快，媳妇就像踩在了云彩上面一样，一下子飘了起来。媳妇吓了一大跳，她连忙抓住了身旁的一棵柳树，没想到脚下的布托着她越升越高，最后竟连柳树都被连根拔了出来。媳妇挑着水桶，拿着一棵柳树，在天空中越飞越高，最后一直飞到了月亮上，成了月亮里的媳妇了。

原来月亮神看到媳妇被婆婆这样欺负，十分可怜她，就扔了一块布下去，把媳妇接到月亮上去了。

婆婆见媳妇这么长时间都不回来，出门去找她。可她一直走到江边，也没有看见媳妇的影子。这时，她看见江边原来的那棵柳树不见了，正在奇怪的时候，她抬头一看，结果看见一个女子挑着两个水桶、抓着一棵柳树，正在天空中飞呢。婆婆定睛一看，正是自己的儿媳妇。她吓了一大跳，连忙跑回家里去了。

儿子和父亲打渔回来，不见了媳妇的踪影，就问母亲，媳妇到哪里去了。婆婆骗他说："你媳妇不听我的话，我骂了她几句，她就跑去江边，跳江淹死了。"小伙子一听，伤心极了，和母亲大吵了一架，跑出了家门。

小伙子跑到了江边，坐在岸边，望着江水发呆。忽然，他看到月亮里面好像有个人影，仔细一看，不正是自己的妻子吗？他连忙抬起头看，望向天空中的月亮，果然，里面的人正是他的妻子。妻子双眼含着泪水，正用哀怨的眼神望着他。媳妇虽然逃脱了恶婆婆的欺负，但是却永远都没法再回到地上去了。

三王墓的来历

春秋时有一个国家叫做楚国，楚国居住着一对年轻的夫妇。丈夫叫作干将，妻子叫作莫邪，他们都是铸剑的高手。他们隐居在楚国的一个小山村里，过着宁静的生活。

有一天，楚王听说了他们的名声，就召干将前来，命令他为自己铸造一双最好的宝剑。干将和莫邪不敢抗命，只好精雕细琢、日夜赶工，花了三年的工夫，终于铸造出了一对锋利无比的雌雄宝剑。可是干将明白楚王的脾气，如果让他得到了这两把举世无双的宝剑，一定会把铸剑的人杀掉，免得将来再铸出更好的剑来。

交剑的日子到了，临行时，干将对已经有孕在身的妻子莫邪说："我们费尽心力，铸造出这两把宝剑，楚王得到它们，一定会把铸剑的人杀掉。我这一去，怕是回不来了。我把雄剑藏起来了，如果生的是男孩，等他长大以后，就告诉他，出门以后向南望，有一座南山，山上有一棵长在石头上的松树，剑就在树的背后。"

干将带着雌剑去见楚王，楚王得到宝剑，果然下令让士兵把干将杀死了。

莫邪在家中等了好几天，干将也没有回来。她心里明白，干将一定是被楚王杀害了。不久，莫邪生了一个男孩，取名赤鼻。十多年后，赤鼻长大了，成了一个身材高大健壮的小伙子。一天，他问莫邪："娘，我的父亲在哪里？我怎么从来没有听您提起过？"莫邪流下了眼泪，她把儿子叫到身前，将他父亲的遭遇告诉了他。赤鼻听了，悲愤极了，他流着眼泪对母亲说："您放心，我一定杀死楚王，为父亲报仇！"莫邪又说："你父亲临走的时候，要我告诉你，南山上有一棵老松树，背后藏着一把可以对付楚王的剑。你去把它取出来吧。"

赤鼻走出家门，向南望去，可是并没有看见山，正在疑惑的时候，他忽然看见自家院子里有一根松木柱子，下面垫了一块石头。赤鼻连忙把石头搬开，用斧头把松木柱子劈开，果然在它的后面，藏着一把锋利无比的宝剑。从此，赤鼻日以继夜地努力练剑，心中盘算着替父报仇的计划。

就在赤鼻加紧练剑的同时，王宫里的楚王接连几天做了一个怪梦。他梦见有一个眉宇极宽、气宇轩昂的少年，手提一把宝剑，口中喊着"我要为我的父亲报仇！"向他冲了过来。楚王吓得浑身直冒冷汗，顿时醒了过来。他越想越觉得害怕，就让大臣们四处张贴布告，以重金悬赏，买这个少年的头颅。

赤鼻听到这个消息，连忙跑到深山里躲藏了起来。他心里悲伤极了，一边走，一边忍不住唱起了悲伤的歌。这时，迎面走来了一个少年，他见赤鼻这个样子，便问道："你怎么了？为什么如此悲伤？"赤鼻就将自己的遭遇告诉了少年。少年听了，非常同情，他迟疑了一下，对赤鼻说："我可以帮你报仇，不过，我要借你身上的一样东西，才能达到目标。"赤鼻连忙问："是什么东西？"少年说："就是你的头颅。楚王现在正以千金买你的头，你只要把你的头和宝剑借给我，我带着你的头去请赏，就能够见到楚王，趁机杀死他。"

赤鼻听了，哈哈大笑，说："不过是头颅而已，只要能报仇，有什么是我舍弃不了的！"说完，就提起宝剑，自杀身亡。

少年带着赤鼻的头颅和雌雄宝剑中的雄剑，来到王宫，求见楚王。楚王见赤鼻的头颅和自己梦中所见的一模一样，高兴极了。这时，少年又说道："大王，这是一个勇士的头，最好把它放在锅里煮烂，他的鬼魂就不会来伤害你了。"

楚王听了，觉得很有道理，就命人架起大锅，倒进水，在下面燃起大火，把赤鼻的头扔了进去。可是煮了三天三夜，赤鼻的头却不烂。少年对楚王说："大王，这个人的头颅怎么也煮不烂，要是大王您能亲自去看一看，也许就能煮烂了。"

楚王见赤鼻的头怎么也不烂，心里也有些着急。听少年这样说，他就亲自走到了大锅旁边，伸出脑袋，向里看去。这时，少年趁机拔出宝剑，用力一挥，将楚王的头砍了下来，落在了大锅里。不等士兵们上来抓他，他用宝剑一挥，把自己的头也砍了下来，跌进锅里。三颗头颅在大锅里不停地咬来咬去，没一会儿，就全都煮烂了。再也辨认不出哪个是楚王的头，哪个是赤鼻的头。王后没有办法，只得让人将这三颗头颅葬在了一起，后人称它为"三王墓"。

公主与樵夫

古时候，南方有一个国家，叫做南诏。南诏国里有一位公主，她长得美丽动人，清秀文静，但她的性格却十分活泼好动。她经常带着侍女，穿上老百姓的衣服，偷偷地离开王宫，到都城附近游玩。

这天阳光明媚、微风吹拂，公主在王宫的院子里，看到青草都已经冒出了新芽，花树也已经长出了花苞，她心想，现在外面一定已经是草长莺飞，风景宜人。于是，公主就换上平时穿的便装，带着几个侍女，出了王宫，走到都城附近的一座凤凰桥上去了。她在桥上碰到了一个年轻的樵夫，两个人彼此望了望，互相都十分有好感。后来，公主就每天都到桥上去见樵夫，久而久之，两人都互生情愫。

但是这时，南诏王见女儿每天都不在宫中，十分奇怪，便找来一个公主身边的侍女，一问，才知道女儿喜欢上了一个樵夫。南诏王非常生气，他立刻将公主许配给了自己身边的一个大臣，命令他们三天之内就要成婚。

公主怎么也不肯答应。她用尽了办法，也没能让南诏王收回成命。眼看实在没有办法，公主决心逃婚。一天夜里，她趁着看守的人不觉，偷偷骑上了一匹马，跑到了凤凰桥上，找到樵夫，对他诉说了自己的遭遇，然后说："我早已下定决心，此生非你不嫁，你愿意娶我吗？"

樵夫十分感动，对公主说："我也早已喜欢上了你。但因为你是公主，所以一直不敢开口。你放心，我一定会保护你。我现在就带你到我家里去！"

说完，樵夫背起公主，向前跑了几步。忽然，他的双臂之下生出了一对翅膀，扑扇了两下，就飞上了天空。公主这才知道，原来樵夫是个有异能的奇人。樵夫拍打着翅膀，背着公主，飞到了点苍山深处的一个山洞里。山洞在一个悬崖上，下面是万丈深渊，四周环绕着飘渺的云气。公主和樵夫就在这里结为了夫妻。

南诏王发现女儿不见了，就带着士兵，一路找到了点苍山脚下。但点苍山山高云深，又刚刚下过大雪，道路湿滑，积雪齐腰，士兵们根本无法上去，南诏王看到这种情况，没有办法，也只得回宫去了。

公主和樵夫从此在山洞里安安乐乐地住下了。樵夫凭着自己会飞的本领，经常下山去，带回粮食和其他一些用具。两个人的日子虽然清苦，但却十分快乐。但冬天的点苍山上实在是太冷了。尽管樵夫在山洞里生起了火，但自小身体柔弱的公主还是冻得浑身发抖。樵夫心疼极了，他想来想去，想起在点苍山附近罗荃寺的罗荃长老那里，有一件镇山宝衣，他决定把这件衣服偷回来，给公主御寒。

公主听了，十分高兴，但她想了想，又有些担心，临别的时候，她对樵夫说："既然是人家的东西，千万要小心，不要强求！"

樵夫笑笑，说："你放心，我一定会小心的！"

樵夫拍动翅膀，一会儿就飞到了罗荃寺。他见罗荃长老不在，便从屋中拿了宝衣，飞了出来。谁知刚飞到洱海上空，樵夫远远地就看见有一个老者在空中站着。他定睛一看，正是罗荃长老。罗荃长老看到樵夫飞过来，说了一声作孽，举起禅杖，一下子就将樵夫打落了下去。樵夫摔落在罗荃寺下面的峡谷里面，变成了一头石骡子，再也动弹不了了。

公主在洞穴里等了很多天，却怎么也不见丈夫回来。她每天站在洞口，望呀望呀，久而久之，就在寒风和大雪中冻死了。

据说公主死后，变成了一朵白云，每天都在点苍山上飘荡，后来人们都把它称作望夫云。更加奇异的是，每次望夫云出现的时候，峡谷里的那头石骡子，就会呜呜地叫。

红梅图与香雪海

从前在苏州城里，有一个喜欢附庸风雅的大官，他花了很多钱、千方百计地弄到了一幅唐伯虎画的《红梅图》。到手以后，大官就把它当成宝贝一样，小心地锁在香樟木的箱子里，从来不肯轻易拿出来给人看。好好的一幅画，就这么在箱子里锁了十多年。

这一年，大官大摆筵席，庆祝自己六十岁的生日。很多亲朋好友都来庆贺。吃完饭以后，大家都知道大官有一幅名画《红梅图》，有人便撺掇大官，让他拿出来，给大家开开眼。

大官喝得醉醺醺的，又听到人们夸赞他收藏的《红梅图》，心里十分得意，于是叫一个手下人把装着《红梅图》的木箱拿来了。大官拿出钥匙，打开锁，小心翼翼地取出《红梅图》，挂在了厅堂的正中央。自己站到一旁，沾沾自喜，等着听客人的赞赏。

可等了半天，不但没听见客人的惊叹、羡慕，反而听见有的客人在冷笑。大官十分奇怪，连忙走过去一看，立刻目瞪口呆：好端端的一幅《红梅图》，因为被锁在木箱里，没有及时拿出来晾晒，天长日久，不但纸上有潮湿、虫蛀的痕迹，就连画上原本枝繁叶茂的红梅，也变得稀稀落落、歪歪斜斜，好像马上就要凋谢了一样。大官非常生气，一怒之下，就把画扯了下来，扔到外面去了。

那个时候，苏州城外有一座山，名叫邓尉山。邓尉山上，住着一个名叫梅老老的花农。他经常带着自己种植的鲜花，到苏州城里来售卖。大官扔掉《红梅图》的当夜，下了一场春雨，第二天清晨，梅老老进城卖花，正巧走过大官家门外的小巷。他走着走着，忽然觉得好像踩到了什么东西，低头一看，原来是一幅画。他连忙把画拾了起来，一看，上面画的是几枝梅花。画上还沾了不少泥水。梅老老把画捡起来，一边擦，一边说："挺好的画，真是可惜了，可惜了。"他把画拿回了自己家里，仔仔细细地用布把上面的泥水擦干净了，又放在太阳光底下晒了一阵，然后就挂在了自己家的黄泥墙上。

说来奇怪，这《红梅图》沾过泥、浸过水，又晒过阳光以后，居然重新活了过来，画上原本凋零了的梅花，竟然重新抽出了花苞，一朵一朵地又盛开了起来。梅老老看着这美丽的梅花，觉得越发心明眼亮，心情舒畅。他觉得画上红梅的枝条都修剪得十分好看，便把自己在邓尉山上种的梅树，也修剪成了画上的样子。梅树在梅老老的细心栽培和精心修剪下，变得越发漂亮。渐渐地，邓尉山上的梅花越种越多、越长越好，梅老老和他的梅花也越来越出名了。

名声传到苏州城里，开春时节，人们都争先恐后地来到邓尉山，欣赏梅花。大官听说了这件事，也坐着轿子，赶去山上凑热闹。他来到邓尉山，只见山上山下，屋前屋后，全都开满了梅花，有红色的，也有白色的，登高俯瞰，一片茫茫，梅林如海，梅花似雪，清香扑鼻。

大官被这美丽的景象深深地迷住了。他在山上信步闲行，不知不觉地，就走到了一个小屋旁边。他见屋边的红梅花修剪得十分特别，意趣横生，觉得种花的人一定是一位高手。于是便信手推开了屋门，走了进去。刚一进门，他就看见了黄泥墙上挂着的一幅画。他觉得这画十分面熟，便走上前去，仔细一看，才发现竟然是被自己扔出去的《红梅图》。而且画上原本残败凋零了的花朵，又重新开满了枝头。

大官又奇怪又生气，走上前去，一把就把画扯了下来。梅老老正好从外面回来，一看有人擅自闯进自己的家，还强抢自己最心爱的画，立刻就上前去，把画抢了回来。大官想把画重新据为己有，也不肯放开。两人你争我夺，谁也不肯松手。只听嘶拉一声，《红梅图》被撕成了两半。街坊四邻听到声音，连忙跑来，问清楚情况，劝了好半天，才把梅老老和大官给劝开了。

可是好端端的一幅《红梅图》已经损坏了，只剩下邓尉山上漫山遍野的梅花，越开越盛，每到冬末春初，梅花就会凌寒开放，舒展冷艳的姿色，倾吐清雅的馨香。康熙三十五年，江苏巡抚宋荦到此游览，触景生情，题下千古绝名的"香雪海"，被人们传诵至今，名扬天下。

真假新娘

很久很久以前，在一座大山的南北两面，分别住着两户人家。这一年，两家的媳妇都怀了孩子。她们非常高兴，就都上山去拜佛祈求保佑。回家的路上，两个媳妇碰到了一起，一问，才知道彼此的经历这么相似。两个女人越聊越投机，变得十分亲密。分手的时候，她们约定好：如果以后生下两个男孩，就让他们结拜为兄弟；如果是两个女孩，就成为姐妹；如果是一男一女，就让他们结为夫妻。

转眼几个月过去了。山南这家的媳妇生下了一个男孩，而山北的媳妇生下了一个女孩。小女孩长得十分漂亮，而且她一笑，地上就开出一朵雪白雪白的莲花来。两家听说了生的是一男一女这个消息，都非常高兴，约好以后孩子们长大了，就让他们结成夫妇。

但没想到，几年以后，小女孩的母亲得了不治之症。临终之前，她叫来丈夫，对他说："一定要把我们的女儿抚养成人，让她嫁给山南那家的小伙子。"她又拿出一串珍珠项链，系在了女儿的脖子上，嘱咐她无论什么时候，也不要摘下来。说完，就去世了。

不久，小姑娘的父亲又娶了一个女人做妻子。那个女人还带来了一个比小姑娘小一点的女孩子。继母心肠十分狠毒，经常虐待小姑娘。

日子一天天地过去，一晃，两个孩子都长大了。小男孩长成了一个聪明健壮的小伙子，小女孩也成为标致美丽的大姑娘了。这天，男方家便派了一个媒人到女方家来求亲。这是两家早已约定好的事情，所以姑娘的父亲自然欣然同意了。但这个时候，继母听说男方家很有钱，就起了歹心，想让自己的女儿嫁过去。成亲这天，她一反常态，亲自送大女儿去成亲。走到山下的一个湖泊旁的时候，继母假装惊讶地喊了一声："哎呀，你看你的脸上，怎么有一大块灰呢，你快到湖边去洗洗吧！"

姑娘听了，连忙跑到湖边，洗了起来。就在这时，继母伸出手，一把夺过了她的项链，用力把她推进了湖里，把她淹死了。

继母让自己的女儿戴上了珍珠项链，又给她穿上了自己事先准备好的新衣，把她送到男方家，和小伙子成了亲。

湖的旁边，住着一户人家，是一个老头儿和他的妻子。一天傍晚，老婆婆到湖边打水，看见水里长出一棵树来，树上结满了美丽的珍珠。老婆婆惊讶极了，她连忙叫来老头儿，把珍珠树拔了起来，弄回了家。

过了一会儿，珍珠树忽然轻轻地活动了起来，它轻轻一摇，竟然变成了一个美丽的姑娘。老头儿和他的妻子吓得坐在地上直发抖。姑娘把他们搀扶起来，对他们说："老爷爷、老奶奶，不要害怕，我不是妖怪，是山南那户人家的新娘，我的继母害死了我，把我的项链戴在了她女儿的脖子上，冒充我嫁了过去。现在那个女孩正在睡觉，珍珠项链离开了她的脖子，我才能变成人。天一亮，她戴上项链，我就又要变成树了。"

两个老人听了，都非常同情姑娘，便说："姑娘，别着急，我们替你把项链找回来。"

姑娘听了，深深一拜，感谢两位老人。她站在屋子当中，轻轻一笑，"叮当"一声，屋子里顿时开出一朵雪白的莲花来，它浑身就像白玉雕成的那样，晶莹透亮，美丽极了。

姑娘摘下莲花，交给老头儿，说："您明天拿着这朵花，去山南那户人家家里，卖给那位小伙子。如果他问多少钱，就说要卖一百个金币。"

第二天，老头儿拿着莲花，来到山南人家的窗户底下，一边走，一边喊："卖莲花啦！卖莲花啦！"一个青年推开窗户，看到了那朵莲花，立刻就被它的美丽吸引住了。他心想，都说自己的妻子一笑起来，地上就会开出一朵白莲花，但从昨天开始，她就一直在笑，可是为什么一朵莲花也没开出来呢？而这朵莲花这么漂亮，又是从哪儿来的呢？于是，青年叫住了老头儿，用一百枚金币，买下了这朵莲花。

一连好几天，老头儿都拿着莲花，到青年家叫卖。青年也每次都买了下来。这天，老头儿又来了。青年准备好一百个金币，向老头儿买莲花。老头儿摇摇头，说："这次我不要金币，我要一副珍珠项链。"青年一想，自己的那个妻子不正好有一副珍珠项链吗？就回屋拿了来，交给了老头儿。

老头儿拿着项链，急忙赶回家，把项链挂在了珍珠树上。只见树枝轻轻摆动了几下，就变成了一个美丽的姑娘。偷偷跟着老头儿回到家里的青年，看到这个情景，被吓得浑身发抖。

这时，姑娘走到他面前，对他说："不要害怕，我才是你真正的新娘啊。"她把自己的遭遇一五一十地告诉了青年。青年听完之后，又高兴又生气。高兴的是自己终于找到了自己真正的妻子，生气的是继母的心肠竟如此狠毒。青年拉起姑娘的手，对她说："从今以后，我再也不会让你受到一点伤害了。"姑娘望着青年，羞涩地笑了，笑声像银铃一样，使屋里到处都开满了雪白的莲花。

过了几天，继母得意地来看自己的女儿。青年看到她，便冲屋里喊道："夫人，快出来倒茶！"姑娘一挑帘子，走了出来。继母一看，竟然是被自己害死的大女儿，吓得魂不附体。青年怒斥道："你这妇人真是蛇蝎心肠，快点带着你的女儿走吧，永远也别再到这儿来！"

继母带着她自己的女儿，灰溜溜地回到了家，丈夫听说了她做的丑事，也关上了门，不让她进来。继母和她的女儿只好走了。从此，青年和他真正的新娘过上了幸福的生活。

俞伯牙与钟子期

春秋时候，晋国有一个叫俞伯牙的人，他是当时著名的琴师，善弹七弦琴。传说他弹琴的时候，连马儿都会陶醉其中，可见他技艺的高超。俞伯牙少年的时候，曾经跟随当时最著名的琴师成连学习琴艺。但伯牙跟随他学了三年的琴，却没有太大的长进。成连说："伯牙啊，做老师的只能教你弹琴的技艺，却不能教你领会琴艺的真谛。你到东海边去，找我的老师万子春，让他指点指点你吧。"

可伯牙到了东海，并没有见到万子春，他只看见了无边无涯的大海、汹涌的波涛和深密的山林。他站在海边的一块岩石上，闭上眼睛，听到四周传来无数奇妙的声音：波涛怒吼、林鸟悲啼。一股悲凉浩森的心绪充斥了他的整个心胸，伯牙顿时觉得豁然开朗。他连忙取出琴，坐在海边，弹了起来。自然的美妙融入了他的琴声，他创作出了《水仙操》。

俞伯牙终于体会到了琴艺的真谛，创作出了传世的乐曲，成为了一名杰出的琴师。但是，能够真正听懂他琴声的人却并不多。俞伯牙为此时常觉得十分寂寞。这一年，伯牙奉晋王之命，出使楚国。八月十五这天，他乘船来到了汉阳江口。因为遇到了风浪，所以停泊在了一座小山下面。晚上，风浪渐渐平息了下来。云开月出，清风缓缓地吹拂着他的衣袖。

俞伯牙望着天上皎洁的明月，不由琴兴大发，取出随身携带的瑶琴，忘情地弹了起来。正当他沉醉在琴声当中的时候，忽然听到岸上有人叫绝。伯牙闻声，走了出来，看到一个樵夫站在岸边。伯牙将他请上船来，樵夫说自己名叫钟子期，是被伯牙的琴声吸引而来的。伯牙听了，很高兴，就坐下来，弹了几首曲子。他弹琴的时候，心里想着高山，子期听了一会，说道："好啊！这琴声雄壮高峻，好像高耸入云的泰山一样！"伯牙心里想着流水，子期说："好啊！浩浩荡荡，如同滚滚的江河！"伯牙兴奋极了，他激动地说："先生，您真是我的知音啊！"两人喝酒谈天，越聊越投机，成了非常好的朋友。二人约好，来年的中秋，再到这里来相会。

第二年，伯牙如约来到了汉阳江口，可是他等啊等啊，怎么也不见钟子期的身影。后来，他向一位老人打听，老人告诉他，钟子期已经不幸因病去世了。伯牙悲痛欲绝，他来到钟子期的墓前，弹起了一首凄楚之极的曲子。弹罢，他悲伤地说："我唯一的知音已经不在人世了，这琴还弹给谁听呢？"说完，他挑断琴弦，长叹一声，把心爱的瑶琴在青石上摔碎了。

后人被伯牙和子期之间的情谊所感动，特意在他们相遇的地方，筑起了一座古琴台。这正是：摔碎瑶琴凤尾寒，子期不在对谁弹！春风满面皆朋友，欲觅知音难上难。

聚宝盆

很久很久以前，有一个小村子。一天，有一户人家推着破车、带着瓦罐，来到了这个小村子里。这家里一共四口人，丈夫叫华良，妻子叫梁花，他们已经有了两个儿子，大的四岁，名叫华龙，小的两岁，名叫华虎。梁花又怀了身孕，很快就要生下第三个孩子了。但因为老家山东闹了灾荒，没有办法，才逃到了这里来。

到了村子里，夫妻俩找了一个破庙，安顿了下来。这间破庙原本是一个财神庙，但因为很长时间没有人来拜祭，日久天长，变得又脏又破、乱得不行。夫妻俩又扫又洗，一连干了两天，才把小庙收拾出了个样子来。梁花见财神爷的像东倒西歪、满是灰尘，还特意用水擦净了神台、神像，将财神爷重新立好，拉着丈夫一起，恭恭敬敬地拜了又拜，祈求财神爷保佑一家人平安。

后来，华良到村子里一位姓潘的财主家里，找了一个耕地种粮的活儿，成了潘家的伙计。梁花会做面食，就在自家门口支了个小摊子，每天在屋里擀好面条，然后拿出去卖。大家都觉得梁花做的面好吃，纷纷来买，一家人的日子渐渐好了起来。而财神庙因为来买面的人多了，一来二去，也便有了些香火。

一天夜里，华良睡着觉，忽然做了一个奇怪的梦。他梦见他在耕田的时候，挖出来一个大瓦盆，他刚捡起来，就看见迎面走过来一个白胡子老头。老头走到他面前，对他说，这是一个宝盆，放一粒米，就能变成一盆。用得好，一家人都能过上好日子；用得不好，就会家破人亡。说完，老头就离开了。

华良原本以为这只是个梦，但没想到第二天他扛着锄头去耕田，一锄头下去，竟然真的挖出一个大瓦盆来。华良吓了一跳，连忙把它捡了起来，走回了家。他把事情给梁花讲了一遍，又把瓦盆拿出来，给梁花看。梁花半信半疑地接过宝盆，抓了一把黄豆，放进盆里，只见盆里升起一阵白雾，白雾散去，居然变出了满满一盆黄豆。夫妻俩又惊又喜。华良拿过桌上的一枚铜钱，就要往盆里搁，却被梁花拦住了。华良说："怎么啦？"梁花想了想，说："你梦里的那个老头儿对你说，如果用不好，就会家破人亡。我们要靠辛苦和勤劳吃饭，不能靠这个投机取巧、不劳而获。"华良想了想，觉得妻子说得也有道理。从此，大瓦盆除了每天和面以外，不放任何东西。

华良仍旧每天去耕地，梁花也还开她的面食摊。不过他们不用再买面粉了。每天卖完面条，只要抓把面粉放进盆里，第二天，就又是满满一盆面了。

但华良却没有死心。有一天，他趁梁花睡着了，偷偷地往盆里放了一个铜钱。第二天早上起来，梁花一看，竟然出现了满满一大盆铜钱。梁花非常生气，她把华良拽过来，问他："是钱重要，还是我和儿子们重要？"华良知道自己错了，低下了头。梁花又说："这钱，我们就用来修缮财神庙，再给财神爷塑个金身，一个子儿你也不许胡乱花！"

一晃又过去了好几年，梁花和华良靠着卖面食，赚了不少钱。他们在财神庙旁边盖起了三间大瓦房。这年，发生了大旱，田里颗粒无收，饿死了很多人。梁花和华良商量，发放馒头，救济灾民。第二天，梁花蒸出一大锅馒头，拿出一个，放进聚宝盆里，一转眼，就变成了一盆。就这样一盆又一盆，没过多久，馒头就堆成了一座小山。华良和儿子在自家面食铺前面支了个摊子，免费向灾民们发放馒头。不一会儿，门前就排起了长队。人们一传十、十传百，都到华良家来领取馒头，大家都对华良和梁花夫妇感激不尽。

十几年过去了，华良和梁花都老了，他们的三个儿子华龙、华虎、华豹也都长大了。

华龙开了饭馆，华豹开了布店，华虎继承父业，耕地种田。一天，梁花生了重病，话都说不出来了。她觉得自己可能命不长久了，临终之前，她把华良叫到床边，指了指聚宝盆，又比划了几个手势，意思是说，大儿子有饭店，二儿子有田地，三儿子有布店，都能吃上饭，留着这个聚宝盆没有好处，应该把它埋进地里，免生祸端。可华良却没有明白梁花的意思，还以为她是说三个儿子都能吃上饭，这个盆就自己留着，谁也不给。

没多久，梁花就去世了。华良给三个儿子分了家，自己带着聚宝盆，跟二儿子一起住。老大华龙和老三华豹每人分得了不少银子，但老二华虎只分到了一些麦种。老大老三见老二只分到了那么少的一点东西还很高兴，心里十分疑惑。兄弟俩找到父亲，一问之下，才知道父亲有个聚宝盆。兄弟俩乐坏了，连忙把宝盆抢了过来。老大老三心想，这下可要发财了。只有老二觉得，不劳而获不但不是好事，反而还会招来祸端。于是老大和老三约定好，每人轮着用一天。

老大把聚宝盆抱回了家，连忙把一锭银子放进了盆里，马上就变成了一盆；倒出来，留下一锭，不一会儿，就又是一盆。老大夫妻就这样一盆一盆地倒着，银子越来越多，整个屋子都堆满了，可他们还在不停地变。忽然，只听轰地一声，墙被银子压垮了，夫妻俩都被压在了底下。

华良和老二老三得知消息，连忙赶来，在废墟里扒着。老二和华良是想要救人，老三想的却是要找到聚宝盆。可是扒了半天，他们什么也没找到。老二和华良没找到老大，老三也没找到聚宝盆。废墟里也没有银子，只有一块一块的大石头。

流米泉的传说

流米泉实际上指的是长城五道关下的一个土洞，因为洞里流出过大米，就被人们称为流米泉了。说不清是何年月，长城附近闹饥荒，百姓生活在水深火热之中，没有粮食吃，只好靠挖野菜充饥。

长城脚下土壤肥沃，野菜也比别处的多一些。一天早上，一个老实的农夫到这里挖野菜，发现野菜很多，非常高兴，就一路沿着长城脚下寻找开去。到了中午，太阳很毒，农夫也很累了，就靠在一个小土堆上休息。太阳照在大地上，反射着强烈的光，晃得他不得不闭上眼睛。当他再次睁开眼，阳光已经不是很刺眼了，他想是回家的时候了。正想站起来，发现不远处有一摊白花花的东西。农夫以为是自己的眼睛花了，揉了揉再次睁开的时候，那摊白色的东西更加真实了。他不禁走上前去，发现竟是大米，而它们从一个碗口大的洞里流出来。农夫高兴得不知如何是好，紧忙把上衣的前襟扯下来，兜起地上的米，发现刚好够自己一天的口粮。晚上农夫一家吃得很满足，吃完饭就跪在地上磕头，感谢观音菩萨显灵。第二天，他抱着试试看的心态，再次走到了长城脚下那个洞旁。让他惊奇的是，洞里又流出米来，并且流的不多也不少，总是够他们一家吃上一天。这样子过了一段时间，农夫一家渐渐精神起来。

农夫每天的行踪被他邻家的一个懒汉看在眼里。于是一天傍晚，他偷偷趴在农夫家的窗外看，发现他们一家在吃大米，不禁口水流了半衣衫。第二天，懒汉便向农夫打听米的来处，农夫是个老实人，就一五一十地告诉了他。懒汉一听，高兴了，就依照农夫描述的地址，找到了流米洞。流出的米不多不少，也够他家吃上一天。

过了几天这样的幸福日子，懒汉打起了歪主意。他想，要是能够一次取上更多的米该有多好呀，这样就可以省下走路的力气和时间了。于是在一天下午，他拿上凿洞的工具，又向山上的采石人要了一些炸药，气喘吁吁得来到了流米洞。他先用工具凿洞，企图开个更大的口，流出更多的米。但是忙到快天黑了，洞口依旧，没见变得多大。于是他埋好炸药，打算炸洞。点上火后，只听砰的一声巨响，洞口的土一下子都坍塌了，洞成了个大黑窟窿，一个米粒都流不出来了。懒汉看到这个情况，目瞪口呆，像傻了一样瘫在那里。后来村子里的人知道了懒汉的行为，都骂他造孽，而关于这个洞的故事就在人们中间流传开来。还有文人给这个洞起了个好听的名字，叫"流米泉"。

实际上，洞能流出米和秦始皇筑长城有些关系。据说，当时筑长城，秦始皇到处征米，用米汤和的石灰筑成了城墙。后来由于征的米用不完，于是就填在了城墙里。日子久了，城墙被风化，就有一部分米从墙洞里流出来了。

孝子卧冰

晋朝时有一个名叫王祥的人，他很小的时候就失去了母亲，跟着父亲一起过日子。后来，父亲又娶了一个姓朱的女人。继母对王祥非常不好，总是在王祥的父亲面前说他的坏话。还总趁着丈夫不在，虐待王祥。

有一年，天寒地冻，北风凛冽。王祥从山上打柴回来，顶着大风，好不容易才回到家。他觉得头疼发热，浑身一点力气都没有。刚一进门，他就倒在床上了。

他才刚躺下，就看见继母朱氏走了进来，一看他躺在床上，就立刻怒喝了一声："王祥，你还在这儿偷懒，快起来，给我和你父亲把炕烧热！"

王祥忍着头晕，好容易才从床上起来，说："母亲，我今天身体很难受，能不能……"

"你难受什么！上山砍了点柴就受不了了？快起来给我干活！"还没等王祥说完，继母就大喊起来，打断了他的话。

王祥只好强打起精神，走到继母和父亲的屋子里，一点一点地添柴烧炕。

过了一会儿，王祥的父亲回来了，继母立刻走过去，对他说："相公，可不得了啦，我今天让祥儿干活，他不但慢吞吞的，还敢跟我顶嘴哩！"

父亲一听，立刻大发雷霆，他叫来王祥，不管三七二十一，就把他训斥了一顿。王祥委屈极了，但他知道自己解释父亲也听不进去，只好退了出去。

没过多久，继母朱氏生了重病，郎中来看过以后，说一定要喝到鲜鲤鱼汤，病才能好。可是这天寒地冻的，去哪儿买鲤鱼呢？大家都在发愁。这时候，王祥想了一想，就一个人悄悄走出了家门。

王祥来到村子旁边的一条河上，河面上已经结了一层厚厚的冰。王祥想，这么厚的冰，根本就砸不开，再说，就算砸开了，鱼儿也早就吓跑了。怎么才能抓到鲤鱼呢？他想了想，然后一下子脱掉了棉衣，躺在了冰面上，要用自己的体温把冰融化。

但冰面上实在是太冷了，王祥躺在那儿，没一会儿就失去了知觉。恍恍惚惚之间，他觉得自己的身体忽然变得很轻，轻得像云彩一样，缓缓地飞了起来。渐渐地，他飞到了一个不知是哪儿的地方，这里山清水秀，风和日丽。一位白须白发的老翁，手里拿着一根鱼竿，正在一个湖泊边钓鱼。王祥走了过去，刚想开口问老翁这是什么地方，只见老人把食指放在嘴上，轻轻一"嘘"，王祥明白，静静地坐在了老翁旁边。他向湖里一看，只见水里游着几十条鲜红鲜红的大鲤鱼。老翁一提鱼竿，把其中两条钓了上来，递给王祥，说："快回家吧。"

王祥心里奇怪，但还是接过了红鲤鱼，谢过了老人。他睁开眼睛，发现自己仍旧躺在冰上，冰还没有被融化。他正在奇怪刚才做的梦，忽听喀嚓一声，他起身一看，自己身下的冰竟然裂开了一大块，"啪"地一下，两条活蹦乱跳的红鲤鱼，一下子跳到了他的手上。这两条鱼和刚才他做梦时所见到的一模一样。

王祥知道自己遇到仙人了，他连忙跪在冰上，喊道："谢谢仙人！"然后高高兴兴地提着鲤鱼回到家去了。

王祥的父亲和继母还以为王祥自己跑出去玩了，正在屋里责骂他。这时，王祥从屋外走了进来，高兴地对父亲说："父亲，有鱼了！有鱼了！"父亲很奇怪，问道："这鱼是从哪儿来的？"王祥就对父亲说了一遍自己得到鱼的经过。父亲和继母都非常感动，尤其是那继母，她羞愧极了，拉着王祥的手，对他说："好孩子，都是我不好，以前是我对你太过分了，今后我一定好好待你。"

王祥、父亲和继母三个人拥抱在一起，脸上都绽放出了灿烂的笑容。

人鱼姑娘

很久以前，东海边上有个渔村，村子里的人们都是靠着出海捕鱼为生。但是大海的脾气很难琢磨，很多人驾船出海后就再也没有回来。村子里有一对老夫妇，家里只有一个女儿叫做采苹。采苹不仅长得美丽，而且心灵手巧、善解人意。她从小就跟着父亲出海打渔，跟着母亲学习织网补网，一家三口的日子过得平静幸福。

一天，采苹到海边捡莼菜和紫菜。海面上突然刮起了狂风，卷起阵阵海浪拍打在岸上，采苹连忙背起竹筐往回走。突然，浪尖上出现了一个身穿铠甲，头上长着犄角、圆眼扁鼻的怪物！采苹连忙躲到了礁石的后面，但还是被那个怪物看到了。只见他从浪尖上跳下来，径直走到采苹的身边。采苹吓得不敢正眼看他。那怪物看到采苹的样子，哈哈大笑起来，说道："采苹姑娘，我是这东海龙宫的三太子。我时常见到你在海边捡莼菜，真是白费了你的美貌。不如跟我回龙宫吧！你要是做了我的妻子，我保你以后过得舒舒服服的！"

采苹听了这话，心里顿时升起一股怒火。她勇敢地站起身来，大声地对三太子说道："我只是一个普通的渔家女子，实在配不上你龙宫三太子的身份，请您不要为难我！"三太子听了采苹的这番话，顿时变了脸。他瞪起圆眼，恶狠狠地说道："好啊，你这个不识趣的女子，我三太子这样低声下气地来求你，你竟然敢拒绝我！哼哼，你一定会后悔的！"说着，三太子对着大海挥了挥手，顿时一股巨浪向着岸边拍了过来，采苹回头一看，自己住的村子已经被大浪吞没了！房屋被冲毁了，村子里的人们也消失在海水中。采苹一把推开三太子，哭着向着村子的方向跑去。三太子追上采苹，抓住她的手腕，大声问道："我再问你一次，你愿不愿意嫁给我做妻子？"

采苹眼看着渔村被淹，心中只有懊悔和愤怒。她哭着喊道："你杀死了我的父母，还有村子里的人们，我死也不会依从你的！"

三太子火冒三丈，下令要彻底毁灭那个海边的渔村。大浪一个接一个地冲向渔村，采苹的心里像刀绞一样痛。三太子将采苹拖到了龙宫里，将她关进了冰冷的珊瑚宫里。三太子每天都来问她是否改变心意，而采苹每天都以泪洗面，一句话也不说。最后，三太子终于失去了耐性，他将采苹关进了专门提炼鱼膏的熔炉里。那熔炉里面满是鱼儿的尸体和白色的鱼膏，那里面的热气烤得采苹晕了过去。

过了好久，采苹醒了过来。难道我没有死吗？采苹心里充满了疑惑，她不知道三太子到底是在耍什么花招。她正想站起来看个究竟，却发现自己的双腿不见了！自己的身下只有一条鱼尾巴了！采苹这才明白，三太子是要她永远受折磨，永远不让她回到陆地上了！

悲愤的采苹撞开熔炉的大门，径直游到了龙宫的大殿。龙王和三太子他们正在殿上吃喝谈笑呢，采苹像疯了似的扑向三太子，雨点般的拳头落在三太子的脸上，把他打得鼻青脸肿，众人怎么也拦不住。最后，采苹被虾兵蟹将们赶出了龙宫，她只得在茫茫大海里流浪。

悲伤的采苹游到了海面上，皎洁的月亮挂在天上，照着她寻找回乡的路。采苹跃到了岸边的礁石上，曾经的渔村现在已经是一片汪洋，采苹的父母和乡亲们一定已经不在人世了。就算是他们还在，自己这副样子也没有办法再和他们相见了。一想到这些，采苹的眼泪就不住往下掉。神奇的是，她流下的眼泪变成了一颗颗美丽的珍珠，洒落在大海里，就像是天上的星星。这时，从海底游来了两位仙女，她们来到采苹的身边，说道："采苹姑娘啊，你不要这么伤心。我们知道恢复人身的办法！"

采苹抬起头，只见身旁站着两位仙女。她们一个穿着紫色的衣服，一个穿着绿色的衣服，正微笑着看着她呢。"你们是谁？"采苹问道。

"我是紫菜仙子。"紫衣姑娘说道。

"我是莼菜仙子。"绿衣姑娘说道，"我们很久以前就认识你了。你总是把我们从沙子里捡出来洗干净。所以我们姐妹很是喜欢你呢！"

"啊，原来是这样！"采苹急切地问道，"两位好姐姐，请问我要怎么样才能恢复人身呢？"

"说难也难，说简单也简单。"紫菜仙子说道，"只要收集到一瓶蚌乳，和一瓶百花的花露，两瓶融合在一起，浇在鱼尾上，你就可以恢复人身了！"

"太好了！"采苹终于又露出了笑容，但是笑容转瞬即逝，愁云又爬上眉头，"海里的蚌乳可以收集，地上的花露要怎么收集呢？"

紫菜仙子和莼菜仙子也低下了头，三个人在海边商量了好久，最终决定在海里收集蚌乳，另一瓶花露只能另想办法。最终，采苹和两位仙子回到大海，从东海游到了南海，尽力地收集着蚌乳。每到月朗星稀的夜里，采苹都会浮出海面，望着明月流泪。

又是一个月明星稀的夜晚，采苹依旧坐在礁石上流泪。突然，一个少年从岸边走了过来，大声问道："姑娘，你为什么哭得这么伤心呢？"

采苹抬起头看到少年，害怕自己的样子吓到他，想要跳到海里逃走。谁知那小伙子抓住采苹的手腕，问道："姑娘，你不要害怕，我是附近渔村里的渔民，叫做金珠子。听奶奶说在有月亮的晚上会有人鱼出现，所以才到海边来的。如果有冒犯你的地方，请你原谅。"

采苹见这小伙子不是坏人，便把事情的经过从头到尾地讲给了他听。

金珠子越听越气愤，骂道："那龙王太子实在是欺负人，要是让我抓到他，一定要扒他的皮，抽他的筋！"金珠子走到采苹的身边，说道："采苹姑娘，如果有什么我能够帮助你的，请一定要告诉我！"

"谢谢你啊，金珠子。"采苹心里很是感激这个年轻人，但是话到嘴边又咽了下去。

金珠子好像是看到了她的为难，恳切地说道："姑娘不要客气，有什么我能做的，我一定会帮你的！"

采苹见金珠子这样地诚心，便将收集百花花露的事情告诉了他。

"交给我吧！"金珠子坚定地说道，"不管有多么艰难，我一定会收集到一瓶百花花露的！"

就这样，采苹和紫菜仙子还有莼菜仙子在海底收集蚌乳，金珠子在地上收集花露。虽然那只白玉做的瓶子并不大，但是要将它盛满百花花露却并非易事。金珠子走遍大江南北，跨越高山大河，直到他的头发白了，腰也弯了，背也驼了，终于收集到了一瓶百花花露。

又是一个明月高照的夜晚，金珠子回到东海边上，大声地呼唤着采苹。采苹在紫菜、莼菜两位仙女的陪伴下浮出了海面。金珠子颤抖着双手，将蚌乳和花露一起倒在了采苹的鱼尾上，只见一道银光，采苹的鱼尾不见了，又变回了人腿！采苹和金珠子拥抱在一起。此时，采苹还是十几岁的模样，而金珠子却已经是一个白发苍苍的老人了。他用自己的一生时间去解救采苹，他已经很累了。采苹抱着金珠子，晶莹的泪珠滴在金珠子的苍老的脸上……霎时，金珠子又变成了年轻的样子，伴着大海的波涛和皎洁的明月，两人手牵手，告别了紫菜仙子和莼菜仙子，开始了新的生活……

天理良心的故事

很久以前，大山里生活着一对兄弟，大哥叫天理，小弟叫良心。兄弟俩的父母很早就去世了，弟弟良心是跟着哥哥长大的。天理与良心的关系原本非常好，但自从天理娶了一个心肠恶毒的妻子以后，就在妻子的挑唆下，开始讨厌起自己的弟弟了。

天理的妻子担心以后良心成了家，要分走家产，就给天理出个主意，逼着他害死弟弟。天理不忍心，但又害怕妻子，没办法，只能答应下来。

这天，天理和弟弟一起去砍柴，带着弟弟到了一个悬崖边上。天理假装一脚踩空，眼看就要滑下去，良心吓了一跳，连忙伸手去拉哥哥。不料天理趁着这个机会，用扁担一下子打在良心的头上，把他推下了悬崖。

良心再睁开眼的时候，发现自己正躺在一片茂密的树林下面。浑身虽然疼痛，但好在没受什么大伤。良心摸着头上的大包，才明白过来，原来是悬崖底下的这片树林救了他的命，让他不至于摔死。他回想起之前的事情，想起哥哥要害死自己，不禁痛哭起来。哭啊哭啊，不觉就到了半夜。冰冷的夜风吹了起来。良心站起身来，深一脚浅一脚地在树林里走着，好容易才找到了一间破庙。良心连忙走了进去，想歇口气。

谁知还没坐下，他就听见庙外传来了脚步声。良心连忙爬上庙里的横梁，躲了起来。

不一会儿，破庙里走进来三个妖精：一个是老虎精，一个是猴头精，还有一个白狗精。三个妖精在庙里坐了下来，互相称兄道弟，还讲起了各自的吃人经历。良心在梁上听着，害怕极了。这时，良心听见白狗精说："我最近发现了一件事，在旁边的那个村子里面，有三棵枫树，每一棵下面，都藏着一块青石板，三块青石板上分别写着金、银、水三个字，写着金字的青石板底下，全是金子；写着银的石板底下全是银子，写着水的石板底下是一股泉水。如果我们不是妖精的话，就可以去那儿，挖出金银，就发财了！只可惜我们是妖精，人们根本就不会让我们靠近那儿的！"说完，白狗精叹了口气。老虎精和猴头精听了，也觉得十分可惜，都叹起气来。这时候，远方的鸡打鸣了，天要亮了，三个妖精一听，连忙逃走了。

良心在横梁上面，听得一清二楚。天亮了以后，他就离开了破庙，向鸡叫声传来的方向走去。走了很久，良心来到了一片田地旁边，本来应该是一片绿油油的地里，却变得一片枯黄。他问了问，才知道这个村子已经好几个月没有下过一滴雨了。老百姓都急坏了。

良心又往前走了一段路，他抬头一看，发现前面不远的地方有三棵参天的大枫树，青枝绿叶，十分漂亮。树下跪满了前来拜神求雨的老百姓。良心一看，心想，这不正是白狗精说的那三棵大枫树吗？他连忙走上前去，走近一看，发现其中一棵枫树上还贴着一张告示，上面写着，当地一位好心的员外，特地贴出这个告示，只要有人能够让天下雨，或者能在附近找到水源的话，要金有金，要银有银，还要将自己的女儿嫁给他。

良心走上前去，伸手把告示揭了下来。旁边守着的家丁一看有人揭告示，连忙把他带到了员外家里。良心请员外准备好三张大锯，两个大筐，还有几把锄头，准备好之后，他就带着十个壮丁，来到了那三棵大枫树前面，吩咐壮丁们把树锯倒。但员外却不同意，很多村民也不答应，因为这三棵树是村子的风水树，把它们砍了，村子会有灾难。但也有很多人同意砍，因为如果再找不到水的话，全村的人都活不了了。一番争执之下，最后员外和其他村民也只得同意了。

几个壮丁拿出大锯，没一会儿，就把第一棵枫树锯倒了，树根底下，埋着一块写有"金"字的青石板。良心一见，命令谁也不许动这块板，开始挖第二棵树，挖了半天，挖出一块写着"银"字的青石板来，良心还是不让动。直到第三棵枫树也锯倒了，树根下面，挖出一块写着"水"字的青石板来。良心高兴极了，他让村民们退后几步，自己走上前去，用力一搬，把青石板打开了。一股泉水立刻喷涌出来。"水！找到水啦！"人们欣喜若狂，连忙拿来水盆和水桶，开始接水。泉水源源不断地流着，流进了田垄、滋润了麦苗，干涸的溪滩里又有了水，人们高兴极了，都说良心是上天派来救他们的。

几个壮丁又撬开了另外两块青石板，只见下面满满的都是金银。人们说，这金银理应归良心所有，良心却说，这金银是祖先们留给村民，让他们度过荒年用的，当场就把这些金银都分给了村民们。人们都对良心感激涕零。后来，员外的女儿听说了，非常佩服良心，员外便做主，将女儿嫁给了良心。

这件事一传十、十传百，传到了天理和他妻子的耳朵里。天理的老婆十分高兴，逼着天理带着自己和儿子去找良心分金银。他们走了三天三夜，来到员外家中。良心看见将自己推下悬崖的哥哥，本来不愿再理他们，但禁不住哥哥苦苦哀求，最终良心还是原谅了他。他把天理一家请进来，热情地招待了他们一天一夜。天理的老婆问良心是怎么知道枫树下有水的消息的，良心也一五一十地告诉了他们。第二天，天理和老婆就带着儿子告辞了。回到家以后，他们商量着按良心的方法，也去偷听妖精们说话，也要发大财。于是夫妻二人一起跳下了山崖，却再没上来。良心收养了天理的儿子，和妻子一起幸福地生活了一辈子。

苏三洗冤

明朝的时候，有一个长得很漂亮的姑娘，名叫苏三。苏三家里很穷，狠心的父母为了钱，将她卖到了妓院里。可怜的苏三叫天天不应，叫地地不灵，每天不但要洗衣做活，还要挨打受骂，只能天天以泪洗面。

日子一天一天地过去，苏三长大了，成了一个清秀美丽的姑娘。鸨母见她长得漂亮，就逼着她学习弹琴唱歌，在客人面前表演，还给她起了个艺名叫做"玉堂春"。苏三虽然不用再干粗活了，但却要忍受客人对她的侮辱，日子依然过得非常痛苦。

一天，苏三所在的妓院来了一位名叫王景隆的公子。他知书达礼、温和善良，长相又十分清秀俊朗。王公子一进大门，就看见了正在弹琴的苏三。苏三抬起头，也看见了他。两个人互相望了好久，彼此都含情脉脉。王公子认定这个美丽哀怨的姑娘就是自己的意中人。他上了楼，进了苏三的房间。两个人互诉衷肠，情投意合，就私下结成了夫妻。

王景隆与苏三住在一起，甜甜蜜蜜地过了好些日子。苏三深深地被王公子的人品学识所吸引，发誓一辈子跟着他，永不分离。但鸨母却把王景隆当成了一棵难得的摇钱树，每天都想尽了办法跟他要钱。王景隆身上的钱渐渐花光了，鸨母一看他没了钱，立刻就翻了脸，指使手下的人，把他打了一顿，轰出了妓院。苏三见王公子被打，哭得死去活来，想要追出去，和他在一起。但却被鸨母一把抓住，关了起来。没有办法，苏三只得托自己的丫环，把自己平时攒的几十两银子送给了王景隆，让他努力读书，上京赶考，等到金榜题名，成了官员，再来救自己脱离苦海。

王景隆被苏三的情深意重深深地感动了，他回到家里，刻苦读书，决心一定要考中状元，再来救苏三。可就在这个时候，苏三却被一个名叫沈燕林的山西商人看中了，想要娶她做妾。苏三自然是抵死不从。可黑心的鸨母为了赚钱，私下里收了沈燕林的钱，把苏三卖给了他。

苏三到了沈家，沈燕林对她十分宠爱，百般呵护。这就招致了沈燕林的原配妻子的妒忌。沈妻想来想去，想出了一条毒计。她在一碗面里下了毒药，然后又亲自端到苏三的屋里，假装给她赔罪，想让苏三把面吃下去，从而一命呜呼。

苏三端起面，刚要吃，沈燕林就从外面进来了。苏三见他风尘仆仆、十分劳累，就把面端过来，给沈燕林吃了。沈燕林刚吃了两口，立刻就觉得头晕目眩、浑身疼痛，不一会儿就死了。苏三吓坏了，她连忙叫人来帮忙。沈妻跑来一看，毒死的不是苏三，却是自己的丈夫。她又气又恼，便让人抓住苏三，硬说是她毒死了沈燕林。她又告到官府，昏庸的县官不问青红皂白，就派人把苏三抓了起来，定为死罪。县官命一个叫做崇公道的差官押她上京，等候处斩。

在押解途中，苏三向崇老差官讲述了自己的遭遇，老人非常同情苏三，最后还认了她作义女。但老差官没法改变苏三的判决，只好继续押着她走。

这时，王景隆已经凭着自己的才学考中了进士，成了山西巡按。他巡视到沈家所在的县衙，调阅卷宗，看到沈燕林被毒死的案子，觉得十分蹊跷，便决定亲自审问。他端坐在府衙的大堂之上，喝令一声："带案犯。"案犯被押了上来。王景隆觉得眼前的这个女子十分熟悉，下去一看，竟然是他日思夜想的苏三。原来王景隆做了官以后，立刻就去了妓院寻找苏三，可是却早已找不到她的身影了。一问之下，才知道苏三被鸨母卖给了一个商人。王景隆非常伤心，却也没有办法，只得独自上任，来到了山西。

苏三一见是王景隆，也是又惊又喜。两人百感交集，不禁抱头痛哭。苏三对王景隆讲述了自己的遭遇，诉说了自己的冤情。王景隆听了，说："你不要担心，我一定把这个案子查个水落石出！"

王景隆多方寻访，终于从沈妻的话中听出了一些端倪。于是，他命人把沈妻带来，仔细盘问。沈妻哪见过这种阵势，吓得浑身发抖。王景隆三问两问，她就说出了自己误杀了丈夫的实情。王景隆按律审判，判了沈妻死罪。苏三无罪释放，从此与王景隆过上了幸福的生活。

望娘滩的传说

传说在很久以前，四川灌县的岷江边住着很多渔民。其中有个叫做温朋的小伙子，父亲很早就去世了，他和母亲相依为命。温朋是个憨厚勤快的人，他每天靠打渔赚点小钱来养活母亲，娘儿俩的日子过得非常艰苦。

有一天，天色很暗，眼看就要下大雨了。温朋的母亲看到这样的天气，就让温朋不要出去打渔了。但是温朋见家里的米缸就要空了，根本不够他和母亲吃上一天的，于是安慰好母亲就走了。

小船行驶到江心，温朋就撒网下去。等他即将收网之时，发觉鱼网很沉，拉到船上非常困难。正在他使劲收网的时候，霎时乌云密布，电闪雷鸣，江面上还刮起了大风。温朋不知道进网的是什么东西，但是想到一定能卖个好价钱，这样他和母亲的吃饭问题就能解决了。想到这，他又加了把劲儿，一下子把网拉到了船上。说来奇怪，渔网刚一上船，天色就晴朗起来，温朋一看，拉上来的是一条金灿灿的大鲤鱼。温朋想到接下来几天，他和母亲的温饱问题肯定解决了，顿时高兴得大笑起来。正当他想把鱼捉进鱼篓里，鲤鱼突然说话了："我本是千年鱼精，来到这片江里游玩，今天遇到你也算有缘。如果你肯放了我，我将给你一件宝贝。"

温朋有点为难，他害怕自己的美好幻想成为泡影，就说："那好吧，我相信你，但是请你先把宝贝给我吧，我一定放了你。"大鱼就从口中突出一颗大明珠，让温朋接住，温朋见了很高兴，就将大鱼放回了水里。

温朋回到家，把明珠拿给母亲看，母亲觉得是好东西，又怕别人看到会抢走，就把它放到了米缸里。谁知等她下午做饭的时候，本来空空的缸里出现了满满一缸米。母亲高兴得合不拢嘴。她又把明珠放到快空了的钱袋里，钱袋霎时也变得鼓鼓的。温朋有了钱，不再做打渔的活儿了，他在县里开了个小店，娘儿俩的生活变得越来越好。

但是本地有个财主，非常狡猾凶狠，人称黑虎神。他见温朋生活得越来越好，有吃有穿，不知因为何故，就派老婆到温朋家中探个究竟。财主的老婆到了温家，见只有温朋的母亲在家，就敲诈她说："我家丢了一个金元宝，是在你儿子的店上丢的，一定是你儿子偷了去，你家的日子才能过到这个地步。"温朋的母亲听了很生气，忙说没有，但是财主的老婆非常的厉害，她吓唬温朋的母亲说，只要她不说出怎样有了钱，就去官府状告温朋。温朋的母亲一着急就说出了实情。

当天晚上，黑虎神就带上家丁来到温朋的家，问温朋明珠在什么地方。温朋不肯说话，黑虎神一眼就察觉出了明珠的下落——在温朋的嘴里。结果黑虎神就下令将人按住，试图从温朋嘴里拿出明珠。温朋一着急，就将明珠吞到了肚子里。

明珠进肚的一瞬间，温朋觉得口渴得厉害，就去水缸找水喝。把一水缸的水全喝完之后，温朋还是觉得不够，他又跑到岷江里去喝。谁知他刚喝了几口，就立即变成了一条龙，飞到天上去了。

温朋的母亲见了，在后头追着喊他的名字。只见龙立刻回头，而江里也立即凸起一个滩。他的母亲叫了二十四声他的名字，龙就回了二十四次头，每回一次头，江里就凸起一个滩。后人就将这二十四个滩称作"望娘滩"了。

温朋变成龙的这一夜，天下起了大雨，江里的水涌出来，单单将财主的家冲毁了。财主和他的老婆也没有了踪影，大家猜一定是被冲到江里淹死了。而这个故事就一直流传至今。

西施与范蠡

战国时，南方有一个国家，名叫越国。越国曾经是个很强大的国家，但后来因为国势不振，渐渐衰落了下去。这时，旁边的吴国国王夫差趁着这个机会，带领大军，打败了越国，占领了它的土地。越国的国王勾践没有办法，只能向夫差俯首称臣。夫差没有杀死勾践，让他做自己的奴仆，对他百般侮辱。勾践咬着牙忍耐了下来。他装出一副谦恭的样子，细心地服侍夫差，使夫差放松了警惕，放勾践回到了越国。

勾践一刻也没有忘记自己受过的奇耻大辱。他回到越国以后，一心振兴国家、报复夫差。这时，勾践手下一个名叫范蠡的大臣给他出主意说，要想光复越国，一要让百姓休养生息，积蓄力量，等待时机；二要继续表现出谦卑的样子，让吴王夫差放松警惕，还要给他进献珍宝、美女，让他沉迷于酒色之中，顾不得朝廷政务。勾践听从了范蠡的建议，他颁布了很多有益于老百姓的政策，让他们休养生息。同时，勾践还派范蠡到全国各地去寻访美女，用来进献给夫差。

范蠡接受了命令，到全国各地去遍访美丽的女子。可是他走了很多地方，见了很多女子，其中也不乏美丽的姑娘，但真正具有倾倒众生的美貌的女子，却一直没有找到。这天，范蠡在一座大山里转悠，不知不觉地，就走到了一个小村子里。他远远地看见一个姑娘正在溪边洗衣服。姑娘洗完衣服，站起来，转身向村子里走去。范蠡一看，不禁呆住了。哎呀，这个姑娘太漂亮了。水里的鱼儿，见到她的美貌，都会沉醉下去。这不正是他要寻找的人吗？范蠡连忙跑上前去，叫住了姑娘，说道："姑娘，我是从外地来的商人，偶然走到这里，迷了路，姑娘可以给我一碗水喝吗？"姑娘点了点头，说："好的，先生请跟我来吧。"

姑娘带着范蠡回到了自己家中，给他端来了水。范蠡一边喝，一边问："请问姑娘贵姓？"姑娘说，自己名叫西施，家里没有什么亲人，自己一个人，靠打柴为生。交谈中，范蠡被西施的美丽和温柔深深地打动了，他爱上了西施。西施也被眼前这位英俊潇洒的公子所吸引，两个人情投意合，彼此都含情脉脉。但范蠡没有忘记自己的使命，他迟疑了很久，最终还是对西施表明了自己的真实身份，并问她是否愿意去吴国服侍夫差，为越国的复仇争取机会。

西施听了，心里非常痛苦。她扑进范蠡怀里，痛哭失声。一想到自己要远离家乡、远离恋人范蠡，去异国他乡服侍一个自己不爱的人，她的心里就悲痛异常。但她考虑再三，为了国家的振兴，她还是毅然决然地答应了范蠡的请求，同意去吴国迷惑吴王。临走之前，她与范蠡约好，越国复仇成功之后，就一起远走高飞，离开这片是非之地。

西施到了吴国以后，果然不出所料，吴王夫差被她的美貌深深地迷住了，每天都陪在她身边，饮酒作乐，不理朝政。有忠心的大臣向他进谏，他不但不理睬，还把大臣处罚了一顿。就这样，吴国一天天地衰败下去了。而与此同时，越王勾践却每天都在加紧练兵，图谋兴复。他每天都睡在木柴上，还在自己住的地方挂了一个苦胆。每天都要舔一下苦胆，并且大声地问自己："勾践，你忘记自己所受到的耻辱了吗？"以此来激励自己，不要忘记曾经受到的耻辱。

多年以后，勾践终于积聚了足够与吴国对抗的实力，他抓住一个机会，带领军队，一举打进了吴国的都城，灭掉了吴国。吴王夫差也自杀了。

勾践终于报了仇，他在王宫摆下宴席，要赏赐在他危难时不离不弃的大臣们。范蠡是其中功劳最大的一位，勾践对他十分感激，要赏给他很多金银财宝，并封他为高官。但范蠡对这些都谢绝了，他说："大王，我现在的心愿，只是希望能乘着小舟，在广阔无边的江海上，自由地泛舟罢了。"勾践见范蠡心意已决，便也不再挽留，任范蠡离开了。

范蠡划着小舟，来到了吴国附近，四下寻找。忽然，一个熟悉的身影，向他跑了过来。范蠡一看，正是西施。原来吴国灭亡以后，她就逃出了王宫。从此，范蠡带着西施，在烟波浩渺的五湖之上，幸福地生活在了一起。

药王医龙

孙思邈是我国古代著名的"药王"，他医术高超、心地仁厚，救活了很多人，老百姓都非常爱戴他。传说在孙思邈五十岁那年秋天的一个夜里，他正在屋里读医书。三更时分，忽然从远处传来了"轰隆隆"的雷声，雷声越来越近，不一会儿，就到了孙思邈居住的茅屋附近，窗棂被震得格格作响。紧接着，就下起了倾盆暴雨，雨点打在屋顶上，发出巨大的声响。但孙思邈一心研读医书，并没有注意这些。这时，一阵急促的敲门声，搅得他再也没法看下去了，他只好站起身来，跑去开门。门一下子被打开了，门外站着的，是一位又高又瘦的老头，身穿一身金色的袍子，双眼好像灯笼那么大，炯炯有神。但他的脸色却十分苍白，看上去有气无力。孙思邈一看，就知道他一定是得了病，连忙让他进屋里来。老人笑了笑，走进屋里。这时孙思邈才发现，尽管外面雨下得那么大，可老人身上，竟连一滴雨水都没有。而且他一进屋，屋外的雷声和雨就都停了。

孙思邈请老人坐下来，伸出手，搭在他的脉上，替他诊脉。良久，孙思邈一皱眉，摇了摇头，说："老先生，人的脉象分为浮、沉、迟、数、虚、实等几种，可您的脉象却完全不在这几种之内，恐怕您不是凡人吧？"

老人听了，笑了笑，说："那先生看我是什么呢？"

孙思邈说："您的脉象起伏不定，有翻江倒海、腾云驾雾之象，应该是龙吧？"

老人一听，哈哈大笑，冲着孙思邈翘起了大拇指，说："先生真不愧是名满天下的神医，看来我这次真的是找对人了。先生说得不错，我确实是一条老龙。半年以前，我得了一种怪病，明明饿得发慌，却什么也吃不下去，只能喝稀汤度日。眼看这身体越来越瘦弱了，所以才特来拜访先生。请先生救救我吧。"

孙思邈想了想，说："你的病倒也不难治，可是你今天变成人的样子来，我没办法治，这样吧，后天上午，你现真身再来，我定可以治好你！"

老龙听了，非常高兴，他拜谢了孙思邈，踏着云雾飞走了。

第二天，孙思邈找来了一个大桶，在里面倒上了他配制好的一种漆黑的汤药，并往里加入了一种白色的粉末，还准备好了两根一尺五寸长的金针。

第三天天还没亮，孙思邈正在家里等着老龙，突然轰隆一声巨响，把他吓了一跳。他连忙跑出屋子一看，自己家的院墙竟然出了一个大洞，老龙的头从洞里伸了出来，原来它怕被别人看到，就从孙思邈家旁边的山的山脚钻过来了，身子都藏在了山里面。孙思邈看了，也不禁笑了，说："龙君，真有你的！你等等我，我去给你拿药。"

一会儿，孙思邈就提来了事先准备好的那一大桶汤药，放在老龙面前，让它喝下去。老龙一看墨黑墨黑的药汁，不禁有点发憷。它硬着头皮喝了一口，马上就皱起了眉头，撅着嘴说："先生，这是什么药啊？这么难喝？"孙思邈说："这叫白瓣曲子汤，专门治你这病的。良药苦口利于病，你赶紧喝下去！"老龙却把头摇成了拨浪鼓："这么难喝，我不喝！"孙思邈又气又笑："哎呀，你这么一大把年纪了，怎么还不如六七岁的小孩子？你今天喝也得喝，不喝也得喝！"说完，拿起药汤，就要往老龙的嘴里灌。老龙一听，吓了一跳，它张开嘴巴，轻轻一吹，就起了一阵旋风，差点没把药桶给吹翻了。

孙思邈见老龙野性难驯，知道不能像对待普通病人那样来给它治病。于是他悄悄拿出了事先藏在怀里的金针，偷偷绕到龙背后，猛地一下跳到龙头上，拿出一根针，对准龙角旁边的一个穴位，用力地扎了下去。老龙疼得大叫起来，拼命地甩动脑袋，想把孙思邈甩下来。可是它忽然觉得全身无力，哪儿都动不了；想吹风，嘴巴也像麻了似的，吹不出来。孙思邈放松了手，老龙不觉得痛了，但浑身仍然一点力气都没有。它只好垂下头，说："先生，先生，我虽然有病在身，但毕竟还是条龙，没想到让你一针就给我扎得软绵绵的了。"

孙思邈忍住笑，从怀里取出另一根金针，在老龙眼前晃了晃，威吓说："赶紧把药喝了，要不然，我还要扎！"说完，就骑在龙脖子上，抓住两只龙角，把老龙的头按进了药桶里。老龙害怕孙思邈再扎针，赶紧张开嘴，咕嘟咕嘟地喝起来。它一边喝，一边觉得自己的食道里好像有什么东西在翻滚、爬动，弄得自己胃里翻江倒海、难受得不得了。它想停下来不喝，又怕孙思邈扎针，只好硬着头皮喝下去。好不容易把药全喝完了，老龙再也忍不住，

哇的一声，吐了一地，顿时觉得舒服多了。老龙定睛一看，自己吐出来的那一堆东西里，竟然有一条大蛇，它吓了一跳，问道："先生，这是怎么一回事啊？"

孙思邈收回针，从龙脖子上跳了下来，指着大蛇，笑着对老龙说："你身体里并没有什么病，只是因为这条蛇堵住了你的食道，你自然什么都吃不下去了。"老

龙恍然大悟，说："怪不得，这条蛇是我半年以前吞下去的，竟然没死。多亏孙大夫您相救，否则我还不知道要难受多长时间呢！对了，您刚刚给我喝的仙药，是什么来着？"孙思邈忍不住哈哈大笑，说："什么仙药，这只不过是陈醋和蒜泥拌在一起罢了。这两样东西又酸又辣，一进食道，蛇自然忍受不了，只好往外逃出来了。"老龙听了，也忍不住笑了，说："怪不得这么难喝！先生真是医术高超、药到病除啊！

孙思邈又给老龙吃了一些补药，老龙在山洞里调养了几天，恢复了力气，谢过了孙思邈，就腾空飞走了。老龙虽然飞走了，但那个大洞还留在山底，后来人们给它取了个名字，叫做"穿龙洞"。而孙思邈医龙的消息也传开了，大家都说，孙大夫真是神医。孙思邈去世以后，大家尊他为"药王"，并在"穿龙洞"的前面建了一座药王庙，世世代代供奉着他的塑像。

钱王射潮

钱塘江大潮中外闻名，今天，很多人都会在潮水最汹涌的时候赶到杭州，观看涨潮。但在古时候，钱塘江的大潮，却经常给百姓们带来灾难。钱塘江每次涨潮，潮头都能高到好几十丈，犹如千军万马一般，淹没了不少良田，甚至还会淹死人畜。沿江两岸的堤坝，常常是这边刚修好，那边就又冲塌了。历来掌管钱塘一带的地方官，都为此头疼不已。

唐朝末年的时候，有一位吴越王钱镠，奉命掌管杭州。他身材健壮、勇猛无比，人们都称他作"钱王"。钱王治理杭州的时候，觉得各种事情还都比较好办，就是钱塘江的堤坝怎么也修不好。每次堤坝快要修好的时候，一次大潮，准会把它冲垮。钱王以为是手下的人偷工减料，非常生气，就把领头的人抓了来审问。领头实在无能为力，只好据实禀告钱王："大王，不是我们不想修好，只是因为钱塘江里面有一个潮神在捣乱，每次江堤快修好了，他就出来兴风作浪、扬起大潮，把我们修筑的堤坝冲毁。"

钱王一听，勃然大怒，喝道："既然那家伙作恶，为什么不把他抓回来宰了？"

领头的慌忙答道："大王，他是潮神，住在海龙王那里，我们是凡人，怎么能把他抓来呢？而且他每次来的时候，都随着翻滚的潮头，藏在潮水里面。我们只看得见潮、看得见水，根本看不着他，更没办法抓他。还有，哪怕就是坐着铁打的船去找，只要一碰上潮头，也会立刻被吞没了的。"

钱王听了，两眼直冒火星，大吼道："呸！难道就让这个小小的潮神在我江边胡作非为吗？"他想了想，对手下说道："这家伙作恶多端，看来本王得亲自去降服他了。这样吧，到八月十八这一天，准备好一万名弓箭手，随着我到江边，我倒要看看，这个潮神有多大能耐！"

钱王为什么选定八月十八这一天呢？原来八月十八是潮神的生日。这一天潮头是全年之中最高的，水势如同排山倒海一般，凶猛无比。而且潮神会在这一天，从水中出来，骑着白马，跑在潮头上面。

转眼到了八月十八这一天，钱塘江边搭起了一座大王台，钱王一大早就来到了台上，观察江上的动静，一万名弓箭手也早已排好了阵势，等待潮神到来。沿江的百姓们受尽了潮水的灾害，听说钱王领兵来射潮神，都跑来观战助威。几十里路长的江岸，黑压压地挤满了人。钱王见了这般声势，更加胆壮心雄，他叫人拿来笔墨，在纸上写下了两句诗：

为报潮神并水府，

堤塘且借与钱城。

写完，他将纸丢进江水里，大声喝道："潮神听着，如答应此事，以后就不许再发潮水；倘若执迷不悟，仍发潮水冲堤，那就休怪我手下无情！"

岸上的老百姓和弓箭手听了，都欢呼起来，声音如同雷鸣一般。大家都神色紧张地望向江水，观察着江面上的动静。

潮神看了钱王的诗，不但不加理睬，反而还加大了潮水，从海的深处涌了过来。没多久，只见远远一条白线，飞驰而来，越来越快，越来越猛，眼看到了近处，就好像爆炸了的冰山、倾覆了的雪堆一般，奔腾翻卷，直冲大王台而来。钱王见了，大吼一声："放箭！"说完，就自己拉紧弓弦，狠狠地射出了一箭。

岸边的一万名弓箭手也纷纷拉起弓弦，射出弓箭。刹那间只见万箭齐发，直射潮头。百姓们在旁边都跺脚拍手，大声呐喊助威。一万支箭射完了，就再射一万支；两万支箭射完了，再射一万支，三万支箭射完了，竟逼得潮头不敢再向岸边冲过来了。钱王一看压住了潮神的气势，立即下令："追射！"潮神自知敌不过，只好弯弯曲曲地向西南逃去了，最后消失得无影无踪。因此，直到今天，钱塘江的潮水一到六和塔旁边，就小得多了，而在六和塔前，江水弯弯曲曲地向前流淌，就像个"之"字，因此人们后来又叫这个地方作"之江"。

从这个时候起，江堤才得以建成。百姓们为了纪念钱王射潮的功绩，特意给这座堤坝起了个名字，叫做"钱塘"。

秦桧后人挪铜像

宋朝时候的岳飞是一位大英雄，他领着兵抵抗金国的侵略，保护大宋，老百姓们都非常爱戴他。但是因为奸臣秦桧的陷害，皇上杀了岳飞。人们都在心中为这位大英雄喊冤。后来秦桧死了以后，人们就在西湖边修筑了岳坟，还建起了一座岳王庙，用来纪念岳飞。又打造了四个铁铸的人像，让他们跪在岳坟前，向岳飞谢罪。这四个人像里面，有两个就是当年一手设计、害死了岳飞的秦桧夫妇。

明朝的时候，杭州城里来了一个刚上任的巡抚。这个巡抚也姓秦，据说是秦桧的后代。巡抚来到西湖边上游玩，看到了秦桧夫妇的跪像，心里很不痛快，他想，自己的老祖宗怎么能跪在别人面前呢？于是，他连忙叫人抬着轿子，匆匆忙忙地回衙门去了。

回到衙门，巡抚叫来师爷，问他道："西湖边上的那两个铁像，我想把它们搬走。"

师爷想了想，说："大人，这恐怕不行，这像是老百姓们立的，如果要搬走，他们一定不肯。依我看，不如趁着夜里没人的时候，叫人把铁像偷偷扔进西湖里去，这样，他们一定就找不着了。"

巡抚听了，说道："好，就按你说的办。"

当天夜里，巡抚就派了两个衙役，偷偷地把铁像扔到西湖里去了。

第二天一大早，老百姓们来到西湖边上，发现铁像不见了，正在奇怪。这时，他们忽然闻到一股臭味，熏得人晕头转向。大伙儿找来找去，发现臭味居然是从西湖里发出来的。他们这才明白，肯定是有人把铁像扔进了湖里，所以湖水才会变臭的。

这事到底是谁干的呢？老百姓们想来想去，想不出个所以然来，于是就一起去巡抚衙门去告状了，请巡抚抓住那个扔铁像的坏蛋。

巡抚听进来通报的师爷一说，心里顿时慌了。他连忙让一个衙役出去，说自己生病了，不能审案。老百姓们听了，便聚集在门口不走，大声喊着让巡抚出来。巡抚实在没办法，只得走到了衙门口，问道："怎么回事啊？"

一个老百姓说："大人，西湖的水变臭了，一定是因为有人把秦桧像扔进了湖里，湖水才会变成这样的。

请大人抓住那个扔铁像的人，严惩他！"旁边的老百姓们也都喊道："对！严惩他！"

巡抚觉得头都大了，他硬着头皮说："怎么可能有这种事呢？一定是因为别的原因，与铁像无关吧。"

老百姓们又喊道："是不是这样，大人去看看不就知道了吗！"说完，就簇拥着巡抚，向湖边走去。巡抚被夹在人群中间，动弹不得，只能跟着百姓们来到了西湖边上。只见西湖的湖水已经变成了墨黑墨黑的，一股臭气从水里直冒上来，熏得人直想吐。巡抚被熏得差点儿没晕过去，他连忙用手绢捂住了鼻子，转过身来，对老百姓说："本官已经看过了，西湖湖水发臭，乃是一时异常所致，与铁像无关。你们先回去吧，本官自会调查清楚的。"说完，就要往回走。

可老百姓们哪里肯让他回去，纷纷站了出来，挡在了他面前。人群里有人喊道："你是秦桧什么人？居然这么袒护他！"另一个声音喊道："他也姓秦，你也姓秦，你该不会是秦桧的后代吧？"

巡抚一听被人说中了秘密，吓了一大跳。他有些气急败坏地说："随你们怎么说！反正铁像现在已经沉进湖水里了，捞不出来了。要是真有人能从湖里捞出铁像来，本官情愿辞职请罪！"

话音未落，只听哗啦一声，原本沉在湖底的两座铁像一下子从湖里冒了出来，湖水立刻变得清澈透明，也没有臭味了。只见那两座铁像就像被人托着一样，直直地冲着巡抚冲了过去。巡抚吓得一头钻进了轿子，飞也似的逃走了。

铁像漂到了湖边，被老百姓们打捞起来，重新放到了岳坟前。后来，再也没有人敢私自挪动秦桧像了。

渔夫的箫声

很久很久以前，有一个竹箫吹得很好的渔夫。他吹起箫来的时候，百鸟会围着他歌唱，彩蝶也会在他身旁飞舞。在地里干活的人们只要一听到他的箫声，都会不由自主地忘记了手中的活计，停下来，专心致志地听他吹箫。就是脾气再暴躁的人，只要听到这天籁一般的声音，也都会立刻平静下来。人们都觉得他的箫声是天上的声音，偶尔降到了人间，于是给他起了个名字叫做"吹天箫"，久而久之，他到底叫什么名字，反倒没有人记得了。

一天，吹天箫在南海边打渔，他把渔网抛进海里，然后坐在海边的岩石上，拿出他心爱的竹箫，开始吹起来。他忘情地吹啊吹啊，忽然，他的面前出现了一位白须白发的老者，似乎早已陶醉在了他的箫声之中，正在侧耳倾听。

吹天箫停了下来，问道："老伯伯，您有什么事吗？"

老人从箫声中醒过来，说："小伙子，你的竹箫吹得真好，能不能请你做我儿子的老师，教他吹箫呢？"

吹天箫说："可以啊。"

老人笑了，说："那就请跟我来吧。"说完，老人一挥手，面前的大海居然分开了一条路，路的尽头，是若隐若现的龙宫。吹天箫这才明白，原来老人就是南海龙王。

原来刚刚吹天箫在海边吹竹箫的时候，南海龙王正在龙宫里宴请群神。桌上摆满了各式各样的美味佳肴，龙王和宾客们刚要举杯共饮，忽然听到海面上传来一阵美妙的箫声。就算是神仙，也从没有听过这么优美的箫声。大家举着酒杯，都忘记了喝酒。

龙王更是陶醉在这箫声之中，宴席结束之后，他变成一位老人，来到海面上，顺着箫声，一路找到了吹天箫。

吹天箫跟着龙王回到龙宫之后，很认真地教龙王的儿子学习吹箫。一转眼三年过去了，吹天箫十分思念自己的家乡。这时，龙王的儿子也已经差不多学会吹箫了。于是吹天箫就找到了龙王，请求龙王让自己回家。龙王说："吹天箫师傅，这三年辛苦你了，既然你已经下定决心要走，我也就不挽留了。请让我送你一件礼物，就当是报答你吧。"

于是，龙王就叫自己的儿子带着吹天箫到宝物库去，让他挑选礼物，但是数量不能超过两件。吹天箫到了宝物库一看，呀！库里到处都摆满了他从来没有见过的奇珍异宝。半斤重的大珍珠，两三米高的大珊瑚，各种奇异的宝石，还有数不清的夜明珠。吹天箫看着这些宝物，简直都花了眼，也不知道该挑哪一件才好。这时，他转身一瞧，宝物库的另一面墙上，挂着大大小小的竹篓，底下的柜子里，摆着各式各样的蓑衣。吹天箫在宝物库里转了转，最后走到了挂竹篓的地方，拿了一个竹篓和一件蓑衣，然后对龙王的儿子说："我已经挑好了，就这两件吧。"

回龙宫的路上，龙王的儿子问他："为什么那么多金银珠宝你不挑，却偏偏挑了这两件呢？"

吹天箫笑了笑，说："竹篓可以装我捕到的鱼虾，蓑衣可以替我遮风挡雨，金银珠宝总有用完的时候，可我凭着自己的劳动吃饭，就永远不会挨饿。"

龙王的儿子微笑着说："师傅，你真是一个勤劳善良的好人。放心吧，有这两样东西在手里，你永远都不会挨饿。"说完，他用法力将吹天箫送回了海面上，就转身不见了。

吹天箫回到了家里，他去南海捕鱼、去东海捞虾，只要披上蓑衣，就能立刻飞到那里；他打渔回来饿了，竹篓里永远装满了好吃的东西。吹天箫这才知道这两件东西都是宝物。从此，他背着竹篓，披着蓑衣，一边打渔，一边吹箫，他的箫声洒满了人间，使人间充满了悠扬而动听的乐曲。

阿巧养蚕

很久以前，在杭州一带的一座山脚下，住着一个心灵手巧的姑娘，名叫阿巧。阿巧的母亲在阿巧九岁时去世了，父亲又娶了一个媳妇。后娘对阿巧和四岁的弟弟很不好，经常虐待他们。她让阿巧干这干那，却还不让她吃饭。阿巧很伤心，常常偷偷流眼泪。

有一年的冬天，天气非常冷。阿巧穿着单薄的衣裳，缩在自己的小屋子里。这时，后娘进来了，对阿巧说："羊吃的羊草没有了，你快去山上割点回来！"

阿巧没有办法，只得背着竹筐，冒着严寒去割草。可是这个季节，山上早已光秃秃的，到哪里去找青草呢？阿巧从白天找到了傍晚，却连一根青草的影子都没看到。太阳下山了，天慢慢地黑了下来。阿巧冻得浑身哆嗦，却又不敢回家，只得抱成一团，坐在山坡底下，伤心地哭了起来。

这时，她忽然听到了一个声音在说："割青草，半山腰！"她抬起头来，看到了一只身披五彩羽毛的小鸟，它一边飞，一边冲阿巧扑扇着翅膀，示意阿巧跟着它。阿巧连忙跟了上去，小鸟一直飞，阿巧也就一直跑。不知绕过了几道弯、穿过了几条河，阿巧实在跑不动了，只得停了下来。这时，她看了看四周，发现自己站在一条黄泥小路上，小路的旁边，是一条清澈透明的小溪，小溪周围，居然长满了鲜嫩的青草和漂亮的野花。

阿巧看见这么多的青草，高兴极了，连忙蹲下身子，割了起来。她一边割一边走，也不知过了多长时间，她一抬头，发现自己竟然来到了一个不知道是哪儿的地方。不远处有一排房舍，几个白衣女子，手里挎着竹篮，正在房舍旁边的一片小矮树林里采树叶。

几个白衣女子看见阿巧，便走到她面前，问她道："姑娘，你从哪儿来呀？怎么会到这里的？"

阿巧就将自己的遭遇对白衣女子们讲了一遍，白衣女子们听了，都很同情她，其中一个女子对她说："这样吧，阿巧，既然你有缘到这里来，不如就在这里多住几天吧。"

阿巧看了看围着她的白衣女子们，她们又漂亮又和善，于是就留了下来。白天的时候，她跟着白衣女子们一起，在矮树林里采树叶，晚上的时候，就用这些树叶去喂一种雪白的小虫子。小虫子吃了树叶以后，长得白白胖胖的。后来，就吐出一种又细又亮的丝来，结成一个核桃大小的小房间，把自己裹在里面。

白衣女子告诉阿巧，这些小虫子叫"天虫"，树叶叫做"桑叶"，从小房间里抽出来的丝线，染上颜色，就可以给天上的织女织云锦用了。阿巧听了，觉得奇妙极了，从此更加用心地采树叶、纺丝线。

三个月过去了，阿巧很想念自己的弟弟，想回家去看一看。于是，第二天天没亮的时候，她就回家了。临走的时候，她怕自己回来时找不到路，就带了几条小天虫，采了一捧小桑果。一边走，一边扔，希望可以顺着这些桑果找回来。

回到家，阿巧惊讶地发现，自己的弟弟已经长成一个大小伙子了，父亲也已经很老了。父亲告诉阿巧，她已经失踪十几年了。后娘也早已经去世了。父亲问阿巧："阿巧，你失踪了十几年，到底去哪儿啦？"

阿巧把自己的经历说了一遍，并把带回来的小天虫给乡亲们看了看。过了几天，她决定回到山里去。可是她在山上绕了好几圈，怎么也找不到出来时的路了。这时，那只五彩羽毛的小鸟又从树后面飞了出来，一边飞一边叫："阿巧偷宝！阿巧偷宝！"

阿巧这才想起来，她临走时没跟白衣女子们打招呼，就拿走了天虫和桑果，她们一定是生气了。阿巧没办法，只好回了家。回到家里以后，她种下桑果，没过多长时间，就长出了桑树。阿巧采下桑叶，喂养天虫，让它们逐渐繁衍。

阿巧还把自己从白衣女子那里学到了技艺教给乡亲们，从此，人们开始种桑树、养天虫、抽出丝线、纺纱织布。后来，人们将"天虫"二字合在一起，称这种小虫为"蚕"。阿巧碰到的白衣女子，其实就是掌管养蚕种桑的"蚕花娘子"。

太极张三丰

张三丰真人是武当派的开山祖师，他所创的太极拳，是我国古代武术中最博大精深的内容之一。据说，张三丰真人创立太极拳，还有一段故事哩。

传说张真人在武当山修道时，每天都静坐练功，在沉思冥想中体会心静如水、物我合一的超脱境界。闲的时候，他也会登山临水，四处游览，仰望浮云，俯视山川，领会自然的真谛。一天，张真人在武当山后的一个山洞里打坐时，忽然听见外面传来喜鹊的叫声，声音有些凄厉，和平常不太一样。张真人循声走出洞来，发现在不远处的树上，一条蛇和一只喜鹊正在争斗。原来树上有一个喜鹊窝，里面还有几只小喜鹊，蛇想趁着大喜鹊不注意，上前吃掉小喜鹊，没想到却被大喜鹊发现了。蛇和喜鹊的身子紧紧缠绕在一起，打斗得十分激烈。张真人见状，正想上前去救下喜鹊，没想到这个时候，大喜鹊反倒挣脱了蛇的捆绑，飞了出来。张真人松了口气。可大喜鹊不但没飞走，反而对蛇发起了攻击。原来它仗着自己个头大、又会飞，想要把蛇啄死，吃蛇肉哩。

可蛇也不甘示弱。它立起身子，迎向喜鹊。喜鹊攻击它的头时，它就竖起尾巴，狠狠地抽打喜鹊；喜鹊挨了打，疼得不行，立刻转过身来，攻击它的尾巴。可蛇不慌不忙，张开大口，咬向喜鹊。喜鹊没办法，只得掉回头来，又攻击起蛇的头部来。就这样反反复复了好几次，喜鹊一点便宜也没有占到，反倒还被蛇攻击了好几下。

喜鹊一看自己的攻击没有收到效果，就飞到半空，忽然一下子冲了下来，冲着蛇的中部啄了下去。可蛇蜿蜒轻身，摇摆闪避，喜鹊攻击了好几下，都不能击中它。不一会儿，喜鹊就累得精疲力竭，只好无可奈何地飞走了。

张真人在一旁看着，忽然悟到了什么。他想，这不就是我一直想要参透的太极阴阳的道理吗？蛇和喜鹊相比，是柔弱的，但它运用技法和战术，却能打败力气占上风的喜鹊。以柔可以克刚，以静可以制动，原来太极的道理，就在自然之中！想到这里，张真人连忙走进洞里，模仿着刚才蛇的形态和动作，设计出了一套拳法。这套拳法以柔为主，却能以柔制刚、以静制动，借力打力，深刻地体现了道家阴阳相生相克、柔弱胜于刚强的主张。张真人创立了这套拳法以后，将它命名为"太极拳"，以突出这套拳法的特点。

张真人创立太极拳以后，不但自己经常练习，还将它教给了自己的弟子们。太极拳招式简单洒脱、飘逸自然，深刻地契合了大自然，同时也遵循了人体自身的规律，动静相间，形神兼备。修炼太极拳，既可以修身养性，领悟自然之道，又可以强身健体，自卫防身。"内以养生，外以却恶"，为我们留下了一份珍贵的历史文化遗产。

鲁班借龙宫

鲁班师傅的手艺天下闻名，一天，他看到很多老百姓在路边挨饿受冻，没有房子住，就想盖一座又大又漂亮的房子，让老百姓都可以住进去。可是到底什么样的房子才是又大又漂亮的呢？鲁班师傅想了很长时间都想不出来。

鲁班师傅的一个徒弟灵机一动，对师傅说："师傅，听说东海龙王的龙宫是这世上最漂亮的房子，我们找他借来做个样子吧。"

鲁班师傅听了，说："好，那我们就去借吧。"于是鲁班师傅就到了东海，站在海边上，朝海里大喊："龙王！龙王！"

一会儿，龙王驾着海浪出现了，他站在浪头上，对鲁班说："鲁班师傅，什么事呀？"

鲁班说："龙王龙王，我想造一个又大又漂亮的房子，听说你的龙宫是这世上最漂亮的房子，我想拿你的龙宫做个样子，行吗？"

龙王听鲁班说自己的龙宫是这世上最漂亮的房子，十分得意，说："好吧，我可以借给你，不过只能借三天，三天以后，你就得给我还回来。"

鲁班听了，点了点头，表示答应了。

龙王一挥手，龙宫就从水里冒了上来，漂到了岸上。

龙宫果然漂亮极了，水晶做的外墙，琉璃玛瑙的屋梁，门窗上雕刻着各式各样的花纹，屋檐还被修成了水波纹一样的形状，既结实又漂亮。鲁班师傅和徒弟们围着它看来看去，一致决定照着它的样子造一座房子。

他们搬来木料，架起屋梁，又拉来各种砖石，砌起墙壁。大体的结构建得差不多了，但龙宫实在是太大，各式各样的雕刻、形状各异的花纹，三天的时间，鲁班师傅和徒弟们实在是造不完。

转眼就到了第三天的傍晚，鲁班师傅一个人坐在屋子里发愁：明天龙王就会派人来搬走龙宫了，自己还没有造完，怎么办呢？

想来想去，他想出一个主意来，他让徒弟们在龙宫的四角钉上木桩，又在四个屋檐下面分别挂了一串铜铃。

夜里，龙王派来的龙、鱼、虾、蟹们果然来搬龙宫了。他们来的时候，带起了一阵狂风，吹得屋角的铜铃叮叮当当地响。鲁班师傅一听，知道他们来了，就连忙找了个地方躲了起来。虾兵蟹将们开始搬龙宫了。可他们费尽了吃奶的力气，也没能把龙宫抬起来。蟹将军又指挥鱼虾们去房子后面用力地推，可龙宫仍旧是纹丝不动。虾兵蟹将们累得气喘吁吁，又是搬，又是抬，一直折腾到凌晨时分。转眼天就要亮了。可虾兵蟹将们谁都没有注意到，依旧在那里使劲地搬。这时，太阳出来了，虾兵蟹将们全都着了慌。他们连忙找地方躲藏。小龙爬上了屋檐，鲤鱼钻进了门缝，虾子和螃蟹急得四处乱跑。金鸡打鸣了，太阳升了起来，小龙被晒死在屋檐上，鲤鱼也粘在大门上，下不来了。

鲁班师傅和徒弟们到龙宫前一看，小龙的头伏在屋角上，龙身横躺在瓦背上，龙尾翘了起来，鲤鱼站在大门上，恰好成了一个环的形状。鲁班师傅看了，觉得很漂亮，就用泥捏成龙头和龙尾的模样，烧成瓦片，镶在屋檐上。还用铜打成了鲤鱼样的门环，钉在了门上，两扇门，一边一个，恰好一对。

后来的人们仿照鲁班师傅造出来的样子，建造自己的房子，龙头龙尾的屋檐和鲤鱼的门环，也就一直流传到了现在。

百鸟朝凤

很久很久以前，凤凰还只是一只平凡无奇的鸟，那时它既没有孔雀一样艳丽缤纷的羽毛，也没有百灵一样婉转动人的歌喉。它浑身上下的羽毛都是灰色的，混在百鸟群中，一点都不显眼。它之所以后来被选为百鸟之王，是因为它的勤劳和善良。

　　那个时候，百鸟都居住在一片大森林里，森林里果树众多，花木繁盛，而且连续很多年，都风调雨顺、没有灾祸。在这样的环境里，鸟儿们每天只知道吃喝玩耍，从来没有想过要积攒什么。只有凤凰不同，它每天都从早到晚忙个不停，四处采集果实、谷物、松子、橡果，然后把收集到的这些食物都储藏在树洞里。有时别的鸟儿吃剩或扔掉的果实，凤凰也会很耐心地一颗一颗捡起来，藏到树洞里。

　　别的鸟儿看凤凰成天到晚因为捡粮食而忙个不停，都笑话它。喜鹊站上枝头，嘲笑凤凰是个财迷精、大傻瓜；乌鸦也笑话它白白浪费时间。也有好心的鸟儿，不忍心看到凤凰被嘲笑，就劝它说："你不要再捡了，捡这些有什么用呢？森林里的食物这么充足，我们飞到哪儿都能吃饱，藏这些东西干什么呢？"凤凰听了，说："虽然我们现在食物充足，但如果有一天发生了灾荒，我们就什么吃的都找不到了。如果现在不储存一点的话，到时候就只能挨饿了。"鸟儿听了凤凰的话，有些不屑地说："你看现在风调雨顺、五谷丰登的，怎么可能会有那一天呢？"凤凰听了，只是笑了笑，就又低下头去，继续收集粮食了。鸟儿见劝不动凤凰，只好摇摇头飞走了。

　　又过了三五年，森林里发生了大旱灾，山上的花草树木全枯死了，就连以前鸟儿们不屑吃的树根草皮，也都被饥饿的百鸟吃了个精光。树根草皮都被吃光了以后，鸟儿们再也找不到能吃的东西了。它们一个个饿得头昏眼花，快支撑不下去了。这时候，凤凰忽然出现在百鸟的面前，冲着百鸟喊道："大家快跟我来！"鸟儿们不知道凤凰想干什么，一个个摇摇晃晃地站了起来，跟在凤凰后面，来到了一个山洞前面。凤凰走上前去，一下子掀开了掩在洞口的稻草，哎呀！百鸟们被眼前的景象惊呆了：山洞里摆满了果实、稻谷、松子、橡栗，以及各种各样吃的东西。鸟儿们正饿得晕头转向，一看这么多的食物，真恨不得马上跑上前去吃个饱。可是这毕竟是凤凰一个人多年积攒下来的食物，自己以前还嘲笑过它，现在怎么好意思再吃它的东西呢？想到这儿，鸟儿们都站在了洞口，望着里面的食物发呆，却又犹犹豫豫地不敢进去。

凤凰见了，连忙说："大家不要客气，尽管吃吧。我储藏了这么多年的食物，不就是为了预防现在的状况吗？"见百鸟还是不动，凤凰索性走进山洞，把食物搬出来，分给了大家。鸟儿们都非常感动，它们终于明白了凤凰以前辛勤劳动的原因，也明白了居安思危的意义。

凤凰储藏的食物帮助百鸟渡过了难关。商议之后，百鸟一致决定，推举凤凰为百鸟之王。为了感激它的救命之恩，每只鸟儿还从自己的身上选了一根最漂亮的羽毛，拔下来，汇集在一起，做成了一件五彩缤纷的百鸟衣，献给了凤凰。从此，凤凰就成了最漂亮的鸟。

后来每年凤凰过生日的时候，百鸟都会从四面八方飞来，带着各种各样的礼物，向凤凰表示祝贺，这就是传说中的"百鸟朝凤"。

下篇

少数民族
神话传说

创世神话

盘古盘生修天造地

　　很久以前，有一对叫做盘古和盘生的兄弟俩，他们以砍柴卖柴为生。有一天，盘古到街上卖柴，遇到了一个叫做妙庄王的算命先生，他对盘古说："你砍柴不如钓鱼。"盘古想，何出此言啊？谁想妙庄王接着说："你的命注定这样。等到八月初三那天，太阳出来以后，你就到金沙江边去钓鱼吧。并且你钓鱼的时候，要专钓那条红鱼。钓回来以后，把它拿到街上去卖，不要零卖要整卖，谁的价钱出到三百六，你就把鱼卖给他。"盘古虽然很是疑惑，但他还是照着妙庄王说的去做了。

　　原来这条红鱼是龙王的三太子。龙王见三太子被人钓走之后，非常着急，于是每天都要到集市上去寻找。这天他好不容易碰到了盘古，生怕儿子会有什么闪失，就痛快地出到了三百六的天价，将儿子救了回去。龙王见盘古就在卖这条鱼，心里很是纳闷，就问盘古到底是怎么回事，盘古就把妙庄王告诉他的事说了。龙王想，这妙庄王真的这么神奇吗？我也去找他算算命吧。

　　龙王找到妙庄王，上去就问："先生，你说今年的雨是怎么个下法？"妙庄王不假思索地说："城内两点，城外三点。"龙王想，我是司管下雨的神，要你来教我吗！我偏要城内三点，城外两点，看能怎样！谁知龙王这么做了以后，大雨就一直下了十年。这十年的雨给人间带来了很大的灾难，最后天地没有了，日月没有了，人也消失了，从此天下变成了黑漆漆一片。

这样又过了几年。相传到前朝时候，盘古和盘生又出来了。他们一个变天，一个变地，分别在鼠年和牛年将天地变成了。但是最初的时候，他们变的天地并不圆满，是有缺陷的。后来他们经过冥思苦想，才想到了一个将天地补完整的办法：用云和水来填补天地的缺陷。后来，盘生发现自己变的地比哥哥变的天大，为了让天和地匹配，盘生就将地缩小了。这样一来，地上就出现了一些皱纹，这些皱纹就是山了。

把天和地修好后，盘古和盘生就死去了。据说盘古死时，身材有一丈八尺长。他的尸体躺在观音寺里。奇怪的是，他身体的各个器官变成了世间万物，而且观音的手指到哪里，他就变到哪里。他的两只眼睛变成了太阳和月亮，头发变成了树木，肠子变成了河流，四肢变成了山脉，连手指甲都变成了屋顶的瓦片。

后来天地间又发了洪水。洪水将地上的东西都冲走了，只剩下两兄妹，观音把他们藏在一个金鼓里，也不知道被洪水冲到哪里去了。观音找了他们一百天，最后终于在洱海把他们找到了。但是他们藏在鼓里，漂浮在水面上，该怎么把他们打捞上来呢？见观音着急，鸭子和老鹰都前来帮助。它们一个在天上推，一个在水面上拱，费尽了力气终于把金鼓推到岸上来了。

该怎样打开金鼓呢？观音想来想去，最后找来老鼠咬开金鼓。老鼠咬啊咬的，咬了十多天，终于将金鼓咬开了。观音为了奖励它，就将五谷分给了它。所以，到现在老鼠还要到处偷吃人的粮食。

金鼓被咬开了，兄妹俩被救出来了。但是观音一看，两兄妹的身体是连在一起的，于是观音又找燕子来帮忙。燕子很热心，只听"咔嚓"一下，它那比剪刀还快的翅膀就将兄妹俩割开了。为了奖励燕子，观音就准许它们住在人们的屋檐下。

这兄妹俩，哥哥的名字叫做赵玉配，妹妹的名字叫做邰三妹。观音见天地间没有别人，为了繁衍后代，就让他们结为夫妻。起初兄妹俩只是哭，死也不从。后来，观音让他们一个搬一个磨盘，从山顶滚到山脚。如果磨盘合在一起，就证明两人结为夫妻是天意所为，不得违抗。果然，当两个磨盘滚到山脚下的时候，它们合在了一起。两兄妹无法，又哭了好长时间，最后只好按照观音的意思办了。

后来观音用栗树的树叶做成喜房，请松树来做主婚人，请梅树做媒人，请桃树来交杯。

兄妹俩便结成了夫妻。据说现在，白族人在结婚的时候，还是习惯在屋子里放些栗树叶，门前种松树，喝交杯酒时放桃花。十个月后，兄妹俩生下了一个大口袋，口袋里有十个儿子。后来十个儿子又各生了十个儿子，就成了百家。后来他们各姓一姓，据说这就是百家姓的由来。

雷公土地打仗，盘古兄妹成婚

传说远古的时候，司管土地的神是个善良的老公公，名字叫做土地；司管天上的神是个脾气暴躁的人，名字叫做雷公。因而花草树木，鸟兽虫鱼都害怕雷公，更愿意到地上来和土地公公亲近。于是天上只剩下云雾风雨，一派冷清的景象；而地上万紫千红，热闹极了。雷公认为是土地骗走了他的宝贝，于是下到凡间要和土地打一仗。他们一共打了三场仗。第一场雷公带着十万天兵天将，手拿着大刀阔斧，而土地只有树木做盾牌。最后当然是土地被打得七零八落，损失惨重。而雷公也因此夺走了如灵芝、蟠桃、玉桂等宝贝。第二次，土地把木盾牌都换成了牛皮的，双方相持不下，最后以平局收场。

第三场仗火力十足。雷公准备得十分充分：他叫天兵天将拿上了刀、斧子、长矛、火、风等各种武器，还让一些卫队穿上和他身上一样的白衣白裤，用红粉涂上像他一样的大红脸。他这么做的目的，就是掩人耳目，好混在人群中杀死土地。土地公公非常聪明，他探得了雷公的阴谋，于是让地兵都穿上黑衣，手藏黑粉，待到战场上用。天亮以后，土地让兵都埋伏在岩洞里，不准轻举妄动。而雷公的兵横冲直闯，却不见地兵一人。雷公顿时勃然大怒，他以为地兵藏在草木背后不敢出来，于是传下命令，让风将草木刮平，迫使地兵现身。此时，土地趁机让地兵将黑粉抛出。被风一搅，黑粉刮得漫天都是，把天兵的白衣白裤都染黑了。这时雷公的其他部队错把卫队认作了地兵，于是朝着他们奋力砍杀，战场上一片混乱。过了好长时间，雷公才知道自己中计了。他忙唤来雨水，将卫队身上的黑粉冲掉。

谁知一场雨过后，雷公卫队脸上的红粉也被冲掉了，显得雷公的红脸分外清晰了。雷公沮丧极了，正在他走神的时候，土地让人将雷公活捉了来。土地知道雷公是条龙，就把他绑在太阳底下的石柱上，让火辣辣的太阳烤着他，不让他接触到一滴水。

这样不知过了多久，有一天，雷公见盘和古两兄妹走来，忙恭谦地说："你们行行好吧，我快渴死了，给我点水喝吧。"盘和古见他可怜，想给他水喝，但是他们记得土地公公交代过，谁给雷公喝水就要被处死，于是都站着不动。雷公又开口道："要不给我身上泼些水吧。"兄妹俩就同意了。谁知一得水，雷公身上就有了力气，他一下子挣断了铁链，随后飞到天上去了。临飞走前，他捡起地上被打掉的两颗牙齿给兄妹俩，说："这两颗葫芦籽是宝贝，你们将它们种到地里会长出大葫芦，遇到灾难的时候就进去藏身吧。"

兄妹俩见雷公跑了，就回去将事情的经过告诉了土地爷爷。土地爷爷一看不好，于是让兄妹俩快去种葫芦，又急忙让人造木筏以躲避灾难。葫芦长得很快，五天后就长成了两个大金葫芦；人们都觉得雷公不会再来，也不愿意造木筏。这样又过了几天，天下起了大雨，一连下了三百六十天。大雨将人们都淹死了，只有土地、盘和古躲在葫芦里，逃过了灾难。

第三百六十一天，雨停了，盘和古兄妹俩走出葫芦一看，世间一片狼藉，一个人都没有了。他们这样晃荡了几天，终于见到了土地爷爷。这时土地衣衫褴褛，披头散发，已经不成样子。土地见兄妹俩都长成了大人，就笑眯眯地说："如今天下已经没人了，你们结为夫妻来传宗接代吧！"古妹一听就急了，她顺手一推就将土地推进了古树下的一个小石洞里。所以后来，毛南人就把土地神放在古树下的小石洞里了。

后来，古妹问了松树、乌龟，他们都说世间没有别人了，把古妹急得团团转。最后他们来到一个石磨旁，盘哥说："古妹，我们各取半边石磨将他们滚到山底，如果它们在山脚下合在了一起，我们就结婚吧。"说来奇怪，石磨滚到山脚下就真的合在了一起，古妹只好答应和盘哥结婚，但是她提出不同房不同床，瞒着天地。

再后来，盘和古用泥巴捏人，乌鸦们就将泥人放在山上、河边、树林边等地方。从此，人间又有了人。

迦萨甘创世

相传远古的时候，世间只有一个万能的救世主，他长相和人一样，名字叫做迦萨甘。那时，天和地都只有巴掌那么大，是迦萨甘将天和地变大，并且分成了三层：天空、地面和地下。之后，他见天地间寒冷无比，于是就用自身的热创造了太阳和月亮，从此世间变得温暖和明亮起来。

最初的时候，天高高在上，凝然不动；但是地不甘心屈居在天之下，总是左右摇摆，随便晃动。迦萨甘就迁来一头巨大的青牛，将地固定在牛的犄角上。但是大青牛天生一副犟脾气，它就愿意用一只犄角来顶住大地。所以当它将大地从一只犄角换到另一只犄角的时候，大地就会晃动得非常厉害。迦萨甘非常生气，随手用大山做钉子，将大地固定在了牛角上，从此天和地才固定下来。

可是，光有天地、太阳和月亮还不行。迦萨甘见大地上一片空旷，悄无声息，于是寻思着创造一些有生命的东西来主宰这个世界。随后，迦萨甘在大地的中央种了一棵生命树，又用黄泥捏了一男一女，一对空心的小人。不久，树长大了，结了满树的灵魂，迦萨甘就取下两个，朝着两个泥人一吹，他们瞬时站立起来，互相拥抱跳跃。他们就是人类的始祖，这男的叫做阿达姆阿塔（"人类之父"），这女的阿达姆阿娜（"人类之母"），迦萨甘让他们通婚，此后他们过上了幸福的生活。婚后，他们一共生了二十五胎，而且每次都是一男一女的双胞胎。他们又互相通婚，生了更多的人。此后人类就繁衍开来。

为了让人类更好地生活在这个世界上，迦萨甘又用黄泥捏成了各种花草树木和飞禽走兽，并给它们注入了灵魂。据说狗这种动物，是用泥人肚脐眼中的泥屑创造的，于是它后来成了最忠实于人类的动物。此后，世间呈现出一派生机勃勃的景象，人类和动物、花草树木快乐地生活着。

忽然有一天，从天外偷偷闯进一个叫做黑暗的巨型恶魔。它非常嫉妒世间的光明和美好，于是违抗了迦萨甘的旨意，将各种灾害和疾病带到了世间，还恶意残害人类和动物，把大地笼罩在一片黑暗之中。迦萨甘见恶魔不服管教，还如此凶残地对待人类，扰乱了世间的平静，就立即派太阳和月亮去征战黑暗恶魔。

据说太阳是刚强男性的象征，月亮是温婉女性的象征，它们久久地在天空中相望，早已产生了爱情。于是它们很乐意并肩作战，降服恶魔。但是黑暗恶魔很是猖獗，时间一久，太阳和月亮只顾着全力迎战，追赶黑暗恶魔，所以就走散了。它们也顾不得彼此寻找，只有用尽全身的力量给人类带来光和热。久而久之，它们难免落下相思的泪水，据说天上的雨和雪就是他们的眼泪。

迦萨甘当然看不得自己钟爱的太阳和月亮掉眼泪，但是他日理万机，常常不得空闲。所以当他稍稍闲下来的时候，他就拿起那把叫做"迦扎依勒"的弓箭朝着黑暗恶魔猛射。如今我们看到的打雷，据说就是迦萨甘弯弓射箭的响声；那空中的闪电就是箭划过天空时发出的火光了。如今，太阳和月亮还是对黑暗恶魔穷追不舍，黑暗恶魔也十分怕见到它们的光芒。

顾米亚开天辟地射太阳

传说在遥远的古代，没有天和地，也没有动物植物和人类，到处被一团团黑漆漆的云雾笼罩着。顾米亚和他的十二个孩子见到这荒凉的一切，决心开天辟地，创造人类。他们找啊找的，找了七七四十九天，终于找到了创造天地的材料，那就是一只巨大的犀牛。

顾米亚见到这只犀牛之后，高兴得手舞足蹈。随后，他剥下犀牛的皮做成了天；把它的两只眼睛挖下来做成了星星，抛向天空；又用它的肉铺成了地，毛发做成了花草树木；最后将犀牛的骨髓做成了鸟兽虫鱼，脑浆做成了人。

但是问题还是存在，怎样才能将天牢固地钉在上边，不让它掉下来？又怎样能将地托住呢？顾米亚想来想去，最后想到将犀牛的四肢竖在东南西北四方，支撑住天；又抓住一条大鳌让它将地托住。而且为了防止大鳌逃跑，顾米亚请来公鸡帮忙看守。但是公鸡也有困的时候。当公鸡闭上眼睛的时候，大鳌就要逃跑，于是大地就跟着晃动起来。为了给公鸡提神，人类还要不时地给公鸡撒米，让公鸡保持清醒。待到天地稳固了之后，人间呈现出一派祥和的景象：人类的小孩子在广阔的大地上奔跑，小鸟在天上飞，鱼儿在水中游……顾米亚看着这一切高兴地笑了。

但是好景不长。顾米亚的死对头：太阳九姐妹和月亮十兄弟见了顾米亚的成功生气极了，他们一齐聚到天上，发出毒辣的光和热，决心破坏掉这美好的一切。日子不长，大地被烤裂了缝，地里的庄稼被烤死了，花草树木也枯萎了。顾米亚不忍心见到这一切，于是他决心将太阳和月亮从天上射下来。

顾米亚先后来到了森林边、冲子边和竹林里、水潭边，砍来西尼麻做弓，取来阿卡解麻做成弦，又砍倒阿里麻削成箭，最后在箭头上抹上了有毒的龙潭水。准备好一切后，顾米亚不顾酷热和辛苦，爬上了最高山的山顶。他没来得及擦一擦汗，就拉开弓搭上箭，朝着其中的一个太阳狠狠地射去。只听"嗖"的一声响，那火球似的太阳从天上掉下来了。之后顾米亚一箭一箭地接连向天上射去，天上的太阳和月亮越来越少了，人间变得舒服起来，大地清凉了，花儿竞相开放，庄稼又活过来了。

顾米亚射到最后，只留了一个太阳和一个月亮在天上。这太阳和月亮看到兄弟姐妹纷纷被射死，害怕极了，于是想连忙跑走。此时的顾米亚怒气未完全消掉，他歇了一会儿，连忙抽出第十八根箭朝这最后的一个月亮射去。但是由于顾米亚精力不足，他没有射中这个月亮，只见箭从月亮身边擦过去了，吓得月亮出了一身冷汉。从此之后，月亮就不能发热了。由于害怕顾米亚再抽箭射击，太阳和月亮连忙逃走了，此后不敢再露面。

但是没有了太阳和月亮，人间成了一个黑暗和寒冷的世界，到处都死气沉沉的。这可难住了顾米亚，他想来想去，最后决定还是要将被吓坏的太阳和月亮请出来，于是他派燕子去打听它们的下落。不久，燕子回来了，顾米亚得知太阳和月亮躲藏在东边天地边缘的大石洞里，于是将大家召集起来，商量请太阳的对策。

最后它们商量决定，由燕子在前面引路，萤火虫为大家照明，随后公鸡率领大家走在前边。而怕顾米亚吓到太阳和月亮，就让他留在原地看守。此时的太阳和月亮由于孤单和恐惧，正抱在一起在洞里痛哭。忽然它们听到洞外一片嘈杂的声音，不由得蜷缩成一团。这时，公鸡让大家安静下来，诚恳地冲着洞口喊道："美丽的太阳和月亮，顾米亚让我们来请你们出来，你们不要害怕。请出来给我们光和热吧！"太阳和月亮不相信顾米亚会轻易放过它们，所以不敢出来，所以公鸡向它们保证说："以后我来担保你们的安全。我一叫你们就出来，我不叫你们不出来就行了。"太阳和月亮想了想，觉得有理，才爬出了洞口。后来，太阳和月亮按照顾米亚的吩咐，一个在白天出来，一个在晚上出来，轮流给人间以光亮和温暖。

从此之后，世间充满了人们的欢声笑语，万物快乐地生活在一起。

男女神创造人类

天地形成之后，地球上什么都没有。从天上向下望去，地球小得可怜，就像是漂浮在水面上的一片叶子。

这天上有个叫做"诺列领"（滴水鸟）的小鸟，它从天上向下望去，觉得地球太小了。为了显示自己的威风，它决定飞到地球上，用尾巴将地球打沉。它飞呀飞，飞了一年零一个月，终于挨近地球了。它定睛一看，顿时失望和懊恼极了，原来地球不小，相反，它很大很大，诺列领在它面前才显得小极了。但是诺列领非常地狂妄自大，它还是决定用尾巴把地球打沉，虽然它试来试去，怎么都不能成功。最后它想，或许走到水边去拍打地球就容易沉了，于是它来到水边，沿着水岸继续拍打，很有一种誓死不休的劲头。

有一天，诺列领的行为被开创天地的英叭看到了，他又怒又气，说道："这个不知好歹的诺列领，难道我能容忍你去主宰大地吗！也怪我，只造了个光秃秃的地球，现在是造神仙去地球上开创人类的时候了。"说完，他就将自己身上的泥污搓下来，捏成了两个神仙，之后他接着说道："快让他们复活，去主宰地球吧！"说着，这两个小泥人果然活了，他们变成了一个男神，一个女神，英叭很高兴，于是给他们取了个好听的名字，男神叫做"布桑戛西"，女神叫做"雅桑戛赛"。随后英叭从袖子里掏出一个金葫芦送给他们，然后嘱咐说："下到地球上你们就结为夫妻，到那里开创人类去吧。这金葫芦里是一切活的生命，到了地球上就把他们放出来吧！"他们点点头，便下到地球上去了。

到了地球上，布桑戛西和雅桑戛赛就将葫芦破开了。只见各种飞禽走兽和昆虫、鱼虾在里边跃跃欲出，另外还有一些葫芦籽沉在葫芦底。于是他们驾着云彩飞上天空，将葫芦籽和动物洒遍了地球的每个角落。之后葫芦籽落在土壤里，就长出了各种花草树木，它们红红绿绿地点缀着空旷的大地，美丽极了；而动物们有的生活在陆地上，有的生活在水里，还有的栖居在高山上，使整个地球充满了生机。

但是有了动物和植物还不够，为了完成英叭交给的任务，布桑戛西和雅桑戛赛又造起了人。他们用黄泥巴捏人，布桑戛西捏女人，雅桑戛赛捏男人，捏好后，他们就对着泥人吹起气来。不一会儿，小泥人就慢慢睁开了眼睛。这时，雅桑戛赛突然发现，布桑戛西忘记给女人做乳房了，于是她随手从男泥人的手心上取了一些泥巴，放到了女人的胸前。男泥人非常不甘心，想取回自己手上的泥，于是总把手伸向女泥人的乳房，所以就有了男人摸女人胸部的习惯。再后来，布桑戛西和雅桑戛赛让他们结为夫妻，并教给他们语言，让他们主宰世界。这样人类的祖先就诞生了。

虽然这两个泥人会走路，会说话，但就是不会繁衍后代。于是布桑戛西和雅桑戛赛就变成了一对黄蜂，当着他们的面进行性交，有意教会他们这项本领。后来他们学会了，生了三男三女，这三男三女又结为夫妻，生了更多的孩子。从此人类就繁衍开来了。

遮帕麻和遮米麻创世驱魔

传说在远古的时候，世界是一片混沌的。也不知道从什么时候开始，混沌中突然闪现了一束白光。阴阳相生，因而世间诞生了天公遮帕麻和地母遮米麻；明暗相间，因而产生了三十名神将和三十名天兵。

起初，天公是光着身子的，他的腰上别着一根"赶山鞭"，胸前有两只大山似的乳房。他将腰上的赶山鞭一挥，就招来了天兵天将和几千只白鹤。他让天兵天将搬来金沙银沙，让白鹤掀风降雨。在雨水的搅拌下，他用金沙造了个火辣辣的太阳，用银沙造了个凉阴阴的月亮。之后，他又将身上的两个大乳房扯下来，变成了一座太阴山和太阳山，让太阳和月亮在这两座山上歇脚。而且他在两山中间种了棵梭罗树，让太阳和月亮围着它转，规定太阳出来就是白天，月亮出来就是夜晚。后来他又用珍珠、玛瑙、玉石和翡翠造了东西南北四边的天。从此，遮帕麻的名声大振。

其实在天公造天的同时，地母遮米麻也在织地。遮米麻诞生的时候也是光着身子的，她的喉咙特别大，头发和脸上的毛发也有几丈长。她先摘下了自己的喉咙做梭子，又拔下脸上的毛发来织大地。待到东西南北四方的大地织好后，她又用自己的肉身托住了大地，使世界有了生机。可以说，遮米麻的功绩就像大地一样无边无际。

但遗憾的是，天和地造得不一样大。地织得大了些，因而天边遮不住地缘，常常引起海面上的狂风巨浪。于是遮米麻立即从地上抽出了三条线，结果大地变得凹凸不平，因而有了高山和山洞，它的面积也相应地缩小了。从此天地合拢了，天公来到了大地上。

遮帕麻望着能伸缩的广阔大地，不禁生出了发自内心的赞叹。于是他提着赶山鞭，周游在大地上，希望能遇到创造奇迹的地神。而此时的遮米麻抬头看着那能带来光和热的太阳以及清汪汪的月亮，不禁愣了神儿。是谁将天造得如此神奇？于是她拼命地往高山上奔跑，想见到造天的神。

终于在一个晴朗的早晨，在大地中央的无量山上，天公和地母相见了，他们互望着对方，好像永远都不能满足。之后他们结合在一起，安身在大地的中央。这样的日子过了九年，第九年的时候，遮米麻产下了一颗葫芦籽，夫妻俩随后将葫芦籽埋在了地下。又过了九年，葫芦藤上长出一个大葫芦，而且这葫芦越长越大，好像能压裂大地似的，于是遮帕麻就将它敲出了一个洞，谁知霎时间有九个小娃娃从洞里跳出来，夫妻俩高兴得拥抱在一起，久久不愿分离。相传这就是人类被创造出来的过程。这以后，夫妻俩教孩子们刻木记事、打猎、盖房子，这九个兄妹变得越来越聪明，他们的生活也过得越来越好了。

但是好景不长。几年后的一天早晨，狂风吹开了天幕，天上突然下起了大暴雨。暴雨一连下了好几年，使大地变成了一片汪洋。此时遮米麻手中还剩下三根织线，她用一根织线来缝一边的天，这样东西北三方都缝合好了，只剩下南方的天无线缝合，狂风和暴雨在那里肆虐得厉害。

遮帕麻和遮米麻商量，只有在拉涅旦造一座南天门才能挡住南天的风和雨。所以第二天早晨，遮帕麻就带着天兵天将，挥着赶山鞭向拉涅旦进发了。到了拉涅旦，遮帕麻率领天兵天将筑墙造门，将洪水制服了，人们重建家园，又过上了幸福的日子。正当遮帕麻想回去的时候，美丽和智慧的盐神桑姑尼挡住了他的去路。之后他们堕入情网，遮帕麻就留在了南天。

谁知在遮帕麻南行的时候，中原来了一个最大的火神和旱神腊旬，他造了一个假太阳挂在天幕上，这太阳一动不动，一天到晚发光发热，使整个世界陷入了一片混乱。遮米麻看着万物遭殃，心急如焚，但是她无力战胜恶魔，只好日夜盼望着丈夫归来。

可是盼了好久好久，丈夫一点音信都没有。遮米麻盼望着有人能给遮帕麻报个信，但是从此地到南天路途遥远，大家都是心有余而力不足，遮米麻只能一个人默默地流泪。这一天，她坐在干涸的河边独自垂泪，忽然一只小懒猫跑到她身边，依偎着她说：“地母奶奶，你有什么伤心事可以告诉我，我愿意给你效劳。”遮米麻便将恶魔腊旬降灾于人间的事说了，并希望它可以去拉涅旦找到遮帕麻，将恶魔除掉。小懒猫答应了地母的请求之后就上了路。

小懒猫跋山涉水，历经了千辛万苦，走了九十九天终于来到了拉涅旦，将大地中央遇难的消息告诉了遮帕麻。遮帕麻听后非常愤怒，他告别了南天的人们之后，立即回到了中原。后来天公用施魔法的方式假装和腊旬交朋友，骗取腊旬的信任。之后他请腊旬吃饭，在饭里下了毒药，腊旬就被毒死了。

腊旬死了，遮帕麻用箭射下了假太阳，又将被破坏的一切重新整顿，从此之后，人们的生活又恢复了正常。

布洛陀造天地

传说远古的时候，天和地是重叠在一起的，后来不知何年何月，随着一声惊天动地的霹雳声，天和地才分开。随后，天往上升，地往下降，两者才有了一定的距离。再后来，雷公管辖着天，天上就有了风云；地上开始有了人类，花草树木、鸟兽虫鱼也随着生长开来。

可是，虽然那时天地分开了，天和地的距离却很近，人们的日子并不好过：火辣辣的阳光照在地上，地里的禾苗被晒死了。光线射到人们身上，人们觉得如同被火烤了一般；而且雷公的鼾声很响，吵得人整夜睡不好觉，严重地影响了第二天的劳作。再者，雷公的大吼大叫，就好像能将天地震得裂开缝。人们整日提心吊胆，无法正常生活。所以人们聚在一起，商量能使天地离得更远一些的对策。

年轻的后生们听老一辈的人说，离村子不远的洛陀山脚下有个叫做“布洛陀”的老人，他法力无边，神勇过人，或许有办法能将天地分开。于是年轻的后生们翻山越岭，不辞劳苦，走了三天三夜的时间，终于来到了洛陀山。只见这里崇山峻岭、茂林修竹，风景极好。听说壮族三王中的其中一王——布洛陀，就住在这连绵起伏的大山脚下的岩洞里。于是他们快步来到岩洞旁，只见一个白发白须的老人坐在洞口独自下棋，后生们小心翼翼地走到他身边问道：“请问老仙人，神人布洛陀是住在这里吗？”老人一听立即放下了手中的棋子，从石凳上站起身来热情地答道："我就是了，你们是哪里人，找我有何事啊？"后生们一看，这老翁实在不同寻常：他年纪虽然大了，但是声如洪钟，身材壮硕，而且红光满面，精神头十足。后生们对他不禁增添了几分敬畏之情，恭谦地将天和地的情况说给布洛陀听。布洛陀听完，沉思了一会儿说道："这树林中有根又大又高的老铁木，将它砍下来用作顶天柱，天和地就可以分离开来了！"后生们听了都不禁疑惑："天那么大，那么重，真的可以顶起来吗？"只见布洛陀笑呵呵地点了点头，于是后生们就在这洛陀山上找起了老铁木。

他们爬过了一座又一座山头，跳过了一个又一个山涧，终于找到了一棵十个人都抱不住的老铁木。后生们纷纷举起手中的斧头砍树，但是这老铁木长得非同寻常，任人怎么砍它，它都能自己长合了。后生们用尽力气，砍了九九八十一天，它还是完好如初。实在没办法，后生们只得去找布洛陀问个究竟。布洛陀听说找到了那棵高大的老铁木，自然十分兴奋，他从家中扛了把大铁斧后就跟着后生们出了门。到了老铁木跟前，只见他在手心上呵了口气，运了下力气，举起大铁斧朝着老铁木一挥，只听"辟"的一声，地面上刮起了一阵狂风，使人们睁不开眼。等风过后，后生们一看，老铁木被砍进了一斧，都不禁面面相觑，说不出话来。布洛陀又一连砍了几下，只听"轰隆"一声，老铁木应声倒下了。后生们高兴得拍手欢呼，赞叹布洛陀的神力。

可是接下来后生们又犯了难：树是被砍倒了，顶天柱有了，但是它太重，搬不动啊。这时布洛陀像是看穿了大家的心事，他擦了擦汗，笑着说："别担心，我来！"说着，他蹲了下来，一用力就将老铁木扛到肩上去了。后生们纷纷到两头扶着，就这样，大家将老铁木抬到洛陀山顶上去了。

到了洛陀山顶，布洛陀将铁木柱慢慢竖起，天渐渐升高起来了，只见他一用力，铁木柱笔直地竖在了山顶，天被顶起来了。由于铁木柱太重，地也往下沉了一些。随后他又将铁木柱左右摇晃了几下，确定它已在天地之间固定住了。这样，新的天地就造成了。

但是还有个问题有待解决：天和地不一样大，天边盖不住地缘，这该怎么办呢？人们让布洛陀给想个办法。布洛陀想了很久，后来终于想到了一个很巧妙的方法：他随手在大地上抓了几下，地上就出现了很多小山坡。这样土地的面积就缩小了，天和地就一样大了。

从此，世间阴阳更替，四季分明，人们过上了幸福的日子。

密洛陀创世

相传很久以前，天和地没有分开。在天地之间有一面铜鼓，九十九条金龙和九十九条凤凰相伴在它的周围。铜鼓中睡着一个女人，女人身边还有九个影子，据说那影子都是守护她的大神。

不知道哪天，突然一声霹雳，把连在一起的天地震裂了一条缝。霎时间龙飞凤舞，女人也醒来了。这女人是谁呢？据说她就是万物之母——密洛陀（洛陀：女神）。

密洛陀醒来后走到天地裂缝的边缘，只见她一伸懒腰，一跺脚，天往上升，地往下沉，天地就分开了。后来，天升得越来越高，地沉得越来越低，慢慢就变成了如今的样子。随后，密洛陀摘下左耳朵上的金耳环吞进肚子里。这样过了九千年，一颗大金球孕育出来了。她对着大金球一吹，金球就升到天上去了。这就是如今我们看到的太阳，它能发光发热，把大地照得暖洋洋亮堂堂。太阳造好了，密洛陀又摘下右耳朵上的银耳环吞进肚子里，用同样的办法造出了月亮。此后，白天有了太阳，夜晚有了月亮，世间四季分明，温度适宜。

造完太阳和月亮，密洛陀想起了九个大神。她拿起鼓槌一阵紧敲，唤出了山神卡亨和水神罗班。密洛陀拿出金扁担、银把斧和金大锤、银把锄，分别交给山神和水神，对他们说："放眼望去，世间尽是荒山野岭，地南地北水浪滔天，我要你们去治山治水，把山水打理得井井有条。"山神和水神就领命下去了。山神用扁担挑山，用把斧开路；水神用大锤凿山，用把锄引水，他们足足干了三千六百天，才将世间的荒山和洪水治理好。从此，世间到处是奇山峻岭、大海汪洋，河流湖泊平如镜，好一派宏阔气派的景象。

密洛陀见了这一切，自然喜不自胜，她又叫来树神布桃娅又和花神山拉，吩咐道："现在山上光秃秃一片，我要你们在山上种上花草树木，美化大地。"树神和花神领命下去了。

他们先带着金银珠宝到地罗关东地界的密托烟奎处要来了二十四袋花树种子，然后又上到天上找雷公施云布雨。不一会儿，世间刮起了狂风暴雨，他们伴着风雨将花树种子撒向大地。到了第二年的春天，种子长出了嫩芽，又经过雨水的滋润，它们渐渐长成了美丽的小花和挺拔的大树。

密洛陀看着这漫山遍野的花树总觉得少了些什么。她沉思了一会儿突然想到，要造些活的生命来才有意思。于是她将九个大神召集起来，说："给这世间造些生命出来，你们都有什么法子？"众大神有的献出了身上的羽毛，有的献出了头上的角，有的献出了脚爪……密洛陀见了很高兴，她连忙吩咐下去，将糯米饭拌在众大神的身上，分类放在十二个大缸里九蒸九晒，造动物。蒸好晒好后，就在打开大缸盖子的一瞬间，密洛陀往缸里吹了一口气，说道："动物们，出缸后要各守规矩啊！"随后大缸的盖子掀开了，飞禽走兽，昆虫鱼虾都跳出来，到它们喜欢待的地方去了。

密洛陀开天地造万物后，越发觉得孤单了。她想，何不造些人出来与她为伴呢？于是她将飞禽走兽叫到身边说："我要造人，你们帮我找地方吧！"长尾鸡、乌鸦和聋猪纷纷领命下去了。但是它们把时间都浪费在贪玩贪睡和贪吃上面了，回去只好编谎话说："密洛陀，路途遥远，再加上狂风暴雨、电闪雷鸣，我们什么都看不到，所以就回来了。"密洛陀一听就知道它们在撒谎，对它们施行了严厉的惩罚。后来还是鹞鹰和地鼠、穿山甲帮着密洛陀将田地开好、村场选定，密洛陀想万事俱备，是时候造人了。

这一天，密洛陀坐在地上休息，她忽然觉得身旁树洞里闹哄哄的，站起身上前一看，原来是蜜蜂、马蜂的窝。仔细一瞧，蜂窝里堆着甜甜的蜜汁和金黄色的蜂蜡，旁边还有些洁白如玉的子了。密洛陀大喜，心想：这子了白白胖胖、有鼻子有眼，样子多好看啊，可以照它的样子造人呢！这蜂蜡和蜜汁正好做原料。于是她就把蜂蜡蜜汁和子了都捧了回来。之后她就用蜂蜡捏成了男人和女人。捏好了小人，密洛陀对着小人连吹了三口气，小人霎时间动起来了，围着密洛陀蹦蹦跳跳。后来，这两个小人长大了，又繁衍了更多的人。人越来越多，就形成了不同的族系，密洛陀便给这些族系取了不同的名字，分别是汉族、壮族、苗族以及瑶族等。他们都围在密洛陀的身边，使得密洛陀一点也不觉得孤单了。

这样过了很长时间。突然有一天，密洛陀发现，天上的太阳和月亮多起来了。一问白云才知，那多出来的太阳和月亮是繁衍出来的。密洛陀想这可不行，光线太充足，孩子们肯定受不了，于是就叫来火神昌朗也和弓箭神昌郎仪将多余的太阳和月亮射掉。火神和弓箭神身背千斤大弓，手持带有毒汁的利箭，越过了千山万水，来到了太阳和月亮的宫殿。他们没费什么力气就将多余的太阳和月亮射到海里去了。从此人们的生活又恢复了平静。

又过了很多年，密洛陀衰老了，她把孩子们叫到床前说："五月二十九这天是我的生日，孩子们要记住这一天，以后记得为我祝寿。"后来，五月二十九就成了瑶族的年节。

里和伦创世，莫伟造人

里和伦创世

据说天刚形成的时候并不像现在这么光滑平坦，而是有很多疙瘩，就像是癞蛤蟆的皮一样，非常难看。是里（天神）用巴掌不停地磨，磨了上千年才将天磨成了现在的样子。后来，是里在天上放上了太阳、月亮和星星，天才变得漂亮起来。据说地刚形成的时候只是个空空的皮囊，就像是脱了皮的知了，非常别扭。是伦（地神）用泥土不停地堆，堆了上千年，堆出了高山、山谷和河道，地貌才变得丰富起来。

但是那个时候，天和地被一根锁链拴在一起，离得很近，空间非常狭小。于是里和伦就用斧头将天地间的锁链砍断了，这样，天往上升，地往下降，就渐渐地分离开来了。谁想天和地拴在一起，早有了感情，它们不舍得分开，于是不住地哭。时间一久，它们的眼泪积在天上就化成了云和雨。

里和伦创造了天和地之后，又创造了动物和植物，并派普冷（植物神）和达能（动物神）分别看管它们。那个时候，月亮也能发光发热，所以天地间只有白天，没有黑夜。里和伦为了让万物能够在黑暗中休息，于是在月亮上放了棵大树。这大树挡住了月亮的一部分光和热，此后世间就有了白天和黑夜。

莫伟造人

是莫伟（人神）创造了人，但是他将人造好后放在了山洞里，并将洞口堵住了。

有一天，一只叫做"差"的小鸟从那个石洞旁飞过，听到里边有人在说话。差很吃惊，它飞过了一座又一座山头，将这个消息传遍了整个大地，所有的动物都知道了，于是纷纷来到了山洞旁。动物们聚在山洞旁，商量着怎么样将洞口打开，让人出来。正在大家商量得热火朝天的时候，豹子赶到了，它立即嚷嚷道："我不同意放人出来！人出来后就该吃掉我们了。"动物们一直不喜欢豹子耀武扬威的样子，纷纷笑着说道："我们看，是你怕人抢了你的地位吧！"豹子反驳不过，只好生气地闭了嘴。但是怎么放人出来呢？大象用鼻子拱不开，老熊用巴掌拍不开，犀牛用角顶不开……该怎么办呢？于是大家去请教莫伟。莫伟笑了笑，说："让小米雀来试试看。"小米雀接下任务又忙叫上苍蝇，说："苍蝇大哥，等会儿我啄石洞的时候，麻烦你在我啄过的地方吐口唾沫吧！"苍蝇爽快地答应了。小米雀先到岩石上磨了磨嘴壳，然后飞到石洞上啄了开来。"咄咄咄"它一连啄了七七四十九天，苍蝇吐唾沫也一连坚持了这么久，石洞终于裂开了，人从洞里走出来了。这第一个出来的人就是佤族，随后是拉祜族、傣族和汉族，后来莫伟给他们取了好听的名字，分别是岩佤、尼文、三木傣和赛口。

豹子见到人非常地生气，正当它想扑上去吃人的时候，被站在一旁的老鼠看到了，它"噌"的一声跳到豹子身上，使劲地咬住了豹子的尾巴，疼得豹子嗷嗷叫。豹子讨了个没趣，只好怏怏地离开了。后来，人们纷纷对小米雀、苍蝇和老鼠给予了感谢。

但是人出来后面孔非常模糊。由于看不见，岩佤、尼文、三木傣和赛口就分别抱住了一棵树。莫伟就吩咐妈农（人类的第一个母亲）说："你去带他们洗澡吧！"于是妈农就带着人到阿龙黑木这个地方洗澡，这样人的面孔才渐渐清晰起来。因为岩佤抱的是一棵大椿树，于是阿佤人的脸总是黑红黑红的；尼文抱的是一棵竹子，于是拉祜族人的脸总是青黄的；三木傣抱的是一棵芭蕉树，于是傣族人的脸就是白白嫩嫩的；而赛口抱的是一棵大车树，于是汉族人就长得又高又大的。

但是该住在哪呢？他们无处可去，只好又去找莫伟。于是莫伟给他们分别安排了住处。由于佤族人是勒佤（守住圣地的人），所以他们就住在阿佤山上了。再后，莫伟又告诉人们怎样找吃食，以及怎样记文字、怎样生娃和种地。渐渐地，人们变得聪明起来，过上了幸福的生活。

厄莎创世

传说在很久以前，天地都没有，有的只是一个混沌的宇宙。不知道过了多少年，厄莎在宇宙中诞生了。

厄莎刚出生的时候非常小，小到和发丝一样细，和人身上的毛一样长。这样过了一年，她一伸懒腰一蹬腿，就长高长大了。渐渐地，厄莎有了心事，她想，是该造天和地的时候了。于是她将自己身上的泥垢搓下来，做成了四根大柱子和四条大鱼，分别是金柱、银柱、铜柱和铁柱以及金鱼、银鱼、铜鱼和铁鱼。她将四根大柱子分别支在四条鱼身上，然后又分别架上了三千六百根天椽和地椽，这样天和地的架子就搭好了。之后，厄莎又搓手搓脚，搓出了很多泥垢，做成四个小人，分别是阿朵、阿嘎、扎偎和娜偎。她吩咐阿朵、阿嘎织天网和地网，派扎偎和娜偎造天造地。这样过了九年，天和地终于造好了。

但是天和地造好后，厄莎才发现，天地不一样大，娜偎把地造大了。厄莎只好在地上捏了几个小山包，将地缩小了。这样天和地才合拢了。可是没过多久，不知道怎么回事儿，天和地裂开了。厄莎见了，只好又搓下了身上的泥污，做了一对燕子和点点雀来补天补地。这样补了三年，天和地终于补好了。但是厄莎看着天和地总觉得少了什么，于是她又造起了日月和星辰。

厄莎让扎偎和娜偎运来了三千六百万的金子和银子，她又花了三千六百多天，终于炼出了太阳和月亮。起初，厄莎让太阳姑娘在晚上走，让月亮小伙子走在白天。但是太阳姑娘立即表现出了恐惧的表情说："晚上豹子出来行动，我害怕它呀！"谁知月亮小伙子也说道："白天青蛙呱呱叫，吵得很啊！"厄莎接着问太阳姑娘说："那你走在白天可好？"太阳姑娘害羞地说："白天出来我怕羞呢。"厄莎想了想说："我这儿有些金针你拿去，谁要是看你，你就用金针刺瞎他的双眼！"太阳姑娘只好答应了。之后厄莎还让太阳和月亮拉着手走，并告诉他们说："太阳白天出来，晚上休息；月亮晚上出来，白天休息。你们要守住这个规矩，不能偷懒哦！"随后，厄莎又将身上的碎银子抛上了天空，那就是我们今天看到的星星了。

厄莎造好了日月星辰，又把心思放在了大地身上。她见大地上的水分布得很不均匀，于是做了一对鸭子和一只螃蟹来挖沟分水，它们勤勤恳恳地做了九年才将水分配均匀。此时，大地上还是光秃秃的。厄莎觉得很无聊，就做些了花草树木和飞禽走兽出来，从此大地上有了植物和动物。但是起初，鸟兽都不会叫，大地上还是死气沉沉的，于是厄莎亲手在大地上挖出了一条河，那河里的水就像酒一样甘甜可口。小鸟喝了这里的水，唱起了婉转动听的歌，百兽喝了河里的水，发出了属于自己的吼叫声，从此世间热闹起来了。

厄莎造好了这一切还是觉得寂寞，她想，如果造个和自己长得很像的人，她就有伙伴了。于是她变出一个葫芦籽，并对着它吹了几口气，随后将它埋在了山上。这样过了七个月，葫芦发芽开花，结出了一个大葫芦。又过了七天，葫芦藤干了，是该摘下它的时候了。

可是那几天厄莎忙别的事情，把摘葫芦的事情忘得一干二净。等她想起此事的时候，跑到那一看，葫芦早已不知踪影，厄莎忙去找葫芦。

她在山上找了个遍，问了猫头鹰、栗树、芦苇等，它们都说没看见。厄莎一生气，就将它们施以了处罚。后来她追啊追的，追到了海边，终于看到了飘在海上的葫芦。厄莎高兴极了，连忙叫螃蟹将葫芦运到了岸上。之后，她将葫芦放到山上晾晒，并派小米雀严加看守。过了七七四十九天，葫芦里突然传出了声音："快将我们放出去吧，以后我们种了谷子给你吃。"小米雀听了，就花了两个时辰将葫芦啄开了一个洞。霎时间一男一女跳出洞来，厄莎高兴极了，给他们取了好听的名字，男的叫做"扎迪"，女的叫做"娜迪"。再后来，扎迪和娜迪结了婚，并生了很多孩子。随后这些孩子长大了又通婚，此后人类就繁衍开来了。

阿布凯赫赫创造天地

相传阿布凯赫赫是老三星裂生的第一个大徒弟，是她创造了万物，因而被称为整个宇宙的始母神。

老三星教给阿布凯赫赫很多法术，而且带她走了二十七个神洞，告诉她以后社会发展的情景。这一天，老三星把她叫到跟前说："洪水之后留下了几位上劫的神，你去找到她们，她们会帮助你们师兄弟来造天地万物的。"阿布凯赫赫听后点点头，就周游天下去了。

这一天，阿布凯赫赫来到了海岸边的一座小山脚下。她远远地看到一棵活着的树，觉得非常奇怪，因为洪水早已把宇宙中的一切毁掉了，这棵树是怎么活下来的呢？于是她快步上前想看个究竟。忽然从树洞中窜出一个浑身带刺的家伙，阻止了阿布凯赫赫的脚步。阿布凯赫赫无法，只好回去问老三星。老三星笑了笑，给了她一个装着黄花的笼子说："你到那儿就把笼子摆在动物面前，它看到这些就会理你了。"于是阿布凯赫赫带着笼子来到山脚下的柳树前，果然那个动物朝着她跑来了。它对着阿布凯赫赫说："我是上一劫的天兽僧格（刺猬），我是在这柳树下躲过了一劫。"阿布凯赫赫点点头，接着问：

"那这棵柳树是怎么回事啊？"僧格说："走，我们去问问它，它会说话的。"果然柳树说："我是上一劫的柳树。原来我们柳树是会走的，是洪水将我们弄成了这个样子。你看到我身上珍珠似的东西了吗？那就是上劫的灵魂，是我的师傅将天上的一切神灵都附到我身上了。也是多亏了我的小徒弟僧格，我们相依为命才躲过了那场劫难。"接着柳树对着阿布凯赫赫请求道："你会法术吗？我想变回原来的样子。"阿布凯赫赫点点头。只见她退后三步，对着柳树击了三掌，柳树立刻变成了一个有着很大乳房的女人。柳树很是感激，就拜阿布凯赫赫为师了。随后阿布凯赫赫给柳树取了个好听的名字"佛托"，并对她说："我要找到和你们一样的上劫留下来的生灵，你能帮助我吗？"佛托连忙点头，说："可以，我的师兄海兰妈妈也活着，我们去找他吧。"于是阿布凯赫赫将佛托身上的灵魂都放在了她师傅建的灵魂山上，并让佛托取下身上的乳房交给僧格保管，以便给灵魂喂奶，然后两人便上路了。

这天师徒俩来到了一条小河边，河边的土坡上有棵粗壮的榆树。佛托看见榆树高兴地大叫："师傅，我师兄就在这榆树里。"随后阿布凯赫赫连击三掌，将榆树击裂了一条缝，师徒二人便进去了。往里一看，果然有个人直挺挺地躺着，身上还长满了树叶。阿布凯赫赫一看不好，连忙叫佛托回去取乳汁救人。不一会儿的功夫，佛托取了一葫芦乳汁回来，阿布凯赫赫便浇了一部分在那人的身上，果然那人立时就醒了。随后佛托把她的师兄海兰妈妈介绍给她的师傅，海兰妈妈才知是阿布凯赫赫救了他的命，也拜阿布凯赫赫为师了。后来，海兰妈妈拿出一兜子树种，对佛托说："这树种撒到地上就能长成大树。你拿一些乳汁来浇灌它们吧，那样它们会长得更快的。"说着，海兰妈妈将树种撒到了大地上，佛托就跟着她在后边撒乳汁。只见不一会儿的功夫，树种长成了能够行走的大树，师徒三人高兴极了。

为了照看灵魂山上的灵魂，佛托回去了，于是阿布凯赫赫和海兰妈妈继续前行，去寻找上劫的生灵。这天师徒俩走在平原上，忽然看到了一个小土包上长了棵七彩神草。阿布凯赫赫施展法术一看，小土包里边躺着一个人，人旁还蹲着一只老鹰。于是她运用法力打开了小土包。霎时间老鹰飞到阿布凯赫赫的面前，想啄掉她的眼睛。阿布凯赫赫用神功制服了老鹰，并严厉地问道："你是谁？"老鹰乖乖地说："我是上劫的神鹰，我在守着我的主人。"于是阿布凯赫赫又运功将人治活了。那人醒来后就大哭了一场，对阿布凯赫赫诉说起了她的遭遇。原来她是安托，能制造会飞的灵魂。她本来有十几个师兄弟的，现在就剩她一人了。后来，阿布凯赫赫成了她的师傅，她的名字也被叫做安车骨了。过了一会儿，她从袖子里拿出一个小盒子，并对着小盒子大喊了两声，盒子里的灵魂就活了。从此以后，天上就有了飞禽。

再后来，阿布凯赫赫又救了海伦妈妈、突忽烈妈妈等十个上劫的生灵，从此海里和陆地上也有了动物，之后，她便回到老三星那里去了。老三星很高兴，就让她带着徒弟们造起了天和地。而且按照老三星的指点，阿布凯赫赫从动物中挑选出能直立行走的聪明的一种，并请佛托妈妈装上人的灵魂，从此人类便形成了。

阿布凯巴图大战耶路哩

当年，阿布凯赫赫不听老三星的劝告，放过了耶路哩。如今耶路哩收走了地下国的恶鬼，并带着四个魔头对恶鬼进行操练，企图一举夺下天宫。阿布凯赫赫难过极了，于是赶紧跑到老三星那里禀告去了。老三星听后说道："这是天宫注定的大劫，躲是躲不过去的，你赶紧回去守护住灵魂山吧。"于是阿布凯赫赫紧忙回去了。

再说耶路哩，他这时已经形成了五魔、五鬼和五妖的队伍。那五魔就是耶路哩和四个扫帚星来的魔，五鬼是从恶鬼区选上来的，五妖是耶路哩从各地召集来的。它们经由扫帚星主凡可沙的获准，在半夜时分冲出了地下国，一路杀到了天宫门前。阿布凯赫赫得到消息后虽然大吃一惊，但她还是心存侥幸，想先礼后兵，给耶路哩一个反省的机会。于是她带着一些女神和天兵来到天宫门外，来和耶路哩谈判。哪知耶路哩根本不吃这一套，立即向阿布凯赫赫吐出魔火。阿布凯赫赫只好带着大家退回宫中。

耶路哩一战告捷，就有些得意忘形了，正当他想攻入天宫的时候，被四方大神挡住了去路。这四方大神是天上的神鹰，守护着天宫的东南西北四个方向，也是满族的保护神。这四方大神法力无边，耶路哩自知力量不足，只好暂且收兵寻找机会。

这天四方大神正在天宫门外巡视，忽然从空中来了四个金甲神，他们声称受阿布凯赫赫的旨意，要对它们论功行赏。说是天宫的西北部有个大红门，进入门内就可转化为人，并成为神体。四方大神听到这个消息，自然非常高兴，于是它们跑进了大红门内。但就在进入红门的一瞬间，它们的身子变得越来越小，最后它们粘到一起落到凡间去了。原来这是耶路哩设计的圈套，那座门也不是什么能转化成神体的红门，而是投胎门，凡犯了天规的神都要经过此门到凡间投胎。阿布凯赫赫通过慧眼识得这一切，她伤心极了，只好又派了纳丹岱辉和纳尔浑先初两个神顶替四方大神来看守大门。

再说那五妖，它们觉得天上好极了，于是瞒过耶路哩偷偷跑到天上来了。不巧刚到天宫门外，它们就被两个大神发现了。五妖自知不是大神的对手，于是转身就跑。只见纳丹岱辉顺手摘下一枝柳条，弯成一个圈，往小妖身上一仍，就将两个小妖套住了。那另外的三个一看不好，就逃到凡间投胎去了。

五妖逃走了，耶路哩又将五魔召集起来，并向扫帚星主凡可沙讨来了冰山，对天宫进行了第二次进攻。耶路哩依照凡可沙的嘱咐，念了一段咒语。霎时间，从天宫的四方涌来的重重的冰山向阿布凯赫赫压过来。幸好阿布凯赫赫及时拿出了老三星给她的神衣帽，才将灵魂山、女神和自己保护起来了。后来，冰越来越厚，天宫成了魔鬼的世界。

老三星得知了这一切，赶忙把阿布凯巴图找来，并给了他四个火葫芦，让他去救被压在冰山下的师姐，否则一百八十天后她的命就难保了。已经是九头六臂的金甲天神阿布凯巴图听后，不禁流下了眼泪，赶快领命下去了。

他刚赶到冰山处，耶路哩就带着四魔出来迎战。双方打了三天三夜，阿布凯巴图才将五魔打退。正当阿布凯巴图和天将商量对策的时候，耶路哩的四个魔王找上门来了。它们说："你们天国的事真是麻烦，我们打算回到扫帚星上去了。请你把外气层你师傅用的金刚灵气解开，让我们出去吧。"阿布凯巴图一听机会来了，于是施展计谋将它们送到灵魂山上去了。

眼下只剩下耶路哩一个了，它只好硬着头皮和阿布凯巴图比起武来。而阿布凯巴图此时已练就了九头六臂之身，耶路哩哪里是他的对手。几个回合下来，耶路哩就败下阵来。后来老三星来了，就将他收进葫芦里去了。之后阿布凯巴图用火葫芦将师姐阿布凯赫赫从冰山下救了出来，阿布凯赫赫便将天神的位置让给了阿布凯巴图。从此，天宫由女性神掌管变成了由男性神掌管。

传错话的磨坊仙子

很久以前，天很低，人们随便搭几把梯子就可以上到天上去玩，年轻人尤甚。这其中有个叫做"达伙"的小伙子，他非常的活泼好动，几乎每天都要到天上跑一趟。

有一天，达伙又跑到天上去玩。他刚到了天上，就被玉帝撞了个正着。玉帝见达伙天天往天上跑，就好奇地问道："年轻人，你们凡间没有什么事情要做吗？你为什么总上到天上来玩？"达伙若无其事地答道："是啊，我们大都没有什么事情要做，所以都到这天上来玩啊！"玉帝很是吃惊，接着问道："那你们整天吃些什么呢？"达伙随口答道："竹笋啊树叶啊，什么都吃的。"玉帝听了，沉思了一会儿说道："原来是这个样子。那这样吧，我这有一包东西送给你，你回到地上才能将它打开种在地里的，长出来的东西是可以吃的。"达伙谢过玉帝后，就急匆匆地跑下了梯子。

达伙的好奇心太强了，他非常想知道这包里是什么东西，于是还没等下到地上，达伙就偷偷地将包打开了。谁知包刚刚一开，凡间就吹起了一阵猛烈的风，将包里的东西都吹散了，落了一地。达伙只能丧气地回到地上去了。

谁想没过几天，大地上就长出了青青的小草和金黄的稻谷、玉米。达伙根本不知道这些是什么东西，也不知道该怎么吃，他只是猜想到，一定是几天前玉帝给他的那包东西长成的。于是他想，还是要跟玉帝问个究竟。这天他搭上梯子，又跑到天上去了。达伙见到玉帝，就将自己怎样不听话，怎样在半路上就把包偷偷打开的事情跟玉帝说了一遍，玉帝听了也不生气，笑呵呵地说道："没关系，那东西散就散了吧。如今这地上长的金黄的东西一种是稻谷，一种是玉米，那青青的矮小的东西就是青草了。那些金黄的东西就可以吃了，味道肯定比树叶和竹笋好上一千倍；而那些青草可以用来喂牲口，牲口吃了一定会长得更壮。你们这些人类呢，有空的时候该到地里去照看庄稼，给庄稼锄草施肥，不要没事就往天上跑了。"达伙听了自然喜不自胜，他谢过玉帝后就回到了人间，将这个消息告诉了人们。从此之后，人们忙碌起来了，生活也变得更为充实了。

这样过了一段时间，地里的稻谷熟了，人们将它们收回来却不知道该怎么办。这些东西要怎么吃呢？达伙剥下一些嚼在嘴里，觉得难吃极了，达伙无法便又跑到天上问玉帝去了。

玉帝听了达伙的问题，不由得哈哈大笑起来，他耐心地说道："首先要将这谷穗的壳子去掉，然后将它煮熟就能吃了。"说完他就带着达伙来到磨坊，让磨坊仙子带达伙看神磨磨谷。只见磨坊仙子将一堆谷子放到磨盘上，然后对着神磨吹了一口气，神磨就跟着转动起来了。不一会儿的功夫，白米就被磨出来了。

达伙见神磨这么神奇，就想跟磨坊仙子讨来一个用用。只听磨坊仙子说道："凡间有材料啊，你们可以自己做。用竹片和泥巴就可以做成磨笼，你们两个人来推磨，就能磨出白米来了。"达伙高兴极了，他谢过磨坊仙子，想要离开的时候，又听磨坊仙子接着说道："哦对了，玉帝交代了，以后你们凡人就可以一天吃三餐饭了。"这样达伙就下到人间去了。

之后，达伙将磨坊仙子的话传达给了大家，大家就照着他的话做起了磨笼。磨笼做好后，大家找来了两个身强力壮的年轻人来推磨。谁知不一会儿的功夫，就真的磨出了白米，人们随后将它们放到锅里煮。几分钟的功夫，米香飘满了整个屋子，人们盛出来一尝，果然又香又甜，味道好极了。从此，人们便每天都吃三餐白饭，一个月下来，人们的面色红润，神清气爽，纷纷夸达伙功劳最大。

突然有一天，玉帝和众仙在天庭议事，忽闻一股臭气熏到天上来。玉帝皱着眉头，掩着鼻说："这是哪来的一股臭气，想将神仙们熏死不成！来人呐，将凡间的达伙找来，我要问个究竟。"于是来人便跑到凡间找达伙去了。原来事情是这个样子的：是磨坊仙子将玉帝的话传错了。本来玉帝要求人们三天一餐，磨坊仙子说成了一天三餐。这样人们吃的餐数一多，屎尿便多了，自然臭气熏天。

达伙将事情一讲，玉帝顿时勃然大怒，他立即便派人将磨坊仙子贬到凡间，负责将人间的屎尿处理干净。之后他就叫达伙顶替了磨坊仙子的职位，在天上做起了神仙。

再后来，玉帝就将天升高起来了，人们也不能到天上去玩了。

彩虹仙子

相传天上有个叫做"依勒克"的神仙，他心地善良，风度翩翩，终日无忧无虑地在九天里游荡。这一天，他无意间拨开云彩朝下一看，居住在高山上的阿美人正抬着祭品到山上求雨。他们面容憔悴、衣衫褴褛的，唱着凄婉动听的歌："大家齐心协力一起把祭礼抬上来。上到大山顶，把神仙们拜一拜。祈求天空添云彩，降下一些雨水来，把河床儿灌满水，让禾苗儿长起来。"

依勒克看到阿美人生活得这么苦，不禁动了恻隐之心，于是他带上些宝贝，变成了一个美少年下到人间，想助阿美人一臂之力。他首先从兜里掏出一个陀螺放在地上，然后从衣袖里掏出一支长鞭用力一抽，人们的田地顿时变得平平整整的；再抽一下，清澈的泉水从地里冒出来了；第三次，他拿着鞭子朝荒山一挥，荒山上霎时变出了一块块的良田。百姓们见了，都跑到大街上又唱又跳，高兴得热泪盈眶。这年的秋天，阿美人的生活变得好起来了，人们都笑开了花。

于是，人们找了一天来庆祝这年的丰收。在这一天的晚上，男男女女老老少少都精心打扮，换上了好看的衣裳，纷纷来到村头的平地上，点燃篝火，围在一起唱起了欢快的歌。依勒克此时也在人群之中，他沉浸在这欢快的歌声中，觉得人们的生活充满了希望和美好。他无意间一瞟，看到篝火旁一个美丽的姑娘，她身穿彩衣，头戴美丽的花朵，翩翩起舞的同时用含情脉脉的眼神看着自己。由于篝火的映衬，姑娘的脸好看极了。依勒克心理高兴极了，他按照当地人们的风俗，走到旁边的大树上摘下一个熟透的槟榔，投到了姑娘的背篓里。姑娘甜甜一笑，跑到芭蕉树下唱起了动听的歌："金色的稻谷装满仓，可爱的人儿将爱情的果实收藏。请你来做媒吧，美丽的月亮。"在月光的映衬下，姑娘显得温婉大方，贤淑可爱。依勒克被姑娘的真情打动了，他走近姑娘，牵起姑娘的手，两人跳起了欢快的舞蹈。人们渐渐地围在他们的周围，祝愿他们恩恩爱爱，白头偕老。

后来，依勒克和姑娘过上了幸福的日子。有一天，依勒克想该是回天庭的时候了，而且他也想把美丽的妻子带在身边，于是他说对妻子说："我是仙人，不能总待在人间，我们一块儿到天上去生活吧。我先上去，之后变成一架天梯来接你。你顺着梯子爬上来，我们就能永远在一起了。只是有一点你要记住：爬梯子的时候一定不能叹气，否则天梯就断了。"姑娘听了点了点头。之后依勒克告别了妻子，架上白云回到天上去了。到了天上，他立即变成了一架白色的天梯，伸到了姑娘的窗前。村子里的姑娘知道依勒克要将妻子接到天庭，就给她送来了五彩衣和香糍粑，依依不舍地来送她。

姑娘想到以后就见不到父老乡亲了，非常地不舍，但是她又急切地想见到丈夫，于是她含着眼泪爬上了天梯。但是天梯好长啊，姑娘爬了好长时间，但总也爬不到头。不一会儿姑娘就累了，她真想停一停，或者就不爬了，回去找相亲相爱的乡亲们。这样一想，姑娘心里乱极了，不知不觉的就轻轻地叹了口气。谁知就是这轻轻的一口气，天梯瞬时就断掉了，姑娘不觉大叫了一声。依勒克本想从半空中抱住妻子，但是已经来不及了，姑娘跌落到地上摔死了。

姑娘摔死了，依勒克认为是自己将这美丽的姑娘害死的，不禁失声痛哭。他的泪水落到地上，就在地上形成了一个深潭，依勒克将妻子葬在了这个深潭中。之后他干脆变成了一架彩虹，默默地立在半空中，为人们催云降雨，也久久地看着那个深潭，想着美丽的妻子顺着彩虹向他走去。

盘古儿女变日月

相传古时候，神仙、凡人和龙是住在一起的，他们可以随便通婚，不像后来有那么多的限制。那个年代，天地混沌不分，洪水泛滥，百姓居无定所，生活得非常混沌。

那时，统辖天地的是盘古王，他力大无比，能够日行万里。盘古王为了让人们过上更好的生活，花了近万年的时间，制造了一把可以开天辟地的大斧子。这一天，他一个人来到播索密山头。他站在山顶，举起斧头在天地之间挥了三下，只听"啪啪啪"三声，天、地和海水分开了。于是盘古王将神仙送上了天庭，并叫他们管好分内的事儿，不能对人间颐指气使；然后他将龙送进了海里的龙宫，让龙司管人间的降雨，不能让洪水泛滥人间；最后他在人间开辟了一片平地出来，教会人们学种庄稼，过上自食其力的日子。之后盘古王觉得自己年事太高，就让他的儿子和女儿来继承王位。他把一切都打点好之后，没过多久就去世了。

最为遗憾的是，当时的天地虽然分开了，但是天上没有太阳，天地之间漆黑一片，百姓过得还是十分混沌。于是盘古王的儿子和女儿决心分头去寻找光明。盘古的儿子虽然动作快，找到的东西多达近千种，但是它们都不能发出光亮；而盘古的女儿只找了九种东西，就找到了光明。她用拜密（火草叶）在海岸上的黑石上猛烈地击打，顿时生出了火花。但是这火花顿时就熄灭了，该怎么让它保持下去呢？后来盘古的儿子想出了一个办法。他想，用葛藤做上万支火把，然后用擦出来的火星将火把点燃，最后再将这些火把放在高高的山头，人间不就充满光亮了么！妹妹听了哥哥的提议，高兴得直拍手。之后妹妹负责在山顶举火把，哥哥不断地找葛藤做火把，天长日久，他们就结成了夫妻，百姓也过上了幸福的生活。

但是九千九百九十九年之后，兄妹俩死去了。没有人扎火把，天地之间又成了漆黑一片。人们又难过又着急，怎么才能让人间重现光明呢？人们没有办法，就每人都带上几朵小花，到兄妹俩的坟上去跪拜，希望他们的灵魂可以显灵，继续将光明留在人间。

说来也巧，当人们放在兄妹俩坟前的小花多到九千九百九十九支的时候，忽然不知从哪刮来一阵大风，一对火球升到天上去了，人间顿时变得光亮温暖起来。人们喜极而泣，纷纷跪倒在兄妹俩的坟前，感谢他们的在天之灵。

原来，这两个火球真的是两兄妹变成的。最初的时候，他们俩是一起在天上巡游的。只是有一天，他们听到凡间的老伯说了一句话，他们才决定一个管白天，一个管晚上。这老伯说："天上同时出现了两个火球还真不适应呢！如果是一个，白天的温度会不会更合适一些呢？如果晚上有些亮光就更好了！"兄妹俩听了老伯的话，觉得很有道理，于是决定就按老伯说的做。

但是谁来管白天，谁来管晚上呢？哥哥首先问了妹妹的意见，妹妹回答说："哥哥让我先选择，真是太贴心了。只是我心中有点为难呀！若是我来管白天，走起路来衣裙飘飘，被人偷看了去就不好了；而若是管晚上，我心中又有些害怕，我还没有一个人走过夜路呢！"哥哥想了想，觉得妹妹说得也有道理，该怎么办呢？他想了很久，突然问妹妹道："父王给你防身用的一万根银针还在吗？"妹妹点点头，哥哥高兴地说："妹妹还是管白天吧，若有人偷看你的衣裙，你就把银针撒出来，刺瞎他们的双眼！"之后妹妹掌管白天，人间又有了光亮，万物都快乐地生长。哥哥掌管夜晚，他只发出一些微弱的光，让百姓们更好地休息。人们非常喜欢他们，于是给他们取了非常美丽的名字，他们把妹妹叫做"当婉"（太阳），把哥哥叫做"冗令"（月亮）。从此，"当婉"白天出来，"冗令"晚上出来，人间有了秩序。而天上的星星又是怎么来的呢？人们都说，那些都是当年人们在兄妹二人坟前放的小花变成的。

拉普上天找娘

相传在很早的时候，彝族有个撵山匠。这个撵山匠非常厉害，据说能够光着脚底板走山路，还能赤手空拳地打老虎和豹子等猛兽。最令人称赞的是，他还有一颗十分善良的心。他在山上打了野兽并不自己独吞，而是分给远远近近吃不上肉的穷人。人家有什么事，他也尽心帮助，人们都非常喜欢他。

这一天，天热极了，地上像是下了火一样，撵山匠像往常一样上山打猎。但是他跑了几座山都没有打到猎物，他猜想，可能是猛兽也被这毒辣辣的太阳烤得难受，都躲在洞穴里不肯出来了。更让他难受的是，他走了那么多路，口渴得直冒烟，却没发现任何水源，就连那小山洼和小河沟都是干涸的。正当他想下山回家的时候，他看到了一棵树上有只鲜红的野果子，他想远水解不了近渴，先解解渴为妙，于是将野果摘了下来，准备吃掉。正

当他张开嘴要吃果子的时候，他忽然听到一阵呻吟声从身后传来。回头一看，是个老太太发出的声音。上前询问才知，原来是她口渴得厉害，又在这山上迷了路，难过极了。撵山匠怕老太太有什么闪失，于是将果子让给了她。待老人吃完果子之后，他又背起老人，将她送回了家。

这一幕恰巧被天上的六个仙女看到了，她们感动得直落

眼泪。而这六个仙女中最小的妹妹尤其为之动容。她见撵山匠英勇善良，于是悄悄地爱上了他。之后她背着姐姐们，悄悄地变成了一朵灵芝菌，生长在撵山匠每天上山都要经过的地方。

这一日，撵山匠又到山上打猎，他走在山路上，远远地就看到了那朵鲜嫩美丽的灵芝菌。于是他连忙上前把它摘了去，放在衣袖里。晚上回到家，他累得四肢酸痛，衣服也忘了脱，躺到床上就睡着了。当然，他将衣袖中的那朵灵芝菌也忘得一干二净。谁知，当他第二天醒来的时候，一个貌若天仙的女子正躺在他的身边，他当然喜不自胜，高兴得看直了眼。之后撵山匠和小仙女结了婚。每日撵山匠还照常到山上打猎，而仙女呢就在家纺织，他们的日子过得红红火火，幸福极了。这样过了一年，小仙女生了个漂亮的儿子，他们给孩子取名为拉普。

谁知，在拉普刚刚一岁的时候，小仙女偷偷下凡的事被玉帝发现了，之后仙女就被召回到天上，拉普也就没了娘。一年又一年过去了，拉普渐渐长大了，也到了读书的年龄，撵山匠就将孩子送进了学堂。但是进了学堂，拉普并不开心，因为同学们知道他没娘，都取笑他、欺负他。拉普伤心极了，于是他回家问父亲，父亲听了只是掉泪，什么都不说。拉普想，或许老师什么都知道，于是就跑去问老师。

老师有本天书，书上写着天上的许多事。老师翻开书一查，才知拉普是仙女的孩子，于是告诉他说："七天后的傍晚，会有六只天鹅在天山上的天池里洗澡，那最小的一只就是你的母亲了。"孩子听了高兴极了，谢过老师后就跑回了家。第七天的时候，他背着撵山匠，偷偷跑到山上去了。果然，根据老师的指点，他找到了自己的母亲。拉普见到母亲，就趴在母亲身上大哭起来。其他的仙女见到孩子，知道她们的行踪被凡人发现了，于是就催小仙女快走。小仙女只好跟孩子说了几句话，之后又给了孩子三个葫芦，吩咐了一些事，然后飞走了。

拉普按照母亲的吩咐，在路上打开了第一个葫芦。只见葫芦里飞出了很多花草树木，将整个路都铺满了，拉普已无法分辨来时的路；到了学校的老师跟前，拉普又打开了第二个葫芦，老师的天书顿时烧毁了，天上的事也就无人知晓了；回到家，拉普将第三个葫芦打开，只见里边蹦出了个金瓜子。拉普把它种到地里，地里顿时长出一颗瓜秧来，瓜秧越长越大，伸到天上去了。拉普便顺着瓜藤往上爬，找他母亲去了。

如今，每当天气晴朗的夜晚，我们仰头朝北看去，都能看到六颗明亮的星星，据说它们就是六个仙女变成的。而离她们不远的地方，有颗不太明亮的星星，据说就是上天找娘的拉普了。

阳雀造日月

相传很久以前，天上没有太阳和月亮，世间一片黑暗。当时世上有种十分聪明的动物叫做阳雀，它总是有很多主意。这一天，它无意中看到地上的石盘非常光亮，用来做太阳和月亮最好不过了，于是它就打了十七个石盘，做成了九个太阳和八个月亮。之后，它用尽了全身的力量，将做成的太阳和月亮都抛上了天空。一时间，世间变成了一个充满温暖和光亮的世界。

但是天上的太阳和月亮太多了，日子一久，火辣辣的太阳就把大地烤裂了缝，把花草树木也烤得枯黄。阳雀见了非常着急，它在干枯的树林中转了大半天，只发现了一棵活着的麻秧树，于是它就将这棵树砍了下来，做成了十七支弓箭。

它做弓箭干什么呢？原来它是想把天上多余的太阳和月亮射下来。只听"嗖嗖嗖"几下，太阳和月亮就一个接一个地、噼里啪啦地从天上落下来了。亏得一个太阳和一个月亮见势不妙，及时地跑到乌云里藏起来，才躲过了阳雀的射击。刹那间，天地之间又暗下来了。阳雀抬头一看，漫不经心地说道："这太阳和月亮胆子也太小了，我又不伤害你们。不过没关系，我会想法让你们出来的。"

之后，阳雀坐在麻秧树的树桩上盯着天空想了好久，最后它终于想到了一个好办法：太阳和月亮是受了惊吓才躲到云层里的，不如派个声音好听的将它们请出来吧。说办就办，起初阳雀找来了花牯子，花牯子痛快地答应了。哪知到了天上，花牯子瞪着圆圆的眼睛，扬起高傲的两只角，趾高气扬地"哞哞哞"叫了三声，太阳和月亮听了大受惊吓，不得不躲到更深的云层里去了。

阳雀见花牯子不顶用，又找来飞龙马帮忙。飞龙马飞到天上，挥动着翅膀，张开了血盆

大口，对着天空大叫了三声，只见太阳和月亮悄悄地从云层中探出头来，瞬时又缩回去了。它们小心翼翼地说："这是什么怪物，比刚才的那个还凶。我们还是藏起来吧！"说完，它们就落到山脚下藏起来了。

阳雀见飞龙马也叫不来太阳和月亮，顿时灰心极了。它左思右想，最后想到了做事稳重的公鸡，恳请它去请太阳和月亮。公鸡点点头，驾着云

彩飞到天上去了。到了天上，公鸡弓着腰，用清脆响亮又略带温柔的声音喊道"喔喔喔"，太阳和月亮见到公鸡如此真诚，大受感动，它们禁不住窃窃私语起来。太阳说："月亮妹妹，我看我们不用怕了，我们爬出去吧。"月亮答道："不如再等等吧，看看公鸡下一步要怎么做。"太阳点了点头。谁知接下来的半个时辰内，公鸡一如开始的时候那么真诚，太阳见了热泪盈眶，它不顾月亮的劝阻，先升到空中去了。

这么隔了一天，月亮见太阳在空中呆得自由自在，十分快乐，于是也慢慢地升到空中去了。这样太阳和月亮相隔六个时辰升到空中，他们相约轮流在天上值班，一个司管白天，一个司管晚上，就这样一直坚持到现在。而且它们为了感谢大公鸡让它们重见天日，就做了一把金梳子送给了它。公鸡可喜欢这把梳子了，它将那梳子口朝上把朝下地戴在头上，并一直戴到今天。从此之后，天上有了太阳和月亮，世间变得光明和温暖起来，到处是生机勃勃的景象。

射月亮

相传很久以前，天上只有太阳，没有月亮和星星。所以到了晚上，人间漆黑一片，人们都不敢出门。

有一天晚上，也不知道从什么地方冒出来一个火红的月亮，它有棱有角的，样子十分奇怪。最让人难过的是，它能发出炽热的光，把大地照得如同被火烤了一般。晚上人们躺在床上，感觉酷热难耐，翻来覆去睡不着觉。

那时在大山脚下住着一对年轻的夫妻，男人叫做雅拉，女人叫做尼娥。雅拉在村子里是个小有名气的射手，他射箭的功夫一流，让人赞叹不已。他的妻子尼娥聪明善良，心灵手巧，织锦织得非常好。他们不愿再忍受月亮的折磨，就想用箭将月亮射下来，也让村子里的人免受酷热之苦。

这天，雅拉拿着弓箭，爬到了大山的山顶。他把箭搭在弓上，仰起头，对着月亮的方向射去。但是他的箭够不到月亮，在半空中就落下来了。雅拉不信这个邪，他又搭了支箭射向天空，可是这支箭也在半空落下来了。后来他一连射了近百支箭也都是如此。箭射完了，雅拉对着天空长叹了一口气。

正在这时，他身旁的一块儿大石头"咔嚓"一声裂开了，只见一个白胡子老爷爷从石缝中走了出来。他对雅拉说了这样的话："这南山有大虎，北山有高鹿，你吃了他们的肉就能臂力过人。用虎尾做弓，虎筋做弦，用鹿角做箭，就一定能把月亮射下来了。"老人不等雅拉反应，他说完话就走进大石头，只听"咔嚓"一声，大石头就合上了，好像没有裂开过一样。

雅拉回到家把这件事告诉了尼娥，尼娥听完说："你去把大虎和高鹿射回来吧！"

雅拉摇摇头，回答说："那大虎和高鹿我也射过，只是它们皮太厚，我没有射死。我想只有用一张坚韧的大网才能将它们降服。可是怎么才能找到那张坚韧的大网呢？"尼娥沉思了一下，摸着自己的头发说道："用我的头发来织张网吧。"说完她就动手扯起了自己的头发。说来奇怪，尼娥的头发扯下来又长出来，直到她把网织成。

网织好后，夫妻俩给网做了个锁口，然后拿着网来到南山。他们先找到了老虎的洞口，然后将网罩在洞口上，静静地等候老虎出洞。不一会儿的功夫，老虎出洞觅食来了，他们赶紧将网收好，使劲将锁口一扣，老虎就被锁住了。尽管老虎在网中拼命挣扎，但都无济于事。随后夫妻俩将老虎杀死，拖回了家。后来他们来到北山的高鹿洞口，用同样的方法将高鹿降服了。

雅拉按照老人的吩咐将虎肉和鹿肉吃掉之后，好像增加了千倍的力气。然后他将虎尾做弓，将虎筋做弦，鹿角做箭，准备好一切后就上了山。到了山顶，雅拉拉箭搭弓，对着月亮射去。只听"嗖"的一声，月亮上火星乱冒，而那火星散布在天上，就成了星星。但是箭碰到月亮又反弹了回来，落在雅拉手上。雅拉这样射了几百次，就将月亮的棱角都削平了，月亮成了一个圆圆的轮子悬在天上。射不下月亮来，雅拉着急了。月亮挂在天上，散发着毒热的光，把田里的禾苗晒得焦黄，人们睡不好觉，成天唉声叹气的。该怎么办呢？雅拉想，如果能把月亮遮住就好了。可是拿什么遮呢？雅拉一时想不到好的办法就回家去了。

他回到家，见尼娥正在织一张大锦。这张锦漂亮极了：锦上有一幢漂亮的房子，房前有棵桂花树，草地上还有一群绵羊和一只小白兔。尼娥已经将自己绣在了桂树旁，正想着将雅拉也绣上去。雅拉想，这张大锦正好可以将月亮盖住，于是把这个想法告诉了尼娥。尼娥笑着称好，随后便把大锦绑在鹿角箭头上，和雅拉一同上山去了。

到了山上，雅拉拉弓搭箭，又听"嗖"的一声响，箭射向月亮，大锦将月亮蒙住了。这时月亮不再毒热了，它发出淡淡的幽幽的白光，把大地都变成了银色的了。人们从屋子里走出来，高兴得拍手叫好。雅拉和尼娥手拉手站在山顶，对着月亮高兴地笑了。忽然，雅拉发现，罩住月亮的大锦上的东西都动起来了，尼娥紧跟着松开了他的手，飞到月亮上去了。雅拉眼看着妻子离他而去，急得瘫坐在山顶的大石头上。尼娥在月亮上更是着急万分。她想啊想啊，终于想到了一个好办法。等到月亮走到山顶的时候，她又扯起了头发，并编成了一条长长的辫子，大声喊着丈夫的名字。雅拉见了自然喜不自胜，他拉住辫子，便爬到月亮上去了。此后雅拉和尼娥在月亮上过上了幸福的日子。

沉睡的风姑娘

传说在遥远的古代，人间是不分天地的，人们混沌地生活在世界上。忽然有一天，不知从哪来了十二个大神，其中三个负责造天，另外九个负责造地。

造天和地都用了九千九百九十九年，但是神仙们有意留下了巴掌大的一个洞不补好就要走。地上的人们见了都非常不解，于是他们给大神跪在地上磕头，恭谦地问道："大神啊，天和地都没有造完，留下一个巴掌大的洞又不好看，到底是为了什么呢？"只听造天的大神先答道："你们这些愚蠢的人们，留下这个洞是管下雨用的。如果把天都补上，天上的雨水怎么下到人间？没有雨水，你们地里的庄稼怎么办？你们要不要这个洞啊！"也不等人们反应，三个造天的大神就急急忙忙地架上祥云，飞走了。

人们眼见造地的大神们神色匆匆，也是要走的样子，于是跪在地上同样恭谦地问道："请问造地的神仙们，这地上留下一个大坑又是为了什么呢？求求你们把它补上吧。"地上的大神不耐烦地说道："你们这些愚蠢的人们啊，天上留下洞是为了下雨，地上留下洞当然也是有用途的，这是用来刮风的。补上这个洞，风从哪里来呀！没有风，这世间的大树和小草也不会长枝发芽，你们闷得透不过气来，也活不了多久！"这九个大神说完，也不管人们在地上磕头致谢，就急匆匆地走了。

从此以后，天上有了电闪雷鸣，雨水从那个大洞处漏下来，流到河流和湖泊里，把庄稼和树木也催绿了。可是，造地神仙们说的风却怎么都不见来。人们等了一天又一天，一年又一年，却不见世间刮来一阵风。时间久了，树木和花草都干枯了，人们地里的庄稼也不发芽，人们都闷得透不过气来。

有一天，村子里有个人被闷死了，人们想这么下去也不是办法，于是就商量着找到那个大洞看个究竟。大家准备了一些干粮，备上弓箭和马匹就朝着大洞的方向走去。人们走啊走的，越过了高山和大海，森林和山涧，走了一年零一个月的时间终于找到了那个大洞。人们远远一看，只见一个个头高大、身材壮硕的美丽姑娘睡在洞口，将洞口堵得密不透风的。这姑娘四脚朝天的躺在洞口上，脸面朝上，鼾声像是打雷，可见睡得十分香甜。人们突然明白了世间不刮风的原因，试图走上前去，将那个姑娘叫醒。可是人们刚刚走近几步，就被姑娘鼻孔里呼出来的气吹得老远老远，人们根本不能挨近她。这可该怎么办呢？不能上前，大家就站在远处齐声大喊，试图将那个姑娘叫醒："哎那位姑娘，你是不是个女神？快醒来吧，挪一挪地方，让风吹向人间吧！哎那位姑娘，你是不是个女神？……"这样叫了好几遍，那美丽的姑娘果然醒来了。只见她坐起身，抬起一双手臂，拢了拢金黄的头发，揉了揉朦胧的睡眼，伸了个懒腰，人间顿时刮来一阵清爽的小风，把人们吹得舒服极了。人们高兴得又唱又跳，拥抱在一起大喊："啊！果然是神仙呐！风姑娘醒来了，大风吹起来了！"从此以后世间便有了风和云。

但是这个风姑娘是个怪脾气。她时而温顺时而暴躁，人们拿她也没什么办法。她高兴的时候，会将万物吹得摇头晃脑，冲着人们微笑；她发起疯来也真不得了，能将屋顶掀翻，助长火苗将山林烧掉。

日蚀和月蚀的由来

传说天地刚刚分开的时候，天上住着个名叫"噶拉珠"的魔王。并且，那时的太阳和月亮都比现在要年轻漂亮。

据说那时，天河水是不让别人乱喝的。因为只要有人偷喝了九十九次天河水，他就能长生不老。噶拉珠魔王听说了这个消息，就偷偷的跑到天河边，一次一次的偷喝起来。

这一天，当噶拉珠魔王刚刚喝过第九十九次天河水，坐在水岸上休息的时候，被玉皇大帝发现了。噶拉珠心想这下完了，被玉帝看到定是死路一条。于是他什么都不说，撒腿就跑。玉帝见天河水短了三千六百丈，顿时火冒三丈，他派人立即叫来大将额尔敦尼玛，让他不管怎样都要将噶拉珠抓回来。

额尔敦尼玛拼命地向玉帝说的方向追去。当他追到太阳跟前的时候，他问太阳说："太阳王，你见噶拉珠魔王向那个方向跑去了没？"太阳王小心翼翼地指了指东方，含混地说道："应该是向那个方向跑去了吧！"太阳王话音刚落，大将额尔敦尼玛举着大刀一口气跑出了三千六百米，但是没见魔王噶拉珠的身影。

此时大将额尔敦尼玛来到

了月亮的面前，又问月亮王道："月亮王，你见魔王噶拉珠跑过去了吗？"月亮王气哄哄地答道："是啊，它就向那个方向跑去了。这个坏家伙，跑到我跟前的时候还放了阵烟雾，呛得我透不过气来！……"月亮王还没完全说完，大将额尔敦尼玛就快马加鞭地跑走了。他追着追着，不知不觉地来到了天河水的发源地，也是太阳和月亮换位的地方。在这里，他终于看到了跑得汗流浃背的噶拉珠魔王。噶拉珠见无处可逃，只好硬着头皮和他打起来。

他们大战了不知道多少个回合，打了七七四十九天，把无辜的太阳王撞出了火花，将月亮王的身上也溅上了暗黑的血点。那躲在一旁的星星更是无辜，魔王的一个趔趄就将它撞得粉碎，碎片洒满了整个天宇。正当他们打得不可开交的时候，魔王累极了，愣了个神儿。这一瞬间被大将额尔敦尼玛看到了，他用劲了全身的力气，只听"刷"的一声，噶拉珠的头被砍掉了。紧接着的一声巨响，噶拉珠魔王的身子掉在了地上，但是他的脑袋却留在了天上。而且因为噶拉珠魔王喝了天河水的缘故，虽然它的头离开了身子，但是却长出了九个脑袋，变成了九个头的怪物魔王。

这九头怪物更是在天上地下胡作非为，干尽坏事。他将五个头专门伸向人间，一个啃食动物的肉和血，一个专吃人间的童男童女，一个吐出毒蛇和猛兽，一个向人间喷水和火，一个向大地投放毒汁，毁坏树木和庄稼；而他的另外四个头想着法的进行诅咒、欺诈、捣乱和暗算。

对于太阳王和月亮王将他逃跑的方向告诉了大将额尔敦尼玛这件事，噶拉珠魔王一直怀恨在心。它用尽了办法想将太阳王和月亮王致于死地，但是都无济于事。它也想将它们吞进肚子里，但是它每吞一次，就要吐一次，吐得厉害的时候就会累病三年。因为太阳和月亮实在太不好消化了。但是尽管如此，九头魔王还是不甘心。

而太阳和月亮也不甘心一直被九头魔王欺负。它们在身外筑起了高高的院墙，而且高墙的四个角都有牢固的大门出入。当九头魔王来吞食它们的时候，它们就将大门全都关上，阻挡魔王靠近它们。但是这样一来，太阳和月亮的光亮也被挡在了高高的院墙里，人间见不到亮光，以为太阳和月亮被什么东西吃掉了，也就是人们今天说的日全食和月全食。而九头魔王吞食它们都有固定的日子，在这样的日子，即使九头魔王不来，它们也会关上两扇大门，留下另外的两扇门放出光去照射人间，这也就是今天人们说的日偏食和月偏食了。

天地日月的来历

传说在混沌的年代，世界是空空荡荡、昏昏沉沉的，没有天地，更别说花草树木、鸟兽鱼虫乃至人了。

这样不知过了多少时候，也不知怎么的，忽然在这混沌的世界中出现了一团仙火。说来奇怪，一时间，这仙火使整个世界都燃烧起来。不多时，火灭了，烟雾和烟灰飘满了整个世界。青色的烟雾往上飘，烟灰则向下沉。渐渐地，向上飘的烟雾均匀地四散开来，它们在上边形成了一层薄薄的保护层，就是如今我们看到的天；而烟灰飘落到下边，则不均匀地铺散开去，形成了如今的平原、洼地和山包。

这样又过了很长时间，突然有一天，随着一声巨响，大地突然抖动了一下，世界上那座最高的山被震裂了缝。有趣的是，一块发亮的白石头和一块刺眼的红石头从山肚子中滚了出来。随后，红石头和白石头纷纷飞上了天。先飞上天的那块白石头到了天上，就变成了现在的月亮，它高高地挂在天上，使一切景物都蒙上了一层银色的光，营造了一种悠然寂静的美好感觉。过了六个时辰，那块耀眼的红石头也飞上了天，它就是现在的太阳。太阳一来，地上就反射起耀眼的光，使冰冷的世界变得暖和起来。此后每隔六个时辰，太阳和月亮就轮换一次去到天上，此后世间就有了白天和黑夜。

自天地形成并有了太阳和月亮之后，地上渐渐长出了花草树木。花儿五颜六色，争奇斗艳，树木和小草也非常茂盛，世界一下子变得美丽极了。这样过了一些时候，鸟兽虫鱼也生出来了。它们活跃在草丛间和山坳里，安静的世界一时间喧闹起来了。但世间没有管理者还是不行的，于是世界中就有了人。原来每天早晨，升腾到树叶上的露水从空中掉落下去，渗入泥土中。之后经过一天的沉淀，露水便在地里转化了。夜晚来临之时，人就从树根处走出来了。世界上有了人，渐渐有了秩序，也到处充满着生机。人们日出而作，日落而息，过起了美好的生活。

这天上虽有太阳和月亮，却没有星星。而星星的由来，跟一个老农有着密切的关系。那时候还没有灯，人们夜晚回到家都要摸着黑走路。这一天，有个老人去地里干活。由于他想把地里的活干完再回家，于是等到他回家之时，月亮已经升到空中来了。老人回到家见屋里一片漆黑，就扶着墙进了屋。哪知他虽然小心翼翼，但还是将一碗煮熟的稀饭碰掉在地上。一时间，那稀饭飞溅得满地都是。稀饭溅到靠在门后的犁上、磨后的鸡窝里，哪知犁底和犁把瞬时就飞上了天，犁底到了天上，就成了犁底星；犁把升到天上就成了犁把星。随后那鸡窝也飞到天上去了，变成了天上的鸡窝星。此后天上有了星星，而且它们只出现在夜晚。每到夜晚的时候，小孩子就跑出来，仰着头数天上的星星，但是天上的星星多得数也数不清，给夜晚蒙上了一片神秘的色彩。

兄妹舍身救太阳

据说古时候，太阳整天挂在天上，把人间照得亮堂堂的。而那时，地底下有个叫"商朱"的恶魔，他害怕太阳的光亮，所以总是躲在地下，不敢露面。但是商朱对自己的处境十分不满，他每天都在想办法使太阳落到地下去。这一天，他终于想出了一个馊主意，他要做一根足够大的铁棍将太阳打下去。于是两个月后的一天，商朱做成了一个九十九米长，九十九米粗的铁棍。他趁着太阳不注意的时候，使尽全身的力气，拿着铁棍猛的朝太阳砸去。只听"咣当"一声，太阳落到地下去了。从此天地间没有了阳光，处处一片漆黑。更可气的是，商朱是个吃人不眨眼的恶魔，天上没有了太阳，他就来到人间喝人血，吃人肉，人们吓得四处逃散。

这村子里有对勇敢善良的兄妹，哥哥叫做广，妹妹叫扪，他们不忍心看到大家遭受恶魔的折磨，于是悄悄找来一些乡亲们商量救太阳的对策。后来大家达成一致，要做一架天梯，搓一条麻绳，将太阳拉回天上去。

说干就干，兄妹俩带领乡亲们不分昼夜地干活。经过一个月的时间，他们终于做成了一架千米长的天梯和一条万米长的麻绳。之后，兄妹俩一个上天，一个下地，寻找天上钩太阳用的金钩和落到地下的太阳。他们约定好，谁先找到了东西，就摇摇绳子上的铃铛告诉对方。

妹妹去寻找落到地上的太阳。她走遍了千山万水，脚上的鞋都不知道什么时候走丢了。终于，她在一座叫肯亚山的山脚下见到了太阳。她高兴极了，禁不住开心地笑了起来。随后她套住太阳，摇响了绳子上的铃铛。谁想妹妹的笑声被商朱听到了，他立即找到了扪，将扪吃掉了。商朱吃掉了扪还是不能放心，他又找来一盆冷水浇到太阳上，心想这样就不怕太阳发光了。

再说哥哥听到妹妹摇铃的声音，禁不住加快了寻找金钩的脚步。他摸呀摸呀，终于在西天的尽头找到了金钩。他连忙将绳子套上金钩，随后握着绳头回到地上去了。哥哥到了地上之后，乡亲们齐心协力，就将太阳一点一点地拉到天上去了。但是，太阳虽然上了天，却发不出一点光亮，地上还是漆黑一片。大家想，或许将它放在炉子里炼炼，可以使它恢复光亮。

于是哥哥带着鼓风炉和一把大铁锤，顺着天梯又爬到天上去了。他到了天上，就将太阳放进了炉子里。刹那间，随着阵阵声响，炉子里燃起了红红的火光，还不时有火星从炉子里飞溅出来。据说它们就是我们今天听到看到的雷鸣、闪电和星星。

太阳终于恢复了原来的样子，照亮了整个大地，人们高兴得大叫大笑。而亮光刺瞎了商朱的双眼，他摸不到钻到地下的路，急得团团转。大家见了都回家拿斧子和刀之类的利器，三下两下就把商朱打死了。

而那绳子终究经不住火烧。哥哥怕有一天绳子断了，太阳又会掉到地上去，大地又会是漆黑一片，于是他决心留在天上。每当太阳往下落的时候，哥哥就把它拉上来，于是有了我们今天看到的白天和黑夜。从此之后，人们过上了幸福的日子。

公鸡请太阳出山

相传在非常遥远的古代，天上一共有九个太阳。一开始，这九个太阳都非常小，人们可以跟它们和谐相处。但是渐渐的，这九个太阳长大了，它们的亮光火辣辣地照射着大地，把大地烤得直冒烟。一时间，河流也面临着干涸，花草树木和庄稼都被晒蔫了，人们无法进行正常的生产劳作，都躲在屋子里不敢出来。

眼看很多人被晒死了，大家想一直躲下去也不是办法，于是聚集起来商量对策。有个人突然说："我倒是有个办法，我们可以做个巨大的簸箕，在簸箕的正中掏个小洞，然后将簸箕罩在天空中不就得了。"他刚说完就有人附和着说好，但是细想下来，怎么能做成和天一样大的簸箕呢？天有多大谁知道呢？再说了，就是做出这么个簸箕，又有谁能把它放到天上呢？很多人空欢喜一场，都有些怏怏不快。

该怎么办呢，大家都陷入沉思当中了。这时又有个人说话了，"我想我们该去找俄浦普罗。"另一个人接着说："那不是个野人么？为什么要去找他呢？"只听那人继续说道："他是野人不错，但是他的箭法非常的准，如果他能将天上的太阳射下来，我们不就得救了！"一时间大家也想不出别的办法，于是就都同意找俄浦普罗试试。

俄浦普罗离群索居，他住在一座孤山的大窑洞里。人们找到他的时候，被他的样子吓了一跳。只见他的个子有大树那么高，头发和胡须又长又乱，把整个脸都盖住了。可是这个大个子非常热心，等来人说明来意之后，他笑了笑说道："射太阳可不是什么轻而易举的事儿。不过既然大家找到我，我愿意前去一试。"

之后，俄浦普罗找到了九棵参天的杉树，他花了九天的时间，制成了九支百尺粗百尺长的弩箭。第十天的时候，他拉开一张大弩，将箭搭在上边，对准了太阳。当时人们屏住呼吸躲在屋里观看，只听"嗖"的一声，大火球似的太阳落到地上来了。人们高兴地在屋子里欢呼起来。俄浦普罗听到欢呼声越发有了精神儿，不一会儿的功夫他将八个太阳都射下来了。正当他拉开大弩，搭好弓箭，要射第九个太阳的时候，忽见天色暗了下来，人间也一下子寒冷起来，原来这第九个太阳见势头不好，连忙躲到山坳里去了。

天上没了太阳，人间也没有了光亮。人们本来十分高涨的心情顿时跌到了低谷。这时，人群中有个人站出来说："看来我们只有将太阳请出来了。人间有了光亮我们才能过正常的生活呀。"大家纷纷点头同意，但是派谁去请太阳呢？人群中又有人说："我们应该找个声音最好听的去。"这话被落在枝头的喜鹊听到了，它忙说："我愿意去试试。"大家觉得喜鹊愿意去再合适不过了，于是都答应了。但是待到喜鹊飞到山头，叽叽喳喳叫了一天，最后连嗓子都叫哑了，太阳还是不肯出来。

于是大家又想到了公鸡，他的声音那么有磁性，或许能够将太阳请出来。于是公鸡带着一群小鸡走到山上去了。到了山顶，公鸡攒足了劲儿的大喊"喔喔喔"！这话被太阳听到了，以为有人在说"救救我"！于是它就慢慢地爬上山头来，想看个究竟。谁也没想到，公鸡歪打正着，将太阳请出山来了。人们见太阳出来了，人间又有了光亮，高兴得跳起了舞，唱起了欢快的歌。太阳见人们那么友好，于是就踏实地在天上待了下来。从此，人们又过上了幸福的生活。

月亮偷神药

传说在很久以前，有对叫做阿翁和阿立两兄弟，他们由于做了错事，遭到白胡子老仙人的惩罚：老人用扇子把他们扇到了天边，不让他们再回到家乡。兄弟俩非常想念家中的父母，于是决定就是丧了命也要和家人团聚。

于是他们翻过了八十一座大山，趟过了近百条小河，进出过上千片森林，这一日终于来到了一条又长又宽的大海面前。他们隐约记得，过了这片海，他们就离家不远了。但是该怎么渡过这片海呢？兄弟俩坐在岸边，看着滔滔的海水发了愁。一会儿的功夫，弟弟阿立想出了个办法，他对着哥哥说："不然我们搭一座铁桥吧。"哥哥也没有别的办法，于是就答应了。随后兄弟俩在海边搭了个炉灶，他们日夜地拉着风箱，炼起铁来。这一日龙王见海面上全是泡沫和废渣，烦心不已，于是他派了条小蛇上到海岸上查个究竟。小蛇见到阿翁和阿立在铸铁，于是游到他们身边，对着他们大喊："我们龙王让你们赶紧滚开，别污染了这片海水！"阿立见小蛇如此嚣张，顺手拿起刚刚烧红的铁钳子，夹住小蛇的脖子说："回去告诉你们龙王，只要他肯背我们过海，我们就放过他。不然我们就把这海水搅得永无宁日。"

小蛇吓得退回了龙宫。不一会儿的功夫，海面上掀起了

巨浪,顿时从海水里窜出一条龙来。只听龙王对着兄弟俩说道:"上来吧,只要你们不打铁了,什么都好说。"于是哥哥第一个上到龙背上去了。哪知快到对岸的时候,龙王一转身将哥哥吞到嘴里去了。

接着龙王若无其事地去接阿立。阿立见龙王的肚子鼓出了个人形,而且再向对岸望去,根本没有哥哥的身影。阿立隐藏住心中的愤怒,他说道:"先等一下。我要先将你的嘴用铁套子缚住,否则我就不过去了,还在这打铁吵你!"龙王连连点头。于是阿立套好龙嘴,拿着铁锤上到龙背上去了。

等到快到了对岸,龙王想转身将阿立吃了,但是阿立把龙嘴套得牢牢的,龙王根本没法张嘴。而且到了岸上,阿立拿着铁锤一顿猛敲,敲得龙王满眼冒金星。龙王正想求饶,阿立又说道:"你个死龙王,快还我哥哥来。"龙王只好将阿翁吐出来。但是阿翁此时已经闭了气,直挺挺地躺在岸上。阿立拿着铁锤又一顿敲,大喊着:"你还我哥哥性命!"龙王年老了,这一顿敲差点将他敲得背过气去。龙王无法,只好连忙对着海面喊道:"龙母,快将神药纠底那迟拿来,否则这小子就要把我敲死了。"几秒钟的功夫,那小蛇拿着神药游到岸边来了。阿立拿着药,往哥哥鼻子下一抹,哥哥立即活过来了。见哥哥好了,阿立才将龙王放走了。之后,兄弟俩拿着神药高高兴兴地往家跑去。

两日后他们回到了家,和父母团聚在一起。但是这神药该放在哪里呢?兄弟俩一时犯了难。放在柜子里,他们怕受了潮,放在太阳下又怕被晒坏,于是夜晚的时候,他们就把药放在了月光下。

第二天一大早,兄弟俩走到院子里一看,神药不见了。他们正纳闷,听到天上有个声音传来:"别找了,神药在我手里,有本事你们来拿呀!"兄弟俩一看,原来是月亮把药偷走了,亏他们那么信任月亮。于是两人商量决定,造个天梯,上天将神药夺回来。

也不知过了多久,兄弟俩终于造好了天梯,他们决定带着猎狗上天去夺药。在临走之前,阿立吩咐他的妻子说:"为了防止这天梯被蛀,你一定记得每天都要将梯脚烫上两次。"之后他们就上天去了。也不知过去了多少天,他们终于快爬到头了。就在他们还有几节台阶就能够到月亮的时候,突然随着"轰隆"一声巨响,天梯塌了,阿翁和阿立掉下去摔死了。而猎狗一下子窜到了月亮上去,幸存了下来。原来时间一长,阿立的妻子把烫梯脚的事忘记了,梯脚就被虫子蛀了。

再说这猎狗,由于它和月亮争夺时碰到了神药,于是变成了永不会死的天狗。而这天狗为了给主人报仇,于是拼命地啃食月亮。于是月亮上被它啃食过的地方就失去了光亮。人们见了,就将这种现象称为"天狗吃月亮"了。

第二章
创造文明

热血青年护火种

很久以前，人和鬼怪共同生活在世界上。虽然并非同族，但是相处得十分融洽。但人族和鬼族最终还是因为不断积累的矛盾而彼此仇恨。那时，人族生活得很艰难，他们住在阴冷的岩洞里，冷的时候大家紧紧抱成一团，相互依偎着取暖；吃的是带血的生肉，虚弱的人不断地死去，活下来的人依然挨饿受冻，谁也没有办法。

秋天来了，山上的果树成熟了，干燥的风吹得山上的草木沙沙作响。几个独龙族青年结伴去采摘。他们忙忙碌碌地摘了不少果实，有的果实外面包着一层硬硬的壳儿，两个小伙子蹲在一块大石头旁边，想要把坚果砸开，小小的坚果滚到一旁，两个石头碰到一起溅起点点火花。几个青年感到很奇怪，聚集在一起，想再看看那神奇的火光。一个青年用手中的石头狠狠地敲打大石头，果然，火星儿闪闪，飞溅到四处就不见了。青年们高兴起来，都敲打起石头来。火星儿飞溅，点燃了一片干燥的草地。在风的助力下，火越烧越大，很快就爬满了半山坡。一个青年想要靠近看看这奇妙的红色"生物"到底是什么鬼怪，却被火焰烫伤了手臂。他们目瞪口呆地看着燃烧的火焰，脸颊和身上都被它熏得暖融融的。几个青年们想，既然这个"红色的鬼怪"能够带来温暖，不如就把它带回岩洞，让大家取暖吧。于是，青年们点燃了树枝，小心翼翼地把它带回了岩洞。可是岩洞里又潮湿又阴冷，青年们费了很大气力，才在岩洞里生起第一把火。

独龙族的男女老幼围聚在

火堆周围，感到身上暖融融的，脸上都现出了幸福的笑容。一个青年把生肉放到火堆的周围，不久整个岩洞里满是肉香，于是大家都学着他的样子，在火堆旁烤肉吃。从此，独龙族的人们就不怕挨饿受冻了，生活也一天天好起来。

但是，与人为敌的鬼王嫉妒独龙人得到火种，兴起狂风暴雨想要扑灭得来不易的火种。雨越下越大，火种就要熄灭。情况危急之际，两个青年扑到火种前，将身体抱成一团，不让一滴雨水伤害到火种。鬼王哪肯罢休，他命令雷电反复劈打两个青年，而他们依然紧紧地抱在一起，丝毫没有放松。

火种在两个青年的怀抱中熊熊地燃烧着，而青年却被雷电劈成两尊石像，永远地保护着火种。以后独龙族各家的火塘里都会摆上三个石头，以纪念保护火种的青年。

阿龙与阿美

很久以前，肆虐的洪水常常给人们带来灾祸。又一次洪水来袭，住在河边的一对夫妇阿龙和阿美见河水不断地涨起来，心里知道家园又要被冲毁，便连忙收拾起一些植物种子带在身边，既可以当作口粮，也可以为以后的生活作打算。之后，他俩便跟随众人逃到了山顶上，可是大水漫过山顶，把众人冲散了。阿龙和阿美抱住一棵被冲倒的大树，跟随着大水到了一望无垠的大海上。夫妻俩互相鼓励，就这样漂啊漂，漂了七天七夜，海浪将他们推到了一个小岛上。小岛上有着白色的沙滩和茂密的树林，显得十分地美丽。夫妻两个便在这里开始了新生活。他们在海滩上搭起一个小帐篷，并在不远处的树林里开垦了一片耕地，还把随身携带的番薯种子种在地里。起初，夫妻两人靠着树林里摘到的野果和海边捉到的鱼为生，到了秋天的时候，番薯成熟了，吃的问题也就不用愁了。

阿美把吃不完的番薯埋在自家的帐篷旁边，想吃的时候就挖出来。第二天晚上，劳累了一天的夫妻俩挖出沙地里的番薯，却发现番薯散发出一股香气，阿龙和阿美互相看看，轻轻地咬了一小口，番薯变得异常地美味！两人便狼吞虎咽地吃了下去。原来啊，白天强

烈的阳光炙烤着沙滩，热量留在沙子里，将番薯"烤"熟啦！这之后，他们就将找来的食物都埋在沙子里，"烤"熟了再吃。只是，有的时候大雨来袭，冲走了他们的食物；有的时候浓云密布，太阳晒不到沙滩……于是阿龙和阿美便想着如何把"太阳"留在自己身边，这样就可以随时随地地将食物"烤"熟了。

他们想起从前在家乡的时

候曾经见过石头互相碰撞，就会出现一些小小的火星。于是，阿龙捡来石头，阿美收集干草。两人坐在沙滩上敲打着石头。他们敲啊敲，可是擦出的火星掉在干草上，还未来得及燃烧就熄灭了。两人不放弃，继续敲打石头，终于有一颗大火星溅落到干草上，冒出了一些烟，一阵清风吹过，红色的火苗越来越大，火生起来了！就这样，经过阿龙和阿美的不断探索，两人终于掌握了生火的方法，从此，他们便安定地生活在这座小岛上。

暴躁妇人与火神

以前，鄂伦春族的人们在生起篝火之后，都要往火里扔一些肉和酒，谁要是敢往火里扔一些不干净的东西，那人就会被惩罚。有人说这也许是人们对火的崇敬，其实这里面还有一个故事。

很久以前，兴安岭下生活的人们都在自家门前生篝火。有一位中年妇人，虽然十分能干，但是脾气很暴躁。一天她想把她的火生得比别人的都高都旺，便一直不停地往里面添树枝。可是，那篝火还像之前一样，怎么也大不起来。妇人的脾气上来了。她气鼓鼓地站起来，一下子将所有的枯树枝都扔进火里。这下子可好，火星噼噼啪啪地溅到四处，把她家的草房子点燃了，还有一颗大火星正好落到那妇人的身上，把她的衣服烧着了。妇人吓得连声惊叫，四处乱跑。身上的火却越烧越大，别人叫她赶紧在地上打滚。妇人为了活命，只能在地上打滚，把自己弄得灰头土脸，不过好在身上的火最终被扑灭了。

身上的火虽然灭了，可那妇人心里的火还没有灭。她回到家里，把所有的怨气都发泄在篝火上。她拿起一根大木棒，狠狠地往火上打。又拿起火叉子往火里捅，最后提来一桶井水，向篝火泼过去。只听"嗖"的一声，一下子就把火浇灭了。妇人看着剩下的灰烬，心里稍微平衡了一点。她又在火堆上踩了几脚，终于消了气。这才忙活着在另一处盖起房子来。

妇人的手脚麻利，新房子很快就搭好了。她想点火做饭，但是任她怎么敲打火石，就是一点儿火星都没有。妇人心里很奇怪，只好到附近的人家借火种。她刚刚走出家门，就看见一位老奶奶坐在树下抽泣。老奶奶低着头，一手捂着胳膊，一手擦着眼泪，地上还有一滩血迹。妇人上前问道："老人家，你这是怎么了啊？"老人抬起头，什么话都没有说，只是撩开身上的破衣服，只见老人的胳膊上青一块紫一块，肘部还有一个大伤口，淌出鲜血来。妇人怜悯地说道："这是谁家的混蛋，这么对待老人啊！"老人摇摇头，叹了口气，说道："不就是你吗？"妇人大吃一惊，不知道这到底是怎么回事。老人接着说道："不就是你对着火堆又杵又打的，我才会变成这样子的！你要知道，每家每户分到的火种都是一样的，你凭什么想要燃起最旺的火啊！"妇人这才恍然大悟，原来眼前的老人是保护火种的神仙。她连忙跪在地上，承认自己的错误。老人见她还算诚恳，便说道："好吧，这次就放过你。你回去告诉其他的人，谁要是再贪心，我还会回来惩罚他的。你不用去别人家借火种了，赶紧回家点火吧！"妇人谢过了老人，老人便消失不见了。她回到了家，用打火石轻轻一碰，就擦出火星来。后来，妇人把老人的话转告给其他人，人们便不忘在点火的时候祭一下火神，祈求她的保佑。

盗火的托阿

大神阿布凯恩都里是创造天地万物的神明。大神将一切能够赐予的宝物都给了人类，在他的统治下人们过上了安定的生活，唯有一件宝物，他始终自己保存着，那就是火种。火种是个很神奇的宝物，大神害怕人们胡乱使用它，烧毁自己辛辛苦苦创造出来的世界，便严禁将火种传下界。但是大神每年都会举行一场火把大会，把火种带到世上，和人们一起享受火带来的欢乐。

火把大会这一天，人们白天忙忙碌碌地准备，到了晚上火把大会才正式开始。大神让侍者将点燃的火把分别安放在各处，不仅可以照明，也可以供人取暖。人们纷纷在这一天拿出最好的猎物，献出最优质的粮食，大神吩咐侍者将这些食物在火上炙烤。各种香味弥漫到空中，所有的人都羡慕极了。人们和天神们一起唱唱跳跳，共同度过美好的时光。人们都想，要是我们也有火种，也就可以天天吃上这样美味的食物了啊。可是，在黎明来临之前，大神的侍者便将火种一一收回，一点儿都不会留在人间。过了这一天，人们又回到那忍受寒冷、撕咬生食的日子里去了。

有一年的火把大会，一位母亲恰巧生下一个男孩。大神阿布凯恩都里祝福了这个孩子，给他取名叫做"托阿"，也就是火的意思。托阿长大以后，变成了一个强壮又勇敢的小伙子，是地上的巴图鲁。大神很是喜欢他，便准许他上天做看管天火的神。能够得到大神的亲自提拔可真是一件令人羡慕的事情，地上很多人都十分羡慕托阿。托阿的心里也是一刻也没有忘记地上的人们，他小的时候，就时常听到母亲和周围的人谈论火种的事情。现在他承担起看管火种的任务，为什么不趁此机会，为地上的人们带火种回去呢？

于是，托阿将火种装进葫芦里带回了人间。人们高兴极了。托阿仔细地教导人们如何使用火种，为了防止意外，他自己就没有回到天上去。于是，托阿盗走火种的事情很快被大神发现了。大神阿布凯恩都里很是生气，后悔自己选了托阿做看火人，便急忙下令将托阿捉回来，并没收人类的火种。天兵天将来到人间，带走了托阿和火种。人们又失去了火种。

阿布凯恩都里严厉地质问托阿："我亲自任命你做看火人，你却将天火带到人间，你知罪吗？"托阿并不畏惧大神的威严，他理直气壮地说道："火种给人们带来那么多的快乐，您为什么不肯将火种送给人类呢？"大神阿布凯恩都里暴跳如雷，下令将托阿绑在神树上，经受风吹雨淋之苦。

于是，托阿就被绑在了最高的神树上。神树的顶端接着蓝天，雷公打雷的时候，雨神降雨的时候，风神鼓风的时候，头一个遭殃的就是托阿。有的时候，太阳炽热的阳光烤着他，他的脸上爆出一层层白皮。但是他一点都不在意，任凭雷电击打、日晒雨淋。

地上的人们惦记着托阿，便请喜鹊去打听消息。一黑一白两只喜鹊便飞上天，从天宫的守门人那里听说了托阿被处罚的消息。它俩来不及通知地上的人们，便飞到神树那里寻找托阿。它们飞啊飞，飞了七天七夜，终于来到了神树的顶上。托阿早已被太阳晒得渴晕过去了，白喜鹊连忙含来一口水，喂给托阿。托阿这才醒了过来。两只喜鹊看着受苦的托阿，不禁在一旁伤心地哭了起来。托阿连忙笑着安慰它俩说道："喜鹊兄弟，你们不要哭。还没到绝望的份儿哩！我知道大神阿布凯恩都里在东边的山上种下一棵大树，树上结满红色的果实。吃一颗那样的果实就能增长几百倍的力气。我托阿恳求你们，为我找来那样的红果实吧，这样我就能逃离这里了。"两只喜鹊连忙说道："巴图鲁托阿啊，快别说什么求不求的话！你为地上的人类受这样的罪，感激你还来不及呢！你等着吧，我们一定会把果实拿回来的！"

于是，两只喜鹊辞别了托阿，飞了好久才找到东边的神树。它们想要去摘果，可是那树上落着一只凶恶的老鹰。喜鹊兄弟决定一个做诱饵，另一个去偷果实。白喜鹊先飞了出去，老鹰看见了，便扑过来追它。黑喜鹊趁这个空当，叼起一颗果实就往回飞。黑喜鹊在途中等了好久，也不见白喜鹊的踪影。它心里明白白喜鹊肯定是遭了难，便含着眼泪飞回到托阿的身边。托阿吃下果实，果然增长了力气。他用力一挣，捆在他身上的藤条就断开了。

自由了的托阿悄悄地回到天上，溜进放天火的地方，又偷回了一葫芦天火。这回他学乖了，和人们躲在山洞里用天火。大神阿布凯恩都里一直都没有发觉，直到雷神到神树处去打雷的时候，发现托阿不见了，才赶忙回来报告。恼怒的阿布凯恩都里派出一千名天兵天将捉拿托阿。天兵天将们搜遍了天上地下，都没有见到托阿的身影。突然有一个天兵看到一股炊烟从一个山洞里冒了出来，他便变成一个凡人进了山洞。果然，托阿正和人们一起用篝火烤肉呢！天兵马上召集了其他的同伴，一起闯进山洞里，再次捉走了托阿，一并带走了天火。

大神阿布凯恩都里也不愿意再审问托阿，便下令将他沉到湖底下，并用锁链绑起来。一条鲫鱼从托阿的身边游过。托阿叫住它，说道："善良的小鲫鱼啊，我托阿求你，给我的朋友黑喜鹊带个话，就说我被囚禁在这湖水底下，神铁做的铁链绑住了手脚。请它到南边请神牛来帮我，只有神牛锋利的犄角才能砍断这锁链！"小鲫鱼回答道："巴图鲁托阿啊，我听过你的故事，知晓你的事迹，不要说什么求不求的话吧！我一定将你的话带给黑喜鹊！"

之后，鲫鱼就总是浮在水面上，等着喜鹊飞过。终于有一天，黑喜鹊飞到了湖水的上空。鲫鱼便叫住它，把托阿的话原原本本地告诉了喜鹊。喜鹊谢过了鲫鱼，便飞到南方请来了神牛，神牛的犄角是天地间最锋利的，同时它的脾气也是最暴躁的。神牛砍断了托阿的锁链，又听他诉说了事情的经过，神牛的脾气上来了。它用蹄子狠狠地刨了刨土，使劲向上一顶，阿布凯恩都里的天宫就晃了三晃。大神拨开云层，只见神牛正瞪着红眼睛看着他哩！阿布凯恩都里明白神牛的意思，便答应不再惩罚托阿。而地上的人们似乎也能控制好火种，他也就没有收回火种。从此人们就有了火。

金黄狗跨海寻得黄金谷

很久以前，人们还不会种植粮食，只知道上山去摘野果，到河边去拔野菜，尤其是到了冬天，找食物就更加困难了，饥肠辘辘的人们饿着肚子哭泣，日子过得很辛苦。

一天，村子里的一位老人做了一个梦。在梦里，他的身子漂浮在半空中。一阵风吹过，将他的身子吹到很远的地方。他漂洋过海，来到了大海那头。大海的那一边是一片广袤的平原，原野上满满地全是金黄色的麦子。麦穗沉甸甸的，清风拂过，它们就在微笑着点头。老人看到原野上有很多人在劳作，有的用镰刀收割麦穗，有的将割下来的麦穗放到屋子里，还有的人已经生起一堆火，在一旁烤起麦穗来。香喷喷的麦穗吸引着老人向那边飘。正在这时，一股强大的力量拉着老人往回走。老人便从梦中惊醒过来。

"到底还是一场梦啊！"老人感叹道。他坐起来，却从他的身上掉下一粒谷种。老人大喜过望，连忙召集其他的人，向他们讲述了自己的梦，最后还不忘把谷种给大家看。其他的人将信将疑，只有老人一个人坚信大海那边真的有金色的谷种。老人不厌其烦地向人们讲述，最后几个年轻人决定去看看，毕竟干等着不是办法，还不如就去亲眼看一看。

几个年轻人跳下了水，向着大海对面游去。可是海太广太深，人的体力毕竟有限，他们游了没多久，不得已又折返回来。人们失望了。这时，一只金色的小狗跑了过来，人们商量着，就让这狗替我们人类到海那边去看看吧！这小狗仿佛通人性似的，一个劲儿地摇着尾巴，汪汪地叫了几声。它吃得饱饱的，向人们摇摇尾巴，就跳下大海，向远方游去。

　　小狗游了好久，终于到了海的对岸。它浑身湿漉漉的，躺在地上打了几个滚，金黄色的稻穗就粘到了它的身上。小狗歇了口气，便往回游。它刚一下水，身上的稻穗就飘到了水面上。可小狗并没有注意，还是一心往回游。

　　海这边的人们每天都在海边等待，三天过去了，十天过去了，一个月过去了……小狗就是不见回来。人们再次失望了，一定是大海吞噬了小狗。没想到就在一个月后的一天，人们看到海平线上出现了一个黑点，黑点越来越近，越来越近，金色的小狗出现在人们的眼前。老人跑上前去，抱起小狗亲了亲，便翻开它的长毛寻找谷种。可是大部分稻穗都遗失在大海上了，只有小狗的尾巴上还沾着三粒谷种，人们这才相信了老人的话。

　　人们将这三粒珍贵的谷种种到了地上，日夜守护着麦穗。春天发了芽，秋天打了穗，人们小心翼翼地保护着新打下来的谷种，等到了第二年、第三年……海的这一边也变成了金黄的一片。

会飞的神谷

　　从前，苗家寨子里没有谷种。一天，寨子的首领做了个梦。梦里有一条神犬向他跑来，说道："我是天上的天狗，特别来向你们送谷种的！"首领醒了过来，果然有一条神犬从大河的那一边游过来。身上沾着的谷种都散落在了河里，只剩下尾巴尖上还有三粒谷种。因此，这谷种打下来的麦穗就是狗尾巴的样子。

　　因为这谷种是神犬从天上带下来的，所以长得快，打的穗也多，人们不用费多大的力气就可以有香喷喷的粮食吃。人们都管这谷种叫"神谷"。这"神谷"还有一个神奇之处，就是它可以四处走动。"神谷"想去哪里就去哪里，落到谁家就算是谁家的粮食，人们就连搬运的力气都免了。

　　一天，一群谷种飞到了首领的家里。首领的媳妇正在床上睡觉，睡得正香的时候，谷种们便在她身边来回打转，就像是恶作剧似的，一会儿飞到她的鼻子上蹭蹭，一会儿飞到她的胳膊上，首领的媳妇觉得浑身上卜像有虫子爬似的痒，不停地左抓右挠。谷种停在了她的胳膊上，她以为是只蚊子，便"啪"的一下打中了谷种。等到首领媳妇睁开眼睛，只看到一粒谷种躺在她手里呢。首领媳妇正纳闷，谷种"呼"地一声飞进了她的鼻孔，在里面拼命地折腾了一番。首领媳妇疼得直喊。过了好一会儿，谷种可能也玩腻了，便从她的鼻孔里飞了出来。首领媳妇这下火了，她抄起扫帚，追着天上的谷种狠命地拍，拼命地打。

谷种被拍落在地上，顿时变成散落了一地的粮食。从此以后，谷种再也不飞了，人们只好自己去地里把谷子运回家。再后来，谷种也不像以前一样自己生长了，若是没人去为它们锄草翻土，地里的谷子就会被杂草覆盖；要是没人为它们施肥浇水，它们打出的穗也会变得又瘦又小。

首领看到这情形，便摆下祭坛，求神犬原谅。神犬却并不理睬。首领把自己的老婆叫来，狠狠地抽了她两个耳光，打得她嘴角流出血来。神犬这才说了话："从今以后，人们要下地劳动才有谷子吃。谁要是浪费一粒粮食，我就要收回所有的谷种！"首领和寨子里的人连忙发誓，以后再也不敢糟蹋一粒粮食。

从此以后，谷种就不再是"神谷"，也不会到处飞了。而苗家的儿女也都谨记在神犬面前发过的誓言，勤勤恳恳地劳作，艰苦朴素地生活，珍惜每一粒粮食。

小米、黄瓜和包谷的来历

苗家人的语言里，小米、黄瓜和包谷分别被称为反骚、机里和丝苟，在苗语里的意思是到头、很远和回转来。大家一定很奇怪，为什么粮食的名字会有这样的含义呢？原来这里面还有一个故事呢。

很久以前，苗家人没有粮食种子，也不会种地。寨子里有个叫做沙地古咪的年轻人听说远方有可以种植的谷种，便决心去找谷种。

沙地古咪向东走了很久，遇到一个悬崖停了下来。这个悬崖那么高，那么陡，自己怎么也爬不上去啊！沙地古咪四处望望，看到一只高大的梅花鹿正在林子里吃草，他便走上前去，诚恳地说道："梅花鹿啊，我是苗家寨子里来的沙地古咪，我要到远方去寻找可以种植的谷种，只是这悬崖挡住了我的去路，你能为我指一条近路吗？"

梅花鹿抬起头，看了看沙地古咪，点点头说道："看在你为人们所做的事情的分上，我愿意驮你过悬崖。"梅花鹿示意沙地古咪爬上自己的背，梅花鹿向着悬崖的反方向走了五百里，然后调转身，朝着悬崖飞奔过来。只见它双蹄一蹬，向前一跃，梅花鹿便飞跃到了半空中，刚好越过悬崖，落在山顶上。梅花鹿又驮着沙地古咪走了一段路，一直到了大河旁边。梅花鹿放下沙地古咪，对他说道："我就送你到这里吧，你继续往前走，说不定就能找到粮食种子。"沙地古咪谢过了梅花鹿继续向着东方走去。

他向着太阳的方向走了很久，遇到了一个阴暗的树林。树林里弥漫着白色的烟雾，看起来阴森森的。沙地古咪正犹豫着要不要向里走，突然一只老虎从林子里窜了出来。沙地古咪吓得后退了几步，老虎盯着他，并没有扑上去。沙地古咪深吸了一口气，对老虎说道："老虎啊，我是苗家寨子里的沙地古咪，正要到远方去寻找粮食种子，可是我看这林子里似乎有很浓的瘴气，请问这里还有没有别的路？"老虎用低沉的声音回答道："沙地古咪啊，要想绕过这林子也不是不可以，只是你要再走七七四十九天。看在你为人们做的一切的份上，我就驮你过这个林子。"沙地古咪坐上老虎的背，老虎说道："你闭上眼睛，屏住呼吸，等我喊你的时候，才能睁眼看。"沙地古咪照做了。他听见老虎大吼一声，声音在林间回荡。耳边一阵呼呼的风声过后，老虎便让他睁开眼睛。他们已经出了林子，面前是一片坦荡的原野。沙地古咪谢过了老虎，老虎对他点点头，便转身消失在了树林里。

沙地古咪接着往前走，可这一路上始终没有找到粮食种子。他心里产生了怀疑，东方真的有粮食种子吗？自己要寻找的粮食种子真的存在吗？种种疑问在他的心中碰撞，沙地古咪的脚步也慢了下来。走着走着，沙地古咪来到了大海边。望着广阔的大海，沙地古咪不知道该如何是好，只得坐在海边的大石头上发呆。这时一只野猪走了过来，问道："年轻人，你在这里做什么？"沙地古咪连忙说道："野猪啊，我是苗家寨子里的沙地古咪，告别家人来东方寻找粮食种子。但是我走了这么久都没有找到粮食种子，我不知道该怎么办了！野猪大哥，请您为我指一条路吧！"野猪大笑道："这世界上是有粮食种子的，只是你走得还不够远，还没有碰见罢了。既然决定要去寻找粮食种子，你是打算现在转身往回走呢，还是让我驮你渡过大海呢？"

"我要渡过大海！"沙地古咪坚定地说道，"我一定要找到粮食种子！"

野猪笑眯眯地驮着沙地古咪过了海，临别时对他说道："沙地古咪啊，你得有信心走下去，不要急，还要仔细地看看路边，你一定会找到粮食种子的。"

沙地古咪谢过了野猪，便按着野猪的指示，慢慢地走，仔细地看，果然在路边发现一种绿色的长条状的果实，他摘下来尝了一口，又清脆又爽口。沙地古咪很高兴，自己终于找到了粮食种子。他看自己走了这么久才找到一种粮食种子，便给它取名叫"机里"，也就是很远的意思。

沙地古咪接着往前走，又发现树上挂着一串金黄色的谷子，颜色着实惹人喜爱。沙地古咪便也将它放进口袋里，给它取名叫"反骚"，以此来表明自己是快走到了世界尽头才找到它的。

沙地古咪最终还是决定带着这两种种子回家。在回去的途中，他又发现了一种包谷，便也将它收了起来，给它起名叫做"丝苟"，意思是在回去的路上找到的粮食种子。

原来之前的沙地古咪因为太想要找到种子，根本没有注意到路边的包谷。但是如果当初沙地古咪很早就找到了包谷，恐怕他也不会走到世界的尽头了吧。

带着这三样种子，沙地古咪回到了寨子。从此，苗家人也会耕地种田了。这三样粮食就成了苗家人常吃的食物。

老母塔坡

塔坡是人类的始祖母，传说她在岩洞里生了二十一个孩子，只是这些孩子们生下来就和塔坡不一样。他们生下来就是要掌管一方的神仙。因此，他们刚生下来就奔向适合自己生存的地方了。最后只剩下塔坡一个人，孤零零地住在山洞里。

就这样过去了很多年，塔坡老了，白发爬上她的两鬓，皱纹侵扰着她的脸庞。不仅如此，塔坡也没有力气再上山采摘野果，所以常常饿肚子。饥寒交迫的时候，塔坡看着老去的自己，想想各奔东西的孩子们，心里很是悲伤，禁不住大哭起来，她多么希望能够和孩子在一起啊。

于是，塔坡来到树林里，唤出老虎，请它和自己一起生活。老虎低声吼道："我和你不是同类！我是这树林里的主宰者，怎么可能和你一起生活？既然离开了，就算不得是母子！不要再来烦我了。"塔坡只好伤心地离开了树林。

塔坡又爬上了山顶，对着天空上的老鹰喊道："儿子啊，不要再丈量天的长度了，过来和我一起生活吧！"老鹰听了，在天空盘旋了几圈，落在塔坡的脚下，说道："阿妈啊，我本性就是要在天上自由地飞翔，怎么可能留下来和你一起生活呢？"说完，老鹰又向着天空飞去。

塔坡看到儿子们这样对待自己，彻底绝望了。她坐在大河岸边的石头上，又哭又骂，将所有的怨气发泄出来。她的骂声震动了河底的龙宫。龙王是塔坡的儿子当中最善良、最有责任感的一个。龙王听到了叫骂声，连忙从河底游出来，看到母亲在岸边，连忙上前问道："阿妈呦，你为什么在这里哭泣啊？"塔坡转过头，看都不看龙王一眼，哀怨地说道："你们一个个都离我而去，只剩下我自己饿着肚子，住在寒冷的山洞里，谁也不愿意和我一起生活，我还不如尽早死掉痛快！"

龙王听母亲这么说，心里也很懊悔。自从来到了龙宫，住上了富丽堂皇的宫殿，吃上了精美的食物，就把老母亲忘得一干二净了。无论如何，眼前的正是将自己带到人世的生母啊！龙王拉起塔坡的手，温柔地说道："母亲，是我们做儿子的不对。从今以后，你就和我一起生活吧。"塔坡转过头，红肿的眼睛望着龙王，脸上慢慢地展露出笑容。

于是，塔坡便跟着龙王来到龙宫。听说这里藏着无尽的宝藏，而龙宫的奢华着实让塔坡吃了一惊。塔坡在这里被众多的仆人伺候着，但心里却并不舒坦。过惯了苦日子的塔坡受不了龙宫里锦衣玉食的生活。因此她没住多久，便要回乡。龙王怎么也挽留不住母亲，便送给塔坡三个竹筒子，让她到了自己家里再打开。

塔坡回到了陆地上，听到一个竹筒子在响，便打开它的盖子，顿时从里面涌出数不清的牛马猪羊，它们跳到了地上，便四处奔跑，从此以后，地上的牲畜就多起来。塔坡捉住了一头牛，便骑在它的身上继续往家走。又过了一会儿，又有一个竹筒子响起来。塔坡打开盖子，从里面涌出很多金银珠宝，散落在各地，变成了大地上无尽的矿藏。快到家的时候，最后一个竹筒子响起来，塔坡打开盖子，各种各样的粮食种子从里面涌了出来，散落在洼地里，第二年就长出了很多庄稼。从那以后，塔坡便每天赶着牛下地干活，生活过得很充实，到了秋天庄稼大丰收了，塔坡就不再挨饿受冻了。方圆十里的人们都到塔坡这里讨要谷种，从此，种庄稼就成了人们赖以生存的途径了。

麻锐与山神女

从前，在南边的村子里有个青年叫做麻锐，他不仅长得俊朗，还十分勤劳能干。每天一早，第一个上山打猎的人肯定是麻锐，傍晚回来的时候，麻锐打到的猎物总是最多的。不仅如此，他还有一副好嗓子。每天早上他上山打猎的时候就一路地唱歌。只要他开口唱歌，就连山林里的鸟儿和野兽都老老实实地在一旁聆听。麻锐的歌声不知唱开了多少姑娘的心扉，但是麻锐谁也不选。他心里总是抱着浪漫的想法，希望有一天能够遇到一见钟情的对象。

这一天，麻锐坐在山头上放声唱歌。远处一只梅花鹿在一棵树下晃来晃去，一双大眼睛含情脉脉地看着麻锐，怎么也不肯离开。麻锐觉得很奇怪，拿起身边的弓箭，便向梅花鹿射去。梅花鹿轻轻一闪，便躲过了竹箭。麻锐还想再放箭的时候，梅花鹿已经跑到了他的面前。

"年轻的猎人啊，请不要伤害我！"梅花鹿突然开口说道，"我是这里的山神的女儿，名字叫做莫班。我是因为爱慕你才在这附近徘徊的。"

麻锐半信半疑地看着梅花鹿，梅花鹿便跪下身子，鹿皮一下子就脱落了，从里面走出一位蓝衣少女。她那双如水的眼睛和那梅花鹿一模一样。麻锐一下子就爱上了这个美丽的姑娘，两人就这样定下了终身。麻锐想要带着莫班回到寨子里。可是姑娘没有山神的宝符，就不能总保持人的样子。麻锐便决定和莫班一起把山神的宝符偷出来。

麻锐和莫班趁着天黑，偷偷溜进山神的住所。麻锐小心地看了看山神。啊！他的嘴里长着长长的獠牙，样貌很是可怕。只是这时山神早就在山洞里打起呼噜来。莫班轻声对麻锐说道："我父亲不知道睡到什么时候才会醒，所以不用担心。宝符藏在山顶上的一个大山洞里。只是那里有一只凶猛的黑熊看守，谁都无法靠近那里。"麻锐沉思了一下，心中便有了好主意。他和莫班在山坡上打了一筐青草，将青草铺在地上，这样黑熊就听不见他们走路的声音了。莫班变作一只小鸟，笨拙的黑熊伸出爪子，想要抓住它。就这样，莫班变的小鸟将黑熊引开很远。麻锐趁着这个机会，溜进黑熊看守的山洞里。山洞的正中央摆着闪着金光的宝符，麻锐连忙将它藏在自己的口袋里。正当他想要离开山洞的时候，却发现山洞的地上躺着一个金葫芦，也簌簌地闪着金光。麻锐不知道这是什么，不管三七二十一，一并装进了自己的口袋。

盗得了宝符的两个人便手拉着手回到了麻锐的家。村子里所有的人都为麻锐能找到这么一位美丽的姑娘而高兴，众人当即为他俩举行了婚礼。村子里的人们就像是过节一样，载歌载舞，热闹非凡。夜深人静的时候，麻锐从口袋里掏出了宝符递给姑娘，又掏出金葫芦，向莫班询问。莫班看到金葫芦，先是大吃了一惊，但很快又平复下来。她接过金葫芦，打开它的盖子，轻轻一倒，就从里面涌出一小把金色的谷种。莫班对麻锐说道："这是我阿爸珍藏的谷种，据说这谷种可以种出万顷的田地。既然你将它拿了出来，就当是父亲给我的嫁妆吧。从今以后，我们就和村子里的人们一起种植粮食吧！"

从那之后，麻锐和莫班一起教村子里的村民种植粮食。春天，他们在田地里种下金色的谷种，经过一个夏天的劳作，秋天，他们真的收获了万顷的粮食。村子里的人们高兴极了，生起篝火，拉着手边唱边跳。可是村民们的欢宴侵扰了山神的美梦。山神醒来，很快就发现女儿和宝符不见了。他的心中便已经猜到了八九分。等他站到山顶上向下看，山脚下满是金灿灿的粮食。他顿时火冒三丈，召唤了几个山鬼，让他们去破坏田地。

三个山鬼领了命令来到村子里。第一个山鬼变成野草，长在庄稼地里。人们拔去一波，他们马上又会长出来。麻锐便告诉村民们，在播种之前，先在田地里放一把火，把藏在地底下的山鬼熏出来，这样野草就不会再生长了。第一个山鬼的计划失败了。

第二个山鬼变作一只水怪，专喝庄稼里的水。庄稼枯黄了叶子，麻锐带着村民们到河边挑水浇地，山鬼便喝光河里的水；麻锐带着村民们在山坡上挖井灌溉，山鬼便跳到井里喝光井里的水。麻锐抓住了山鬼这个弱点，便在田地的旁边挖了一个大坑，在里面填满了水。山鬼见状，连忙扑上去喝水。这时，村民张开早就布下的大网，把山鬼抓住就是一顿痛打。山鬼最后一瘸一拐地逃走了。

第三个山鬼变作山林里的野兽。他张开大嘴，吞掉了大半的粮食。麻锐拿起镰刀，一刀削掉了山鬼的头上的皮毛，第二刀砍下了山鬼的尾巴。从此山鬼就没了尾巴，头上就秃了一块，露出光秃秃的脑壳。

山神见自己派出去的山鬼一个个都狼狈地跑了回来，更加地生气了。于是，山神决定自己亲自出马，去教训偷盗谷种的麻锐。山神拿着武器，飞到天上，降下雷电，雷电点燃了村庄，麻锐挺身而出，和山神作战。但是麻锐终归是个凡人，没有任何法力的他最终被山神的雷电击中了。莫班见丈夫败下阵来，便拿出宝符，站在田地中施起法术来。只见莫班口念咒语，在她周围便形成一个保护圈，火焰也烧不到这里来。可是那宝符的主人终究还是山神啊！山神冷笑一声，伸出一根手指，便将保护圈划开一个窟窿。保护圈消失了，山神便施法将莫班变成一根柱子，罚她永远站立在田地里。

村子里的人们见到麻锐和莫班都牺牲了，便纷纷跪在山神面前，求他网开一面。山神见大患已除，也不愿意在多费力气，便打道回府。只是他看见稻谷在村子里长得这样好，心里还是不舒服，便在临走前，将地里的粮食都变成了普通的稻谷，而且必须要人们细心经营才会有收成，只是谷子的颜色还是金灿灿的，就像是麻锐和莫班灿烂的笑容……

浪费粮食的人们

很久以前，人们没有粮食吃，只能挖野菜、找野果。可是，冬天万物凋零的时候，人们只能忍饥挨饿。天上的神农婆婆化作凡人来到人间，看到遍地饿殍，心里很是心酸。神农婆婆实在不忍见到人们受这样的苦，便从天上将白面洒向人间。白面就像是雨一样，铺天盖地而下，人们起初并不知道这是什么，眼睁睁地看着白面下了一层又一层，直到家里的狗跑出去，一个劲儿地舔着地上的白面，才有人走出来抓了一把尝了尝。

啊！真是比野菜和野果美味百倍啊！人们赶忙拿着自家的筐箩、口袋，把白面装回家去。人们跪在地上，感谢天神赐予的食物，从此人们就不用再挨饿了！人们将白面做成香喷喷的大饼、滑溜溜的面条、软和和的馒头……家里的白面吃完了就到门外去拿。反正那么厚厚一层的白面，随便人们怎么吃也是吃不完的。但真是因为如此，慢慢地，人们开始以为天上下白面这件事是理所当然的。于是变得不再珍惜粮食，也不再感谢神明。蒸好的馒头想吃就吃，不想吃了就随手扔掉。猫狗跟在人后面，也能吃得肚子滚滚圆。

有一天神农婆婆想，下了这么久的白面，地上的人们应该都能吃上饭了吧。神农婆婆便又化作凡人来到世间。她走在路上，发现地上白一块黑一块的，便指着地上，向路人问道："请问这里的路上为什么是这个样子？"路人脸上浮现出自豪的神色，回答道："老嬷嬷啊，我们这里白面多得吃不完，都可以用来铺地啦！"神农婆婆一听这话，就如同晴天霹雳一般，险些晕倒在地上。

我给你们的粮食可不是用来铺路的啊！神农婆婆心里一阵酸楚，比之前更加心痛。

她迈着无力的步伐走到一户人家讨水喝。还未等她开口，一个白面馒头从里面飞了出来，差点砸到神农婆婆的眼睛。原来是两个男孩在追逐打闹，这边扔一个馒头，那边便回敬一张大饼，神农婆婆看着白面馒头落在地上，沾满了泥土，最后滚到了泥坑里。神农婆婆的心啊，就像是刀割那样疼。可是这家的大人呢，并不制止他们的孩子，反而继续在一旁笑呵呵地聊天。

无论大人还是小孩，对待粮食全都是一个样子！如果再这样纵容人们的话，后果不堪设想啊！神农婆婆发怒了。她愤怒地扯下身上的伪装，头也不回地飞回天上。她决心惩罚侮辱粮食的人们，便将白面换成了雪，依旧每天下到人间去。人们以为天上下的还是白面，便提着口袋去装，没想到拿在手上凉凉的，回到家一看，"白面"都变成了水。人们从此便没有了"免费的"白面了。地上的人们又回到了挖野菜、摘野果的生活。不少人因为过惯了衣食无忧的生活，再也过不了苦日子了，因此而死去的人们越来越多。

神农婆婆还是心软啊，便吩咐身边的百谷仙子将天上的神谷赐给人们。百谷仙子便挑出玉米和麦子的种子，将它们给了人们，并教会了他们如何种地。人们对着百谷仙子千恩万谢，从此开始种植庄稼。虽然再也没有不劳而获的白面，但是经过一年的劳动丰收的粮食也足够家家户户吃一年的了。

百谷仙子没有忘记神农婆婆的教训。三年之后，她也化装成一个老婆婆来到人间视察。不出她所料，地上的人们又开始肆无忌惮地挥霍粮食。

人们真是无法吸取教训啊！百谷仙子心里也十分地气愤，当即现出真身，对地上的人们宣布，要收回所有的谷种。人们连忙跪在地上恳求原谅，发誓再也不浪费粮食了。

百谷仙子想了想，便将所有的收成减半，只够人们填饱肚子的。再一再二没有再三，从那以后，人们便再也不敢浪费粮食了。

巴图送粮

草原上的富人巴音总是压迫普通的牧民，他凭借着手中掌握的地皮，便要求每个住在他领地上的人必须按时把打到的猎物上缴给他一半。牧民们没有办法，只能走很远的路去打猎，好不容易打到的猎物还要交给巴音，剩下的还不够填饱肚子的。人们怨声载道，可谁也不敢反抗。

巴图是草原上一个普通的小伙子，他也像其他人一样，为了向巴音进贡每天都奔波在外，可是一望无际的草原上，哪里有那么多的猎物呢？巴图每一天都尽量走得远一点，后来干脆一走就是五天十天，只剩下老妈妈一个人看家。到了向巴音交猎物的那一天了，巴图拼命地往回赶，最终还是没有赶上。巴音发现只有巴图一家没有上缴猎物，便带着几个长相魁梧的仆从到巴图家索要猎物。老妈妈见巴音来了，吓得躲在帐篷的角落里，哆哆嗦嗦地说道："巴音啊，求求你，宽限我们一天吧！我的儿子为了给你交上猎物去了很远的地方打猎，今天实在是赶不回来啊！"巴音冷笑了几声，摆摆手，几个仆从便把老太太架出帐篷，拿起鞭子狠狠地抽，老妈妈哪里经得起这样的折磨！哀号声传遍草原，其他的牧民实在看不下去，都跪在地上为老妈妈求情，巴音还是无动于衷。另有几个年轻的牧民忍无可忍，暗暗地握起了拳头。巴音这才觉得情况不妙，放出几句狠话，带着仆从离开了。

再说老妈妈被打得皮开肉绽，早就已经昏死过去。人们轮流看守着老妈妈直到巴图赶回来。巴图一进帐篷，看到全身是伤的妈妈，眼睛里的泪珠直打转，巴图愤愤地要去找巴音问个清楚，却被众人拦下了。可怜的牧民们没有地也没有马，更别说武器了，想要打败巴音简直比登天还难。巴图不得已才忍下了这口气。从那以后，巴图再也不把老妈妈一个人留在家里了，只要出去打猎就让老妈妈一起去。可是老妈妈毕竟年纪大了，走不了那么快，也走不了那么远。一路上走走停停，别说猎物，就连娘俩儿吃的东西都没有啊。

巴图和老妈妈走到一处泉水边上歇脚，老妈妈突然指着远处红色的小果实，对巴图说道："孩子啊，你看那边的红色果实，咱们从来都没见过，你去摘几个过来吧。"

巴图摘下了几个小红果实递给妈妈，老妈妈用手搓了搓，果实表面那层红色的外壳便脱落了，露出黄白色的小米粒粒。巴图将小米粒粒放到嘴里嚼一嚼，一股香香甜甜的味道留在了嘴里。巴图和老妈妈高兴极了，两人决定定居在这泉水旁边，再也不回去受巴音的欺辱了。

一天，巴图打猎回来，老远就闻到一股浓浓的饭香，他连忙跑到泉边，只见老妈妈已经架起一口锅，里面煮着新鲜鲫鱼做的汤，老妈妈招呼儿子到跟前来，乐滋滋地舀起一勺，原来锅里还加入了那些美味的小米粒粒啊！而且这些小米粒粒煮过之后，一个个膨胀起来，变得软软的，也更加地可口了。从那以后，他们便以这种小米粒粒为主食，每天都能吃得饱饱的。老妈妈还在泉水边开垦了一片地，把小米粒粒的果实种在地上，到了秋天的时候，便可以收获很多的粮食。巴图和老妈妈的生活过得越来越好。

此时，在草原上的牧民们依旧忍受着巴音的欺压。这一年，天气变得十分干旱，草原上已经很久没有下雨了，地上的草也长不起来，最后草原上的野兽也变少了。牧民们打不到猎物，更别提向巴音上交猎物了。可那凶恶的巴音哪管这些，还是催逼牧民交猎物，交不上的就抢，把牧民们仅有的口粮也抢了去。巴图在打猎的时候，从朋友那里听说了这个消息，便回家和老妈妈商量，把自家种的小米粒粒送给乡亲们。老妈妈自然也是同意的，便装了满满一袋子，让巴图送过去。巴图回到了原来的家乡，将小米粒粒平均地分给每家每户，并把种植的方法也教给了牧民们。

巴音听说了这个消息，带着大帮的仆从来抢夺。他们不仅抢，还用皮鞭狠狠地抽打巴图。牧民们再也压抑不住心中的怒火，纷纷拿起长刀和马鞭，反抗巴音的暴力统治。几个年轻的小伙子联合起来，刺死了巴音。巴音的仆从们见巴音死了，连忙丢下马鞭逃命了。可是，当人们扶起巴图的时候，他已经牺牲在了皮鞭之下。人们将巴图葬在泉水边上，老妈妈泣不成声，最后在众人的搀扶之下，回到草原上继续生活。而在巴图的墓上长出了很多的谷穗，结出了很多小红果实，如同在纪念巴图一样……

芒耶寻谷种

从前人们没有谷种，也不会种粮食。他们听说谷种在遥远西方的一座山上，但是必须要经历千难万险才能拿到谷种。凡是心不诚、手不净的人都找不到，只有那些真心为人们着想的人才有可能找得到谷种。

很多人都争着要去寻谷种，最后这重任落在了一个叫做芒耶的年轻人肩上。芒耶是村子里最勤劳，最热心的小伙子，无论谁家需要帮忙，芒耶肯定最先出现。所以大家都很喜欢他。听说芒耶被选去寻谷种，家家户户都忙活着为芒耶准备路上的干粮。这家送来一包野果，那家挖来一篮野菜，还有的送来风干的鹿肉。于是，芒耶决定第二天就踏上征程。

乡亲们一路送到了大河边。一个姑娘把自己头上的彩色头绳解下来，系在芒耶的腰间。带着乡亲们的祝福，芒耶登上竹筏，向远方驶去。

芒耶翻过了无数座大山，越过无数条大河，就这样一直走了两三个月，可是依然看不到藏着谷种的那座山。芒耶身边带着的食物吃完了，又饿又累的他实在支撑不住，倚在树下休息的时候，不禁沉沉地睡了过去。

睡梦中，芒耶隐约觉得有人在轻轻地推他。芒耶半睁开眼睛，只见一个白胡子老头正笑眯眯地看着他呢。芒耶连忙跳起来，大声地问道："你是什么人？"

"小伙子，你不要惊慌！"老人笑着说道，"我听说你是从很远的地方来寻谷种的，所以特地来帮助你啊！"

芒耶一听，连忙向老人拜了一拜，诚恳地说道："老人家啊，不瞒您说，我从东边一路走来，怎么也找不见藏着谷种的山头，正为这个发愁呢！"

老人说道："谷种就藏在西边的天脚山的山洞里。你想到达那里很容易，只需再走上一个月的路程就行了。可是你想要拿到谷种，实在是一件很困难的事，我告诉你怎么办吧！"说着，老人拉着芒耶一起坐在大树下，把取谷种的方法仔仔细细地讲给芒耶听。芒耶在一旁，一刻也不敢走神，直到把老人所说的都用心记下了，才长长地出了口气。而老人交代完之后，又送给芒耶一只小狗，便乘着云彩消失不见了。

芒耶谨记老人的嘱咐，一刻也不敢耽搁。他和老人送给他的小狗一起日夜兼程地赶路，终于在一个月之后赶到了天脚山下。芒耶按照老人的吩咐，找到了山脚下的一棵白果树。白果树长得又高又粗，树底下开着一个大洞。芒耶走进去，最里面的地方插着一柄闪闪发光的宝剑，芒耶将宝剑拔出来，背在背上。他从树洞里出来，转身又爬到大树的顶端，原来这里还有一个大树洞，树洞里满是树枝和羽毛，一看就知道是鸟儿的巢。芒耶拨开树枝，里面果然摆着几个鸟蛋。芒耶轻轻地拿开鸟蛋，在那下面是一把金灿灿的钥匙。据老人说，这就是可以打开天脚山洞大门的钥匙。

芒耶带着宝剑和钥匙来到山脚下，突然从山顶上降下一条红龙，张开血盆大口向芒耶冲了过来。芒耶临危不乱，飞快地抽出背上的宝剑，正刺中了红龙的眼睛。红龙怒吼了几声，在天上盘旋了几圈，又向芒耶冲了过来。这次芒耶看准了机会，一剑刺中了红龙的喉咙。血顺着芒耶的手臂流了下来，红龙无力挣扎，倒在地上死了。

芒耶松了口气，便向着天脚山洞走去。刚走到门前，从旁边闪出两个彪形大汉。一个是红脸，一个是黑脸。还未等芒耶开口，红脸大汉便问道："你是什么人？到这天脚山做什么？"

芒耶连忙向他们解释了自己的来意。两个大汉相对一看，哈哈大笑起来。黑脸大汉说道："我们兄弟看守的是天上的神谷，怎么可能随随便便让凡人取走呢！"

芒耶苦苦地乞求，两个大汉却将他推到外面。芒耶心想，既然都走到这里了，怎么可能就此放弃呢！趁两个大汉不备，芒耶抽出宝剑，一剑便刺中红脸大汉的心脏。红脸大汉呻吟了几声，便倒在地上不动了。黑脸大汉见状，顿时火冒三丈，举起手中的鞭子狠狠地抽到了芒耶身上。芒耶和黑脸大汉斗了几百回合，眼见着就要输了，这时小狗扑到大汉的腿上狠狠地咬了一口，黑脸大汉吃了一惊，芒耶趁这个空当，一下用剑刺中了黑脸大汉的胸口。就这样，两个守门大汉都败在了芒耶的手下。

芒耶掏出钥匙，打开天脚山洞的洞门，耀眼的金光顿时冲了出来，芒耶一看，洞里面堆满了金色的谷种！芒耶跪在地上对着谷种拜了三拜，又向着天空拜了三拜，以感谢老人对他的指路之恩。之后，芒耶便装了一小袋谷种，刚好够乡亲们在所有的土地上都种下粮食的。然后，芒耶又按着老人的嘱咐，将山洞的钥匙放回到白果树上，便匆匆地往家乡赶去。

芒耶日夜兼程，一刻也不想在路上停留，因为他太急于让家乡的亲人们看看这金灿灿的谷种，太想让他们早一点吃上真正的粮食了。眼看着就要到家乡了，可芒耶却再也走不动了。他没有办法，扯下腰带上的彩色头绳，将那一小袋谷种系在小狗的身上，让他帮忙带回村子。那小狗就像是通人性似的，一路飞奔回到村子里，人们看到小狗身上的彩色头绳，顿时就明白了。他们解下小狗身上的小袋子，里面装的正是芒耶历尽艰险带回来的谷种啊！可是，当人们跟着小狗找到芒耶的时候，他已经永远地离开了乡亲们。芒耶用他的生命换回了珍贵的谷种，从此人们便开始种植粮食，再也不会挨饿了。

蚂蝗与谷种

很久以前，一次滔天大水冲毁了人们的家园，也冲毁了人们辛辛苦苦开垦的良田。村子里的人们在首领老爷爷的带领下爬到最高的山头避难，人们虽然保住了性命，可是他们看着山下滔滔的洪水，冲走了快要收割的庄稼，明年要用什么种庄稼呢？人们以后以什么为生呢？

首领爷爷想了想，决定派几个身强力壮的小伙子游过去，多少都要抢救回来一点谷种啊！小伙子们手拉着手跳进了洪水，可是水势太急了，他们几个人站也站不稳，怎么能够游泳去找谷种呢？首领的这个计划只好作罢。

一位老奶奶给大家出主意，要把公鸡放进笸箩里，让它漂到远处去找谷种吃，等它回来的时候，再将公鸡杀掉，从它的胃里取出谷种！可是很多人反对，他们都说，鸡不习水性，万一洪水起了波澜，公鸡也得淹死在水里。老奶奶把公鸡放进笸箩里，那公鸡很是害怕，便拍拍翅膀飞走了。

人们没了办法，只能眼睁睁地看着洪水肆虐。这时一只蚂蟥从洪水里露出头来，对众人说道："你们若是相信我，我愿意替你们人类寻找谷种去。只是我有个条件，以后我饿了就让我来喝你们的血。"这个时候，蚂蟥还不敢吸人的血，人们也不怎么注意蚂蟥。山顶上的众人看蚂蟥这个样子，都不相信它能找到谷种，便开玩笑似的答应了。

却说蚂蟥在洪水里游来游去，寻找散落的谷种。蚂蟥一边游一边用身上吸盘一样的腿去沾散落的谷种，不一会儿就沾了很多的谷种回来。蚂蟥来回几趟，为人们寻回了一小把谷种。人们感谢蚂蟥的帮忙，等到洪水退去之后，人们又可以在地里种植庄稼了。可是对于蚂蟥的条件，人们早就抛在脑后了。

直到有一天，人们站在水田里干活的时候，一只大蚂蟥吸住了一个人的腿，舒舒服服地吸着人血。这个人一开始并没有发觉，直到蚂蟥的肚子胀得像一个小葫芦的时候，这个人才感觉腿上阵阵的刺痛。他从没见过这样的蚂蟥，吓得跌坐在水田里。他用力地往下拔蚂蟥，可是蚂蟥动也不动，反而吸附得更紧了。蚂蟥边吸血边含含糊糊地说道："你们人类答应了我们的要求，既然替你们寻回了谷种，就要让我们吸个饱！"人们这才想起和蚂蟥的约定，人们无话可说，可是也不能任由蚂蟥肆无忌惮地吸血啊！那人实在受不了，可又不好发作，只得轻轻地拍了拍蚂蟥，蚂蟥便从人身上掉落下来，满意地钻回水里去了。

从此以后，蚂蟥就时常趁人不备，吸附在人的身上吸血。可是你要是使劲地拔，用力地拽，蚂蟥是怎么也不会松口的，只有客气地拍拍它，它才会自己离开。

天边的动物们

很久以前，世上只有人这种生灵，大地上一个动物也没有。村子里的老人们说在东方，天地相交的地方住着各式各样的动物，人们不去赶，它们是不会出来的。村子里的人们很是好奇，那些动物到底长什么样子呢？它们和人类有什么不同呢？于是，他们决定去天边把动物们赶到地上来。可是总不能村子里所有的人一起去找啊，大家就挑选了一对最可靠、最聪明的男女去寻找。

这一男一女便从村子里出发，一路向东方走去。他俩走啊走，走了九九八十一天，大山渐渐少了，视野渐渐开阔了。当他们爬上最后一座山的山顶的时候，展现在他们眼前的是一番奇异的景象——一片澄净的湖水上方，飞着一排排的大雁。湖畔周围挤满了饮水的马、牛、羊、鹿……湖泊的四周长满了嫩绿的青草，马儿们散落在草地上，甩着尾巴，优雅地吃着嫩草，就像是满天的星斗。黝黑的水牛泡在湖水里，只露出一个头，还不时发出哞哞的叫声。白色的小羊们跟着各自的妈妈找奶喝，它们聚在一起就像是天上的云朵。吃肉的动物们则卧在较远的地方，时而抬头看看周围，时而低下头闭目养神。这情景真是太神奇了！男孩和女孩高兴极了，他们飞奔到山下，吃草的动物们见到他俩，警惕地竖起耳朵。吃肉的动物见到他们，全都站了起来。

男孩和女孩挥动着乡亲们为他们准备的长鞭，轻轻落在动物们的身上。那些马啊、羊啊、老虎啊竟都乖乖地跟着他们走。他俩一个骑在马背上，一个骑在牛背上，唱着山歌，吹着草笛，赶着这些动物们向家乡走去。

他俩走了七七四十九天，只要再越过一座山就能看到家乡了。可两人身上带的粮食早就吃完了，就一直都靠着野果和野菜为生。男孩性情急躁，他早就受不了每天吃野果和野菜啦！眼看村子就在前方了，他心想，反正这些动物们都到了家门口，怎么也不会跑掉吧！于是，他把长鞭别在腰上，不再驱赶动物们，急匆匆地往家里跑。人们一见男孩回来了，连忙准备最好的饭食招待他，大家聚拢在一起向他问东问西。男孩也顾不得回答，往外指了指，从牙缝里挤出一句话说道："外面呢！动物们都在外面呢！"

再说女孩也看管不了这么多的动物啊，这边的动物由于没了男孩的看管，随意地游荡，纷纷跑进了森林里，后来就变成了不服人管的野兽。女孩忍着饥饿，赶着剩下的动物回到村子里。人们出来迎接她的时候，女孩的身边只剩下马、羊、牛等温顺的动物们了。后来它们就变成了人们家里养的牲畜。从此，人们的身边便有了动物，动物也有了野兽和牲畜之分。

巧尖子捉弄憨雷公

从前，鸡、鸭、鹅都长得一个样子，它们都是雷公的属下。雷公是个憨直莽撞、同时脾气又很暴躁的神仙，他掌管着风雨雷电，谁要是惹他生气，雷公就大吼着要发水将他淹死。

其实，地上还住着另外一个神仙，他是雷公的亲兄弟，叫做尖子。雷公和尖子为了争夺天上的统治权，常常斗得不可开交。虽然尖子没有雷公的法力高强，但是他又机灵又狡猾，经常骗得雷公团团转。雷公每次吃了亏，就大发雷霆，把鸡、鸭、鹅当成是出气筒。

有一次，雷公和尖子又吵了起来。尖子嘴尖舌利，笨嘴拙舌的雷公哪里是他的对手。雷公气得满脸通红，眼睛里都冒出火来。他握紧拳头，大吼一声，对着尖子喊道："你等着！我要发洪水淹死你！"

尖子早就摸透了雷公的脾气，他不慌不忙地说道："哦，你要发大水那就发吧！我等着你来淹就是了。"还没等雷公说话，尖子接着说道："只是看在我们兄弟一场，能不能给我三天时间……"

"你要三天时间干什么呢？"雷公感到很奇怪。

"听说地上有一种白瓜特别鲜美，我想啊，反正我要被淹死了，就想在死之前美美地吃上一顿！"

雷公心想：尖子这个要求也不算过分，我要是不答应他，岂不是显得很小气？于是雷公便点点头，一脸严肃地拍拍尖子的肩膀，说道："那好吧，我就给你三天时间，但是就只有三天啊！时间一过，我就要发洪水淹死你啊！"

"行啊，"尖子强忍住笑容，大声地说道，"等我吃饱了就任你处置。"

尖子一路小跑地出了天宫，等确实看不到雷公了，尖子忍不住哈哈大笑起来，"这个糊涂的雷公啊，"他自言自语道，"天上的一天就是地上的一年，难道我用三年的时间还想不出逃命的办法吗？"

其实尖子心里早就有了主意。他飞回到了地上，选了一处土地肥沃、近山靠水的地方种下一棵葫芦子。那葫芦在如此灵秀之地生根，就这样长了三年，结出一个房子那样大的大葫芦。尖子在葫芦上挖了一个洞，自己钻了进去，又从里面把洞口给堵住，安心地等着雷公发洪水。

话说雷公坐在天宫门口等着，三天的时间一过，雷公立刻摇响手中的铃铛，唤来风神和雨神，发起一场浩大的洪水。尖子躲在葫芦里，完全听不到外界的声音，只管在里面睡大觉。

大雨下了一个月，地上几乎全被大水覆盖了。雷公心想，这下子尖子肯定被淹死了。他便派鸭子去看。鸭子飞出天宫，在洪水上游啊游，突然远处飘来一只大葫芦。鸭子把耳朵贴在葫芦的壁上，听到里面传出一阵呼噜声。鸭子吓坏了，连忙飞回天上，向雷公汇报："雷公，不好了！尖子还没死，他在一个大葫芦里面睡觉呢！"雷公一听这话，顿时发起脾气，他抓住鸭子，一使劲就把它的嘴捏扁了。鸭子疼得大声叫唤，从此以后鸭子的嘴就是扁的，嗓子也哑了，只能嘎嘎地叫了。

雷公又让大雨下了一个月，地上连一块陆地也看不到了。雷公派鹅去看。鹅飞到水上，一眼就看到了那个大葫芦。他凑过去听了听，只听见里面传出嘎吱嘎吱的声音。鹅飞回天宫，对雷公说道："雷公啊，尖子还没死呢！他在大葫芦里面吃东西呢！"雷公听了，又发起火来。他抓住鹅的脖子，使劲向两边扯，把鹅的脖子拉得很长。这还不算完，雷公把鹅扔在地上，还狠狠地踢了一脚，正好踢在鹅的头上，鹅疼得叫不出声。从此，鹅的头上就顶了一个红疙瘩，脖子也是长长的。

放雨的雨神累得胳膊都酸了，可雷公不许他停止。大雨就又下了一个月。这次，雷公派鸡去看。鸡不会游泳，它站在天宫门口向下望，只见尖子的大葫芦还在洪水上漂着呢！可是鸡看到鸭和鹅的遭遇，哪里还敢说实话，它便对雷公说："雷公啊，尖子死啦！我看到他的大葫芦撞在大石头上，撞出个大窟窿，尖子就淹死在洪水里了！"雷公一听，立刻眼开眉展，赏给鸡一副金冠和一套彩衣。鸡戴上金冠，穿上彩衣，成天摆出一副骄傲的姿态，连叫声都比鸭和鹅要响亮。

可是尖子并没有死啊！他乘着他的葫芦，一路漂到了天宫门前，他喊道："雷公，雷公！快出来啊！我有好东西给你呦！"

雷公听到尖子的声音，大吃了一惊。他跑到天宫门口，惊讶地问道："尖子？你不是被大水淹死了吗？"

"是啊！"尖子说道，"我本来快要淹死了，可是我种的大葫芦们从远处漂来救了我一命。真是好葫芦啊！"尖子说着，深情地摸了摸大葫芦。雷公一看，心里很是喜欢尖子的大葫芦，便说道："你还有没有大葫芦啊，给我一个吧！"

"没有了，没有了！"尖子摆摆手，转过头去故意不看雷公。

"那把你的这个给我吧！"雷公直截了当地说道。

尖子嘴角浮出一丝转瞬即逝的微笑，他转过头来，对雷公说道："那你要先退掉地上的大水，至少让我有个地方住啊！这几个月来，我可是就靠着这个大葫芦呢！"

"行！"雷公爽快地答应了。他连忙命令雨神停止了大雨，地上的水慢慢地消退了。

尖子便将大葫芦送给了雷公，回到地上去了。可是尖子刚离开，雷公手上的大葫芦就越缩越小，眼看着就由房子那么大缩成只有巴掌那么大了，雷公顿时火冒三丈，他知道自己又上了尖子的当，便把火气撒在鸡、鸭、鹅的身上。一顿结结实实的拳打脚踢之后，雷公一脚把它们三个踢到了地上，从此，鸡、鸭、鹅就只能在地上生活了。不过你看，它们三个在地上过得还挺开心的，至少远离了那个暴躁的雷公。

神鸟传书

很久以前，彝族人没有文字。人们也从来没有想过这个事情。彝族村子里有一户人家，男人死得早，只剩下女人带着一个儿子艰难地生活。为了糊口，儿子长到六岁的时候，阿妈就让他去山坡上放猪。可是儿子的年纪还太小，常常是将猪赶到了山坡上，自己就跑到一边玩去了。等到了傍晚，他再赶着猪回家。

一天，男孩又将猪赶到山坡上，自己跑到山顶上玩去了。山顶上的树林十分茂密，巨大的树冠将男孩头顶上方的天空遮得密不透风。漆黑的树林里吹着冷风，男孩越走越害怕，不一会就迷了路。他只好闭着眼睛就往前冲，不知道跑了多久，男孩睁开眼睛，发现自己站在一处潭水前面，潭水的上方是一片圆形的蓝色天空，阳光照耀着碧绿的泉水，如同翠玉一般倾泻而下，水落在大石头上溅起朵朵水花。男孩被这里的美丽景色吸引住了。他向前走了几步，突然，从天空飞下一只金色的大鸟，大鸟翩然地落在潭水的旁边，低下头喝了一口水，抬起头正看见小男孩惊呆地站在那里。接着，又从天上飞来一群鸟儿，它们都是人间追随着金色大鸟从各处飞来的鸟儿。

神鸟向其他的鸟儿点点头，突然对着男孩开口说道："孩子，到这边来。"

神鸟的话将小男孩从惊讶中唤回来，他跑了几步，来到神鸟的身边。神鸟看着小男孩，轻声说道："我是天上的神鸟，每天都会来这里为其他的鸟儿们讲学，既然你闯进了这里，就和我们一起学吧！"

男孩点点头，高兴地答应了。

于是，神鸟站在潭水边的大石头上，她身旁有一只小鸟拿着树管笔，将神鸟的话记在叶子上。小男孩和其他的鸟儿坐在草地上，认真地听神鸟讲学。神鸟一边讲一边指导身边的鸟儿如何记载，小男孩学得最快，神鸟很是高兴。

天色逐渐暗了下来，神鸟的讲学也结束了，小男孩害怕母亲担心，急着回家却不知道回去的路。神鸟派啄木鸟送男孩走出森林，临别前，神鸟对男孩说道："你回去之后，不要告诉任何人你在这里学文字的事情，明天我们再在这里见面吧！"

男孩走出了森林，等他赶着猪回到了家的时候，阿妈正站在家门口焦急地等着他呢。男孩不敢向母亲诉说遇到神鸟的事，只好撒谎说自己在山坡上玩耍的时候忘记了时间。阿妈埋怨了他几句，连忙拉着男孩回屋吃晚饭。

第二天，男孩又来到潭水边听神鸟讲文字。男孩学得很快，他每天都央求神鸟多讲一些。就这样，男孩回家的时间越来越晚，阿妈心里害怕起来，自己的孩子不会到外面去做什么坏事了吧！第二天早上，她便在男孩的身上系上一根细线，等到傍晚时候，阿妈干完自己的活，便顺着细绳，一路来到了潭水旁边。

眼前的一幕让她惊呆了。她看到自己的孩子正坐在一只金色的神鸟的身边，在他们的周围是各种鸟儿。孩子和鸟儿们好像都在听那个神鸟讲着什么。突然，啄木鸟发现了躲在站在远处的阿妈。它"呼"地飞了起来，发出一声警告。霎时间，所有的鸟儿都飞了起来，金色的大鸟在天空盘旋了几圈，也消失在了天边。只剩下男孩和大石头上许多散落的树叶。

男孩转过头，发现自己的阿妈正目瞪口呆地站在远处。他也没了办法，只好向阿妈解释清楚了整件事情。可惜的是，神鸟还剩下一点没有讲完。而无论后来男孩来多少次，神鸟都没有再出现。男孩只能将记录着神鸟讲学内容的叶子带回家整理好，传说那就是彝族的毕摩经书。

洛龙歌布曲鸟与拉吉格楚

彝族寨子里的阿苏拉吉是个绝顶聪明的人，他不仅会讲经、作法、施咒，并且还创造了彝族自己的文字。大家都十分地尊敬他。

可是阿苏拉吉自己唯一的儿子拉吉格楚却不会说话，是个哑巴。这让阿苏拉吉很是失望，他本来想把自己所有的本领都教给他的，现在看来只好广收门徒，将本事传给别人了。阿苏拉吉便收了很多的徒弟，将讲经、施咒等本事交了徒弟们，却没有将识读文字的方法交给他们。在阿苏拉吉心目中，文字是最为神圣的，他想把文字传给最适合的人选。但是很多人学会了他的本领就离开了，之后就再也没有露过面。所以他一直都没有找到合适的人选。

一天，阿苏拉吉要出远门，走在大路上的时候，迎面走来一个中年人。这个人叫做麦尔都惹，他从阿苏拉吉的徒弟那里学到了施咒、讲经等本领，却从来没有见过阿苏拉吉本人。

大路旁边就只有一棵大树，麦尔都惹和阿苏拉吉便都到这棵树下面乘凉。就这样，两人聊开了。当他们知道对方会法术的时候，麦尔都惹心里痒痒起来，他建议同阿苏拉吉比试施咒。阿苏拉吉当然不会拒绝。阿苏拉吉先念咒，将面前的一座大山变成一堆黄土。麦尔都惹丝毫没有示弱，他也念了一个咒，已经变成一堆黄土的大山马上又变回了原样。阿苏拉吉心里很是吃惊，可是却没有表露出来，只是微微地一笑，便骑马上路了。麦尔都惹心里可不高兴，便暗地里咒他死在马上。谁知，麦尔都惹的诅咒被阿苏拉吉听到了，阿苏拉吉转过头，也轻轻地念了一句咒语，那是诅咒麦尔都惹蒙着头死在雪地里的咒语。

果然，阿苏拉吉在骑马过山的时候，一块大石头绊住了马腿，阿苏拉吉便连人带马摔倒了地上，就这样去世了。而麦尔都惹的下场更惨，他在过雪山的时候遇到了大风雪，便将随身带来的毛毯子裹在身上。凛冽的寒风吹翻了他的毯子，麦尔都惹伸手去抓，却狠狠地跌了一跤，毯子裹住了他的头，麦尔都惹无法呼吸，就这样蒙着头死在了雪地里。

死后的阿苏拉吉化作一只金色的大鸟。因为他还有心愿没有完成，那就是将识读文字的本事传给别人。阿苏拉吉四处寻找，却怎么也找不到合适的人选。最后，他又回到自己的家里，站在屋外的树梢上呼唤着自己的儿子。拉吉格楚听到了鸟叫声，便走出来看。果然，一只金色的大鸟正对着他大声地唱着歌，只是大鸟每唱出一个音符，它的嘴里就会吐出血红色的丝线，那丝线落在地上，化成各种美丽的字符，烁烁地闪着红光。

拉吉格楚看着大鸟的眼睛，仿佛认出那就是他的阿爸。金色的大鸟拍拍翅膀，拉吉格楚就顺手拿起身边的树叶，将地上的红色字符抄写在上面。大鸟的叫声清脆悦耳，在拉吉格楚听来，那就是阿爸在教他如何读这些字。大鸟一刻不停地唱着，拉吉格楚一刻不停地抄写着。这时，拉吉格楚的阿妈从外面走了进来，看到了拉吉格楚和大鸟，便高声喊道："拉吉格楚啊，你这是在做什么？"阿妈的喊声吓走了阿苏拉吉变的大鸟，大鸟不唱了，地上的红色丝线也渐渐消失了，拉吉格楚急得快要哭出来，竟突然张口说话了："阿妈啊，你干嘛要这个时候回来呢！害得我没有听完阿爸唱的文字啊！"阿妈走了几步，突然反应过来——自己的儿子会说话了！从此，拉吉格楚便代替父亲，将文字的读法教给人们，从此彝族就有了自己的文字，只是但是大鸟还没有唱完，所以彝族的文字就少一些。

买　歌

以前，侗族的人们每天早上鸡叫的时候便下地干活，太阳下山了就睡觉，生活得很平静。日子虽然很舒适，但是大家似乎怎么也打不起精神。

什么才能让人们高兴起来呢？村子里的老人们聚在一起商量，最后决定到天上去买一些歌回来。大家一开始并不知道什么是歌。老人们便将自己曾经听说过的关于歌的故事讲给大家听。人们隐隐约约明白了，歌原来就是一种美妙的旋律，如同鸟儿的歌唱，如同大自然的种种声响，只是歌由人们唱出来，能给人带来一种无与伦比的愉悦。人们便凑了一笔钱，让村子里最聪明的阿金去天上买歌。

阿金来到天上，在天宫的门口遇到了雷婆婆。他把想要买歌的事情向她说了，雷婆婆便让他去歌堂找仙女们商量。阿金来到歌堂，那里聚集着很多仙女。仙女们正在放声歌唱，她们的歌喉就像黄莺一样，歌声就像是泉水那样清澈。还有几位仙女伴着歌声跳舞，她们的舞步就像是春风那样轻盈，舞姿就像是孔雀那么动人。阿金看得入了迷，一时间竟然忘了买歌这件事。

地上的人们左等右等，就不见阿金回来。老人便又派了三个年轻人到天上找阿金。这三个人按照雷婆婆的指示到了歌堂，阿金一看又来了三个伙伴，这才想起自己的来意，便向仙女们讨要歌舞。可是仙女们也做不了主，又指引他们去找天上的两个老神仙，他们长年在树底下下棋，他们若是同意了，仙女们就把歌舞送给他们。

四个人来到老人身边。一个老人刚好赢了一盘棋，心里很是高兴，便大声说道："你们要歌啊，那就给我们三百钱，自己去歌堂挑吧！"另一个输了棋，正在气头上，也大声说道："歌舞是我们天上的宝物，怎么能随便卖给你们呢？不卖，不卖！"两个老人争执不休，最后两人决定再下一盘棋定输赢。四个青年在旁边等了三天三夜，之前赢的那位老人再次战胜了另一位老人，于是四个青年便把带来的三百两银子送给这两位老人，高高兴兴地到歌堂挑选歌舞去了。

仙女们在青年们的面前又唱又跳，四个人挑花了眼睛，看到哪个都喜欢得不得了，这个也想要那个也舍不得，最后挑选了满满的两筐歌舞，抬着回家了。只是他们选得太多了，那两筐歌舞压得他们肩膀生疼，其中一个青年不小心踩到一块石头，那一筐歌舞便从天上掉了下去，不知道掉到哪里去了。

四个青年着了慌，他们连忙四处向人打听，可是谁都没看见那样的大箩筐。一个小女孩走过来对他们说，她看到一道金色的光从天上落下来，落在西边的山头上了。四个青年急急忙忙地赶往小女孩说的地方，可是他们在西边的山头上找了一整天也没见到盛着歌舞的大箩筐。这时，阿金望见在山脚下有一个大水塘，里面隐隐约约闪出光芒。四个青年来到水塘边上，果然塘水中央发出金灿灿的光芒。可是水塘那么深，要怎么才能把歌舞打捞上来呢？一只水獭恰好在水边筑巢，阿金便拜托水獭帮忙打捞。水獭想了想，提出一个条件："如果我们的水塘里没了食物，我就去你们的水田里捉鱼吃，到时候你们可不要打我啊！"四个青年都答应了。水獭便集合了几个兄弟，一起潜到水塘的里面，将大箩筐抬出来，交还给青年们，四个青年一刻也不敢停脚，抬着歌舞回家了。

回到家乡，村子里的人们都好奇地围过来观看，阿金打开箩筐，从里面涌出的金色光芒照在每个人身上，大家便都会唱歌跳舞了，一开口就能唱出最动听的歌声，一摆手就是最美丽的舞蹈，人们的情绪欢快起来，日子也变得丰富多彩了。

地上的星星

很久以前，壮族的始祖布洛陀让他的子孙们在山上安家，这样布洛陀就能随时看到自己子孙们的生活了。那个时候天和地离得还很近，站在高高的山上，一伸手就能触到天。白天的时候，太阳照着大地，到处都是亮堂堂的。晚上的时候，月亮和星星照着大地，虽然不如太阳光那么强烈，但是也能将每一个角落照亮。人们总是能够感受到光明，日子过得很舒心。布洛陀看到自己的子孙这样勤劳，自己也不能闲散地度日。他便每天坐在天上织云彩，天就变得越来越广阔，也越来越轻，于是天每天都往上飘一丈，和地的距离越来越远了。布洛陀觉得天已经这么大了，大地就显得十分小了，不如把地也扩大一些吧。于是，布洛陀每天都将地扩大一丈，没多久天和地就变得十分地广阔，任凭谁穷尽其一生也走不到尽头。

天和地变得这样广阔，这样遥远，给人们的生活也带来很大的变化。白天太阳依旧照着大地，可到了晚上的时候，月亮和星星的光芒根本到达不了地上，大地上到处是黑暗的角落。久而久之，黑暗的角落里滋生出很多鬼怪妖魔，他们披着黑色的斗篷，专挑晚上出来活动。他们有着锋利的爪子和尖利的牙齿，很多人就是被他们害死的。人们害怕起来，便到山顶上呼喊布洛陀。可是天和地之间的距离太远了，人们的呼喊声在天空里飘了七天七夜，才传到布洛陀的耳朵里。布洛陀来到子孙们的面前，问道："你们想要什么呢？"

大家纷纷跪下来，恭敬地说："伟大的先祖啊，我们惧怕黑夜里的妖魔鬼怪，请您赐给我们星星吧！只要有了星星，夜晚就能亮起来，妖魔就不敢出来了！"

布洛陀想了想，说道："星星已经被我固定在天上了，不能移动了。只能是再重新造一个了！你们快到山里找最好的孔雀石，再拣像小山那么高的柴火回来，我们一起造星星！"人们欢呼起来，连忙按照布洛陀的吩咐去做了。没多久，人们找来了很多闪着金绿色光芒的孔雀石，布洛陀将堆成小山的柴火点燃，又将孔雀石扔了进去，不一会儿，熊熊的火焰将孔雀石融成了金色的浓浆。布洛陀将浓浆收集在一个事先做好的、巨大的模子里，又将这模子丢到水里冷却，过了好久，一个巨大的、闪着金光的"星星"出现在人们面前。这个星星的样子很是奇特，中间细，两头宽，就像是两个喇叭花背对着放那样的形状。布洛陀将它放在地上，用力地击打"星星"的一端，震耳欲聋的声音响彻天际，躲在黑暗里的妖魔鬼怪听见这样的声响，吓得四处乱窜，等他们跑到阳光下，立刻就被太阳光刺穿，烤成了一缕黑烟。这"星星"不仅能够照亮，还能够驱赶妖魔啊！

布洛陀便将这个"星星"送给地上的人们。后来，家家户户都学着布洛陀的样子做起"星星",只是人们做不出那样大的,只能做一个小的,刚好可以系在身上。人们给这个"星星"取了个名字,叫做"阿冉",就是今天我们所说的"铜鼓"啦。

天上来的芦笙

很久以前,天上的人能歌善舞,而地上的人们却不像现在这么会唱能跳,那时候的人们每天休息的时候,只能看着蛤蟆在荷叶上跳舞,听喜鹊在枝头唱歌。

一天,人们在田间劳作的时候,从天上传来一阵欢歌笑语,大家你看我,我看你,都不知道是怎么一回事。蛤蟆蹦到天宫门口,看到里面正在举行盛大的宴会,天上的人们吹着各种乐器,男男女女手拉着手,又唱又跳,每个人脸上都洋溢着灿烂的笑容。蛤蟆将自己的所见所闻讲给地上的人们听,地上的人羡慕极了,纷纷去向长老诉苦。长老便请喜鹊飞到天上,去请天上的人们到地上来做客。

喜鹊飞到天上,人们的宴会正进行到高潮。喜鹊在一旁拼命地唱,可谁也不理它。喜鹊灰了心,便飞回到地上的人们身边,叹了口气说道:"天上的人们不愿意接受我们的邀请啊!"

长老心想,这地上唱歌声音最大的是蝉啊。于是长老又请蝉去请天上的人来。蝉儿飞到天上,也在一旁大声地唱歌,依旧是没有人理它。蝉不服气,便飞到那个发出最大声音的乐器上面,高声地唱着歌。蝉唱的是地上的最动听的歌,天上的人们听了,这才知道地上是那样的美好,便纷纷决定到地上去做客。

天上的人们将吃的和乐器装在箩筐里,一起带到了地上,箩筐里的就是那个能够发出最大声音的乐器,它有很多个鼻孔,还有一个鸭子尾巴似的嘴,人们从这里吹进气,它就会从鼻孔那里发出声音。天上的人们叫它"芦笙"。可是,东西太沉人太多,天上的人把桥都挤塌了,所以有很多能歌善舞的仙人都没能到地上来。地上的长老带着全村的人们迎接这些天上的人,天上的人将芦笙送给地上的人们,地上的人们很是喜欢,可大家只顾得在一起高兴地喝酒聊天,把芦笙丢在了一旁。芦笙生气了,招呼也没打就自己飞回天上去了。

天上的人们喝得酩酊大醉,路也走不稳,他们只好相互搀扶着回到了天上。地上的人满怀着好奇地去拿芦笙,却发现芦笙早就没了影踪。大家失望极了,只好凭着记忆自己造芦笙。长老捉来一只鸭子,叫工匠照着鸭子的样子,做个长长的脖子和一个嘴，又用木头刻成芦笙模子，再在模子上挖了几个小洞，插上大大小小的竹管，工匠捉来一种小虫，用它身上的薄壳做簧片，芦笙的样子就出现了。长老拿起芦笙使劲地吹，可就是发不出声音。这是怎么回事呢？工匠提醒长老，这芦笙里还没有放入声音呢！长老便叫来蝉和鹅，让他们大声地唱歌，声音一出来，长老就抓住蝉和鹅的声音放进芦笙里。这下子芦笙就能发出声音了。长老一吹，芦笙顿时发出洪亮的声音。工匠们日夜不停地造芦笙，没多久，地上的每个人都有了一副芦笙，也都会吹奏了。平日里寂静的山谷里变成了芦笙的海洋。

从那以后，芦笙就成了地上人们的好朋友，地上的人们人人会吹，个个能舞。逢年过节人们都要吹奏芦笙，载歌载舞，热闹非凡。现在每年的农历九月，苗家人便会举行芦笙节，雄壮的声音响彻天际，唱出人们心中的无限喜悦。

孤女的口弦琴

从前，一位老手工艺人背着竹筐四处流浪，竹筐里装着的是他自己做的各种小玩意。一天，他经过一座古城，城门虽然大，可里面却是一片死寂。老人进到城里一看，城里四处都是白骨，遍地都是尸首……这座城里发生了一场瘟疫，住在这里的人一个接一个地死去，几乎都死绝了。老人战战兢兢地走在路上，突然发现路边的树下有婴孩哭的声音，他走到树下，发现一个几个月大的孩子正在已经死去的母亲怀里哭闹。老人便将孩子抱起来，带着她一起离开了这座死城。

十年过去了，老人含辛茹苦地将孩子抚养成人，当初的婴孩长成了一个漂亮的女孩。她和老手工艺人相依为命，两人走遍了大江南北，终于又回到了女孩出生的那座城。城里至今还是一片萧条，没有人居住。女孩问老人："爷爷，为什么别的孩子有爸妈，我却没有呢？"

"不，孩子。"老人慢慢地说道，"你也是有爸妈的啊，只是他们都在很多年前去世了。"老人便把当初自己在这座城里见到的一切一五一十地讲给女孩听，小女孩听了，眼泪簌簌地往下落，一连哭了十几天，最后声音也哭哑了，女孩便再也不能说话了。老人看着心疼，便拿起手边的铁丝，为她做了一个口弦琴。这个口弦琴有中指那么长，形状就像是小鱼一样，中间有一根琴弦，可以一边吹一边拨弦。老人教女孩用口弦琴吹出各种曲调，高兴的时候就吹欢快的乐曲，伤心的时候就吹悲伤的曲子，从此女孩就用口弦琴来说话，仿佛有了另一副嗓子似的。

一天，女孩和老人经过一片树林，女孩吹出的各种曲调吸引了山林里的野兽神。

熊神趴在大树后面，对身旁的虎神说道，"虎弟，你听那女孩吹出的曲调是多么动听啊！"

"是啊，"虎神点点头，说道，"不如我们把她那个口弦琴偷过来玩吧。"

"那要怎么偷呢？"熊神歪着脑袋问。

"拜托鹰神吧，等他们睡着了就让鹰神去偷。"

到了晚上，老人和女孩在树下睡着了，一只老鹰从树上飞了下来，在他俩的行李里翻了翻，叼起口弦琴飞去找熊神和虎神。第二天早上，姑娘就发现自己的口弦琴不见了，她急得四处寻找，老人连忙安慰她："孩子，没关系，那个口弦琴丢了我就再给你做一个。"女孩听了，也只好答应了。

他们继续往山林里面走，却隐约听见有人在吹口弦琴。他们顺着声音一路寻找，最后来到了一个树洞前。女孩和老人躲在树洞外的草丛里，只听见里面传出熊神、鹰神、虎神和树神谈笑的声音。

"多亏了鹰神，我们才能拿到这个精巧的口弦琴。"熊神说道。

"是啊，"虎神应和道，"它的声音真是美妙啊。"

"树神啊，再用口弦琴吹一曲吧！"鹰神央求道。

不一会，从树洞里又传出美妙的乐曲声。

老人拉了拉姑娘的衣服，轻声说道："孩子啊，我听说这山林里的野兽神经常偷盗人间的物品，那些原本平凡普通的东西，到了兽神的手里，就会变成宝物，就会有令死人复活的力量！"

女孩听了，最先闪现在她脑海中的就是死于瘟疫的父母和乡亲，如果能够拿回口弦琴，那就可以救回他们了啊！于是女孩请求老人到以前的那座城里去等，她自己要去树洞里将口弦琴偷出来。

女孩在树洞外等啊等，终于听到里面传出阵阵呼噜声，大概是兽神们都已经睡着了。女孩蹑手蹑脚地走到树洞前面，正要往里走的时候，一个苍老的声音拦住了她："姑娘，你是来做什么的啊？"

女孩一惊，她四下望望，只见树洞门口站着一个石头老人。石头老人张着嘴，应该就是他在和女孩说话吧。女孩发不出声音，只能走近石头老人，轻轻地推了推石头老人，那石头老人果然又说话了："姑娘啊，你是到这里拿口弦琴的吗？"女孩点点头，石头老人接着说道："姑娘啊，你可知道，偷了兽神宝物的人，最后都会变成石头啊，就像我一样……"女孩摸了摸石头老人的肩膀犹豫了一下，可很快又抬起眼睛，向着石头老人坚定地点点头。石头老人停顿了一会儿，缓缓地说道："好吧，姑娘，现在洞里的兽神都已经睡着了，但是你要特别注意鹰神，他的警觉性最高。拿到了口弦琴之后，一刻也不要停留，马上回到这里来。我身边的石头大雁借给你，让它带着你回家乡吧。可是姑娘啊，你只有三天时间，三天之后你就会变成石头人的。千万要记住！"女孩点点头，向石头人磕了一个头，便进了树洞。

树洞里面一片昏暗，女孩小心翼翼地越过虎神，又绕过熊神，终于在地上摸到了口弦琴。她拿起口弦琴往外走的时候，不小心踩到了一堆干草，发出嘶嘶的响声。女孩吓得心都快要跳出来了，她转头看着树枝上的鹰神，确认鹰神没有发现她，就连忙跑到了洞口外面。女孩一刻也没有迟疑，她向着石头老人挥挥手，坐到石头大雁的背上，石头大雁顿时腾空而起，飞向了远方。

大雁带着她回到那座城镇，远远地就可以看到老手工艺人站在城楼上向她挥手。大雁带着姑娘在城镇的上空盘旋，姑娘掏出心爱的口弦琴，吹出一首首欢快的曲调，霎时间，奇迹发生了！原本因为饥荒、瘟疫死去的人们又都活了过来，人们就像是沉睡了很久一样，面朝着太阳，露出幸福的微笑。

在老手工艺人的帮助下，女孩找到了自己的父母。他们拥抱在一起，都流出了幸福的眼泪。可是美好的时光并没有维持多久，第三天的夜里，女孩悄悄地告别了父母，连夜爬上了城外的一座高山上。当清晨的阳光照在女孩身上的时候，她便慢慢地变成了一尊石像，面朝着太阳，脸上带着幸福的微笑……

人们为了纪念这位勇敢的姑娘，便都学着她的样子，用口弦琴吹出美丽与悲伤的曲调，用琴声诉说着姑娘的故事……

第三章
祖源探秘

盘瓠王

传说在上古时代，中原高辛氏的王宫里有一位老妇人。一天老妇人感觉自己的耳朵里不舒服，仿佛长了什么东西。起初，老妇人没有太在意，可是耳朵里面的东西越长越大，肿起来像葫芦一样大小的脓包。老妇人只得请大夫帮忙医治。大夫拿出金针，刺破老妇人耳朵上的脓包，从里面挑出一个虫茧。那虫茧大如鸡卵，老妇人将它放在瓠篱里，又用盘子盖了起来，就没有再管它。过了不久，虫茧竟然又长大了很多，老妇人将它取了出来，虫茧蠕动了一下，顶部破开一个洞，从里面跳出一只五彩条纹的龙犬，高辛帝见了，十分喜欢这个龙犬，认为它是天上降下的祥瑞，便给它取名叫做"盘瓠"。

盘瓠确实是神兽，它一见风就长，一寸、两寸、三寸……很快，龙犬就长到了一丈高，盘瓠的眼睛闪着金灿灿的光，它高昂的头仿佛昭示着盘瓠的骄傲。高辛王乐得合不拢嘴。他将盘瓠养在身边，无论去哪里都带着它。

一年，北方的番王起兵出征，前来攻打高辛王。面对来势凶猛的番王，高辛王宫上下一片焦虑。高辛王贴出皇榜，许愿说谁要是能够杀掉番王，就将自己的女儿许给他做妻子。

高辛王身边有三个女儿，一个赛一个地美丽动人。众人都想要娶她们为妻，可番王和他的军队凶猛无比，谁也想不出好办法消灭他们。皇榜贴在城门上一天又一天，看的人很多，却没人敢去揭榜。龙犬看到这情形，便跳起来，用嘴扯下皇榜来到高辛王的面前。高辛王不知是何方的勇士前来揭榜，迎出来的时候，进入他眼帘的竟然是自己的龙犬。高辛王的心沉了下来，他抚摸着龙犬，对它说道："你是觉得好玩，才把皇榜揭下来的吧。"可龙犬急躁地转了几圈，依然叼着皇榜，焦急地看着高辛王。高辛王觉得很奇怪，接着问道："难道你想要去消灭番王？"

龙犬对着高辛王摇了摇尾巴。高辛王一开始并不相信，可他看着龙犬的眼睛，它似乎已经胸有成竹，有十足的信心消灭番王。

反正目前也没有更好的办法，不如就让龙犬试试。高辛王抱着这样的心态，便答应让龙犬去冒这个险，只要它能在三年之内将番王杀死，就能够娶公主为妻。龙犬领了命令，走了很久才来到番王的军营。龙犬变成军营里的一个普通士兵，谁也没有注意他。龙犬在军营里混了很久，渐渐地摸清了番王的脾气。这位番王好喝酒，喝醉了就乱发脾气。所以只要番王喝酒，他的周围就没有什么人。龙犬心里有了计策，可是实施这个计划就要耐心地等待时机。龙犬就这样等了三年，眼看高辛王规定的期限就要到了。他的心里也着急起来。这一天，龙犬又像以前一样在番王的帐篷外守护，帐篷里面一片歌舞声，原来是番王和文臣武将们在喝酒呢。过了好久，番王和大臣们都喝醉了，龙犬抓住这宝贵的机会，悄悄地进了帐篷，举起大刀将番王的头砍了下来。趁着还没有被别人发现，龙犬化成犬形，叼着番王的头便飞回到高辛王的王宫里。高辛王看到这情景，心里又是高兴又是忧愁。高兴的是终于除掉了自己的宿敌，忧愁的是自己曾经许下的诺言。虽然已经宣布要将自己的女儿嫁给杀掉番王的勇士，可龙犬毕竟不是人类，自己的女儿怎么能够嫁给它呢？

高辛王抚摸着龙犬，半天也说不出话来。龙犬在他的身边来回转悠，仿佛是在等待高辛王下结论。最后，高辛王从宝座上站起来，神情坚定地对士兵说道："去请三位公主到大殿上来。"龙犬兴奋地叫了几声，急切地等待着公主们的到来。

却说三位公主听说是龙犬杀死了番王，心里都有些担心。莫非父王真的要将我们嫁给龙犬吗？她们三个人坐在花园里，皱着眉头，各自想着心事。

过了好久，大公主开了口："我想父王是不会将我们嫁给龙犬的，他是那么地宠爱我们。"她虽然这么说，可心里还是有点发虚。

"他一定会让我们嫁的！"二公主愤愤地说道："因为他是一国之主，说出去的话可不能像大风吹过就算了啊！"

"那我们之中谁要嫁给龙犬呢？"大公主的声音那么地轻，仿佛快要晕过去似的。

"反正我是不会嫁的！"二公主握紧了拳头，大声地说，"龙犬它就算是立了功，可终究不是人类啊，我不能忍受这种事情！"

大公主摇摇头，神色黯然地低下了头。

"姐姐们……"一直没有说话的三公主突然开了口，"姐姐们，父王的心里肯定是舍不得我们的啊，可他也是国王，说话一定要算数的，一定要实践他的誓言，为了父亲，我愿意嫁给龙犬！"

两个姐姐惊讶地看着妹妹，谁也没有说话。这时，士兵来请三位公主去大殿，她们的心里已经很清楚了。大殿上，三公主主动要求嫁给龙犬，而龙犬也十分地喜欢她。之后，高辛王为龙犬和三公主主持了婚礼，除此之外，高辛王还赏赐了龙犬很多金银珠宝，还有一座大宅院，公主和龙犬就住在那里。

婚礼的当天晚上，三公主坐在院子里，突然从屋子里走出一个美男子。三公主大吃一惊，连声喊龙犬。那男子却笑着说道："三公主啊，你不要惊慌，我就是龙犬啊！"

"怎么可能？"三公主以为这个男子不怀好意，气愤地大声喊道："我的丈夫是龙犬啊！"

"三公主啊，请你相信我吧！"男子上前一步说道："我真的就是龙犬，要是你实在不相信我的话，就把我关进仓柜里，七天七夜不要看我，这样我就能够完全变成人了！"

说完，那男子自己钻进了仓柜里，公主四处寻找龙犬，可怎么也找不见他的踪影。难道那个男子真的就是龙犬吗？公主心中充满了疑惑，她在仓柜前守了六天，只要再过一天，仓柜的门就可以打开了。公主的好奇心也到了极限。六天过去了，他这样地不吃不喝，会不会已经死掉呢？里面一点动静也没有，他会不会是趁着我不注意的时候，化成轻烟溜走了？打开个小缝看一看，应该没有什么事吧？看一眼，只看一眼……

公主的手伸向了仓柜，她打开一条缝儿，里面黑乎乎一片，什么也看不清。难道他不在了？公主一下子拉开仓柜的门，龙犬已经变作了人形！他盘缩在里面，因为时间还不够，所以虽然身子是人，但手脚和头还是犬的样子。公主真是又懊悔又高兴。善良的公主并不嫌龙犬丑陋，便和他一起回到高辛王的王宫，高辛王见龙犬已经变成了人，很是高兴，便封他为王，大家都称他为盘瓠王。

盘瓠王带着妻子远离了京城，来到南边的凤凰山下生活。他们生下了三个儿子和一个女儿，一家人在这里定居。那个时候，凤凰山那里还是一片蛮荒之地，盘瓠王就带着子孙开荒种地，渐渐地把这里建设得非常美好，日子过得又舒适又开心。

盘瓠经常带着儿子们去打猎。他的弓箭例无虚发，只要盯上的猎物就没有打不到的，这一天，盘瓠搭起弓箭，射中了一只公山羊，而山羊虽然中了箭却没有立即死去。它忍着伤痛，拼命地奔逃。盘瓠王心里就像是结了一个疙瘩，他掉转马头，跟在山羊后面，一直追到了悬崖边上。他下了马，搭起弓箭要再补射一箭。可那山羊就像是发了疯一样，低下头，向着他冲了过来。盘瓠一个劲儿地躲闪，竟然忘了背后是一片悬崖。山羊拼尽最后一口气，用尽全身力气冲向他。盘瓠双手抓住迎面而来的山羊角，想要将它推回去，可是他一脚踩空，跌落到深渊……

盘瓠的儿子们四处寻找，怎么也找不到阿爸。突然一大群鸟儿向着山崖底下飞，盘瓠的儿子们到崖边一看，父亲挂在悬崖上的一棵大树上，早就已经断了气。儿子们流着眼泪将阿爸的尸首拉了回来。三公主和众儿孙们在盘瓠的尸首旁边打起黄鼓，唱起哀歌，从此这个习俗就流传下来，而盘瓠就是瑶族、畲族的祖先。

密西把与母虎

很久以前，无量山住着一位本领很大的人，名字叫密西把。这个人向巫师神汉学习法术和武艺，寨子里的人都十分地尊敬他。首领更是看重密西把，对他十分地照顾。

寨子里的生活原本十分地平静，可是最近山上开始有老虎出没，人们害怕会被老虎吃掉，所以谁也不敢到山上去。首领知道密西把每月都要去哀牢山拜见另一位本领高强的高人，而山上是他的必经之路。于是，首领亲自到密西把的家里，对他说道："密西把啊，我知道你要到哀牢山上去，特别来告诉你。山上最近有老虎出没，你还是绕道走吧！"

密西把听了这个消息，并不以为然。他想，自己的本领也不算小，何必要怕老虎呢？于是，密西把不听劝告，还是到山上去了。

山上一片寂静，一阵阴风吹过，果然从树林里窜出一只大老虎，密西把大吃一惊，还没等他回过神来，丛林里又走出两只小老虎。他们低声吼叫着，仿佛是在警告别人不要闯入他们的地盘。然而那三只老虎并不打算袭击密西把，而是向松林深处走去。密西把仔细一看，原来老虎嘴里还叼着一个小男孩！那孩子眼睛紧闭着，身子一动也不动。密西把心中大惊，那孩子一定是被老虎咬死了！不！说不定还活着！

密西把二话不说便冲上前去，只身挡着老虎的去路。"快快把孩子放下！"密西把大声喝道："你若不放下孩子，小心我密西把对你们不客气！"大老虎看了他一眼，并不理会他的话，从嗓子里发出低沉的吼声，好像是信号一样，大老虎带着两只小老虎一齐向前奔去。密西把见它们想要逃跑，便施展法术跟在后面。老虎越跑越快，可密西把一点也不放松。一只小老虎落在了后面，密西把赶上前去，一把就抓住了小老虎的脖颈，将它提了起来。密西把心想那大老虎一定会回来救它的孩子的，就坐在松林前面坐着等。

可是他等到了太阳下了山，等到了月亮爬上树梢，那大老虎一直都没有出现。密西把早已错过了和朋友的约会。正当他要起身离开的时候，那只大老虎从松林的阴影里窜了出来，径直扑向密西把。幸好密西把反应迅速，一个鹞子翻身便躲过了老虎的袭击。密西把来了精神，他和老虎斗了几个回合，老虎是越来越凶猛，可密西把的体力有些不支了。密西把心想，要战胜老虎只能靠智取了。他趁着老虎喘息的时候，突然翻身跃起，借着树的弹力，正落到老虎的背上。密西把两腿使劲地夹住老虎的肚子，老虎疼得大声吼叫，声音震彻天空。密西把拔出腿上的匕首，要向老虎的颈部刺去。这时候，一个人抓住了他的手。密西把回头一看，竟然是老虎嘴中的小男孩。小男孩跪在地上，对密西把说道："好心的人啊，求您放过它吧！我的父母被山上的野狼吃掉了，是这只老虎救了我一命，请您看在这件事的分上，不要杀它吧！"

密西把听了男孩的话，收起匕首，翻身从虎背上下来，摸了摸老虎的头说道："没想到你竟是只通人性的虎，之前错怪你了。"说完，密西把将小老虎还给了大老虎，挥挥手，示意它们赶紧离开。

可那老虎并没有要走的意思，它在密西把和男孩的周围来回地打转，似乎是在留恋这个孩子。密西把看出了老虎的心意，便问男孩道："孩子，你是愿意和老虎一起回到山里呢，还是跟我一起回到村子里呢？"男孩想了想说道："我要和您一起回村子里。"他又看了看站在一旁的三只老虎，又说道："能不能把它们也一起带去？"

密西把看着三只老虎，它们的眼神里流露出乞求的神情。密西把没有办法拒绝，便说道："只要保证它们不伤人，就将它们带回去。"

"太好了！"男孩高兴地跳起来，抱着老虎的头露出灿烂的笑容。

之后，密西把就将男孩带回村子，那孩子就成了他的义子。密西把给孩子取名"伏羲"，并把自己所有的本事都交给了他。而那三只老虎就成了伏羲的坐骑，跟随他一起南征北战，立下很多功绩。后来彝族的后裔就将虎作为图腾象征，并将虎看成是他们的祖先。

满族的天鹅仙女

很久以前，天上有三个美丽的仙女，她们已经十六岁了，每天看到的都是白云和蓝天，每天听到的都是凤鸣龙吼，时间长了，自然就厌倦了这单调的生活。大仙女知道的最多，她将自己听到的关于地上的事情都讲给了两个妹妹听，渐渐地，她们产生了去凡间游玩的想法。可是，三位仙女从小就被告知凡间是危险之地，离开天宫就会受到严重的惩罚……于是，三个姑娘想出个办法，她们用满天的白云做成衣裳，披在身上就变成了三只洁白的天鹅，飞向凡间。

　　穿过厚厚的云层，如诗如画的美景进入了她们的眼帘：层峦起伏的高山披着绿色的外衣坚实地屹立在那里，柔和的曲线就如同被风吹起的绸缎。远处，碧波荡漾的天池水倒映着蔚蓝的天空，就如同镜子照着笑脸，美不胜收。三位仙女被这美景陶醉了，她们迫不及待地降落在天池边上，三姐妹脱掉身上的白云衣裳，跳进天池水里，感受那凉爽畅快的感觉，在天池里尽情地玩耍。

　　这时，从太阳那边飞来一只金翅鸟，它嘴里叼着一个鲜红的果实，落在天池边的大树上。它一张嘴唱歌，口中衔着的红果子便掉落在仙女们的白云衣裳上。金翅鸟的歌声清脆嘹亮，在安静祥和的山间显得尤为动听，犹如天籁。快乐的时光让仙女们忘记了时间，当她们听到金翅鸟的歌声，才意识到落日的余晖已经铺散在了天池的水面上，是要回到天上去的时候了。三位仙女回到岸上，各自穿上白云衣裳。三妹发现自己的衣裳上面，有一颗红果实。那鲜红欲滴的模样实在是惹人喜爱，她便悄悄地捡起果实，刚张开嘴想把它吃下去的时候，那果实竟然"嗖"的一声，自己跑进了三妹的肚子里。树上的金翅鸟见三妹吃了果实，仰天大叫一声，拍拍翅膀飞走了。三妹心里害怕，连忙和两个姐姐说了。姐姐们问她哪里不舒服，三妹只是觉得身子比以前重了。她穿上白云衣裳，却没法再飞起来了。这该如何是好呢？这样的话，三妹就回不了天宫了啊？三姐妹都发起愁来。

　　"我听说……"大仙女突然说道，"我听说有一种仙果，吃了就会有身孕，身子就会变重……难道……"三位仙女互相看了看，什么话也说不出来。

　　"这件事可不能让天上的人知道啊！"二姐说道。

　　"可能是这样吧。"三妹叹了一口气，说道，"姐姐们啊，不能让天上的人发现咱们私自出来玩，更不能让他们发现我怀了身孕。你们现在就回去吧，让我一个人留在这里，等这个孩子生下来，我就回天上去。"

　　"也只能这样了……"大仙女说道，"你放心吧，天上的一天就是地上的一年，你只是有一天不在而已啊！"

　　"是啊，"二姐也安慰她说，"我们会帮你保守秘密的！"

　　"好姐姐们，你们可要记得来接我啊！"想到要和亲人离别，三妹伤心地哭了起来。

　　"好妹妹，不要哭。"大仙女抚摸着妹妹的头发，施展法术，在天池边变出一座小木屋。对三妹说道："你就安心地住在这里，这常年积雪的山峰，这澄净如镜的天池，任你看多久都不会感到腻烦的。在这湖光山色之中，一年的时间很快就会过去的，到时候我们一定会来接你的！"三妹点点头，两位姐姐拥抱了一下妹妹，便变成天鹅飞向了天空。

从此，三妹就在天池边上住下了。她饿了就去寻找野果，渴了就喝山间甘甜的泉水。正如大仙女所说，一年的时间很快就过去了。等到了第十个月的时候，三妹生下了一个漂亮的男孩。那男孩是天赐的恩福啊，他一生下来就会说话，没过几天就已经会走会跑，她给这个孩子取名叫爱新觉罗·布库里雍顺，爱新觉罗就是金子的意思，因为三仙女知道这孩子以后必定会像金子一样闪闪发亮。三妹很心疼孩子，毕竟是自己的骨肉啊，但是她终究还是要回到天上去的。于是，她用白桦树的树皮做了一条小船，等到做好的那一天，天边飞来两只天鹅，在三妹的小木屋上来回盘旋、鸣叫。三妹知道是姐姐们来接她了。她便将孩子放在小船上，拔下头上的簪子向天池边上一划，湖边顿时裂了一个缺口，天池的水顺着这个缺口倾泻到山脚下，远远看去就如同是天上的银练落在了山间。布库里雍顺坐着的小船，顺着流水向山下漂去。三仙女含着眼泪，穿上白云衣裳，顿时变作一只洁白的天鹅，飞上了天空。望着孩子远去的身影，三妹发出几声哀鸣。三姐妹在天空中盘旋了一会儿，排成一队，向着天边飞去。

布库里雍顺坐在小船上，远远望着，发现母亲已经不在岸边，天上却多了一只天鹅。他指着天鹅大声喊道："鹅娘，鹅娘……"突然，小船向后一仰，孩子和船顺着水流，掉下了山崖。好在三妹将小船做得十分地结实，即使从那么高的地方掉下来也没有一点损坏。小船顺水来到了三江汇合的地方。等布库里雍顺长大了，他就在这个地方建立了鄂多里城，而布库里雍顺就成了满族人的祖先。据说满族的孩子叫自己的母亲为"额娘"，也是从他这里开始的。

阿布帖的五个女儿

很久以前，天神阿白发起一场洪水。在那之前，他已经对地上的人们发出暗示。可是谁也没有将他的话当真。只有阿布帖和阿约帖两兄妹坚信天神的话，等到下雨的时候，两个人就钻进早已准备好的大葫芦里面去了。葫芦里面装着很多食物和谷种，可以供他俩生活很多天的。就这样，外面的大雨哗哗地下着，地上涨起无边的洪水，兄妹俩的大葫芦在水上飘了九九八十一天，外面的雨声终于停住了。他们从葫芦里走了出来，发现大地上的人们都不在了，于是，两个人为了延续后代，便结成了夫妻。后来他们生下了五个女儿，可阿布帖和阿约帖又发了愁，光有女儿也不能使人类继续繁衍啊，这该如何是好呢？

有一天，阿约帖带着大姑娘去谷地里收粮食。可等他们到了地里一看，一只大黑熊正在偷吃谷子呢！阿约帖和大姑娘拿起棍子要赶走大熊，那只大熊往后退了几步，大声说道："阿约帖，把你的女儿嫁给我吧！不然我就将你们的粮食都吃光！"

阿约帖哼了一声，不高兴地说道："你只是一只大黑熊，又不是人，我怎么能将女儿嫁给你呢？"

"你把女儿嫁给我，我就能变成人了！"黑熊回答道。

"那好，"阿约帖拉着大女儿，说道，"你去砍十捆柴，再带一罐子蜂蜜来，我才考虑将女儿嫁给你！"

"好！一言为定！"说完，大黑熊就跑到山里去了。黑熊力气那么大，砍柴对他来说根本就是小菜一碟。蜂蜜就更简单了，那可是他常吃的食物啊！黑熊找到树下的马蜂窝，一拳将蜂巢打掉在地上。马蜂们吓得个个竖起毒针，可黑熊那厚厚的皮毛一点都不怕他们的刺，三下两下就将蜂巢里的蜂蜜都掏了出来。

第二天，黑熊肩上背着十捆柴，手里提着一罐蜂蜜来到了阿约帖的家里。阿布帖和阿约帖看了黑熊带来的礼物，也无话可说，便将大女儿嫁给了他。结婚后，黑熊果然变成了一个健壮的小伙子。他带着大女儿到不远的山下定居，他们的后裔就是熊氏族。

大女儿嫁了人，就该轮到二女儿了。话说有一天，阿布帖带着二女儿上山去砍柴。突然，树林里窜出一只大老虎。老虎拦着他们的去路，低声吼道："阿布帖啊，快把你的女儿嫁给我，不然我就吃掉你们！"二姑娘吓得躲在阿布帖的身后，可老虎不管这一套，还是一步一步地逼近，做出要吃掉他们的样子。二姑娘没了办法，只有答应嫁给老虎。老虎高兴极了，跑到山上抓来兔子、野鸡、野猪、鹿……各种各样的猎物，让阿布帖背回去，自己就驮着二姑娘回家了。

出乎二姑娘的预料，那老虎其实也是一个英俊的年轻人。他远看是一只老虎，近看就是个小伙子啦。二姑娘十分高兴，便和老虎在山上住了下来。他俩生下了两个男孩，还时常带着孩子回娘家看看。可是老虎女婿到了丈母娘家总是吃不饱，阿布帖和阿约帖为他们准备的米饭和炒菜，对老虎女婿来说就跟吃了几棵草一样。阿布帖知道了这件事，就跟着老虎女婿一起去打猎。老虎女婿让阿布帖在大树后面躲着，自己又化成老虎的样子，将各种小动物赶出树林。阿布帖一听到树后面有了动静，连忙搭上弓箭，看也没看就射了出去。这下可闯下大祸，他这一箭正射在老虎女婿的身上，把他害死了。二姑娘哭得昏天黑地，只好带着两个虎儿子回到娘家。后来，他们的后代就是虎氏族。

老三姑娘的命运也很坎坷。一天，她和阿约帖上山去打草。可是打好的草怎么也捆不上，好不容易捆上了，却怎么也背不起来。突然，从草里钻出一条大青蛇，他缠住了阿约帖，说道："阿约帖，快将你的女儿嫁给我，不然我缠死你！"三姑娘为了救母亲，便答应了嫁给青蛇。

青蛇将三姑娘带到山洞里生活。后来，三姑娘生下十几个孩子，但都是蛇的样子。他们夫妻两个因为每天都要去田里劳作，没时间照看孩子，便请阿约帖来帮忙。三姑娘嘱咐母亲，只要柜子里的孩子哭了，就要给他们喂食。然后三姑娘就和青蛇出门了。阿约帖觉得很纳闷，一个柜子里能装下十几个孩子吗？没过多久，柜子里传出一阵响声，阿约帖以为是孩子饿了，便打开柜子。只见里面十几只小蛇正四处爬动，到处找食物呢。阿约帖大吃一惊，她从来没有想到自己的孙子竟然都是蛇。惊慌失措的阿约帖以为孩子都被这些小蛇吃掉了，连忙将柜子锁上。准备了一壶开水灌了进去，将所有的小蛇都烫死了。

到了晚上，三姑娘先回到家，阿约帖一见女儿回来了，赶忙对她说道："女儿啊，你家的孩子被一群小蛇吃掉了，我看它们就来气，就用开水将它们烫死了！"三姑娘一听这话，眼前一阵黑，晕倒在地上。阿约帖拼命地喊女儿，惊动了青蛇。他看到柜子小蛇的尸体，怒气冲天，大声吼道："你这个糊涂阿妈，把我们的孩子都害死了！"说完，上去一口，就咬住了阿约帖的胳膊，毒液顺着血液流遍了全身，阿约帖就这样死了。

醒来的三姑娘见自己的阿妈和孩子都不在了，心如死灰，也没有面目再回娘家，便跟着青蛇搬到了很远的地方，再也没有回来过。后来，听说三姑娘又和青蛇生下了两个孩子，他们的后代就是蛇氏族。

有一天，四姑娘独自上山去摘野菜，遇到一只大老鼠。那只老鼠可不一般，它会飞，而且白天是老鼠的样子，晚上就会变成人。大老鼠把这一切都和四姑娘说了，之后便向她求婚。四姑娘心想，三个姐姐嫁给了虎、熊、蛇，我嫁给它也没关系吧。于是，四姑娘便答应了。大老鼠每天白天飞出去找粮食，晚上的时候回到家，脱下鼠皮也就成了人。他俩有了一个儿子，长得高大健壮，英勇非凡。但是他白天从来没有见过父亲，只有晚上父亲变成了人，父子俩才相见。所以这个孩子从来不知道父亲是老鼠的事情。

一天，大老鼠到了很晚还没有回家，四姑娘心里着急，便让儿子出去寻找父亲。儿子带着弓箭出了门，天快要黑了，也没有看到父亲的影子。他走到桥边，发现一只大老鼠肩膀上长着一对翅膀，上面还有很多血迹，看来是受了重伤。大老鼠举步维艰，还拼命地驮着一袋谷子从桥上走过。儿子觉得很是有趣，便搭上弓箭，准备耍弄一下那只老鼠。谁想到，那大老鼠以为儿子要射他，吓得四处逃窜。箭已出手，不偏不倚正好射在大老鼠的身上，老鼠挣扎了几下，便倒下死了。儿子也没有在意，捡起老鼠身边的那袋谷子背回了家。四姑娘看到儿子扛了一袋米回来，心里很是奇怪，儿子便将老鼠的事一五一十地讲给可母亲听。这个消息就如晴天霹雳，五雷轰顶，她哭着告诉儿子，那就是他的父亲。儿子也后悔莫及，每天以泪洗面。但人死不能复生，母子俩搬离了那个令他们伤心的地方，他们的后裔就是鼠氏族。

最后，阿布帖老了，身边只剩下一个女儿。阿布帖不忍心小女儿离开他，便让她呆在家里织布。五姑娘每天都不出门，可是到了晚上的时候，阿布帖睡着了，就会有一个漂亮的小伙子来到她的窗前，和她聊天解闷。五姑娘很喜欢小伙子，可是他只有晚上才出现，白天从来都不见踪影。阿布帖知道这件事后，便疑心这小伙子会不会也是什么动物变的。

一天，五姑娘在窗前织布，一只毛毛虫顺着织布机爬到了她的手上，五姑娘吓了一跳，一巴掌就把毛毛虫拍了下去。毛毛虫被拍晕在地上，躺了好一会儿才慌慌忙忙地爬走了。五姑娘丝毫没有在意它。到了晚上，那个小伙子又来了，头上缠着布条，身上贴着膏药，五姑娘一见他，连忙问道："啊呀，你这是怎么了啊？和什么人打架了吗？"

"哎，不就是你打的吗？"小伙子笑着说道。

"我什么时候打你了啊！"五姑娘惊讶地说道，"我白天都没有见到你啊！"

"五姑娘啊，我实话和你说吧，我就是今天爬上你织布机的那只毛毛虫啊！"小伙子向姑娘坦白了一切，接着问道，"你愿意嫁给我吗？"

五姑娘听了他的话，摇摇头说："你是毛毛虫，我不会嫁给你的！我最讨厌毛毛虫了！"

"那我以后不变成毛毛虫了，你愿意嫁给我吗？"小伙子连忙补充道。

五姑娘想了想，便答应了。两人成亲之后，小伙子白天的时候真的不会变成毛毛虫了，他把五姑娘带到林子里生活。小伙子选了一个风景优美的地方，为五姑娘织了一张软软的大床，让她自己睡在上面。

五姑娘拉住小伙子问道："那你到哪里睡呢？"

"这个你就不用担心了，我睡不惯这样的床啊。"小伙子笑着说道，"你晚上睡觉的时候，可千万不要往上看啊，不然你会后悔的。"说完，小伙子就走了。

睡觉不往上看，那要往哪里看？五姑娘无视小伙子的劝告，便仰面躺在床上——原来在她头顶上密密麻麻地满是毛毛虫！它们肆意地扭动着软绵绵的身躯，吊着丝线慢慢地垂下来。五姑娘愣了一会儿，突然发疯似的大叫起来，她这一叫可不要紧，树上的毛毛虫纷纷落到了她的身上，五姑娘更加害怕了，但是她越叫喊就会有更多的毛毛虫掉落在她身上。就这样，五姑娘最终也没有逃脱毛毛虫的魔掌，被吓死了。

阿布帖听说小女儿被毛毛虫吓死了，忍着悲痛的心情来到山林里，将毛毛虫织的网全都打散，一边打一边咒骂道："你们这些可恶的虫子，居然害死了我的女儿，我诅咒你们永远都不能再变成人，你们只能世世代代做毛毛虫了！"果然，阿布帖的诅咒灵验了，从此，毛毛虫就再也没有变成过人形，永远都是那个样子。

因为五姑娘和毛毛虫没有后代，从此，世上就只有四个氏族。

小姐妹与妖怪

很久以前，寨子里住着一对小姐妹。她们的父母很久以前就去世了，只剩下她们两个相依为命。她们跟随寨子里的人一起上山拣柴火、挖野菜，日子过得很艰难。

一天，她们两人一起上山挖野菜。一个从来没见过面的老头向她们走来，攀谈了几句，老头提出要和两姐妹比赛拔野菜，谁拔得多就去谁家玩。两姐妹起初觉得挺有意思，便答应和老头比赛。小姐妹在山坡上一个劲儿地翻，使劲地刨，半天才找到一小把。而那个老人走到另一面的山坡上，并不着急拔野菜，反而是站在那里，施展起法术来。只见他口中念念有词，从山谷里飞来一股旋风，将这附近的野菜通通卷了起来，堆在他的面前。小姐妹是无论如何也比不上那老头啊。她俩只好认输了，乖乖地跟着老人回家去了。

老头带着她们往树林深处走，小姐妹渐渐地觉得不太对劲，可回头望时已经找不到回去的路了。两个人心里忐忑不安，姐姐抓住妹妹的手，问道："老爷爷，你的家还没有到吗？"

"再走一会儿就到了！"老头笑眯眯地说道，"等到了我家就有好吃的了！"

姐姐连忙装出高兴的样子，没有让老头怀疑。她轻声对妹妹说道："妹妹，不要害怕。我们现在逃也逃不了，只能先跟着他走，看时机再想办法吧！"妹妹点点头，紧紧地拉着姐姐的手，继续往前走。

太阳落下去了，月亮升起来了。树林里一片漆黑。老人也带着两姐妹来到了自己的家。

只见两旁的树逐渐地闪开，露出一片空地，那中间有一个小房子。门口站着两个和她们差不多的女孩子。她们虽然也像两姐妹那样地可爱，眼睛里却透出与年龄不相符的凶狠光芒。两姐妹害怕了，可想逃也逃不掉了，只能听凭老头的摆布。

天色已经很晚了，老头将小姐妹安置在屋里，让她们和自己的女儿睡在一张床上。两姐妹躺在床上一动也不敢动，都害怕地睡不着。老头看几个女孩子都睡着了，便走到灶台前架起一口锅，生起火来。姐姐轻轻地直起身子，正看见灶台前的老头。在炉火的微光下，她看到老头竟然变成了一个青面獠牙、满脸胡须的妖怪！姐姐吓得倒吸一口凉气。炉火前的妖怪好像听见了什么，回过头来查看。姐姐连忙用手捂住自己的嘴，躺在床上大气也不敢出。妖怪四处看了看，发现没有什么东西，又扭过头去挑拣野菜。

姐姐轻轻地推了推妹妹，示意她到里面挨着窗户睡觉。姐妹两个刚挪到里面躺下，妖怪蹑手蹑脚地走了进来。他看都没看，抓起睡在外面的两个女孩的脚就扔到了锅里，两姐妹害怕极了！这妖怪竟然错将自己的孩子当成是她们杀死了！要是妖怪发现了这个事情，一定不会放过她们的！于是，两人趁着妖怪专心煮饭的时候，跳出窗户逃跑了。

妖怪得意洋洋地煮着锅里的东西，过了一会儿，妖怪在外面喊道："女儿们，快起来了，晚饭做好了！"可屋里早就没人啦！妖怪喊了几声也没有人理。他走到屋里发现没了人，便到树林里寻找女儿。

再说逃出去的两姐妹在森林迷了路，怎么也走不出这个树林。突然，远处传来妖怪呼唤女儿的声音，情急之下，两人爬到了高高的大树上面。妖怪老远就看到了有人在爬树，便走到树下大声喊道："姑娘啊，回家吧，阿爸为你们准备了夜宵，就是那两个小丫头。"妹妹听了，吓得要哭出来。机灵的姐姐一边堵住妹妹的嘴巴，一边向树下喊道："我们不下去，还要在这里玩一会儿，晚上野菜吃多了，不想再吃了！"

妖怪也没有怀疑，便说道："那好吧，我在锅里留一点给你们，我现在要去你叔叔家，给他送点心肝去。"

"好的，阿爸，你快去快回啊！"姐姐学着妖怪女儿的腔调喊道。

妖怪转身走了。姐姐对妹妹说道："好妹妹，我们得赶紧离开这里啊，趁着妖怪还没发现……"

"姐姐，我走不了啦！"妹妹哭着说道："我怕高，我不敢下去啦。"

直到这时，姐姐才注意到她们爬到了一棵很高的树上。从树上丢一片树叶，都要很久才能落到地上。姐姐心里也开始害怕了，可是再不逃跑的话，可能真的就要被妖精吃掉了，这该怎么办呢？

却说妖怪乐滋滋地回到家里，在锅里找起姐妹俩的心肝来。他翻找了一会儿，突然停住了。他将头伸到锅里仔细地看，发现那头竟然是自己的女儿的！妖怪瘫倒在地上，半天回不过神来。难道自己杀错了人？那树上的声音……妖怪呆呆地坐了一会儿，终于将事情想明白了。他急红了眼，冲出家门，到树林里寻找两姐妹去了。

这时，两姐妹还困在树上下不去。姐姐远远看见妖怪又回来了，急得她心都要提到嗓子眼了。妖怪来到树下，大声骂道："你们两个居然害死了我的女儿！我今天一定要你们赔命！"说着，妖怪便卷起裤腿，要往上爬。两姐妹看着妖怪的架势，以为自己的性命不保，顿时抱头痛哭起来。可意外的是，妖怪的脚太滑，他爬一段就会滑下来。姐姐看了这情形，心里突然有了一个主意，她故意对妹妹说道："妹妹，你看那妖怪多笨啊！他居然不知道只要在树上涂上牛粪，就能爬到树上来了啊！"妖怪听到了这番话，信以为真，他找来几坨牛粪涂在树干上，开始还真是爬得很顺利，可是等他爬到了树中央，突然牛粪一打滑，妖怪重重地摔在地上，他腰上别着的刀子不偏不倚，正好插入了他的心脏，妖怪就这样死掉了。

两姐妹这下终于放心了。命是保住了，可她们还是没法子从树上下来。这个时候，一只鹿从树林里跑了出来，姐妹俩喊住梅花鹿，大声地乞求："好心的梅花鹿啊，请你救我们下去吧！"梅花鹿摇摇头，说道："不是我不肯救，而是后面有狗在追我呢！"说完，它连忙跑进了树林。不一会儿，一只大狗从另一边窜了出来。两姐妹又叫住大狗，乞求道："好心的大狗啊，请你救我们下去吧，我们会报答你的！"

大狗听了很是高兴，便问道："那你们愿意嫁给我吗？"

两姐妹互相看了看，点头说道："我们愿意嫁给你！"

"那好吧，你们从树上跳下来吧，我在底下接着你们！"大狗对她们说道："不用害怕，我一定会接住你们的！"

两姐妹鼓起勇气，妹妹先跳，姐姐后跳，大狗在下面稳稳当当地接住了她们。然后，大狗便驮着两姐妹到了很远的地方定居，两姐妹都嫁给了大狗，并和它生下了很多的孩子，据说他们的后代就是狗氏族。

高楞趣的魂灵

从前有个老猎人，叫做高楞趣。他是远近闻名的打猎高手，他把耳朵贴在地上，就能听出猎物离这里还有多远，来的是豹子还是老虎。他挖的陷阱，能骗过所有人的眼睛，让最聪明的动物上钩……因此大家十分地尊重他，都以高楞趣为榜样。一年夏天，接连下了十几天的暴雨，高楞趣耐不住性子，冒着大雨，带着弓箭和猎狗去山脚下打猎，他才刚刚搭上弓箭，就听见背后突然轰鸣起来。高楞趣扭头一看，一块巨大的土坡正往下滑，那是山塌了啊！他来不及逃跑，就被埋在这土块底下了。原本是平原的地方，变成了一座小山坡，就好像是高楞趣的高墓。

高楞趣有四个儿子。一个比一个机智勇敢。他们在家里怎么也等不到阿爸回来。山洪突然爆发了。突如其来的大水淹没了所有人的房屋，人们都被大水冲得不知去向，四兄弟齐心协力，死命地抓住一棵大树，终于没有被大水冲走。过了三天，洪水终于平息了，积水也一点点退去。四个青年马上又投入到重建家园的事业中去。他们顾不上自己的家，先帮助别人家收集失物，整修房屋。

村子里的人们损失惨重，重建家园整整花了三年的时间。到了第四年，人们的生活终于恢复了平静。等到了丰收的时候，村子里的人们摆起宴席，一同庆祝得来不易的幸福生活。可是在餐桌的最上首，不知是谁摆了一碗肉和一瓶酒。兄弟四人从头到尾，从尾到头地数了三遍，始终没有找出没来的人是谁。四兄弟坐在一起，突然想起了自己的老父亲。

父亲一定是已经在洪水中丧生了吧！四兄弟心里都这样想着，不禁围坐在一起哭了起来。

"不知道父亲现在在什么地方，如果父亲真的不在了，我们也要将他的尸首找回来啊！"大哥说道。

"可是已经过去那么久了，我们要到哪里去找呢？"老二说道。

老三摇了摇头，欲言又止。老四站起来说道："哥哥们，不管怎么艰难，我们也要将父亲的尸首找回来啊！"

四兄弟都点点头，第二天便去寻找父亲的尸首。老大首先出去，他在远远近近的山里转了三圈，一点儿父亲的踪迹也找不到。途中，一只金色的蜜蜂始终在他的耳边嗡嗡叫，但老大觉得心烦，挥挥手将它赶走了。老二和老三也遇到了这样的情况，他们也没有理会蜜蜂。只有老四最细心，他觉得这个金色的蜜蜂与众不同，便将一根细绳系在蜜蜂的身上，让它带路。果然，蜜蜂将老四带到了高楞趣出事故的那座小山上。

老四叫来三个哥哥，四个人一起挖，挖着挖着，父亲的手臂露出来了！腿和身子也露出来了！四个兄弟终于找到了父亲的尸首，可此时，高楞趣的手上长出了一棵栗树，腿上长出了一棵白桦树，一棵柏树在老猎人的头顶上扎了根。四兄弟将父亲的尸体火化了，将他的灵魂送到了天上，完成了父亲最后的心愿。四兄弟也豁然开朗，不久就开始了各自的新生活。他们四个人分别搬到了四个地方，各自延续着一支种族，便有了四部族之说。

天鹅部族

很久以前，草原上有一位名叫卡勒恰恰哈德尔的首领，他是最勇敢的将领，只要他出兵打仗就一定会获得胜利。在他的领导下，人们过着平静富足的生活。草原的人们都十分地尊敬和爱戴他。突然有一天，另外一个部落的首领派人来向卡勒恰恰哈德尔求援，他们受到了其他部落的攻击，若是没有人支援只怕就要被吞并了。正直的卡勒恰恰哈德尔听了这个消息，马上钦点兵士，带着大部队向那个部落进发。

可是，等到卡勒恰恰赫德尔赶到的时候，那个部落已经被另一个部落打败了。胜利的部落首领，看到卡勒恰恰哈德尔来了，便集合部队，准备和他大战一场。卡勒恰恰哈德尔的大军经过长途跋涉，已经十分地疲倦，哪里还经得起这样的战斗，虽然勇士们还是坚持作战，但是经过一场激烈的战斗，卡勒恰恰哈德尔的军队还是战败了。很多士兵永远地留在了他乡，残余的军队四散逃去，卡勒恰恰赫德尔也身受重伤，独自一人逃进了茫茫沙漠。本来想要擒拿他的士兵见卡勒恰恰哈德尔走进了沙漠，便停住了脚步，不再继续追赶，因为那是死亡的沙漠，处处是陷阱，人一旦进去就再也出不来了。

卡勒恰恰哈德尔是个骄傲的人，宁死也不肯被人俘虏，带着这样的信念，他跑进了这个死亡沙漠。他拖着疲倦的身躯，踉踉跄跄地往荒无人烟的沙漠里面走。头上的烈日在暴晒，脚下的黄沙烫伤了他的脚，戈壁滩就如同火炉一样，升起一层层看不见的热气，模糊了卡勒恰恰哈德尔的双眼，烘干了他身上的水分，他不断地咽下口水，但那只能让他更加干渴。茫茫戈壁，只看得见他一个人在艰难地挪动。突然一块石头绊住了他的脚，卡勒恰恰哈德尔重重地摔倒在地上，锋利的石头刺破了他的手臂，卡勒恰恰哈德尔眼皮沉沉的，就要屈服于这戈壁，去实践那死亡沙漠的诅咒了。

就在这时，一只白色的天鹅从天而降，落在卡勒恰恰哈德尔的身边。一开始，他以为自己的眼睛花了，或者出现了幻觉。他伸出手去，指尖触碰到了天鹅的羽毛，而那天鹅并没有躲闪，而是继续站在他面前，闪着亮光的黑色眼睛盯着他看。卡勒恰恰哈德尔仿佛看到了希望，用尽全身的力气支起身子，天鹅向后退了一步，却并没有飞走，它一步步地向着前方走去。卡勒恰恰哈德尔跟在天鹅的后面，缓慢地挪动着步子。他半睁着双眼，吃力地走着。不一会儿，天鹅将他带到了沙漠里的一片绿洲里！清澈的湖水！翠绿的树荫！卡勒恰恰哈德尔兴奋极了，他跑到湖水边，拼命地喝着。等他喝饱了水，卡勒恰恰哈德尔瘫倒在树荫下，感觉自己的体力又恢复了。他目不转睛地盯着带他来到这里的白天鹅，只见它在湖水上悠闲地游着，突然一道白光闪过，天鹅褪下羽毛，变成了一位美丽的白衣姑娘！卡勒恰恰哈德尔看呆了，简直不敢相信自己的眼睛！原来这位姑娘是天上的仙女，她敬佩卡勒恰恰哈德尔的正直与勇敢，才会在他遇到危难的时刻前来帮忙的。卡勒恰恰哈德尔拉着姑娘的手，请求她和他一起回到自己的草原上，共同生活，姑娘红着脸答应了。

就这样，逃出沙漠的卡勒恰恰哈德尔和姑娘结为夫妻，两人的孩子就取名叫"哈萨克"，也就是"白天鹅"的意思。后来哈萨克也有了三个儿子，老大叫做别克阿尔斯，老二叫做阿克阿尔斯。老三叫做江阿尔斯。后来他们三个人分别建立了大玉兹、中玉兹和小玉兹三个部落，他们都是哈萨克的子孙，便以"哈萨克"作为自己民族的名字了。

少卯优卯寻白马

从前，南边的寨子里有一个叫做少卯优卯的人，他家里有一匹白马，帮着少卯优卯跋山涉水、搬运货物，是少卯优卯最珍爱的伙伴。一天，他骑着白马从山前经过，白马的风姿被山上的魔鬼看到了，他心里顿时起了坏念头，想要把白马夺过来。

于是，魔鬼一路尾随着少卯优卯到树林里。天黑了，少卯优卯将白马拴在一棵大树上，自己在一旁生着了火，一边和白马说着话，一边啃着干粮。魔鬼偷偷地念了一条咒语，嘴里还吃着东西的少卯优卯便倒在地上睡着了。魔鬼从树后面走了出来，邪恶的笑声惊动了白马。但是任凭它怎么挣扎、嘶鸣，少卯优卯就是醒不过来。魔鬼便把白马拉走了。第二天早上，少卯优卯醒来发现自己心爱的白马不见了，急忙拿着神鞭四处寻找。

他走到松柏树下，问道："大树啊大树，你看到一匹白马从这里经过吗？"松柏树冷淡地回答道："没有。"少卯优卯顿时火冒三丈，大声说道："你这个不老实的树，我看到你的脚底下分明有马蹄印子，竟然睁着眼睛说瞎话。"少卯优卯挥了一下神鞭，发出呼呼的声音，他接着对松柏树说道："大树啊大树，从今以后你就要被人从脚跟那里砍掉，被磨成木板，供人做房子！"松柏树听了颤抖着身子，头上的树叶沙沙作响。从那以后，人们就开始砍伐松柏树建房子了。

少卯优卯接着往前走，他又遇见了一棵杨柳树，他问道："杨柳树啊，你看到一匹白马从这边经过吗？"杨柳树摆了摆身上的柳条，说道："看到了，看到了，一个人拉着它从这边走过了。"少卯优卯谢过了杨柳树，又挥舞了一下鞭子说道："谢谢你啊，从今以后你会受到人们的尊重，无论是谁折下你的柳枝，插到土里，你都能够成活。日后，你的子孙会遍布各地。"我们现在能够在各处看到杨柳树，就是这个原因了。

少卯优卯接着走，遇到了一

只七里蜂，少卯优卯向它询问白马的事，可七里蜂理都不理，还想用毒针刺他。少卯优卯生气了，他大喝一声，骂道："你这个凶神恶煞的七里蜂，从今以后你活不过冬天！"果然，后来七里蜂的寿命变得很短。

少卯优卯翻过了七座大山，趟过七条大河，来到了一片山清水秀的地方，他看到河边有一男一女在洗野菜，便上前问道："好心的人啊，请问你们看到一匹白马从这里走过了吗？"女孩想了想，问旁边的男孩说："哥哥，你看到了吗？我记得昨晚有一个鬼头鬼脑的人从咱们的家门前经过，还牵着一匹白马呢。"

"是啊，确实是。"哥哥回答道。

"原来如此，谢谢你们两位了。"少卯优卯从背囊里掏出一个大葫芦，递给兄妹两个，说道："谢谢你们的好心，这个大葫芦送给你们。如果遇到什么危难，就将它拿出来，它定会为你们排忧解难的。"

说完，少卯优卯顺着兄妹两个指的路，来到了魔鬼的家里。魔鬼将白马锁到了后院里，高兴地在屋里手舞足蹈。突然，外面的白马嘶鸣起来，他探出头一看，原来白马听到自己的主人的声音，正拼命地挣脱缰绳，要往外跑呢！

少卯优卯对着魔鬼大声地呵斥道："你这魔鬼，竟然敢偷我的白马！快将它还给我！"

魔鬼装出一副无辜的样子，委屈地说道："什么你的白马，不要冤枉好人啊！"

少卯优卯骂道："你少装蒜了！有人看到你牵着我的白马到了这里！"

"你的马什么样子啊？"魔鬼一边拖延时间，一边想对策。

"我的马从头到脚都是白色的，连马蹄子都是白色的！"

"那我就不知道了，"魔鬼想到了对策，不慌不忙地说道，"我这里只有一匹黑马，从头到脚都是黑色的，连蹄子也是黑色的！"

"我不信，你领我去看！"少卯优卯看到魔鬼狡辩的样子，更加地生气了。

魔鬼也不含糊，领着少卯优卯到了后院。其实，他在说话的空挡早就已经将白马变成黑色了。他们来到马厩前，那里果然立着一匹黑马。魔鬼得意地看着少卯优卯，可是，少卯优卯才不会被这种小伎俩骗到呢！他挥舞了一下神鞭，黑马立刻变成了白马。魔鬼丝毫不示弱，他摇了摇手，白马就变成了黑马。就这样来来回回、变来变去，他们两个都筋疲力尽了。最后，白马嘶鸣一声，跳到了少卯优卯的身边，它自己认主人啦！少卯优卯大笑起来，翻身上马，头也不回地离开了。魔鬼恼羞成怒。他做起法来。只见他左摇摇，右摇摇，从他的身后霎时间蹦出成千上万个小魔鬼。他们长得和魔鬼一个样，扑到少卯优卯的身边，用尖利的牙齿撕咬他。少卯优卯一面策马狂奔，一面用神鞭抽打身边的小魔鬼，可那么多的魔鬼怎么也赶不完，少卯优卯灵机一动，拔下一根马尾毛，也变作千万个自己，对付魔鬼大军。顿时，山坡上、山谷间，少卯优卯和魔鬼展开了一场激烈的混战。魔鬼吐出火焰，少卯优卯就召唤山泉水灭火。魔鬼吹起大风，少卯优卯就用大树来抵挡。

眼看着，少卯优卯占了上风，魔鬼心里着急，一条更阴险的计谋涌了上来。只见他向后弓着身子，肚子凹了下去。魔鬼突然向前一挺，从嘴里吐出一股黑水，越涌越多，顿时淹没了山谷。小魔鬼们变成了各种鱼虾、水蛭等小动物，可还是不忘吸少卯优卯和白马的血。而淹在水里的少卯优卯们则变成了各种水鸟，专门吃水里的小鱼小虾，双方的战斗还在继续着。

最后，魔鬼还要做垂死的挣扎，他摇身一变，变成了一只黑色的大鱼。他跃进水里，直冲向少卯优卯和白马，死命地咬住白马的一条腿，黑水里霎时间泛出血色。少卯优卯见白马受了伤，心里真是比刀割还痛。他痛下决心，要彻底地消灭魔鬼。他挥了挥神鞭，黑水顿时变成了滚烫的热水，魔鬼变作的黑鱼受不了，不停地向水面上翻腾，不一会儿就被烫死了。少卯优卯忍着剧痛，又挥了挥神鞭，热水才又变成了冷水。只是这个时候，少卯优卯和白马也已经筋疲力尽。少卯优卯还来不及把漫天的洪水收回去，就同白马一起沉下了水底，永远地离开了人世。

话说这场大水滔滔不断，持续了三个月，世上的人都在这场洪水之中丧生。但是还没有到绝望的份上。还记得曾给少卯优卯指路的那两兄妹吗？他们见洪水来了，便拿出少卯优卯送的大葫芦，谁知那大葫芦一遇到水就变得像房子那么大，兄妹两个爬到葫芦上，在洪水上飘荡。等到洪水退下去的时候，世上就只剩下他们两个人，后来兄妹两个为了繁衍人类而成了亲，他们就是人们的祖先了。

松昌与诺强斗法

很久以前，世界上还没有人类，也没有任何的生物，只有几个神在世间游荡。一个叫做诺强的神和他的妻子住在北边，一个叫做松昌的神和他的九个儿子住在南边。他们守着各自的地方，平静地生活着。

那个时候，大地上真是一片荒凉，没有颜色也没有声音。诺强和松昌各自心里都在盘算着要改变一下大地。于是，两人不约而同地向对方的家里走，结果在路上就碰见了。诺强见到松昌，高兴地说道："松昌啊，见到你真是高兴。我有个想法要和你商量呢！"松昌迎上来说道："那真是正巧，我也有个想法要找你说说呢！"两人互相说了一下，哈哈大笑起来，他们可想到一块儿去了啊！

"既然是这样，那我们就合伙干吧！"诺强提出建议。

"这个嘛……"松昌犹豫了一下，其实他不是十分愿意和诺强一起干。他想，自己有九个儿子，一定可以比诺强他们做得好。但是又不好直接拒绝。于是说道："诺强啊，不如这样吧，反正我们的生活也十分地平淡，不如我们两家比赛吧！我们分头干，看谁能将大地装扮得更漂亮，谁就算赢！"

"赢了又怎么样呢？"诺强问道。

"赢了的那个就可以统治大地，另外一个人必须听他的。"松昌自信满满地回答。

"好吧，那就这么决定了。"虽然诺强并不想统治大地，但还是答应了。

于是，两个人回到各自的家里，马不停蹄地干了起来。诺强和妻子两个人一边商量一边日以继夜地干着，虽然慢但是造出来的万物都十分地精致和谐。而松昌在家里指挥九个儿子干这干那，一刻也不停着，儿子们干得昏天黑地，累得面黄肌瘦。做出来的东西也很粗糙。

三个月过去了，诺强和松昌又在之前的地方碰头了。松昌一见到诺强就炫耀他这些天来的成果："我做出了无边无际的山峰，上面铺满了各种各样的树木和花草。还有很多的动物，还有谷物粮食……"

"这些我也做出来了。"诺强平静地说道，"我还做了两个人，一个男的，一个女的……"

松昌不相信诺强的话，他觉得诺强根本就没有能力做出什么好东西。他轻蔑的口吻让诺强很不高兴，诺强甩下一句："你要是不相信的话，就到我这里来看看吧！"说完就回北方去了。

松昌也十分地恼火，他回到家，将火气都发泄在儿子们的身上。他越想越觉得憋屈，便决定到诺强的地方去看看。松昌的儿子们听到父亲的这个决定，都大吃一惊。他们拉着松昌的衣角，跪在地上求他说："父亲啊，还是不要去了！诺强那个地方又干又冷，您一定受不了的！"

松昌甩开儿子们说道："我不能败在诺强的手下，我是一定要看看他的成果才能安心！

你们不要阻拦我，我现在就去！若是七天之后我还没有回来，那就是我已经冻死或者饿死在诺强的地方了，就会有一只蜜蜂来报信，那个时候你们就到诺强的地方，将他做出来的一切都毁灭掉，为我报仇雪恨！"儿子们含泪答应了，松昌穿上七层衣服，带着大袋的粮食，大步向北方走去。

松昌一路北上，越往北走越冷。在南方住惯了的松昌哪里受得了这样的天气。虽然他之前穿了很多衣裳，带了很多干粮，可终于还是抵不过北方的寒冷，最后他还没有见到诺强做的大地就在寒风中死去了。诺强在巡视的时候发现了松昌，在他的尸体旁边感叹了很久，最后将他的尸首带回了家，好好地安葬了。

话说七天很快就过去了，松昌一路北上，一点消息也没有。九个儿子十分地着急。这时候，一只蜜蜂飞到了九兄弟头上，不停地绕圈子、嗡嗡叫。兄弟们知道，这说明父亲已经不在了。他们九个人谨记父亲的遗命，准备上北方去为父亲讨回公道。可是，他们虽然是年轻健壮的小伙子，可毕竟已经习惯了南方的气候，突然到北方去的话，也许会遭遇和父亲一样的结果。他们商量来商量去，最终决定拜托黑熊到诺强的地方，将事情问清楚。

黑熊向九兄弟索要一条项圈，九个儿子同意了。黑熊拿了项圈，这才到北方去了。它找到诺强，将九兄弟的话告诉了他。诺强连忙将发现松昌的事情原原本本地告诉给了黑熊。黑熊回到南方，将诺强的话一字不漏地转告给了九兄弟。九兄弟哪里肯信，因为松昌走的时候身上穿着很厚的衣服、带着很多粮食啊！于是，九兄弟准备粮食和武器，要和诺强决一死战，为父报仇。

诺强知道了这个消息，也开始做作战准备。临行前，他将自己创造出来的一男一女叫到身边，对他们说道："你们听好了，我们要去打仗了。如果我们不能胜利的话，我就要发起一场洪水，它会将世上的一切都淹没的。但是你们两个人要活着，为以后能够繁衍人类而活着。你们记下了，等到天空布满乌云的时候，你们就要钻到大木鼓里，等到洪水退了才可以出来！"

两人将诺强的话牢牢记在心里，便到森林里去做木鼓了。诺强和妻子一起迎战九兄弟。松昌的儿子们人多势众，很快就占了上风。诺强见到这情形，便施展法术，天空顿时乌云密布，电闪雷鸣，大雨很快就落了下来。诺强和九兄弟在雨中激战，最后双方精疲力竭，都被洪水吞没了。大雨不停，洪水不断。诺强和松昌辛辛苦苦创造出来的东西大部分都被冲走了。却说诺强造出的一男一女看到天变成黑色，连忙钻进做好的大木鼓里。木鼓带着他们漂啊漂，不知道漂了多久，大雨停止了，洪水也退下去了。他们停在了大山上，向下望去，大地上还残存着一些以往造物的痕迹，足够支撑他们活下去。

两人就这样结为了夫妻，他们生下了很多的孩子，可是那些孩子都不听他们的话，生下来没多久就四散跑开，后来就成了各族人的祖先啦。

公主堡的传说

很久以前，波斯国有一位国王。一天晚上，他做了一个很奇怪的梦。在梦中，他飞上了天空，一直飞到了遥远的东方。之后，他降落在一片繁茂的土地上，那里长着茂盛的庄稼，四处是绿色的森林，还有明净而美丽的湖泊。接着往前走，人渐渐多起来，那里的人们穿着长袖的宽袍，头上梳着发髻，面目平坦，和他自己的面貌大相径庭。他接着走，穿过热闹的市集，进了城门，眼前的宫殿金碧辉煌，高大雄伟，呈现出宏伟磅礴的样子。国王看得入了迷。这时，从宫殿里面走出一位红衣女子，她清秀的面庞带着些许柔媚，一双眼睛就像是天上闪烁的星星，阵阵微风吹拂起她轻盈的衣裳，仿佛是仙女下凡一般。国王目不转睛地看着，那女子也看到了国王，她向他走来，朱唇轻启，仿佛是要说什么。突然一阵狂风将国王卷到了半空中，国王大声呼喊着，竟然从梦中惊醒了。

醒来的国王始终都无法忘怀梦中的情景。于是，他召集文武百官，将自己的梦境讲给他们听。朝堂上沉默了一会儿，一位年老的大臣站出来说道："国王陛下，我从书里知道，在遥远的东方确实是有一个繁盛的国家，他们的样貌和服饰，还有风俗习惯等等与我们大不相同。您梦到的可能就是那里的吧！"

"我想要再见到那位女子，你有没有什么办法？"国王急切地问道。

"啊……"老大臣窘迫地点了点头，说道，"陛下，恕老臣冒昧，那位梦中的女子是否真的在世尚不可知，不知道能不能满足您的愿望啊！"

"既然陛下看到那名女子是从宫殿里走出来的，那么她也许是位公主啦。"另外一位大臣站出来说道，"不如我们去东方的国度，向他们的皇帝请求赐予一位公主做我们国王的妻子，这样既可以满足国王的愿望，又可以和邻国建立友好的关系。"

所有的大臣都点头称是。国王当下就指定了几位大臣，请他们带着礼物到东方的国家去求亲。第二天，几位大臣便带着九辆车的礼物向东方驶去。

他们走了一个月，终于来到了东方的国家。这里果然和国王梦中见到的景象一模一样。

以前只是从书里读到过关于这里的风物，没想到竟然真的见到了。几位使臣带着礼物来到皇宫，受到了这里的皇帝的热情欢迎，他们将国王的意愿向皇帝说了，皇帝仔细地考虑了一下，最后高兴地答应了。到底选谁去和亲呢？皇帝和皇后一时拿不定主意，便先留使者们在皇宫里住下，每天都有好酒好菜招待。

一天，皇帝在和使臣们畅谈的时候，皇帝的三女儿不小心闯了进来。一位使臣发现，这位公主和国王描述的梦中的女子极为相似，便请求皇帝将这位公主嫁给他们的国王。皇帝将三女儿叫到身边，询问她是否愿意去和亲。没想到三公主竟然爽快地答应了。这门亲事就这样定下来了。

皇帝也赏给三公主九车的礼物，等到一切都准备好了，三公主就在波斯使臣们的护送下，离开了父母的身边，向西方驶去。皇帝和皇后一直将女儿送到了最西边的城楼，含着眼泪看着他们的车队渐渐消失在太阳落下的地方。

使臣们和公主走了一个多月，眼看就要到他们的国家了，没想到竟碰上一场战乱。两个部落持续的征战，公主的车队根本没有办法通过，那该怎么办呢？几位使臣商量了一下，决定先在这个地方驻扎，等战争结束了再继续向前走。于是，使臣们和士兵一起为公主建造了一个简单城堡，以供公主起居。其他的人，就在这个城堡周围驻扎、守卫。除了公主的侍女谁也不允许接近城堡。

过了三个月，部落之间的战争终于结束了。使臣们向公主请示，是否可以动身离开。可公主却一言不发，脸色微白，仿佛是得了什么重病。使臣便向公主的贴身侍女打听。侍女说道："公主已经有身孕了。"

使臣们听了这个消息，无不大惊失色。公主还没有迎到皇宫却怀了身孕，这要是被国王知道了必定是死路一条。他们转念又一想，这些日子以来谁也没有接近过公主的城堡，那么她是怎么怀上身孕的呢？侍女便解释道："众位大臣，请不要惊慌。公主怀的是神仙的孩子。"

这话一出，使臣们更加吃惊了。

侍女接着说道："每天正午的时候，都会有一个美男子乘坐马车，从太阳那边飞过来。那男子必是太阳神无疑了。"

"即使是这样，公主也不能带着孩子回到皇宫了啊！"一位使臣叹了口气说道。

"既然如此，干脆就等公主将孩子生下来再走吧！"另一位大臣建议道。

"也不是不可以……"其他的大臣也同意这个办法，最终大家决定将公主住的城堡再修建得坚固、美观一些。一座宏伟的城堡就这样屹立在了沙漠之上。

一年过去了，公主生下了一个男孩。男孩英俊不凡，就像是天上的太阳一样灿烂。使臣们又聚在一起，商讨回国的事宜。本来他们满心欢喜地围坐在一起，但是一位大臣的话打破了他们的希望，他说："我们已经耽搁了将近两年的时间，国王恐怕已经等得不耐烦了。

况且公主的孩子也是要一起带回去的，见了国王，我们应该如何解释呢？国王他真的会相信那孩子是太阳神的后代吗？"几个问题将众人问得哑口无言，这些确实是不得不考虑的事情啊。他们沉默了很久，商议了三天三夜，最终决定不再回国，就在这个地方建立一个国家。他们在旧有的基础上筑起新的宫殿，远远看去非常地宏伟。然后又以城堡为中心，在方圆三百里的范围内建立新城。他们将公主立为女王，让她来主持朝政。再后来，公主与太阳神的孩子长大了，男孩俊朗不凡，公主将王位让给自己的孩子。他果然不负众望，不仅通晓治国之道，还有控制风云，迎风翱翔的本领。新国王声名远播，周围的国家对他都十分地钦佩，纷纷地与之建交。据说，后来玄奘西天取经的时候就曾经遇见这位国王，国王将自己的身世讲给玄奘听，因为他的母亲来自东土，他的父亲是日天之神，所以他自称"汉日天种"。

虎兄人弟

从前，地上一片黑暗，什么都没有。人们都生活在天上。后来天地不知为什么就分开了，天地之间也亮了起来。人们就从天上搬到了地上居住。但是地上的生活比天上艰苦，不少人又飞回了天上居住，可是其中有的人心眼不好，平时总是坑害别人，这些人飞到半空中就摔下来死掉了。

地上有一个美丽的姑娘，她觉得在地上生活很舒服，便不愿意回天上去。可是很多人都已经回了天上，以至于到了最后都没有人和她结婚了。

有一天姑娘爬到树上去摘果子，也不知道是哪里来的神力，姑娘竟然受孕了。她自己还没有明白过来怎么回事，只觉得肚子里一阵剧痛，她没有抓住树枝，便从树上摔了下来。谁知道她刚一落地，就生下了一只小虎崽。过了一会儿，又是一阵剧痛，姑娘又生下了一个男孩。小虎崽生下来就能走路，可是人不会，只能让母亲抱着、搂着、哄着。

后来，老虎和男孩长大了。他们的长相不同，性格也是大相径庭。一天，老虎和男孩上山去打猎，老虎大吼一声，森林里的动物们顿时吓得四处逃窜，老虎毫不费力地就能捉住很多猎物。可是男孩在旁边拼命地跑，使劲儿地拦，却连一只野鸡也抓不到。老虎哥哥生气了，他揪住弟弟的脖领，将他扔在一旁。弟弟被狠狠地摔在地上，但是他的性格比较平和，掸了掸身上的土，便回家了。

又过了几天，老虎又约弟

弟来打猎。这一次，男孩又是什么都没有捉到。老虎哥哥虽然骂他无能，但是还是分给他一大块肉。弟弟谢过了老虎哥哥，用打火石点着了稻草，在火上将肉烤出香味，才一点点地吃。老虎鄙夷地看着弟弟的"复杂程序"，嘲笑他矫情做作。自己则用锋利的爪子将猎物撕烂，直接撕扯生肉吃，不一会儿就吃完了。弟弟却连一块肉也没有吃完。老虎瞪着眼睛看着弟弟，眼睛里闪动着异样的光。弟弟看着老虎哥哥，感觉后背发凉，心里发毛，老虎说道："看什么看啊，你这个笨蛋！你要是再不吃掉那块肉，我就要将你吃掉了！"

弟弟害怕极了，便匆匆忙忙地和老虎分了手，他偷偷地来到母亲的身边，问道："阿妈啊，老虎真的是我的亲哥哥吗？我没有他那么锋利的爪子，也没有他那尖利的牙齿，今天和他一起打猎的时候，他竟然说想要吃掉我！"

阿妈其实心里也有个疙瘩，她不明白为什么自己分明是个好好的人，却能生下一只老虎呢？她的心情也很复杂啊！于是阿妈对男孩说道："可不能允许老虎吃人，若是他再有这样的打算，就把他赶出这里！"

"阿妈啊，那要怎么赶出他去？"弟弟问道。

"我来教你个方法。"阿妈伏在弟弟的耳朵边上，悄悄地将赶走老虎的方法告诉了他。

又过了几天，弟弟主动约老虎去打猎。老虎心里想，莫非那个笨蛋有了什么打猎的新方法了？他也没有怀疑，便和弟弟一起上了山。通往山林的路上有一条铁索桥。他们来到桥的前面，弟弟请哥哥先走。趁着老虎不注意，他悄悄地将一只小虫子放在他的背上，然后偷偷地退到了桥下。老虎一点也没有发觉，他只是觉得背上很痒，便说道："弟弟，我的背上痒死了，你快帮我挠一挠。"弟弟高声应了一声，便搭起弓箭，一箭射在了老虎的身上。老虎疼得嚎叫一声，便向前跑去。弟弟看他过了桥，便连忙砍断了桥桩，还没等老虎反应过来，弟弟便已经跑走了。

从此以后，老虎便住在了山上，人便住在平原上。老虎挨了一箭，就很少吃人了。没有了老虎，人们才得以安心地生活。

金尼麦包和巴娜达明

　　远古的时候，天地之间什么都没有。天和地觉得太孤单了，便结为了夫妻。他们生下了很多的孩子，太阳是老大，高高地挂在天上，月亮是老二，只有大哥不在的时候，才能显出他的光芒。此外还有那天上闪烁的星星，还有地上层峦叠嶂的山峰，还有山上的花草树木和数不清的动物们……天和地的孩子们将天地之间装扮得异彩纷呈。最后天和地生下一男一女两个人，男孩叫做金尼麦包，女孩叫做巴娜达明。

　　天地之间只有他们两个人，既没有父母，也没有前辈。他们什么也不会，便向大自然的万物学习。他们看林子的鹿、羊、牛都在吃草，便学着他们的样子，挖地上的野菜吃。有的野菜放到嘴里是苦的，有的吃起来是甜的，渐渐地他们学会分辨哪一种野菜是好吃的，哪一种草是不能吃的。他们看着树上的猴子摘野果子，便也爬上树去。咬一口鲜红的果子，甜蜜的汁水顿时流入他们的口腔，金尼麦包和巴娜达明咧开了嘴，嘴角向上翘，笑了起来。

　　天上的雷电击中了枯死的树木，大树顿时燃烧起来。他们在树边感受到了温暖和光明，勇敢的金尼麦包走上前去，留下了一点火种，在他们住的山洞里生起火来，从此以后，他们再也不会挨冻受潮了。一次，他们不经意地将捡来的动物尸体，扔进了火里。一股诱人的香气钻进他们的鼻子，他俩把肉从火里捡了出来，那熟透的肉真是世上最美味的食物，为了能够再吃到那样的美味，从此以后，他们便开始打猎了。

　　细心的巴娜达明发现蒲公英的绒毛落在周围，不久在那地方就会长出新的蒲公英。她又仔细观察了别的植物，它们也有类似种子一样的东西。于是金尼麦包出去打猎的时候，巴娜达明便收集各种草的种子，在山洞周围种下去，第二年果然收获不少的食物。渐渐地，他们知道了哪种粮食最适合播种，便专门开辟一块田地种粮食。巴娜达明还照着老鼠牙齿的样子，做了一个工具，用它来刨地就轻松多了。从此，他们就有了好的粮食吃。

　　他们看树林的动物，知道了一雌一雄可以繁衍后代，于是他们两个人结为了夫妻，生下了很多孩子。世间渐渐地热闹起来。虽然这一过程需要很长的时间，但是人们的生活就是这样一步步向前迈进的。

第四章
爱情传说

牧童和仙女

从前，在长白山山脚下的村子里，有一个失去父母的小男孩，他孤苦伶仃，只能靠着替别人放牧为生。渐渐地，大家都忘记了他的名字，就只叫他"牧童"。牧童每天很早就出门放牧，直到太阳落山了才能从地主家换点吃的回家。牧童的家也仅仅是个可以遮风避雨的小木屋，老鼠啊，昆虫之类的小动物，也经常到他那里去避雨。

一次，牧童劳累了一天回到家里，刚踏进家门，就感觉好像踩到了什么软绵绵的东西，仔细一看，原来自己踩住了一只小老鼠的尾巴，那小老鼠疼得吱吱乱叫。牧童连忙抬起脚，小老鼠吓得躲到了草垛里。牧童心里十分地过意不去，便蹲在草垛前，用食物逗引它出来。小老鼠从草垛里露出头来，两只黑溜溜的眼睛闪着光，牧童将自己的食物分给小老鼠一半，他们一起吃了起来。从此，小老鼠就成了牧童的好朋友。只要小老鼠来到他家，牧童便把自己的食物分给它一半。时间飞逝，牧童一天天地长大，转眼间就成了一个青年，小老鼠也变成了大老鼠，却消失了踪影。牧童十分地难过，难道陪伴自己这么多年的伙伴也抛弃自己了吗？一想到这些，他就十分地沮丧。

牧童依然过着替人放牧的生活，他从来就不敢幻想自己的未来，对于他来说，未来真是个既空洞又无望的字眼。一天，牧童在放牧的时候，一只小鹿突然撞进了他的怀里。牧童还没有反应过来，那只小鹿竟然开口说话了："好心的人啊，求你救救我吧！我正被一个凶恶的猎人追赶，请你帮帮我吧！"牧童听了，连忙让小鹿躲进自己用来装干柴的大背篓里。小鹿刚刚躲进去，一个魁梧的猎人就从林子里追了出来。他四下望了望，没有发现小鹿的影子，便走到牧童身边，大声问道："牧童，你看到一只小鹿跑过去了吗？"牧童故意拿出自己的长萧吹起来，并不理睬猎人。猎人很不高兴，铁耙子似的大手抓住牧童的肩膀，在他的耳边吼道："牧童！我问你话呢！你看到一只小鹿没有？"

"没有看到。"牧童表面平静地回答，其实心早就怦怦跳起来了。

猎人怀疑地打量了一下牧童，一把将他推到在地上，牧童正好倒在了背篓的旁边，大背篓歪了一下，好在牧童紧紧抓着，它才没有倒在地上。猎人又看了看牧童，最后还是将信将疑地走开了。

牧童和小鹿都松了一口气，等猎人走远了，小鹿从背篓里面蹦了出来，对着牧童千恩万谢。小鹿说道："牧童哥啊，我其实是天上仙女的侍从，每个月的第五天都会陪着仙女们到地上来洗温泉浴。今天我守在旁边放哨的时候，正好遇到了这个猎人，要不是碰上你啊，我就没命回去了啊！你有什么要求，只要是我能做到的，就一定会帮你达成。"

牧童想了想，说道："小鹿啊，我从小就是一个没父母的孩子，最近一个常常来看我的朋友也没了踪影，我只希望能够有人和我一起生活啊！"

小鹿点点头，笑着对牧童说："这好办！我来帮你讨个媳妇吧！你下个月的第五天还到这里来，你叫我三声我就会出现。我带你去讨个仙女当媳妇吧。"

牧童高兴地答应了。牧童等啊等，终于等到了约定的日子。他又来到林子里，轻声喊了三声小鹿，不一会儿，那只小鹿便从林子里跑了出来。它示意牧童跟着它走，两人一起来到了仙女们洗温泉的地方。

牧童躲在灌木丛的后面露出个头，啊！温泉里面有七个仙女在嬉戏打闹呢！她们每一个都像是盛开的金达莱花儿那么美丽，都像是清晨的露水那么晶莹可爱，尤其是她们之中最小的那一位，她的美貌胜过了她的姐姐们，她的笑容就像是夜空明媚的月亮，牧童一下子就被吸引住了。小鹿看出了牧童的心思，便在他的耳边轻声说道："那个最美丽的是七仙女，你现在去把仙女们的衣服偷回来，一会儿就央求七仙女留下来啊。"

牧童按照小鹿的指示，便溜到温泉边上，将仙女们的衣服都偷了过来，继续躲在灌木丛里。不一会儿，仙女们洗完了澡，上了岸却找不到衣服。七个姑娘只围着纱巾，站在岸上瑟瑟发抖。这时牧童从灌木丛里走了出来，仙女们一见到牧童手里拿着她们的衣服，吓得大声地叫喊道："你这个大胆的牧童，快将我们的衣服还回来！"牧童也慌了神，连忙退后了几步，说道："仙女们，衣服肯定是要还给你们的，只是请你们答应我一个条件。"

"什么条件？你快说！"仙女们红着脸喊道。

"请七仙女留下来和我一起生活吧。"牧童也羞红了脸，低着头不敢看她们。

仙女们都愣了一下，齐刷刷地看着七仙女。七仙女盯着牧童看了一会儿，便大声地说道："好啊！"

所有的人都惊呆了，七仙女竟然这么爽快地答应了。六个姐姐将七仙女拉到一旁，轻声问道："小妹，你疯了吗？怎么可以随便嫁给一个凡人？"

最小的仙女笑着说道："姐姐啊，我看那个牧童是个好人，我们反正以后也是要嫁人的，与其听父母的安排，不如自己选一个称心的夫婿……"说着，这个美丽的姑娘走到牧童身边，从他的手中接过衣服，还给各位姐姐，并请她们为自己保密。临别之前，小鹿俯在牧童的耳边悄声说道："你千万不要将她的衣服还给她，不然她就又回到天上啦！以后你要找我的话，就还到这个树林里来喊三声，我就会出现在你的面前了。"之后，其他的几位仙女便和妹妹告了别，依依不舍地回到了天上。

仙女和牧童手牵着手，一起回到了牧童的家。两人在原来的小木屋周围盖起了三间大房子。牧童除了给人家放羊，还捡木柴去卖。仙女在家的四周开辟了一片园地，种起了蔬菜和麦子。闲时，仙女还要摆开织布机织布。两个人勤勤恳恳，生活越过越好。就这样，时间过去了三年，仙女和牧童已经生下了两个可爱的男孩，日子过得非常美满。

到了第三年，正赶上天上的天帝过生日。天帝举行了盛大的宴会，并且一定要女儿们挨个给她敬酒祝寿。六个姐姐知道这个消息，吓得腿肚子发抖。一个个都没了主意，本想编个谎话蒙混过关，可是天帝派人到处寻找，偏要最小的女儿来为他祝寿。大仙女见状，只好趁天帝没注意，向七仙女住的地方投下一道彩虹。正在门前织布的七仙女见到了彩虹，猛然想起今天是自己的父亲的生日！七仙女害怕极了，她深知父亲的脾气，若是他知道女儿私自嫁给了凡人，肯定会有一场大灾祸的。七仙女对牧童说明了原因，希望牧童能够将衣裳还给她。牧童起初不肯，他知道若是还给她衣裳，仙女一定会飞回到天上，也许就再也不会回来了。但是善良的牧童最终不忍心看妻子这样地伤心，只好取出衣裳还给仙女。

仙女拿到了衣裳，喜出望外，连忙穿好衣裳，身子马上就变得轻飘飘的。仙女又不忍心撇下自己的孩子，便一手抱一个，将两个孩子一并带到天上去了。

牧童眼看着仙女越飞越高，在地上边跑边喊："一定要回来啊！一定要回来啊！"

仙女微笑着对他点点头，便消失在云层里了。

地上的牧童又变成了孤单一人，看着没有了孩子和妻子的家，他的心变得空荡荡的。一天，两天，三天……一个月过去了，仙女和孩子音信全无。牧童再也没法等了，便来到林子里，大喊了三声，小鹿又出现在他的面前。

"仙女呢？她还在天上吗？"牧童一见到小鹿，就迫不及待地打听仙女的消息。

"她还好，"小鹿说道，"只是天帝的宴会还会持续很久，不知道什么时候才会结束，你耐心地等等吧。"

"我没有办法再等了！"牧童哀求道，"我美丽的妻子和可爱的孩子不在身边，我心里无时无刻不在想着他们，一刻也不能安静，请你带我到天宫去吧！"

"啊，那好吧！"小鹿犹豫了一下，但还是答应了，"你到长白山上的天池去等着，天宫经常会到天池来取水。等看到从天上下来的木桶，你就钻到里面去，它会把你带到天宫的。"

牧童按照小鹿的话，果然就到了天上。刚刚进了天宫，牧童就听到了两个儿子喊爸爸的声音。果然，自己的两个孩子从高高的台阶上跑下来，扑到了他的身上。牧童抬头一看，七仙女正跟在孩子们的后面，也向他走来。只是她的神情黯然，眼圈红红的，好像是受了什么委屈。

仙女一看见牧童，便哭着对他说道："我已经一五一十地告诉了父亲，可是他反对我们在一起。除非你能找到一百张人皮作为见面礼，否则就不会让你活着离开天宫。"

牧童犯了难，连忙问道："那哪里才能找到一百张人皮呢？"

"可能鼠国会有吧，因为他们总是将人作为食物。"仙女回答道。

"那么我就去鼠国找一百张人皮吧！"牧童说着，就按照仙女所指的方向出发了。

牧童一路走，越走路越黑，路边上窜来窜去的都是老鼠。牧童心想，这下子应该是到鼠国了。不一会儿，前面就出现了一座高城，城楼上有一排黑老鼠巡逻，大门前有两只很大的黑老鼠站岗。牧童向着他们走过来，两只黑老鼠相视一望，将他拦住，大声说道："你这个人来到我们鼠国干什么？"

"我是来向你们鼠国的国王讨要人皮的。"牧童老老实实地回答道。

"哈哈哈哈……"两只老鼠大笑起来，"难道你不怕被吃掉吗？"

"如果怕就不会来了！"牧童大声地回答，"我从小就有一个老鼠朋友，请让我见见国王，我要把这个故事讲给他听。"

两只老鼠便将他押到国王的面前，一路上所有的老鼠都笑眯眯地看着他，心中都盘算着怎么吃掉这个年轻人呢！

"下面的是什么人？"坐在大殿上的是一只很胖的灰毛老鼠，他肥胖的身子懒懒地

摊在宝座上，大肚子也露在
外面。

"我是一个地上的牧童，
来向您讨要一百张人皮。"牧
童将自己和老鼠朋友的故事，
以及仙女的事情一并讲给老
鼠国王听，希望他能伸出援
手。可是那老鼠国王实在是
个懒汉，他听着牧童的故事，
竟然在宝座上睡着了，还打起
了呼噜。这时，宝座旁边走
出一只老鼠，牧童仔细一看，
那正是他的那位老鼠朋友！原来那只小老鼠来到了鼠国，并当上了鼠国的宰相。国王把所
有的国家大事都交给他打理。老鼠见到牧童有难，自然义无反顾地伸出援手。它马上吩咐
小老鼠们抬来一百张人皮，并亲自将牧童送到了城门外。牧童见到自己的老朋友已经过上
了幸福的生活，之前留在心中的遗憾一扫而光。

于是，牧童告别了老鼠朋友，又返回到了天宫。眼见着就要到天宫门口了，天宫的大
门却哐一声关上了。旁边闪出三个彪形大汉，原来他们是七位仙女的哥哥。因为不满自己
的妹妹嫁给了凡人，便守在这里，打算将牧童赶回地上去。他们抢走了牧童讨要来的一百
张人皮，扔得到处都是。牧童没有力气反抗这三位大力神，只能忍气吞声地被他们欺负。这时，
一阵大风刮了起来，吹得云彩到处跑，四周是一片迷雾，什么也看不清。牧童感觉到有一
只手拉着他飞了起来，等他们冲出云雾，牧童才看到，原来是自己的妻子施展法术掀起的
大风，仙女笑着说道："你放心吧，那些人皮我已经都收起来了，我们这就见我的父亲去。"

天帝看到牧童竟然真的拿来一百张人皮，虽然心里有一百个不愿意，但是又碍于自己
的面子，只好让女儿和牧童一起回到凡间。牧童和仙女抱着两个儿子，踏着彩虹回到了凡间。
而在他们的家门口，那只小鹿早就等在那里了！从此以后他们便在一起，过着幸福美满的
生活。

斗安珠和木姐珠

天神木比塔有三个女儿，最小的女儿叫做木姐珠，她每天赶着羊群到山坡上放牧。一
天木姐珠在山上唱着歌，悠扬的歌声飘到了远方。不一会儿，远方也传来一阵歌声，那是
一个小伙子的声音，木姐珠站起身来向远处望，只见一个英俊的青年骑着马向这边走来。
清风吹拂着木姐珠的发丝，也吹动了姑娘的芳心。木姐珠和这个青年一见钟情，两人一起
在山坡上唱啊笑啊，幸福甜蜜弥漫着整个山坡。原来这个青年叫做斗安珠，每天都要到这
里放羊。他很早以前就远远地看着木姐珠，今天终于鼓起勇气接上了她的歌，两颗心就这

样走到了一起。

就这样过了很久，两人每天都在山坡上约会，到了晚上便依依不舍地分离。斗安珠不知道木姐珠的身份，他找遍了十里八乡，可没有一个寨子里有叫做木姐珠的姑娘。等到两人再见面的时候，斗安珠终于忍不住问道："木姐珠啊，为什么我走遍方圆十里的寨子，都找不到你的家呢？难不成你是天上的仙女？"

木姐珠心中一惊，她犹豫了一下，还是决定将一切告诉斗安珠："斗安珠啊，我……我确实是天上的仙女啊……我是天神木比塔的小女儿，奉父亲的命令，每天来这山坡上放羊的。只有这时候，我才能自由地看看天，吹吹风，每天和你在一起是我一天最美好的时光。"

斗安珠一听，心里油然升起一阵不安的情绪。他试探着问道："木姐珠啊，那你能够永远留在这里吗？"

"不行，"木姐珠神情黯淡地说道，"再过三天就是我最后一次来山坡牧羊了，父亲不许我再出门，要为我招女婿了。"

斗安珠听了这话，哪里还坐得住？他一心想着娶木姐珠为妻，可他自己是个凡人，怎么配得上天神的女儿呢？可是他又不肯这样就放弃木姐珠，便说道："我对你的心，就像是地上的磐石，就像是天上的晨星。虽然我只是一个普通的人，但是我一定能够给你所有的幸福的。请你留在我的身边吧！"

"这是不行的啊，凡人是无力与天神抗衡的啊。"木姐珠的心情也和斗安珠一样，可是严苛的父亲是不会允许她嫁给一个凡人的吧！但是若不试一试，怎么知道就一定会失败呢？于是，木姐珠接着说道："斗安珠啊，那你就跟着我一起到天上去吧，把我们的事告诉我的父亲！"

傍晚的时候，斗安珠就藏在了木姐珠的羊群里，混进了天宫。

天神木比塔从寝宫里走出来，突然大喝道："士兵！有凡人混到天宫里来了！快将他找出来！"木姐珠心里害怕，只得拉着斗安珠跪在父亲面前。斗安珠和木姐珠手牵着手，向木塔比说明了心意。可是天神怎么能够忍受自己的女儿嫁给一个凡人呢？他在众人面前大发雷霆，顿时引起一阵风暴。众神都用手掩面，或者躲在柱子后面，只有斗安珠一个人目光坚定，神情自若。木比塔觉得这个年轻人可能还有那么一些勇气，便对他说道："你只是一个普通的凡人，要想娶到我的女儿就要经受住我的考验才行。"

"那是自然，"斗安珠大声回答道，"我就是带着这种决心来的！"

"好！"木比塔大笑着说道："我在九沟火地种的树木已经长成，你现在就去帮我把树都砍完吧！"

斗安珠应了一声，便扛着斧子来到木比塔所说的九沟火地，却没想到这里竟然是一片广袤的森林，大树高得望不到顶，粗得五个人都抱不过来。即使斗安珠有天大的本事，也不可能砍完全部的树木啊！

这时，斗安珠感觉到有人在拉他的衣角。他回头一看，原来是木姐珠跟在他的后面，一起到九沟火地来了。木姐珠伏在斗安珠的耳边，轻声地说："你不用犯愁，这个九沟火地有个秘密：它的四个角是支撑整个森林的支柱，若是支柱断裂了，整个森林也将不复存在。所以你只要砍掉四个角的树就行啦。"

斗安珠十分高兴，用尽力气砍倒了四个角落的大树。木姐珠拉着他躲到九沟火地的边上，顿时电闪雷鸣，风雨大作，接着是一阵天崩地裂的巨大响声。不一会儿，风雨都停住了，响声也渐渐消歇了，斗安珠望去，只看到九沟火地上的大树全部倒在地上，四处都是被烈火烧过的痕迹，火地上方的天空呈现出血红色，那场景就有如炼狱一般。

斗安珠回到天宫向木比塔汇报，木比塔虽然很惊讶，却一点儿声色也不显露。他又对斗安珠说道："既然大树已经砍完了，那你将那块地烧完，我要开垦田地。"

斗安珠又一次来到九沟火地，那里的雷电还没有停息，他用雷火点燃了地上的藤蔓，斗安珠来没来得及离开这里，火势便瞬间猛烈起来。大火越烧越旺，被困在里面的斗安珠无处可躲，被火烫伤了胳膊，烧坏了后背。木姐珠一看到这情形，连忙去水底下，乞求龙王降水。最后，大火扑灭了，九沟火地也烧完了，可斗安珠也被烧得浑身是伤，木姐珠将昏迷不醒的斗安珠背到河边，一边用清凉的河水为他清理伤口，一边流着眼泪。木姐珠的眼泪滴到斗安珠的身上，他的伤口顿时就好了一半。斗安珠又休养了几天，身上的伤口痊愈了。他便又回到木比塔的面前。

木比塔看到斗安珠又回到他的身边，便丢给斗安珠一袋种子，气呼呼地说道："既然地已经烧好了，你去把九斗九升种子种到九沟火地里去吧！必须在一天之内完成，完不成就不要来见我！"

斗安珠背着种子来到九沟火地，明知道这是不可能完成的任务，却依然勤恳地干着。他弯着腰，驼着背，将种子一点点地撒进肥沃的土壤里，木姐珠也过来帮他的忙。可眼看着太阳就要西沉，他们连十分之一都没有完成。这时，天神的武将八大金刚带着各自的兵将来到他们面前，他们同情木姐珠和斗安珠，便自愿前来帮忙。有了天兵天将的帮助，所有的种子竟然真的在太阳落山之前种了下去。斗安珠回到木比塔的宫殿向他汇报，可木比塔却露出鄙夷的冷笑，说道："斗安珠啊，你真是个好小伙子！我就把木姐珠嫁给你吧！"斗安珠和木姐珠听了，脸上乐开了花。可是木比塔接着说道："你去把撒下去的种子都收回来吧，就当做是木姐珠的嫁妆了。"众人听到这番话，没有不感到诧异的。

斗安珠嘴上不说，可心里却不服气。作为一个普通的凡人尚能做到遵守诺言，他木塔比可是堂堂的天神，却要这样一而再，再而三的反悔，真是太不讲诚信了！众神对木比塔的所作所为也十分地不满，纷纷来帮助斗安珠。山神召唤来所有的鸟兽，让它们一点点地将种子从地里刨出来。九沟火地里一片热热闹闹的景象，众神们有的帮助刨地，有的帮助收集种子，斗安珠和木姐珠也和大家一起劳作，很快就收齐了九斗九升的种子。斗安珠和木姐珠谢过众神和鸟兽们，带着种子来到木比塔面前。

木比塔面色阴沉地看着斗安珠，突然大声喝道："将斗安珠赶出天宫去！"

众神都是丈二和尚摸不着头脑，种子已经都找回来了，木比塔难道又想反悔吗？

"阿爸，为什么要将斗安珠赶出去？！"木姐珠气得大声喊道。

"因为他没有将种子全部找回来！你看那秤砣在一点点往下滑呢！"木比塔得意地指着天秤，果然，离九斗九升还差那么一点点。

众神纷纷为斗安珠求情，逼得木比塔不得不看在众神的面子上，再给斗安珠半天时间，将剩下的种子找回来。斗安珠来到九沟火地，那里已经被众神们翻得底朝天，不可能再有漏掉的种子了。斗安珠便来到山边问山神，山神便将所有的鸟兽召集到身边，问道："你们谁在找种子的时候偷吃了一些啊？"鸟兽之中一片寂静，过了好一会儿，一只小鸽子飞出来，怯声说道："我吃了几颗，因为这之前我已经很久没有吃东西了……"小鸽子很懊悔，连忙将吃掉的种子又吐了出来。斗安珠终于凑够了九斗九升的种子，而木比塔也看出了众神的态度，自己若是再出面阻挠，最后肯定会被众神们鄙视的。所以，木比塔最后终于同意将女儿嫁给斗安珠。斗安珠和木姐珠手牵着手，带着木比塔给的嫁妆，高高兴兴地在人间安了家。他们将带去的种子种在田地里，到了秋天他们收获了一筐筐的粮食。木姐珠和斗安珠毫不吝啬，又将种田的技术教给其他的村民，从此人们就学会了种庄稼，生活也越来越好。

河神的女儿

传说，很久以前，天帝的儿子解慕漱受天帝指派，来到凡间巡查。解慕漱披着金斗篷，驾着五龙车在天空上来回巡视，他发觉人间的风景比天上的景色美多了，心里便起了涟漪。一天，解慕漱来到一处美丽的湖水上面，突然发现水面上有三个姑娘正在游泳，其中一位姑娘长得十分地美丽，解慕漱的心一下子就被这个姑娘抓住了。他降落到岸边，三个姑娘看到了解慕漱，一下子就钻到水里。解慕漱便在岸边变出一座华丽的府邸，住在里面等那三位姑娘出现。

过了三天，最美丽的那位姑娘从水里露出头来，她向四周望了望，发现岸边竟然多了一座大房子，便招呼另两位姑娘出来看。她们三个人走到了大房子的门口，解慕漱连忙摆好宴席出来迎接，三个姑娘也不客气，就和解慕漱一起吃喝起来。原来这三个姑娘是这里的河神的女儿，最美丽的那位是大姐柳花，另两个是她的妹妹。四个人也都算是神仙，平时遵守着各种各样的规矩，他们便趁着这个机会举杯畅饮，痛痛快快地玩了一天。

此时，在湖底的宫殿里，河神发现三个女儿已经出去了一天还没有回来。平日里宠爱女儿的河神心里犯了嘀咕，便来到水面上看看。四周没有女儿们的身影，只有一座从来没见过的大房子，里面不时地传出笑声，仔细一听，竟然是自己女儿们的声音！河神气得胡子都要飞起来。他踹开大门，只见女儿们和一个男人在说说笑笑，他们四个人一见闯进来一个人，都暂时停住了说笑。

"你是什么人，怎么敢擅自闯入我的家中！"解慕漱大声问道。

"啊！是父亲！"柳花和两个妹妹大惊失色，想躲也没地方躲，只能像个木头人似的呆呆地站在那里。

"你们三个不孝的女儿，竟然这样欺骗我啊！"河神气得破口大骂，手指头都快戳到了女儿们的鼻子尖了。

解慕漱听说是河神，便连忙殷勤地请他坐到上座，还向柳花她们使眼色，让她们跪在地上向父亲认错。河神斜着眼睛看着解慕漱，没好气地问道："你是个什么人？竟然敢在我的管辖之地盖起这样的房子！"

解慕漱端起酒杯，送到河神手里，笑着说道："我是天帝的儿子解慕漱，受天帝的指派，来凡间视察的，路过这个山清水秀的地方，打算在这里多逗留几天，恰好就遇到您三位美丽的女儿，便冒昧地请她们喝酒聊天了。"

河神冷笑了一声，上下打量了一下解慕漱。解慕漱确实是个英俊的小伙子，极有棱角的脸庞上长着一双炯炯有神的眼睛，透出一股逼人的英气。河神有五分相信他是天帝的儿子，却不想轻易地下结论。他站起来对解慕漱说道："既然你是天神的儿子，那你敢不敢和我比一场？"解慕漱先是一愣，马上便露出了微笑。他点点头，答应比试。河神虽然年纪大了，却一点都不示弱。只见他身子一转，顿时变作一只燕子，疾速飞向天空。解慕漱眼疾手快，瞬间变作一只老鹰追在燕子后面。河神飞到地上，又变作一只兔子在草地上奔跑，解慕漱便变作一只猎狗追赶着兔子，眼看着猎狗就要抓住兔子的时候，河神转身变成一只鲤鱼钻进了河里，解慕漱便变作水獭，一把就抓住了鲤鱼。鲤鱼拼命地挣扎，水獭爪子一松，鲤鱼便跃上了半空，变成河神的本身。解慕漱也变回了人形。河神十分佩服解慕漱的本事，相信他就是天帝的儿子。

河神原谅了三个女儿，还和解慕漱一起喝起酒来。解慕漱趁着河神高兴的时候，对他说道："尊敬的河神啊，我向您坦白吧，我喜欢上了您的大女儿柳花，能不能将她嫁给我呢？"河神看了看站在一旁的柳花，她也正红着脸看着解慕漱呢！河神心知肚明，便同意将柳花嫁给解慕漱，两个人便在这湖边的大房子里举行了婚礼，解慕漱和柳花就这样结为了夫妻。解慕漱也不回天上去了，和柳花一起在凡间过着逍遥自在的生活。

可是没多久，天帝就下了一道命令，让解慕漱马上回天宫述职。河神事先知道了这个消息，便将女儿柳花叫到身边说道："我知道解慕漱就要回天上去了，不知道还能不能回来，你已经是他的妻子了，就跟着他一起回去吧。"

"可是父亲，我毕竟不是天上的神仙，我们没有办法到天上去的啊！"柳花心急如焚，她也很怕解慕漱离开。

"乖女儿，你听我的话吧，"河神狡邪地笑了笑，拿出一张牛皮做的大口袋，说道，"你和解慕漱钻进这个口袋里，这样你进天宫的时候就不会被别人发现，等进了天宫的门，你就用头上的金簪子将牛皮袋戳破就能出来啦！"

"可是怎么才能让解慕漱钻进这个口袋里去呢？"柳花接着问道。

河神早就想好了主意，他将解慕漱找来喝酒，就当是临别前钱行的宴席。他们一碗一碗地喝着，不一会儿，解慕漱就醉倒在地，沉沉地睡了过去。河神连忙叫女儿躺在解慕漱的身边，他施展法术将他们两人变小，轻松地装进牛皮口袋里。河神又将口袋放到解慕漱的五龙车上，车上的五条龙伸展了一下身子，向着天宫飞去。

五龙车向天宫跑，阵阵强风将车上的牛皮袋吹得左摇右晃，本来睡熟了的解慕漱被这剧烈的摇晃震醒了，他睁开眼睛，只见四周都是一片黑暗，身边躺着自己的妻子柳花。他连忙摇醒柳花，大声地问道："柳花啊，这是怎么一回事？我们这是在什么地方？"

柳花微笑地看着他，却并没有直接回答，只是说道："你别着急，到了就知道了！"

解慕漱定下心来想了想，他知道这其中必定有什么蹊跷。他仔细听着外面的呼啸声，突然想到了答案。

"莫非我们这是在回天宫的路上？"解慕漱试探地问道。

"啊，你知道了啊！"柳花天真地看着他，脸上露出了灿烂的微笑。

可解慕漱这时一点都笑不出来，如果让天帝知道他和河神的女儿私下里成了亲，父亲一定会大发雷霆，狠狠地惩罚他的。解慕漱越想心里越发毛，最后暗暗决定放弃自己的妻子。他笑着对柳花说道："好柳花啊，你不觉得这个里面太闷了吗？我们将这个袋子打开一个口头头气吧！"

"那可不行！"柳花直截了当地拒绝了他，说道："现在还没有到天宫呢！"

"柳花啊，你嫁给了我，我自然要将你带到天宫去的啊，何必要用这样的办法呢，都是你父亲想得太多了！"解慕漱见柳花不答应，便开始用甜言蜜语哄骗她。柳花起初还坚持听从父亲的话，可实在经不起解慕漱的好话，摘下金簪子，要将牛皮袋子扎破。

五龙车在天上疾速奔跑，已经能看得见天宫的门口，听得见天庭的乐声了。解慕漱急得心都提到了嗓子眼，脸涨得通红。他见柳花迟迟不下手，便一把抢过金簪子，使劲地在牛皮口袋上扎了一个大窟窿。

一股旋风顿时钻进了袋子里，解慕漱奋身冲出了牛皮袋，头也不回地飞进了天宫里面。柳花见解慕漱越飞越远，自己也钻出了袋子，可是却被天宫的守门人拦在了外面。柳花在后面大喊："解慕漱啊，你快来接我进去啊！"可解慕漱就像是没听见一样，任凭柳花在后面大声呼喊，很快就消失了踪影。

伤心的柳花一边哭一边喊，却一脚踩空，跌出了天宫。柳花一直往下掉，最后掉进了长白山上的天池里，激起万丈的水花，她一直沉到了水底，一块大石头压在她的身上，柳花心灰意冷，也没有脸面去向父亲求救，就这样被压在了天池底下。

很多年过去了，柳花就这样被压着，直到有一年，太阳将长白山晒得见了底，一个渔民见到了池底的柳花，连忙将这件事上报给了当时的国王——金蛙王。金蛙王将柳花从池底捞了出来，带回了皇宫。此时的柳花虽然看起来还是很年轻，但已经完全不见了当年的美貌，她的头发长得拖到了地上，上面沾满了水草和青苔，暗淡的眼睛没有光彩，她任凭皇宫里的侍女摆弄，整个人就像是行尸走肉。过了很久，柳花才想起怎样说话，金蛙王这才得知她是解慕漱的妻子，解慕漱毕竟是天神的儿子，金蛙王一点也不敢怠慢，专门腾出一个宫殿给柳花居住。柳花每天只是呆呆地坐在那里看着窗外，除了侍女就没有人再接近她。可是过了没多久，柳花竟然怀了身孕。

原来当初狠心抛弃柳花的解慕漱心里一直感到很愧疚，每天都坐着五龙车四处寻找柳花的踪迹，但是天池那么深，任凭他怎么找也是找不到的。如今柳花回到了凡间，解慕漱又找到了她，但是再也不能和她相伴了，只能化作阳光和她团聚。

不久，柳花生下了一个男孩，取名叫做朱蒙。金蛙王收养了朱蒙，他便是后来建立高句丽的东明王。

仙女盗火

从前，水族人生活在纠糵这个地方，那个时候人们还不会用火，只能挨饿受冻，生活过得很艰难。

天上有九位掌管火种的仙女。她们美丽善良，九个姐妹亲密无间。其中四姑娘阿恒心地最善良，思想最活跃。她时常拨开云层向人间看，每当看到地上的人们茹毛饮血的样子，她的心就像被什么揪住了似的那样痛。于是她的心里慢慢地萌生了将火种送到人间的想法。一天，她看到地上有一个英俊的少年在山上打猎，阿恒很好奇，饶有兴趣地看着他打猎。那青年不用刀、不用弓箭，只用石头瞄准猎物，嗖的一下就砸死了两只飞鸟。突然，从山林里窜出一只老虎，阿恒心中一紧，为青年捏了一把汗。只见青年从地上抓起一根木棍，一转身便躲过了老虎的攻击，而在他转身的空档，手腕向外一翻，棍子便打在老虎的头上。老虎站在那里晃了几下，轰的一声倒在地上不动了。老虎死了，阿恒的心也放了下来。自此以后，阿恒时常在这里等着看青年来打猎，渐渐地，阿恒对这个青年产生了难以名状的情愫。

一天，九个姐妹聚在一起聊天。阿恒不经意地向下一看，正看到青年在打猎。阿恒便将姐妹都召集过来，一起看他打猎。姐妹们又是拍手，又是大笑，看得十分地开心。九仙女年纪最小，却最聪慧可人。她眨眨眼睛，早就看出四姐姐对这个青年的态度了，她调笑地问道："四姐姐啊，你现在心里是不是这样想的'啊，我要是能和他在一起就好了啊！'"姐妹们都笑了起来，阿恒羞红了脸，一边笑着一边追打九妹。大姐把她俩拦住，拉着阿恒的手问道："阿恒啊，我们姐妹知道你对这个青年的态度不一般，你心里到底是怎么想的呢？"

"我……"阿恒低着头，红着脸说道："我很想和他在一起啊……"

"可是这件事千万不能让母后知道，不然的话，四姐一定会受到惩罚的！"六妹担心地说道。

"是啊，"阿恒的眉头上顿时布满了乌云，她犹豫了一下接着说道，"其实……我的想法还不止这个呢……"

姐妹们都盯着阿恒看，等着她说出下文。

"我还想要把火种送给地上的人们，因为实在不忍心看他们过那种挨饿受冻的生活啊！"

姐妹们都不说话了。如果说离开天宫和凡人相会还有回旋的余地的话，盗火这件事就是完全不能被原谅的。但是其他的姐妹没有因此就离开阿恒。她们沉默了一会儿。九妹突然打破了沉默，她大笑着说道："要想把火种带到凡间，那就一定要找一个隐蔽的地方，被母后看到了可就吃不了兜着走啦！"姐妹们听了她的俏皮话，都舒展了笑容。女孩子们七嘴八舌地说了起来，大姐示意姐妹们安静，对阿恒说道："四妹，盗火的事情就先放一放吧，趁着母后到别处去巡游，你可以先去认识一下那个青年啊！"其他的姐妹们都点头称是，阿恒便在姐妹们的鼓励下，离开了天宫，来到了纠霰的湖水边。

阿恒摇身一变，立刻变成了一位身穿水族衣服的少女。她站在湖水旁边等着青年的出现。果然，青年从林子里走了出来，左手拎着一只公鸡，右手拎着一只母鸡。他看到了站在湖边的阿恒，心跳突然加快了。是啊，阿恒是一位美丽无比的姑娘啊。但是青年还是礼貌地将自己的眼神从姑娘身上挪开，继续往前走。阿恒看到青年来了，便假装从他身边过去，用手肘轻轻地碰了他一下。青年心中一惊，连忙向姑娘点了点头，快步地离开了。阿恒见青年并不理会她，心里很是不舒爽。她追上青年，一把将他手里的鸡抢了过来。青年吓了一跳，笑着说道："好心的妹妹啊，你怎么抢我的猎物呢？若是饿了，我愿意将这些猎物送给你。"

"我不要你的猎物，不如我们来比赛对歌，你若是能对上，我就将猎物还给你。"阿恒笑着说道。

青年有一副好嗓子，这是阿恒早就知道的。两人一唱一和，将各自的心声全都寄托在歌声之中。青年叫做阿宝，从小就没了父母。一直是孤独一个人，现在遇到了这样一个美丽善良的姑娘，他心里真是比喝了蜜还甜。于是两人便定下了终身。可是谁来给他们做媒呢？阿恒对阿宝说："不如我们就请月亮做媒吧！"阿宝心里觉得很纳闷，但是还按照阿恒的话做了。夜晚月亮升起来的时候，他对着月亮大声地说道："月亮啊月亮，请你为我和阿恒做媒好吗？"月亮圆圆的脸庞突然凑近了阿宝，它笑着说道："你和阿恒都是勤劳善良的人，你们一定会幸福的。我愿意给你们做媒。"阿宝高兴极了，两人对着月亮拜了三拜，将两只鸡作为婚宴的菜肴。两人就这样结为了夫妻。

阿恒和阿宝非常地恩爱。可是地上没有火啊，阿恒不得不和阿宝一样吃生肉。每吃一次阿恒的心都会痛一次。她终于感受到了地上人们的不易。有一天，阿恒拉着阿宝坐在大树下，对他说出了真相："阿宝啊，我其实是天上的仙女，当初在天上的时候，我就想把天上的火种送来给你们，现在在凡间生活了这么久，这种愿望就更强烈了。"阿宝听了阿恒的话，真是又惊又喜，都不知道该说点什么。阿恒接着说道："阿宝，我明天就回天宫去把天火带下来。"阿宝眼里含着泪水，只是一个劲儿地点头。

第二天，阿恒回到天宫。八个姐妹正在那里等着她呢。她们的母后已经结束了巡游，回到天宫了。九个姐妹不敢怠慢，一起到大殿上向母后请安问好。母后看到自己的九个女儿都来了，丝毫没有怀疑。从大殿上退出来，阿恒在其他的姐妹的掩护下，从宝库里拿出几块打火石，就急急忙忙地离开了天宫。

在家里，阿宝正焦急地等待着妻子回来。他心里乱成一团，害怕阿恒这一去就回不来了。而当阿恒又出现在他面前的时候，阿宝高兴地跳起来。阿恒拉着阿宝的手来到河边的山谷中，从怀里掏出几块打火石。阿恒将石头放在地上，只听轰隆隆一阵打雷似的声响，熊熊的火焰顿时升了起来，窜起来有几丈高。火焰里面燃烧的都是黑色的石头。阿恒告诉阿宝，那黑色的石头都是打火石，只要将石头带回家就可以生火了。阿恒和阿宝都是大公无私的人，他们将打火石的所在之地告诉了其他的人们，请他们自己去取打火石，运得越多，家里的火就越旺。

就这样，纠瀣附近的人们都用上了火。大家都吃上了熟食，而且再也不用挨着冰冷潮湿的墙壁睡觉了。大家对阿宝和阿恒夫妇俩千恩万谢。而只要大家能过上好日子，就是最让他们高兴的事情。但是灾祸还在暗处隐藏着。正因为人人都用上了火，冒出的烟也就多了，浓浓的黑烟往上走，升上了天空。天后闻到了烧焦的气味，便找来仙女们讯问。八位仙女战战兢兢地来到大殿上，都低着头，谁也不敢说什么。天后这才发现四姑娘阿恒不见了！她勃然大怒，立即派雷神去彻查此事。雷神发现天火被盗，便来到人间捉拿阿。

这时，阿恒和阿宝根本就不知道发生了什么事，还在树下织布编席子呢。突然，阴云密布，电闪雷鸣，雷神踏着闪电来到了阿恒的面前。阿恒惊恐万分，她知道事情已经暴露了。拉着阿宝就往山里跑。可是雷神的脚步更快，他已经抓住了阿恒的脚腕，一下子就将她提了起来。阿宝见妻子被抓，捡起一根木棍向雷神打去。雷神只是轻轻地一闪，就躲过了。他一把将阿宝推到地上，举起一串炸雷，向阿宝砸去。还没等阿恒叫出声，雷已经打到了阿宝的身上。阿宝被雷神劈死了。

阿恒呆呆地看着阿宝的尸首，任凭雷神怎么摇晃，怎么鞭打，她也一声不吭。雷神便将她扔在一边，这时阿恒突然抓起手边的石头，狠狠地砸在了雷神头上。雷神怒吼一声，额头顿时流出了鲜血。阿恒绝望地看着雷神，跑到了悬崖上。她的身后是热烈燃烧着的火焰，眼看着火焰已经烧到了她的胳膊，阿恒突然转过身跳进火海，一声巨响过后，火焰蹿出几百丈高，把天都照红了。那是阿恒变成的黑色火石山，据说它永远都是热的，就像是她所守护的火焰一样，历久不衰。

娜妥与扎娃

从前，澜沧江河畔的寨子里有一位像明月一样美丽的姑娘，她的名字叫做娜妥。娜妥是寨子的首领扎月的女儿，整个寨子的人都将她视为掌上明珠。她的一切要求都会被满足，就像是公主一样。

寨子里的一户贫苦人家向扎月借了一笔债，可是还未等他们还清，就在一场事故中去世了，只留下一个孤苦伶仃的男孩。扎月便将这个孩子领回了自己家里做长工，让他替父母还债。这个男孩叫做扎娃，是个心地善良、诚恳老实的好孩子。他在扎月家里放羊、砍柴、挑水……无论干什么活都没有怨言。扎月对他也还算满意。

一天，扎娃在山上放羊的时候，正好遇到上山玩耍的娜妥。娜妥穿着五彩的衣服，一边走一边唱，就像是一只美丽的蝴蝶在天空飞舞。她看到放羊的扎娃，便命令他将悬崖边上的百合花摘下来给她，扎娃二话不说，径直走到悬崖边上，冒着粉身碎骨的危险采下一朵洁白的百合。娜妥接过花，露出灿烂的笑容，那笑脸就像是明媚的阳光，深深地照在扎娃的心上，让他久久不能忘怀。于是，扎娃每天放羊的时候，都不忘给小主人采回一把最美丽的鲜花。娜妥拿到花的时候，总会露出最美丽的笑容。渐渐地，两个人就成了最好的朋友。娜妥有什么话都愿意和扎娃说，心里有什么不高兴的，就对着扎娃发脾气，可是扎娃总是笑着任打任骂。

时间飞逝，娜妥和扎娃都长大了，青梅竹马的他们发生了一些微妙的变化。两个人的眼神中流露出的是难以言喻的情愫。扎月也看出了他们之间的关系，作为一寨之首，他怎么可能允许自己的女儿和一个长工相好呢？于是，扎月给娜妥找好了婆家，并且禁止她和扎娃相见。

娜妥为了这个事情，和扎月吵得天翻地覆，可扎月还是狠下心将女儿关在了屋子里，不许他踏出房门一步。从小被宠惯了的娜妥才不情愿受这样的罪，她趁着父母不注意的时候，晚上从窗户里跳出去和扎娃相会，两人坐在山坡上互相倾吐相思之情，并商量着逃跑的事情。

可娜妥溜出门的消息也被扎月知道了，气急败坏的扎月决定要给他们点儿颜色看看。于是，他派人暗中跟踪娜妥，等到扎娃也出现的时候，几个大汉扑上去，将扎娃和娜妥一起抓了回去。

扎娃和娜妥跪在扎月面前，扎月强压住心中的怒火，用平和的口气说道："我的女儿啊，只要你认个错，老老实实地嫁给我选定的男人，我就饶你们这一次。"

"阿爸，我有什么错？"娜妥坚定地看着父亲的眼睛，一步也不肯退让。

"你私下里和扎娃约会，这不是大错是什么！"扎月从椅子上跳起来，大声吼道。

"我没有错！我就是喜欢扎娃，有什么错！我死也不会嫁给你选的男人！"娜妥的眼泪夺眶而出，扎娃拉着她的手，也流下了眼泪。

"好啊！那你就看着吧！"扎月实在是太生气了，他命令几个手下，将扎娃拖到院子里狠命地打，任凭娜妥怎么哭喊，怎么求情，扎月都无动于衷。最后，遍体鳞伤的扎娃动也不动地躺在地上。娜妥哭喊着扑到扎娃身边，扎娃微微地呻吟了一声，便在娜妥的怀里咽了气。

娜妥从此就不再说话，也不再哭泣。

她不吃不喝，每天只是呆呆地坐在屋子里。扎月看着女儿变成这副样子，心里也十分地懊悔，可扎娃已经死了，现在做什么也无力回天了啊，只能让时间来抚平娜妥的伤痛了。到了第七天，也就是扎娃下葬的那一天，娜妥突然穿好衣服冲出家门，直接跑到山坡上。在那里人们刚刚将扎娃放进挖好的墓地里，正准备往里面填土的时候，娜妥冲进人群，想也不想地就跳进了墓地里，她抱住扎娃的尸体，放声大哭。人们看着娜妥伤心的样子，也不忍心将她拉出来。突然，娜妥停止了哭声，她从怀里掏出一包白色的粉末，一股脑地吞了进去。人们大吃一惊，连忙跳进墓地要将娜妥拖出来，可娜妥紧紧地抱住扎娃，也已经停止了呼吸。

扎月跟着女儿跑到了山坡上，可是一切都已经晚了。扎月憎恨扎娃，是扎娃将自己的女儿引上了死路，他命人将两人的尸体分来，可娜妥的手紧紧地抓着扎娃，怎么也分不开。扎月终于放弃了，他明白了女儿的心意，只好同意将他们两人葬在一起。娜妥和扎娃两个苦命的情人，终于能够在天上重聚了。

朱拉贝子与阿苏里

很久以前，乌苏里江有一位受人尊敬的老河神叫做乌苏里恩都里，他心存仁爱，只要人们有困难，乌苏里恩都里总是热心地帮助他们。因此，所有的人都十分尊敬他，每年都要举行盛大的活动感谢河神为他们做出的贡献。老河神有一个儿子，叫做朱拉，大家都喊他朱拉贝子。他和他的父亲一样，都十分地热心。

一年秋天，朱拉贝子受父亲的委托，去看看乌苏里的人们生活得怎么样。他来到陆地上，看见每个人都洋溢着笑脸，大家收获了成筐成筐的粮食，将最美味的食物摆在长桌上，在乌苏里江边举行祭祀河神的活动。拜完了河神，人们趁着这股热闹劲儿在一起唱歌跳舞打秋千……欢快的场面感染了朱拉贝子，他也挤到人群之中，和大家一起唱啊跳啊，从心底里感到高兴。

而远处已经架起一个高高的秋千，围在秋千旁边的人们从人群中拉出一位美丽的姑娘，让她第一个荡。姑娘的脸微微泛红，不肯上秋千。人们一起拍着手，齐声喊着姑娘的名字："阿苏里，阿苏里……"这位叫做阿苏里的姑娘只得上了秋千。她轻盈的身姿在半空中荡漾，飞起的衣裙就像是蝴蝶的翅膀一般。最妙的是阿苏里还能在秋千上做出各种高难度的姿势，一会儿鲤鱼挺身，一会儿翻江过海，一会儿倒立，一会儿翻身……人们不停地拍手叫好，朱拉贝子也看入了迷。

然而就在人们看得最高兴的时候，"啪"的一声巨响，秋千一端的绳子突然断裂，还在空中荡的阿苏里瞬间就随着秋千被甩进了乌苏里江里。朱拉贝子一见这情形，马上跳进了江里，将阿苏里救了起来。可是阿苏里受到了惊吓，昏迷在地，奄奄一息。她的父母在一旁声嘶力竭地哭喊，可女儿就是不睁眼。他们周围站了几圈人，大家都很焦急，但是谁也没有办法。朱拉贝子连忙把自己随身携带的药丸送进姑娘的嘴里，过了好一会儿，阿苏里突然一咳，吐出一大口水，慢慢地睁开了眼睛。父母抱着阿苏里高兴地大哭，大家也都长长地舒了一口气。而朱拉贝子见阿苏里醒了过来，便悄悄地离开了。

阿苏里虽然活了过来，可是还需要休养很长时间才能下炕。她躺在床上，听父母向她描述她的救命恩人。阿苏里每天都梦想着能够见他一面。而此时，身在乌苏里江里的朱拉贝子也念念不忘阿苏里，时刻惦记着她的病情。最后，朱拉贝子实在是想见阿苏里，便拿着药丸来到了阿苏里的家。阿苏里的父母一见是救命恩人来了，对他是千恩万谢，感激的话怎么也说不完。朱拉贝子将药丸送给阿苏里，阿苏里吃了药丸，病也好得快多了。于是，朱拉贝子每天都带着药丸来看望阿苏里。两个人坐在炕上，天南海北地聊天，慢慢地彼此都有了好感。

阿苏里的病终于痊愈了。朱拉贝子又一次来看望她，阿苏里便和朱拉贝子一起散步到江边，江边有一棵神树，大家都说只要是有情的情侣在这棵大树下坐一坐，就能够永结连理。他俩来到神树底下，阿苏里拉起朱拉贝子的手，红着脸说道："救命恩人啊，你愿不愿意和我在这神树底下坐一坐呢？"

朱拉贝子明白姑娘的意思，可是心里却很是为难。他问道："阿苏里啊，你连我的真实身份都不知道呢，怎么就敢和我过一辈子呢？"

"不管你是从哪里来的，我只知道你是好人，这就够了。"阿苏里坚定地说道。

看着如此坚定的阿苏里，朱拉贝子也决定告诉她一切，"好吧，阿苏里，我告诉你吧，我是这乌苏里江河神的儿子，我叫做朱拉。"

"啊！"阿苏里轻轻地发出一声惊呼，她也被这惊人的事实吓到了。但是即使如此，也无法改变她的心意，"不管你是人是神，我今生就非你不嫁了！"

其实这也是朱拉贝子的心意，"阿苏里啊，我又何尝不是这么想呢？只是你不能像我一样生活在水里，我也无法长久地留在地上，我们之间始终隔着一道墙啊！"

阿苏里伤心地流出了眼泪，她跪在神树面前，哀求道："神树啊神树，请您为我们想想办法吧！难道您忍心看有情人分开吗？"

神树晃动了一下枝头的叶子，发出低沉的声音："我已经听到了你们的对话，这确实是一件难以解决的问题，不如你们去问佛托妈妈吧，她过一阵子就要到江边来，朱拉贝子呦，你就去问问她吧。"

两人仿佛看到了希望，向着神树磕了三个头，私下定了终身。

过了几天，佛托妈妈果然从江边经过，朱拉贝子连忙上前，将自己和阿苏里的故事一五一十地讲给了她。佛托妈妈仔细地思索了一会儿，便对朱拉贝子说道："你们的事情也不是不能解决，只是你要经历三关的磨难才能和阿苏里在一起，你能忍受吗？"

"无论是什么磨难，只要能和阿苏里在一起，我什么都愿意做！"朱拉贝子神情坚定，语气毅然。佛托妈妈点点头，接着说道："那好吧，朱拉贝子你听好了，再过七七四十九天，这里就要有一场大旱，你要舀乌苏里江的水替地上的人浇灌田地，而且直到旱情结束你都不能与阿苏里相见。这是第一件事。第二件事，你要变成黄牛，替人家耕一年的地。第三件事，也是最难于办到的，你要在一年的最后一天，让人剥掉你的皮，这之后你就可以变成人，在陆地上生活了。"

朱拉贝子一边听一边不住地点头，丝毫没有畏惧。佛托妈妈递给他一粒药丸，这是可以将他变成牛的药丸。朱拉贝子双手接过药丸，按着佛托妈妈的指示去做了。过了没多久，乌苏里江畔果然是一片旱情，朱拉贝子日夜不停地往乌苏里江里舀水，替地上的人们灌溉稻田。人们对朱拉贝子十分感激。

阿苏里依旧每天去神树下等着朱拉贝子，可就是不见朱拉贝子来赴约。一天，两天，三天……朱拉贝子就是不来和她相见，可怜的阿苏里的心就像是刀绞一样痛，她的脑海中不时地闪出一个想法：莫非是朱拉贝子变了心，不愿意再见她了吗？每每想到这里，阿苏里的眼泪就像是断了线的珠子，她每天都以泪洗面。

过了七七四十九天，旱情终于结束了。朱拉贝子完成了第一件事，连忙掏出那颗小药丸吞了下去。霎时间，朱拉贝子变成了一头黄牛。正巧，阿苏里家的黄牛在山上走丢了，阿苏里爬到山上寻找，老远就看见朱拉贝子变的老黄牛。朱拉贝子看到阿苏里，心里乐开了花，他哞哞地低声叫着，向着阿苏里走来。阿苏里抚摸着黄牛的头，怎么看都像是自家走丢的牛，便把它带回了家。从此，朱拉贝子就在阿苏里家勤勤恳恳地耕地干活，阿苏里一家人都十分地喜欢它。特别是阿苏里，每天打来最鲜嫩肥美的青草喂它。黄牛也只跟阿苏里最亲，那一双炯炯有神的眼睛会说话似的，默默地听阿苏里讲着各种心事。阿苏里向黄牛倾诉了她对朱拉贝子的思念和他的背叛。可黄牛想要争辩，却开不了口，只能拼命地哞哞叫。黄牛急得流出了眼泪，阿苏里以为黄牛真的是通人性呢，也抱着它哭了起来……

阿苏里啊！这一切都是为了能够永远和你在一起啊！不要说我背叛，不要再哭了，我是最不忍心看你伤心流泪的啊……

一年的时间很快就过去了，眼看着还有十天就到了一年的期限，朱拉贝子得赶紧想办法让人剥掉他的皮才好。他整天乱踢乱撞，给阿苏里家惹了不少麻烦，阿苏里的阿爸气坏了，决定将这头黄牛宰掉，朱拉贝子知道之后，高兴地在院子里撒欢。人们见了这情景，都以为这牛是疯了，一刻也不敢耽搁，赶紧让屠夫将他带走了。

出去打青草的阿苏里回到家，发现黄牛不见了，连忙四处询问，知道黄牛要被杀死，她的心就像是刀割一样。阿苏里跑到屠夫家里，正看见屠夫拿着刀，要往黄牛脖子上捅。阿苏里惊叫一声，扑到黄牛身上，哭着喊道："你们不要杀这黄牛！它是我的朋友，我一刻也离不开它！"

人们看着可怜的阿苏里，只好又将黄牛还给了她。可朱拉贝子心里不是这么想，阿苏里呦，要是不能按时剥皮，我就不能变成人和你在一起了啊！

还剩下三天，朱拉贝子心里只剩下急躁，草也不吃，水也不喝，他想要是自己死了，主人一定会剥了它的皮的。于是，黄牛跑出阿苏里的家，往乌苏里江里跑。可到了江边，正碰上另一个部落的人来抢这个部落的粮食，两个部落正斗得狠。朱拉贝子怎么可能放任不管，它冲进混战的人群之中，用尖利的牛角挑翻一个又一个敌人，它自己身上也被砍了很多刀，鲜血满地。最后，另一个部落的人被朱拉贝子赶出了村子，而黄牛也累得倒在了地上，只剩下一口气。等到人们找到它的时候，黄牛已经停止了呼吸。黄牛救了他们全村人的命啊，大家怎么能眼睁睁地看着它被剥皮呢？后来，人们流着眼泪将黄牛埋葬在了西山脚下，可朱拉贝子最后的期限也已经到了，朱拉贝子不仅再也变不成人，而且永远地离开了阿苏里……

过了很久，佛托妈妈又来到乌苏里江边，看到悲伤的阿苏里还坐在神树下面等着朱拉贝子，她走上前去，问道："阿苏里姑娘啊，朱拉贝子没有来找你吗？"阿苏里便将这一切仔仔细细地讲给了佛托妈妈。佛托妈妈伤心地叹了一口气，便将自己如何指导朱拉贝子的事情一五一十地告诉了阿苏里，阿苏里一听，顿时晕了过去。

原来朱拉贝子一直都在我的身边啊，而我却一点儿都没有察觉，还亲手毁掉了我们的爱情！

阿苏里每时每刻都在责怪自己，她日夜坐在神树下望着浩瀚的乌苏里江，眼泪都已经哭干了。到了第七天的时候，天上降下一片彩色的云彩，阿苏里抬头一看，日思夜想的朱拉贝子正站在彩云之上，他微笑着向阿苏里伸出双手，阿苏里抓住朱拉贝子的手，两人手拉着手，相对无言，彩云带着他们向那长白山上飞去……

孤儿与仙女

从前，哈尼族人的村子里有一个可怜的孩子，他从小就失去了父母，人们便都叫他"孤儿"。孤儿从小就受到村子里人们的照顾，所以也竭尽所能，为村子里的人们做些力所能及的事情。他上山一定会多砍一倍的柴火，自己留下一点儿，其它的就分给村子里的人。他下地收粮食，一定会将自己家的粮食分给别人一大半，自己只留下一点儿。孤儿知恩图报、助人为乐的好名声传遍了十里八乡，连这里的山神都知道了。一次，山神到天上去汇报这一年发生的事情，还不忘在天神们面前夸奖孤儿一番。

说者无意听者有心，太阳神的小女儿秀墨想见见这个孤儿，便偷偷地跑出了天宫，来到孤儿的家中。每天趁他出门干活的时候，替他收拾打扫、做饭洗衣……孤儿回到家，看到满桌的饭菜，着实吓了一跳，他在村子里四处打听，谁都不知道有这么一回事。孤儿第二天便躲在家门外等着，竟然发现一个仙女般美丽的姑娘从自家的后门溜了进去，替他干活。孤儿冲进家门，一把抓住秀墨姑娘的手臂，秀墨姑娘倒是不慌不忙，红着脸说道："我是天上太阳神和月亮神的女儿，因为在天上听到了你的事情，便来到这里看看……"

"可是我什么都没有，怎么好让姑娘为我辛苦受累？"孤儿心里很欢喜，可是想到自己的身世，还是老实地劝说秀墨姑娘。

"那有什么！"秀墨姑娘笑着说，"只要阿哥有一双勤劳的手，我们就能够过上幸福的生活！"说着她从口袋里掏出七块银币交给孤儿，接着说："要是阿哥不嫌弃，就上街去买点好东西，我们今天就成亲吧！"

孤儿兴高采烈地到了市集上，他心想，一定要先为姑娘买点什么。他逛了一会，便将秀墨姑娘给的七块钱都买了银镯子、银头饰……钱花光了，可是这婚礼怎么可以没有酒呢？他下意识地摸摸口袋，里面竟然又有了七块钱，孤儿以为是姑娘偷偷放进来的，便又将这七块钱买了酒。可是当孤儿再摸口袋的时候，里面又多了七块钱。孤儿这才明白，原来这钱花光了还会再回来，永远都是七块钱啊！不过孤儿是个实诚的孩子，他没有因为有了这个宝物就贪得无厌。孤儿只是买回了一些酒和吃的，和秀墨姑娘办了一个简单的婚礼。

过了几天，孤儿娶了一个天仙似的姑娘这个消息，就像是风一样传遍了整个寨子。有的人恭喜，有的人羡慕，还有的人嫉妒。寨子里的富人资波对孤儿说："明天我要和你斗鸡，你要是输了，就赶紧将你老婆送给我！"孤儿几番拒绝，可资波听都不听，就将孤儿赶出了家门。

孤儿回到家和秀墨姑娘商量，秀墨哈哈大笑起来，轻松地说道："阿哥啊，这点小事不用担心，我去给你找一只最厉害的斗鸡来。"说完，秀墨姑娘出了门，来到林子里，她随便施展法术，便抓住了一只野猫。秀墨在它的身上吹了一口仙气，野猫就变成了一只瘦弱的公鸡。秀墨将它抱回家，对孤儿说道："阿哥明天就带着它去和资波斗鸡吧，别看它瘦，它可是最厉害的斗鸡呢！"

第二天，孤儿带着这只瘦弱的斗鸡来到资波家里。资波拿出的斗鸡挺着胸仰着头，一副骄傲的样子，就像他的主人一样，根本不把那只瘦弱的公鸡放在眼里。两只鸡摆开阵势，孤儿带来的公鸡先是消极地闪躲了几个回合，旁边围观的人们都对它不抱什么希望，大家都对孤儿说道："还是不要斗了，直接将你家老婆送给资波得了。"

可是，又过了几个回合，瘦弱的公鸡开始发起攻势，只见它一个箭步冲上去，狠狠地啄了大公鸡的一条腿，大公鸡踉跄了几步，孤儿带来的公鸡展开羽毛，一口啄到了大公鸡的脖子，那大公鸡便倒地死掉了。人们全都大吃一惊，没想到这个瘦弱的公鸡这么厉害。资波不服气，便要明天比赛斗猪。孤儿回到家和秀墨姑娘说了这件事，秀墨便又到林子里，将一只野猪变成一只瘦弱的母猪。第二天，孤儿赶着母猪去和资波比赛，自然是又赢了。可是资波还是不服气，又提出要和孤儿比赛斗牛、斗马，但是孤儿都赢了。资波心想，肯定是孤儿的老婆在帮他，我可要想个办法弄清楚这个事情。资波脸上露出虚伪的笑容，说道："我彻底服输了，我送你一个大鼓作为赔礼吧。"孤儿没有怀疑资波的诚意，便欣然接受了资波的大鼓。

晚上，孤儿和秀墨围着篝火聊天，孤儿将这几天和资波比赛的趣事一一和秀墨说了。秀墨笑着说道："我可是天上的仙女啊，任凭那资波出什么坏主意，都没办法打败我们的。只要你不要将鸡蛋皮扔到火里，我就会永远和你在一起。"

"为什么呢？"孤儿好奇地问道。

"因为鸡蛋皮被火烧着了之后就会发出一股糊味，我要是闻到那股味道，就会不由自主地飞回到天上去了。"

孤儿连忙摆手，说道："你放心，我永远都不把鸡蛋壳扔到火里！"

到了半夜，资波送的大鼓的皮突然破了一个口子，不一会儿就从里面钻出一个人来，那人竟是资波！他听到了孤儿和秀墨姑娘的对话，心中又生出一个毒计。他趁着孤儿和秀墨姑娘睡着的时候，偷偷将鸡蛋皮扔进了火里，一股难闻的糊味弥漫了出来，秀墨被这股味道熏醒了，身子不由自主地往天上飘。秀墨知道这是有人在陷害她，可是自己的身子已经完全失控了。秀墨只好将自己的手镯摘下来，扔在孤儿的身边，飞回到天上去了。

第二天孤儿醒过来，发现秀墨已经不见了，身边只剩下妻子的一只手镯。他隐隐闻到了一股糊味，立刻就知道了原因。孤儿心里很是伤心，决心到天上将妻子找回来。于是，孤儿骑上马，还带着一只狗，一起上路了。

孤儿来到了两座大山前面，中间只有一条很窄的小路，山上的石头还不时地从山上滚下来，不小心就会砸到头。孤儿鼓起勇气，策马穿过那条小路。他刚刚穿过去，一块大石头从山上滚了下来，正砸在跟随他一起来的那只小狗身上。孤儿感到很对不起它，想要将它埋在山下，从远处飞来一只蜜蜂和一只萤火虫。他们对孤儿说道："请你把狗的尸体留给我们吧，你有什么事情的话，我们会回来帮助你的。"孤儿心想，狗的尸体到最后也是会腐烂的，不如就给他们吧。于是，孤儿将狗的尸体留给了他们，就骑着马上路了。

他又走了很久，遇到一条大河。孤儿策马进了大河里，刚走到河中心，河水突然变得滚烫，马儿惊恐万分，拼命地往河岸上跑。等他们上了岸，孤儿只是烫伤了一条腿，可马儿却倒下死去了。孤儿看着死去的马儿，心里更加地难过。这时一只猴子来到他的身边，说道："我和我的同伴们已经饿了三天了，这匹马既然已经死掉了，你就将它留给我们吧。"孤儿叹了口气，便将马儿留给了猴子。

现在只剩下孤儿孤身一人了，他依然坚定地向前行。他走进了一片漆黑的树林，伸手不见五指，这时一群萤火虫飞过来，为孤儿引出一条光明的道路，带他出了森林。这森林后面就是通向天宫大门的路了。孤儿一路走上去，终于在天宫的门口见到了久别的妻子。秀墨也是每时每刻都想念着孤儿，两人不禁抱头痛哭起来。秀墨的母亲月亮神见到这番情景，心里也很是感动，可她想到地上还有很多像资波那样的坏人，就怎么也不放心女儿回到凡间。月亮神便将女儿和一百个宫女混在一起，每个人从云彩背后伸出一根手指头，让孤儿来辨认。那么多的手指，个个都如玉雕的葱根，如水仙的枝茎，任凭他怎么聪明，也无法分辨出来啊。这时一只蜜蜂飞到孤儿的耳边，轻声说道："你放心，我来帮你挑出秀墨。"

蜜蜂飞进云彩里，不一会儿就钻出来，落在一根手指上，孤儿便拉住那只手，将秀墨从云彩后面拉了出来。月亮神见难不住孤儿，便私下里通知了太阳神。太阳神连忙在天上摆满了乌云，自己绕近道回家。太阳神一见孤儿，二话不说就邀请他喝酒。孤儿酒量不大，几杯下肚，脑袋就开始晕了。太阳神趁着孤儿快要醉的时候，吩咐他到三更的时候去敲响天空的大锣，可是此时的孤儿连走路都困难，更别说去敲锣了。

孤儿隐隐约约想起了猴子，他轻声地呼唤了几声，一只灰色的小猴子便跳到了他的面前。小猴子说道："放心吧，我来替你敲锣，你就在云彩上睡觉吧。"还没等小猴子说完，孤儿已经倒在云彩上不省人事了。三更一到，小猴子用力地敲响了大锣，太阳神听到了锣声，就知道孤儿又一次完成了任务。可是太阳神和月亮神无论如何也不想让秀墨跟着孤儿回到人间，太阳神转念又想出一个办法。他将孤儿召到身边，对他说道："孩子啊，不是我们不让女儿和你回去，只是地上有像资波那样的坏人，我们做父母的怎么放心呢？你来到天宫的日子也不短了，地上肯定已经过了很多年了。你现在回去看看资波死了没有，若是死了，你再回来接秀墨。"太阳神递给他一袋种子，接着说道："你回去的时候沿途将这种子撒下去，树就会长起来，这样就可以记住路线了。"

老实的孤儿遵从太阳神的话，离开了天宫，他一路走一路撒种子，就快要到家乡的时候，孤儿回头一望，天啊！那沿途长出来的哪里是树！而是一排又一排高耸入云的石柱啊！石柱挡住了去天宫的路，从此，人就到不了天宫了。秀墨姑娘和孤儿就再也没能见到面。

倔强的奥桃堆

从前，有个美丽的姑娘叫做奥桃堆。在她还很小的时候，奥桃堆的父母就去世了，她只能跟着哥哥嫂子一起生活。哥哥对他还算好，可嫂子是个坏心肠，整天嫌奥桃堆多吃了她家一碗饭，没日没夜地逼她干活。每天除了放牛还要包揽家里所有的杂活，嫂子就空着手看着，一点儿不顺心就拳打脚踢的。奥桃堆知道寄人篱下的辛苦，每天只能忍气吞声，所有的委屈都往肚子里面咽。

奥桃堆每天都要赶着小牛上山吃草，小牛叫做堆闷，十分地通晓人性。奥桃堆心里有什么苦衷，总是愿意和堆闷说。一天，嫂子心血来潮，要奥桃堆在一天之内编出九条筒裙，编不出来就不让她吃饭。平时，编一条筒裙就要三天，一天时间怎么编出九条啊？奥桃堆没有办法，只能一边编裙子一边向堆闷哭诉。小牛堆闷突然张口说了话："奥桃堆啊，你不要哭了，我可以替你编裙子啊！"奥桃堆看着堆闷，惊讶地说不出话来。堆闷让奥桃堆先好好睡一觉，自己四处寻找木棉叶子吃。它使劲儿地嚼着木棉叶子，不一会儿就从嘴里吐出一条漂亮的筒裙。等奥桃堆醒来的时候，她身边已经放好了九条筒裙。奥桃堆兴高采烈地将筒裙拿给嫂子，嫂子惊讶得嘴巴都合不上。

嫂子疑心有什么神人在背后帮助奥桃堆，便要她明天交出九百九十条麻绳。奥桃堆没有办法，只好又请求堆闷帮忙。

堆闷又像昨天一样嚼出了九百九十条麻绳。嫂子看到奥桃堆再一次顺利地完成了任务，更加地生气了。她每天都向奥桃堆索要麻绳和筒裙，可堆闷再怎么厉害，也无法每天都应对这些工作。奥桃堆看着一天天瘦下去的堆闷，便决定将向嫂子坦白，请她不要再这么得寸进尺了。可是，还没等她说什么，堆闷对她说道："没关系的，奥桃堆，你的嫂子什么也不会得到的。"晚上，奥桃堆和堆闷回到了家，嫂子竟然气急败坏地将奥桃堆拉到面前，一巴掌将她打倒在地上，骂道："你这个巫女！竟然用巫术来骗我！你给我买的麻绳和筒裙都变成牛粪了。"

奥桃堆看了一眼门外的堆闷，什么都没有说，只是趴在地上呜咽。

嫂子意识到这正是一个将奥桃堆赶出家门的好时机，便请来几个巫师做法。巫师早就和嫂子串通好了，做法的那一天，巫师站在奥桃堆的面前，大声宣布："这个女孩子就是巫女！"又指着堆闷说道："那头牛是妖牛！一定要将巫女赶出寨子，将妖牛杀死！"奥桃堆听了这话，顾不得自己的危险，拉着堆闷就上了山。可山上的树竟然也站在嫂子那一边，无论他们俩躲到什么地方，大树总是大喊："他们在这里！他们在这里！"

最后，堆闷平静地对奥桃堆说道："算了吧，奥桃堆，我们是躲不掉了，就让他们把我杀了吧，但是你不要看我死，也不要吃我的肉，我的骨头你要收起来，好好保存。一定要按我说的去做啊！"

奥桃堆含着眼泪点点头。不一会儿，两人都被赶来的村民抓住了。堆闷被众人吃掉了，奥桃堆也被赶出了寨子。她躲在寨子外面，等人们将堆闷的骨头扔出来的时候，她赶忙将骨头收拾进一个包袱，去远方投奔别的亲戚了。

奥桃堆来到另外一个寨子，那里住着她的姑姑和姑父。好心的姑姑收留了奥桃堆，她便在这里开始了新生活。一天，奥桃堆拿着堆闷的骨头到河边晒太阳，突然那一堆骨头一个接一个地跳进了水里，变成了一个个美丽的首饰，其中最耀眼的就是那一顶美丽的银帽子。奥桃堆欣喜地将它们捡起来戴在自己身上，又戴上那顶银帽子，奥桃堆顿时就像天上的仙女一样光耀美丽。她走在路上，所有的人都不停地回头看她。许多年轻的姑娘十分地嫉妒奥桃堆，许多年轻的小伙子围在她的身边，想要娶她为妻。其中一个叫做哈劳帕洛泽的英俊年轻人最讨奥桃堆的喜欢，两个人便私下里定了亲。那个时候，正式结亲还是要男方的长辈去向女方的长辈那里提亲、送聘礼。哈劳帕洛泽便催促母亲到奥桃堆的哥哥家提亲。老母亲带着一大堆的聘礼，来到了奥桃堆以前住的村子里。

这个村子里有一位和奥桃堆同样年纪的女孩叫做奥幸芬，她长得又黑又矮，脸巨口阔，身上还散发出一股刺鼻的怪味，哪个男人都不敢接近她。奥幸芬不知从哪里得知了哈劳帕洛泽的母亲要来求婚的消息，便等在寨子门口，看到从外面的老太太就问。她在寨子口等了七天，终于等来了哈劳帕洛泽的母亲。奥幸芬迎了过去，扯着破锣嗓子，大声地喊道："阿妈啊，我就是奥桃堆啊！我已经等了好几天了！"

哈劳帕洛泽的母亲看着奥幸芬，心里着实有些吃惊，她没有见过奥桃堆，可大家都说奥桃堆是个漂亮的姑娘，难道真人就是这么个丑模样？还没等老太太说什么，奥幸芬就拉着她去了自己的家。一进门，奥幸芬就大喊："阿爸阿妈！赶紧烧火做饭啊！"哈劳帕洛泽的母亲奇怪地问道："不是说奥桃堆只有哥哥嫂子吗，哪里来的爸妈？"

奥幸芬知道说漏了嘴，连忙改口说："平时哥哥嫂子就待我像亲生女儿一样，所以我就这么叫了。"

老太太也没有太计较，便在她家吃了肉，喝了酒，将信将疑地将聘礼留在了奥幸芬的家。却说奥桃堆也回到了哥哥嫂子的家，耐心地等着哈劳帕洛泽的母亲来提亲。嫂子为了能够从中多捞点嫁妆，也热情起来，杀猪宰羊，什么都准备好了就等着人来了。可是等了七天，到最后连个人影都没见到。嫂子气得鼻孔冒烟，抓起木棍就向奥桃堆打去，奥桃堆吓得哭着跑出了门，正好在路上遇见了奥幸芬。她一看见奥桃堆，就做起鬼脸，大声地笑道："奥桃堆啊，你没有见到哈劳帕洛泽的母亲吧！哈哈哈哈，她老人家可是已经把聘礼送到我家去了啊！"

奥桃堆一听这话，就如晴天霹雳，顿时愣住了。奥幸芬眼睛一斜，故意装出一副烦恼的样子，说道："啊呀，我就要嫁给哈劳帕洛泽啦，我的阿爸阿妈心疼得不得了呢！"奥桃堆听了，眼泪在眼眶里打转。但是她强忍着眼泪，笑着说道："奥幸芬啊，既然这样，我就恭喜你找到好男人了！"

"哈哈哈，你可一定要来参加我和哈劳帕洛泽的婚礼啊！"奥幸芬故意这样说来刺激奥桃堆。

"好！我一定会去参加的！你就等着我吧！"奥桃堆说完转身离开了。

到了奥幸芬婚礼的那一天，奥桃堆穿上最漂亮的衣服来到哈劳帕洛泽的家中，哈劳帕洛泽一见到奥桃堆，满脸微笑着迎了过来，可奥桃堆却对他报以冷脸。

"奥桃堆，你这是怎么了？今天可是我们的大好日子啊！"从哈劳帕洛泽的话中看出，他可能还蒙在鼓里呢。

奥桃堆冷笑一声，说道："我才不是你的新娘子，你去看看你母亲为你迎娶谁回来了吧！"

哈劳帕洛泽诧异地走到门口，却看见奥幸芬穿着新娘的衣服，笑着朝他走来。哈劳帕洛泽心都凉了，可是就算责备母亲，或者退掉婚礼都已经晚了，宾客都已经到齐，新娘也已经从远处赶来，哈劳帕洛泽只好和奥幸芬举行了婚礼。谁也不曾想到最后竟然是这样的结局。

奥桃堆心里的苦谁也没法体会，可表面上却不表现出来。她吃了一口新娘家准备的菜肴，皱了皱眉头，当着众人的面就吐了出来。

"怎么会有这么难吃的饭菜！这新娘也太不贤惠了！要是我有幸嫁到这家来，肯定比奥幸芬做得好。"

奥桃堆又端起一杯酒，喝了一口就吐到了地上。"奥幸芬啊，不是我说你嫁错了人，要是你嫁到我家去，我们可不会用这么差的酒来招待你。"

婚礼上的宾客们都瞪着眼瞧着奥桃堆，她向着众人微微一笑，头也不回地离开了婚礼现场。哈劳帕洛泽丢下新娘，追着奥桃堆跑出来。奥桃堆跑回了姑姑家，哈劳帕洛泽挨家挨户地找，敲开了九家人的门才找到奥桃堆的家。他在外面使劲地敲，使劲地喊，可奥桃堆就是不开门。

"奥桃堆啊，你听我说，这真的不是我的错啊！"哈劳帕洛泽在门外大声地喊道。

奥桃堆也知道这个事实，他们两个人的错过实在是一场误会。可奥桃堆的心里就是无法原谅哈劳帕洛泽。她打开家门，对哈劳帕洛泽说道："我们让老天爷来决断这件事吧。"说着，她用自己的一根头发捆住一把木柴，"我现在提起这捆木柴，要是头发断了，那就是我们之间还有情缘，若是不断，就说明我们之间情缘已断，你就不要再纠缠了我了。"哈劳帕洛泽心想，头发怎么能捆住木柴呢，这头发一定会断的。可是，当奥桃堆提起木柴的时候，那头发竟然没有断，他心里虽然不服气，却一点办法都没有，只好放弃奥桃堆回家了。

却说奥桃堆四处流浪，又遇到了一个小伙子。他勤劳善良，长相比哈劳帕洛泽差得远，可是待人很好，尤其是对奥桃堆，真是温柔备至。不久，奥桃堆就和这个年轻人成了亲，两人在附近的山脚下安了家，日子过得幸福平静。

再说哈劳帕洛泽娶到奥幸芬那样的老婆，心里十分地不甘。他不停地寻找奥桃堆，找了两年，终于打听到了奥桃堆的下落。虽然知道奥桃堆已经嫁了人，生了孩子，可哈劳帕洛泽还是找上了她。奥桃堆见了哈劳帕洛泽，急得四处躲藏，但都被他找到了。哈劳帕洛泽一进门，看到奥桃堆的孩子带着她的银帽子，一把就抢了过来揣在怀里，还嬉皮笑脸地对奥桃堆说，要拿银帽子留个纪念。奥桃堆请他赶紧回去，可他就是赖在奥桃堆的家不肯走，除非奥桃堆亲自送他。奥桃堆没了办法，只好将孩子留给小姑照顾，亲自将哈劳帕洛泽送到山边的大河旁边。可那男人得寸进尺，要求奥桃堆再送一程，奥桃堆的耳边还回荡着孩子的哭声，她狠下心又送他到山顶上，哈劳帕洛泽一把抓住奥桃堆，要她一起回家。奥桃堆不肯，哈劳帕洛泽一生气，便将奥桃堆推到了河里。那湍急的河水瞬间就将奥桃堆吞没了。过了很久河面上浮起来的奥桃堆的衣服，而奥桃堆已经变作一只盘哇鸟，盘哇盘哇地叫着，飞回到丈夫和孩子的身边。奥桃堆的丈夫从一个老人那里打听到，只要将盘哇鸟的羽毛拔掉，在锅里蒸上九天九夜，奥桃堆就能复活。他便用网子网住了盘哇鸟，忍痛拔去它的羽毛放进锅里。到了第九天夜里，奥桃堆真的从锅里走了出来。从此，他们一家人又幸福地生活在一起。而哈劳帕洛泽呢，他以为奥桃堆死了，只能回到家里。可是看着奥幸芬丑陋的样子，哈劳帕洛泽的怒火就不打一处来，动不动就对奥幸芬又打又骂，日子过得很痛苦。

孔雀公主与召树屯王子

古老的勐坂加有一个小国，国王和王后相亲相爱，治理着这个安定的国家。有一天，皇后梦见一只老鹰落在宫殿的墙上。不久，王后就发现自己怀了孕。过了十个月，王后生下一个男孩，国王命令国师为王子在典籍里寻找一个名字。国师翻了很多书，寻找可以代替幸福安康的字眼，他找啊找，对国王和王后说道："天上最能飞的是老鹰，地上跑得最快的是金鹿，所以孩子的名字应该叫召树屯。"召树屯的意思就是"勇敢的王子"，国王和王后听了很满意，又请老国师为小王子卜一卦。国师仔仔细细地卜了一卦，又说道："最好的玉石上面也会有裂痕，最直的树木也难免会被大风吹弯，王子殿下未来将十分地骁勇善战，同时也十分地善良可亲，但是他必定会受到爱情的折磨。"

一转眼，国师说出的这个誓言已经过了十六年。召树屯长成一位英俊的青年，带领着百姓一起耕种，一起赕佛，所有的人都尊敬他，所有的姑娘都爱慕他，但是召树屯始终记着自己作为一个王子的责任，尽心尽力为国家出力，总是将自己的事情放在最后，也正因为如此，人们的日子越来越好。

而传说在离勐坂加很远很远的地方，有着重重的山峰，而在云雾飘渺的地方有一处叫做勐董坂的地方，听说那里遍地是鲜花，满山是牛羊。这个地方的国王有七位美丽的公主，她们个个都像是娇艳的鲜花，听说她们披上孔雀羽毛，就能变成孔雀在天上飞翔。花里有花王，最美丽的花儿要数那七公主兰吾罗娜。她们姐妹七个人，常常穿上美丽的孔雀氅四处游玩，这一天，她们便商量着来到勐坂加的郎思娜湖……

却说，召树屯这天恰好来到森林里打猎，并被一只闪着光的金鹿引导了郎思娜湖边。金鹿到了湖边便突然不见了，召树屯四处寻找，刚刚走到树下，就看见从远处飞来几只孔雀，她们降落在湖边，脱下绿色的孔雀氅，顿时就变成了七位美丽的姑娘。几位姑娘在湖边跳起轻盈的舞蹈，那优美的舞姿深深地吸引了召树屯，他躲在树后静静地看着，其中舞跳得最好的那位长得也最漂亮，她的眼神就像是那明净的湖水一样清澈，她的笑容就像是天上的月亮，她那乌黑的长发在空中舞动，就如同一条黑色的瀑布……召树屯王子的心怦怦地跳着，他知道自己终于找到了意中人，就是那美丽的兰吾罗娜公主。

召树屯目不转睛地看着湖边跳舞的兰吾罗娜，竟然忘了时间。落日的余晖将他的身影送到了湖面上，惊动了七位姑娘。她们赶紧穿上孔雀氅，变成一只只孔雀，向天边飞去。鸟雀都飞回了家，郎思娜湖上也恢复了平静，只有召树屯还呆呆地站在那里，默默地看着金波荡漾的湖水出神。召树屯的心就像是被什么摘去了，空空的感觉让他难受。他来到佛寺里，向寺中的高僧乞求，可高僧却并不理会这凡间的俗事。召树屯又来到湖边，唤出这河里的神龙。神龙从水里探出头来，笑呵呵地问道："召树屯哟，我的朋友！什么风把你吹到这里来了，是疾病缠身，还是有什么需要我帮忙的？"召树屯便将自己遇到孔雀公主的事告诉了神龙。神龙听了，哈哈大笑起来，说道："召树屯王子，这七位公主每隔七天就会到朗思娜湖来游玩，你只要将她们的脱下来的孔雀氅偷偷地藏起来，她们就不能飞走了，就会留下来做你的妻子啊！"

召树屯苦苦等了三天，终于在郎思娜湖边等到了孔雀公主。她们脱下孔雀氅，跳到湖中游泳。召树屯偷偷地走到公主们放孔雀氅的地方，按照神龙的指示，悄悄地拿走了一件。太阳快要落山了，姑娘们这才玩够了，纷纷穿上孔雀氅变回一只只孔雀。只有最小的妹妹怎么也找不到自己的衣裳。变成孔雀的姐姐们一个一个地飞走了，只剩下兰吾罗娜在湖边干着急。这时，召树屯王子从树后面走出来，拿着兰吾罗娜的孔雀氅，说道："美丽的公主殿下，我是这个国家的王子召树屯，我被你的舞姿所吸引，希望你能留在我的身边，做我的妻子，好吗？"兰吾罗娜看着召树屯的眼睛，却没有回答他。她只是轻轻地笑了笑，便低下头去。姑娘不说话就算是同意了吧！不久，召树屯便和兰吾罗娜举行了盛大的婚礼。之后，两个人度过了一段甜蜜浪漫的幸福时光。

可是好景不长，临近的部落挑起一场战争。召树屯作为国家的王子，坚决地挺身而出，带上兵马踏上征程。召树屯一身戎装，来到兰吾罗娜的身边，忍着离别的心痛，说道："亲爱的兰吾罗娜啊，我们的幸福日子刚刚开始就遇到了这样的不幸，但是你不要伤心，不要哭泣，我一定会平安回来的，等着我，我的心会一直和你在一起。"

兰吾罗娜流着眼泪，就像是梨花带着清露，轻声说道："你放心吧，召树屯！我会在家里等着你凯旋，每天都会祈求神明的保佑，你会知道我永远都在你的身边守护你。带好你的兵士，他们会帮你得胜。无论多久，我一定会等着你胜利而归。"兰吾罗娜亲了亲召树屯的头巾，召树屯什么也没有说，只是轻轻地推开了兰吾罗娜，转身走出城门，向着远方进发。

召树屯出征了，就没有人保护兰吾罗娜了。一天晚上，国王突然做了一个怪梦，他梦见他的肠子从肚子里飞了出来，在天空绕了几圈之后，竟然变成一条长龙，国王骑着长龙在半空中盘旋，不一会儿，长龙又变回了肠子回到了他的肚子里。国王被这个梦吓出一身冷汗，他连忙找来国师替他解梦。

可这个国师是个坏家伙。他掐指一算，眉头一皱，心里已经有了主意。他装出一副诚心诚意的样子，对国王说道："皇宫里出了妖怪，一股妖气在后宫盘旋，您的这个梦正揭示了这个事实。"

"那该怎么办呢？"国王着急地问道，"哪里来的妖气呢？"

"是兰吾罗娜！"国师斩钉截铁地说道，"兰吾罗娜就是妖怪，只要杀了她，您才能平安，国家的百姓才能平安，召树屯王子才能凯旋而归，不然的话，王子殿下必定会战死沙场。"

国王吓坏了，顾不得怎么向儿子解释，便下令将兰吾罗娜关到大牢里。到了龙日那一天，国王在城门前堆起小山一样的木头，士兵们将兰吾罗娜推到木堆前，她早就听说了国师对她的污蔑，美丽的兰吾罗娜跪在国王的面前，哭着说道："阿爸啊，我本是天上的一只神鸟，我不会给国家带来任何灾难，请您相信我吧！"国王扭过头去不看她，兰吾罗娜接着说道："请您再为您的儿子想一想吧，要是他回来看不到妻子，也会伤心的！"

国王对她说道："兰吾罗娜，要是不杀你，我的国家就会遭难，我的儿子就会葬身沙场，你让我如何选择呢？"

兰吾罗娜瘫倒在地上，她已经知道任她怎么求情，都不会获得任何人的怜悯了。她跪在地上，静静地等待着死的时辰。王后哭着抚摸着兰吾罗娜的头发，兰吾罗娜抬起头，眼含着泪水，对王后乞求道："阿妈啊，我是舞蹈之国来的，请您让我再穿一次孔雀氅，再跳最后一支舞吧！"

王后实在是可怜兰吾罗娜，便抱出了孔雀氅，兰吾罗娜谢过了阿妈，披上了孔雀氅，轻轻地跳起舞来。她的身姿就像是风中摇曳的荷花，就像一只高贵的孔雀。人们看得如痴如醉。可当兰吾罗娜跃向天空的时候，她变成一只孔雀飞向了天空。国王和王后大吃一惊，谁也没想到兰吾罗娜会突然飞走。孔雀公主在天空盘旋了几圈，仿佛是舍不得这块土地。这时国师带着弓箭手赶了过来，要将兰吾罗娜射下了。孔雀公主不能再停留，转身向着家乡的地方飞去。兰吾罗娜飞啊飞，来到了郎思娜湖边，兰吾罗娜将自己的金手镯交给了湖边寺里的高僧，自己穿过云层，穿过森林，径直飞向了远方。

过了不久，召树屯胜利的消息传来。国王和王后终于松了一口气。勐坂加的百姓们吹起金号角，带着最美味的食物迎接勇士们的凯旋。召树屯骑着高头大马走在最前面，他心里只想着尽快见到自己心爱的妻子。可兰吾罗娜那美丽的身影始终都没有出现在他的眼前。他冲回寝宫，可那里已是人去楼空。召树屯伤心地留下眼泪。国王和王后看着儿子伤心的样子，只好将一切原原本本地告诉了他。召树屯顾不得责怪父母，便带上干粮和弓箭去寻找兰吾罗娜。他来到湖边，寺里的高僧看到他，便将兰吾罗娜留下的金镯子交还给召树屯，还苦口婆心地劝他不要去勐董坂。可召树屯的心早就已经跟随着兰吾罗娜去了那遥远的地方，任凭路上有千难万险，他都不会退缩。召树屯的朋友神龙从湖里飞出来，送给他两种神药和一支神箭。神药可以消除疲劳、起死回生，神箭可以破除一切阻碍。召树屯谢过了神龙，便带着宝物上路了。

召树屯自己也不知道走了多久，面前出现了一条大河。召树屯在过河之前，将剑头在河水里蘸了蘸，那尖利的剑锋一下子就不见了。原来这河水有着很强的魔力。召树屯将神龙给的一片药磨碎了涂在脚底板上，飞一般地过了河。他又走了很久，召树屯累得倒在一棵茂盛的大树下，却偶然听到树上两只大鸟的对话。

雌鸟叹了口气说道："啊呀，我今天飞了很远也没有找到什么食物，以后的生活要怎么过呢？"

雄鸟安慰她道："你放心吧，我听说勐董坂的七公主回到了家，国王要杀象庆祝，我们只要到勐董坂，偷偷撕下一块肉就够咱们吃好久的啊！"

召树屯听了，心里乐开了花。他趁着大鸟睡着的时候，偷偷地钻进了他们的巢穴。这两只大鸟有一只小象那么大，召树屯用绳子系住大鸟的尾巴，另一端系住自己的手腕。第二天，等它们飞起来的时候，召树屯也就一同被带到了天上，两只大鸟飞啊飞，根本没想到尾巴后面还有一个人。它们飞过了广阔的大海，飞越了茂密的森林。终于来到了勐董坂。

却说，兰吾罗娜回到了家乡，父母又是抱又是亲，就像是失去的宝物复回。大家都十分地高兴，全城的百姓们都为她庆贺。六位姐姐将兰吾罗娜打扮得像从前一样美丽。可兰吾罗娜却不能像从前一样无忧无虑。她将在自己和召树屯成亲的事情一五一十地告诉了父母和姐姐。大家都十分地吃惊，也十分地气愤。他们的国王竟然听信那样的谣言，还要将兰吾罗娜处死！老国王怎么也不能原谅召树屯父亲的所作所为，谁家的父亲舍得让女儿再受这样的罪啊！

却说大鸟带着召树屯来到了勐董坂，他们降落在一棵大树上。召树屯解开手腕上的绳子，从树上下来。这里果然是仙境一样的地方，金色的阳光洒满大地，遍地是鲜花和仙草，城里的人们穿着五彩的衣裳，人人身上都带着闪闪发亮的珠宝，更令召树屯惊奇的是这里的每个人都十分地快活，就像是过节一样。召树屯来到井边，看到有一位手提金桶，衣着艳丽的女子正在费力地提水，女子左顾右盼，好像是在寻求帮助。召树屯向着她走过来，女子一见到有人过来，连忙说道："好心人啊，求您帮我把这桶水提到那边的树下吧！"召树屯二话不说，便将金桶提到了树下。这位姑娘脸颊红红的，不好意思地解释道："谢谢你，好心的人！平时不是我来提水的，只是这几天事情多，人手不够，我才不得不出来提水啊！"

召树屯连忙问道："请问这城里是有什么庆典吗？"

"奇怪啊，你难道不知道国王的兰吾罗娜公主回到皇宫了吗？"姑娘惊讶地反问道，"大家都忙着为她庆祝，我提的水就是要为她洗去一路风尘的！"

"啊！原来是这样！"召树屯心里乐开了花，他急中生智，从口袋里掏出兰吾罗娜留下的金手镯，趁着姑娘不注意的时候，悄悄地扔进了金桶，还补充道："其实我是从远方来的旅人，我们那里的风俗是把一桶的水举起来，从头上浇下去，这样公主殿下就会有更大的福气。"

姑娘觉得这个人说话怪怪的，回到宫里，便将召树屯的话一字不漏地讲给了兰吾罗娜。聪明的兰吾罗娜想了想，便将手伸进金桶里，竟然摸出了自己的金镯子！兰吾罗娜高兴得要跳起来，她拉住侍女仔仔细细地询问这个年轻人的长相和年龄，侍女说的就是召树屯啊！兰吾罗娜连忙向父母禀报了这件事，兰吾罗娜的父母也很吃惊，连忙派人四处寻找，果然在井边找到了等待在那里的召树屯。

勐董坂的国王和王后见了召树屯，心里十分地高兴。原来自己的女婿是这样的英俊不凡，召树屯四处张望，却连兰吾罗娜的身影也看不见，只看见一排排的侍女端着美味的食物摆在他面前的桌子上。国王举起酒杯，大声地说道："远来的年轻人，你是怎么来到勐董坂的呢？"召树屯便将自己如何跋山涉水，最后借助大鸟的力量来到这里的经过一五一十地告诉了国王。国王点点头，召树屯的诚实让他很是满意。可国王还是不让兰吾罗娜和召树屯见面。他让召树屯好好地吃一顿，便将他带到城门前，对他说道："城门外有一道石墙，你若是能够将它打破，我就承认你做女婿。"

召树屯想到自己的箭囊里还有一支金箭，他将金箭搭在弓上，用力将弓拉成满月型，金箭离弦，随着一声巨响，石墙就崩裂出一个大洞。勐董坂的百姓没有不称赞召树屯的。可是国王还是不让兰吾罗娜和召树屯见面。反倒是搭起一个棚子，用布将四面遮住，布上有上千个小洞，只容得下一个手指伸进来。国王让召树屯站在里面，然后叫了九百九十九个姑娘陪着兰吾罗娜，她们从外面伸进一个手指，国王让召树屯辨认哪个是兰吾罗娜。召树屯虽聪明绝顶，可怎么也没有办法凭着一个手指就认出兰吾罗娜啊！召树屯绕着棚子走了好儿圈，可怎么也找不到认不出。突然，召树屯看到角落里的一个手指发出萤火虫一般的光亮，召树屯心中暗暗祈祷，希望这是兰吾罗娜给他的暗示，便拉着这个姑娘的手指，对国王说道："这就是我的妻子！"

棚子的幕布突然落下，兰吾

罗娜的笑脸顿时出现在召树屯的眼前，所有的人都为他俩鼓掌欢呼，众人簇拥着他们来到国王和王后的面前，两人在父母和勐董坂城百姓们的祝福下重新举行了婚礼，从今以后，召树屯和兰吾罗娜幸福地生活在一起，永不分离！

阿诗玛的传说

如果你到云南石林去，一定不要错过石林里那位美丽的"阿诗玛"。它的样子就像是一位美丽的彝族姑娘，背着背篓，仰望天空，仿佛是回想起了旧日的美好时光，又仿佛是在望着天空凝思。停留在它的身旁，时间仿佛飞速回转，思想跨越时空，带着人们回到那故事发生的时代……

从前，一对彝族夫妇生下一个美丽的女儿，夫妻俩十分欢喜，他们希望女儿能够像金子一样闪闪发光，便给女儿起了个名字叫做"阿诗玛"。阿诗玛从小就机灵乖巧，她能歌善舞，常常给大家带来欢乐，所以大家都很喜欢她。

一天，阿诗玛的父亲从山上打猎回来，阿诗玛和母亲出来迎接，却发现父亲身边多了一个黑黑的小男孩。

"阿爸，他是谁啊？"阿诗玛拉着父亲的衣角，满脸好奇地看着那个小男孩。小男孩瞅了阿诗玛一眼，连忙躲到了父亲的身后面。

父亲告诉她，这是他在路上遇见的孤儿，见他实在是可怜，便把他带回了家。阿诗玛的母亲是位善良的妇女，她笑着点点头，将小男孩拉到自己身边，小男孩在母亲的怀里流出了激动的眼泪。

因为小男孩长得黑，所以大家都喊他"阿黑"。从此，阿黑就和阿诗玛一起玩耍，一起长大。

时间飞逝，阿诗玛长成了一个美丽的姑娘，做饭、挑水、补衣、织布……没有一样不行的，美丽贤惠的名声传遍了整个寨子。好多小伙子一心想娶阿诗玛为妻。而此时，阿黑也长成了一个健壮的小伙子，他十分地勤劳能干，他种的粮食，总是比别人家的多出一倍，

他砍得柴也比别人多，大家都夸阿黑能干。阿诗玛的父亲将射箭的本领传给了阿黑，阿黑就成了远近闻名的猎人。很多姑娘都为他倾心。

阿黑和阿诗玛都很喜欢唱歌，有的时候阿黑吹笛子，阿诗玛唱歌，那乐声和歌声就像是天籁一般。渐渐地，他们的心中都萌生出了一丝朦胧的情愫，只要彼此的一个眼神就能知道对方心里想的是什么，不

用开口也能配合得很默契。他
们真是天造地设的一对啊，就
连天地看了都欢喜。

寨子里的火把节到了。当天
晚上，人们点起无数火把，就像
是将天上的星星搬到了地上，阿
诗玛和伙伴们拉着手，在篝火前
面跳着欢快的舞蹈。阿诗玛唱起
一支表达心意的歌曲，阿黑听了，
也唱起一支山歌回应，周围的人
声虽然喧闹，可他们两人的眼中
只看得到对方，火光通红，将人
们的笑脸也照得红红的。阿黑和阿诗玛的心意就在这美丽的夜晚传达到了对方的心里。从那
时候起，阿诗玛的心里就只有阿黑哥一个人了。

有一天，阿诗玛去赶集，被当地的地主热布巴拉的儿子阿支看上了。阿支贪恋阿诗玛
的美色，回到家饭也顾不得吃，就向父母吵着要娶阿诗玛为妻。地主热布巴拉以前只是听
说过阿诗玛是个美丽贤惠的姑娘，却从来没有亲眼见过。他问儿子："那个阿诗玛果真那
么美丽吗？"

"啊呀，阿爸啊！"阿支拍着大腿说道："阿诗玛头上包着大红的头巾，带着珍珠的耳环，
左手带着几只戒指，右手带着几只银镯子，身上穿的是羔羊皮的披肩，兰花青的裤子到脚
踝，还隐约露出她那洁白的肌肤，她的腰带就像是仙人的胡须哟，一缕缕地飘散在风中，
那样子就像是仙女下凡哩。她的笑容就像是天上皎洁的月亮，她的身段就像是包了金箔的
竹子……从头看到脚，没有一处不美丽的，阿爸啊，阿妈啊，要是我能够娶到阿诗玛为妻，
什么都无所谓啦！"

热布巴拉听着儿子的描述，感叹这世上怎么还有这么美丽的女子啊！既然这样，一定
要阿诗玛到他家来做媳妇！热布巴拉连忙找来海热为他家儿子做媒，并许诺给他两百金和
二十头牛、马做为谢礼，海热是这十里八乡口舌最灵巧的媒人。他接下这个委托，向热布
巴拉保证一定将这件亲事说成。

海热带着好酒来带阿诗玛的家里，他对阿诗玛的父亲格路日明开门见山地说道："你
家的阿诗玛实在是个好姑娘，我今天来是为热布巴拉家的阿支说媒的。他家儿子长得英俊
没得挑，家里又是富足没话说，这桩亲事岂不是美事一桩，快快答应吧！"

格路日明眉头一皱，喝了一口酒，却没有说话。

海热劝道："我也知道这做父母的心思，养大了女儿，一场婚礼之后自己的孩子就成
了人家家的女儿，可是这男婚女嫁是人生大事，该嫁的时候就得嫁，不然等到以后会更麻
烦的啊！"

格路日明终于开了口："我心里虽然舍不得，可就算是嫁，我们穷人家也不嫁给富人家。"

"怎的不嫁富人家？"海热接着劝道："热布巴拉家，有银子做的柱子，金子做的门，上面雕着龙和凤。他家的金子有马蹄那么大，银子有人头那么大，金银要用斗来量，满院子的牲畜关不住，那样的富有真不是一般啊！"

这时，阿诗玛从里屋走了出来，生气地说道："我阿诗玛不是牲畜，也不是粮食，不是用金银买得到的！你这个贫嘴的媒人，你张嘴说话我就烦，赶紧离开我们家，回去告诉热布巴拉，我阿诗玛不求高贵富裕，我是贫苦人家的女儿不会嫁给富人的！我阿诗玛是不会嫁到他家去的！"

海热听了这话，羞愤交加，脸憋得通红，恶狠狠地威胁道："不管你愿不愿意，热布巴拉的儿子是娶定你了！"说完，海热回到热布巴拉的家，将这些话转告给了热布巴拉和阿支，阿支躺在床上又哭又闹，热布巴拉连忙求海热想办法，海热奸诈地笑了笑，说道："既然阿诗玛不同意，咱们就直接把聘礼送到她家，直接将阿诗玛抢回家里！"

阿支破涕为笑，热布巴拉连夜准备了三车的聘礼，在海热的引领下来到阿诗玛的家。格路日明和阿诗玛还来不及拒绝，三车的聘礼已经推进了他们家。热布巴拉大声说道："格路日明啊，不要敬酒不吃吃罚酒，赶紧把阿诗玛嫁给我家吧！"说完，几个身强力壮的随从便连拉带拽，将阿诗玛强行抢走了。格路日明和老伴眼泪不住地流，不知女儿这一去的命运会如何。

话说这个时候，阿黑赶着羊群到很远的地方去放羊了，他已经去了三天，对这几天家里所发生的一切一无所知。第三天的夜晚，阿黑做了一个奇怪的梦。他梦见家里一片混乱，有十只黄面狗在争抢十根骨头，梦里阵阵狗吠声和惊叫声，扰得阿黑睡也睡不着。他心里一阵慌乱，觉得家里肯定是出了什么事，便连夜往家赶。

阿黑回到家，阿妈还在床头流眼泪。阿黑连忙上前询问，阿妈哭着说道："阿黑啊，你妹子阿诗玛被地主热布巴拉家抢去三天三夜了，不知道现在怎么样了啊……"

阿黑听了，心就像是被刺穿了似的，他连忙牵出黄面马，挎上弓弩，手里拿着竹箭，唰地跃上马，猛地抽一鞭，马儿便飞快地往前跑，奋力地追着阿诗玛。

而此时，阿诗玛被一群人簇拥着，海热跟在阿诗玛身边，一路走一路劝，可阿诗玛依旧宁死不从，对热布巴拉一家冷嘲热讽。

阿黑翻过了好几座大山，趟过了好几条大河，穿过漆黑的森林，终于来到了热布巴拉家。阿黑在门外，提出要和热布巴拉决斗。热布巴拉要对歌，可他怎么是阿黑的对手。对歌失败了，热布巴拉又提出要砍山、接树、撒种，可过惯富贵日子的热布巴拉哪里比得上勤劳的阿黑，所有的比试全都输了。热布巴拉回到屋里和海热他们商量对策，热布巴拉心生一条毒计，要放出三只老虎吃掉阿黑。阿诗玛在隔壁屋听到了他们的对话，便吹起口弦，向屋外的阿黑传话。阿黑吹起笛子，让阿诗玛放心，他自有办法对付。不一会儿，果然从里面窜出三只大老虎，阿黑临危不乱，马上搭上三支竹箭，正射向三只老虎的心脏。三只大老虎应声倒下，阿黑走上前去，将三只老虎的皮都剥下来，铺到树下睡起觉来。第二天早上，热布巴拉打开大门，四周都没有阿黑的身影，心里一阵狂喜，以为阿黑已经进了老虎的肚子了。可阿黑却从树下走了过来，拎起老虎皮扔给热布巴拉，把他们一家人吓得半死。

阿黑要求热布巴拉将阿诗玛放出来，可阿支霸着大门，就是不肯交出阿诗玛。阿黑见这情形，便搭上弓箭，连射五箭，最后一箭正射在正堂上，热布巴拉一家人谁也不能把箭拔出来，而阿诗玛就像摘花似的，将竹箭都拔了下来。热布巴拉一家都惊呆了，再也不敢刁难，连忙将阿诗玛还给了阿黑。

这样，阿黑和阿诗玛骑上骏马，一同往家乡赶。眼看着就要到家乡了，一只黑蜂将他们引导到了十二崖子上，而热布巴拉早就勾结了崖神，将小河变成大河，又降下一阵山洪，将阿诗玛卷进了洪水里。等阿黑回头找的时候，却再也看不见心爱的阿诗玛。他爬上最高的山峰，一遍遍地呼喊着阿诗玛的名字，可只听到崖子上的阵阵回声。

不知过了多久，阿诗玛睁开眼睛，发现自己竟然还站在十二崖子上，她想挪步走，可是腿脚已经变得硬邦邦的，她想呼喊阿黑哥，却发现自己再也喊不出阿黑的名字。原来她已经化作一座石峰，永远地矗立在这块土地上，从此老石崖就是她的家，任凭日升月落，她永远地矗立在那里，永远守护着家乡的父老乡亲，守护着阿爸阿妈，守护着心爱的阿黑哥……

阿黑时时刻刻都在思念着阿诗玛，他时常站在山崖上，一声声地呼喊："阿诗玛……阿诗玛……"只要阿黑喊一声，阿诗玛就站在这边应一声，日日夜夜，天长地久，石林里永远回荡着这样一支古老而悲伤的恋歌……

走婚的由来

很久以前，珊碧旺龙神山有三个女儿，个个貌美如花，娇艳动人。狮格于姆是神山的三女儿，最受父母宠爱，因此也最任性叛逆。她有一双炯炯有神的大眼睛，不笑的时候脸上总会呈现出坚毅的神情。狮格于姆从小就是个很独立的孩子，绝不会依靠任何人，答应别人的事情就一定会完成。同时她也热爱自由，不愿意被任何人任何事束缚住自己的自由。狮格于姆选择了凶猛而庄严的狮子作为自己的坐骑，正如她的个性一样。父母和姐姐都说她不像是个女孩子，她却不以为然。

三姐妹长大了，两个姐姐安分守己，按照父母的意愿嫁给了两位本分的男山神。只有狮格于姆不愿意出嫁，她想要自己寻找伴侣。于是，狮格于姆离开父母，在天地间自由自在地巡游。有一天，她骑着狮子来到了泸沽湖畔，只见湖水澄净如镜，四周的青山与头顶的蓝天倒映在湖面上，秀美的风景让人沉醉。狮格于姆舍不得离开这里，便留在了泸沽湖畔。她的坐骑化作一座大山，就像一只守在湖边的狮子，也就是现在的狮子山。狮格于姆也化作了一座大山，就是今天的女神山。

听说美丽的狮格于姆定居在了泸沽湖，方圆十里的男山神都来到狮格于姆的身边求婚。狮格于姆也喜欢和他们交往，但是她自由的性格驱使她不屈从于他们任何一个人。个性要强的狮格于姆始终坚持自己是一切的主宰。有的男山神不愿她来做主导的只好转身离去，还有的了解狮格于姆的脾气，也愿意迁就她，做她临时的伴侣。其中大白山山神和狮格于姆最投缘，两人相见的次数也最多。

丽江的玉龙山神是个英俊的男神，他听说狮格于姆来到了泸沽湖，也赶来向她求婚。大白山山神看到玉龙山神，隐隐感觉到了危机。他便悄悄地将一股白色的绳索拴在狮格于姆的腰间。狮格于姆虽然也很喜欢玉龙山神，但是她并不愿意跟随玉龙山神到丽江去。玉龙山神便在她身边软磨硬泡，可狮格于姆就是不同意。她始终坚持谁也不能做她的主人。最后玉龙山神也无可奈何地离开了。就这样，狮格于姆不肯嫁人，也不想离开泸沽湖。于是，她便长久地留在了这里，守护着这里的人们，赐予他们幸福的生活。所以，摩梭人也学着他们的守护女神的样子：女人来做家里的主导，男人们晚上到情投意合的姑娘家去相会，天亮之后还要回到自己的家里帮助干农活，所谓走婚的风俗就这样形成了。